Che la vita sia lunga o breve,
la sua completezza dipende dal motivo per cui è stata vissuta.
Proverbio Amish

Sommario

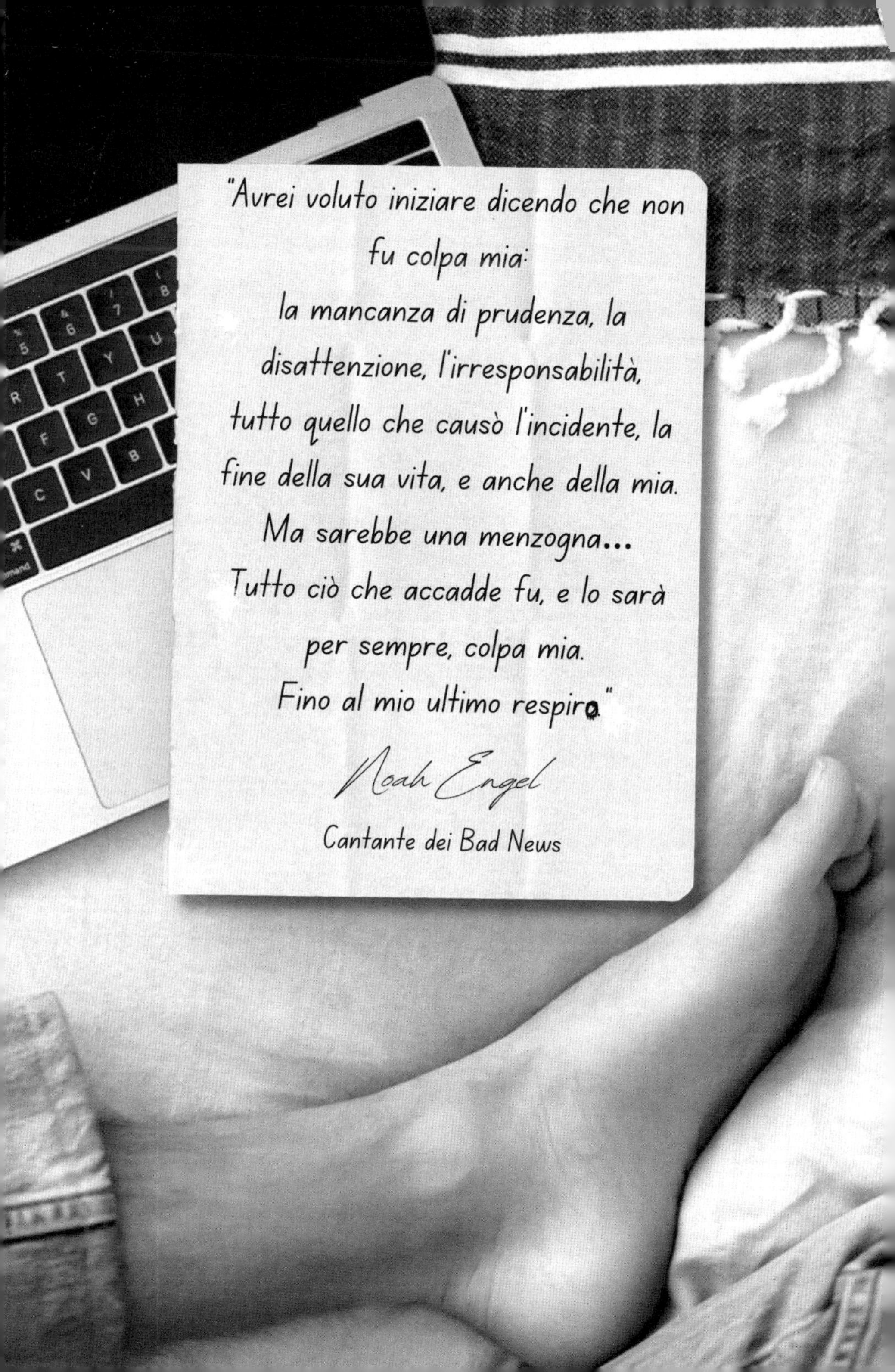
"Avrei voluto iniziare dicendo che non fu colpa mia:
la mancanza di prudenza, la disattenzione, l'irresponsabilità,
tutto quello che causò l'incidente, la fine della sua vita, e anche della mia.
Ma sarebbe una menzogna...
Tutto ciò che accadde fu, e lo sarà per sempre, colpa mia.
Fino al mio ultimo respiro."
Noah Engel
Cantante dei Bad News

Il primo giorno della mia vita

Alcuni mesi prima...

Il direttore dell'albergo si lisciò i radi capelli grigi che, ancora impavidi, gli svettavano sul capo, prima di inserire la card nell'apposita fessura accanto al numero della camera. Era un uomo cicciottello, con delle sopracciglia così fitte che mi ricordava uno di quei cagnolini tanto amati dalle donne. Si schiarì la voce, atteggiandosi da persona importante, prima di parlare con tutta la pomposità che il suo metro e sessanta gli permetteva. «Spero che la suite presidenziale sia di vostro gradimento, signori.»

Con la coda dell'occhio notai Max, il bassista della nostra band, chiudere la bocca di scatto e mi ritrovai a ridacchiare. Di quel passo, molto presto, gli sarebbero venuti i crampi alla mandibola o, peggio, avrebbe iniziato a sbavare come un neonato. Era in quello strano stato di catalessi da quando eravamo usciti dall'area di sbarco dell'aeroporto internazionale di Los Angeles e ci eravamo trovati davanti una bionda tutta sorrisi. Per quanto incredibile potesse sembrare, assomigliava alla perfetta sorella di Barbie e, meglio ancora, aveva con sé un cartello con i nostri nomi scritti a caratteri cubitali.

Mentre io e il resto della band ci eravamo calati nella parte dei superfighi, come se fossimo abituati a quel genere di vita, lui invece sembrava essersi trasformato in un misto tra un bambino, entrato per la prima volta a Disneyland, e un pazzo che era scappato da un manicomio e si credeva una superstar. Appena superata l'area di sbarco, mentre stavamo per raggiungere l'uscita dell'aeroporto, si era messo gli occhiali da sole e calato in testa uno dei suoi cappellini preferiti e, camminando qualche passo davanti a noi, si era atteggiato nel salutare tutte le persone che incrociava come una vera *Rockstar*. Con quello stile da "non voglio essere riconosciuto, perché sono qualcuno di molto importante", aveva sortito proprio l'effetto sperato ed era riuscito addirittura a fermare diversi passanti che sembravano desiderare un suo autografo, anche se in realtà non avevano la minima idea di chi fosse. Cosa potevo dire del mio migliore amico? Era un tipo molto socievole, carismatico in tutto e per tutto. Se c'era una festa, lui e il gemello erano al centro della scena ogni singola volta. Potevano incontrare uno sconosciuto in un bar e dopo cinque minuti sembravano essere migliori amici.

Da dove provenisse tutta quell'allegria non avrei saputo dirlo e non l'avrei mai ammesso ad alta voce ma, in fondo, chi poteva dargli torto? Le sorprese, una più stupenda dell'altra, sembravano non avere fine.

Dopo Hillary, la bionda statuaria, che scoprimmo essere la nostra PA - *personal assistant*, i regali continuarono con una limousine nera chilometrica che ci aspettava appena fuori dell'aeroporto. I vetri oscurati, i sedili morbidi e l'intero minibar a nostra disposizione erano soltanto un "piccolo benvenuto", ci aveva confessato lei stessa, mentre si sedeva accanto a me con un occhiolino, che prometteva ancora molto altro.

Hilly, come ci disse di chiamarla, era stata ingaggiata per accompagnarci nella nostra tournée e quando le avevo chiesto il motivo di quell'accoglienza, con un sorriso da pubblicità da dentifricio e un'alzatina di spalle, mi aveva spiegato che si trattava della procedura "standard". Forse aveva notato l'incredulità di tutti noi perché, a mo' di spiegazione, ci aveva addirittura fatto notare le altre limousine in fila mentre ci raccontava che erano a disposizione dei clienti più famosi, o anche più facoltosi, poiché potevano essere usate proprio come dei normali taxi.

La nostra mattinata proseguì nel migliore dei modi o, come avrebbe detto Andrew, mio padre adottivo, col "vento in poppa". Seguendo l'itinerario che Hilly ci informò essere offerto per le "*band emergenti*", Jack, il nostro autista, un uomo grosso che poteva essere stato un buttafuori da giovane, ci condusse fino alla Sunset Boulevard, una delle strade più importanti della città. In seguito, fummo invitati a posare per qualche scatto nella Sunset Strip, precisamente nell'area del "*Guitar Row*", chiamata così per il gran numero di negozi di chitarre e di attività legate al business della musica.

Forse ero finito in paradiso? Magari sì, perché mi sentivo fluttuare in quelle meravigliose sensazioni. Avevo camminato come ipnotizzato dai grattacieli, dalla folla brulicante, ed eravamo tutti allegri e accaldati. Mi ero lasciato trasportare dai venditori ambulanti di souvenir, dai vecchi dischi di vinili in mostra nelle vetrine di negozi vintage, dai musicisti agli angoli delle strade, che suonavano come noi agli albori della nostra carriera. Era come se i piedi non mi appartenessero più e non toccassero il duro selciato, ogni battito di cuore andava al ritmo di note musicali che solo io riuscivo a sentire, armonizzate con la felicità che stavo assaporando. Ero stupito dai chioschi profumati che vendevano cibo d'asporto di tutto il mondo, dai turisti che scattavano foto e dalle botteghe che mostravano ogni modello di strumento musicale immaginabile, dai taxi e dalle macchine, a migliaia, a milioni, dagli autobus a due piani, dal continuo tintinnio delle voci, dalle risate. Guardavo, respiravo e vivevo estasiato ogni singolo momento che si trasformava in versi, in musica.

Così come gli altri, anche io mi ero divertito come se appartenessi a quel paese, a quel mondo e, a un certo punto, uno dei ragazzi disse che un brindisi era d'obbligo.

«Chi se ne frega se sono appena le nove del mattino?!»

Anche se non mi piaceva molto bere, fui lo stesso contento di assaggiare un po' di spumante con i miei *brothers* e poi, come aveva detto Max, mentre faceva saltare il tappo in mezzo alla moltitudine di persone che si era fermata a guardarci, da qualche parte nel mondo era già sera, quindi perché non approfittarne?

Tre ore più tardi, salutammo Hilly davanti alla fontana posizionata all'ingresso dell'hotel a cinque stelle con la promessa di rivedersi alla sera, quando secondo lei ci sarebbe stata un'altra sorpresa, ancora più *glamour,* ad aspettarci. Quelle erano state le sue esatte parole. Prima ancora di scendere dalla limousine, i ragazzi ne approfittarono per scattare un altro centinaio di foto che finirono subito nei nostri canali social e che dire? Il secondo brindisi era d'obbligo.

«Ehi, qualcuno ha pagato per tutto questo spumante, quindi dobbiamo adempiere al nostro dovere!»

Max non perse tempo e con quel suo fare allegro radunò in alcuni minuti una piccola folla. Gli altri ragazzi si divertivano come se il loro compleanno fosse arrivato in anticipo, mentre io, in quel momento, ero più interessato a buttare giù due versi su un tovagliolo che avevo trovato insieme a uno dei quattro pacchetti di noccioline ricoperte con la crosta di Wasabi che Matthieu aveva ingerito poco prima.

La nostra baraonda si spostò all'interno dell'albergo per il check-in e, quando mi lasciai cadere su un mega divano con la testa affollata solo da note musicali, i ragazzi non mi prestarono molta attenzione, poiché sapevano che quando mi trovavo in quello strano stato d'animo non esisteva altro per me se non la musica.

Per un breve momento siamo fratelli d'anima
Mi lascio inebriare
Dall'odore dell'oceano
Vivi nella nostra musica
Dobbiamo resistere sempre
Vivere...
Siamo sul palco, i fratelli d'anima...

Riuscivo quasi a visualizzare nell'aria i versi che sembravano provenire da qualche parte nascosta dentro di me come le bollicine dello spumante che avevo bevuto prima. Ero fermamente convinto che, qualunque fosse il sentimento, sarebbero sempre esistite delle parole, trasformate poi in note musicali, in grado di esprimerlo.

Non potevo negarlo, la musica era il nutrimento della mia anima. Se avevo una penna e un pezzo di carta dove poter scrivere le mie strofe e una playlist ricca di brani rock anni ottanta e novanta, ero un ragazzo felice. Infatti mi dicevano spesso che somigliavo, non solo fisicamente, ma anche come stile e voce a Kurt Cobain, il cantante dei Nirvana, deceduto a metà degli anni novanta. Uno dei miei grandi miti.

Però, in quel momento... mi sentivo extra-euforico, sapevo che il nostro duro lavoro sarebbe stato ripagato un giorno, anche se, a dire il vero, non mi sarei aspettato tutto quel riconoscimento, quella sorta di fama prematura. Il nostro stile era un po' diverso e forse quello era uno dei motivi per cui avevamo raggiunto un discreto successo in Svizzera e in Germania. Ma in quel luogo si respirava un altro livello di *glamour* e speravo che la nostra band non deludesse le aspettative. A giudicare dalla nostra "*reception*" erano davvero alte.

Comunque, come avrebbe detto Marion, o mamma M., come mi piaceva chiamare mia madre adottiva, era tutto nelle nostre mani e non avremmo di certo sprecato un'opportunità del genere.

Detto quello, chi poteva davvero invidiare Max e la sua catalessi all'inizio di una giornata simile? Quando il futuro si prospettava come le strofe di una meravigliosa canzone era davvero impossibile non restarne emozionati.

Come a dar voce ai miei pensieri e farmi tornare al presente, Matthieu, il gemello del mio migliore amico, gli arrivò da dietro dandogli uno scappellotto sulla nuca. «Chiudi la bocca, Max, o finirai per ingoiare una mosca.»

L'altro, già abituato alle mosse ricevute, si voltò svelto come se si stesse preparando al contrattacco. «Vaffanculo, Matt» e fece un respiro profondo prima di soffiare come un toro, far apparire un sorrisetto adirato sulle labbra e contrarre la mascella per l'irritazione.

«Bambini, smettetela!» La voce di Nils, il batterista, risuonò dal fondo del corridoio con un acuto a dir poco invidiabile, mentre si avvicinava e sistemava sulla spalla la tracolla della sua borsa Messenger. Alle sue spalle camminava un addetto dell'albergo, intento a spingere uno di quei pomposi carrelli dorati con le nostre valigie e le chitarre dei gemelli. Nils era da sempre il più tranquillo del gruppo, eccetto nei momenti come quello, data la scaramuccia tra i due fratelli.

Di solito, quando i due iniziavano a battibeccare, la lite poteva finire in un modo solo: con dei cazzotti volanti, in famiglia certo, ma pur sempre una zuffa. Proprio ciò che non volevamo in quel momento.

Nils, il grande bufalo, come lo avevamo soprannominato data la sua stazza, si mise in mezzo ai due litiganti considerando che era l'unico in grado di calmarli.

Ci scambiammo uno sguardo d'intesa e poi, con un sorriso che intendeva dire che avevamo tutto sotto controllo, spostai la mia attenzione sul direttore dell'albergo, soltanto per vederlo ancora fermo accanto alla porta, lo sguardo impassibile che si spostava tra di noi.

Chissà a quanti eventi strani ha già assistito. Forse si sarà addirittura abituato a questo genere di schermaglie.

Il distinto signore aspettò fino a quando la nostra piccola comitiva si riunì davanti a lui, gli uni accanto agli altri come una scolaresca, prima di gonfiare il petto in maniera spropositata. Per un istante pensai che i bottoni della sua immacolata camicia bianca, che si intravedeva dalla giacca nera del completo, stessero per saltare.

«Signori...» iniziò con voce impostata, voltandosi e dandoci la schiena mentre appoggiava i palmi sui doppi pannelli di legno scuro, spingendoli in contemporanea, «benvenuti nella suite Sunshine del Waldorf Seasons. Come stavo dicendo prima, abbiamo solo il meglio. In quest'area,» aprì le braccia in un gesto teatrale mentre camminava, «potete vedere il salone principale con il televisore al plasma da sessantacinque pollici, il *sound system* di ultima generazione e lo *sky lounge* con due bar completi, uno nel salone e uno nella veranda.» Girò su se stesso come se fosse uno steward di volo e dovetti mordermi le labbra per non scoppiare a ridere. «Poi abbiamo ancora la suite presidenziale, quella per gli ospiti e la suite VIP ovviamente, tutte dotate di televisori al plasma da cinquanta pollici e di letti king size, i più comodi su cui dormirete in tutta la vostra vita.»

Gli occhi di Matthieu sembrarono voler saltare fuori dalle orbite, mentre varcava le porte come un imperatore. Dopo qualche passo si fermò. «Wow…» a quella parola seguì un basso fischio di ammirazione. Il suo sguardo corse per tutta la stanza prima di voltarsi a bocca aperta che chiuse soltanto per dire: «Che figata questa suite, *bro*. Non vi sembra come quella del film "Una notte da leoni?"»

Era impossibile non restare stupiti e, ai versi di sorpresa dei ragazzi, si aggiunsero anche i miei. Quando Geist, il nostro manager, aveva accennato a un accordo per una tournée negli Stati Uniti, merito del nuovo sponsor che aveva trovato, eravamo rimasti senza parole. Alla fine, tutti quegli anni di impegno e sacrificio sarebbero stati ripagati. Tuttavia, mi aspettavo una roulotte, magari qualche albergo a tre stelle sul ciglio dell'autostrada, ma di certo non tutte quelle sorprese. Mi appuntai una nota mentale per ringraziare il fantomatico sponsor, visto che avevamo in programma di conoscerlo proprio in quei giorni. Sapevamo solo che era uno dei proprietari di una casa discografica abbastanza famosa e il responsabile di alcuni contratti con le migliori *Rock Bands* del pianeta. Geist non aveva voluto fornirci ulteriori dettagli, alludendo all'ennesima sorpresa ma, indipendentemente da chi fosse, quella persona aveva tutta la mia gratitudine e stima.

Ancora fermo a pochi passi dall'uscio, mi guardai intorno come se avessi un certo timore a entrare. Forse avevo paura che, da un momento all'altro, il direttore avrebbe ricevuto una chiamata, o si sarebbe accorto che c'era stato uno sbaglio nelle prenotazioni. Dopodiché, con un sorriso mortificato e una lunga lista di scuse, ci avrebbe comunque buttato fuori.

Tuttavia, il piccolo uomo, sembrava convinto del contrario perché, dopo averci informato che sarebbe andato a controllare che ogni cosa seguisse perfettamente gli ordini lasciati da Hillary, sparì in un lungo corridoio che immaginai portasse alle camere da letto. A quel punto, non mi restò che entrare e posare la custodia su un tavolino di vetro a forma di pera che trovai in mezzo alla stanza. Nils e Max, dopo un'occhiata veloce in giro, seguirono il direttore sparendo oltre il corridoio mentre ridacchiavano come due babbei.

Avevo appena aperto la custodia per controllare che la mia chitarra stesse bene, quando Matthieu apparve accanto a me, lasciandosi cadere con tutto il peso su uno dei due mega divani bianchi. Qualche secondo dopo i suoi piedi finirono sopra il tavolino.

«Ehi, amico, stai attento!» Gli diedi uno schiaffo su uno dei suoi giganteschi stivali di cuoio. «Sei troppo vicino alla mia bambina.»

«*Chill, bro.*» Si spostò indietro, ma soltanto perché voleva prendere una bibita da un grosso secchio ghiacciato di metallo, lasciato da qualche cameriere su un altro tavolino accanto al divano.

Lo guardai trafficare per qualche istante mentre alzava una lattina dietro l'altra, visto che erano tutte diverse. I suoi occhi erano fissi sulle etichette e ogni tanto le sue sopracciglia un po' rossicce si inarcavano come se fosse stupefatto. «Ohh cazzo, guarda questa, è Duff, la birra dei Simpson,» ridacchiò e intanto continuava a tirare fuori una bevanda dietro l'altra. Si voltò verso di me nel momento in cui stavo chiudendo la custodia. «Guarda, Noah, c'è anche la bibita energetica di Super Mario» i suoi occhi brillavano come quelli di un bambino appena arrivato nella corsia delle caramelle del supermercato.

Incuriosito, mi avvicinai, ma prima che potessi guardarla, ne aveva già presa un'altra. «Cosa? Coca-Cola al gusto di cannella? Chi cazzo beve questa roba?» Domandò a se stesso mentre infilava nel secchio la lattina marrone e ne tirava fuori un'altra verde fluorescente, che aprì e bevve in un lungo sorso.

Lasciandolo perdere, iniziai a muovermi dentro la stanza guardando un po' ovunque, senza smettere di tenerlo d'occhio. Se avesse anche solo sfiorato la mia *babe*, ci sarebbero stati cazzotti ad attenderlo. Di quelli ben assestati. E non avrei nemmeno fatto caso al direttore dell'albergo.

Per fortuna, ritornando al proprio posto, Matthieu mantenne le sue grosse zampe lontane dalla mia chitarra. Come se potesse leggere i miei pensieri, o forse più che altro la sua era una deduzione, dati gli sguardi feroci che gli stavo mandando, puntualizzò: «Proprio non capisco perché non ti fai portare la chitarra come facciamo noi.» Indicò l'addetto che, dall'altra parte della grossa sala, aveva appena posato tre custodie su un lungo tavolo da pranzo e stava spingendo il carrello con le valigie in direzione delle camere.

Gli lanciai uno sguardo abbastanza veloce, ma tagliente, così da essere certo che cogliesse il sopracciglio alzato. *Accolgo o no la sua frecciatina? Si merita una risposta? Eh, va bene.* «Non sei stanco di sentirmi ripetere che non permetto a nessuno di toccare la mia chitarra?»

Mi rispose con uno dei suoi soliti sbuffi. Nel frattempo, presi il telefono dalla tasca del giubbotto e scattai alcune foto, prima che fosse troppo tardi. Ero sicuro che appena il direttore fosse uscito dalla stanza, si sarebbe scatenato il putiferio. Allegai anche alcune immagini della *Guitar Row*, il tratto di strada dove eravamo stati prima di venire all'albergo e spedii un messaggio a Marion.

Ciao mamma M. Appena arrivati a destinazione.
Siamo già passati alla Sunset Boulevard. Una figata!
Guarda che bella la nostra stanza d'albergo.
Fai vedere il lampadario di cristallo alla signora Garcia.
Sono sicuro che diventerebbe matta se dovesse pulirlo. ☺
Dalla mitica L.A. un bacione a tutti gli Engel.

Mi guardai intorno cercando che cos'altro avrei potuto aggiungere per placare la loro curiosità. Sapevo che tutta la famiglia stava aspettando mie notizie e più tardi avrei mandato di sicuro alcuni video ai miei fratelli. Purtroppo, per il momento, non potevo aggiungere altro. A parte la colorata cesta di frutta, il lampadario esagerato e l'enorme composizione floreale, il resto della suite era rigorosamente asettico e bianco.

Puro, opaco, candido, polveroso, perlato… quanti cazzo di aggettivi si possono usare per il bianco? Mmmm forse li potrei mettere in una strofa.

Mi ricordai il tovagliolo che avevo infilato nella tasca dei jeans, quello con gli ultimi versi che avevo scritto. Altri si stavano già formando nella mente…

La musica sei te
Oh, oh, na, na, na, na
Quando siamo sul palco vivo
….

Con rammarico li accantonai e, mentre finivo di inviare le foto, Nils mi venne incontro dal corridoio che portava alle camere da letto.

«Il direttore mi ha spiegato che arriverà qualcuno per portare gli asciugamani che mancano.» Guardandosi incuriosito intorno, si lasciò cadere sul divano davanti a Matthieu che aveva appena messo la lattina per terra e si stava sdraiando un'altra volta. Almeno i suoi piedi penzolavano fuori dal bracciolo, lontani dalla mia chitarra.

«Che cazzo hanno messo in questa bibita? Mi sta venendo un mal di pancia assurdo…» buttò fuori dopo un rutto mentre appoggiava le mani sullo stomaco per massaggiarlo.

«Non è per caso colpa di tutte quelle porcherie che hai mangiato nella limousine?» Gli chiesi.

«Non starai per caso parlando di quella roba con il Wasabi?» Nils si lasciò scappare una risatina quando la faccia di Matt si storse in una smorfia sofferente.

Ovviamente non potevo perdere l'opportunità di schernirlo, così continuai: «Ma figurati... magari erano le arachidi al... cosa c'era sopra?» Guardai il mio amico sul divano.

«Non erano caramellate?» Concluse Nils.

«Ragazzi, non siete d'aiuto» mugolò Matt.

Ridemmo della sua voce impastata, prima che Nils decidesse di cambiare argomento e puntasse le custodie che c'erano sopra il tavolo. «Le vostre chitarre occupano un sacco di spazio. Per fortuna le mie bacchette sono facili da portare.» Agitò in aria i due bastoncini che si tolse dalle tasche come se avesse davanti a sé la sua amata batteria.

Qualcuno bussò, ma prima che potessimo aprire, una cameriera entrò con una pila di asciugamani in mano. Dopo un breve saluto, sparì lungo il corridoio.

Stavo per mettermi a sedere accanto a Nils, quando vidi Max passare quasi correndo dal punto in cui era appena sparita la cameriera. «Ehi ragazzi, venite sul balcone a guardare la spiaggia! L'ho intravista prima dalla finestra di una delle suite. È come quella che si vede nei film!»

Senza aspettare una risposta, aprì una grossa porta vetrata nascosta dietro le tende e poi lo persi di vista. Dopo qualche secondo, lo sentii urlare: «Ohhh, cazzo guardate la piscina che c'è laggiù tra le palme. C'è anche un mega bar in mezzo!» Non aveva nemmeno finito la frase che urlò di nuovo. «Nooo, vedo persino un campo da golf.»

Matt, che sembrava essersi addormentato, si svegliò di colpo, sedendosi tutto rigido sul divano mentre si guardava intorno e si puliva la bocca con il dorso della mano. «Che cazzo succede? C'è qualcosa che va a fuoco? Chi sta urlando?»

Ignorandolo, Nils mi guardò con un sorrisetto scaltro. «Un campo da golf... secondo te, potremmo fare una partita più tardi?»

No, grazie, con la mia destrezza non voglio correre nessun rischio. Non intendo uccidere qualcuno.

Prima che potessi rispondere, continuò: «Ti ho detto che la scorsa settimana ho vinto contro il giudice?»

Annuii, sorridendo al modo in cui si riferiva sempre a suo padre. Prendendo il mio cenno come la scusa perfetta per continuare, si inoltrò in una storia sui modelli di mazze mentre continuavo ad aggirarmi per la stanza. Matt crollò di nuovo sul divano borbottando qualcosa rispetto alla sua pancia, così ignorandolo mi soffermai ad ammirare il gigantesco *Sound System* della Bose e ogni tanto rispondevo alle parole di Nils con qualche mormorio.

Max, ancora sul balcone, di tanto in tanto urlava qualcosa sulle foto che si divertiva a scattare, mentre io ero indeciso se andare da lui oppure fare una doccia per placare un po' della stanchezza dovuta al *jet lag*. Prima ancora che potessi fare una scelta, il direttore apparve seguito dalla cameriera e dall'addetto al trasporto delle valigie.

«Chiedo scusa se ho impiegato un po' più di tempo, ma una delle suite non era pulita ai livelli dello standard dell'albergo.»

La cameriera e il ragazzo gli passarono accanto e dopo averci salutato uscirono dalla stanza. Il direttore, invece, riprese a parlare: «Dunque, la signorina Hillary mi ha chiesto di lasciare alcune bevande extra per la festa di questa sera. Ho fatto posizionare delle casse piene di birra accanto al bar.» Si avviò verso un lungo bancone a "L" dall'altro lato della sala, e si avvicinò al top. Lo udii aprire e chiudere qualche anta. «Più tardi gli addetti porteranno il resto delle cose.»

Con la coda dell'occhio, notai che Matthieu, già del tutto sveglio, si era messo a sedere e, mal di pancia dimenticato, mimava la parola "festa" con un enorme sorriso sul volto.

Il piccolo direttore sembrava mosso da un'energia frenetica e continuava a spostarsi da una parte all'altra sistemando le cose che, almeno secondo il mio modesto parere, sembravano già in ordine.

Si fermò per aggiustare alcuni fiori dentro un grosso vaso di ceramica, anch'esso bianco, posato al centro del tavolo, vicino alle chitarre. «Se non avete bisogno d'altro...» Fece due passi e poi si fermò per mettere a posto una delle otto sedie, spostandola di un millimetro prima di annuire soddisfatto.

Stavo per ringraziarlo, poiché si trovava già accanto alla porta d'entrata e sembrava indeciso, quando Matthieu si alzò con un balzo dal divano e mi precedette.

«Siamo a posto, grazie mille.» Diede una pacca amichevole sulla spalla dell'uomo, mentre apriva la porta per farlo uscire.

Il direttore, anche se un po' spaesato, lasciò la suite e, nel momento in cui la porta si chiuse, Matt si voltò verso di me. «Secondo te, per quale motivo mi ha guardato in quel modo?»

Nils, che si era avvicinato, stava ridacchiando. «Perché sei un coglione, ecco perché.» Matt si voltò verso di lui e ne approfittai per dargli uno scappellotto sulla testa, mentre ridevo di gusto, e Nils aggiungeva: «Il poveretto stava aspettando la mancia e lo hai mandato via a mani vuote.»

Proprio perché eravamo amici da sempre, aggiungemmo altri due scappellotti, prima di scappare verso il balcone.

La baraonda stava per iniziare.

L'ultimo giorno della mia vita

«Cazzo, non ho mai visto così tante ragazze stupende in un solo posto.» Matthieu emise un sospiro sognante mentre si guardava intorno nel soggiorno. «Okay, magari solo quella volta allo strip club a Berlino.»

Prima che potessi pensare a come rispondergli, mi anticipò quasi urlando. «Però guarda quella bionda… no, no, aspetta, e quella con il vestitino nero che non lascia niente all'immaginazione, cosa diamine sta facendo?» Il mio grande amico piegò la testa da una parte nello stesso momento in cui la sua bocca si spalancava. «Oh, porco cazzo, guardala come sculetta…»

La giornata era trascorsa a un ritmo frenetico tra tuffi in piscina, un giro per i negozi e la cena in un rinomato ristorante californiano, dove ero sicuro ci fossimo seduti a meno di cinque metri da *Fifty Cents*. Ricordai le parole di Hilly mentre mangiava un pezzettino di sushi che, potevo scommetterci, costasse un occhio della testa.

«Datemi retta, non esiste un posto migliore per essere visti. Questo ristorante è così esclusivo che i comuni mortali non riescono a trovare posto.»

Ha davvero pronunciato quelle parole? Mi era venuto spontaneo pensarlo, mentre affondavo i denti nel mio hamburger Wagyu e provavo a non mugolare come se stessi per avere un orgasmo per quanto fosse squisito.

Ero ancora concentrato a ricordare la deliziosa cena, quando un altro discorso che aveva fatto mi tornò in mente.

«Domani mattina dobbiamo essere allo studio della L.A news 104.2 entro le otto per l'intervista radiofonica. Poi passiamo al The Morning Sun alle nove. Alle undici saremo ospiti dei ragazzi di WCS 102.3 per un servizio in diretta streaming e alle tredici dobbiamo andare al talk show del profilo Instagram della MTV. Alle cinque, e non oltre mi raccomando, passeremo al bar Lounge West Coast per il soundcheck, dopo il quale avremo il meet and greet dalle sei e mezza alle otto. Poi si andrà dritti alla

cena con un gruppo di influencer e farete un servizio fotografico con alcuni giornalisti. Ci sono domande?»

Nessuno, in quel momento, aveva aperto bocca, ma se ci pensavo una domanda avrei proprio voluto porla. Solo una, davvero piccola: *Come cazzo facciamo a sopravvivere con questo ritmo per i prossimi tre mesi?!*

Tornai in me con una gomitata di Matt. «Hai sentito cos'ho detto della mora?»

«Certo, certo...» Provai a nascondere uno sbadiglio mentre bevevo un altro sorso del mio *Night Owl*. Ormai stavo andando avanti a base di bibite energetiche e pensare agli impegni che avevamo per il giorno successivo non era certo d'aiuto.

Dovevo continuare a muovermi o mi sarei addormentato. Di solito reggevo bene gli orari notturni, considerando che facevamo spesso degli spettacoli che duravano ben oltre la mezzanotte, però il *jet lag* mi stava scombussolando l'equilibrio. Ero senz'altro grato per tutto ciò che stavamo vivendo, al nostro fantastico manager e ancora più fantastico sponsor, ma dopo oltre sedici, forse addirittura di più, ore sveglio, tutto ciò che desideravo era un po' di solitudine e magari sprofondare in quel meraviglioso letto *king size* che avevo potuto solo intravedere e sognare.

Provando a non dare nell'occhio, guardai l'orologio, mentre mi aggiravo intorno al tavolo dove avevano lasciato gli antipasti.

Matt, notando il mio sguardo ancora fisso al polso, ne approfittò per dire: «Cosa succede al tempo quando ci si diverte?» Mi diede una pacca amichevole sulla spalla prima di infilarsi in bocca quello che credevo fosse il suo cinquantesimo bocconcino di aragosta. Si leccò le dita e si sistemò il colletto della camicia. Era vestito tutto di nero, proprio come me, tuttavia indossava una cintura argentata di Armani, che ero quasi certo avesse rubato dalla mia valigia.

«Eh già...» risposi provando a infondere un po' di euforia nella voce, cosa assai ardua visti gli sbadigli che tentavo di nascondere. Nel frattempo, posai la bibita per arrotolare le maniche della mia camicia button-down fino ai gomiti e poi aggiustai l'orologio e i braccialetti di cuoio e argento che amavo tanto. I miei occhi si posarono sul tatuaggio che avevo fatto prima di partire per quella tournée. Soltanto un numero all'interno dell'avambraccio sinistro, quasi all'altezza del gomito: 21. La mia età, quella che ero sicuro avrei ricordato per sempre come il miglior anno della mia vita. Stavo ancora sorridendo quando spostai di nuovo l'attenzione sull'orologio perché mi ero già dimenticato che ore fossero.

Sono stanco morto!

Erano ormai passate le quattro, o forse le cinque del mattino, visto che i miei occhi sembravano perennemente appannati e stavo quasi iniziando a pregare che il direttore dell'hotel varcasse le porte della suite e buttasse tutta quella gente in mezzo alla strada. Non che ci fossero tanti invitati, una trentina al massimo, ma tutti i presenti sapevano di sicuro come festeggiare alla grande.

La nostra stanza brulicava di nuovi talenti e dei migliori esponenti dell'industria discografica. A quella festa erano presenti solo le persone che contavano, almeno era ciò che si vociferava sui social. Parole di Hilly. Io, invece, vedevo modelle bellissime, alcune delle quali davvero egocentriche e uomini che sembravano ricchi e snob all'inverosimile, li riconoscevo dagli orologi costosissimi, poiché ero un appassionato di quei gingilli.

«Ti vedo un po' provato *bro*, butta giù questa.» Matt mi infilò in mano una birra, prima di darmi una pacca sulla spalla. Per accontentarlo ne bevvi un lungo sorso mentre lo osservavo infilare tre polpettine di carne in un bastoncino in una sola volta e poi portarselo alla bocca. Mentre masticava, in un modo che avrebbe inorridito sua madre, mi diede una gomitata facendomi quasi rovesciare il contenuto.

«Uh, guarda Nils! Quante camere pensi che abbiamo? Perché di certo gliene servirà una solo per lui.» Mi voltai per guardare il mio amico che si stava dando da fare con una ragazza mora vicino alla porta scorrevole che portava al balcone.

«Beati loro...» bofonchiò il mio amico.

Anche Max, che si trovava dall'altra parte della stanza, era intento a sfoggiare le sue qualità di *latin lover* con una delle bariste: continuava a spostarsi i capelli che gli ricadevano a boccoli sugli occhi e ammiccava alle curve della povera sfortunata. Quando eravamo ancora adolescenti, l'avevo visto provare quelle mosse centinaia di volte davanti allo specchio. Eravamo stati compagni di classe fin dalla prima media, poi avevamo frequentato insieme le lezioni di musica e la passione in comune ci aveva uniti, quindi si poteva dire che lo conoscevo bene come le mie tasche. Da lì in poi non eravamo mai stati lontani per molto, o a causa delle prove o perché suonavamo da qualche parte, prima per strada e poi con dei piccoli spettacoli che riuscivamo a organizzare con le sole nostre forze. Inutile dire che, negli ultimi anni, eravamo stati più tempo insieme che con le nostre stesse famiglie. La loro amicizia e il legame che si era formato significavano tutto per me ed ero sicuro che l'avrebbe sempre fatto. Fino al giorno in cui sarei morto.

I miei fratelli d'anima...

Anche Matthieu, appena reduce da una rottura con la ragazza che aveva frequentato per anni, dopo settimane di sbornia, sembrava di nuovo felice. Sorrisi soddisfatto mentre assaggiavo una polpettina, tutti si stavano divertendo e lo stesso si poteva dire degli invitati.

Qualcuno aveva addirittura riempito la mega vasca idromassaggio che si trovava nella suite master e, l'ultima volta che avevo provato ad andare in bagno, c'erano due coppie in mezzo alla schiuma che straborda e potevo giurare che lo stessero facendo proprio lì, sotto gli occhi di tutti.

La musica non era altissima, ma contagiosa e la gente ballava, soprattutto le donne. Gli uomini, al contrario, erano un po' più discreti mentre con la bottiglia di birra o il bicchiere d'obbligo in mano chiacchieravano e si divertivano a sbavare dietro alle ragazze, soprattutto i più maturi. Tuttavia, la cosa più incredibile era come tutti ci trattassero: come se fossimo delle celebrità.

Non che quello non capitasse nel nostro paese. Okay, magari dire che eravamo conosciuti in tutta la nazione sarebbe stato eccessivo, ma quando eravamo a Stein am Rhein o a Schaffhausen spesso la gente ci fermava per fare una foto o per scambiare due chiacchiere. La maggior parte della fama l'avevamo ottenuta negli ultimi due anni, da quando avevamo portato la nostra musica stile *Rock Grunge* all'Open Air di Frauenfeld, uno dei festival musicali più famosi di tutta Europa. La nostra band stava crescendo ed era una sensazione incredibile! Mai ero arrivato a credere così tanto nel nostro sogno, a pensare che fosse davvero alla nostra portata!

Il fine settimana prima di partire per la tournée ci eravamo esibiti a Zurigo, al Kaufleuten, uno dei Club più conosciuti della Svizzera, e avevamo fatto il *sold out* per due giorni di seguito. Non riuscivo ancora a credere di aver suonato sullo stesso palco in cui si erano presentati Ed Sheeran e Bon Jovi, tra altri grandi nomi della musica.

Una buona parte della nostra fama la dovevamo a Geist e ai suoi sponsor, ma anche ai nostri fan sui social, che grazie al passaparola avevano fatto conoscere la nostra musica. Nonostante tutto, Hillary aveva ragione, eravamo sbarcati negli Stati Uniti, la terra delle opportunità, e se fossimo riusciti a giocarcela bene, il nostro successo sarebbe arrivato molto presto oltre l'Atlantico. Ed era proprio ciò che intendevamo fare.

«Terra chiama Noah!»

Perso com'ero tra i miei pensieri notai a malapena che due bellissime ragazze si erano avvicinate e stavano chiacchierando con Matt.

«Ehi *bro*, le *babes* vogliono scattare una foto con noi.»

Dopo aver adempiuto al nostro dovere con tanto di sorrisi e battutine piccanti di Matt, una di loro, che aveva la carnagione che mi sembrava un delizioso bicchiere di latte, aprì la borsetta e prese un grosso pennarello.

«Mi faresti un autografo?»

Forse non mi sarei mai abituato all'emozione che avvertivo quando qualcuno mi porgeva quella domanda. Era indifferente se fosse una ragazza stupenda come quella che avevo davanti o uno dei piccoli allievi della scuola di musica. Quelle erano le persone a cui davvero tenevo un mondo: i nostri fan. Era per loro che la mia musica esisteva, che nel mio cuore batteva una chiave di violino, perché loro non mi avrebbero mai abbandonato. Le persone che ci seguivano erano in grado di donarci un'energia infinita, che avremmo continuato a restituire sotto forma di armonia. Ciò che provavo in quegli istanti, quando ero sul palco o quando firmavo un autografo, diventava una forza simbiotica: quando ci muovevamo verso ciò che era giusto, lo stesso succedeva verso di noi.

Non emozionarti troppo, Noah. Non osare piangere, cazzo.

«Certo.» Annuii provando a non far tremare la voce, mentre infilavo una mano in tasca per cercare uno dei miei fogli di carta e intanto mi guardavo intorno alla ricerca di un tovagliolo.

Lei fu molto più svelta. «Puoi farlo qui…»

Mi voltai nell'istante in cui abbassava una delle bretelline del vestito e mi mostrava con un'unghia viola un'incredibile porzione di pelle chiara, proprio al centro della valle invitante formata dai suoi seni. Con la coda dell'occhio, notai la bocca di Matthieu spalancarsi ed ero sicuro che, se non fosse stato per il tavolo che lo stava sorreggendo, sarebbe crollato a terra. Sentii il mio sorriso allargarsi, la stanchezza ormai del tutto dimenticata. *A tutta velocità, Bad News!*

Dopo aver chiacchierato per una decina di minuti, scattato all'incirca un centinaio di foto che finirono prontamente sui social, le ragazze se ne andarono dicendo che dovevano cercare gli altri due componenti della band per gli ultimi autografi. Sfoggiando ancora un sorriso da mille watt, ripresi la mia birra e mi spostai sul divano dove mi misi comodo. Era ormai diventata calda, ma non importava, di solito i bicchieri o le bottiglie che finivano nelle mie mani avevano un solo scopo: fare scena. Non ero mai stato un amante dell'alcol. Solo in un'occasione ne bevvi più del dovuto e quell'esperienza mi bastò per tutta la vita. D'altronde, con un'infanzia come la mia, me lo sarei dovuto aspettare.

Scossi la testa per allontanare quei pensieri. Mi ero lasciato gli anni bui alle spalle, la vita era davanti a me e forse la mia serata sarebbe migliorata ancora di più. Avevo già notato gli sguardi che Hillary mi lanciava, mentre si passava le dita tra i lunghi capelli chiari e chiacchierava con un uomo che poteva essere suo padre o, addirittura, suo nonno. Lei parlava con lui, lui invece rispondeva alla scollatura del suo vestitino. Mi ero limitato a osservarla ogni tanto, mi piaceva prendermi del tempo con le ragazze, anche se spesso venivo considerato troppo riservato o freddo. In realtà era proprio il contrario, volevo vedere una persona in tutte le sue sfumature, nei momenti di massimo splendore, ma anche durante le sue giornate grigie e piovose.

Inoltre non avevo fretta: la tournée sarebbe iniziata presto e avremmo viaggiato insieme per la costa orientale del Nord America, partecipando ai diversi festival e suonando anche in alcuni locali e pub fino a Seattle, dove eravamo attesi a settembre al Bumbershoot, il festival internazionale di musica e arte.

«Ehi, amico, sveglia!» Matthieu mi diede una gomitata, prima di lasciarsi cadere accanto a me. «Hillary sta venendo da questa parte. Non me ne frega un cazzo di cosa farai con lei, ma ricorda che mi hai promesso un giro in macchina all'alba.»

Lo guardai di traverso mentre la bionda si avvicinava, portando con sé un piccolo bong di vetro scuro già pieno di fumo. La osservai mettere il pollice sul foro laterale prima che i suoi occhi si posassero su di me. I miei, invece, e di sicuro anche quelli di Matthieu, erano fissi sulle sue gambe chilometriche e abbronzate lasciate nude dal vestitino bianco che a malapena le copriva il sedere. Si avvicinò fino a pararsi davanti alle mie ginocchia e, con lo sguardo fisso nel mio, aspirò il fumo prima di poggiare l'aggeggio sul tavolino lì accanto. Con un sorrisetto fatto su misura, scivolai sul divano mentre lei mi seguiva piegandosi davanti in un gioco seducente per vedere quanto potessimo avvicinarci alla linea senza oltrepassarla. Chiusi appena le gambe in un muto invito a farla mettere a cavalcioni su di me e fu proprio ciò che fece. La mia testa cadde contro lo schienale, il suo profumo mi invase mentre mi spostavo la frangia dagli occhi prima di accarezzarle le cosce. Le sue braccia mi ingabbiarono, i nostri corpi si avvicinarono con più intimità quando posò la sua bocca sulla mia e soffiò il fumo tra le mie labbra aperte.

Accanto a me, Matthieu sussurrò: «Ohh, caaaazzzooo...» allungando la parola all'infinito.

Non mi spinsi oltre, non ancora. Hillary staccò appena la bocca dalla mia per sussurrarmi all'orecchio: «Balla con me, Noah.»

Trattenni il respiro al massimo prima di fare uscire piano il fumo dalle labbra. Se avessimo continuato di quel passo, i miei jeans sarebbero esplosi di sicuro.

Girai di poco la testa verso di lei, cercando la sua bocca, pronto per un bacio rovente, quando la voce noiosa di Matt spazzò via le mie intenzioni come se fosse una secchiata d'acqua gelida.

«Oh no, cara, non ci provare nemmeno. Dovrai aspettare il tuo turno.»

Lo guardai di sbieco, un'altra parola e l'avrei ucciso. I suoi occhi incontrarono i miei e sorrise come il babbeo che era, disarmandomi in un istante. Forse era quello che capitava ai veri amici: avevano la fastidiosa abitudine di farti venire voglia di ridere quando avresti voluto strozzarli.

Hillary di sicuro non condivideva i miei pensieri, visto che lo fulminò soltanto con uno sguardo e rispose al mio posto. «Scusa, cos'hai detto?»

Lui ignorò entrambi mentre si alzava in fretta. «Whoaaa...» barcollò di lato prima di aggrapparsi al bracciolo del divano ridendo come un matto. O sarebbe stato meglio dire come un ubriaco.

«Come hai potuto notare, ho bevuto...» avvicinò l'indice al pollice, «solo un pochino, quindi Noah mi ha promesso un giro con la macchina. Voglio vedere se l'alba di un nuovo giorno in California è come l'ho sempre immaginata.»

Hillary sbatté le palpebre per ben tre volte, forse stava provando a capire le sue parole, ma lo fissò con stizza prima di volgere l'attenzione a me. Il suo broncio carino aveva lasciato il posto a una bella smorfia. «Che differenza c'è tra l'alba negli Stati Uniti e quella in Svizzera?»

Aprii la bocca per risponderle, ma lei mi anticipò: «Non potete rimandare a domani? O a dopodomani?»

Con la coda dell'occhio, scorsi Matthieu guardare il soffitto per qualche istante, come se la sua pazienza fosse stata messa a dura prova. Poi fece un respiro profondo e la guardò di nuovo. «No, cara,» la sua voce era così mielosa che quasi scoppiai a ridere, «non possiamo rimandare a un altro giorno. Questa ormai è una consuetudine tra fratelli di anima come noi» rispose al mio posto mentre mi prendeva il braccio e iniziava a tirarmi verso di lui.

«Fratelli di cosa?» Gli chiese lei corrugando ancora di più le sopracciglia. Usando la mano libera, con delicatezza, la tolsi da sopra di me, perché se non lo avessi fatto, Matt mi avrebbe strappato il braccio.

«Dai andiamo, Noah» continuò, ignorando gli sguardi di puro odio della bionda. «Lei sarà qui domani, anche dopodomani e per i prossimi tre mesi. Invece la bellissima Mercedes nera decappottabile che l'albergo ha messo a nostra disposizione, ha le ore contate.»

Hillary continuò a guardarmi, in attesa di una risposta, ma non riuscii a pensare a una scusa abbastanza in fretta, perciò mi alzai e mi allontanai sfoggiando un sorriso smagliante che speravo mi avrebbe salvato il culo. Dopo una risata breve e incredula, le sue labbra si strinsero in una linea sottile e incrociò le braccia davanti al seno prosperoso. Okay, forse il mio sorriso non sarebbe bastato, ma fu meglio così. La mia vita stava iniziando e non intendevo legarmi a nessuna ragazza. Eppure, anche se mi ero alzato e avrei fatto ciò che mi chiedeva, non potevo perdere l'opportunità di dare una punzecchiata al mio migliore amico.

«Dai Matt, non potresti aspettare? Mi sarebbe bastata una mezz'oretta» ammiccai, mentre prendevo da una console accanto al tavolo le chiavi della macchina che Nils aveva lasciato dentro a un portacenere di cristallo, dopo essere tornato dal suo giretto. Avevamo dovuto aspettare il nostro turno, visto che la Mercedes aveva solo due posti.

«Stai scherzando, vero?» Matthieu mi guardò da sopra la spalla mentre schivava una coppia di ragazze che ballava in modo sfrenato, prima di dirigersi verso le doppie porte d'ingresso.

Quello fu uno dei rari momenti in cui fui davvero grato di essere riuscito a evitare le solite decisioni sbagliate che tendevo a prendere. Il mio migliore amico aveva ragione: di ragazze ce ne sarebbero state tante, ma un giretto su un Mercedes all'alba con il mio *bro* era un'occasione irripetibile.

«Allora, cosa stiamo aspettando? Su cazzone, muoviamoci che L.A. ci aspetta!» Mi avvicinai in fretta a lui per dargli una spintarella giocosa, appena prima che varcasse le porte.

«Non ho mai visto nulla del genere. È stupendo…»

La voce di Matt sembrava provenire da molto lontano. Per un breve momento chiusi gli occhi e mi lasciai inebriare dall'odore salmastro dell'oceano, dal venticello tiepido sulla pelle, dalla vita meravigliosa che mi aspettava a braccia aperte. Quando li riaprii, notai che, a un centinaio di metri sotto di noi, oltre la leggera nebbia che si stava dissipando, le onde si infrangevano sulla scogliera lasciando schizzi simili alle pennellate di un pittore in preda a un raptus di follia.

Diverse sfumature di blu pervinca, arancio fiammeggiante e viola iniziarono a tingere il mare ancora scuro, a mano a mano che la luce di un nuovo giorno appariva sulla linea dell'orizzonte. Le poche nuvole riflettevano i colori rendendo lo spettacolo ancora più brillante e intenso.

Sbalorditivo…

Seduto accanto a me sul cofano della Mercedes, Matthieu sussurrò: «Semplicemente magnifico…»

Chiusi gli occhi e respirai a fondo. Non riuscivo a rammentare un momento della mia vita in cui fossi stato più in pace con me stesso e con il mondo che mi circondava. Pensai al block notes che avevo lasciato nello zaino, avrei voluto averlo con me per descrivere ciò che stavo provando. Ero sicuro che quell'esperienza negli *States* sarebbe stata fondamentale non solo a livello musicale ma anche per noi stessi.

Chiudo gli occhi due minuti e poi vado a vedere se nel portaoggetti c'è un pezzo di carta e una penna, devo assolutamente buttare giù alcune rime.

Con le mani incrociate dietro la nuca, mi lasciai cullare dal venticello tiepido che mi stava scaldando il viso. Per alcuni lunghi minuti, il solo suono udibile proveniva dai cinguettii degli uccelli che si libravano sopra le nostre teste come se stessero giocando con le correnti d'aria. La mia mente volò lontana tra le ali di un gabbiano che avevo intravisto poco prima…

Forse mi addormentai sul serio perché a un tratto sentii qualcuno che mi dava delle gomitate.

«Vieni, Noah, dai muoviti, andiamocene. Sto morendo di fame.»

Per un istante mi ritrovai così disorientato che pensai di essere ancora nel letto di casa mia. Aprii un solo occhio e vidi il mio amico, con i capelli sparati in tutte le direzioni, in piedi davanti a me, che mi tirava per la caviglia.

«Che cazz- che cazzo fai, Matt?» Gli chiesi con voce impastata, mentre mi coprivo gli occhi a causa della luce improvvisa. In quell'istante li vidi. *Cactus, massi, un parcheggio vuoto.* «Ma dove cazzo siamo?» *Dov'è il mio letto?!* Sbattei le palpebre perché pensavo di avere le allucinazioni.

Come risposta, lui inclinò la testa da una parte, guardandomi come se fossi impazzito. «Datti una mossa, pigrone. Voglio fare una nuotata in piscina prima di fare colazione.»

Piscina? Mi guardai ancora intorno e Matthieu continuò a tirarmi per gli stivali. Stavo scivolando su una superficie liscia e c'era qualcosa che si stava conficcando nella mia schiena.

«Dai, Noah. Si sta facendo tardi, dobbiamo andare.»

«Okay, okay. Aspetta!» Mi coprii la bocca con la mano mentre sbadigliavo, ma gli ultimi strascichi di sonno si dissiparono e il cervello iniziò a unire i puntini rendendomi partecipe di dove mi trovassi.

California. Yeah!

Gli diedi una spintarella innocua con gli stivali per allontanarlo e, allo stesso tempo, per fargli capire che mi sarei mosso.

Scesi dal cofano della macchina e mi sentii subito a pezzi, come se stessi per andare in coma da un momento all'altro. Mi stiracchiai provando a scrollarmi di dosso un po' della fatica dovuta alla notte insonne e al maledetto *jet lag*, ma l'unica cosa che avrebbe potuto salvarmi in quel momento era il gigantesco letto che si trovava a chilometri di distanza, nella suite.

La stanchezza fu subito dimenticata quando guardai la vista sotto di noi e mi persi nell'orizzonte e poi nei dettagli creati dalla baia di Los Angeles. Inclinai la testa all'indietro, misi entrambe le mani accanto alla bocca e mi lasciai sfuggire un ululato, seguito da un: «Evviva!»

«Siamo nella Pacific Coast Highway, Noah, ti rendi conto!» Matt arrivò saltellando fino a fermarsi accanto a me, era così felice che solo guardarlo mi fece sorridere ancora di più.

Dopo un abbraccio veloce, senza perdere tempo, mi imitò con un altro ululato seguito da un urlo. «Siamo i *Bad News* e stiamo per diventare famosi. Evvai!»

Non era ancora soddisfatto perché appena finì la frase, gonfiò il petto come se fosse un piccione. «Guarda, guarda che roba che farò…» si voltò e fece un buffo inchino come se avesse un pubblico, «signore e signori, Matthieu Le Blanc entrerà in quell'auto decappottabile, come fanno le vere star di Hollywood!» Appena finì la frase, spiccò una corsetta in direzione della macchina, lasciando dietro di sé delle nuvolette di polvere.

La risatina che mi stava già scappando si trasformò in una risata in piena regola quando appoggiò la mano nell'angolo superiore del parabrezza e tirò verso di sé le gambe con l'intenzione di saltare dentro la macchina. Tuttavia il suo braccio scivolò e sbatté con tutto il peso contro la portiera prima di cadere a terra.

L'idiota stava già sghignazzando come una iena quando atterrò come un peso morto sulla ghiaia del piazzale di sosta. Intanto, mi ero già piegato in due mentre ridevo come un matto, le lacrime che mi sgorgavano dagli occhi.

«Quanto sei scemo, Matt.» Appoggiai le mani sulle cosce e continuai a ridere a crepapelle, mentre lui si alzava pulendosi i pantaloni e la camicia nera, ormai tutta sporca di terra.

Proprio perché eravamo grandissimi amici, dovetti sfotterlo ancora un po'. «Aspetta che prendo il cellulare, così puoi riprovare.» Non riuscivo a smettere di ridere, mi faceva male la pancia.

Una persona può morire di troppa felicità?

«Vaffanculo, Noah» borbottò ancora un'altra litania di parolacce, prima di dire: «Ma come fanno gli attori a fare 'sti cazzo di salti?»

«Di sicuro non ci provano quando sono ubriachi.» Gli diedi uno scappellotto mentre gli passavo accanto andando verso lo sportello del guidatore e, nel frattempo, mi asciugavo gli occhi sui polsini piegati della camicia.

Dovevo prenderlo ancora un po' in giro, così continuai: «Vedi…» gli feci notare mentre aprivo lo sportello, prima di sedermi, «è semplice. Devi fare così.»

«Stai zitto coglione e fammi da *chauffeur*» finì la frase con il suo perfetto accento francese, per poi accomodarsi sul sedile del passeggero. Mise la cintura e appoggiò il braccio piegato sul finestrino aperto.

Sorridendo come due matti, partimmo di nuovo.

La Mercedes affrontava le curve con una stabilità impressionante, a mano a mano che scendevamo verso la valle in direzione dell'hotel.

Accanto a me, Matt, che aveva collegato di nuovo il telefono al Bluetooth, finì di trafficare con la playlist che stava cercando e lo lasciò cadere nella console tra di noi. Alzò il volume della radio e poi, come se avesse la sua chitarra, imitò le prime note di "Come Out And Play" degli *The Offspring.* Avevamo entrambi quel genere di sorriso sulle labbra, ampio e assurdamente felice, mentre portavo un braccio fuori dal finestrino, la mano libera che batteva a tempo sul lato della portiera.

Lo accompagnai cantando mentre, al contrario di lui, che urlava a squarciagola, risparmiavo la voce. Insieme alle mani, era ciò che avessi di più importante.

Hey, come out and play
By the time you hear the siren
It's already too late
One goes to the morgue and the other to jail
One guy's wasted and the other's a waste

Ehi, vieni fuori a giocare
Quando senti la sirena
È già troppo tardi
Uno va all'obitorio e l'altro in prigione
Un ragazzo è sprecato e l'altro è andato

Matt alzò le braccia verso il cielo e si mise a urlare come un matto, prima di togliersi la cintura di sicurezza.

«Cosa stai facendo?» Gli chiesi, ridendo.

«Sta' a guardare.»

Scalai la marcia e diminuii la velocità, il *beep beep* del sistema di sicurezza mi stava dando un fastidio tremendo. Premetti qualche pulsante provando a disattivarlo e, nel frattempo, Matt si era già messo in ginocchio urlando le strofe della canzone alternandole con: «*America, I fucking love you.*»

Non avevo idea di cosa diavolo stesse facendo o pensando, ed ero quasi sicuro che non lo sapesse nemmeno lui. «Mettiti questa cazzo di cintura! Smettila di fare lo scemo o potrebbero arrestarci» gli urlai, anche se non avevamo ancora incontrato nessun'altra macchina sulla strada che si snodava come un serpente verso la valle sottostante. Era prestissimo o tardissimo, a seconda del punto di vista.

«Guardami, Noah» gettò le mani in aria e inclinò la testa all'indietro, «*I'm the King of the World*» urlò in una pessima imitazione di Leonardo di Caprio.

Continuai a ridere, mentre piegavo il volante, preparandomi per affrontare la prossima curva.

Forse fu quello il mio errore…

Se solo avessi diminuito ancora di più la velocità…

Se non mi fossi lasciato prendere dal panico, quando si mise in piedi sul sedile…

Se Matthieu mi avesse dato retta mentre gli urlavo di scendere…

Se non avessi girato il volante in quel modo provando a raggiungerlo, nel tentativo di farlo sedere con la forza…

Se il sole non mi avesse accecato…

Se non avessi pestato il freno con tanta impulsività…

Se non avessi visto la paura nei suoi occhi e sentito la mia come una bestia inferocita nel petto…

Se solo avessi…

Noah... udii qualcuno sussurrare il mio nome, ma non riuscii a vedere a chi appartenesse la voce. Provai ad aprire gli occhi, o forse erano già aperti, eppure vedevo solo il buio.

E forse, sarebbe stato meglio che affrontare la realtà...

Nessun futuro

«Matt...» provai a dire il suo nome, ma la lingua sembrava carta vetrata e la gola bruciava come se avessi ingerito dell'acido. Tutto ciò che riuscii a emettere fu un sussurro impastato che faticai io stesso a riconoscere.

La testa mi martellava in un modo insopportabile e, per un momento, mi sembrò di essere finito in uno studio di registrazione. Regnava un tale silenzio... ma non era quello elettrizzante che avevo imparato ad amare alla follia, tipico di quando stavo per iniziare una canzone. Quell'assenza di suono l'avevo già sperimentata, molto tempo prima, quando ero ancora un bambino. Era una nota musicale ovattata che assorbiva ogni rumore e lasciava al suo passaggio solo vuoto e distruzione.

La maggior parte delle persone non sapeva sul serio cosa significasse la morte.

Io, invece, sì.

La morte suonava come il contatto con la pelle fredda di qualcun altro.

La morte era simile alla fame e alla paura che mi avevano accompagnato in quegli ultimi passi prima del traguardo.

Alcune persone dicevano di provare un orribile sentore alla bocca dello stomaco, come una premonizione che annunciava che stesse per accadere qualcosa di terribile.

In quel momento non stavo provando quella sensazione solo nella pancia, ma in tutto il mio fottuto corpo, dalla punta dei piedi fino all'ultimo filo dei capelli.

La sentivo fin nelle ossa, nella mente, nel cuore, nella musica che faceva vibrare il mio essere.

La Mami era di nuovo immobile, nascosta dietro quelle odiose tende spesse che puzzavano di scarpe vecchie, gli occhi incollati alla finestra, mentre lo aspettava. Lo faceva sempre, dalla porta, dietro a ogni anfratto, nelle rare volte in cui andavamo per strada e si guardava in continuazione le spalle, come se si aspettasse di veder sbucare fuori un cane enorme e rabbioso o il mostro che dormiva sotto il nostro letto. Tutto il tempo a temere, a nascondersi…

«Noah…» mi chiamò con urgenza, il bicchiere che aveva in mano tremò spargendo un po' di liquido rosso sangue sul pavimento di legno.

Fermai il trenino con cui stavo giocando e aspettai. Conoscevo bene quel tono di voce.

«Se lui dovesse scoprire dove viviamo, mi ucciderà, capisci?»

«Sì, Mami» annuii in fretta, ma non mi stava più ascoltando, la sua attenzione era di nuovo rivolta alla finestra.

«Magari ti porterà via» borbottò, facendomi tremare di paura. Ripeteva sempre che se ci avesse sparato, il signore e la signora Tanzler, che abitavano dall'altra parte della fattoria, non avrebbero sentito niente, e quindi nessuno avrebbe avvertito la polizia se ce ne fosse stato bisogno. Ci avrebbero lasciati lì e i nostri corpi sarebbero diventati polvere nel nulla. Non capivo molto bene cosa intendesse dire con quella parola, ma non volevo essere mangiato dai topi o dagli scarafaggi che vedevo ogni tanto rosicchiare le cose per terra.

«Noah!» Gridò di nuovo senza spostarsi di un millimetro, ferma, immobile, quasi come se non stesse nemmeno respirando, indicando un punto dall'altra parte del salotto, alle mie spalle. «Controlla la porta!»

L'avevo controllata tre volte quel giorno, ma lei non mi credeva mai quando le dicevo sempre la stessa cosa, cioè che era chiusa. Ogni volta che si affacciava verso il giardino ripeteva la stessa frase. Era strano: avevamo due porte che portavano all'esterno, ma dovevo controllare sempre quella principale, come se l'altra non esistesse.

I giorni più belli erano quando non si ricordava nemmeno della porta o di chi sarebbe potuto entrare, ed erano davvero stupendi. Si sedeva per terra e giocava con me, non avevamo un orario prestabilito per mangiare o dormire, quindi potevamo ballare e cantare insieme, poi mi accompagnava dal signor Tanzler per le lezioni di musica e, soprattutto, quando mi guardava, il suo viso si illuminava con il sorriso più bello che avessi mai visto. Altri giorni, invece, dovevo controllare la benedetta porta almeno un centinaio di volte. I momenti peggiori, tuttavia, capitavano quando, attraversando i campi per andare alla lezione, lei vedeva, o credeva di vedere o sentire qualcosa. In quelle occasioni l'unica cosa che potevamo fare era tornare di corsa a casa, senza badare a niente e a nessuno, così da poterci nascondere come se avessimo fatto qualcosa di molto sbagliato. Quando accadeva una cosa del genere ero davvero triste, perché perdevo la mia lezione e spesso dovevo rimanere per ore chiuso nell'armadio della nostra camera, l'unico che avevamo, senza mangiare o fare la pipì.

Poiché non avevo intenzione di farla arrabbiare, mi misi a quattro zampe e gattonai verso la porta. Le tende erano sempre chiuse, quindi avrei potuto camminare normalmente, ma avevo paura che, se l'uomo mi avesse visto, o avesse anche solo scorto la mia ombra, avrebbe finito per sparare, perciò passai quasi strisciando sotto la finestra del soggiorno.

Qualche istante dopo aver provato la maniglia, la tranquillizzai. «È chiusa, Mami.»

«Grazie, tesoro.» Mi guardò in fretta e sorrise prima di bere tutto il liquido rosso dal bicchiere e riempirlo un'altra volta con la bottiglia posata per terra vicino ai suoi piedi.

Avevo sempre paura, ma in quel momento ero anche un po' felice di stare con lei, mi piaceva quando mi chiamava in quel modo. Accadeva solo quando era alla finestra, mezza nascosta dietro la tenda intenta a osservare fuori senza essere vista. In quei momenti era gentile e, alcune volte, mi aiutava anche a fare ciò che mi chiedeva, come spegnere tutte le luci, chiudere bene le tende, staccare le spine della corrente o bloccare la maniglia della porta con lo schienale della sedia.

Stavo per tornare indietro, sempre gattonando, quando il bicchiere cadde per terra rompendosi e spargendo tutto il liquido rosso in una pozza che ai miei occhi parve sinistra e raccapricciante. Prima ancora che potessi capire cosa stesse accadendo, si era avvicinata in fretta e furia stringendomi il braccio con tutta la forza, tirandomi in piedi.

«Lui è qui, Noah...» sussurrò terrorizzata. I suoi occhi saettarono verso la porta prima di tornare da me. «Corri a nasconderti!»

Con il cuore che sembrava voler uscire dal petto e una brutta sensazione alla pancia, annuii in fretta seguendo i suoi ordini. Mi capitava spesso di dovermi nascondere, mia madre aveva sempre troppa paura anche solo per riuscire a spiegarmi cosa stesse accadendo. Mi preparai per correre verso l'armadio in camera, ma, tutto a un tratto, mi sentii trascinare verso la porta della cucina. Passammo vicino al vano della tenda dove si trovava prima e potei guardare fuori, ma non vidi nessuno. Non c'era mai nessuno. In un batter d'occhio mi ritrovai sulla porta del retro, spinto giù per le scalette di legno, trascinato per il cortile di terra battuta e messo dentro alla casetta delle galline.

La vidi inginocchiarsi davanti a me, afferrandomi per le spalle. «Nasconditi nel pollaio e resta lì finché non ti verrò a prendere.» I suoi occhi saettavano da una parte all'altra, pazzi di terrore.

«No, Mami, non voglio» scossi la testa provando a non piangere. «È troppo buio e una volta ho visto le galline trucidare un serpente. Mi nasconderò nel guardaroba... per favore.»

Mi scosse con energia, la mia testa dondolò avanti e indietro e sentii battere in modo pauroso i denti. Alcune galline, che stavano beccando il terreno secco, si spaventarono facendo una baraonda. «Non abbiamo più tempo! Resta lì o ti ucciderà.»

Mi spinse con forza verso la porticina, dalla quale riuscivo a passare a malapena. Inciampai sui miei stessi piedi mentre salivo la rampa. Alcune lacrime mi scapparono quando sentii delle pietrine conficcarsi nei palmi delle mani e delle ginocchia, tuttavia feci ciò che mi ordinava senza guardarmi indietro. Appena entrai, mi voltai giusto in tempo per vederla correre verso casa.

Riuscivo a malapena a stare in piedi lì dentro, perciò camminai accovacciato, provando a orientarmi soltanto attraverso la luce che filtrava dalla porticina. Mi diressi piano verso i trespoli che scorgevo in fondo, provando a non spaventare le galline, e infine mi sedetti vicino a un mucchio di paglia. Non lo avrei mai confessato a mia madre ma avevo una paura folle di un gallo che mi aveva già rincorso numerose volte quando dovevo prendere delle uova. Speravo soltanto che non mi trovasse anche in quell'angolino nascosto.

Il tempo sembrava non passare più e, a un certo punto, iniziai a sentire freddo, così ammucchiai un po' di paglia intorno a me, tirando le ginocchia al petto e abbracciandole. Ero arrabbiato con me stesso perché le lacrime continuavano a scendere e non potevo far rumore. La luce che filtrava attraverso la porticina sparì e, anche se avevo una paura tremenda che il gallo venisse a beccare i miei occhi, finii per appisolarmi.

Forse mi ero addormentato sul serio perché, quando mi svegliai, il bagliore dorato sotto la piccola fessura era apparso un'altra volta. Provai ad allungarmi, ma lo spazio era così angusto che non sentivo più nemmeno le gambe, e credevo proprio di essermi fatto la pipì addosso. Se fosse successo, sapevo che la Mami si sarebbe arrabbiata tantissimo. Stavo morendo di fame, ma continuai a rimanere esattamente dov'ero, perché mi aveva detto di non muovermi. Forse il sole si era fatto alto in cielo, perché dentro la casetta iniziò a fare caldo. Le galline uscirono e rimasi solo. Avevo tanta sete e finii per bere un po' d'acqua dal tubo che si trovava nell'angolo, ma non molta perché non volevo farmi di nuovo la pipì addosso. Nel frattempo, continuai a lottare contro i miei occhi che insistevano a chiudersi e contro i moscerini che volevano infilarsi nel naso. Almeno ero ancora vivo, perché avevo fatto ciò che aveva detto la Mami e sarei rimasto lì senza muovermi finché lei non sarebbe venuta a prendermi. O finché l'uomo non se ne fosse andato via.

Il tempo continuò a trascorrere, alcune galline ritornarono sui trespoli e forse l'uomo aveva davvero ucciso mia madre. Quella era l'unica spiegazione che mi veniva in mente sul perché non fosse ancora venuta a prendermi.

Aspettai che facesse di nuovo buio e, finalmente, strisciai fuori dal pollaio. Non credevo che, se l'uomo avesse ucciso la mia Mami, sarebbe rimasto per tutto quel tempo in casa, quindi forse potevo tornare e rientrare. Appena provai ad alzarmi, caddi per terra perché le gambe formicolavano e non sentivo più le dita dei piedi. Alla fine, dopo diversi tentativi, riuscii ad arrivare alla porta sul retro. Solo in quel momento notai che ero tutto sporco, pieno di piume, cacca di gallina, paglia e terra. Se la Mami fosse stata ancora viva e avessi sporcato il pavimento, si sarebbe arrabbiata tantissimo. Provai a pulirmi ma tutto ciò che riuscì a fare fu sporcarmi ancora di più.

Entrai in punta di piedi, provando a non fare rumore. Per fortuna la nostra casa era davvero piccola e non c'erano molti posti in cui nascondersi. In soggiorno non c'era nessuno e tutto sembrava uguale a quando eravamo usciti di corsa. La tenda era ancora mezza aperta, il mio trenino era per terra e il bicchiere era rotto vicino alla finestra. L'unica cosa diversa era la mancanza della bottiglia, sembrava sparita. Avevo tanta voglia di stringere la mia Mami, di chiamarla, ma non lo feci perché, se l'uomo fosse stato ancora in casa, mi avrebbe sicuramente sentito. Non accesi nemmeno la luce, ma riuscii lo stesso a orientarmi e a vedere bene perché la porta della nostra camera era aperta e da lì filtrava un po' di luce. Appena arrivai sotto l'uscio, la vidi sdraiata sul letto. Per un momento restai fermo, anche se le gambe mi formicolavano dalla voglia di correrle incontro. Fu difficile, ma prima di raggiungerla, controllai ogni centimetro della stanza, per essere certo che fossimo soli. Mi accorsi che era acceso solo il piccolo lumino che aveva accanto al letto e attraverso il bagliore fioco mi sembrò che dormisse. Trattenni lo stesso il respiro mentre mi avvicinavo, non avevo mai visto una persona morta prima ed ero così spaventato che il mio cuore pareva volesse uscire dalla bocca. Mi avvicinai piano, facendo dei respiri profondi, ma quando girai intorno al letto e mi fermai davanti a lei rimasi un po' sorpreso accorgendomi che aveva un aspetto molto simile a quando era viva. Avevo immaginato che la sua pelle avrebbe assunto un colore diverso o che magari fosse diventata trasparente, come un fantasma. Da qualche parte avevo sentito che le persone morte erano fredde così, molto piano, infilai la mia mano nella sua e strinsi forte. Non ebbi nemmeno il tempo di rendermi conto che era calda perché in un batter d'occhio le sue dita si chiusero intorno alle mie e i suoi occhi si aprirono di scatto.

Mi spaventai così tanto che urlai a squarciagola e, usando tutta la mia forza, sfilai la mano dalla sua, mentre facevo due passi indietro. Purtroppo pestai una bottiglia rovesciata e finii con il sedere a terra.

«Dove sei stato, Noah?» Mi chiese senza muoversi, con la stessa voce che aveva quando beveva il liquido del color del sangue, credo il suo nome fosse vino.

«Ero nel pollaio, Mami. Dove mi hai detto di restare perché saresti venuta tu a prendermi.» I miei occhi cominciarono a bruciare, non volevo piangere davanti a lei ma ero così confuso: l'unico motivo per cui non era tornata da me, era che l'uomo l'aveva uccisa. Allora perché parlava ancora?

I suoi occhi si stavano chiudendo di nuovo e il mio stomaco brontolò. «Mami, possiamo mangiare qualcosa?» Non avevo mai sentito così tanta fame prima.

Non mi rispose, si era già addormentata.

Sul comodino e per terra erano sparse parecchie pillole bianche, alcune lunghe e altre verde acqua. Mi diceva sempre che non riusciva a dormire bene quindi doveva prenderne tante. Le verdi erano per la notte ma, in realtà, l'avevo già vista ingoiarle anche di giorno. Invece quelle lunghe le chiamava le pillole della felicità e diceva che doveva buttarle giù con acqua fresca quando si sentiva triste. In realtà a terra, sparse sul tappeto bucherellato che adornava il pavimento, c'è n'era un terzo tipo, ma la mia attenzione venne attirata dalla pancia che mi ricordò la fame con un brontolio così alto che temetti di svegliarla.

«Mami, ho fame.» Siccome non rispose, la scossi.

«Lasciami stare, Noah» borbottò provando a darmi uno schiaffo sulla mano, ma il suo braccio ricadde molle lungo il corpo.

Guardai le altre due scatole di pillole che erano aperte sul comodino. Diceva che doveva prenderle quando aveva fame, chissà se lo stesso valeva anche per me. Mi chiesi se si sarebbe accorta della mancanza di alcune di loro. Poi guardai anche le pillole della felicità. Forse avevo bisogno anche di un po' di quelle. Non volevo più restare in casa da solo mentre lei dormiva, anche perché l'uomo cattivo poteva sempre tornare. Cosa avrei mai potuto fare da solo contro di lui? Inoltre, non volevo nemmeno sentire più fame. Presi una delle scatole, volevo sapere che cibo ci fosse in quelle pasticche, solo che non ero molto bravo a leggere perché ero ancora in prima elementare. Provai e riprovai ma c'erano un sacco di lettere, tutte piccole e incomprensibili, e dopo un po' lasciai perdere, visto che la pancia mi stava facendo un male tremendo. Mi ricordai la scatola di cereali che si trovava in cucina, purtroppo era nel ripiano in alto e avrei dovuto prendere la sedia e alla Mami non piaceva che salissi sulle cose. Diceva sempre che sarei potuto cadere e morire. Non volevo morire, volevo solo mangiare.

Guardai un'altra volta le pasticche e mi ricordai che, quando avevo la tosse, mi dava sempre uno sciroppo al gusto di gomma da masticare alla fragola. Era buonissimo.

Mi girai verso mia madre, ma era ancora ferma nella stessa posizione di prima, le mani incrociate sulla pancia come se stesse pregando. Mi affrettai a prendere una delle sue pillole verdi e la annusai, ma non sapeva di nulla. Poi ne sgraffignai una lunga che sembrava fatta di plastica e la leccai, ancora nulla. Forse per sentirne il sapore ne avrei dovute assaggiare di più, così ne afferrai una manciata dal comodino. Mi guardai intorno alla ricerca di qualcosa con cui buttarle giù, come diceva lei, ma a terra c'erano solo due bottiglie vuote e un po' del liquido rosso sangue era sparso sul tappeto a formare una macchia puzzolente. Per fortuna non ero stato io a farla o sarebbero stati guai seri!

Senza far rumore, sgattaiolai fuori dalla stanza, verso il bagno, provando a ignorare lo stomaco che brontolò di nuovo. Pensai alla scatola di cereali, guardai le pasticche in mano e immaginai che fossero quelle al gusto di cioccolato. Le misi in bocca e le masticai mentre passavo sotto l'uscio. Feci una smorfia perché era la cosa più disgusto-

sa che avessi mai mangiato, quella roba era davvero amara, mi venne un brivido e sentii la lingua seccarsi. Infilai la bocca sotto il rubinetto, lo aprii e bevvi fino a sentire la pancia scoppiare.

Speravo soltanto che la Mami avesse ragione, che quelle pasticche mi togliessero la fame e mi portassero altrove perché, a parte le lezioni di musica e la mia chitarra, mi stavo davvero stancando di avere sempre paura di quell'uomo. Una volta la Mami aveva bevuto tanto di quel liquido rosso che mi disse chi era, ma non riuscivo a capire perché dovevamo avere paura del mio papà.

Chiusi il rubinetto e iniziai a togliermi i vestiti, volevo lavarmi, così quando si fosse svegliata mi avrebbe trovato pulito. Ma quando provai a togliere i pantaloni da ginnastica, mi sentii come se le gambe non fossero più mie, perché non volevano saperne di ubbidire. Solo con molta fatica riuscii a farlo e mi levai anche la maglietta che lasciai in un mucchio per terra. Molto presto mi resi conto che la doccia non sembrava più un'idea molto interessante, perché anche le braccia sembravano essersi staccate dal corpo e galleggiare in aria come due palloncini gonfiati per un compleanno di molti anni prima. Alla fine tenni la canottiera, le mutande e le calze, che almeno erano pulite, anche perché ero troppo stanco per toglierle. Prima di uscire dal bagno, salii sullo sgabello che usavo per lavare i denti e mi guardai allo specchio, perché mi sembrava che mi stessero crescendo le orecchie. Ma ero sempre lo stesso Noah, i capelli chiari che cadevano sugli occhi azzurri, le braccia e le gambe che sembravano fili di spaghetti.

Tornai in camera con le dita dei piedi che iniziavano a formicolare, proprio come le gambe. La Mami stava ancora dormendo e, appena raggiunsi il letto, mi sentii cadere, così mi affrettai a sedermi sul mio lato del materasso.

La testa mi girava come una trottola e, prima che me ne rendessi conto, mi ritrovai sdraiato. Mi sembrava di star fluttuando appena sotto il soffitto e da quella strana posizione guardavo il mio corpo, sdraiato accanto alla Mami. Con una fatica tremenda mi avvicinai a lei e riuscii a infilarmi sotto il suo braccio. Mi chiesi se fosse per quel motivo che le piacevano tanto quelle pillole. Perché la facevano sentire come se fluttuasse in alto nell'aria, vicino alle stelle, dove nessuno avrebbe potuto raggiungerla. Il suo corpo era ormai freddo, ma non mi importava, perché non sentivo più fame o paura. Tutto ciò che sentivo era il silenzio…

A circondarmi era, ancora una volta, la morte. La potevo percepire anche attraverso le ultime fitte di dolore che mi stavano già abbandonando, un po' alla volta come una vecchia boa che riusciva a stento a rimanere a galla. Provavo lo stesso intorpidimento del corpo, la stessa aria gelida che sembrava lambire la mia pelle e il peso enorme che sentivo schiacciarmi il petto. Ma c'erano anche altre sensazioni, come il caldo che mi bagnava il viso e i vestiti, il sangue che fuoriusciva dal mio corpo, riversando linfa vitale sul terreno umido... la stessa vita che mi voltava le spalle.

Tutto iniziò a fermarsi. Mi sentii invadere dall'oscurità che avanzava inesorabile mentre la mia essenza scivolava via, come se stessi svanendo, entrando e uscendo dalla coscienza. Mi sentii trascinare via e potei giurare che Matt fosse con me, così vicino, ma allo stesso tempo irraggiungibile.

Guardai alla mia sinistra, con il collo che mi faceva un male tremendo, bloccato nel dolore. Lui era accanto a me, con gli occhi fissi nel nulla, il volto coperto di sangue e il corpo che aveva smesso di muoversi. Cercai la sua mano. «Coraggio, fratello» implorai tra i singhiozzi disperati. «Ti prego, ti prego, continua a respirare, Matt.»

Matt… soffocai, il suo nome mi bruciava la gola mentre le lacrime mi inondavano gli occhi. «Ti prego, ti scongiuro, non lasciarmi… non morire» ripetei, ancora e ancora, finché la testa non cominciò a dolermi come se volesse spaccarsi in due.

Sentivo il bisogno di chiudere gli occhi, ma non volevo, non potevo abbandonarlo. Volevo assicurarmi che stesse bene, che restasse con me. Non riuscivo a respirare. Stava bene?

Volevo…

Cazzo. Non andartene…

Ma lo stava facendo, o forse ero io che lo stavo abbandonando. Sdraiato vicino al mio grande amico, guardai per l'ultima volta il cielo, soffocando le mie stesse lacrime mentre stringevo la sua mano che si stava raffreddando, afflosciandosi nella mia. Le nostre teste erano così vicine, i nostri cuori ormai aperti a metà, spargendo sangue... vita sul duro terreno.

Lo guardai negli occhi che sembravano essere aperti, eppure erano in parte opachi come quelli di mia madre, dentro di essi non scorsi nessuna scintilla, e sperai con forza che presto non ci sarebbe stato più niente nemmeno dentro di me, così rimasi sdraiato a terra, le nostre mani ancora unite, mi abbandonai al mio destino, lasciando che mi dissanguassi.

Dai, resisti, non è l'ultimo respiro
Fratello d'anima
Ogni alba la musica sei te
Dai, resisti, per un breve momento
Fratello d'anima
…

Perché mi trovavo ancora su quella terra quando tutti intorno a me continuavano a morire? Dovevo per forza restare immobile a guardare e basta, incapace di fermare la sua falce?

Non posso farlo. Non posso limitarmi a toccare di nuovo la morte, senza trattenermi dal farmi inghiottire da essa.

Non ero nemmeno sicuro di credere in Dio ma, se esisteva, di certo, mi odiava.

Perché continui a punirmi in questo modo? Ti prego, prendi la mia vita e chiudiamola qui!

Era la sola cosa che volevo, quindi mi abbandonai alla sensazione di oblio che mi avvolgeva e la accolsi senza paura. Sentii i ricordi tornare alla mente ma, soprattutto, ciò che avevo appena vissuto, l'unico che non avrei mai più voluto rammentare. Perciò pregai che venissero spenti, intorpiditi fino ad affossare tutto ciò che provavo, persino l'ultimo barlume di vita presente in me. Se fossi sopravvissuto, avrei dovuto ricordare, come quando ero un bambino, e non mi sarebbe rimasto altro che angoscia, disperazione e solitudine. Per quel motivo avrei preferito dimenticare ogni cosa, anche me stesso e alla fine Noah Engel sarebbe diventato un'istantanea che svaniva come le ultime stelle in cielo prima dell'arrivo di un altro giorno.

Come quel bambino solo accanto a sua madre…

E fu così che feci. Mi concentrai sui raggi del sole come se potessi vederli, sentirli, desideroso di toccarli finché non iniziarono a spegnersi, uno dopo l'altro, portando con sé ogni battito del mio cuore. Il mio corpo venne scosso da uno spasmo, tutto ciò che mi circondava fu oscurato e percepii l'istante in cui emisi il mio ultimo respiro, il petto che diventava sempre più pesante, ma allo stesso tempo sempre più leggero.

Come i miei pensieri…

Come la mia colpa…

Ero finalmente libero…

Ero solo…

Per l'eternità…

Udii di nuovo il bip delle macchine, come quando ero solo un bambino, che cercavano di infondermi un po' di vita in un loop senza fine, gli aghi che affondavano nella mia pelle, portandomi la stessa linfa che mi aveva abbandonato. Ancora una volta la morte mi voltava la schiena.

Il mondo sembrava un eco lontano e troppo luminoso dopo essere stato così a lungo solo nel buio. Un fascio di luce mi illuminò l'occhio e trasalii, l'intero corpo era indolenzito e rigido, i movimenti divenuti letargici. Un volto si avvicinò al mio e il cuore si ribaltò nel petto.

Doveva essere lui. «Matt...»

«Non sforzarti a parlare, riposati.»

La voce era maschile, ma non era del mio migliore amico. Il mio mondo scelse proprio quel momento per emergere dall'oblio, tornando di nuovo visibile. Mi leccai le labbra, erano secche e allo stesso tempo appiccicose e avevano il gusto del sangue.

«Ti prego...» lo implorai, ma le macchine continuarono a pompare vita nel mio corpo nonostante desiderassi solo che mi lasciassero al mio destino. Mi ero arreso, volevo che il mio cuore rimanesse aperto, così da sanguinare fino alla fine, ma quel maledetto dottore continuò a sigillarlo.

Lo sentii premere due dita sul mio polso e poi si mise a blaterare dei numeri a qualcuno che non riuscivo a vedere. Registrai il rombo costante di un motore, una lieve pressione e qualsiasi cosa su cui ero sdraiato ondeggiò leggermente.

Ero in un'ambulanza. Mi stavano portando via.

«Matt...»

Preso dal panico, cercai di mettermi seduto, ma avevo le spalle legate. Mi dimenai e mi contorsi, e un dolore acuto mi colpì la mano, poi il braccio e subito dopo l'intero corpo.

Provai a gridare, ma non mi uscì nemmeno un lamento. Mi sentivo come svuotato. Rimase soltanto la pressione nella testa che aumentò fino a quando pensai che stesse per esplodere. O desiderai che lo facesse.

Un tempo avevo speranza, credevo che se avessi voluto qualcosa con tutte le mie forze, avrei potuto realizzarla, forse avrei dovuto crederci solo un po' di più. Continuai a mormorare il nome di Matthieu ancora e ancora, anche se non riuscivo a parlare e sapevo che, appena avessi aperto gli occhi, avrei dovuto accettare di essere ancora vivo e che lui, molto probabilmente, sarebbe stato morto.

Tutto ciò che avrei potuto sentire, desiderare e sognare svanì in quella assolata mattina, lasciando al suo posto una voragine fatta di dolore e sofferenza.

Attorno a me udivo delle voci che mi spronavano a reagire. «Dai, resisti, non mollare...»

«Vi prego, no...» implorai.

«Starai bene» mi assicurò il paramedico. «Siamo arrivati appena in tempo.»

No. No. Non l'avevano fatto. Continuai a scuotere la testa. Erano arrivati troppo tardi.

Vidi il paramedico tirare fuori una siringa e poi il mio mondo divenne di nuovo confuso. Il panico si placò, ma i ricordi continuarono a vorticare.

Erano arrivati troppo tardi. Nessuno, ora, avrebbe più potuto salvarmi.

Neuer Zürcher Zeitung

Un giovane talento in pericolo di vita

A cura di Doris Abtei

Il mondo della musica dovrà forse dire addio a un altro grande talento?
Matthieu Le Blanc, 23 anni, chitarrista della band i Bad News, è in coma dopo un grave incidente automobilistico. La band si trovava negli Stati Uniti, prima tappa della tournée che l'avrebbe portata a farsi conoscere in tutta la costa meridionale del paese. Dopo l'incidente, Matthieu è stato trasportato d'urgenza al Memorial Hospital, dove si trova tuttora in uno stato di profonda incoscienza, risultato 3 nella scala di Glasgow. L'équipe medica che lo sta seguendo ha dichiarato che, appena la situazione sarà stabile, il chitarrista potrà essere trasferito presso una struttura in Svizzera.
Nell'incidente è rimasto coinvolto anche Noah Engel, cantante della band, che ha riportato ferite di media entità. La polizia della città di Los Angeles ha aperto un'inchiesta quando uno degli addetti alla sicurezza dell'albergo, dove la band alloggiava, ha testimoniato che i ragazzi sembravano ubriachi quando, intorno alle cinque e mezza del mattino, hanno preso la macchina nel parcheggio.
Una delle receptionist ha poi aggiunto che, al loro arrivo per il check-in intorno alle undici di mattina, sembravano non del tutto lucidi.
I Bad News sono conosciuti soprattutto per lo stile anticonformista della musica underground che unisce il Rock classico al Grunge, considerato da molti esperti come innovativo e che ha contraddistinto alcune delle grandi band americane degli anni novanta, come i Pearl Jam e Alice in Chains. In diverse occasioni il cantante della band è stato paragonato a una delle grandi icone del movimento Grunge: Kurt Cobain, cantante dei "Nirvana", morto suicida a soli 27 anni.
Due delle canzoni dei Bad News, "Angel" e "Rip the Trip" hanno raggiunto un discreto successo e sono rimaste per alcune settimane nella top 100 dei brani più ascoltati in diverse stazioni radiofoniche del paese e anche in Germania.
Non ci resta che domandarci: cosa succederà ai Bad News dopo una perdita così importante? E cos'è veramente successo nell'alba del 3 agosto a Los Angeles?

SchaffhauserNachrichten

La maledizione delle Rock Star

A cura di Patrick Panzler

Icone della musica come Elvis Presley, Jimi Hendrix, Jim Morrison, Amy Winehouse, Kurt Cobain e molti altri hanno lasciato un'eredità indelebile nella storia della musica. Tuttavia, oltre al loro talento e successo, c'è un triste filo conduttore che li lega: incidenti, suicidi e overdose. Queste maledizioni sembrano colpire molti musicisti di successo, un paradosso difficile da comprendere nel mondo della discografia.
Per molti artisti, il successo porta con sé un carico di stress e pressione insostenibile, mettendo a dura prova la loro salute mentale. La continua ricerca di ispirazione e la profonda introspezione necessarie per creare capolavori possono diventare un'arma a doppio taglio, portando alcuni di loro a lottare contro la depressione e la disperazione.
Matthieu Le Blanc, 23 anni, talentuoso chitarrista dei Bad News, sta attualmente combattendo per la sua vita dopo un terribile incidente stradale negli Stati Uniti. Il cantante della band, Noah Engel, alla guida dell'auto durante l'incidente, è ancora in prognosi riservata a causa delle ferite alla mano destra. Tracce di stupefacenti sono state trovate nel corpo dei due ragazzi, generando speculazioni sulle circostanze dell'incidente.
I fan si chiedono ora quale sarà il futuro dei Bad News, come il bassista della band, Maximillian Le Blanc, potrà andare avanti senza il suo gemello, e se il gruppo riuscirà a superare questa dolorosa perdita. Le risposte a queste domande sono ancora incerte, e solo il tempo potrà rivelare cosa riserverà il futuro a questa amata band. Nel frattempo, la musica e il talento dei Bad News continueranno a vivere nel cuore dei fan, rimanendo un'impronta indelebile nel panorama musicale.

Vi lasciamo alcuni Hashtags di tendenza per restare aggiornati. #RIPBADNEWS #TragediaBADNEWS #MatthieuLeBlanc #BADNEWS
Tenete d'occhio anche il nostro sito per tutti gli aggiornamenti su questo tragico evento.

Sad.Matt.Girl

Com'è possibile che il Natale stia arrivando e uno dei miei idoli non sarà qui per festeggiare con me? Fanculo, Babbo Natale. Fanculo Anno Nuovo. Voglio festeggiare con #MatthieuLeBlanc #BADNEWS

Disgrace K2023

Sono sicuro che sarà morto entro i trent'anni, proprio come tutti gli altri fottuti artisti tossicodipendenti.

BadNewsGirl3304

Sì, Matthieu sarebbe potuto essere un grandissimo chitarrista, ma #NoahEngel era l'anima della band. La sua voce grondava di emozioni in un modo che la maggior parte degli artisti può solo sognare di poter raggiungere. Il suo talento era surreale. Non mollare, Noah!

Apocalipse1988

Chi cazzo sono questi #BADNEWS?
Sembra il nome di una band di adolescenti sfigati che piange nella cantina della mamma.

#RIPBADNEWS #BullshitMusic
#FuckBadNews #FuckTheWorld

BabeCookie

Un'altra celebrità di merda.
Un'altra storia di fama che ha dato alla testa. Fottuti drogati.
#FuckYouNoahEngel
#MatthieuLeBlanc

Angel_Noah_Bad

Come dice Noah nella canzone "Angel", anche un angelo con le ali rotte e il cuore a pezzi può sognare di volare. La speranza, quella dell'anima, è l'ultima a morire. Ti prego, Noah, non mollare! E anche tu, Matthieu!

The_Secret_Vegent

L'ho sempre detto che il loro nome avrebbe portato sfiga!
#RIPBADNEWS

ShapeB

Perché è capitato proprio a lui?
Cosa succederà alla band?
Forza Bad News!
#TragediaBADNEWS

Swisssoul332

Che perdita… sono già passate tre settimane e sto ancora piangendo. I love you Matthieu.
#MatthieuLeBlanc

Meat.in.the.box

Noah non è altro che un fottuto perdente. Se non fosse stato strafatto mentre era alla guida, Matt starebbe ancora suonando pieno di vita. Il suo coma è solo colpa del cantante.
#RIPBADNEWS al miglior chitarrista che questo paese abbia mai visto.
#FuckYouNoahEngel
#MatthieuLeBlanc

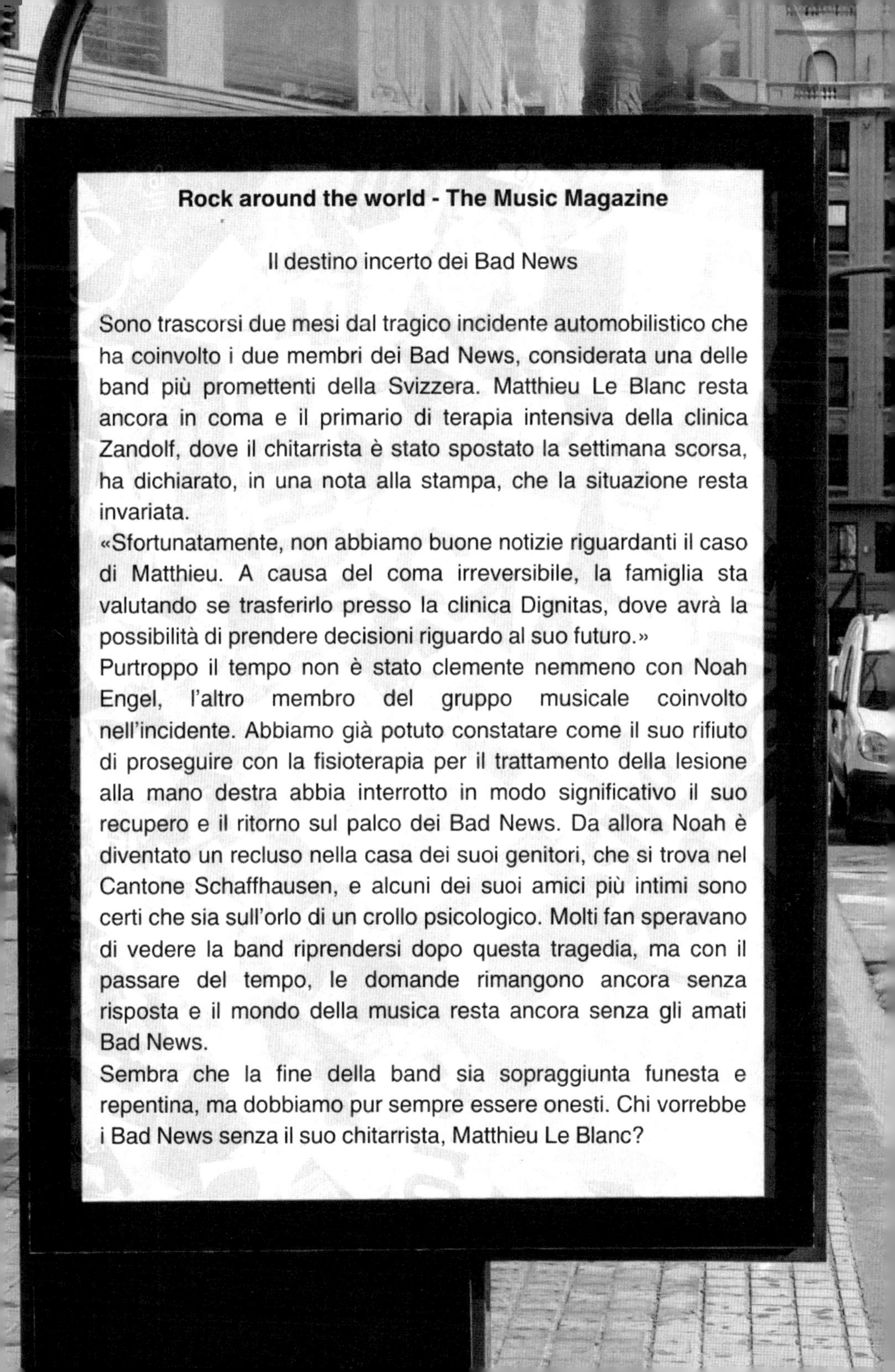

Rock around the world - The Music Magazine

Il destino incerto dei Bad News

Sono trascorsi due mesi dal tragico incidente automobilistico che ha coinvolto i due membri dei Bad News, considerata una delle band più promettenti della Svizzera. Matthieu Le Blanc resta ancora in coma e il primario di terapia intensiva della clinica Zandolf, dove il chitarrista è stato spostato la settimana scorsa, ha dichiarato, in una nota alla stampa, che la situazione resta invariata.

«Sfortunatamente, non abbiamo buone notizie riguardanti il caso di Matthieu. A causa del coma irreversibile, la famiglia sta valutando se trasferirlo presso la clinica Dignitas, dove avrà la possibilità di prendere decisioni riguardo al suo futuro.»

Purtroppo il tempo non è stato clemente nemmeno con Noah Engel, l'altro membro del gruppo musicale coinvolto nell'incidente. Abbiamo già potuto constatare come il suo rifiuto di proseguire con la fisioterapia per il trattamento della lesione alla mano destra abbia interrotto in modo significativo il suo recupero e il ritorno sul palco dei Bad News. Da allora Noah è diventato un recluso nella casa dei suoi genitori, che si trova nel Cantone Schaffhausen, e alcuni dei suoi amici più intimi sono certi che sia sull'orlo di un crollo psicologico. Molti fan speravano di vedere la band riprendersi dopo questa tragedia, ma con il passare del tempo, le domande rimangono ancora senza risposta e il mondo della musica resta ancora senza gli amati Bad News.

Sembra che la fine della band sia sopraggiunta funesta e repentina, ma dobbiamo pur sempre essere onesti. Chi vorrebbe i Bad News senza il suo chitarrista, Matthieu Le Blanc?

Prima parte

"Ricordate, è meglio bruciare in fretta che spegnersi lentamente."
Kurt Cobain

Nessuno può proteggerti quando sei tu stesso a volerti fare del male.

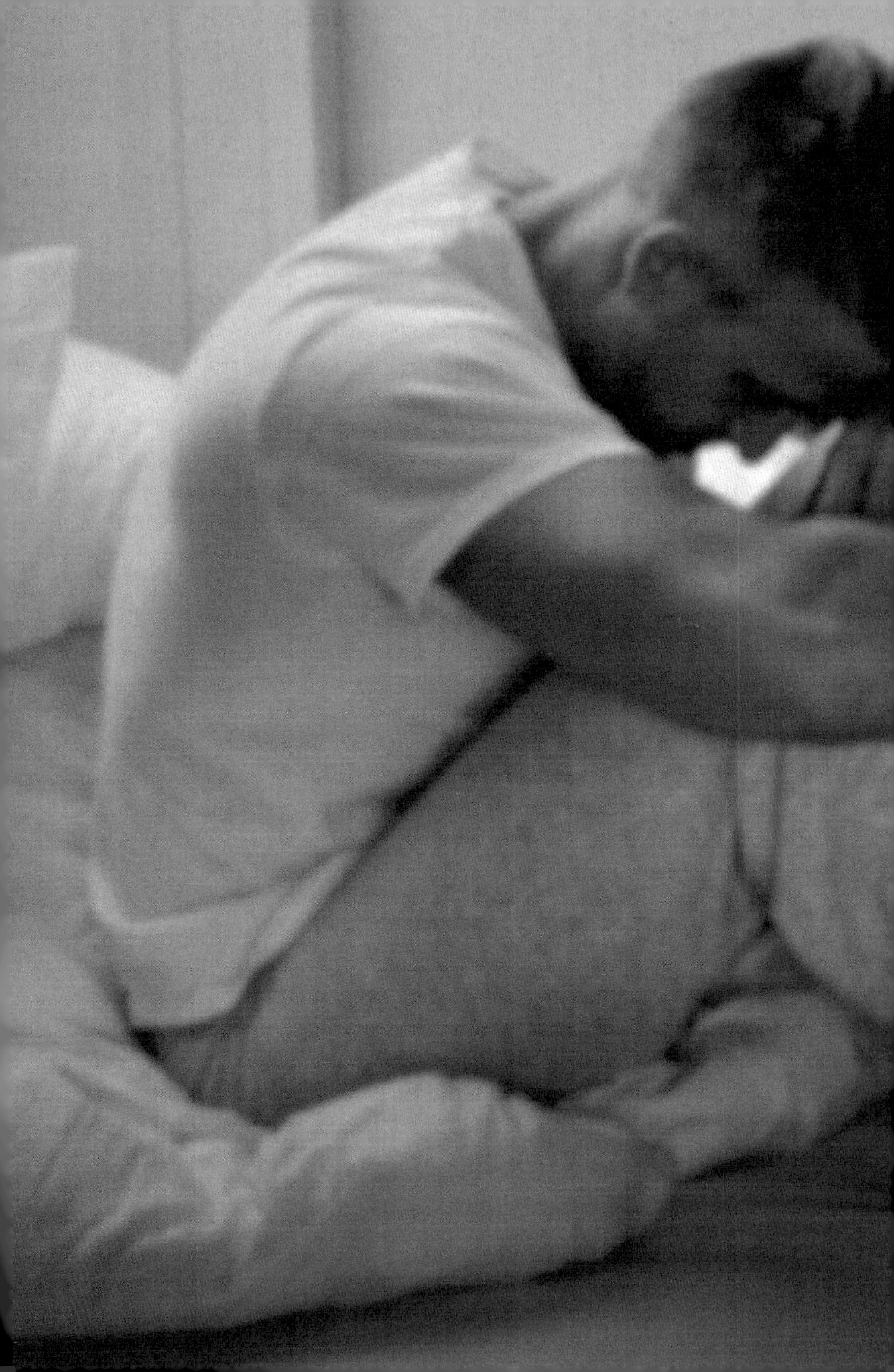

1
Un altro giorno maledetto

L'insonnia era una bestia silenziosa e invisibile che privava non solo del sonno ma anche della pace mentale, e a volte non concedeva nemmeno una fottuta tregua per interi mesi, come nel mio caso. Negli ultimi tempi, le mie notti in bianco erano passate da sporadiche a croniche. La maggior parte delle volte restavo sveglio a fissare le ombre che danzavano sulle travi di legno, domandandomi per quanto ancora sarei riuscito a stare in quello stato senza subire ripercussioni. Quanto tempo mi sarebbe restato prima che la scure si abbattesse su di me?

Era ancora buio e non sapevo nemmeno che ore fossero, non era importante. Mi trascinai fuori dal letto, accesi la luce sul comodino, poi il vecchio stereo che era nello scaffale accanto alla porta, già regolato sulla stazione del notiziario, e lasciai che la voce del giornalista diventasse soltanto un ronzio che spariva in sottofondo. Presi dalla scrivania il vassoio con i resti della cena e lo posai per terra, liberando un posto accanto al portatile. Mi lasciai cadere sulla sedia girevole come se fossi stato spinto da una forza invisibile, e quel movimento mi fece sentire libero per un battito di cuore che finì troppo presto. Aprii il laptop e controllai che la webcam fosse perfettamente orientata verso il mio viso, prima di cliccare sull'applicazione che avevo aperto la sera precedente. Nell'angolo in alto una lucina verde sullo schermo continuava a lampeggiare in modo folle, come se mi stesse implorando di iniziare la registrazione. Nonostante tutta la preparazione, non ero nemmeno sicuro di quale fosse lo scopo di quel video o il messaggio che avrei voluto lasciare.

Presi il foglio di carta che avevo infilato sotto il portatile, i miei occhi corsero sulle parole senza soffermarsi su nulla in particolare. Non mi interessava ciò che Geist avesse scritto, quello che avrei dovuto pronunciare a tutti i fan che aspettavano che il video fosse caricato sui nostri social e che, in una questione di secondi, sarebbe arrivato a centinaia di migliaia di cellulari e computer.

Ero costretto a fare un discorso, a dire come mi sentivo, a blaterare del futuro della band, su ciò che era successo, ma quelle parole non erano mie...

Solo inchiostro buttato al vento, senza senso,
Semplicemente sabbia tra le dita, inconsistente...
incoerente.

Chiusi gli occhi e premetti la fronte sul palmo della mano, come se quel gesto esasperato avesse il potere di far svanire tutto. Anche me stesso.

Soprattutto me stesso.

Era incredibile, ma dopo l'incidente i nostri followers sui vari social erano praticamente triplicati. Mentre alcuni fan avevano caricato video e fotomontaggi dei nostri concerti creati con estrema cura, erano apparsi anche contenuti che ci ritraevano in luoghi dove non eravamo mai stati, sosia che cantavano canzoni che non erano nemmeno nostre. Circolavano video di persone in lacrime mentre dichiaravano il proprio amore per la band, altri che giuravano di essere i nostri migliori amici, ragazze che dicevano di averci addirittura frequentato. Tante parole erano state collegate a noi, nonostante non le avessimo mai pronunciate, come se ciò che veniva detto o scritto non avesse un peso, erano state fatte supposizioni e accuse dalle quali non avremmo mai potuto difenderci. Era assurdo scoprire, proprio in un momento simile, cosa la gente fosse disposta a fare per qualche minuto di fama e un paio di followers. E poi c'erano i messaggi davvero vili, le cattiverie, le dicerie, le menzogne, la malvagità umana che sgorgava come pus da una ferita in putrefazione.

In verità non meritavo l'amore o la pietà di nessuno e, anche se negli ultimi mesi ogni mia debolezza era stata esposta, dissezionata e messa in bella mostra a tutto il mondo, i miei veri peccati, il fallimento e la colpa non sarebbero mai stati menzionati. Tutti potevano fare supposizioni, ma nessuno si sarebbe mai fatto avanti e avrebbe potuto gridare "Colpevole!" o "Giuda!", perché solo due persone sapevano con certezza cosa fosse accaduto quella mattina. Una giaceva in un letto d'ospedale, con dei fottuti apparecchi attaccati in tutto il corpo che lo mantenevano in vita, mentre l'altra mi stava guardando attraverso il riflesso dello schermo e non avrebbe avuto bisogno di aggiungere altro. Lo vedevo nei suoi occhi, in ogni lacrima che era scesa sul suo viso. Potevo negarlo a me stesso, ma lui sapeva cosa avevo fatto.

Purtroppo, che mi piacesse o meno, dovevo registrare quel cazzo di filmato.

It's show time, Noah…

Non mi mossi nemmeno per accendere la luce della camera da letto, anche se mi avrebbe di sicuro aiutato con la qualità del video. Sapevo che fuori il sole stava sorgendo dietro le montagne, una fioca luce entrava attraverso la finestra Velux sul tetto della mansarda in cui alloggiavo in quel periodo. Dal punto in cui ero seduto, vedevo le ultime stelle svanire nel blu profondo.

L'alba di un altro giorno…

Sarebbe passata forse un'ora, magari due, ma prima o poi sarei dovuto diventare di nuovo me stesso. Non volevo e non ero pronto. Preferivo restare come mi sentivo: un'ombra. Ciò che ero stato negli ultimi mesi. Mi raddrizzai sulla sedia e non provai nemmeno a sistemarmi un po' i capelli o a lisciare la maglietta sgualcita. A che scopo?

Mi schiarii la gola e fissai il mio riflesso sullo schermo, di nuovo, con la stessa apatia di tutte le altre volte: il mio viso sembrava un po' distorto, come se mi trovassi in un'attrazione di quei parchi divertimento a guardare in uno specchio deformante. Inclinai un po' la testa di lato avvicinandomi al computer, i capelli ormai troppo lunghi si spostarono dal viso scoprendolo in parte e… sembravo quasi normale, come il ragazzo che un giorno ero stato.

«Vedrai che passerà…» sussurrai a nessuno.

Quella era una delle frasi che avevo sentito più spesso negli ultimi mesi. Cosa di preciso sarebbe dovuto passare? Il dolore, la colpa, la vita? Qualcuno aveva idea di cosa si provasse quando il cuore veniva strappato dal petto ogni volta che si chiudevano gli occhi? Di sicuro no, almeno non coloro che dicevano quella stupida, fottuta, frase.

Osservai quanto fosse vuota e opaca la mia espressione mentre sussurravo ancora una volta quelle parole a me stesso. Le occhiaie, la pelle pallida come un cadavere, le labbra che forse non avrebbero sorriso spontaneamente mai più. Una volta, quel ragazzo che mi stava fissando, aveva speranza, credeva nel buono, nel futuro. Purtroppo quella persona non esisteva più e il volto che mi restituì lo sguardo aveva gli occhi spenti e rappresentava soltanto un altro estraneo, un altro individuo intravisto per un attimo dai finestrini di un treno che transitava mentre si era fermi in una stazione.

Usando la mano sinistra trafficai con il mouse fino a toccare il pulsante e cliccai con l'indice. La luce verde in alto diventò rossa e in basso a sinistra i secondi iniziarono a scorrere. Dischiusi le labbra, pronto a dire le parole che si aspettavano pronunciassi, le frasi che mi avevano messo in bocca anzi, infilato giù per la gola, ma poi le richiusi di scatto. Provai a chiudere le dita della mano ingessata a pugno e lo spinsi contro le labbra così tanto da farmi male. Il dolore salì fulmineo, come se fosse un conato, ma non era abbastanza.

Uno... due... tre... quattro... respira... cinque... sei... sette... otto... forza...

Nemmeno i respiri profondi sembravano sortire qualche effetto. Alla fine sbottai: «Sapete cosa mi manda in bestia? Quando mi dicono che il tempo guarisce tutte le ferite. Questa frase è una cazzata e ogni volta che ripenso a quel giorno, al mio cuore aperto in quella strada, è come se qualcuno strofinasse del sale dentro al mio petto con crudeltà. Come diamine può il tempo guarire un dolore simile?»

L'estraneo che ormai era l'ombra di me stesso mi fissò attraverso lo schermo e osservai rapito il movimento delle sue labbra mentre continuavo a parlare. «Le ferite non guariranno mai del tutto, i ricordi non diventeranno mai solo tali. In realtà, non importa come si presenteranno, perché tutto ciò che riesco a vedere sono le parti che continuano a fare a brandelli la mia anima. Quegli ultimi istanti che portarono all'incidente e gli attimi di silenzio che ne seguirono. Io...»

Mi guardai il braccio, sentii le sopracciglia aggrottarsi mentre toccavo con il polpastrello il gesso, già mezzo sporco, che copriva la cicatrice irregolare che correva per tutto l'avambraccio fino alla seconda falange dell'indice. Non era l'unico segno rimasto sul mio corpo, ma era quello più significativo, quello che mi avrebbe ricordato, ogni singolo giorno, che non avrei mai più potuto suonare la mia amata chitarra. Che non avrei mai più potuto salvare uno dei miei più cari amici.

Marion, mia madre adottiva, che era anche una psicologa, mi aveva consigliato di aprirmi, di parlare e, soprattutto, di combattere. Secondo lei, se non l'avessi fatto, il dolore che mi portavo dentro mi avrebbe offuscato l'intelletto, demoralizzato lo spirito lasciandomi, alla fine, esposto a una serie di altri disturbi, sia fisici che emotivi. Era stata lei la prima a confermarmi che le ferite sarebbero rimaste ma che, col tempo, la mente, forse con l'intento di proteggermi, le avrebbe fatte cicatrizzare e così, come per il braccio, parte del dolore sarebbe diminuito fino a svanire del tutto. Le sarei sempre stato grato per la sua onestà, ma non credevo che avesse ragione.

Non ci sarebbero mai stati mesi o anni in grado di farmi dimenticare. La mia mente era priva del potere necessario a bloccare le immagini, spegnere o addormentare il dolore legato a ciò che avevo vissuto, a tutti i ricordi che avrei voluto sparissero appena chiudevo gli occhi. Se ci fosse stato un modo, uno soltanto, che avesse potuto far intorpidire il mio cervello, affogare tutto, l'avrei scelto fino all'ultima scintilla di vita che c'era in me. E della persona che un tempo ero stato non sarebbe rimasto altro che un ricordo che svaniva. Proprio come il cuore aperto che pulsava su quella strada o l'estraneo che mi fissava in modo quasi interrotto da minuti infiniti.

Lo guardai ancora una volta attraverso lo schermo, senza provare pietà per lui, ero in collera con quegli occhi chiari che mi guardavano fin troppo seri. «La mia cazzo di mente può fare tutto ciò che è in suo potere per aiutarmi, ma chi può aiutare Matthieu? In quel letto di ospedale, con un tubo infilato in gola… che pompa vita in lui» scossi la testa, «le mie ferite non guariranno mai.»

Mi interruppi, guardando la stanza spoglia, raccogliendo i pensieri. «Come posso aiutarlo? Aiutare me stesso a uscire da questa fossa che mi sono scavato da solo? Non ne ho la minima idea, forse devo ancora scoprirlo? In qualche modo... ma come cazzo posso capirlo quando l'unica persona che mi può aiutare mi sta lasciando…» guardai l'estraneo sbattere le palpebre, ormai solo una nuova ombra tra le altre, prima di muovere il mouse e fermare la registrazione.

Ogni singolo giorno mi ponevo la stessa domanda: perché io? Perché non ero in un letto di ospedale a lottare per la vita? E ogni fottuto giorno ricevevo la stessa risposta che mi mandava in bestia. Qualcosa dentro di me mi diceva che forse non ci sarebbe mai stata un'opzione diversa, eppure avrei continuato a porre la stessa domanda, nella mia testa sempre più annebbiata, con le immagini che arrivavano sempre più dure e frastagliate. Non era importante il motivo per cui non avevo riportato ferite più gravi, mi bastava sapere che la colpa fosse mia e che avrei dovuto essere io quello collegato a delle macchine, o magari essere già polvere in un'urna, ad abbellire il camino di mamma M. in soggiorno.

La gente voleva parlare di ciò che avevo vissuto quella mattina, di cosa avessi fatto e del perché, trovare una ragione, un colpevole che non fossi io. Ma come cazzo avrei fatto? Non riuscivo nemmeno a pensarci, figuriamoci a parlarne.

Quel giorno erano mancate due persone a causa mia. Due persone a cui tenevo. E anche se il ragazzo che gli altri vedevano, lo stesso a cui tutti dicevano che doveva essere grato per essere miracolosamente sopravvissuto, era lì, respirava e parlava, era irrilevante. Tutto ciò che rimaneva di lui era solo un guscio vuoto e non avevo più idea di dove potesse essere. Non lo sapevo davvero e non ero nemmeno interessato a scoprirlo.

Sbloccai il telefono ignorando la miriade di messaggi e ne mandai uno a Geist. C'erano anche commenti di sostegno, ma per qualche motivo mi sembravano bugie, delle assurdità scritte soltanto per essere notate e attirare qualche like.

Domani registrerò il video.

Erano già presenti una ventina di messaggi da parte sua. Come sempre ero deciso a ignorarli, ma l'ultimo, mandato soltanto qualche ora prima, attirò la mia attenzione.

Lo sponsor vuole parlarti di persona. Se non dai segni di vita dovrò portarlo a casa dei tuoi genitori.

Segni di vita… quasi mi venne da sorridere. *Che gioco di parole interessante.*

Ero stanco di mandare il mio manager a farsi fottere. Dopo l'incidente la band si era sciolta, ma lui insisteva che avremmo dovuto ripensarci e che io sarei potuto tornare anche solo come cantante. Voleva che prendessi parte alle audizioni dell'ennesimo chitarrista che aveva trovato per sostituire Matt e che parlassi per forza con Max e Nils, poiché non c'erano più stati contatti tra noi dall'incidente, e soprattutto pretendeva che rispondessi ai suoi fottuti messaggi.

Volere… volere… volere… anch'io volevo tante cose. Soprattutto essere lasciato in pace. Cosa mai avrebbe potuto farmi? Mi aveva già tolto il Suv, poiché era il responsabile per il leasing della macchina. Non avendo ottenuto da parte mia la reazione che si aspettava, si era concentrato sulla mega villa che aveva affittato per noi sulla collina di Stammheim, una delle aree più prestigiose a nord del paese e aveva rescisso il contratto di locazione, ovviamente pagando la penale con i nostri soldi. Neppure quello aveva funzionato, anzi, stavo quasi pensando di scrivergli per vedere se avrebbe potuto togliermi la vita. Lo avrei pure ringraziato. Tuttavia, come lui sapeva bene, nel momento in cui aveva tirato in ballo i miei genitori affidatari, mi aveva in pugno, poiché non volevo coinvolgerli in quella faccenda.

Mi bastava che mi avessero accolto a braccia aperte e donato amore incondizionato quando ero diventato un senzatetto, anche se avevano la casa piena di altri ragazzi affidatari. Era la loro missione: dare un tetto, accoglienza, amore e un legame a ragazzi che, come me, avevano perso tutto. Forse ero l'unico che poteva "vantarsi" di essere stato accolto per due volte dentro il loro nido d'amore, ma come diceva spesso la signora Garcia, che aiutava mamma M. con i lavori della casa, Villa Engel era come il cuore di una madre: c'era sempre posto per un altro figlio.

Ero orgoglioso e grato di essere stato accolto in quella casa, dove l'affetto illimitato e la fiducia reciproca contavano al di sopra di ogni cosa e onorato di portare il loro cognome. Gli Engel erano la miglior famiglia che un ragazzo disagiato avrebbe potuto desiderare e tutti, senza eccezione, stavano rispettando i miei spazi e il silenzio che gli avevo imposto. Loro sarebbero stati presenti per me senza limiti di tempo, anche se rispondevo con poche parole ai loro messaggi e uscivo lo stretto necessario dalla stanza quando qualcuno veniva a trovarmi. Era giusto che fosse così, i miei fratelli, ormai, avevano ognuno la propria casa, la propria vita, i propri problemi e di certo non li avrei sovraccaricati con i miei.

Parlare di ciò che mi era accaduto era improponibile e, a quel punto della mia esistenza, non ci sarei riuscito nemmeno se avessi voluto farlo. No, quello era un fardello che avrei portato da solo, per sempre. Tutto ciò che mi serviva era quella stanza, la mia solitudine, che era anche la mia fuga, il mio rifugio e, speravo un giorno, la mia guarigione. Senza di essa, avrei sentito il silenzio di quella mattina, visto le immagini sanguinanti e assistito al dolore schiacciante collegato a quegli istanti. Se avessi percepito tutto ciò, avrei dovuto accettare fino in fondo la realtà dei fatti. E non potevo farlo, almeno non in quel momento, forse un giorno, chi mai avrebbe saputo dirlo…

Erano mesi che andavo avanti in quel modo incontrando meno persone possibili, soprattutto conosciute. Per il resto del mondo, Noah Engel era diventato come il riflesso che vedevo sullo schermo del computer, un'immagine sfocata; qualcuno che non esisteva per davvero.

Le sporadiche volte in cui uscivo dalla mia tana era per andare alle visite di controllo, agli incontri con il terapeuta o con il fottuto avvocato assegnatomi dal padre di Nils, il giudice che aveva preso il caso giudiziario in mano.

Poiché i dottori che mi avevano prestato il primo soccorso avevano trovato tracce di alcol nel mio sangue, la polizia americana aveva aperto un'indagine per l'incidente con aggravanti, che era stata poi riportata anche in Svizzera su richiesta dei genitori di Matthieu, gli stessi che avevano espresso il desiderio che venissi valutato da un terapeuta. L'indagine era tuttora in corso e correvo il rischio di dover scontare fino a cinque anni di detenzione.

Anche se sapevo ciò che avevo bevuto quella sera e che l'unica droga in circolo l'avevo inalata attraverso il fumo del Bong e il bacio di Hillary, restava il fatto che fossi io alla guida dell'auto e quello non sarebbe mai potuto cambiare. Perciò chi ero per oppormi alle loro richieste? Mi sembrava soltanto un piccolo prezzo da pagare per aver distrutto le loro vite. Mi sarei seduto con il diavolo in persona, se quello avesse potuto aiutare in qualche modo Matt.

Iniziai a udire i rumori dei tubi dell'acqua che attraversavano la parete della vecchia *Riegelhaus*, la villa a traliccio dei miei genitori. I ragazzi si stavano svegliando e, al piano di sotto, Villa Engel si preparava per iniziare un altro giorno.

Mi passai svogliatamente una mano tra le ciocche chiare che pendevano flosce oltre le orecchie e intorno al collo. *Dio, ho bisogno di tagliarmi i capelli. E di una rasatura.* Annusai la maglietta. *E anche di una doccia. E pure uno spazzolino da denti non guasterebbe.*

Non ne avevo la minima voglia, ma dovevo almeno sembrare umano, anche perché la signora Garcia non mi avrebbe perdonato se mi fossi presentato in cucina nello stato in cui mi trovavo.

Per fortuna la stanza degli ospiti in soffitta aveva un piccolo, ma funzionale, bagno adiacente. Dopo essermi svestito e coperto il gesso con un sacchetto di plastica, mi infilai sotto il getto d'acqua calda iniziando a strofinarmi. Implacabile e severo, allontanai i pensieri e mi concentrai sul mio compito, finché la carne non divenne rossa e sensibile, ma il dolore non era nulla in confronto al senso di colpa che mi opprimeva dentro. Non lo avrei mai detto a nessuno, ma ciò che provavo sulla pelle era ormai la parte più sopportabile della mia vita. Mi insaponai il corpo, strofinando con vigore, pregando che i ricordi vorticassero giù per lo scarico come la schiuma che colava tra i miei piedi. Purtroppo, come sapevo fin troppo bene nel profondo, non esisteva acqua al mondo che avrebbe potuto lavare via il tormento, o la colpa per quanto mi sforzassi.

Finii la doccia, mi asciugai e indossai senza fretta un paio di vecchi jeans chiari e una maglietta nera a maniche lunghe. In testa calai un cappellino, che mi sarebbe servito per passare inosservato a occhi indiscreti, presi il parka nero di lana e aspettai ancora finché la casa non fu avvolta dal silenzio. Nel frattempo, mandai un messaggio a Geist dicendo che sarei andato prima all'ospedale per una visita di controllo e poi dallo psicologo. Non persi nemmeno tempo a fornirgli gli indirizzi, ero sicuro li avesse entrambi.

Se vuole vedermi, che venga lui a trovarmi, io di certo non corro dietro a quel fottuto nanetto panciuto.

Una ventina di minuti più tardi mi trascinai giù per le scale, provando a non badare al cuore che batteva come se volesse uscire dal petto e alla pelle che iniziava a sudare. Nelle ultime settimane uscire dalla stanza mi rendeva sempre più ansioso e il terapeuta aveva già accennato qualcosa riguardo a un forte disagio da stress, come la depressione e il disturbo ossessivo compulsivo. Mi sembravano dei nomi davvero appropriati per ciò che provavo e non ero nemmeno sicuro se avesse ragione oppure no. Tanto non aveva importanza.

Prima ancora di scendere la scala che mi avrebbe portato al secondo piano della casa, mi fermai, restando ancora nascosto e ascoltai finché non fui sicuro che non ci fosse più nessuno nei paraggi. Appena fui soddisfatto, scesi in fretta i diciassette scalini e mi trovai davanti alla grossa stanza che chiamavamo la sala della televisione. Un sorriso triste si affacciò sulle mie labbra, quel luogo era sempre stato uno dei miei preferiti di tutta la casa. Quando vivevo a Villa Engel, spesso ci riunivamo alla sera o nei fine settimana per guardare un film spaparanzati in uno dei quattro morbidi divani di pelle o per giocare a una partita al tavolo da biliardo. Il cerchio per le freccette era ancora al suo posto nella parete opposta a dove mi trovavo, fu facile ricordare le diverse scommesse e le risate che avevo condiviso con i miei fratelli. Gli anni erano passati, la vita si era srotolata davanti a noi come un gomitolo di lana, ma i ricordi erano in qualche modo legati da fili che, nel tempo, si erano intessuti anche di nuove esperienze.

Spostai l'attenzione verso il lungo corridoio che si affacciava al lato sinistro della sala. In fondo, scorgevo l'ultima porta a destra, quella che un giorno conduceva alla mia camera. Per un solo momento pensai di fare un salto veloce per vederla, mi mancava da morire, però ero sicuro che ci fosse già qualcun altro a occupare quel letto, a fare i compiti sulla scrivania di legno, a mettere i suoi capi nel piccolo armadio vicino alla finestra a bovindo. Erano mesi che non mi concedevo il lusso di fermarmi tra quei piacevoli ricordi e il mio cuore si strinse al pensiero di quanto fossi stato felice e protetto mentre abitavo tra quelle mura.

Uno... due... tre... quattro... respira... cinque... sei... sette... otto... muoviti...

Iniziai a scendere le scale, trascinando le gambe che sembravano voler cedere da un momento all'altro. Riuscivo a percepire tutto il mio corpo vibrare, come se la furia del vento colpisse implacabile un fragile ponticello di legno. Passai attraverso il grosso soggiorno ormai vuoto e poi davanti alla porta chiusa dello studio di Andrew, dove mi fermai. Avevo un collegamento speciale con Marion, ma quell'uomo era a tutti gli effetti mio padre. Alzai la mano ed ero pronto a bussare per salutarlo ma qualcosa mi fermò.

«Lo so, lo so, Marion… prima o poi dobbiamo parlare con lui della Dignitas, ma…» potevo sentire dal tono della sua voce quanto fosse teso ed ero certo che fosse a causa mia. Non perché fossi in qualche modo speciale, o tutto dovesse girare per forza attorno a me, ma nelle ultime settimane tutte le volte che lo avevo sentito parlare con quel tono di voce era per qualcosa che mi riguardava.

Uno... due... tre... quattro… respira... cinque... sei... sette... otto… guarda cosa stai facendo a loro…

Fu come se un altro chiodo affondasse nella mia bara. Prima che potessi riflettere e tornare di corsa nel mio rifugio, mi voltai verso la porta in fondo al corridoio e, dopo quattro passi affrettati, mi ritrovai a spingere giù la vecchia maniglia di ottone.

L'odore di cannella e zucchero mi fece venire l'acquolina in bocca appena entrai nell'accogliente cucina.

«Buongiorno, *hijo mío*» mi salutò la signora Garcia, voltandosi appena dal piano cottura, mentre si asciugava le mani su uno strofinaccio bianco che poi appese alla spalla. «Ho già preparato tutto per te. Marion mi ha detto che devi andare a una visita di controllo e poi dal terapeuta.»

«Sì…» mi sedetti al grosso tavolo rettangolare con lei che posava davanti a me una tazza presa dall'antica credenza di legno.

Mi versai del caffè e iniziai a piluccare dei pezzetti di pane che trovai nel cestino. Poco dopo la vidi voltarsi con una pentola e una spatola in mano e posare sul mio piatto una delle sue famose frittate. Non che avessero una ricetta segreta o speciale, ma lo erano per me e per tutti coloro che avessero vissuto in quella casa, ne ero sicuro. Amore, affetto e altri ingredienti magici per tanti ragazzi che, come me, quell'esperienza non l'avrebbero mai vissuta se non fosse stato per quella meravigliosa signora spagnola. Da ragazzino avevo trascorso innumerevoli ore seduto a quel tavolo, a scarabocchiare le mie canzoni, a fare i compiti, a studiare da solo o con qualche fratello, mentre lei si affannava ai fornelli. Ricordi che si intrecciavano sempre più resistenti, ciò che mi legava a loro, al di là del sangue.

La mia famiglia…

Provai una fitta di malinconia dritta al cuore per tutti quegli anni passati. Non perché volessi tornare indietro nel tempo, ma perché stavo imparando a mie spese che il trascorrere degli anni portava ad allontanarsi per sempre, ed era poi difficile tornare indietro.

Per qualche momento rimanemmo in un silenzio spezzato solo dal ticchettio dell'orologio a cucù appeso vicino al frigo, mentre mangiavo. Come quasi tutto nella vecchia villa, anche quell'elettrodomestico aveva come minimo il doppio dei miei anni. Andrew scherzava sempre dicendo che non avremmo mai potuto cambiare il frigorifero perché anche lui era un Engel. L'anta, un tempo bianca, era ricoperta di disegni, calamite e macchie dovute agli adesivi che qualcuno aveva messo da ragazzo e poi rimosso da adulto. Quel frigorifero mi ricordava la nostra famiglia: nonostante l'aspetto, tutte le varie parti lavoravano insieme alla perfezione e non si arrendevano mai.

Continuai a spingere il cibo in bocca. Non avevo mai fame o sete, ma sapevo che l'aveva fatta con il cuore e che se non ne avessi mangiata almeno la metà, lo avrebbe riferito a mia madre e l'ultima cosa che volevo era far preoccupare entrambe ancora di più.

Mentre infilzavo dei pezzetti di cibo con la forchetta in modo meccanico, rimasi a pensare che non mi ero mai reso conto di quanto lavoro avessero con i ragazzi che accoglievano. In effetti sapevo che quella mattina mamma M. avrebbe dovuto accompagnare a scuola uno dei ragazzi a causa di una zuffa. Me lo aveva riferito lei stessa la sera precedente. Di solito gli Engel accoglievano sempre al massimo quattro ragazzi, le ragazze erano un'eccezione, perché di solito venivano affidate a un'altra casa ospitante. Esistevano parecchie famiglie come la nostra, che facevano parte di un progetto pilota del governo svizzero e venivano selezionate per aiutare gli adolescenti che si trovavano in difficoltà presso la propria famiglia o, come nel mio caso, che vivevano da anni in un orfanotrofio. Non sarei mai riuscito a trovare le parole adatte per poter descrivere la gratitudine che nutrivo per quelle persone. Era proprio per quel motivo che intendevo comportarmi al meglio mentre ero ospite da loro. Speravo soltanto che il loro amore e l'ambiente familiare potessero riportare indietro un po' della pace che tanto ambivo.

«Ti piace il tuo terapeuta? Marion mi ha detto che il dottor Fustermann è uno dei migliori professionisti con cui lei abbia mai collaborato.»

La voce della signora Garcia mi strappò dai miei pensieri. Pensai al dottore magro e stempiato, al suo sguardo benevolo e alla sua mente fin troppo acuta. Risposi soltanto facendo spallucce mentre imburravo una fetta di pane e la infilavo in bocca con un altro pezzo di frittata per guadagnare tempo prima di rispondere.

La udii sospirare mentre si voltava e prendeva dal tavolo vicino a me una terrina con dell'impasto che somigliava ai deliziosi biscotti di Aiden, uno dei miei fratelli, un pasticciere ormai piuttosto famoso. «Dovresti aprirti con il dottore, Noah. Questo silenzio in cui ti sei chiuso non porterà a niente di buono.» Iniziò a mescolare, le piccole mani che lavoravano sapienti la pasta.

Uno... due... tre... quattro... respira... cinque... sei... sette... otto... respira...

Continuai a far finta di masticare per non dover rispondere. Il dottore mi aveva rivolto quella stessa frase quando l'avevo incontrato per la prima volta. Non avevo ancora accettato la sua offerta, continuavo a girare in tondo, ad annegare nello stesso bicchiere che avevo riempito, approfittando del fatto che sapevo mi stesse lasciando il mio spazio, così come tutti gli altri. La signora Garcia, invece, non sembrava molto predisposta a essere così paziente. Sapevo fin da piccolo quanto il suo sangue catalano si scaldasse troppo in fretta. Era soltanto una delle migliaia di cose che apprezzavo di quella piccola grande donna che consideravo come una nonna: la sua schiettezza. In effetti, puntandomi contro un cucchiaio disse: «Non riuscirai a guarire senza prima aver affrontato il problema.» Lo infilò nel barattolo di zucchero che poi spolverò sulla pasta.

Affrontare, è proprio questo il punto... «Lo so.» Ingoiai il resto del caffè che scese bruciando la gola, e intanto ripetevo al mio cervello di stare zitto.

Non andare lì. Per favore, non farlo. Non adesso.

In testa mi si formarono un paio di strofe, facendomi scendere in quel baratro, in quel posto che, da qualche tempo, non sentivo più come il mio rifugio sicuro.

Scelgo un sorriso e lo dipingo
Appiana le crepe, raddrizza i torti
Provo a spingere un po' di vita nei miei occhi
La mia anima si perde sotto il peso della colpa...

Mi alzai indossando il parka appeso su uno dei ganci dietro la porta e poi afferrai una mela dal cestino sulla credenza. «Devo andare o farò tardi...» le passai accanto depositando un bacio tra i suoi capelli grigi, non volendo più parlarne perché ogni cosa che si trovava nel passato, sarebbe dovuta rimanere lì e affondare. E io ero un codardo.

È meglio così
Meglio quando non sono io...

Tuttavia, prima che potessi fare un ulteriore passo per allontanarmi, si voltò e il suo corpicino mi intrappolò in un abbraccio che mi lasciò senza via di scampo. «Se avrai bisogno, sai dove trovarci… non perdere la speranza per Matthieu, Noah. Lascialo nelle mani amorevoli di Dio, Lui sa sempre cosa fa.»

Volevo dirle la mia sulle preghiere, sul fatto che non si sarebbero mai avverate. Prima che Matt venisse ufficialmente dichiarato un vegetale, avevo pregato perché tornasse, ma non era mai successo. Avevo continuato a farlo anche dopo, per la sua guarigione, ma nulla aveva funzionato. Dopodiché avevo pregato perché qualcuno mi prendesse al suo posto, eppure ero lì e continuavo a respirare.

Ma quella non era vita. Ero un morto che camminava, desideroso tacitamente che il sole si spegnesse per sempre, così da non dover più soffrire.

Non voglio più stare qui.

Un nodo mi si bloccò in mezzo alla gola. Strinsi gli occhi con forza, le emozioni rischiavano di soffocarmi. Nonostante tutte quelle considerazioni ero grato per la luce e il calore che sentivo emanare da quella piccola signora.

Meglio che nessuno veda
Che nessuno sappia
Meglio... meglio...

Uno... due... tre... quattro... cinque... respira... sei... sette... otto... respira…

«Noi saremo qui ad aspettarti, *hijo.* So che ce la farai.» Sospirò pesantemente prima di lasciarmi andare.

Grazie…

Quando ci staccammo, la fissai per qualche secondo in più, stupito dalla sua fiducia. Come poteva credere in me con tanto fervore quando nemmeno io lo facevo? Perché non poteva rendere le cose più semplici e lasciarmi andare via senza aggiungere quell'abbraccio? Quello sguardo colmo di speranza e amore?

Un sorriso si affacciò sulle labbra e i suoi occhi non smisero di guardarmi nemmeno quando mi voltai. «Aspetta che chiamo tuo padre, così potrà darti un passaggio. È nello studio.»

Ripensai alla conversazione che avevo origliato. La mia mano era già sulla maniglia della porta sul retro. «Non ce n'è bisogno. Ho voglia di camminare.»

Mi disse ancora qualcosa che non udii intento com'ero a cercare di calmarmi, sentendo l'oscurità salire prepotente dentro di me. Si sarebbe impadronita di ogni cosa, di ogni istante, se solo glielo avessi permesso, mi avrebbe trascinato in una follia di ricordi. In quel maledetto silenzio.

2
Incontri

Il cielo era di un colore grigio plumbeo e minaccioso quando, una ventina di minuti più tardi, presi la strada sterrata che portava in città. Maledicendo l'universo, con una rabbia intensa da rodermi il fegato, guardai i jeans chiari ormai sporchi e appiccicosi a causa della scivolata fatta poco prima e le scarpe da ginnastica ormai del tutto infangate.

Perché cazzo mi sono messo in testa di prendere questa scorciatoia?

Non c'era nessun bisogno di rispondere a quella stupida domanda, ero semplicemente un coglione! Il sentiero che avevo scelto era conosciuto da pochissime persone, quindi perfetto se si desiderava restare lontano da occhi indiscreti. L'avevo usato spesso, anche insieme ai miei fratelli, quando abitavo ancora a villa Engel ed era una manna dal cielo nel momento in cui si doveva arrivare in fretta in città o se si era alla ricerca disperata di un luogo dove nascondersi, magari per incontrare qualche ragazza in santa pace. Sparsi lungo il sentiero, c'erano parecchi tronchi che venivano usati come comode panchine e addirittura era stata costruita, da un qualche falegname locale, una casetta su uno degli alberi tuttora conservata. L'unico problema come sempre ero io: ci trovavamo ormai in autunno inoltrato, perciò la stradina, ricoperta da migliaia di foglie cadute, si presentava umida e scivolosa. Si snodava in mezzo a un bosco di pini, querce e aceri, così folto che il sottosuolo quasi non vedeva la luce del sole. Risultato? Un enorme scivolone con conseguente caduta a terra come un vecchio sacco di patate.

Mi strinsi nel parka di lana, era ancora mattina presto, ma ero sicuro che la temperatura non si sarebbe alzata. La pioggerella gelata che mi aveva accompagnato per quasi tutto il tragitto era cessata, anche se non ci voleva un esperto meteorologo per capire che presto ne sarebbe scesa dell'altra, quasi sicuramente sotto forma di fiocchi di ghiaccio. La prima neve della stagione non era ancora caduta, ma percepivo già quel sentore freddo e denso che mi diceva che presto tutto sarebbe stato ricoperto da una spessa coltre bianca. Mi fermai per allacciare, come potevo visto il gesso, una delle scarpe, e dal piccolo belvedere scorsi nella valle sottostante la cittadina di Stein am Rhein. Le nuvole nere si stavano addensando sull'altra sponda del Reno verso nord, al confine con la Germania. Avevo vissuto abbastanza a lungo da quelle parti da sapere che verso il pomeriggio il maltempo ci avrebbe raggiunto. Intorno a me, la vita della foresta sembrò pulsare con il canto solitario di un cardinale che echeggiò nel folto delle chiome. L'aria, pesante e immobile, profumava di autunno.

Benvenuti nel nord-est della Svizzera a novembre. Una volta questo paesaggio invernale mi avrebbe scaldato il cuore.

Alzai il colletto del parka e poi il cappuccio, con il quale mi coprii il cappellino da cui, ormai, mi separavo di rado. Ero quasi sicuro che a momenti una delle mie orecchie, congelata da quando ero uscito di casa, si sarebbe staccata e l'avrei smarrita tra le foglie. Infilai le mani in tasca per scaldarle un po', cosa non semplice a causa del gesso che mi limitava i movimenti, e iniziai a camminare restando sul ciglio della strada, vicino al bosco. Avevo percorso forse un chilometro, facendo attenzione a non scivolare sulla ghiaia visto che la discesa era abbastanza accentuata, quando udii il rumore di una macchina che si avvicinava alle mie spalle. Quel tragitto era scarsamente trafficato, usato perlopiù dagli abitanti delle quattro ville costruite in quell'area e pochi altri passanti. Per un solo momento valutai la possibilità di infilarmi un'altra volta dentro il bosco per non essere visto, ma lasciai subito perdere quell'idea. Tutto ciò a cui riuscivo a pensare era che avevo almeno una trentina di minuti di camminata da fare, con le scarpe bagnate e i piedi intorpiditi dal freddo e che volevo disperatamente un passaggio. Mi sarei accontentato anche di salire sulla vecchia *deux chevaux* decappottabile della signora Amos, una delle vicine di villa Engel che, quando andavo a scuola, aveva già quasi un centinaio di anni.

Ero appena uscito da una curva quando, gettando uno sguardo alle mie spalle, fui sorpreso di scorgere uno dei furgoni dell'azienda agricola dei miei genitori che diminuiva la velocità fino a quasi fermarsi una volta arrivatomi accanto. Il finestrino del passeggero venne abbassato e un ragazzo, che doveva avere più o meno la mia età, nascosto sotto un pesante cappello di lana verde scuro, mi sorrise. Aveva gli occhi luminosi e, concentrato su di me, mi rivolse la parola. «Dai, salta dentro. Sto andando in città e tuo padre mi ha chiesto di darti un passaggio nel caso in cui ti avessi incontrato.»

Senza aggiungere altro sbloccò la portiera e non gli feci di certo ripetere quell'invito tanto agognato. La temperatura nell'abitacolo era tiepida, di sicuro molto meglio del venticello gelido che c'era fuori.

Dopo avermi chiesto dove fossi diretto, il ragazzo ripartì. Il bosco lasciò il posto ai campi dove pecore e mucche pascolavano tranquille sul pendio della collina.

«Devo fare una consegna al supermercato vicino alla chiesa» con il pollice indicò le scatole di plastica alle sue spalle, «ma posso fare il giro dall'altra parte, così ti lascio prima alla stazione.»

Avrei potuto dirgli che non c'era fretta, visto che ero parecchio in anticipo, ma decisi di non farlo. Non ero di certo una bella compagnia in quegli ultimi mesi ed ero anche abbastanza onesto da rendermene conto anche da solo.

La radio era accesa, per fortuna a un volume basso, ma mi procurò comunque un pesante fastidio, così provai a distrarmi guardando fuori dal finestrino. Quello che prima era il percorso prediletto per la mia anima, ora aveva il potere di portarmi dritto all'inferno.

Uno... due... tre... quattro... cinque... respira... sei... sette... otto... respira... guarda le pecore, le mucche, i cazzo dei fili d'erba e contali se necessario!

Spostai la mia attenzione verso il ragazzo: attraverso il cappellino di lana vedevo spuntare alcuni boccoli castani e il suo viso un po' paffutello non mi sembrava estraneo. «Ci conosciamo, per caso?» Mi sorse spontaneo chiedergli, mentre abbassavo ancora di più il volume della radio, approfittando del momento. Anche se non avevo la minima voglia di chiacchierare, potevo almeno essere educato, quello non mi costava niente. In più mi risparmiava la tortura della musica.

I suoi occhi castani chiari si posarono in fretta su di me prima di tornare verso la strada. «Abbiamo studiato insieme per sei mesi, alla fine delle medie, ma poi mia mamma è mancata all'improvviso e sono andato a vivere in Germania con mia nonna che, a sua volta, mi ha lasciato l'anno scorso.»

Sarebbe stato meglio se non gli avessi chiesto niente, poiché avevo toccato un argomento delicato, ma lui non sembrava abbattuto e proseguì con tranquillità. «Sono rimasto in contatto con alcuni amici e, quando ho saputo che tuo padre era alla ricerca di un motorista per l'azienda agricola, mi sono fatto avanti. A proposito, il mio nome è Vincent, ma tutti mi chiamano Teddy.» Mantenendo la mano sinistra sul volante, allungò l'altra che strinsi con la mia ingessata.

«Teddy?» Domandai provando a fare il collegamento tra il nome e il nomignolo, ma lui mi batté sul tempo, grattandosi la nuca un po' impacciato.

«Sì, in verità avrei preferito Bear…»

Lo guardai aspettando che continuasse, perché proprio non riuscivo a capire come mai lo chiamassero così, ma parlò talmente in fretta che pensai di non averlo capito. «Sai, come Teddy Bear.»

Se mi fossi trovato in un'altra situazione avrei pure riso, dandogli due pacche sulla spalla, perché in effetti mi ricordava uno di quei grossi orsi di peluche. Imbacuccato in quello spesso giaccone, la sua stazza occupava quasi tutto il sedile del guidatore, ma nei suoi occhi scorgevo senza fatica la dolcezza del suo spirito. Vincent, Teddy Bear, era un bravo ragazzo.

«Tu invece sei Noah, giusto?»

Stavo ancora annuendo, mentre sentivo il cervello lavorare con fervore per anticipare le prossime parole che avrebbero di sicuro menzionato l'incidente o la band ma, al contrario, venni preso del tutto alla sprovvista quando ridacchiò come se fosse imbarazzato dalla sua stessa deduzione. «Perdona la domanda, ma è che siete tanti fratelli e a volte mi confondo.»

Molto presto scoprii quanto Teddy fosse un ottimo compagno di viaggio. In effetti parlava per entrambi e, nel quarto d'ora che rimasi in macchina con lui, scoprii che viveva da solo a Öhningen, una cittadina tedesca a una quindicina di chilometri dalla casa dei miei genitori, nella vecchia roulotte appartenuta a sua nonna che amava ricamare, e che con la sua morte era rimasto completamente solo. Inoltre, amava lavorare con mio padre, non aveva una ragazza e gli piacevano da morire le lasagne. La miglior cosa era che quando mi poneva una domanda e non rispondevo subito, prendeva di nuovo la parola senza far calare un silenzio imbarazzante nell'abitacolo. E lo faceva senza nemmeno rendersene conto. Insomma, il grande Teddy Bear era proprio la presenza che faceva al caso mio.

Scendemmo a valle e mentre continuava con il suo monologo costeggiammo le mura della città medievale attraverso la stradina stretta e sinuosa. Poi passammo sull'antico ponticello che attraversava il fiume Reno, lo stesso da cui, quando ero ragazzino, mi ero tuffato innumerevoli volte d'estate con i miei fratelli. Una decina di minuti più tardi fermò il furgone davanti alla stazione di Stein am Rhein.

«Grazie mille per il passaggio, Teddy» lo ringraziai già con la mano sulla maniglia della portiera.

«Aspetta…»

Mi voltai giusto in tempo per vederlo prendere un vecchio portafoglio di cuoio nero dal vano oggetti, lo aprì e mi diede un biglietto da visita.

«Tienilo, non si sa mai…»

Fissai il biglietto verde scuro che mi porgeva con orgoglio. Sotto il suo nome e numero di telefono riconobbi subito il logo dell'azienda degli Engel. «Cosa intendi dire con "non si sa mai"? Se avrò bisogno di un altro passaggio?»

Come risposta, le sue guance paffutelle arrossirono. «No, nel caso in cui avessi bisogno di distrarti con un amico.» Fece spallucce con fare innocente come se fosse un vero orso di peluche.

Dubitai fin da subito delle sue parole. Perché mai qualcuno avrebbe voluto avere la mia amicizia dopo ciò che avevo fatto? Tuttavia, non volendo essere scortese, afferrai il biglietto e lo ringraziai. Ci salutammo e, appena scesi dalla macchina, lo infilai nella tasca del parka dov'ero sicuro che sarebbe rimasto in eterno.

Il viaggio in treno fino a Schaffhausen durò una trentina di minuti durante i quali mi spinsi ancora di più il cappellino in testa con l'intenzione di coprirmi il viso. Tenni ben alto il volume delle cuffie con la radio accesa sulla stazione delle notizie, per creare il giusto rumore di sottofondo, e mi assicurai di sedermi il più lontano possibile da qualsiasi anima vivente. Purtroppo a quell'ora il treno era pieno di studenti e di pendolari che andavano a lavorare a Schaffhausen, perciò mantenni per tutto il tempo gli occhi rivolti al finestrino, provando a sfuggire anche allo sguardo di quell'estraneo che mi fissava con tanta insistenza.

Quando scesi finalmente sulla banchina del binario tre, ero ancora piuttosto in anticipo, perciò presi uno dei tanti sottopassaggi e girai per il centro pedonale, aspettando l'orario per prendere il pullman che mi avrebbe portato fino all'ospedale per la prima visita del giorno.

Il cielo era sempre più scuro, nuvole grigie si avvicinavano come un vasto esercito pronto a colpire chi come me era solo e inerme. Il vento freddo continuò a pungermi il viso soffiando sul colletto del parka mentre attraversavo le strade, camminando a testa bassa tra le persone che si affrettavano per andare al lavoro, a scuola, verso le proprie vite. Io, invece, continuavo a scappare dalla mia. Senza una meta costeggiai il parcheggio comunale e continuai a trascinarmi come un fantasma. Un paio di minuti dopo, iniziai a deglutire sempre meno saliva mentre i ricordi si facevano più vividi, perforandomi il cervello come pallottole. La tensione serpeggiò lungo la nuca e si diffuse nelle spalle, ma ormai era troppo tardi per tornare indietro. Altri passi, che le mie gambe fecero senza il mio consenso, si susseguirono veloci, e mi ritrovai davanti alla pesante doppia porta di legno, accanto alla teca di vetro in cui un cartellone segnalava gli spettacoli di quel mese. Potevo quasi sentire gli odori familiari di fumo, legno vecchio e birra versata che mi avrebbero accolto dall'altro lato, come vecchi amici trasandati ma pur sempre fidati.

Potevo quasi udire la folla che ci aspettava, la nostra emozione, ma soprattutto la sua voce…

«Il nostro primo spettacolo, bro. Ti rendi conto! C'è un sacco di gente lì fuori, è un sogno, cazzo!» Esclamò esaltato Matt mentre marciava avanti e indietro deviando Nils e Max dentro il nostro camerino. Forse chiamarlo con quel nome poteva considerarsi un po' eccessivo, considerando le scope e i secchi che ci osservavano poco distanti. Dopotutto quel posto somigliava più a uno sgabuzzino, ma non aveva importanza perché potevo sentire perfettamente i nostri cuori che, in sintonia, stavano per traboccare di gioia. Era il nostro primo spettacolo fuori da Stein am Rhein, la nostra cittadina, e il manager del locale si era presentato una decina di minuti prima soltanto per farci sapere che la sala era piena zeppa. Per noi era un evento storico e potevo sentire il chiacchierio e l'energia della folla dal mio sgabellino, mentre strimpellavo la mia amata chitarra.

Avevo i nervi a fior di pelle e non ero l'unico. Nils, appoggiato alla parete con la mano sullo stomaco, sembrava in procinto di vomitare da un momento all'altro. Max, invece, forse con l'intento di lasciar perdere le frecciatine del fratello, era seduto su un altro sgabellino con gli occhi chiusi, le cuffie nelle orecchie, mormorando delle parole come se stesse pregando. Poco distante Matt, invece, era così eccitato che sembrava stesse rimbalzando per le pareti e io… nervosismo a parte, avevo un sorriso così enorme che avrei potuto illuminare una città intera.

«Hai visto questo?» Chiese Matt, eccitato come non mai, sventolando il cellulare davanti ai miei occhi. Solo nelle ultime ore si erano aggiunti oltre duecento followers. «Guarda cosa dicono le persone» gonfiò il petto e iniziò a parlare come se fosse un presentatore del telegiornale. «Cari signori…» si guardò intorno, ma non si lasciò scoraggiare dalla svogliata udienza: «I Bad News sono la band del momento, insieme a Zian e Lewis Capaldi.» Il sorriso sul suo volto era estasiato mentre leggeva. «Voglio dire, certo è un po' fastidioso essere paragonati ad altri artisti ma cazzo, Zian ha un gran bella voce! Va bene che abbiamo stili musicali del tutto diversi, ma questo è un complimento, non credete? Perché se non lo è, allora non so cosa possa essere!» Finì la frase con una risata un po' tremula.

Il nostro talento musicale sembrava essere sempre un argomento di seconda importanza e capitava sovente che ci confrontassero ad altri artisti, ed era fastidioso e lusinghiero allo stesso tempo. Il paragone più strano che avevamo ricevuto era stato quando dissero che somigliavamo agli One direction, il che non aveva proprio senso. Non eravamo una boy band, la nostra non era musica pop e l'unica cosa che avevamo in comune con loro era che fossimo tutti maschi.

«Secondo me è un complimento, Matt» mi voltai verso gli altri in attesa della loro conferma. Nils si limitò ad annuire mentre si massaggiava la pancia e Max continuò a ignorarci intento nella sua preghiera.

Il mio sorriso e le parole non sembrarono rassicurare il mio grande amico. «Non fare così…»

Mi guardò ridacchiando, ma potevo vedere quanto fosse nervoso. Lo eravamo tutti, ma per lui era diverso. «Stai facendo di nuovo quella cosa.»

«Quale cosa?»

«Pensare troppo. Ascolta, hai un talento pazzesco, Matthieu, e tutte queste persone sono venute stasera per vederci. Ce l'abbiamo fatta, Matt. Tu ce l'hai fatta. Dammi retta, questo sta per diventare il miglior spettacolo che abbiamo mai fatto.» La chitarra era uno strumento con cui mi sentivo del tutto a mio agio, tuttavia non riuscivo a suonarla come faceva lui. Nelle sue mani era come se avesse una forza così vigorosa da sostenere tutto il resto. Molti erano convinti che il cantante fosse l'anima di una band, ma non ero d'accordo, per me era lui, il secondo chitarrista. Annuii provando a mostrargli tutta la mia convinzione mentre mi guardava, almeno sembrava un po' più tranquillo. Mi bastava un solo sguardo per comprenderlo e mi resi conto che o lo spettacolo sarebbe iniziato da lì a breve o lui sarebbe esploso come un candelotto di dinamite.

«Ehi…» mi voltai verso gli altri mentre mi alzavo e posavo con cura la chitarra nella custodia ai miei piedi, «venite qui.»

Nils si alzò, Max intanto si tolse le cuffie, le sopracciglia inarcate. «Cosa stai facendo, Noah?»

«Stiamo per fare il nostro primo super abbraccio della band. Il primo di tanti…» lo chiamai con la mano mentre gli altri si stavano avvicinando, «alzati, dai. Vieni ad abbracciarci.»

«Vieni, fratellino» lo chiamò Matt.

«Non puoi chiamarmi fratellino. Sono nato due minuti prima di te. E poi… gli abbracci sono roba da femmine, Noah. Noi diamo le pacche.» Riprovò ancora con un brontolio svogliato e un muso che ignorammo.

«Bene,» aggiunsi con una scrollata di spalle, «se vuoi fare il duro, allora va bene.»

Prima che potessi finire la frase, Max si precipitò verso di noi e ci strinse tutti in un meraviglioso abbraccio. «Venite qua, brutti bastardi. Diamoci queste pacche! Siamo o non siamo i Bad News?»

Ci fu un coro di ovazioni e non potei fare a meno di ridere di quell'idiota del mio migliore amico.

Eravamo ancora stretti a ridere e a prenderci in giro quando qualcuno bussò alla porta e apparve il viso di Connor, il proprietario del Pub a Stein am Rhein, dove face-

vamo di solito i nostri spettacoli. «Ragazzi, Zak mi ha appena detto che tra poco tocca a voi. Non deludetemi!»

Dovevamo a lui e al suo locale buona parte del nostro successo visto che era il luogo dove ci incontravamo quasi ogni giorno dopo la scuola per provare. In effetti, lui non sembrò per nulla spaventato dal nostro strano abbraccio collettivo. «Mi spiace interrompere le vostre effusioni, ma dovete fare uno spettacolo» aggiunse con un sorrisetto.

Io e Matt ci guardammo e poi annuimmo in silenzio prima di prendere Connor in contropiede e portare anche lui nel nostro abbraccio.

«Grazie mille, Connor» sussurrai al suo orecchio e lo sentii stringermi forte la spalla prima di allontanarsi.

«Va bene, va bene. Non fatemi commuovere con tutte queste smancerie.»

Lo conoscevo abbastanza bene da sapere che i nervi lo stavano per sopraffare poiché provò a tirare fuori una risatina, lo sguardo emozionato prima di aggiungere: «Ora dovete proprio andare. Vi aspetta una grande serata. Sento che potrebbe essere quella giusta e tra qualche mese vi ritroverò carichi come non mai in uno studio di registrazione.»

Il vecchio Connor era un grande uomo che ripeteva quella stessa frase in parecchi modi diversi da quando avevamo fatto il nostro primo spettacolo nel suo locale. Non era ancora successo, ma come diceva sempre mamma M., le canzoni erano il mio modo di comunicare. Prima o poi il nostro momento sarebbe arrivato, bastava soltanto continuare a lavorare sodo e lasciare fluire la nostra passione. Quando le corde della mia chitarra vibravano e le note salivano dal mio cuore, sentivo il bene e la speranza. Sentivo tutto. Ed era grazie alla musica che mi sentivo vivo.

Seguendo Connor percorremmo i corridoi semibui in direzione della porta che ci avrebbe condotto sul palco ma, prima che potessimo varcarla, iniziai a vedere alcuni visi conosciuti. Per molto tempo i nostri più grandi fan erano stati loro: i nostri genitori, gli amici e i nostri fratelli e sorelle. In effetti loro c'erano ed era praticamente impossibile non lasciarsi sopraffare dalle emozioni in momenti così intensi.

Mentre gli altri ragazzi si fermarono per salutare amici e genitori, mi avvicinai alla mia famiglia che mi aspettava con un sorriso caloroso e per me rappresentava la più grande conquista del mondo. Mi sentivo come se stessi fluttuando mentre posavo la mia chitarra in un angolino, dove ero sicuro sarebbe stata al sicuro, per dedicarmi ai saluti, poi alle foto e dopo aver ricevuto più complimenti di quanti ne meritassi, mi ritrovai avvolto da altre braccia in un cerchio fatto d'amore e la voce di Aiden, che era da sempre il più sensibile tra di noi, recitò la frase che era l'essenza della nostra famiglia.

«Noi siamo la famiglia, quella del cuore. L'unica cosa che conta davvero.» I miei occhi si velarono di lacrime, le gambe tremarono mentre mormoravo insieme agli altri. «C'è spazio per tutti per essere straordinari. Ed è quello che siamo.»

Famiglia... lacrime... colpa... perdono... dolore immenso...

Mi ritrovai a sbattere le palpebre provando ad arginare la marea di emozioni che stavano per sommergermi. Intanto sapevo che niente avrebbe mai funzionato. Mai. Nulla sarebbe riuscito a cancellare i ricordi dei bei giorni o di quello orrendo, per quanto potessi provare a combatterli, ad arginarli, a nascondermi.

Perché l'hai fatto, Matt? Perché?

Non appena la mia mente ricordava quegli ultimi istanti, il lieve sfarfallio della sua risata, l'allegria, la sua innata vitalità, le sensazioni di quella maledetta mattina arrivavano prorompenti, iniziando a demolire il muro che avevo eretto con tanta fatica per proteggermi.

Sbattei le palpebre ancora e ancora, mentre le lacrime iniziarono a pungermi gli occhi.

Uno... due... tre... quattro... cinque... respira... sei... sette... otto... respira... solo questo...

Quelle gocce maledette continuarono ad accumularsi, stavano per scendere, per bruciarmi le guance, macchiandomi l'anima con ancora più dolore.

Lascia perdere quei cazzo di ricordi. Chiudi quel dannato cervello. Non è il momento. Aspetta quando sarai a casa, nel tuo rifugio, da solo.

Preso dal panico, iniziai a contare le mattonelle grigie che componevano il pavimento della via. Arrivai a venti prima di riuscire a respirare di nuovo. Ripresi a camminare senza sapere bene dove stessi andando. Forse era quello che il dottor Fustermann intendeva con depressione, eppure continuavo a convincermi che fosse solo una tristezza temporanea che col tempo sarebbe passata. Non sapevo nemmeno se "depresso" fosse la parola giusta per descrivere il mio stato d'animo. Non avevo più nemmeno voglia di ascoltare musica, figuriamoci cantare. Tornare a suonare era fuori discussione a causa della mano ormai del tutto distrutta, mi rifiutavo di guarire, andavo alle sedute perché mamma M. mi aveva implorato, ma a quale scopo? I versi che mi avevano accompagnato per tutta la vita erano praticamente svaniti, lasciando posto a strofe amare e prive di significato. C'era una voragine dentro di me e non avevo idea di come riempirla con qualcosa di buono. Mi sembrava di incedere su dei carboni ardenti e non sentire nemmeno il dolore della mia carne che andava a fuoco. Ogni cosa era diventata insensibile, muta, del tutto priva di significato.

Non voglio più essere qui.

Avrei voluto continuare a credere che Matt si sarebbe svegliato da un momento all'altro e non che il suo corpo si stesse atrofizzando giorno dopo giorno in quel letto d'ospedale, che il suo spirito non fosse nemmeno più tra di noi. Avrei voluto che mi vedessero forte e stabile come una roccia. Invece mi sentivo... svuotato.

Come in un gioco architettato da qualcuno davvero malvagio, vedevo il tempo continuare a passare. Le ore, i giorni, le settimane e le stagioni si susseguivano ma io ero rimasto come bloccato in quella tragica mattina dell'inizio di agosto; in quel ciclo senza fine con cui molto probabilmente avrei dovuto fare i conti per il resto di quella che era diventata a tutti gli effetti la mia fottuta, squallida vita. Era inutile esistere ed era altrettanto insignificante continuare a lottare, a respirare. Niente aveva più significato, ma era esattamente ciò che mi meritavo. Il momento in cui avrei sentito di nuovo un minimo di soddisfazione o di felicità, sarebbe stato quello in cui avrei rotto la promessa che avevo fatto a me stesso.

Croce sul cuore, Noah.

Noah

3
Scherzi del destino

Il signor Tanzler, il mio insegnante di musica, amava ripetere spesso una particolare frase e quando ero piccolo non ero mai riuscito a capire il vero significato di quelle parole.

«La musica, al contrario della vita, non è complicata, Noah. È matematica pura, una scienza esatta composta da schemi, alti e bassi.»

La vita invece…

Dopo essere andato in ospedale dove ripetei l'ennesima lastra, feci una nuova risonanza e poi lo stramaledetto gesso mi venne finalmente rimosso. Ero così stufo di non riuscire a fare nemmeno una doccia decente ma, se credevo che quelle fossero buone notizie, mi sbagliavo di grosso.

«Purtroppo, Noah, la tua guarigione non sta procedendo come mi aspettavo. Lo schiacciamento di una parte del palmo della mano e la lesione parziale del nervo mediano all'altezza del polso sono considerate piuttosto gravi, tuttavia…»

Parole come muscoli, legamenti, sensibilità continuavano a rimbombare nella mia testa e, come se non bastasse, l'ortopedico aveva menzionato la possibilità di dover fare un altro intervento, il terzo ormai, per provare a ricostruire i nervi rimasti sfilacciati nell'incidente.

Era come se Dio avesse deciso di punirmi perché, mentre il resto del corpo era guarito, la mano invece, l'unico arto utile se avessi voluto suonare ancora, restava del tutto inutilizzabile. Avevo perso quasi completamente la sensibilità nei polpastrelli di ben tre dita, senza contare che riuscivo a muoverle a malapena.

Dopo aver sprecato l'intera mattinata tra i vari corridoi dell'ospedale, mi ero ritrovato con un tutore che mi ricopriva dal palmo della mano fino al gomito, un aggeggio di plastica che avrebbe dovuto rendere più facile gli esercizi di fisioterapia, e un cazzo di biglietto con su scritto l'orario per il prossimo appuntamento. Il dottore, prima di prendere la decisione se operarmi o meno, voleva discutere il caso con un collega.

Ottimo, un altro chirurgo. È proprio quello che mi mancava... non ne posso davvero più...

Poiché dovevo recarmi alla collina Schaffhausen, precisamente alla clinica Bellair per l'appuntamento con il dottor Fustermann, soltanto nel primo pomeriggio, nelle vicinanze della stazione trovai un ristorantino cinese, più che altro un chiosco con alcuni tavoli all'interno. Dopo aver ordinato al bancone, mi nascosi dietro un acquario pieno di pesci rossi con l'intenzione di mangiare in santa pace il pollo con la salsa agrodolce che avevo chiesto.

Davvero d'ispirazione...

Stavo provando a capire quale cazzo di spirito motivazionale fosse nascosto nello stupido messaggio che avevo trovato nel biscotto della fortuna appena spaccato, quando udii una voce femminile nei paraggi.

«Ciao...»

Alzai la testa di scatto e mi ritrovai davanti due ragazzine orientali che non dovevano avere più di sedici anni. Forse le avevo viste dietro al bancone quando ero entrato, quasi una mezz'oretta prima. Quella che mi aveva salutato arrossì visibilmente quando la fissai.

«Sei per caso Noa-»

Non le lasciai nemmeno finire la frase. «No.»

Forse la parola mi era uscita un po' più dura del previsto, poiché la ragazza sussultò e fece addirittura un passo indietro, ma non sembrò scoraggiare l'altra che premendo un tasto del cellulare fece partire una delle nostre canzoni. La chitarra di Matt nell'intro lacerò l'aria e anche il mio cuore che sembrò sprofondare nel petto.

Del tutto ignara di quanto mi stesse accadendo, insistette ancora mentre spingeva il telefonino davanti al mio viso.

«Ci sono stata con le mie amiche» disse con entusiasmo, la frangetta che le finiva negli occhi a mandorla mentre annuiva in modo frenetico.

Mi ritrovai a vedere un filmato dell'anno precedente e riconobbi subito il gigantesco palco all'aperto dell'Open Air della città di Frauenfeld.

I miei polmoni si strinsero in una morsa e temetti di sentirli sparire nel petto. La ragazza, credendo di avere la mia attenzione, continuò a parlare emozionata: «So che sei il cantante dei *Bad New*-»

«Ho detto di no!» Senza nemmeno rendermi conto della mia reazione, quasi ruggii mentre calavo ancora di più il cappellino in testa e mi alzavo in fretta e furia. Purtroppo però, il posto in cui ero seduto era incastrato tra l'acquario e la parete e dalla fretta finii per spingere la sedia di metallo con troppa forza indietro e mi ritrovai con le gambe bloccate. Crollai in avanti portando con me il tavolino e rovesciando il bicchiere ancora quasi pieno di *Tsingtao*. Quello sbatté contro il piatto di porcellana che cadde per terra rompendosi con un fracasso tremendo.

Una parte della birra, che oltretutto mi era stata offerta in omaggio, finì per terra e l'altra sui jeans bianchi della ragazza. Senza nemmeno guardarla, balbettando una scusa senza senso, mi allontanai quasi correndo e fu soltanto quando stavo per uscire dal locale che vidi altre tre ragazze ferme accanto al bancone che stavano ordinando cibo da asporto. Due di loro avevano già filmato tutta la scena. Dietro i telefonini vedevo il loro sguardo stralunato che si spostava da me alle due ragazzine.

Provai a coprirmi il viso con la mano, ma era troppo tardi. Da diversi mesi, ormai, era sempre troppo tardi per me.

«Che coglione…» udii dire da una di loro, prima che il rumore della porta scorrevole coprisse ogni altro insulto o brusio alle mie spalle.

Mentre camminavo di fretta, quasi come se stessi scappando dal diavolo, verso la fermata dei pullman che mi avrebbe portato alla clinica, non riuscivo a smettere di vedere il volto deluso delle due ragazzine orientali e poi quello arrabbiato delle altre tre. Avrei dovuto gestire la situazione in modo diverso, magari fermarmi per chiedere scusa, scambiare due chiacchiere, scattare qualche foto. Invece, mi ero lasciato trasportare dalle emozioni di quel video e alla fine mi ero comportato come un vero coglione.

Soltanto un altro errore, che si aggiungeva a un centinaio di altri. *Complimenti Noah… davvero.*

Quello era solo uno dei motivi per cui non mi piaceva più uscire. Qualsiasi cambiamento nella mia magra routine mi procurava ansia. Non mi piacevano più i luoghi che mi ricordavano anche un minimo collegamento con la band o quelli troppo affollati, soprattutto se da ragazzi. Il dottor Fustermann continuava a ribadire che ciò che sentivo fosse passeggero, che si trattasse solo di una fase di depressione e ansietà, insistendo che fossi perfettamente capace di uscirne da solo, addirittura senza l'aiuto di nessun tipo di medicina o psicofarmaco. Avrei tanto voluto avere anche solo una briciola della sua ferma convinzione.

Oggi parlerò con lui, non posso più andare avanti così, nascondendomi, avendo paura di incontrare le persone, il loro giudizio. Non voglio più!

Appena finii quel pensiero, mi sentii un po' più sollevato e presi il pullman che mi avrebbe portato al mio appuntamento con un sospiro in meno a gravarmi sull'anima.

Arrivato alla villa settecentesca che ospitava la clinica, come facevo sempre, lasciai il mio nome all'accoglienza e poi venni indirizzato al secondo piano dove si trovava lo studio dello psicologo. Bussai alla porta ed entrai nell'ampia stanza, trovando soltanto la sua segretaria, la signora Sherman, che mi salutò con un sorriso accogliente.

«Buon pomeriggio, Noah, sei in anticipo oggi.»

Ricambiai con un cenno del capo e un sorriso forzato dirigendomi nella sala d'aspetto. Presi posto su una comoda poltrona di cuoio vicino al caminetto che ero sicuro fosse stata un'idea del dottore per rendere più accogliente quell'ambiente. Poiché ero da solo, allungai i piedi verso le fiamme sperando che mi scaldassero un po' le dita che sembravano essere congelate. Presi una rivista sportiva sopra il tavolino, accanto a un vaso pieno di peonie che emanavano un piacevole odore nell'aria. Iniziai a sfogliare le pagine senza prestarci molta attenzione. Attraverso il vano della porta vedevo la segretaria che era già tornata al suo lavoro, picchiettava veloce sulla tastiera e ogni tanto rispondeva al telefono.

Una decina di minuti più tardi, la porta saloon bianca in fondo al corridoio venne aperta e apparve il viso gioviale del dottor Fustermann, i suoi occhi castani che si scaldarono nel vedermi.

«Buon pomeriggio, Noah.»

Mi alzai e mi avvicinai a lui salutandolo. Appena arrivai davanti alla segretaria mi fermai aspettando che il dottore mi venisse incontro. Una delle cose che mi piaceva di più delle nostre "sedute" era che non erano mai delle vere e proprie sessioni tradizionali. Avevo già imparato che il dottor Fustermann era un tipo un po' eccentrico, che amava prendere una tazza di tè in un locale specializzato al centro della città o fare una camminata nel parco davanti alla villa. Era così che di solito affrontavamo il nostro appuntamento e avrei mentito se avessi detto che non lo accompagnavo volentieri. Tra aceri, pini e salici, avvolti dal rumore del ruscello e dagli atleti che praticavano jogging o dai bambini che giocavano nel vasto prato, chiacchierare sembrava più facile, più naturale. Sapevo comunque che mi stava concedendo il tempo necessario per imparare a fidarmi di lui, per aprire il mio cuore e potevo soltanto augurarmi che la sua tecnica funzionasse anche con me, visto che spesso non mi sentivo altro che un caso perso.

«Vieni dentro un momento, per cortesia, Noah. Vorrei parlarti.»

Intrigato dal tono della sua voce e dal suo comportamento inusuale, lo seguii mentre teneva aperta la porta saloon per farmi passare.

Forse non vuole uscire perché c'è brutto tempo. Fu tutto ciò a cui riuscii a pensare, mentre lo seguivo lungo il corridoio diretto verso l'ultima porta, il suo studio. Appena entrammo, la familiare musica jazz mi giunse alle orecchie. Il dottore prese posto dietro la scrivania, invitandomi a sedere davanti a lui.

«Com'è andato l'appuntamento con l'ortopedico?»

Gli feci un riassunto del mio stato generale e della prognosi. Dovevo aspettarmi una delle sue risposte geniali.

«Almeno con il tutore riuscirai a farti una doccia decente visto che lo puoi togliere. Magari potrai anche fare un po' di pratica con la chitarra. Sono sicuro che tornare a suonare sia, più o meno, come andare in bicicletta, non si scorda mai.» Finì la frase con uno dei suoi occhiolini.

Era incredibile come riuscisse a vedere il bicchiere mezzo pieno, mentre io lo vedevo sempre vuoto. Era angosciante, ma la parte senza liquido, quella colma di lacune, era l'unica cosa che riuscissi a sentire mia.

Infine, posò lo sguardo gentile su di me, dandomi la sua completa attenzione. «Detto ciò, come hai passato questi ultimi giorni, Noah?»

Quella sì che era una domanda da due milioni di euro. Soltanto una tra le tante a cui non avevo la minima idea di come rispondere. Guardai l'elaborato parquet di legno sotto le mie scarpe infangate. Feci un profondo respiro provando a calmarmi con l'odore di cuoio, di sigaro per poi concentrarmi sullo sguardo amabile che percepii quando alzai gli occhi. Purtroppo non funzionò e mi ritrovai a rispondere, gli occhi che si era spostati sulle mani che torcevo in grembo. «Sto bene, grazie.» Le parole uscirono un po' troppo in fretta e ce ne accorgemmo entrambi. Non ero mai stato bravo a parlare di me stesso, figuriamoci dei miei sentimenti, ma in quell'ultimo periodo della mia vita era diventato una vera e propria tortura. Quanto più ci provavo, più sembrava che le frasi si bloccassero in gola, pronte a soffocarmi.

Con la coda dell'occhio, notai sotto i baffi grigi le sue labbra tirate e capii che non credette a una sola parola, ma come sempre avrebbe lasciato a me il primo passo. Abbassò lo sguardo sulla scrivania e si rigirò tra le mani una matita. Dopo un attimo, tornò a guardarmi. Forse quello era un momento come un altro per provare ad aprirmi. Spostai su di lui la mia attenzione. «Oggi non dovevamo andare a vedere quel nuovo percorso nel parco? Le volevo parlare di alcune cose» l'ansia salì alle stelle e la voce iniziò a mancare, così schiarii la gola e continuai: «cioè, almeno tentare di parlarne.»

Fece un lungo sospiro prima di iniziare. «Anch'io credevo che oggi avremmo fatto una delle nostre camminate, tuttavia l'altro ieri sono stato contattato dal signor Nigel Geist, il manager della tua band» fece una pausa, stringendo brevemente le labbra, come se stesse aspettando che assorbissi l'impatto di ciò che mi stava dicendo. «Mi ha chiesto se potesse vederti oggi, prima ancora della nostra seduta. Mi ha riferito che ha una cosa importante da dirti, ma sembra che tu lo stia evitando.»

«Puoi dirlo forte» uno dei miei rari sorrisi sfiorò le labbra, ma subito si attenuò al ricordarmi la serietà della sua voce. «Le ha detto che cosa vuole, dottore?»

«Sì, Noah.» Ci fu un sospiro rassegnato prima che continuasse, come se stesse elaborando le parole in modo premeditato. «Tuttavia, credo sia meglio che parliate tra di voi. Volevo soltanto assicurarti che posso essere presente in qualità di tuo terapeuta, sempre che tu lo voglia.» Il modo in cui pronunciò le ultime parole fece soltanto crescere la mia tensione.

«E dov'è lui, adesso?» Per un istante mi sentii come un idiota mentre mi guardavo intorno, temendo che potesse spuntare da dietro l'antica libreria o da una delle quattro poltrone attorno all'elaborato tavolino di legno alle mie spalle.

Il dottore mi tranquillizzò subito. «Gli ho chiesto di aspettare nella caffetteria della clinica mentre parlavo con te.»

Ricordai il messaggio che quel bastardo di Geist mi aveva lasciato la sera precedente, dove minacciava di venire a casa dei miei genitori. Era un buon momento per risolvere una volta per tutte quella faccenda. «Va bene, lo incontrerò» risposi, provando a nascondere l'apprensione che sentivo crescere in modo irruente nello stomaco. Era strano, avevo parlato con il manager della band migliaia di volte, ma non mi ero mai sentito in quel modo prima. Quella era soltanto una delle tante cose di cui avrei voluto discutere con il dottore, se solo fossi riuscito a scucire quella parte di me che voleva tenersi tutto dentro.

«Noah…» la sua voce affabile mi riportò indietro e provai a tranquillizzarmi con la sua espressione rassicurante, «ricordati che sono e resterò sempre dalla tua parte.»

«Va bene.» Lo fissai, consapevole dei battiti che aumentavano, della sensazione di agonia che si insinuava in ogni fessura del mio cuore. Mi sentivo incerto, sul punto di cadere, come se stesse per capitare qualcosa di brutto. Per un istante guardai il computer accanto a lui e i miei occhi finirono sul suo screensaver: diverse linee colorate si attorcigliavano e si piegavano su loro stesse in una progressione che sembrava infinita. Mi ricordava come mi sentivo in quel momento, come se qualcosa stesse stravolgendo ogni organo del corpo, e alla fine di quell'ora, sarei stato solo un mucchietto di poltiglia sul parquet di legno.

Davanti a me, il dottore premette il pulsante dell'interfono e chiese alla segretaria di avvertire Geist che ero arrivato.

Ci scambiammo ancora qualche frase di circostanza mentre lo aspettavamo, ma la tensione continuò a salire mentre mi domandavo che diamine volesse quell'uomo per cercarmi in un modo così insistente. Qualche minuto dopo bussarono alla porta, che venne aperta dalla segretaria mentre si faceva da parte. Alle sue spalle riconobbi Geist, dalla testa calva, i radi capelli grigi legati alla nuca in un modo che mi ricordava sempre la coda spelacchiata di un topo.

«Buon pomeriggio, dottore» spostò subito l'attenzione verso di me, un sorriso untuoso sulle labbra. «Ciao, Noah, finalmente ci vediamo.»

Non risposi nemmeno al suo saluto, ero più intento a capire chi fosse il secondo uomo entrato dopo di lui, un biondo sulla cinquantina che ostentava un'aria di superiorità. Dal suo completo grigio firmato e dallo sguardo calcolatore pensai subito a un avvocato, ma cosa avrebbe potuto volere da me? Avevo già rescisso il contratto, pagato la multa, insomma mi avevano già tolto tutto. Alla fine, dato il suo atteggiamento arrogante, lo collegai a un pezzo grosso della musica, non un cantante, ma bensì un manager. Tuttavia, quando i nostri sguardi si incontrarono la brutta sensazione si intensificò e scese serpeggiando lungo la schiena, facendomi raddrizzare sulla sedia.

Il dottor Fustermann si alzò e andò incontro ai due uomini per salutarli. Mi alzai anch'io, mentre scambiavano qualche parola, ma rimasi in disparte, senza muovermi, avvolto da quell'orribile sensazione. Non avevo mai provato nulla del genere, era ovvio che prima o poi avrei dovuto compiere quei passi che mi separavano da loro, ma era come se il corpo si rifiutasse di assecondarmi, come se mi stesse impedendo di andare incontro a quell'uomo che mi fissava in un modo così insistente.

Chi sei?

«Noah?» Scossi la testa quando la voce del dottore mi riportò al presente. I tre uomini mi guardavano come in attesa di una risposta.

«Scusi?» Percepii le gambe che si muovevano e, prima ancora di rendermene conto, mi ritrovai accanto a loro.

Geist mi tese la mano e quando avvolse la mia mi tirò a sé in quello che doveva essere un abbraccio. «Che bello vederti, ragazzo mio.» Sentii il corpo irrigidirsi quando si avvicinò il necessario per sussurrare: «Fai attenzione a come ti comporterai.»

Era un ammonimento, ma non avrebbe mai potuto prepararmi a ciò a cui stavo per andare incontro.

Sotto lo sguardo attento del dottore, mi voltai per essere presentato al terzo uomo.

«Noah, questo è Guy Blavnik, il proprietario della Tenent Music. Il principale sponsor dei *Bad News*.» Geist finì la frase come se fossi stato appena presentato al Papa. Forse il poverino si aspettava che mi inginocchiassi e gli chiedessi la benedizione. Ignorai il mio manager, puntando lo sguardo sull'uomo che avevo davanti: capelli biondi tagliati corti, la linea dura delle labbra, le tempie ormai grigie e quello sguardo…

Come in un film al rallentatore, lo vidi porgermi la mano, sfoggiando un sorriso che non gli arrivava agli occhi. Per un solo, folle istante, pensai che forse sarebbe stato meglio fare un passo indietro e uscire dalla stanza, ma prima che mi rendessi conto di ciò che stavo facendo, anni di educazione entrarono in scena, mi ritrovai ad alzare il braccio con il tutore e le nostre dita si sfiorarono. Mi bastò quel contatto e fu come se una corrente elettrica salisse per il braccio scuotendomi l'intero corpo. Staccai la mano dalla sua con uno strattone mentre udivo provenire da lontano la voce di Geist. «Si dà il caso che Guy sia anche…»

Prima che potesse aggiungere altro, magari cercare le parole più adatte per colpirmi dritto al cuore, l'uomo concluse per lui. «Sono tuo padre, Noah.»

L'impatto fu così forte che feci qualche passo indietro come se mi avessero colpito davvero. «No.» Iniziai a scuotere la testa. «No!» Affermai con ancora più convinzione mentre sentivo il fondoschiena cozzare contro la scrivania facendo cadere la cornice di metallo di una foto. Le sue parole formarono un nodo nel mio petto, che venne inesorabilmente stretto fino a quando portai la mano all'altezza del cuore, sicuro che qualcosa dentro di me si stesse stritolando.

Non può essere…

Barcollai di lato e sarei finito per terra se non fosse stato per la prontezza del dottore che, fulmineo, mi afferrò il braccio. Secondi dopo, il suo volto preoccupato apparve davanti alla mia visuale del tutto sfocata. «Noah…»

Nella stanza scese un silenzio pesante. Cercai negli occhi del dottore una negazione, ma sembrava immerso nei suoi pensieri, che erano di sicuro angoscianti, considerando i tratti tesi del suo viso. A malapena riuscii a udire la sua voce sopra il battito selvaggio del cuore.

«Noah.» Lo udii richiamarmi, la sua mano che mi stringeva il braccio. Notai come il suo sguardo stesse fulminando quello dell'uomo che diceva di essere mio padre. Quel bravo dottore era davanti a me, pronto a proteggermi dall'unica persona che avrebbe dovuto avere quel ruolo. «Vieni, sediamoci un attimo.» Mi invitò, il cipiglio che si faceva più profondo a ogni parola.

Tuttavia non feci ciò che mi chiedeva. Riuscii a ricompormi quanto bastava per raddrizzarmi e dire con voce che a malapena riconobbi: «Dottor Fustermann, ci può concedere un attimo.»

Non era una domanda e gli fui grato quando capì subito. «Sei sicuro?» Mi chiese sottovoce.

Annuii soltanto. Dentro di me qualcosa iniziò a ribollire con un'intensità tale che mi spaventò. Non volevo che assistesse al palesarsi di quel mostro di cui nemmeno io conoscevo la forza.

Appena la porta si chiuse alle spalle del dottore, Geist partì all'attacco. «Hai anche solo una minima idea da quanto tempo stiamo provando a entrare in contatto con te?» Il tono autorevole della sua voce non fece che irritarmi ancora di più. Prima che potessi rispondere a tono, quell'individuo che affermava di essere mio padre intervenne.

«Nighel!» Con un solo gesto secco della mano lo zittì, prima di rivolgere la sua totale attenzione a me.

Uno... due... tre... quattro... respira... cinque... sei... sette... otto... non ce la faccio...

«Sono contento di vederti, figliolo.»

«Non chiamarmi così» gli risposi tra i denti.

«Perché no? Sono tuo padre, Noah.»

In quel momento, mi accorsi di odiare quell'uomo con un'intensità che non avrei mai immaginato. Un velo rosso mi offuscò la vista, un arcobaleno di furia che si diffuse come una tempesta dentro di me. «Tu non sei un cazzo!» Urlai provando a trattenere la rabbia che ruggiva facendomi tremare dalla testa ai piedi.

Come risposta scosse la testa e si lasciò sfuggire un rumore secco con la lingua come se stesse rimproverando un bambino piccolo.

«Non avrei mai pensato che gli Engel non fossero all'altezza della tua educazione. Li ho scelti apposta» disse in un sospiro esasperato, poi iniziò a camminare mentre si infilava la mano nelle tasche dei pantaloni grigi chiari. Per qualche momento dedicò lo sguardo svogliato ai tomi posizionati con cura nell'antica libreria che ricopriva l'intera parete laterale dello studio. «Quando quell'inutile di tuo nonno è morto, mi sono assicurato di lasciarti in buone mani fino al momento in cui saresti stato pronto per incontrarmi.»

Nonno? Di chi diamine sta parlando?

Accanto a lui, Geist prese posto su una delle poltrone mettendosi comodo come se si stesse preparando per assistere a uno spettacolo.

Il bastardo di Guy era davvero astuto perché, notando il mio sguardo, che di sicuro rivelava molto più di quanto avessi voluto, aggiunse dopo una risatina sardonica. «Tua madre non ti ha mai detto che il vecchio Kanzler, il tuo insegnante di musica, fosse in verità tuo nonno? Ho sempre sostenuto che quella donna sarebbe morta ubriaca.»

Apparentemente c'erano tante cose che mia madre non mi avesse mai detto, tuttavia avrei dovuto fare i conti con quelle rivelazioni in un secondo momento. Davanti a me avevo molto altro di cui preoccuparmi. In primis, non saltare al collo di quella sottospecie di essere umano e ucciderlo a mani nude. «Lasciali fuori da questa storia.»

Per nulla intimorito dal mio tono di voce, prese un libro a caso della libreria e iniziò a sfogliarlo in modo pigro. «Perché mai dovrei fare ciò che mi chiedi?» Mi gettò uno sguardo svogliato prima di volgere l'attenzione al tomo che aveva in mano. «Avrei dovuto immaginare che farti allevare da quell'incompetente di tua madre ti avrebbe condotto a questo punto.»

Uno strano ronzio iniziò a pulsarmi nelle orecchie a un'intensità tale da coprire la sua voce. Cercai di controllarmi, di fermare le parole, ma sgorgavano come sangue da uno squarcio. Quello che era stato inferto al mio cuore. «Ho detto di lasciarli fuori-»

Chiuse di scatto il libro, facendomi sussultare. «Quando ti deciderai a crescere, Noah? È il momento di affrontare la realtà. Chi credi che abbia pagato le lezioni di musica con i migliori professionisti quando eri all'orfanotrofio? Lo Stato? Un benefattore anonimo?»

Per quell'uomo non ero altro che monete sonanti, nonostante tutta la sofferenza che aveva inferto a mia madre e di conseguenza anche a me. Sbottò in una risatina incredula, ignorando il mio sguardo assassino. «E chi credi che ti abbia trovato il miglior manager del Paese? O la mega villa dove hai vissuto con i tuoi amichetti? O, ancora, il viaggio in America?»

Fece un'altra di quelle risatine odiose. Con cura rimise il libro al suo posto, mentre proseguiva il suo discorsetto. Era come se l'avesse imparato a memoria, solo aspettando il momento giusto per vomitarmelo addosso. Non c'era un segnale di benvenuto, uno sguardo benevolo, né un minimo di pentimento e lo odiai per quello.

«Ho programmato la tua vita dal momento in cui sei nato. Certo, non mi aspettavo che tua madre si sarebbe uccisa con l'alcol,» fece un gesto sdegnato con la mano, «però quello che le è successo è soltanto un effetto collaterale dato il suo carattere mediocre.»

Il ronzio continuò ad aumentare e faticavo sempre di più a capire ciò che stesse dicendo. Mi sentivo accartocciare dentro, come un pezzetto di carta a cui era stato dato fuoco. *Fallo smettere*, implorai al mio cuore. *Fai sparire il dolore, l'odio, la colpa…*

Quell'uomo, che diceva di essere mio padre, continuò a parlare, ma il rumore che mi rimbombava dentro annegava le sue parole e nulla sembrava avere più senso. Come aveva potuto farci quello? Presentarsi lì, dopo tutti quegli anni, davanti a me come se nulla fosse successo, come se non fosse il responsabile di ciò che era accaduto a mia madre, senza nemmeno una scusa per aver rovinato la vita di quella povera donna. Non sapevo nemmeno come elaborare l'abominio che mi stava dicendo. Lo udii in modo vago fare riferimento a donazioni all'orfanotrofio, poi quando ero già ragazzino ai fili che aveva tirato per fare in modo che fossi adottato dagli Engel.

«… sapevo che la mano ferma di Andrew era ciò che ti sarebbe servita per crescere, ma davvero…» fece una pausa usando un tono di voce ridicolo, come se fosse offeso, «non lo so, forse mi sbaglio, ma a questo punto mi sarei aspettato almeno un po' di gratitudine.» Si voltò verso Geist, ancora tranquillamente seduto ad annuire come il burattino senza cervello che era. «Questo ragazzo è una vergogna per la musica. Milioni di persone ucciderebbero per avere la sua vita e lui l'ha buttata via.» Si girò di nuovo verso di me. «Guardati, invece, come ti sei ridotto, che delusione…»

Sentii una parte del mio cuore frantumarsi e quello mi mandò in bestia. Nel frattempo, quegli occhi chiari, così simili ai miei, mi squadravano dalla testa ai piedi fermandosi sui pantaloni sporchi, sui capelli troppo lunghi, sulla barba che non mi rasavo da giorni. «Uno spreco…» scosse la testa, sentenziando come se fossi un condannato.

Forse lo ero per davvero, però prima di salire sul patibolo, gli avrei fatto vedere di che pasta ero fatto. Di sicuro non della sua.

«Sei un maledetto stronzo!» Urlai così forte che i cristalli del lampadario tintinnarono. «Hai fatto di tutto per rendere miserabile la vita di mia madre.»

Mi avvicinai senza nemmeno accorgermene, ero a pochi secondi dal mettergli le mani addosso e Geist, che di sicuro mi conosceva meglio del bastardo che avevo davanti, intuendo le mie intenzioni, decise di intromettersi. Si alzò in fretta dalla sedia e arrivò da me prima che potessi fare un ulteriore passo, mettendosi tra di noi.

Mi guardò di traverso. «Noah…»

Gli diedi una sola occhiata dall'alto verso il basso e ritirò in fretta la mano che aveva appoggiato sul mio petto, facendo un passo indietro, ma restando comunque vicino. Gongolai per un attimo quando constatai che si stava formando una bella pellicola di sudore sulla sua fronte pelata.

«Datti una calmata, figliolo. Sappiamo che stai attraversando un momento delicato…» iniziò con voce suadente.

«Non credo che sappiate un emerito cazzo» pronunciai quelle parole a denti così stretti che sentii la mascella pulsare.

«Siamo solidali con la tua... situazione.» Guardò Guy alla ricerca di un sostegno, ma l'altro ebbe addirittura l'audacia di fare un gesto con la mano, in un chiaro invito a sbrigarsi.

Guardai quell'uomo che si era professato nostro amico, il nostro manager, chiedendomi da quanto tempo conoscesse la verità, quante volte in tutti quegli anni mi avesse manipolato in modo da farmi fare ciò che voleva mio padre. Un figlio di puttana bugiardo che probabilmente si era arricchito alle spalle del duro lavoro che avevamo fatto e che voleva a tutti i costi continuare a farlo sfruttando la tragedia di Matthieu. Mentre continuava a blaterare su come avrei dovuto ringraziare e le opportunità che, secondo lui, non dovevo perdere, considerando il disastro che avevo combinato, mi immaginai di afferrarlo per il colletto della giacca e sbattergli la faccia contro la superficie di legno massiccio della scrivania del dottore fino a ridurgli il naso a una poltiglia insanguinata. Sentivo il cuore pulsare nelle tempie, il sangue rimbombare nelle orecchie e, in qualche modo, seppi che stavo per perdere il controllo.

«… dovresti prendere in seria considerazione l'idea di unire di nuovo la band, cogliere l'attimo finché stanno ancora parlando dei *Bad News*. Tra poco si dimenticheranno di voi…»

In silenzio, iniziai a contare i libri che erano in uno degli scaffali.

Uno... due... tre... quattro… respira... cinque... sei... sette... otto… non perdere il controllo…

«Lo prenderò in considerazione» dissi con un ringhio, provando a mantenere la calma.

«Noah, per l'amor del buon Dio…» lo udì gemere ad alta voce prima che continuasse: «si potrebbe fare qualcosa anche per i video e i post che risultano in qualche modo negativi agli occhi del pubblico, come questo che è stato messo qualche ora fa. Potresti almen-» La voce di Guy, che era già arrivato dall'altra parte della stanza, lo interruppe innalzandosi nel silenzio mentre si voltava di scatto. «A cosa diamine stavi pensando quando hai messo in piedi quella scenetta nel ristorante cinese? Che cosa ti costava scattare qualche foto con quelle ragazze? Avresti potuto approfittarne per fare una dichiarazione, qualcosa di toccante. Dire una cazzata, che senza di loro non esiste la tua musica, che ne so… i fan amano gli artisti rotti e incasinati. Hai presente la frase *Carpe Diem*, Noah? Dovresti pensare a come salvare la tua carriera dopo tutto quello che hai combinato…»

Mi raddrizzai così bruscamente che Geist fece un salto all'indietro, lo ignorai, la mia attenzione era rivolta all'altro uomo. «Cogli l'attimo! Hai detto davvero questo?»

Senza aspettare una risposta, colmai la distanza che ci separava in due falcate e lo presi per il colletto della sua giacca costosa. «Vuoi davvero che lo colga questo fottuto attimo?»

Non ti conviene sfidarmi, stronzo del cazzo!

Vidi il suo pomo d'Adamo fare su e giù nella gola in risposta a quanto ero finalmente riuscito a sputargli addosso. Non ero mai stato una persona violenta, ma con quell'uomo…

In quel momento, scoprii cosa significasse impazzire. Fu come se una corrente elettrica attraversasse il mio corpo, mandando in sovraccarico ogni circuito emotivo. Lo scrollai come se fossi un cane e lui il mio giocattolo.

«Fottiti, padre…» sottolineai il suo ruolo. Sentii le mani di Geist sulle mie spalle che provavano inutilmente a trascinarmi all'indietro. «Prendi i tuoi cazzo di soldi e infilateli su per il culo. Non sono un tuo fottuto burattino.»

«Noah. Basta!» Ringhiò l'uomo alle mie spalle mentre le sue dita scivolavano verso i miei bicipiti per darmi una scrollata. Mi divincolai con uno strattone e mi avviai verso la porta, quando misi la mano sulla maniglia mi voltai. Tremavo di odio e impiegai qualche secondo solo per formare un pensiero coerente. Nel frattempo, Geist chiuse la bocca ancora aperta e mio padre si sistemò il colletto della giacca, le rughe ai lati della bocca si facevano più profonde mentre sospirava ostentando un'espressione offesa.

«Lasciatemi in pace, pezzi di merda.»

Mi voltai, tirai la maniglia con uno strattone e scappai correndo per il corridoio fino a trovarmi davanti alla porta saloon. Senza riflettere, la colpì con entrambe le mani, facendola volare via. Sentii una fitta di dolore salire su per il braccio ferito, ma non era nulla paragonato a ciò che stavo provando dentro. La porta sbatté contro il muro con forza tale da far tremare la foto incorniciata sopra la scrivania della segretaria che, allarmata, smise di digitare sulla tastiera, e rimase lì a guardarmi con gli occhi che sembravano giganti dietro gli occhiali.

«Noah…»

Sentii che mi stava chiamando mentre passavo davanti alla sua postazione e mi inoltravo come un uragano nell'area comune della clinica. Le teste delle persone si voltavano al mio passaggio: le assistenti con la loro divisa verde acqua, un cliente con in mano una ciambella che si fece da parte in fretta e furia mentre scendevo correndo la scalinata, il postino con le braccia piene di buste che quasi investii all'entrata. Tutti loro avevano soltanto una cosa in comune: le espressioni diffidenti, come se si aspettassero un crollo mentale da un momento all'altro. Un altro piccolo intrattenimento pomeridiano messo in scena per accompagnarli nei social mentre facevano una pausa.

Tirate fuori i vostri cellulari e i popcorn, figli di puttana!

Sentii gli occhi bruciare mentre uscivo dalla clinica e attraversavo il giardino curato, salendo poi sul marciapiede, cercando il modo più veloce per andarmene. Soltanto allora, con la leggera pioggia che batteva fredda sul mio viso, mi permisi di diminuire l'andatura, provando a calmare il battito del cuore, le mani, l'intero corpo che tremava incontrollato.

Mi ci volle tutta la concentrazione, ma mi costrinsi a camminare fino alla fermata del pullman che, per fortuna, era vuota ma, quando arrivò il mezzo e le porte si aprirono, una signora scese e io non riuscii a salire. Restai lì imbacuccato nel mio parka sotto la pioggia, perso in una miriade di pensieri e remore guardando il veicolo allontanarsi. Alla fine, quando capii che se non mi fossi mosso, avrei finito per passare la notte lì fermo, iniziai a camminare verso la stazione.

Per tutto il tempo mentre mettevo un piede davanti all'altro come un automa e mi trascinavo attraverso marciapiedi grigi e bagnati, continuai a chiedermi che cosa fosse accaduto nello studio del terapeuta, con quell'uomo che si professava mio padre, ma soprattutto che diavolo stessi facendo della mia vita. C'erano così tanti elementi sconcertanti in tutto ciò che mi aveva detto che non sapevo nemmeno da dove iniziare a capire, dove cercare qualche consolazione, una magra risposta.

Perché non riesco a uscire da tutta questa merda? Perché, invece, continuo ad affondare sempre di più?

Mi ricordai di quella volta in cui, in una rivista, avevo letto la storia di un cantante Rap che una notte era caduto da una barca nelle isole greche. Aveva riferito di aver provato a nuotare verso di essa mentre urlava e faceva segni pregando che qualcuno arrivasse in suo soccorso. Era stato rinvenuto soltanto la mattina successiva da un pescatore che l'aveva trovato mezzo morto e aggrappato a uno scoglio. Mi sentivo proprio come lui, vedevo la nave rimpicciolirsi sempre di più e nessuno aveva notato quella povera anima che vagava da sola nell'immensità dell'oceano.

Come mai, a un certo punto, ogni cosa nella mia vita era diventata così sbagliata, così tanto sbagliata?

Sto annegando sotto il peso della sofferenza
Non riesco a distinguere tutti i diversi me
L'aria diventa sottile
Niente esce, niente entra
Non lo farò mai
Mai
Superare la pressione
Mai, mai
Sono il mio stesso oppressore
Non si torna indietro,
ogni cosa è stata già scritta,
non sentirò più la tua musica,
non vedrò più il tuo sorriso.
Tutto è silenzio.

Il tramonto era ormai inoltrato quando arrivai in stazione, i piedi che pulsavano di freddo, le dita delle mani ormai insensibili, il tutore che sembrava essersi in qualche modo stretto attorno al braccio che, molto probabilmente, si stava gonfiando dopo l'impatto con la porta nello studio del dottore. Tralasciai tutto quanto, anche se non ero più nemmeno sicuro se i tremori che mi scuotevano fossero dovuti alla temperatura vicino allo zero o alle emozioni che mi congelavano dall'interno. Volevo soltanto arrivare nella mia camera, nel mio rifugio e svanire come una nuvola di fumo.

Magari due anni dovrebbero essere sufficienti...

Purtroppo, scoprii molto presto che la coincidenza dei mezzi pubblici che avrei dovuto prendere era in ritardo per un guasto alla linea. A testa bassa mi diressi verso il binario, già affollato da ragazzi appena usciti dalla scuola di specializzazione che si trovava nelle vicinanze e dai pendolari che volevano tornare a casa dopo un'altra lunga giornata di lavoro.

Provando a non lasciarmi opprimere dalla folla, dall'energia che mi sembrava sempre più caotica, iniziai a contare le travi dei binari.

Uno... due... tre... quattro... respira... cinque... sei... sette... otto... non perdere il controllo...

Continuai a camminare verso la fine della banchina sempre a testa bassa, evitando di stabilire un contatto visivo con le persone, nella speranza di evitare qualsiasi tipo di interazione. Tuttavia mi era impossibile non udire spezzoni delle loro conversazioni.

«... video ovunque su Instagram, anche su Tik Tok...»

«Hai sentito cos'è successo oggi all'ora di pranzo in un locale del centro? Che cafone! Con tutti i soldi che possiede, non ha nemmeno pagato, pensa!» Commentò una bionda con alcune sue amiche e per l'agitazione mi si rizzarono i peli sulle braccia.

Cazzo, il conto al ristorante! Nella fretta mi ero del tutto scordato di chiederlo.

«No. Sul serio?» Le teste che si avvicinavano verso quella che aveva un cellulare in mano furono la scintilla che fece muovere i miei passi ancora più veloci, più lontani. Me ne andai quasi correndo mentre le parole si imprimevano nella mia mente. Perché i commenti negativi degli estranei sembravano ferire di più?

Passi silenziosi si stanno avvicinando,
qualcuno sbuca dall'oblio assoluto.
Chiudi gli occhi, Noah.
Non vuoi vedere.
Il suo viso è raggrinzito,
rigato di sangue,
morto.
Freddo.

Deviai per un pelo un gruppetto di ragazzi che si spintonavano a vicenda mentre ridevano e si prendevano in giro. Provai un'altra fitta al cuore ricordando che anch'io, in passato, avevo compiuto gli stessi giochetti con i miei fratelli o con i ragazzi della band.

Dio, sembrava fosse passata un'eternità, anzi forse era stato addirittura in un'altra vita.

Continuai a contare i binari.

Ventidue... ventitré... ventiquattro… respira... venticinque... ventisei... ventisette... non perdere di nuovo il controllo… non piangere…

Spinsi ancora di più il cappellino in testa, sentivo gli sguardi insistenti che mi accompagnavano, simili a pugnali che si conficcavano nella schiena.

Arrivai alla fine del binario ignorando le occhiate arrabbiate di una coppia di adolescenti a cui avevo invaso la privacy e mi appoggiai a una colonna di cemento, inspirando a fondo, provando a capire come avrei fatto a prendere un treno con tutte quelle persone senza essere riconosciuto. Avevo perso il conto delle travi di ferro così iniziai da capo.

Uno... due... tre... quattro… respira... cinque... sei... concentrati… sette… otto…

Mi tornarono in mente le parole di Geist.

«Dovresti prendere in seria considerazione l'idea di unire di nuovo la band, cogliere l'attimo finché stanno ancora parlando dei Bad News. Tra poco si dimenticheranno di voi…»

Poi tornai alla risposta di mio padre.

«A cosa diamine stavi pensando con la scenetta in quel ristorante cinese?»

Avrei voluto rispondergli che non stavo pensando affatto perché, quando il mondo intero ti cadeva addosso, sgretolandosi con un solo schianto, la facoltà di pensare si perdeva in un battito di cuore affranto.

Ma tanto a cosa sarebbe servito?

Scossi la testa e mi concentrai sulla folla che si accalcava a una ventina di metri da me. Di sicuro era una mia nevrosi, ma quasi tutti avevano in mano il cellulare e la maggior parte sembrava guardare proprio nel punto in cui mi trovavo e non dalla parte in cui sarebbero arrivati i convogli.

Dopo quelli che mi sembrarono essere una ventina di minuti angoscianti, venne annunciato l'arrivo del treno e i suoi fanali apparvero all'uscita della curva. Le persone iniziarono a raggrupparsi, la coppia che era vicino a me smise di baciarsi e, mano nella mano, si spostò verso gli altri.

Il vento si alzò portando alcune goccioline di nevischio che mi colpirono in pieno viso. Il treno arrestò la sua corsa, le porte si aprirono e sapevo che mi sarei dovuto avvicinare ma non riuscivo a muovere un passo. Era come se i miei piedi fossero stati sostituiti da due blocchi di cemento. Fu una questione di secondi e alcune persone scesero dal treno dirigendosi verso le scale, nel frattempo gli altri erano già entrati. Restai a guardare le porte chiudersi, fissai altri volti intravisti per un attimo dai finestrini che iniziavano a scorrere davanti ai miei occhi.

Il treno prese velocità e, qualche secondo dopo, si allontanò dalla stazione e tutto ciò che riuscii a fare fu premere il palmo della mano sul viso, mentre lacrime calde mi pungevano gli occhi e fuoriuscivano, depositandosi tra le fessure delle dita.

«Questo ragazzo è una vergogna per la musica. Milioni di persone ucciderebbero per avere la sua vita e lui l'ha buttata via...»

Quando finalmente alzai la testa, notai dall'altra parte della strada l'insegna di un bar. I due blocchi di cemento che avevo al posto dei piedi sembrarono staccarsi e, con lo sguardo fisso sul lampeggiante rosso, mi incamminai verso la scala che mi avrebbe portato al sottopassaggio.

Direttamente alla mia salvezza.

4
Bicchiere mezzo pieno

La neve mi punse il viso e si infilò attraverso il colletto del parka mentre uscivo dal sottopassaggio e attraversavo in fretta la strada per dirigermi verso l'insegna luminosa.

«Killian's bar» lessi a bassa voce, come se non volessi udire il mio tono affranto. Le lampadine rosse che formavano le ultime quattro lettere erano fulminate, così quel posto era ormai noto solo come il Kill Bar.

Ecco, un'altra profonda fonte d'ispirazione… pensai guardando il cielo cupo. *La morte, prima o poi, ci prenderà tutti, e allora perché non porti via anche me?*

Spalancai la pesante porta usando la mano sinistra ed entrai. Venni avvolto dal classico odore che possedevano i posti del genere, quello dei vecchi amici trasandati e quasi stanchi della vita, mentre mi fermavo sull'uscio, valutando dove sedermi. Quel luogo non assomigliava per nulla ai pub che frequentavo di solito e fui sorpreso di provare uno strano senso di sollievo. Tutto ciò di cui non avevo bisogno era qualcosa che mi ricordasse l'ambiente familiare come il locale del signor O'Malley, quello che usavamo per le nostre prove.

Tic Toc… non esiste più
È la morte che ti cerca.
Tic Toc
È la morte che ti chiama.
Tic Toc
È inutile nascondersi.

Non mi sto nascondendo. Eccomi!

Scossi la testa infastidito da quei pensieri. Quel posto era un buco, ma c'erano alcol, dolore e solitudine avvolti nelle sue pareti di pietra, il che lo rendeva perfetto per me. Due uomini sulla cinquantina erano seduti circa a metà del lungo bancone di legno che vedevo alla mia sinistra, ognuno con il proprio bicchiere davanti, e uno di loro mangiava un hamburger dall'aspetto invitante. Entrambi avevano l'attenzione rivolta a una partita di calcio su un televisore a schermo piatto, montato tra i ripiani pieni di bottiglie mezze vuote di liquori. In fondo alla stanza, un ragazzo moro con il pizzetto giocava a biliardo con una bionda piccolina in jeans attillati e il resto degli alti sgabelli dall'aria scomoda e la decina di tavolini di legno sparsi per il piccolo salone erano vuoti. Un ennesimo chiaro invito a un altro astro in declino come me.

Nessuno fece caso al nuovo arrivato che si dirigeva verso l'ultimo sgabello, dove una delle lampade a sospensione, che penzolava da una fila che seguiva il bancone, era fulminata. Mi tolsi il parka e mi sedetti traendo conforto dalla penombra perfetta per il mio umore nero. Accanto al tavolo da biliardo c'era un vecchio juke-box da cui fuoriusciva una canzone country, ma per fortuna il rumore della musica si confondeva con quello del televisore.

Avevo appena finito di appoggiare i piedi sulla sbarra di metallo sotto il bancone, quando il barista si avvicinò con uno straccio pulendo l'antica lastra di legno che, potevo scommettere, avesse visto di più della sua parte di gomiti callosi, assistito a discorsi biascicati e bicchieri rovesciati. Era un uomo grande, con la barba folta, i capelli grigi e opachi che mi ricordavano un orso polare sporco.

Quando fu soddisfatto della pulizia, anche se il suo strofinaccio grigio lasciava un po' a desiderare, spostò la sua attenzione verso di me. «Cosa posso portarti?»

Per tutta risposta la mia pancia brontolò e stavo per chiedergli il menù, ma non riuscii a proferire parola perché uno degli uomini seduti a metà del balcone gli rivolse la parola con voce impastata. «Ehi, Adair, portami uno shot di qualsiasi roba mi aiuti a dimenticare questa settimana di merda.»

Il barista gli urlò di aspettare un attimo, la sua attenzione ancora rivolta verso di me. «Allora, ragazzo, cosa ti porto?» Domandò già un po' impaziente.

Senza riflettere, risposi: «Prendo quello che prende lui» indicai con il mento l'uomo dello shot e poi aggiunsi: «doppio, per favore.»

Il barista rise, qualcosa che assomigliava davvero al ringhio di un orso, ma non lo accompagnai nella sua strana euforia. Vedendo la mia serietà, alzò solo un dito. «Ho la cosa giusta.» Senza aggiungere altro, si spostò verso l'altra estremità del bar e iniziò a trafficare con una bottiglia che tolse dal ripiano. Qualche istante dopo mi ritrovai davanti un bicchierino riempito fino all'orlo con qualcosa di trasparente e una bottiglia di birra svizzera. Per un solo istante ripensai all'hamburger, magari con una birra a tenermi compagnia, ma forse quel piccolo bicchiere era ciò che avrei dovuto cercare negli ultimi mesi. Alla fine dei conti, come diceva quel bastardo che si professava mio padre, ero una delusione… uno spreco.

Probabilmente aveva ragione visto che non avevo idea di cosa volessi o chi fossi senza i *Bad News* o, forse, tutto ciò che stavo vivendo era frutto della disperazione, mentre provavo a capire che cosa cazzo fosse successo alla mia meravigliosa e perfetta vita.

La mia attenzione venne attirata dal barista che non accennava a muoversi così, intuendo la sua richiesta, gli passai la carta di credito che strisciò nell'apposita macchinetta. «Lascia il conto aperto.»

Appena l'uomo si allontanò, mi guardai attorno. Non mi ero mai sentito così perso, senza avere la minima idea di cosa diavolo stessi facendo, come una piuma in balìa di un uragano in grado di radere al suolo tutto. Prima ancora che potessi riflettere oltre, afferrai il bicchierino, lo appoggiai alle labbra e buttai giù il contenuto in un unico sorso. *Questo è per te, papà.*

I miei occhi si riempirono di lacrime e fui tentato di sputare tutto, mentre quella schifezza infuocata mi scendeva in gola e arrivava nello stomaco bruciando tutto al suo passaggio. La sensazione mi ricordava le voci, le bugie, l'orrore dell'incidente, le cicatrici. Ogni singolo dolore che aveva preso dimora nel mio petto.

Per un istante fissai il bicchiere vuoto. *È disgustoso. Come si può bere questa roba volontariamente?*

Molto presto capii che tutto dipendeva da quanto fossi disperato, da quanto volessi spegnere del tutto la tua fottuta mente. Nel mio caso, quel bicchierino fu soltanto il primo… di tanti.

Tuttavia, prima di iniziare a fare sul serio, presi il cellulare perché dovevo mandare un messaggio alle uniche due persone che contavano veramente nella mia vita.

Ciao mamma M.
Ho incontrato un'amica a Schaffhausen e passerò la notte da lei.
Ci vediamo domani.

La risposta arrivò quasi immediata dal cellulare di Andrew, quello che per me era l'unico padre che avevo.

> Grazie per il messaggio, Noah.
> Per qualsiasi cosa noi ci siamo.
> Ricordati che ti vogliamo bene figliolo, sempre.

Annegai la fitta che quelle parole mi portarono al cuore con un bel sorso di birra, prima di notare un messaggio e poi una chiamata dalla clinica del dottor Fustermann. Per un momento mi sentii addirittura lusingato che qualcun altro avrebbe potuto preoccuparsi per me. Risposi con un messaggio dove dicevo di star bene e che ci saremmo visti la settimana successiva.

Ci fu un altro lungo sorso di birra ma, prima di spegnere il cellulare, decisi di dar retta a un tarlo che mi stava rodendo il cervello. Aprii Google e digitai il nome del bastardo che aveva detto di essere mio padre. C'erano oltre centomila ricerche collegate a lui e finii per leggere parte di un'intervista al periodico *Billboard* che elencava la sua annuale *Power* 100 - la classifica degli "individui più influenti dell'industria discografica". Guy Blavnik, il proprietario della Tenent Music, era tra i primi dieci. Guardai il suo viso untuoso in una foto scattata durante uno dei *Grammy Award* a cui aveva partecipato, accanto a una ragazza mora che doveva avere la mia età. Inutile dire che lei gli era attaccata come una cozza, perciò intuii subito che non si trattasse di una sorellastra o una parente.

L'orso polare arrivò portando un altro shot e per alcuni minuti provai a seguire la partita di calcio alla televisione, ma non era di certo lo sport che faceva per me. Quando andavo al liceo ero un asso nell'atletica leggera, perciò spesi ancora alcuni minuti, mentre annegavo nel nuovo bicchierino, provando a ricordare l'ultima volta in cui ero uscito per fare una corsa. Poiché non riuscivo a rammentarlo, lo interpretai come un'ottima notizia. Forse, con il passare del tempo, ma soprattutto degli shot, avrei ricordato sempre di meno.

Allora, cosa aspettiamo? Che la festa dell'oblio abbia inizio!

Con il passare delle ore, i bicchieri sembravano riempirsi magicamente davanti a me mentre cercavo di fermare i ricordi. A mano a mano che il tempo passava mi sentivo avvolto da un beato, quasi euforico senso di distacco, e non percepivo più il sapore del liquido disgustoso. Continuai a bere godendomi il bruciore all'esofago o il modo in cui, quando chiudevo gli occhi, delle piccole stelle mi giravano intorno, come se fossi su una giostra e loro si specchiassero dentro di me.

Altri clienti arrivarono, ma nessuno sembrava far caso all'individuo nascosto nella penombra dell'ultimo sgabello. Ero più che soddisfatto, anche perché ero sicuro di emanare una sorta di vibrazione che intimasse alla gente di starmi alla larga. In più quel bar non era il genere di locale dove si andava per cercare compagnia, bensì per far ciò che stavo facendo io per primo: dimenticarsi… di un brutto periodo, di una settimana di merda come il compagno di bevuta seduto più in là, che a breve sarebbe caduto dallo sgabello o, come nel mio caso, scordarsi di un'intera esistenza. Non ero sicuro di quanti bicchieri o di quante bottiglie di birra sarebbero state necessarie, ma nella mia attuale situazione quel particolare non aveva la minima importanza. Come un bravo allievo mi sarei impegnato al massimo. Non era quello che voleva il fottuto magnate Guy Blavnik?

Per un po' osservai una nuova coppia che si era unita ai due che stavano giocando a biliardo. Notai come si toccavano, l'intimità condivisa nei loro gesti, il modo in cui scherzavano tra di loro, le carezze che si facevano. Non avevo mai avuto quel genere di approccio amorevole con nessuna donna. Insomma, non mi ero mai preoccupato di avere una ragazza fissa, mi bastava essere testimone di tutti i problemi che Matthieu aveva con la sua. Avevo sempre pensato che quel genere di "grattacapi" non facesse per me: troppe complicazioni, troppo stress, per avere in cambio cosa?

Le mie relazioni erano perlopiù incontri occasionali, ed ero davvero soddisfatto. Le *groupie* che ci seguivano ai nostri concerti volevano soltanto una serata tra le lenzuola con qualcuno della band e noialtri invece… beh, noi eravamo uomini. Era chiaro ciò che volevamo.

Tuttavia in quel momento, guardando le due coppie, avrei tanto voluto avere qualcuno su cui poter soltanto posare la testa sulla spalla e ricevere una coccola, anche in silenzio.

La mia distrazione finì quando le due coppie se ne andarono, mano nella mano. Seguirono altri bicchieri e accanto al barista apparve una bionda di circa quarant'anni, con una maglietta nera che aveva una scollatura molto più interessante da guardare che il vecchio orso sporco. Almeno era quello che mi stava proponendo il cervello. Uno degli uomini, non il tizio che stava per cadere dallo sgabello, si alzò e se ne andò lasciando una manciata di banconote sul bancone. Il suo posto venne preso da un vecchio gobbo con un cappello da cowboy che si sedette con le gambe incrociate e una pipa spenta in bocca. Il vecchio orso dietro al bancone fece la sua comparsa con lo straccio, i due si scambiarono qualche parola, poco dopo il primo giro chiacchierò un po' con l'anziano e la serata proseguì.

A un certo punto una vocina noiosa iniziò a dirmi che era ora di tornare a casa, ma poiché non ne avevo una, la feci annegare in un altro giro. Pensai alla mia vera madre e al fatto che forse era quello il modo in cui si era sentita per tutti quegli anni. Per affogare anche quei pensieri ebbi bisogno di altri due giri. Un giro, due giri, tre, forse quattro, contarli ormai era superfluo purché ce ne fosse un altro che cancellasse il precedente.

Qualche momento più tardi, entrò un ragazzo per portare a casa l'uomo che stava cadendo dallo sgabello e salutò il barista come se lo conoscesse da sempre. Qualche posto più in là, il nonnetto cowboy sembrava essersi addormentato, la fronte poggiata tra le braccia sopra il bancone, il cappello che gli copriva il viso. Il grande orso polare apparve passando un mocio tra i tavoli mentre canticchiava a bassa voce.

«Allora...»

Alzai la testa che non mi ero nemmeno reso conto di aver appoggiato tra le mani. Davanti a me la barista bionda sorrideva mentre asciugava alcuni bicchieri che si trovavano a testa in giù su un vassoio. «Sembra che la tua giornata stia andando nella stessa direzione della mia.»

«Vuoi dire all'inferno?» Le domandai.

Mi regalò una risata argentina. «Più o meno. Comunque, ho sentito dire da Adair,» puntò il barista orso che, qualche metro più in là, aveva mollato il mocio e riforniva un paio di bottiglie, «che la tua settimana non è stata buona. Ne vorresti parlare?»

Bevvi un sorso della birra mentre valutavo se rispondere o meno, ma poi fu come se avessi avuto un'epifania e sbottai: «Come sai che la mia settimana è stata uno schifo?»

Mi regalò uno sguardo stupefatto seguito da un'altra risata cristallina. «Caro, nessuno entra in un bar del genere se ha avuto una bella giornata, o settimana...» scrollò appena le spalle, prima di aggiungere: «o vita, per quanto possa contare.»

Guardai quel posto squallido e, da qualche parte alcuni dei miei neuroni, quei pochi ancora attivi, mi fecero capire che la sua teoria non facesse una piega, così annuii pensieroso: «Io... oggi ho scoperto una cosa che mi ha messo un po' di traverso.» Non avevo mai avuto una conversazione del genere con un vero e proprio sconosciuto, ma i suoi occhi mi dicevano che fosse un'esperta in quel genere di chiacchierate. «Non posso dirti di cosa si tratta, non perché non mi fidi di te, ma perché è una cosa così grande che riguarderebbe altre persone. E non so cosa fare…»

Annuì soltanto e la sua espressione saggia mi confermò ciò che mi serviva. Qualunque cosa fosse, non la ricordavo tanto bene. Mi raddrizzai notando che lo sgabello sembrava ondeggiare un po'. «Il fatto è che credo di dover ingoiare il rospo e pregare di non avere un'indigestione. Ha senso, secondo te?»

«Certo» rispose comprensiva, lo strofinaccio che girava con cura attorno a un altro bicchiere bagnato, più o meno come le stelle attorno a me quando chiudevo gli occhi.

«Quindi speravo di bere un paio di drink e magari ascoltare qualcuno,» la indicai con un sorriso sghembo, «raccontarmi qualcosa, magari della tua vita…» mi scappò un piccolo rutto che coprii con la mano. Potevo avere i pantaloni e le scarpe sporchi ma ero un ragazzo per bene. Dopo aver chiesto scusa, ripresi il discorso. «Insomma ascoltare la storia di una bella esistenza senza grandi segreti oscuri, ammesso che tu non ne abbia.» Mi scappò un sospiro triste. «Sai, qualcuno che possa ricordarmi che la vita può anche essere normale e bella, ma non voglio che tu mi inviti a parlare della mia. Ad esempio, se mi capita di abbassare le difese e cose del genere. Non lo so se mi spiego…»

Scossi la testa frustrato con il casino che, tutto a un tratto, si era formato nella mia mente. Una nebbia fitta e scura mi era appena entrata nel cervello e rendeva quasi impossibile acciuffare qualsiasi ricordo, o parola di senso compiuto.

Davanti a me la barista posò il bicchiere asciutto e lo straccio e mise il palmo sopra la scollatura della maglietta nera, come se stesse per fare un giuramento. «Caro, non voglio sapere la tua storia. Sono solo felice che tu sia entrato in questo bar.»

Provai ancora a spiegarmi, in qualche modo sembrava importante. «Sinceramente te lo direi se solo potessi…» feci una pausa provando a ricordare, «come ti chiami, a proposito?»

«Josie e tu?» Allungò una mano delicata piena di anelli, che strinsi con piacere.

«Io sono Noah.»

I suoi occhi si soffermarono sulle mie labbra per un attimo prima di tornare su di me. «Hai un bel nome. Ma sappi che non ho alcuna curiosità su questo gigantesco segreto della tua vita. Con me sei al sicuro.»

Mi fece un occhiolino e mi rivolse un sorriso con una fila di denti bianchi e perfetti. Per la prima volta, in tutti quei mesi, mi sentii un po' meno solo.

Josie finì di asciugare i bicchieri, prese un nuovo vassoio pieno da dentro una lavastoviglie ma non se ne andò. Mi ritrovai di nuovo accasciato sul bancone con la testa tra le mani perché sembrava pesare un quintale e le raccontai a lungo una vecchia storia di Natale, che non ricordavo per quale motivo mi fosse venuta in mente. Non sapevo nemmeno quanto avessi bevuto a quel punto, ma una parte lontana di me era consapevole che la mia voce avesse acquisito una strana cantilena, che scivolava su e giù non sempre in accordo con quello che stavo dicendo. La cosa più importante era che mi sentivo stranamente sollevato, per il semplice fatto che, di punto in bianco, la mia testa fosse una tabula rasa. Non ricordavo proprio un bel nulla.

«… stavamo facendo questa battaglia di palle di neve e uno dei miei fratelli…» feci una pausa perché avevo scordato chi fosse con me quel giorno, «ecco, insomma. Ero così felice…» dissi, tirando su la manica della maglia e allungando le braccia sopra la testa per sentire il fresco sulla pelle, cercando di non badare al fatto che fossi tutto sudaticcio. «Ero… cioè era… fantastico. Davvero.» Tirai giù le braccia e bevvi in fretta un altro sorso del mio drink perché stavo iniziando a sentire il dolore ritornare nel petto. Quella era un'altra vita in cui avevo avuto una direzione e uno scopo. Ormai stavo percorrendo una strada che non mi avrebbe mai riportato a casa. Infine, senza sapere nemmeno perché, sbottai: «Credo di essere una persona terribile.»

Josie si mise comoda, la schiena appoggiata sul balcone dietro di lei e mi guardò. Il suo silenzio non era di certo un aiuto. Per fortuna parlò con un sorriso triste sulle labbra come se ripetesse quella frase spesso. «Non credo, Noah. Mi sembri solo un ragazzo piuttosto... confuso.»

Gemetti sconsolato. «No, lo so. Sono una persona terribile. Davvero, mi odio così tanto… e non era mai stato così prima… cioè, prima di…» Le mie parole uscirono biascicate, sentivo la lingua spessa e pesante, e anche se era ciò che volevo dire, venne fuori una frase perlopiù incomprensibile, così riprovai.

«Insomma, non sto chiedendo a Dio di rendermi felice, ma solo di essere un po' più sensibile verso quelli di noi che… magari potrebbero non esserlo... proprio in questo…»

Ancora parole sconclusionate.

Non sopporto più questo dolore che incede, mi gira intorno, morde ogni cosa.
Forte, massacrante, inarrestabile…
Prendimi e facciamola finita.

Non avevo più parole, più strofe, erano finite, affogate da litri di alcol.

«Noah...» la sua voce carezzevole zittì i miei pensieri. Guardai le unghie nere che mi stavano accarezzando l'avambraccio, notando quanto fosse calda la sua pelle e quanto fossero lunghe e sottili le sue dita prima di spostare la mia attenzione su di lei. Per un istante dovetti concentrarmi perché credetti di avere di fronte due Josie.

La osservai sentendomi un cucciolo abbandonato e lei ridacchiò. «È arrivata l'ora di chiudere il bar.»

«Ah...» risposi un po' deluso. Con gesti impacciati infilai il cappellino in testa, poi iniziai a prendere il portafoglio che era sopra il bancone e il cellulare, ma ci misi un po' perché senza rendermene conto stavo usando la mano destra, quella con il tutore.

«Hai qualcuno che ti venga a prendere?»

La guardai mentre scuotevo piano la testa perché tutto a un tratto sembravo essere salito su quella giostra che vedevo quando avevo gli occhi chiusi. «Posso prendere il treno» aggiunsi con una vocina flebile mentre lasciavo perdere il cellulare e affondavo la testa di nuovo tra le mani.

Come risposta ricevetti una risatina amorevole. «A quest'ora, tesoro, sarà davvero difficile.»

Quasi non mi resi conto del silenzio che calò tra di noi. Mi chiesi brevemente se avessi potuto fare un piccolo sonnellino proprio lì. Mentre lottavo per tenere gli occhi aperti, il dolore all'interno del mio petto iniziò a presentarsi di nuovo.

No, non farlo, per favore, no!

«Noah...»

Aprii gli occhi, che non mi ero reso conto di aver chiuso, e la ritrovai con la testa piegata che si mordicchiava l'unghia del pollice. Provai a sorridere, ma sembrava un gesto così strano nel mio viso che lasciai perdere.

«Aspettami qui, va bene? Vado a prendere le mie cose e torno subito.»

Non mi restò che annuire, anche perché non avevo la più pallida idea di dove sarei potuto andare. Pensai al freddo che di sicuro avrei provato una volta fuori e alla panchina della stazione che mi sembrò un posto davvero desolato per fare un sonnellino.

Stavo per addormentarmi quando sentii che qualcuno mi tirava su dallo sgabello e poi una mano calda sulla mia. «Okay, giovanotto. Credo sia arrivato il momento di portarti via da qui.»

Salutai il grande orso mentre uscivo, dandogli il cinque come potevo, ma sembrava che le nostre mani non riuscissero a incontrarsi. Risi quando lo udii borbottare qualcosa a proposito di un cane randagio perché le sue parole mi calzavano a pennello. Quando arrivammo alla porta, Josie mi porse il parka che cercai di indossare e mi venne da ridere perché non riuscivo a infilare le braccia nelle maniche e, quando ci riuscii, mi accorsi di averlo messo al contrario, come una camicia di forza. «Mi arrendo» borbottai come un bambino capriccioso.

«Devi fare così.» Sentii che provava ad aiutarmi e il suo profumo, data la nostra vicinanza, un misto tra sigaretta e gomma da masticare alla menta, mi solleticava il naso. Appoggiai la testa nell'incavo del suo collo mentre mi infilava le braccia nel giaccone. Non avevo più alcuna preoccupazione al mondo in quel momento, il che era una benedizione. Non c'era da stupirsi che mia madre amasse tanto quella roba.

All'improvviso mi ritrovai nell'aria fredda e pungente fuori dal bar.

«Sono troppo pesante» mormorai nel suo giubbotto.

«Non ti preoccupare» rispose senza esitazione, così lasciai che mettesse il mio braccio attorno alle sue spalle, mentre andavamo chissà dove. Per qualche strana ragione, Josie continuava a scusarsi ad alta voce, forse perché stava urtando qualcuno mentre camminavamo. Un uomo gridò persino: «Metti il ragazzone sotto la doccia fredda.» Mi ritrovai a ridere e fu una sensazione così inusuale e allo stesso tempo piacevole che cercai di afferrarla per non dimenticarla ma, come tutto il resto, svanì in una nuvola di fumo.

Tuttavia, prima che me ne rendessi conto, inciampai in qualcosa e all'improvviso mi ritrovai sul marciapiede ghiacciato, con le ginocchia che sbattevano sul cemento duro.

«Cazzo, fa male» imprecai.

«Oh, cavolo» disse subito Josie, mettendo un braccio intorno alla mia vita aiutandomi a rialzarmi. «Credo che dovremmo farti prendere un caffè forte.»

Fu un'impresa far collaborare le mie gambe e ridacchiai quando minacciò di lasciarmi lì.

In qualche modo mi rimisi in piedi ancora una volta, appoggiai il naso sul suo collo e inspirai mentre barcollavamo sul marciapiede. «Hai un profumo così buono.»

«Grazie, Noah.»

«Mi ricorda il bar in cui eravamo.»

Fece una risatina. «Questo sì che è un complimento.»

«Ups, scusa.»

Si spostò in modo da trovarsi di fronte a me e mi mise le mani sulle spalle. Intorno a noi la strada diventò vertiginosa, un circo di luci scintillanti, le insegne dei negozi incombevano su di me con prepotenza. Mi voltai lentamente, guardandomi intorno, provando a orientarmi, ma l'unico risultato che ottenni fu barcollare e sarei di sicuro crollato se Josie non mi avesse di nuovo preso al volo. La ringraziai.

«Posso chiamare un taxi che ti porti a casa, perché hai bisogno di smaltire la sbornia. Oppure possiamo andare da me e prendere un caffè. Scegli tu.»

Era così bella nei jeans di pelle, gli stivali con il tacco e la giacca nera. Ciò che vidi mi piacque davvero tanto. Mi girai tra le sue braccia e sbattei le palpebre provando a focalizzarla meglio. Sarebbe stato utile se avesse smesso di ondeggiare.

La guardai e mi sentii all'improvviso triste. «Non so cosa ho fatto di male per dover soffrire tanto così…»

Inclinò la testa verso di me con un sorriso gentile sulle labbra. «Non sei il primo e non sarai l'ultimo, tesoro.»

Ci fu un lungo silenzio e poi prese una decisione: «Vieni, andiamo a distrarci un po'.»

Appoggiai la testa sulla sua spalla e sentii il suo braccio scivolare dolcemente intorno a me. Chiusi gli occhi e mi lasciai condurre, per un istante mi sentii felice, come se a quella sconosciuta importasse davvero di me.

Mi svegliai con il fastidioso suono di un telefono che squillava senza sosta e un'orribile canzoncina latina con una voce davvero acuta. Fui avvolto da un piacevole sollievo quando smise, poi udii la voce di una donna mormorare qualcosa. Nell'aria c'era l'odore amaro di caffè. Mi spostai appena, cercando di sollevare la testa dal cuscino. Il dolore che mi trafisse le tempie fu così intenso e implacabile che emisi un piccolo guaito, come un animale la cui coda fosse rimasta intrappolata da qualche parte. Chiusi gli occhi, feci un profondo e inutile respiro prima di riaprirli.

Questo non è il letto di Villa Engel.

E continuò a non esserlo quando riprovai per la seconda e poi la terza volta. Quel fatto indiscutibile fu sufficiente per spingermi a tentare di sollevare di nuovo la testa, ignorando il dolore pulsante, abbastanza a lungo da concentrarmi.

No, quella non era affatto la mia camera da letto. In effetti, non l'avevo mai vista prima. Osservai i vestiti da donna, sparsi per terra, il reggiseno nero infilato nello schienale di una sedia, un piccolo televisore appeso nell'angolo, la scrivania piena zeppa di cianfrusaglie e, per ultimo, un armadio a due ante, prima che mi rendessi conto della voce femminile che si avvicinava.

«Sì, signora Trauben, è molto gentile da parte sua.»

La porta si aprì e apparve una donna bionda con i capelli raccolti in una coda alta, vestita come se fosse già pronta per uscire, in una mano teneva una tazza e con l'altra il telefono. Mi guardò soltanto, sollevando un sopracciglio e posò la tazza sul comodino, continuando a parlare.

«Sì, ho avuto un problema con il treno questa mattina. Prenderò un taxi e sarò lì tra venti... Certo. Nessun problema... sì, grazie.»

Non c'era bisogno di un genio per tradurre le sue parole: ero io quel treno. Ignorando la fitta alla testa e al braccio che sembrava essere stritolato dentro il maledetto tutore, mi misi prima a sedere e poi, barcollando riuscii ad alzarmi, per scoprire che indossavo una maglietta rosa che mi copriva a malapena l'ombelico. Impiegai una decina di secondi per realizzare che non avevo la minima idea di come ci fossi finito dentro. In effetti, non ricordavo nulla.

La donna si voltò e uscì dalla stanza in direzione di un corridoio, lasciando la porta aperta. «No, non si preoccupi, prendo io i vestiti in lavanderia.» Mi guardai sotto e fui felice di constatare che almeno indossavo i miei boxer. Quello doveva pur contare qualcosa.

«Sì, sarà fatto. A tra poco, allora» appena chiuse la chiamata, mise il telefono nella tasca dei jeans e si voltò dandomi la sua attenzione. «Buongiorno. Stavo giusto venendo a svegliarti. Temo di dover andare.»

Alzai la testa e mi scostai i capelli dal viso. Erano leggermente umidi di sudore e appiccicosi. «Sì, certo, scusami.» Diamine non ricordavo nemmeno il suo nome. Iniziai a cercare i miei vestiti. Sentivo la bocca secca come il deserto del Sahara, un sapore disgustoso.

«Che ore sono?» Gracchiai.

«Le sette e un quarto. Devo andare, sono già in ritardo.» La vidi sedersi su uno sgabello di legno e indossare degli stivali.

Trovai i miei jeans per terra accanto ai suoi. «Perché ho questa maglietta addosso?»

Sorrise. «Hai perso la scommessa.»

Scommessa? Il mio stomaco ebbe un sussulto.

«Possiamo parlarne in un altro momento» mi spronò a muovermi mentre si alzava, visto che mi ero fermato per cercare di raccogliere i pensieri che sembravano sparsi sul pavimento come i miei vestiti. «Bevi il tuo caffè.»

Ne bevvi un sorso obbediente. Lo trovai forte e ristoratore, eppure sospettavo che mi sarebbero servite almeno altre tre tazze per rimettermi in sesto.

Quando percepì che avevo qualche difficoltà a chiudere il bottone dei jeans per colpa del tutore, si avvicinò. «Aspetta, ti aiuto.»

«Grazie» risposi impacciato mentre le sue dita abili si infilavano tra i jeans e la mia pancia. Profumava di sapone, di pulito e di tutte le cose sane e buone. Invece io ero consapevole di emanare ondate calde di sudore stantio, alcol e vergogna. Appena finì di aiutarmi alzò il viso e mi baciò la guancia. «È stata una serata divertente, Noah.»

La ringraziai per la seconda volta. Si fermò un istante per farmi una leggera carezza sul viso. «A proposito, mi chiamo Josie.»

Senza aspettare una risposta si voltò e tornò all'ingresso prendendo un giubbotto e dandosi delle pacche sulle tasche come per assicurarsi di aver preso tutto. Ebbi a malapena il tempo di cambiare la maglietta, infilare le scarpe e raccogliere le mie cose che mi ritrovai a scendere dietro a lei la scalinata di pietra di un vecchio palazzo. Ci fu un breve saluto mentre apriva una pesante porta di legno e, un attimo dopo, se n'era già andata.

«Aspetta... dove sono?» Gridai, ma era già sparita tra le persone che camminavano in fretta sul marciapiede.

Mi infilai anch'io tra la folla di sardine, a testa bassa, contando le mattonelle del pavimento, lasciando che il vuoto riprendesse il sopravvento, sentendomi morire di nuovo. Continuai a mettere un piede davanti all'altro, provando a camminare verso il futuro, anche se la mia anima restava ancorata nel passato. Alcuni flashback della sera precedente tornarono a galla. Noi due nel letto, di fianco, uno davanti all'altro.

«Voglio vederti ancora…»

Glielo avevo detto perché baciarla e stare con lei mi aveva portato un flebile senso di pace. Era contorto e sbagliato, ma a quel punto avrei accettato qualunque cosa. Per un attimo, anche attraverso la nebbia dell'alcol, il momento in cui le nostre labbra e poi i nostri corpi si trovarono, sentii il silenzio, non quello orribile dell'incidente, ma un altro tipo che non avevo mai sperimentato prima ed era da tanto tempo che il vuoto dentro di me non appariva così intenso.

Per quel motivo avevo insistito per vederla ancora una volta, ma la sua risposta…

«No, Noah, non penso che sia una buona idea. Non sono una donna da relazioni, ho un matrimonio fallito, due lavori per sostenermi e un sacco di problemi che non auguro a nessuno. In questo momento non mi posso permettere niente di serio con un

uomo, specialmente un perdente, anzi soprattutto con un perdente. Non prendertela, io sono al primo posto nella classifica dei falliti, non ho nulla di personale contro di te, e sono certa che tu sia una persona… mhmm come potrei dire? Ma, insomma, mi bastano i miei di problemi…»

«Ma possiamo…»

Posò un dito sulle mie labbra, zittendomi. *«No… non sono la donna giusta per te. Sei giovane e meriti una brava ragazza, Noah. E lei è lì fuori, da qualche parte, ad aspettarti.»*

Alla fine non mi restò che accettare la straziante e dolorosa realtà che lei non mi avesse voluto, ma soprattutto perché avrebbe dovuto? Aveva ragione: ero incasinato, anzi, ero davvero un perdente.

Purtroppo, come scoprii molto presto, parafrasando ciò che mi aveva detto: non sarebbe stata la prima e nemmeno l'ultima donna con cui mi sarei ritrovato in un letto come un oggetto usa e getta. Ma lasciarsi annebbiare dall'alcol aveva anche i suoi vantaggi. In qualche modo, pur sentendo tutto quel peso, c'era una sorta di leggerezza all'interno che derivava dall'avere il cervello confuso e di conseguenza vuoto.

Anche perché l'alternativa non era accettabile. Dove sarei dovuto andare? L'unica risposta che avrei ottenuto sarebbe stato il silenzio eterno.

Quello della morte.

5
Bicchiere sempre vuoto

Alcune settimane più tardi…

«Noah… guardami.»
La voce di Matt arrivò da un punto imprecisato alle mie spalle, mentre mi stiracchiavo contro la Mercedes che avevo appena chiuso. La sua risata felice echeggiò attorno a me e, per un breve istante, chiusi gli occhi e mi lasciai inebriare dall'odore salmastro dell'oceano, dal venticello tiepido sulla pelle, dalla gioia di essere vivo. Sopra la mia testa, i gabbiani stridettero e sapevo di essere tornato su quel pendio in California. Feci un giro su me stesso nel parcheggio deserto, quasi senza aria nei polmoni, cercandolo mentre mi proteggevo dal bagliore del sole con una mano. Prima che me ne accorgessi, il furbetto mi passò accanto da dietro dandomi una leggera spintarella nel tentativo di farmi cadere. Risi perché soltanto lui avrebbe potuto fare uno scherzo del genere. Era il suo modo di attirare la mia attenzione, faceva così anche quando eravamo ragazzini, perciò sapevo che stava per combinarne una delle sue. In effetti, con la coda dell'occhio, vidi i suoi boccoli castani sfrecciare dietro la Mercedes, a una decina di metri da me, correndo verso il dirupo.

«Prendimi, Noah…» udii la sua voce giocosa e avrei tanto voluto rincorrerlo, invece mi preparai, serrai la mandibola, chiusi le mani a pugno e conficcai le unghie nei palmi, perché da qualche parte nell'inconscio sapevo come sarebbe finito quel sogno, un ultimo attimo di felicità prima del terrificante…

Era sempre così.

Appena quella consapevolezza mi colpì, lo stomaco si attorcigliò come se qualcuno mi stesse infilando un coltello nella pancia e mi ritrovai sdraiato e piegato su me stesso, agonizzante dal dolore. Come sempre quando mi trovavo immerso in quei momenti asfissianti, lottai per aprire gli occhi, per tornare indietro, ma già in partenza sapevo che sarebbe stato inutile. Era più forte di me, così, del tutto impotente, venni risucchiato da un vortice senza fine. Il mio affanno era l'occhio del ciclone, dove sarei potuto essere al sicuro, invece era proprio lì che venivo colpito più duramente.

In un palpito ansioso del cuore la scena cambiò e mi ritrovai a correre a perdifiato sempre sullo stesso pendio all'alba sotto una pioggia torrenziale. Qualche metro più avanti, vedevo il volto angosciato del mio amico mentre si guardava le spalle, i capelli incollati alla faccia, l'espressione atterrita, le braccia e le gambe che si muovevano frenetiche mentre scappava da qualcosa, sfrecciando in direzione delle scogliere.

«Tu non capisci» mi urlò voltando la testa, la voce mi arrivava a stento attraverso le raffiche di vento.

«Cosa non capisco?» Gli risposi provando a farmi sentire, con la pioggia che mi batteva sul viso, inzuppandomi i vestiti. «Spiegami, Matt. Sono qui per te! Perché non ti basta questo?»

Accelerai il passo perché ci stavamo distanziando sempre di più, ma continuavo a scivolare nel fiume di fango che ormai mi ricopriva le caviglie. Era come se delle mani enormi uscissero dalla terra per lambirmi le gambe, e dovevo fare uno sforzo monumentale per compiere un passo, ma anche per respirare. Il petto mi faceva un male atroce, sentivo qualcosa scorrermi sulla fronte e sulle guance oltre alla pioggia, così denso che riuscivo a malapena a vedere.

«Cosa mi hai fatto...» La sua voce era sempre più lontana e incrinata sotto l'acquazzone che sembrava non volerci dare tregua. Scivolai un'altra volta, perdendo altri preziosi centimetri e, all'improvviso, Max e Nils gli apparvero accanto correndo insieme, come un fronte unito. Intenzionati a proteggerlo.

«Stai indietro!» Mi urlò infuriato Max. «Stai solo peggiorando le cose.»

«Peggiorando che cosa?» Tossicchiai con il sangue che mi usciva dalle labbra.

«Tutto!» Urlò con il viso sempre più rosso dalla rabbia. «Stai lontano. È la cosa migliore che tu possa fare. Sarai la nostra rovina. Vattene. Torna da dove sei venuto, Noah!»

«No... per favore, no.»

Iniziai a diminuire il passo quando mi resi conto con orrore che stavano scappando da me. Sentii le ginocchia cedere e in seguito conficcarsi sui sassolini del sentiero, ricoperti ormai dal fango. Mi piegai su me stesso, il viso affondato tra le mani, le lacrime che si mescolavano alla pioggia. A cosa mai avresti potuto pensare quando stavi per lasciare coloro che amavi? I tuoi migliori amici?

«Tornare dove?» Tossicchiai ancora un po' di sangue, fiotti rosso cremisi che colavano lungo le mie dita, singhiozzando per il dolore che mi risuonava dritto nel cuore. «Vorrei tornare, ma non posso più. Non senza di voi, ragazzi...»

Da lontano, udii qualcun altro chiamare il mio nome, poi una mano calda che mi accarezzava il viso. «Noah, tesoro...»

Mi misi a sedere di scatto, ansimando, madido di sudore dalla testa ai piedi, con il respiro corto e irregolare. Con un po' di sforzo allentai le mani che stringevano le lenzuola, le quali, solo pochi istanti prima, sembravano volermi stritolare come dei serpenti affamati.

Marion era seduta sul letto vicino a me e lo sguardo preoccupato che le intristiva gli occhi già stanchi, mi provocò l'ennesimo tuffo al cuore. Un po' più in là, appoggiato allo stipite della porta c'era Andrew che mi guardava con un sorriso mesto, le mani nelle tasche dei jeans, provando a non farmi vedere quanto fosse preoccupato.

«Non posso...» balbettai. «Non so- sono su- sulla scogliera...» farfugliai a mo' di spiegazione, provando a schiacciare gli ultimi residui dell'incubo che sembravano ancora strisciarmi sulla pelle come agili insetti.

«No, tesoro, non ti preoccupare, sei a casa.» Mi rassicurò lei con una carezza delicata sui capelli, un sorriso che sembrava fragile e spento ai lati della bocca. Era un'espressione che non le avevo mai visto prima, sembrava che fosse incerta su come avrebbe potuto aiutarmi. Sospirò tristemente prima di stringere la mia mano tra le sue più piccole. Nei suoi occhi c'era uno di quegli sguardi che avevo scorto troppo spesso negli ultimi mesi. Come se stesse assorbendo ogni mio dettaglio, perché avrei potuto esserci io attaccato a quelle macchine, in quel letto d'ospedale. Come se non mi avesse mai più rivisto. Di solito le lasciavo fare ciò di cui aveva bisogno per stare bene, non importava di quanto tempo avesse necessità. Ma in quel momento era diverso. Non volevo che mi vedesse in quello stato. Intuendo che volevo alzarmi, si spostò verso la fine del materasso.

«Che ore sono?» Gettai le gambe fuori dal letto e approfittai della distrazione di entrambi, mentre puntavano gli occhi sui rispettivi orologi, per asciugarmi le lacrime con il lembo della vecchia maglietta grigia.

«Sono le sei e mezza.» La luce accanto alla scrivania era accesa e dalla persiana della finestra Velux, che non ricordavo di aver chiuso, non filtrava abbastanza luce per farmi capire se di mattina o di sera. Odiavo dal profondo del cuore quei momenti. Quando mi svegliavo così disorientato per sapere dove mi trovassi o persino che ore fossero.

Mi alzai tirando su i pantaloni della tuta che stavano cadendo. Da quando ero dimagrito così tanto?

Ero ancora perso tra quei pensieri quando sentii le braccia di Marion avvolgermi. «Noi siamo qui per te, tesoro. Sempre...» Mi strinse forte e, per un momento che mi sembrò troppo breve, chiusi gli occhi desiderando che tutto fosse diverso. Un altro paio di braccia più forti mi avvolsero da dietro e capii dall'odore di legno e boschi che si trattava di Andrew.

Papà…

Avrebbe dovuto essere un momento perfetto. E per una frazione di secondo lo fu per davvero, ma poi tutto si sgretolò di nuovo e finì in frantumi come cocci di vetro sui miei piedi. Proprio come la vita che pensavo di conoscere.

«Grazie» sussurrai commosso e poi, senza guardarli, mi allontanai e attraversai la stanza a passo spedito entrando in bagno. Scappando dalla dura realtà, dai problemi, come facevo sempre negli ultimi tempi. Appena chiusi la porta alle mie spalle, accesi la luce e mi ritrovai con la testa appoggiata al pannello di legno, gli occhi fissi sulle travi che dividevano il soffitto. Lacrime calde mi rigavano il viso, la mente sempre più sconvolta, l'ansia che sembrava mi volesse stritolare, come se una gigantesca mano invisibile si fosse aperta un varco nel mio petto.

Non ce la faccio più… Da chi stai scappando Noah? Da te stesso, no?

Quella era stata la mia vita negli ultimi tempi: un continuo andirivieni dall'incoscienza al dolore, tra affanno e uno strazio così atroce da contorcermi le interiora a ogni respiro, come una palla di piombo che continuava a rimbalzare nello stomaco, nel petto, ovunque. Cercai di contare quante volte fosse accaduto, quando il tormento era diventato insopportabile e mi ero ubriacato così tanto da non sentire o capire più nulla al mio risveglio. A volte funzionava, altre, invece, ricordavo alcuni dettagli degli incubi, sempre i più raccapriccianti. Avevo perso il conto di quante volte mi fossi svegliato in quel modo, ma quella era stata di gran lunga la peggiore. Ogni volta in cui mi ritrovavo in possesso delle mie facoltà, mi dicevo che quel giorno sarebbe andato meglio. Che ci avrei provato con tutto me stesso, che in quella giornata mi sarei liberato dal senso di colpa e sarei riuscito ad addormentarmi e a godere di alcune ore di pace. Ma poi, puntualmente, capitava qualcosa che aveva il potere di scatenare sempre più forte quella voglia di annegare ancora più a fondo e non avevo la forza di volontà per combatterla. Ed era proprio ciò che facevo. Annegavo tutto con l'alcol, perché mi faceva dimenticare, anche quando la coscienza lottava per avvertirmi che non avrei dovuto bere, e poi mi consolavo con le donne, che mi facevano sentire un po' meno solo. Almeno così non avrei dovuto pensare agli errori che avevo commesso. Alle vite che avevo rovinato…

La mia esistenza era diventata un susseguirsi di bar, di bevute, di tante "Josie" con volti sfocati e i miei giorni continuavano a scorrere come un fiume che mi trascinava con sé. Tuttavia non ero nemmeno in grado di seguire il flusso, di percorrere il viaggio. Rimanevo incastrato tra le rocce, annegando nelle turbolenze che mi impedivano di raggiungere la meta della guarigione, della conciliazione con me stesso.

Per favore, datemi una pillola, fatemi una fottuta iniezione che mi faccia star meglio. Voglio solo poter tornare alla mia vita. È chiedere troppo, forse?

Desideravo solo che i miei giorni tornassero alla normalità, che riuscissi a seguire quel fiume, beandomi dei raggi del sole sul mio viso mentre camminavo di fianco agli argini, chc avessi in qualche modo vinto e demonizzato la sofferenza e tutte le difficoltà, pronto ad accogliere ogni nuova opportunità che mi sarebbe capitata davanti.

Provai ancora a promettere a me stesso che ce l'avrei fatta. Ancora e ancora, ma tutto ciò che riuscii a fare fu incrociare le braccia al petto, avvicinarmi allo specchio, gli occhi fissi su quell'estraneo, scorgendo la vastità delle sue pupille cerchiate da un anello blu che sembravano esattamente come mi sentivo dentro: vuoto. Quando mi guardavo, come stavo facendo in quel momento, tutto dentro di me gridava di smettere di pensare a ciò che mi era accaduto e trovare piuttosto un modo per spegnere i ricordi, per dimenticare. Avevo provato di tutto, ma soltanto l'alcol in quantità massicce sembrava funzionare.

A quel pensiero trassi un sospiro frustrato mentre raccoglievo i capelli chiari dietro le orecchie. Mi lavai il viso con l'acqua fredda, poi spazzolai i denti nell'inutile tentativo di guadagnare qualche secondo prima di dover affrontare la realtà e le due persone meravigliose che si trovavano oltre quella maledetta porta.

Vorrei solo trovare un modo per aiutare Matt... una maniera per risalire al motivo per cui aveva deciso di comportarsi come ha fatto... per cui mi ha lasciato mentre se ne… Basta!

Presi l'asciugamano e, usando entrambe le mani come potevo visto il tutore, mi tamponai il viso con energia. Forse non avrei mai potuto capirlo e stavo solo negando la verità a me stesso.

Sono questo tipo di persona? Una che nega la realtà di ciò che ha davanti?

Sarebbe stato meglio lasciar perdere e affogare i miei pensieri nell'alcol, considerato che, probabilmente, non avrei mai ottenuto una risposta. Per quanto mi riguardava, ero del tutto certo che non sarei mai più stato di nuovo felice, anche per quanto lo avessi voluto, perché, a prescindere da come sarebbero andate le cose, Matthieu sarebbe rimasto per sempre in quel letto di ospedale e lo avrei visto soccombere giorno dopo giorno. Senza lui o suo fratello e anche senza Nils. Da solo, sempre e comunque.

Iniziai a contare le travi del tetto. *Uno... due... tre... quattro... cinque... respira... sei... sette... otto... respira… solo questo…*

«Noah…»

La voce profonda di Andrew mi richiamò al presente, ricordandomi che non potevo continuare a nascondermi.

È incredibile come la nostra vita possa cambiare all'improvviso, a causa di un fatto, un movimento. Un secondo e un maledetto schianto.

«Arrivo…» cercai di ricompormi, ma chi volevo ingannare? Nemmeno una nuova vita sarebbe riuscita a rimettermi in sesto. Tuttavia non avevo scelta, dovevo farlo perché lo meritavano.

Posso comportarmi normalmente, posso farcela, per loro…

Ancora per un po'. *Posso farcela. Posso fingere. Soltanto per un po'.*

È meglio così,
Meglio che nessuno veda
È meglio così
Meglio quando non sono io
Meglio...

Aprii la porta del bagno e ad attendermi vidi solo mio padre, seduto sulla poltrona davanti alla scrivania, gli occhi chiari fissi nei miei. Come se avesse previsto la domanda che gli avrei posto, mi anticipò.

«Tua madre ha pensato che ci servisse un momento solo per noi due.»

Mi lasciai cadere sul letto. Avrei voluto sprofondare un'altra volta in mezzo alla trapunta e sparire, ma sapevo che non avrei potuto evitare la verità per sempre.

«Ti dobbiamo parlare di una cosa…» iniziò passandosi le mani tra i capelli grigi e non trovai strano che avesse usato il plurale come se la mamma fosse ancora con noi. Ero sempre rimasto affascinato da come si muovevano all'unisono, come una vera e propria squadra.

Nel bene e nel male…

Per un attimo, l'unico suono udibile proveniva dalla pioggia che picchiettava sul vetro della finestra sul tetto. Poi mi accorsi del ronzio della tensione nella stanza che venne rotto dalla sua voce. «Qualche giorno fa mi ha chiamato Antoine…» iniziò come se stesse scegliendo con estrema cura ogni singola parola.

Qualcosa dentro di me si fermò, forse il cuore, e provai a non lasciarmi prendere dal panico udendo il nome del padre del mio amico.

«Stanno per trasferire Matthieu in una clinica.»

Mi resi conto, all'improvviso, che stava per raccontarmi qualcosa che avrebbe potuto cambiare tutto. «Che genere di clinica?» Un piccolo barlume di speranza si accese nel mio petto, anche se l'espressione di mio padre era scoraggiante. «Vuoi dire che sta migliorando?»

Forse si è svegliato? Ero così emozionato che non riuscivo a proferire parola.

Andrew spostò il corpo in avanti e restò lì per un attimo, gli avambracci sulle cosce, lo sguardo fisso sul pavimento consumato di legno.

«Non è vero, papà?» Per un solo breve istante odiai l'eccitazione che udii nella mia voce, ma era più forte di me. Un leggero frullio nel petto provò a far avvampare quel piccolo barlume di speranza nel cuore.

Alzò piano la testa e quando i nostri occhi si incontrarono non mi lasciai deludere da ciò che vidi, dalla loro brillantezza fuori dal normale.

«Hai mai sentito parlare della Dignitas, Noah?»

Mi raccontò della clinica e, a mano a mano che le parole come malattia terminale, incurabile o sofferenza progressiva iniziavano a penetrare nel cervello, iniziai a scuotere la testa. La fiammella vorticò, cercò di rimanere accesa, ma una folata gelida di vento la fece morire. Così come me. Rabbrividii.

No… mi mancò l'aria. Era come se fossi tornato in quell'incubo, come se il sangue sgorgasse dal mio petto sul pavimento. Portai le mani all'altezza dello stomaco e guardai le dita. Sarei morto dissanguato.

Uno... due... tre... quattro... cinque... respira... sei... sette... otto... respira… non ce la faccio…

La voce di Andrew mi arrivò da lontano. «I suoi genitori hanno deciso di portarlo alla Dignitas e affidarlo… terapia per… morte assistita.»

Persi alcune parole a causa di un forte ronzio improvviso nella testa. Per diversi secondi restai immobile, il respiro trattenuto nei polmoni, cercando di ritrovare il controllo. Avrei voluto prendere a pugni qualcosa, qualcuno, me stesso, inveire contro l'ingiustizia della morte. Perché avevo il terrore che lo stesso destino stesse attendendo il mio caro amico.

«… Non vogliono che lui resti ancora in quel letto… ne hanno discusso a lungo con Max… una decisione difficile… volevano che fossimo noi a dirtelo…»

Non può essere vero…

«Io e tua madre crediamo che dovresti andare da lui e dirgli addio, Noah.»

Addio… «Cosa?» Alzai la testa di scatto perché di sicuro non avevo capito bene. Matt non era morto, c'era ancora speranza per lui. Era al sicuro. O non lo era?

«Quello che è capitato a Matthieu, Noah, non è stata colpa tua.»

Mi affrettai a rispondere, ma papà scosse la testa e, dopo essersi alzato dalla sedia, si mise seduto sul letto accanto a me, posando una mano sulla mia spalla. «Ti conosco, figliolo. So come ragioni. E so che ti stai incolpando per non essere riuscito a evitare l'incidente.»

Lo guardai negli occhi. «Non esiste nessuna forma di perdono, papà.» *Almeno non per me…*

«Devi concedere del tempo a te stesso.» La sua voce si interruppe, come se fosse stanco di pronunciare sempre le stesse parole.

Scossi la testa con decisione. «Non mi serve tempo…» *mi serve soltanto il mio amico vivo e in salute. E la mia vita indietro. Mi basta questo.*

Sentii il calore della sua mano che avvolgeva la mia, una leggera strizzata prima di allontanarla. Mi voltai verso di lui e scoprii che mi stava guardando con un sorriso affettuoso. «Figliolo…»

Appoggiai i gomiti sulle gambe e lasciai cadere la testa tra le mani, nascondendo le lacrime. Quella ormai stava diventando la mia realtà. Non c'era più nulla di buono. Soltanto io che esistevo e basta, come una piuma che fluttuava nel vento senza una direzione o un significato. «Non possiamo parlarne domani?» La mia voce si abbassò fino a un sussurro quasi inaudibile, mentre la mia stupida schietta onestà mi sfuggì dalla bocca. «Non ce la faccio più.» Non volevo più sentire né pensare, tantomeno affrontare quel tormento.

Restammo in silenzio per un lungo istante, poi lo udii sospirare. «Noah, guardami.»

La sua voce mi fece tornare dal posto in cui mi stavo nascondendo. Feci come mi chiese, perché era mio padre e gli volevo un mondo di bene e, per qualche motivo, anche se avevo ormai ventidue anni, facevo ancora ciò che mi chiedeva.

Andrew aveva sempre avuto un viso gioviale e aperto, la sua pelle aveva quel tipico colore abbronzato di qualcuno che trascorreva parecchio tempo all'aperto. Ma tutto ciò che riuscii a scorgere fu la sua espressione stanca, resa ancora più pallida dalle profonde occhiaie. In qualche modo, come se fosse stato possibile, mi sentii ancora più male, ero il responsabile di ciò che la mia famiglia stava affrontando, le uniche persone che amavo per davvero. Altri mattoni di colpa si accumularono sulle spalle e mi ci volle tutta la forza che riuscivo a trarre dal me stesso del passato per non crollare a terra, mentre asciugavo le lacrime, cercando di trovare le parole giuste, ma lui mi batté sul tempo.

«Andremo da lui domani, insieme. Va bene?»

No che non va bene. Non c'è nulla che vada bene in tutta questa storia. «Posso avere un minuto da solo?»

«Certo» la sua voce mancava di convinzione. «Se hai bisogno di me, sono nel mio studio.»

«Grazie…» Solo allora mi resi conto che stavo piangendo di nuovo, ma non mi importava. Tutte quelle parole sull'orgoglio e l'ego maschile potevano andare a farsi fottere, soprattutto quando guardai mio padre e vidi le mie stesse emozioni rispecchiarsi nelle sue iridi.

«Noah… soltanto perché vuoi stare da solo, non significa che tu lo sia. Ricordati che siamo sempre qui quando hai bisogno di noi» si voltò appena prima di arrivare alla porta. «Ce la faremo insieme, figliolo. Lo so al cento per cento. »

Annuii soltanto per non dargli ulteriori preoccupazioni, ma dentro di me conoscevo già la risposta: non potevo andare in frantumi e affidarmi a lui per rimettere insieme i pezzi. Non era giusto, non quando tutti gli altri mi avevano abbandonato e solo loro mi erano stati vicino. Quella coppia meravigliosa mi aveva amato anche quando non lo meritavo. Erano rimasti al mio fianco nei giorni buoni, ma soprattutto in quelli cattivi. Avevano sopportato i miei stati d'animo, gli ostinati silenzi e avevano continuato ad amarmi non solo dopo l'incidente, ma per tutti quegli anni, andando oltre i miei difetti. Era il motivo per cui non potevo più restare nella loro vita: li stavo trascinando nel baratro con me. Il senso di colpa era diventato un vorticoso buco nero, verso cui mi stavo dirigendo, come un atleta olimpionico che si lanciava verso il traguardo. O forse ero finito sul bordo di un dirupo, proprio come quello dei miei incubi e, mi stavo lanciando senza nessun controllo verso quella terribile caduta libera.

Continuavo a lasciare le questioni in sospeso, la maggior parte delle quali con la mia famiglia. Ma se negli ultimi mesi avevo imparato qualcosa, era che, per quanto desiderassi rifare tutto da capo, sistemare il casino creato, la vita non mi avrebbe mai concesso una seconda possibilità.

Restai seduto osservandolo mentre si allontanava. Appena chiuse la porta, infilai la mano sotto il materasso ed estrassi la sola cosa che mi concedeva un po' di tregua: una fiaschetta di metallo. Quasi risi e l'ironia che fosse stata un regalo di Matt non smetteva di farmi riflettere ogni volta che ne aprivo il tappo argentato.

Arrivai agli ultimi sorsi con gli occhi che si facevano pesanti, pochi momenti prima che la fiaschetta mi scivolasse dalla mano e cadesse per terra. Fu questione di un attimo e finii nella più che benvenuta oscurità per il resto della notte, lasciando che mi inghiottisse completamente.

Non piansi, non sognai, non sentii nulla. Mi limitai a morire. Ancora e ancora.

6
L'ultima alba insieme

Scesi dal pullman, incurante della vita che mi circondava, chiuso nella mia bolla di disperazione. Mentre le persone si affrettavano, come piccole formiche indaffarate, verso il portico per ripararsi dalla pioggia battente, i miei piedi si bloccarono come se fossero due zavorre.

Era ormai ufficiale, non c'erano soluzioni: la mia repulsione per gli ospedali stava diventando un problema insormontabile. E, nonostante la temperatura fosse intorno allo zero, restai lì fermo a guardare l'austero edificio rettangolare a più piani mentre prendevo grandi boccate d'aria, contavo le finestre e, nel frattempo, provavo a infondermi un po' di coraggio.

Uno... due... tre... quattro… respira... cinque... sei... sette... otto… che posto orribile…

A parte i due grossi vasi con pini tagliati a forma triangolare posizionati sotto la tettoia, con cui qualche architetto aveva cercato di abbellire le doppie porte d'entrata, il resto del casermone rispecchiava come mi sentivo: terribilmente triste. Alzai lo sguardo, ma tutto ciò che vidi fu il grigio, in sintonia con il brutto tempo che imperversava intorno, e mi accorsi di come gli altri edifici fossero altrettanto deprimenti, smunti, quasi invivibili. Erano dei rettangoli tozzi, costruiti pensando soltanto alla funzionalità, uno smacco alla bellezza, dipinti con una vernice slavata e finestre abbastanza grandi da permettere a tre persone di strisciare fuori allo stesso tempo, cosa che ero sicuro parecchi pazienti avrebbero voluto fare.

Perché diamine non ho permesso ad Andrew di accompagnarmi? La risposta mi arrivò veloce in testa, era forse la sola che riuscivo a raggiungere: ero un adulto e dovevo prendermi le responsabilità dei miei atti. Comunque, ormai era troppo tardi per pentirsi.

Coraggio, Noah, forza, non vorrai mica passare la giornata a contare ogni cazzo di finestra…

Un altro pullman arrivò, altre persone scesero di corsa attraversando la rotatoria verso l'entrata, ignorando del tutto la figura solitaria sotto la pioggia che stava pian piano diventando neve.

La sicurezza a cui mi ero affidato per arrivare fino a lì iniziò a vacillare. Infilai la mano nella tasca del giubbotto e toccai il cellulare ricordando le parole di mamma M.

«Non devi affrontare tutto da solo, Noah. Noi siamo qui per te. Chiamaci se avrai bisogno.»

Lo tolsi dalla tasca e con il pollice scorsi lo schermo dove trovai tanti altri messaggi che erano stati mandati dai miei fratelli solo per darmi supporto, peccato non ne meritassi nemmeno una goccia. Avrei potuto contare su Sven che lavorava come poliziotto a pochi quartieri di distanza o su Aiden che aveva aperto una nuova pasticceria a Zurigo. L'unico più lontano era Nathan, poiché impegnato in un viaggio di lavoro per la banca in Asia.

Avrei potuto contare sulla mia famiglia…

Feci un lungo respiro, le dita mi prudevano, la tentazione di chiamarli era davvero tanta. Alzai ancora una volta lo sguardo verso l'edificio austero. Non ero più tanto sicuro di avere abbastanza coraggio per affrontare ciò che mi aspettava oltre quelle porte, ma di una cosa ero certo, forse l'unica negli ultimi mesi: non volevo coinvolgerli. I ragazzi avevano un passato travagliato, alcuni addirittura peggiore del mio, Marion e Andrew, invece, beh… loro avevano un sacco di problemi con i nuovi arrivati più giovani.

No, non ho il diritto di fargli questo. Non sono delle stampelle a cui posso appoggiarmi. Sono sempre riuscito a cavarmela da solo, perciò, forza, Noah, dov'è finita la tua grinta?

Mi mossi seguendo le altre persone, tenendo la testa bassa e contando le ultime viole che resistevano all'inverno, spuntando impavide dalle aiuole accanto al marciapiede. Sistemai il cappellino di lana, beandomi per un breve momento della sensazione di essere invisibile. Durante il breve tragitto fino all'ingresso smise di nevicare, ma l'aria restò comunque umida facendomi rabbrividire a ogni passo che mi avvicinava al mio destino solitario.

Che rumore ha la morte?
Nessuno.
Ha lo stesso suono di una
folata di vento,
un fruscio, un grido nell'alba.

Quel giorno era iniziato in modo terribile, insomma, più del solito. Dopo la sbornia, al risveglio, avevo fatto la doccia e indossato un paio di jeans neri e una camicia bianca a maniche lunghe. Mi ero rasato e avevo cercato di sistemare i capelli disordinati con un po' di gel, nella vana speranza di sembrare un essere umano, ma la consapevolezza del motivo per cui stessi agendo in quella maniera era arrivata molto presto, come un pugno ben assestato in piena faccia appena mi studiai allo specchio del bagno. La verità era che anche ai miei occhi sembravo terrorizzato, mi stavo preparando per dire addio a Matt, uno dei miei più cari amici. Le iridi chiare che mi fissavano dal riflesso erano un po' troppo grandi, il respiro che usciva dalle labbra pallide era troppo veloce, il tremore alle mani quasi impossibile da nascondere.

Cristo Santo, come si dice addio a qualcuno che ha fatto parte della tua vita per tanti anni?

Avrei voluto poter spegnere la mente, come se fosse una radio o un televisore: abbassare il volume, staccare la spina, qualsiasi cosa potesse evitare ciò a cui stavo andando incontro. Ero così esausto, ma non riuscivo a restare seduto. Diamine, non riuscivo nemmeno a stare in piedi. Mangiare era fuori questione, dormire senza cedere all'oblio dell'alcol era impossibile. Non riuscivo più nemmeno a piangere: era come se le lacrime fossero bloccate in gola e mi stessero lentamente soffocando.

Da un giorno all'altro la mia pelle, già provata, si era ristretta ancora di più. Sentivo la mente avvolta da pensieri che vorticavano come una trottola in procinto di andare fuori controllo.

L'ultima alba insieme
È l'ultimo ricordo
Ma ogni nuova alba
Mi ricorderà la tua risata

Continuai a camminare e mi misi in fila per l'accettazione sapendo che sarebbe stata l'ultima volta. Dopo essermi registrato, mi diedero un cartellino da visitatore e l'indicazione per il sesto piano, quello dove il mio amico aveva vissuto negli ultimi mesi.

Le porte dell'ascensore si aprirono e con un cenno della testa salutai l'infermiera di turno, osservando la sua espressione che sembrava compatirmi per l'ultima volta.

Mi strinsi le mani e proseguii controllando il numero delle stanze, sbattendo spesso gli occhi, nel vano tentativo di trattenere le lacrime che sembravano volessero venire fuori nel peggior momento possibile.

Per l'ultima volta…

Passai davanti alla stanza dei rifornimenti, alla cappella e a due salette relax dei dipendenti. A ogni passo la mia mente veniva invasa dai ricordi che includevano Matthieu in un modo o nell'altro. Erano ormai così sbiaditi, così fragili…

Cosa avevo, anzi, cosa avevamo fatto di male, Matthieu e io, per meritare quel destino? Perché continuava a essere tutto così sbagliato?

Sempre peggio…

Non c'era una risposta logica o coerente a quella domanda, nulla avrebbe cambiato ciò che accadde quel giorno. Era facile ribellarsi contro le ingiustizie della vita, perciò non mi restò che stringere i denti e immaginare Matt camminare accanto a me, che mi guardava e mi rimproverava per come stessi gestendo la situazione.

«Bro… ti devi dare una mossa, la vita continua…»

Erano le parole che avrebbe pronunciato. Passo dopo passo immaginai anche Nils accanto a me, che mi metteva una mano sulla spalla per cercare di calmarmi mentre annuiva con quel suo sguardo, spesso troppo saggio per i suoi ventiquattro anni. Anche se una parte di me non lo voleva, perché mi avrebbe fatto un male cane, immaginai Max, il mio migliore amico, che mi attirava in un forte abbraccio, come quelli che ci scambiavamo prima degli spettacoli, mentre mi sussurrava parole incoraggianti. Avrei goduto di nuovo della nostra meravigliosa intesa? No, non meritavo nemmeno di stare nella stessa stanza con loro. Quello che avrei voluto fare era bruciare tra le fiamme dell'inferno per il dolore che avevo causato a lui e alla sua famiglia. A quel pensiero l'ennesima palla ardente mi si formò in gola.

A mano a mano che mi avvicinavo al numero della stanza di Matt, le loro voci dentro di me si fermarono, così come i miei passi e le lacrime accumulate minacciarono di scendere sulle guance. Pressai le dita sugli occhi scacciando da qualche parte dentro di me le immagini che ormai si confondevano con quelle dolorose dell'incubo che avevo avuto, tutti i ricordi e con loro il maledetto silenzio che minacciava di mandarmi in frantumi.

Mettiti in sesto, Noah… forza…

Continuai a ripetermi quella stupida frase e infine notai la mia salvezza, proprio davanti a me: due porte con l'insegna della toilette. Con passi incerti, mi diressi verso quella degli uomini che per fortuna era vuota. Mi avvicinai al lavandino, appoggiai le mani sui bordi e la testa contro la superficie dello specchio che sentii fredda attraverso il cappellino di lana. Mi sforzai di calmare il respiro che fuoriusciva sempre più irregolare.

Conta e respira, Noah… uno... due... tre... quattro… respira... cinque... sei... sette... otto… non perdere il controllo…

Alzai lo sguardo soltanto quando sentii i polmoni più liberi. Il volto che mi restituì il riflesso era quasi irriconoscibile. No, in verità il viso era quello di un estraneo perché quel ragazzo non potevo essere io. Sembravo... più vecchio di almeno dieci anni, spento; come se mesi di dolore, colpa, rabbia e... tutto il resto, mi avessero trasformato in un reietto. Pensai ai miei genitori, ai miei fratelli. Avrei dovuto farcela, forse non per me, bensì per loro e ci stavo provando, sul serio, ma continuavo a fallire. Lasciai cadere la testa all'indietro e guardai il soffitto bianco di gesso. Sospirai.

Perché Matthieu ha commesso un solo errore ed è finito in questo luogo? Perché io, invece, continuo a respirare, a vivere? A quale scopo? Perché non sono stato io a compiere quella stupidaggine che avrebbe messo fine alla mia vita? Perché?

Mentre la mente mi torturava con quei ragionamenti, una mano che sembrava essersi conficcata nel mio petto si chiuse attorno al cuore e ai polmoni, stritolandoli fino a impedirmi di respirare. Afferrai il lavandino con una forza tale da far sbiancare le nocche e l'unica cosa che riuscivo a percepire era la morsa di una paura così primordiale che, per un breve momento, credetti potesse uccidermi. Iniziai ad ansimare, i rumori che mi uscivano dalla gola sembravano quelli di un animale morente ed ero certo che sarei svenuto da un momento all'altro. Non ebbi nemmeno il tempo di provare a fare qualche respiro più profondo che la porta si aprì e un ragazzo più o meno della mia età entrò. Per fortuna indossava la divisa dell'ospedale e in luoghi del genere reazioni come la mia passavano sempre inosservate. Lo ignorai e, a testa china, provai a respirare mentre mi dava la schiena e iniziava a fare i suoi bisogni nell'orinatoio attaccato alla parete. Quando finì non ero ancora riuscito a ricompormi, perciò non provai nemmeno a fingere di stare bene. In effetti, come se fosse possibile, il mio riflesso nello specchio era persino peggiorato, sembravo quasi un cadavere.

Mentre si lavava le mani mi rivolse la parola: «L'orario delle visite sta per finire.»

Riuscii a malapena a ringraziarlo con un filo di voce mentre mi spruzzavo un po' d'acqua sul viso e chiudevo gli occhi, facendo quei lunghi e profondi respiri che il dottor Fustermann mi aveva insegnato per sopravvivere a situazioni del genere. Non era il momento per avere un attacco di panico.

Il ragazzo uscì dal bagno e quando fui sicuro che le gambe mi avrebbero retto, mi asciugai con una salvietta di carta e, dopo un ultimo lungo respiro con cui provai a infondermi un po' di coraggio, aprii la porta e uscii. Proseguii lungo il corridoio tenendo lo sguardo fisso davanti a me e il cuore in gola mentre, con la coda dell'occhio, cercavo il numero della sua stanza. Quando la trovai bussai piano alla porta, aspettando di sentire qualcuno che mi invitasse a entrare per quella che sarebbe stata l'ultima volta.

L'impulso di muovermi, di allontanarmi dai confini di quel piccolo spazio, sul quale la mia visuale si era assottigliata, era davvero forte. Tuttavia rimasi lì ad attendere, gli occhi fissi sulla maniglia, aspettando impotente che qualcuno mi dicesse che potevo farmi avanti. La porta, invece, venne aperta di scatto e mi ritrovai faccia a faccia con il padre di Matthieu. Lo guardai e qualcosa si contorse dentro di me. Antoine Le Blanc era sempre stato un uomo imponente, ben vestito, ogni pretesto era buono per degustare un bicchiere di vino rosso e aveva una barzelletta pronta per ogni occasione. L'uomo che mi si parò davanti, tuttavia, era solo l'ombra sbiadita di colui che conoscevo, sembrava sciupato e invecchiato di parecchi anni. Troppo usurato dentro addirittura per versare una lacrima o fare soltanto un saluto.

«Entra...» Fece un passo di lato aprendo ancora di più la porta, rivelandomi l'interno. Per qualche battito di cuore non fui sicuro se sarei riuscito a muovermi. Il primo che vidi fu Nils, ai piedi del letto, i nostri sguardi si incontrarono e un sorriso triste si dipinse sulle sue labbra. «Ciao, Noah...» sospirò, come se ogni parola gli costasse uno sforzo tremendo.

Ormai avevo lo sguardo puntato in fondo alla stanza, dove vedevo Max, seduto sul divano nero con il capo infossato tra le mani. Quando udì il mio nome, alzò la testa di scatto. I suoi occhi rossi incontrarono i miei e la stanza divenne così silenziosa che udii solo il leggero ronzio delle macchine sullo schienale del letto. Non scorsi rabbia, né amarezza o animosità nel suo sguardo. Solo dolore. Il che era molto peggio.

Cazzo…

«Entra, Noah.» Il signor Antoine mi mise una mano sulla spalla con fare rassicurante e parlò con un tono di voce dolce che ero sicuro fosse riservato a chi era sull'orlo di un crollo emotivo, cosa che si adattava perfettamente allo stato in cui mi trovavo.

Fu soltanto in quel momento che mi resi conto di essere ancora sull'uscio, in preda a un terrore che non avevo mai provato prima. Le mie gambe sembravano pesare un quintale, ma le trascinai comunque all'interno fino a trovarmi quasi ai piedi del letto. E poi lo vidi…

Matthieu era sdraiato sulla schiena e, se non fosse stato per le persone presenti, avrei pensato di aver sbagliato stanza. Quella persona non era il mio amico. Chiusi la mano a pugno e la ficcai in bocca per evitare di far uscire qualsiasi guaito stesse nascendo dentro di me. La mia vista si annebbiò mentre gli occhi lacrimavano e riuscivo a malapena a scorgere la sua testa e la testiera del letto interamente occupata da macchine che sapevo essere collegate al suo corpo, più di quante ne avessi mai ritenute possibili. Il loro compito era pompargli la vita in modo artificiale. Il mio respiro si fece di nuovo ansante e sentii lo stomaco ribellarsi. Dio, stavo per sentirmi male proprio lì, davanti a tutti.

«Vi lascio un momento.» Udii la voce del padre di Matt provenire da molto lontano, poi il rumore di una porta che si apriva e chiudeva.

In un attimo, vedo tutti quei momenti
abiti neri, volti senza speranza
Immaginate il dolore, la perdita delle convinzioni
La mia vita scorre e la tua non è mai stata raccontata
Ogni volta che chiudo gli occhi
Il sole mi acceca, la macchina gira
Ogni volta che chiudo gli occhi vedo
La pelle tagliata, la vita che si assottiglia
Ogni volta che chiudo gli occhi vedo
La pelle tagliata e le vite spezzate
La tua fine, la mia fine.
C'è un buco nella mia anima
Che non sentirò mai più completa

Sono bloccato nel momento.
Nella mia mente tutto si ripete
Intrappolato in un istante che non riesco a cancellare
Il tempo si dilata, la mia vita prosegue
Tu sei sdraiato lì, e io sono bloccato dall'altra parte
Tutto ciò che mi è permesso di fare è guardarti
Siamo tutti schiavi del destino
Impotenti a salvarci
Così chiudiamo gli occhi per escluderlo
Invece diventa la sola cosa che vediamo

Sentii le mie gambe compiere un passo indietro, poi un altro ancora, la schiena urtò la parete, bloccandomi qualsiasi via di fuga. Un attimo dopo, percepii chiaramente una schiacciasassi infilarsi nel mio petto per stritolare il cuore. Non riuscivo a respirare, il cervello non era più in grado di elaborare un solo pensiero coerente. Sentii il bruciore di una massiccia ondata di lacrime che iniziava a formarsi. Stavo per crollare; era più una questione di dove, bensì di quando.

«Noah...» con gli occhi sbarrati vidi Nils avvicinarsi e posarmi una mano sulla spalla stringendola. Avrei voluto dire qualcosa, le parole non erano mai mancate tra di noi e la sola cosa che desideravo era poter portare indietro alcuni di quei momenti. Non volevo che la mia presenza fosse percepita in modo diverso, ma potevo sentire il gelo nell'aria attraverso lo sguardo di Max. Solo in quel momento mi resi conto che molto probabilmente, sarebbe stata l'ultima volta in cui non soltanto avrei visto Matt, ma anche in cui ci saremmo trovati tutti insieme, e mi bastò quella consapevolezza per rendere impossibile trovare qualcosa di cui parlare. Avrei voluto poter gridare quanto fosse ingiusta tutta quella situazione o, almeno, piangere, ma non ci riuscivo. Tutto ciò che fui in grado di fare fu guardare implorante il mio migliore amico, il ragazzo a cui avevo rubato un pezzo di anima.

«Max...» sussurrai.

Come risposta si alzò restando accanto al divano e sentii la tensione nell'aria triplicarsi. Era più basso di me, ma la sua sicurezza era evidente dal suo sguardo, dai pugni serrati accanto al corpo, da ogni mossa. Le sue labbra si contorsero in un piccolo ghigno. «Non so cosa tu voglia da me, Noah» disse guardandomi con disprezzo, «hai fatto le tue scelte e hai sbagliato… come sempre.»

Chiusi gli occhi di fronte al chiaro riferimento su cosa accadde quella mattina. Cosa volevo da lui? Il perdono, tanto per iniziare. La sua amicizia, un abbraccio, qualche parola di conforto.

Sentii le spalle piegarsi sotto il peso del rifiuto. «Ti prego, Max, siamo amici…» lo implorai, poi aprii gli occhi di scatto quando il suo odio arrivò attraverso il tono della sua voce. Il suo volto sembrava ancora più cupo. «Una volta eravamo un sacco di cose, Noah.» La sua voce si alzò e fece un passo verso di me, poi un altro, finché non ci trovammo quasi faccia a faccia. «Fratelli... migliori amici, una band.» Col dito mi colpì forte il petto e la sua voce si alzò ancora di più. Nils si mise tra di noi, ma lui lo ignorò, lo sguardo fisso sul mio. «Poi, mi hai portato via tutto! Proprio tu! Non venirmi a parlare di amicizia.»

I suoi occhi si riempirono di lacrime prima di urlare. «Vai a farti fottere, Noah!»

Barcollai all'indietro, come se mi avesse fisicamente colpito. Anche se non ero d'accordo con le sue parole, comprendevo fino in fondo la sua rabbia; mi sarei imbestialito anch'io se avessi pensato che Max fosse ubriaco, drogato, e avesse ucciso uno dei miei fratelli. Mi avrebbe lacerato l'anima e probabilmente non l'avrei mai perdonato. E anche se non avrei agito nello stesso modo, mi odiavo abbastanza da poter comprendere il motivo del suo comportamento.

Nils, ancora fermo tra di noi, provò a farlo ragionare, ma era troppo tardi. Tutto il mio corpo cominciò a tremare e dovetti lottare con le poche forze che avevo per non crollare davanti a loro. Max aveva colpito troppi punti scoperti, colpo dopo colpo, uno dopo l'altro. Ero esaurito, esausto… finito.

Non ce la faccio più…

Avevo bisogno di uscire da quella stanza. Il mio miglior amico continuò a parlare, ma la sua voce sparì, sotto il rimbombo che sentivo nelle orecchie e, tra tutte le accuse brucianti che mi aveva rivolto, rimase soltanto una frase che vibrò ardente nell'aria.

«Mi hai portato via tutto! Proprio tu!»

Sapevo che aveva ragione. Sapevo che, indipendentemente dal fatto che fossi stato davvero ubriaco, drogato oppure no, ero io alla guida di quella maledetta auto. Era a causa mia se avevamo avuto l'incidente… e Matt sarebbe morto per un mio errore. Max non avrebbe mai superato il trauma e qualsiasi parvenza di amicizia che avevamo era ormai sparita. Sospirai pensando a quanto Matt sarebbe stato deluso se ci avesse visti.

Ero sicuro che, dopo la sua morte, avrebbe voluto vederci ancora più uniti, appoggiandoci gli uni agli altri per avere sostegno e conforto. Ma non eravamo i protagonisti di un film sdolcinato e Max non voleva il mio conforto, le mie scuse, voleva solo che sparissi, magari facendo la stessa fine di suo fratello.

Era assurdo vedere il modo in cui Matt aveva cambiato le nostre vite, le cicatrici che aveva lasciato su ognuno di noi. L'aveva fatto senza nemmeno rendersene conto e nessuno avrebbe potuto fargliene una colpa, ma nulla avrebbe cambiato il fatto che il suo gemello mi stesse guardando come se fossi un estraneo, anzi molto peggio, non servivano parole, bastava il suo sguardo di puro odio. E poi c'era il rovescio della medaglia: tutte le altre persone che molto presto avrebbero saputo solo che un altro ragazzo era morto troppo presto, in modo così insensato. Forse non sarebbero nemmeno riusciti a riconoscere più il viso o il nome del mio grande amico quando la notizia si fosse diffusa. Di sicuro alcuni l'avrebbero collegato ai *Bad News*, ci sarebbero stati i soliti post nei social, i fan che ci avevano amato, i soliti avvoltoi alla ricerca di fama e followers, ma pochi avrebbero riconosciuto davvero la perdita di quel ragazzo che amava ridere, che suonava le note della vita con la sua chitarra. Quella consapevolezza non avrebbe influenzato oltre le loro esistenze. Per alcuni, magari, sarebbe stato un giorno triste, ma ne sarebbe arrivato un altro e poi un altro ancora e la vita sarebbe proseguita. Prima o poi ci sarebbe stata un'altra tragedia di cui parlare, per alcuni un'altra opportunità per guadagnare altri followers e i *Bad News* sarebbero stati ricordati solo come la band che un giorno era esistita e che aveva perso il suo chitarrista in un tragico incidente.

Ma noi, al contrario, avremo sentito per sempre ogni stilla di ciò che eravamo stati e di quello schianto che aveva posto fine a ogni cosa, portandoci via non solo Matt, ma anche le nostre esistenze. Tutto ciò che avevamo sempre dato per scontato non esisteva più. Le prove, gli spettacoli, le risate, la nostra amicizia, l'allegria di un'intera vita che ci attendeva era stata spazzata via.

I "fratelli d'anima" non esistevano più…

Guardare Matthieu in quel letto, le macchine pompargli vita fasulla nel corpo, mi portò quella consapevolezza. Forse era per quel motivo che non ero riuscito ad andare da lui prima. Perché sapevo che, nel momento in cui avessi posato gli occhi su quel corpo emaciato, sulla pelle ormai bianca giallastra, avrei intrapreso la via del non ritorno.

«… forse sarebbe meglio chiamare qualcuno… magari un dottore.»

Sbattei le palpebre un paio di volte prima di rendermi conto che davanti a me lo scenario era cambiato. Non c'erano più Max o Nils, bensì le gambe del letto di Matt. La mia schiena appoggiata alla parete fredda. Mi ero accasciato a terra.

«...Noah?» Un paio di gambe apparvero davanti alla mia visuale e dal modo urgente in cui qualcuno mi stava chiamando, capii che non era la prima volta. Alzai la testa e scorsi il volto preoccupato di Nils che mi guardava dall'alto. L'inizio di un singhiozzo cominciò a uscire e mi morsi forte il labbro appoggiando la testa contro il muro, non volendo crollare ancora di più davanti a loro.

La mano di Nils si avvicinò alla mia spalla e si posò in modo consolatorio sulla giacca.

«Sto bene» risposi in automatico la stessa frase che avevo pronunciato migliaia di volte negli ultimi mesi, mentre mi alzavo. Mi sentivo morire. Un punto dolente sulla nuca picchiettava e ogni pulsazione di sangue mi faceva sentire l'intera testa come intrappolata dentro di me nel tentativo di espandersi verso l'esterno. Sentii una scossa di dolore alla mano quando l'appoggiai sul pavimento per farmi leva. La ignorai, tanto non era nulla rispetto a ciò che mi aspettava.

Continuo a chiedermi perché.
Perché è toccato a te.
Perché non è successo a me.
Guardo il posto ormai vuoto dove prima c'eri tu.
È come una voragine.
Un buco nero che mi spinge a cadere sempre più in basso.
Quelle spire dolorose avvolgono il mio essere.
Non riesco a respirare.
Non sento più nulla.

Appoggiandomi sulle gambe instabili, gli diedi la schiena. Ero sopraffatto dalle emozioni, dal dolore, dal rimpianto e dalla rabbia, ma piuttosto che esternare i miei pensieri, tutto ciò che riuscii a dire fu: «Scusa...»

Quasi soffocai per il groppo in gola, mentre mi asciugavo le lacrime in malo modo. Prima che potessero aggiungere qualcosa, lasciai la stanza quasi di corsa. Udii la porta sbattere alle mie spalle, la voce di Nils che mi chiamava mentre, come un fulmine, sfrecciavo per il corridoio. Trovai le scale ancora prima dell'ascensore e le presi come se l'intero palazzo stesse andando a fuoco. Come le fiamme che stavano bruciando la mia anima. Continuai a correre mentre superavo l'accoglienza con la solita orribile sensazione che mi rincorreva, mi alitava sul collo, e riuscii a scrollarla via soltanto quando salii sul primo pullman disponibile. Era come se stessi scappando anche dai miei pensieri e fu ciò che credetti quando, una ventina di minuti dopo, scesi alla stazione e presi il treno che mi avrebbe portato a Stein am Rhein.

Sapevo meglio di chiunque altro che non sarei dovuto andare al bar, che sarei finito come tutte le altre volte. Avrei perso la cognizione del tempo e forse sarei finito a casa di un'altra donna. Come era già successo altre volte, il barista mi avrebbe spinto fuori dalla porta, nel cuore della notte, alla chiusura del locale. Ma l'idea di tornare a casa dai miei genitori dopo ciò che avevo vissuto era fuori questione, perciò non mi restò che trovare rifugio nel solo luogo in cui sapevo mi avrebbero accolto senza farmi alcuna domanda, senza che ci fossero sguardi preoccupati o pieni di pietà. L'unica cosa che mi avrebbero chiesto sarebbe stata la mia carta di credito. Il posto che trovai era proprio ciò che faceva al caso mio: una bettola. Il barista, che sembrava un bulldog, era uno stronzo maleducato. I bicchieri non erano nemmeno del tutto puliti, ma gli hot dog sembravano decenti e, anche se sapevo che sarei finito ubriaco fradicio, non sarebbe stato difficile trovare la strada per tornare a villa Engel. Chi avrebbe mai detto che non avevo imparato ad apprezzare le piccole cose della vita?

Non sapevo come avrei fatto senza l'alcol e, che Dio o qualcun altro mi aiutasse perché, sul serio, come avrei superato quel giorno o, per quanto potesse contare, tutti gli altri che sarebbero arrivati, era per me un mistero. La parte più difficile della perdita di qualcuno che si amava era il fatto che si perdeva anche se stessi.

Ordinai subito il primo giro di salvezza, un doppio shot e una birra. Ero un uomo in missione, diretto verso l'oblio, e per Dio se ci sarei arrivato. In fine dei conti era stato lui stesso a mettermi in quella situazione di merda, perciò era meglio che mi aiutasse nei miei intenti.

Buttai giù quasi l'intera bottiglia in un lungo sorso. Sollevare il braccio e bere. Sollevare e bere. Fino a quando gli occhi si chiusero e non mi ritrovai più in quella maledetta stanza di ospedale. Dopo mi spostai dallo scomodo sgabello e giocai una partita a biliardo che presto diventò un'altra e un'altra ancora, troppe da contare. Noah Engel, il cantante dei *Bad News*, era di nuovo ubriaco.

Ormai sono famoso... per i peggiori motivi possibili.

Sospirai e scacciai quei pensieri dalla mente. Non potevo fermare il treno del gossip e non ne potevo modificare il corso. Quelle persone avevano bisogno di un cattivo, perciò ognuno doveva recitare la propria parte, giusto?

Così, feci ciò che stavano aspettando i miei followers, qualcosa in cui stavo diventando davvero bravo: mi persi di nuovo nell'alcol, annegai la colpa in quei piccoli bicchieri, con il veleno liquido, nella solitudine dell'ultimo sgabello, lontano da tutti. Nascosto nell'ombra, come un cadavere che ancora riusciva a respirare, guardai il barista riempire l'ennesimo bicchierino che mandai giù in un solo sorso. Ancora una volta, l'alcol mi bruciò l'esofago e arrivò come una palla infuocata nella pancia. Non ci badai nemmeno, non si trattava di godere durante il bere. Ormai si trattava soltanto di superare un altro giorno senza buttarsi davanti a un treno. O di trovare il coraggio liquido per farlo.

Sapevo che bere così tanto era stupido, insensato e patetico e che un giorno il destino me l'avrebbe fatta pagare. Tanto, prima o poi, avrei avuto il mio tornaconto, ma non riuscivo a trovare nient'altro che quello stronzo crudele potesse farmi di peggio di quello che aveva già fatto. Finii per ridacchiare da solo mentre alzavo la bottiglia di birra e gli facevo un brindisi.

«Fottiti, destino.»

Per la millesima volta desiderai trovarmi al posto di Matt. Avrei dato all'istante la mia stessa vita pur di salvarlo. Ma quella era solo un'altra stronzata crudele del destino: non avvertiva e non offriva mai una seconda possibilità.

Spostai la mia attenzione sul barista maleducato, ordinai un'altra birra e guardai dalla televisione che sembrava ondeggiare sopra il bancone uno strano gioco a premi che non capivo. Bevvi un altro sorso e continuai a farlo cercando di non pensare a nient'altro che all'alcol che scorreva come cianuro nelle vene.

Sorrisi, in modo malato, almeno quello era un pensiero confortante.

Non seppi come riuscii a ritrovare la strada per tornare a villa Engel. Forse era l'alba o magari il tramonto quando mi fermai in mezzo al piccolo parcheggio del belvedere, sotto la pioggerella che scendeva da un cielo color piombo. La nebbia vorticava intorno a me sul terreno salendo come fumo dal fitto sottobosco, nascondendo la vista della valle e rendendo monocromatici i campi che scendevano il pendio. Spostai lo sguardo verso lo skyline, dove le cime degli alberi e il cielo si incontravano. In estate, quando il sole tramontava e tingeva l'orizzonte di arancione e rosa pastello, la vista era spettacolare. Era una delle poche cose belle che riuscivo ancora a ricordare. Tutto il resto sembrava scuro, grigio e cupo. Come se fossi finito in un vecchio film in bianco e nero. Quella era la mia vita, nessun colore, nessun dolore.

«Quattro mesi. Quattro fottuti lunghi mesi. E dimmi...» aprii le braccia e, barcollando un po', provai a girare su me stesso, «quando sarà abbastanza?» Urlai al cielo cupo che sembrava aleggiare ovunque, anche dentro di me. Ed eccola lì, la sentii ribollire di nuovo, quella rabbia folle e inaspettata. Feci due passi avanti, tenendo lo sguardo puntato sui miei piedi in modo da fargli fare ciò che volevo. «Sei soddisfatto adesso?» Puntai di nuovo gli occhi al cielo. Avrei voluto bestemmiare contro Dio, sarebbe stato così facile trovare qualcuno a cui dare la colpa. «Perché, devo proprio dirtelo, questa non è vita. Non è più nulla.»

Il mio futuro sembrava morto, come se stessi camminando verso una bara, pronto a sdraiarmi e a vederla chiudersi. Allora forse qualcuno mi avrebbe fatto il favore di seppellirmi sotto terra, dove avrei smesso di respirare, di pensare, di ricordare quanto una volta la mia vita fosse stata bella.

«È questo il fondo, giusto? Non si può risalire. Questo è il punto.»

Avrei potuto dare la colpa a chi volevo, ma ciò non avrebbe alleggerito la mia, niente e nessuno avrebbe tolto il peso che gravava sul mio cuore. Per qualche stupido, fottuto motivo, continuavo a camminare, a parlare, a respirare... a vivere.

A circa cinquanta metri sotto di me guardai i primi luccichii della valle sottostante, ancora in parte nascosta dalla nebbia. Feci due passi, poi altri tre, arrivando fino all'angolo con il muretto di protezione del belvedere.

In ogni caso, che sapessi o meno che la colpa non mi avrebbe mai abbandonato, non cambiava nulla, ma mi stava facendo bene urlare, perciò continuai. «Non hai voluto darmi nemmeno una stramaledetta scelta, non è vero? Non proprio. Hai solo deciso che fosse un buon momento per distruggere la mia vita.» Appoggiai il palmo della mano buona sulla cinta di pietra e provai a salire mentre continuavo a inveire. «L'hai presa e poi l'hai fatta a pezzettini.» Mi misi a carponi sul muretto e iniziai ad alzarmi. «Cosa cazzo dovrei fare con ciò che ne è rimasto?»

Barcollai di lato e quasi caddi all'indietro, ma riuscii pian piano a mettermi in piedi. Circondai la bocca con le mani e urlai con tutto il fiato che avevo in corpo. «Dimmelo!»

Allargai le braccia, sentendo l'aria fredda contro la pelle, e mi resi conto che stavo piangendo di nuovo. Quella vita non era più importante per me. Non la volevo più.

Fissai la valle sottostante. Feci un piccolo passo e le punte delle scarpe finirono oltre il muretto, nel vuoto. Sarebbe stato così facile, così semplice… Più ci pensavo, più mi veniva voglia di buttarmi oltre il parapetto, sperando che la caduta mi colpisse con una forza tale da fermarmi il cuore, perché non aveva più senso che battesse.

Solo un passo in più. Se solo non fossi stato così codardo…

«Perché continui a punirmi così?» Le braccia crollarono accanto al corpo, abbassai la testa e sussurrai con le lacrime che mi scorrevano sul viso sgocciolando sulle scarpe. «Non ce la faccio più.»

Non ce la faccio. Non voglio più vivere!

«Prenditi ogni cosa… tutti i miei sogni, tutte le mie speranze. Non ne ho più bisogno. Ma, ti prego, prendimi e basta!»

Feci un altro piccolo passo. Quasi metà dei miei piedi era fuori dal muretto. Il mio corpo scosso fu circondato dalle tenebre al percepire come sarebbe stato il mio ultimo respiro… leggero e pesante allo stesso tempo, come i pensieri e le colpe, che si sarebbero liberate. Potevo già percepire il sollievo della solitudine sulla pelle.

Osservai la nebbia che avvolgeva il dirupo, si stava dissipando. Avrebbe potuto essere l'ultima volta.

Sarebbe stato così facile…

7
L'abisso

Sarebbe stato così facile…

Allargai ancora di più le braccia, guardai il cielo e sussurrai: «Sono pronto.»

Adesso, Noah, vai… finiscila qui…

Feci un altro piccolo passo e le mie gambe tremarono. Il vento si alzò e percepii con chiarezza la voce di una donna venire trasportata verso di me dalla sua potenza.

«Non farlo… torna, Noah.»

Il sussurro era così vicino alle orecchie che, d'istinto, vi misi sopra le mani, premendo forte, cercando di soffocarla. «No…» mormorai con gli occhi chiusi. «Lasciami andare... ti prego…»

Naturalmente non funzionò, la voce era troppo intensa e sembrava provenire da dentro di me.

Le gambe stavano per cedere e mi sarei gettato nel vuoto, ma fu come se qualcuno mi spingesse all'indietro.

«Apri il tuo cuore e perdonati…»

Ebbi a malapena il tempo di metabolizzare ciò che era appena successo quando le gambe cedettero e atterrai con tutto il peso sulla schiena. La testa picchiò forte contro l'asfalto e piccole stelle esplosero davanti ai miei occhi.

Forse svenni perché mi ritrovai rannicchiato sul terreno da dove spuntavano fili d'erba, con l'aria fredda che mi lambiva la pelle tutta appiccicosa del viso. Avrei dovuto alzarmi, ma non lo feci. Rimasi a guardare i fiocchi di neve vorticare in aria prima di cadere nelle pozzanghere profonde che si erano formate accanto al muretto. Lì vicino, un ruscello scorreva come uno stretto fiume. Le foglie dei pini gocciolavano le loro riserve d'acqua in eccesso e tutto il mondo sembrava pesante, umido e abbandonato. Esattamente come lo ero io.

Molto presto la consapevolezza di quanto accaduto nella giornata precedente arrivò e mi raggomitolai ancora di più su me stesso, perdendo finalmente la battaglia.

Respiravo a fatica, come se avessi appena corso una maratona e sentivo il bruciore di un'altra massiccia ondata di lacrime che iniziava a formarsi in fondo agli occhi. La mia anima era ormai macchiata di un'oscurità indicibile. Potevo già sentire la mia psiche venire appesantita da un fardello che ero sicuro mi avrebbe schiacciato, era una pesantezza insormontabile sul cuore. Un altro pezzetto di colpa che si aggiungeva alla precedente oscurando ogni aspetto positivo della mia vita, come l'eclissi totale di sole con la luna; non mi era rimasto nient'altro da fare se non restare bloccato in quel luogo oscuro per sempre.

Forse era ciò che si provava quando si uccideva qualcuno. Ti cambiava in modi che la maggior parte delle persone non avrebbe mai potuto comprendere. Nulla aveva più importanza, tutto il buono che avrei cercato di fare nel tentativo di compensare quella tragedia tetra non sarebbe mai stato abbastanza.

Matthieu se ne era andato per sempre e con lui le mie speranze, lasciandomi solo in quell'oscurità spietata che mi avvolgeva con un velo dal quale non potevo liberarmi. Il fatto che avessi causato io la sua fine non fece che approfondire il crepaccio nero che aveva quasi spaccato a metà la mia anima. Sentivo il suo peso che mi stava lentamente soffocando insieme a tutte le domande e ai "se" che continuavo a pormi, come in un circolo vizioso senza fine.

Avrei potuto fare qualcosa di diverso? Prevedere quanto fosse ubriaco? Se solo me ne fossi accorto prima. Se solo ci avessero dato una macchina con il tettuccio al posto di una decappottabile. Se solo avessi aspettato qualche ora in più in modo che fosse sobrio… se… se…

Non potevo più evitare di essere schiacciato da tutto quel dolore. Matthieu ormai era morto e il suo sangue avrebbe macchiato per sempre le mie mani. La morte era eterna, così come alcuni tipi di colpa, e avrei portato il fardello della mia ogni singolo giorno per il resto della vita.

Vincent Teddy Bear mi trovò in quello stato, dopo quella che mi sembrò un'eternità. All'inizio non mi accorsi nemmeno che si trattasse di lui. Sentii il rumore di passi che si avvicinavano, ma la sua voce risuonò come se fosse lontano un chilometro.

«Noah?»

Sobbalzai quando mi mise le mani sulle spalle prima di voltarmi, scostando i capelli umidi dal viso. Sopra di me apparvero però due Teddy e dovetti battere le palpebre un paio di volte per metterlo a fuoco.

«Che diamine stai facendo sdraiato per terra nel mezzo del belvedere?» Mi chiese mentre si guardava attorno preoccupato.

Mi misi a sedere, purtroppo al momento non ero in grado di fare altro. Alle sue spalle intravidi il furgone dell'azienda di mio padre messo di traverso nel parcheggio vuoto, il motore ancora acceso, lo sportello mezzo aperto, come se si fosse fermato di colpo.

Provai a pensare a qualcosa di intelligente con cui rispondere, ma il cervello non voleva collaborare, come un motore a cui mancavano alcuni pezzi fondamentali. Quell'aspetto era solo uno dei problemi con l'alcol: era come cavalcare un'onda anomala. Mentre eri al massimo, in cima a quel mondo caotico, ti sentivi invincibile, ma quando arrivava la discesa e venivi inglobato dalla massa finendo nella girandola, non ti eri mai sentito peggio. Non era solo a causa della nausea, ma tutto il resto. Non riuscivo a smettere di tremare.

Il mio primo istinto fu quello di allontanarlo da me e dirgli che stavo bene, ma la verità era che avevo bisogno di lui. Ero lontano anni luce dallo stare bene, anzi ero così distante che temevo di non riuscire più a ritrovare la strada per esserlo di nuovo.

Come se riuscisse a leggermi nel pensiero mi strinse la spalla e aggiunse: «Ehi, andrà tutto bene, vedrai.»

Voltai il viso dall'altra parte, non volevo che mi vedesse mentre asciugavo qualche lacrima che mi era sfuggita. Mi sentii come se mi stessi di nuovo avvicinando sempre di più al bordo del dirupo. «Ho ucciso Matt, il mio amico. Come potrebbe andare tutto bene?»

Udii uno sbuffo, come se fosse contrariato. «So che te lo hanno già ripetuto in tanti, ma non è stata colpa tua. Anche tu saresti potuto morire. Stai attraversando un momento difficile, ma…»

Lasciò la frase in sospeso come se non sapesse bene come finirla. Quel silenzio mi scavò dentro come una pala che affondava nella neve fresca, con il manto friabile, pronto a una valanga che ero sicuro sarebbe stata devastante.

Tirai al petto le ginocchia e infilai la testa tra di esse. Non volevo guardarlo negli occhi. Non volevo che scorgesse l'orrore che provavo, la repulsione che sentivo per me stesso. Mi sentii spogliato ed ero sicuro che se avesse visto il mio viso, avrebbe scoperto molto altro su di me, su ciò che stavo cercando di nascondere. Quella macchia scura che si stava allargando nella mia anima. La stessa che mi tormentava da quando avevo sette anni e che continuava a incolparmi perché non ero riuscito a salvare mia madre. La stessa che dopo l'incidente divenne soltanto più scura e più grande. «Non è giusto» bofonchiai a nessuno in particolare.

«Lo so, a volte è proprio così. A volte la vita sembra prendersi gioco di noi, lasciandoci a raccogliere i pezzi, a imparare a convivere con il dolore e allo stesso tempo andare avanti.»

«Perché per me è così difficile?» Sussurrai.

Quando non ottenni risposta alzai lo sguardo e ciò che vidi sul suo viso non fu compassione o pietà, bensì una sorta di accettazione. Mi colpì che, molto probabilmente, Vincent avesse già trascorso del tempo nello stesso luogo oscuro che, da mesi, mi teneva prigioniero.

Mi resi conto che gli stavo facendo vedere la parte peggiore di me, come un barbone ubriaco incline agli stati d'animo cupi e agli attacchi di rabbia, che corteggiava il pericolo e che avrebbe potuto mentire con facilità senza pensare alle conseguenze. Eppure, in quel momento, seppi che lui mi capiva e si stava comportando come avrebbe fatto un amico.

«Vieni» mi disse infine, afferrandomi il bicipite e provando a mettermi in piedi.

Con non poca fatica riuscì a fare quanto voleva. «Come mi hai trovato?» L'intero corpo gridava aiuto con fitte di dolore sempre più intense, come se avessi ricevuto delle percosse. Per fortuna il mio nuovo amico era lì per reggermi mentre mi alzavo e il terreno si inclinava con violenza prima a destra e poi a sinistra.

La sua risata squarciò l'aria. «Chi ti ha detto che ti stavo cercando? Stavo andando al lavoro e ti ho trovato per puro caso.»

«Ahh…» risposi con un pizzico di delusione.

«A ogni modo, stai bene?»

«Sto bene» risposi usando la solita frase di rito, ma le mie parole sembravano di nuovo biascicate.

Era ovvio che non mi credesse e ne ebbi la conferma quando aggiunse: «Intendevo dire se ti sei fatto male. Come mai sei finito a terra?»

«Ehm…» mi guardai attorno. Quel belvedere non mi era estraneo, ma non sapevo nemmeno bene dove mi trovassi, «non ne ho idea.»

Mi diede qualche pacca sulla schiena come se stesse pulendo la giacca e dopo parecchie foglie e sassolini caddero ai miei piedi.

«Grazie» borbottai, un po' a disagio che mi vedesse in quello stato.

«Di nulla» rispose con un sorriso mesto. «Andiamo, ti accompagno a casa.»

L'uno accanto all'altro facemmo qualche passo e poi si fermò prendendo il cellulare dalla tasca. «Aspetta, avverto il capo che sono un po' in ritardo.»

In quel momento mi venne in mente mamma M. Mi ero del tutto dimenticato di avvertirla che avrei passato la notte fuori. Un'altra stilla di colpa, come una coltellata, si aggiunse alla prima, affossandomi un po' di più. Estrassi il cellulare dalla tasca, ma era scarico. Mi voltai verso Vincent. «Potresti dire ad Andrew che ero con te?»

Le sue sopracciglia scattarono in alto, ma non fece alcun commento. Al contrario, mi diede la schiena e andò verso il furgone. Non mi restò altro da fare che seguirlo. Qualche istante dopo lo udì avvertire che sarebbe arrivato in ritardo e un attimo dopo la bugia filava liscia dalle sue labbra.

Salimmo in macchina nel momento in cui chiuse la chiamata. «Ho detto che ci siamo incontrati a una festa, che hai bevuto qualcosa e ho pensato di portarti a casa mia.»

«Grazie» borbottai ancora appena chiusi lo sportello, ormai sembrava che sapessi fare solo quello: bofonchiare frasi sconnesse o a monosillabi.

Non aggiunse una sola parola e fu impossibile non notare come il suo viso affabile si fosse chiuso in un muso scontroso. Più che mai mi sembrò un orso e, in altre circostanze, lo avrei preso in giro. Tuttavia, ero conscio di dovergli molto di più di un semplice ringraziamento e appena fossi riuscito a ritrovare me stesso, se quel momento sarebbe mai arrivato, allora sì avrei saldato volentieri il mio debito. Purtroppo nello stato pietoso in cui mi trovavo non potevo offrirgli altro. Ero davvero in un brutto luogo, uno dei peggiori partoriti dalla mia mente. Avevo nostalgia dei posti meravigliosi in cui la mia immaginazione era solita portarmi, dove le note musicali si rincorrevano nel cielo e rime su rime apparivano come nuvole bianche e vivaci, pronte a donarmi la loro musicalità. Ormai, quegli spazi così preziosi erano stati distrutti, non li avrei rivisti mai più, se non sotto terra rinchiusi in una bara con Matt.

Partimmo in silenzio percorrendo la stradina ghiaiata e, nonostante gli strani brontolii del mio stomaco, riuscii a resistere fino alla quarta curva quando la strada sembrò fare una strana oscillazione e poi si inclinò verso sinistra. La nausea mi investì in pieno, premetti in fretta il pulsante per abbassare il finestrino, ma quando l'aria fredda mi colpì il viso non provai nessun sollievo.

«Credo che mi sentirò male.»

Vincent pestò in fretta il pedale del freno e appena accostò mi fiondai fuori dal furgone. Feci qualche passo, poi caddi in ginocchio e iniziai a vomitare ogni goccia di alcol e residuo di cibo che avevo consumato negli ultimi quattro mesi. Sembrava che stessi morendo. Era l'unica cosa di cui ero sicuro in quel momento. Appoggiai le mani sulla strada sterrata provando a sostenermi, ma le braccia tremavano troppo. Una vampata di calore mi investì e il sudore freddo mi imperlò il collo e il viso.

«Mi dispiace» borbottai quando sentii la mano di Vincent sulla schiena che mi dava qualche pacca consolatoria.

«Non preoccuparti» rispose con voce affabile. Quasi non lo sentii mentre continuavo a dare di stomaco, finché non rimase più nulla e anche così riuscii a vomitare ancora un po'. Il grande orso si allontanò per un istante poi tornò con una bottiglietta d'acqua, me la diede e la bevvi quasi tutta in una volta sola.

«Non dovresti esagerare con gli alcolici» sentenziò, ma non c'era rimprovero nella sua voce. Non gli domandai nemmeno come sapesse che avevo bevuto: l'odore che emanavo, infatti, era quello di una distilleria. Quando riuscii ad alzarmi, la testa rimbombava come se avessi un'intera band stonata che suonava una brutta canzone direttamente nel mio cranio.

«Grazie per il consiglio.»

Sentii i suoi occhi su di me mentre tornavo alla macchina. Il mio equilibrio era davvero precario, ma feci del mio meglio per nasconderlo. Per due volte dovetti fermarmi e fare qualche respiro provando a godere dell'aria fredda che mi sferzava il viso tutto appiccicoso.

Appena salimmo in macchina, prima di ripartire, incrociò le braccia al petto, e mi fissò con un'intensità tale che mi mise in imbarazzo.

Infilai la bottiglietta nel vano tra i sedili e lo affrontai. «Adesso sto meglio.» Provai con un sorriso che non ricambiò.

«Sono davvero contento per te.» Cercai qualche nota di scherno nella sua voce, nella sua espressione fin troppo seria ma non trovai nulla.

«I tuoi genitori...» il tono era grave, «erano preoccupati per te.»

Come c'era da aspettarsi, quella consapevolezza non mi aiutò. Negli ultimi mesi era come se la mia famiglia fosse destinata a soffrire e la maggior parte del dolore inferto a loro era stato opera del sottoscritto. Sapevo che bere fino al torpore non fosse solo autodistruttivo, ma anche stupido e inutile. Potevo anche finire ubriaco fradicio quasi ogni sera, provando ad annegare nell'insensibilità per qualche ora, ma il dolore era sempre lì, in agguato, come una freccia pronta a conficcarsi nella mia schiena. Alcune persone, io ero in cima alla lista, non imparavano mai ad accontentarsi di meno. O tutto o niente. Continuavo a sbattere la testa contro i muri, aspettando che i mattoni si sgretolassero, mentre il più delle volte rimanevano saldi.

Dopo un sospiro, che mi sembrò durare un intero minuto, rimise la macchina in moto. «Vuoi parlarne?» Mi chiese dopo la prima curva.

«No» risposi in fretta. I nostri sguardi si incontrarono per un istante prima di spostare gli occhi sulla strada.

«Grazie, ma non me la sento proprio.»

Sperai che anche lui reagisse come faceva di solito la mia famiglia, ossia rispettando il mio spazio, e che mi avrebbe creduto quando gli dicevo che stavo bene.

Sto bene, davvero… lo ripetevo così spesso che iniziavo quasi a crederci anch'io, almeno fino a quando il pugno dentro di me, quello che sentivo di nuovo anche in quel momento, si stringeva e mi rendevo conto che stavo bene come un cane dopo essere stato investito da un'auto. Era davvero difficile non affondare in quelle acque scure che non mi lasciavano una via di scampo. E potevo solo immaginare quanto fosse difficile per gli altri… osservare impotenti mentre mi autodistruggevo. Non era necessario essere un dottore o uno scienziato per rendersi conto che mi stavo scavando la fossa da solo. Tuttavia, c'era ancora qualcosa che potevo fare per la mia famiglia. Guardai il ragazzo che avevo accanto.

«Mi servirebbe un favore.»

«Certo» mi sorrise speranzoso.

«Conosceresti un posto in cui potrei restare?»

Mi guardò sorpreso. «Intendi come una stanza o qualcosa del genere?»

«Sì, esatto» prima che potesse farmi notare l'ovvio, cioè che avevo comunque una casa, lo anticipai. «Mi servirebbe un posto per me.» Lasciai la frase in sospeso, come se intendessi dire che mi serviva uno spazio tutto mio e per certi versi era vero. Non volevo dare ulteriori preoccupazioni alla mia famiglia, non era giusto nei loro confronti.

Per fortuna Vincent sembrò credermi e poco dopo aggiunse: «Posso chiedere al vecchio Finn, il proprietario del camping dove vivo, se ha ancora qualche roulotte libera. In questa stagione dell'anno il campeggio è chiuso e so che fa fatica a pagare i conti.»

Quella presa di coscienza non era arrivata come una sorta di epifania che mi aveva stravolto. Era stata una decisione sottile e lenta, una combinazione di mille momenti che si erano sommati ad altrettanti gesti e sguardi affranti che vedevo nei miei familiari e nelle persone che amavo quando pensavano che non li stessi guardando. Avevo una sorta di ronzio che scorreva come fuoco nella testa e un'energia tagliente e distruttiva che mi fluiva nelle vene. Un motore che girava ad alta velocità, senza nessun controllo, verso un burrone. Volevo soltanto risparmiargli lo spettacolo.

Una decina di minuti più tardi, Vincent parcheggiò la macchina davanti al capannone accanto a villa Engel. Dopo averlo ringraziato, scesi portando con me un altro dei suoi biglietti da visita. Non ricordavo nemmeno più dove avessi messo il primo che mi aveva dato, ma ero sicuro che quello l'avrei tenuto con cura.

Entrai dalla porta di servizio e la prima occhiataccia mi arrivò dalla signora Garcia. Ero sicuro che se avessi aperto il frigo avrei trovato la cena che mi aveva lasciato la sera precedente. Avrei anche visto un cartellino con sopra scritto il mio nome e nessuno l'avrebbe toccato perché quel piatto apparteneva a me. Balbettando qualche scusa incoerente sul fatto che il cellulare era morto, mi fiondai in corridoio ignorando lo sguardo di qualche nuovo arrivato che incrociai mentre salivo le scale facendo i gradini due alla volta. Il loro comportamento non mi preoccupava, perché se c'era qualcuno che poteva capirmi erano proprio gli abitanti di quella casa, ma ciò che non mi dava pace era sapere che stavo facendo preoccupare i miei genitori sempre di più. Arrivato al pianerottolo del primo piano incontrai Leon, uno dei gemelli, credevo che si chiamasse così, e gli chiesi di avvertire Marion che ero arrivato e che, dopo aver fatto una doccia, sarei sceso, nel caso mi avesse voluto parlare. Non volevo che mi vedesse in quello stato, erano settimane che provavo, con più o meno successo, a celare l'odore di alcol con caramelle e gomme da masticare alla menta. Diamine, avevo addirittura una piccola bottiglietta di dopobarba che spostavo sempre da una tasca all'altra dei giubbotti e del parka per mascherare l'odore. Non aspettai nemmeno una risposta, ma lo ringraziai con il pensiero mentre salivo l'ultima rampa di scale e andavo a rintanarmi nel mio rifugio.

Avrei voluto poter sparire, almeno fino a quando il dolore non fosse tornato con tutta la sua forza e con esso anche la necessità di trovare un nuovo bar. Ma era un lusso che non potevo concedermi, anche perché sapevo che se non fossi sceso nel giro di una ventina di minuti, mamma M. o Andrew sarebbero venuti a cercarmi.

Le volte in cui mi ero incontrato, o scontrato, con loro, avevano sempre provato a tenere una conversazione leggera, per quanto forzata fosse. Tuttavia, sapevo che, malgrado la mia volontà, quella mattina sarebbe stata diversa, considerando che quello stesso giorno ci sarebbe stato il funerale del mio amico. Sapere che il suo corpo sarebbe finito sotto terra o dentro a un'urna rendeva impossibile trovare qualcosa di leggero di cui parlare o anche pensare. Appena chiusi la porta alle mie spalle, la prima cosa che cercai fu la fiaschetta sotto il materasso. Tolsi il tappo argentato e, senza pensarci, mi preparai a prendere il mio primo sorso di coraggio per affrontare quella stramaledetta giornata.

«Cazzo...» sbraitai a bassa voce quando mi resi conto che era vuota. Per un istante venni impossessato da una rabbia che mi fece quasi uscire di testa. Avrei voluto solo gridare quanto tutto fosse ingiusto, magari lanciare quella cazzo di fiaschetta contro qualcosa e godere del rumore distruttivo che avrebbe causato. Era lo stesso che, molto presto, avrebbe fatto il mio cuore mentre si spezzava. Purtroppo non potevo nemmeno concedermi quello sfogo perché qualcuno sarebbe venuto a vedere cosa fosse accaduto e di sicuro avrei spaventato i ragazzi, oltre ai miei genitori. Quello era uno dei motivi per cui mi serviva uno spazio solo per me. Era come se qualcosa si fosse annodato nel mio stomaco. No, non si trattava di un nodo. Un nodo sembrava qualcosa di troppo piccolo e facile da gestire. Ciò che si era formato nella mia pancia era monumentale: un super cappio, che stava distruggendo il mio apparato digerente con le sue dimensioni e la sua forza. Ero una pentola a pressione pronta a esplodere, dando vita a un'enorme catastrofe.

Senza scelta, infilai di nuovo la fiaschetta sotto il materasso e iniziai a svestirmi preparandomi per fare la doccia e affrontare un'altra fottuta giornata di merda.

Mezz'ora più tardi mi ritrovai a stringere i braccioli della sedia nello studio di mio padre, pronto ad alzarmi e a uscire di corsa dalla stanza.

Marion, seduta accanto a me, continuò a parlarmi, facendomi domande che richiedevano solo un cenno di assenso o un diniego della testa. Faceva sempre così per darmi modo di abituarmi allo stress e, quando ero più piccolo, aveva sempre funzionato. Mia madre era una persona stupenda, con una sensibilità incredibile e mi agevolava sempre in quei momenti difficili. Purtroppo, per quanto potessi avere buone intenzioni o volessi parlare, per lo meno negli ultimi mesi, quando mi trovavo accanto a lei, la mia gola diventava secca come un fiore nel deserto.

Come risultato rimanevo spesso in silenzio, ma quel giorno ero rimasto quasi muto, senza riuscire a racimolare abbastanza coraggio neanche per guardarla. Finalmente sospirò e sentii la sua mano toccarmi la spalla. Alzai lo sguardo solo perché sapevo che mi stava praticamente implorando.

«Vorrei tanto poterti aiutare, Noah, ma non posso farlo se non vuoi parlarmi.»

I suoi occhi blu, così simili ai miei, erano colmi di preoccupazione. Sapevo che era in ritardo a causa mia, avrebbe dovuto già essere all'università, dove insegnava, e quella consapevolezza non fece che farmi affondare ancora un po' sotto il peso oppressivo della colpa.

Lei, intanto, non sembrava minimamente preoccupata dell'orario, la sua attenzione era solo concentrata su di me. «Per favore. Sono abituata a un po' di resistenza da parte tua, ma questo…» indicò il punto in cui ero seduto rigido e con le mani strette in grembo. «Non posso aiutarti se ti chiudi così in te stesso.»

Cercai di rilassare la postura e le piccole fitte di dolore vicino al collo mi dissero che ero in quella stessa posizione da un bel po' di tempo. Non me ne ero nemmeno accorto. Le sue sopracciglia quasi del tutto grigie si aggrottarono mentre inclinava la testa e toglieva la mano dalla mia spalla.

Una lacrima mi scese lungo la guancia e lei la notò, prima ancora che potessi pulirla usando la manica della maglietta.

Emise un sospiro triste. «Mi dispiace tanto, Noah. So che è doloroso, ma fa parte del processo. Devi toglierti questo peso dalle spalle, ti sta soffocando. Non lo vedi?»

Mi irrigidii di nuovo mentre si avvicinava pericolosamente alla verità. Sentivo scorrere nelle vene il calore della rabbia, ma anche un filo di ghiaccio causato dalla paura. Volevo che la smettesse, non desideravo parlare di nulla che riguardasse Matthieu. Aprirmi sarebbe stato come prendere un coltello e tagliarmi il cuore di netto. Non ne ero capace. La gola si serrò e balbettai le parole mentre le lacrime mi annebbiavano la vista. «Io… io non ce la faccio. Per favore, mamma M…»

Scossi la testa mentre altre lacrime scendevano. Deglutii, odiando di sentirmi così impotente, di non riuscire a controllare i miei sentimenti, di non sapere nemmeno se fossi sul punto di urlare come un pazzo o di singhiozzare come quel bambino che aveva visto la madre morire davanti agli occhi. Sentivo altre terribili lacrime in agguato, perciò abbassai la testa e iniziai a contare le venature dell'antico pavimento di legno nel tentativo di calmarmi. Volendo che tutto finisse, mormorai: «Non voglio ricordare, non voglio più farlo.»

Lei mi rispose in modo altrettanto silenzioso, scuotendo piano la testa, forse sollevata dal fatto che non mi fossi ancora alzato e uscito dalla stanza o che non avessi iniziato a dare di matto. Nonostante il conforto della sua pazienza infinita, quando i nostri sguardi si incontrarono, la sua compassione e il suo chiaro rifiuto di lasciar perdere mi irritarono. Ero un adulto e non volevo parlarne! Il mio desiderio doveva pur contare qualcosa. Mi accigliai, arrabbiato con me stesso per averle permesso di far breccia dentro di me, per essere tornato in quella casa a chiedere aiuto come un bambinetto perso. Non provai nemmeno a nascondere il tono di voce adirato. «Non capisco perché dovrei parlare di quello che è successo quella mattina. Tanto nessuno mi crederebbe, quindi che importanza avrebbe se lo facessi?»

Non potevo fare a meno di sentire le stilettate di dolore nel petto. Con tutto ciò di cui avevamo parlato da quando ero arrivato lì e con il legame profondo che avevo pensato di avere con lei, mi aspettavo che avesse almeno rispettato la mia richiesta. Con un'eco di dolore e tradimento nella voce, continuai: «Che differenza farebbe se andassi per strada urlando che quella mattina non avevo praticamente bevuto, che la quantità di droga che hanno trovato nel mio corpo proveniva da qualcuna che mi aveva trasmesso del fumo di THC con un bacio ed era comunque così minima che non avrebbe potuto influenzare i miei riflessi?» Strinsi ancora di più i braccioli della poltrona. «Niente di tutto questo ha importanza.»

I suoi occhi si allargarono e la sorpresa attraversò i lineamenti raffinati. «Noah… si tratta della tua verità.» Si chinò verso di me e appoggiò una mano calda sulla mia ghiacciata, forse per farmi capire che era davvero dalla mia parte. «La tua è l'unica voce che conta. Tu sei il solo che può fare luce sull'incidente.»

La durezza del mio tono mi sorprese mentre scuotevo la testa, facendo cadere un'altra maledetta lacrima. Con amarezza sputai: «Non voglio più affrontare questo argomento.»

Lei abbassò lo sguardo sulla scrivania prima di sollevarlo di nuovo verso di me. Scosse la testa e alcuni riccioli grigi, che non erano stati raccolti nel fermaglio color pesca, danzarono intorno alle sue spalle. Uno sguardo di dolore le attraversò il volto mentre mi rispondeva lentamente. «Lo sai che, prima o poi, dovrai scendere a patti con tutto ciò che ti è accaduto.»

Sentii un velo di sudore freddo serpeggiare lungo la schiena quando la mente tornò agli eventi di quel giorno, al rumore di metallo contro metallo mentre la macchina si schiantava contro la protezione ai margini della strada, alla mia testa che urtava forte contro qualcosa di duro, alla voce di Matt che avevo udito per l'ultima volta, al suo corpo che diventava freddo vicino al mio mentre aspettavamo che la morte venisse a prenderci. Quella era la sola certezza di cui ero consapevole: sarei dovuto andarmene con lui.

Abbassai lo sguardo sulle mie mani e, per un effimero secondo, desiderai di poterle raccontare ogni cosa. Tutto ciò che riguardava quella maledetta mattina, anche quello che era successo nelle settimane precedenti, l'addio a Matt, le parole di Max, persino ciò avevo provato poco prima, quando ero sul burrone. Ma non potevo, e non lo feci. Il fardello era mio, non suo. Sentii lo stomaco ribellarsi ma alzai lo sguardo e ribadii che non intendevo parlare e posi fine al discorso facendo riferimento a Vincent e alla volontà di lasciare presto la loro casa.

Si chinò di nuovo e dopo avermi baciato con delicatezza la fronte, mi mise una mano sul braccio ed ero certo che stesse provando a nascondere la sua apprensione. «Sei un adulto, Noah, e devo rispettare la tua decisione, ma avrei soltanto una richiesta da farti.»

Interruppi il contatto visivo con lei e tornai a fissare le venature del legno sulla scrivania davanti a me. Mi concentrai sulla respirazione come avrebbe fatto una persona normale, senza lasciare che il panico si impadronisse di me. Alla fine, con un filo di voce, mormorai: «Quale sarebbe?»

Il suo sguardo colse la mia reazione e parlò a bassa voce. «Vorrei che continuassi a fare le tue sedute con il dottor Fustermann. È davvero importante, Noah, parlare con qualcuno.»

La sua voce era dolce e piena di compassione. A quel suono il mio stomaco si attorcigliò ancora di più, perché non ero sicuro se ciò che stavo per fare fosse la cosa giusta per me. Quel passo che stavo per compiere era un salto nel buio senza paracadute, uno stacco che sembrava troppo lungo per le mie gambe che a malapena mi reggevano. Eppure, l'unica certezza a cui potevo aggrapparmi era che non volevo aggiungere ulteriori preoccupazioni a lei o ad Andrew. La testa cominciò a pulsare, come se ogni battito del cuore pretendesse di mettere in discussione ciò che avevo deciso. La lasciai cadere e fissai il mio grembo, desiderando davvero di poter scomparire. «Va bene.»

Alzai lo sguardo verso di lei, che mi fissava con preoccupazione. Il mio corpo cominciò a tremare, gli occhi a bruciare. Dovevo uscire dallo studio, da quella stessa casa, o sarei crollato. Avevo bisogno di dimenticare, volevo disperatamente farmi un goccio, il mio unico conforto. Alzandomi sulle gambe instabili, sussurrai: «Abbiamo finito?»

Lei mi guardò a lungo in silenzio e la vidi lottare con molteplici emozioni prima di annuire. «Sì, tesoro.»

Avevo già la mano sulla maniglia quando mi richiamò. «Noah…»

Mi girai guardandola da sopra la spalla.

«Non voltare la schiena alla vita» i suoi occhi si riempirono di lacrime. «Non farlo, figlio mio.»

Noah

8
Nuovo vicinato, vecchi incubi

Il campeggio *Melodie Pfeifen*, situato nella valle di Öhningen, esisteva da prima che nascessi, almeno era ciò che c'era scritto sulla vecchia bacheca di legno appesa all'entrata. La fissai mentre aspettavo che qualcuno venisse ad aprire il cancello di ferro incastonato tra le alte siepi che avevano un disperato bisogno di essere potate.

Nella mia mente, una volta arrivato lì, avrei visto le sponde del lago con le diverse panchine sotto gli alberi o il gazebo che ospitava il ristorantino in estate, come mi aveva riferito Vincent. Invece, non scorsi altro che un mantello di neve così fitto da ricoprire quasi le case mobili e le roulotte. Era così denso che una parte di me era convinta che, da un momento all'altro, avrei visto uno sciatore scendere dalla collina ricoperta di pini che circondava l'area e in procinto di saltare i tetti in direzione del lago.

Mi strinsi ancora di più nel parka di lana, ormai un po' logoro dopo aver resistito a parecchi mesi di maltrattamenti, e suonai di nuovo il campanello che non emise nemmeno un lamento flebile. Aspettai ancora qualche istante ma, non ottenendo risposta, tornai a osservare la bacheca provando a leggere qualcosa sul cartello giallognolo che elencava il listino dei prezzi.

Non c'è da stupirsi se il signor Finn Baumgarten ha qualche problema a pagare i conti. Come si fa a leggere queste tariffe?

Tirai la stoffa di lana della manica del parka fino a coprirmi il pugno e provai a pulire il vetro che in tempi andati era stato trasparente, ma non ebbi successo. Le macchioline di muffa si trovavano all'interno della teca e c'era addirittura un ragno stecchito ancora appeso a una ragnatela che fungeva un po' da decorazione.

Strizzando gli occhi, mi spostai di lato piegando un po' il capo, nel tentativo di avere una visuale migliore. *Scusa…* scossi la testa un po' incredulo al vedere la scritta "DM" al posto del simbolo dell'Euro, *sul serio i prezzi sono ancora in Marchi tedeschi? Ma su quale pianeta vive quest'uomo? Sa almeno in che millennio siamo?*

Spostai il peso da un piede all'altro nel vano tentativo di scaldarmi, mentre altri estenuanti e freddolosi minuti passarono senza che nessuno venisse ad accogliermi. Pensai di suonare ancora una volta, ma poiché Vincent mi aveva riferito che il proprietario era abbastanza anziano, e tutto ciò che vedevo non faceva che confermare quell'informazione, lasciai perdere. Tanto, prima o poi, sarebbe apparso. Cercai, al contrario, un posto asciutto dove posare il mio magro trasloco, ciò che avevo portato con me, visto che la tracolla del borsone con i capi stava iniziando a darmi fastidio sul collo. La custodia della chitarra che penzolava sopra l'enorme sacca mi faceva sembrare una sorta di senza tetto, un uomo in cerca del suo domani, anche se ogni nuovo giorno non faceva che annegare da solo nei ricordi di ieri. Non sapevo nemmeno perché avessi deciso di portarla, considerando che, di sicuro, non l'avrei mai più suonata, e non solo perché la mia mano non me l'avrebbe permesso, ma soprattutto perché pizzicare le corde e dare vita a una melodia mi sarebbe sembrato un tradimento verso i componenti della band.

I miei fratelli d'anima… Quindi è vero? Alla fine ci siamo trovati su spartiti differenti, dei pentagrammi paralleli che non si incontreranno mai più…

Avrei potuto abbandonare il mio caro strumento nella soffitta di villa Engel, a prendere polvere e lasciare così un mio ricordo ai miei genitori. Scossi la testa con forza al pensiero che, in effetti, quella mattina mentre scendevo le scale per l'ultima volta non l'avevo con me, ma poi, una forza partita dal petto, mi aveva costretto a tornare indietro per prenderla. L'avevo fatto perché mi era sembrato di abbandonare una parte importante della mia anima in quella camera ormai vuota. Quella chitarra era l'ultimo collegamento con la mia vecchia vita, quella che avevo tanto amato e che poi avevo perso per sempre.

Tutto il resto sembrava ormai sepolto sotto strati di neve, come quella in cui affondavano i miei stivali.

Neve o cenere…

Erano passati più di dieci giorni dalla morte di Matthieu che, alla fine, era stato cremato durante una cerimonia dedicata alla "famiglia", com'era stato specificato in modo piuttosto dettagliato da suo padre ad Andrew. Nonostante quella consapevolezza, ogni volta che pensavo al suo viso, mentre mi diceva che non avrei potuto dare l'ultimo addio al mio grande amico, il consueto nodo che mi stringeva il petto ritornava con tutta la sua potenza ricordandomi ciò che avevo fatto. In quei momenti, l'unica cosa che mi calmava era farmi un goccio o iniziare a contare: respiri, alberi, macchine o mattonelle del pavimento, non importava cosa.

Sentii prudere le dita intorno alla tracolla del borsone, morivo dalla voglia di prendere la fiaschetta che tenevo nella tasca del parka, ma lasciai subito perdere. Il signor Baumgarten poteva essere ovunque e avevo bisogno di una delle sue roulotte.

Ero stufo di contare perciò provai a combattere il dolore spostando l'attenzione su alcune fotografie attaccate con noncuranza accanto al listino prezzi. Due di loro si erano staccate dalle puntine che le fermavano ed erano finite in fondo alla bacheca, le altre tre, invece, anche se piuttosto sbiadite, sembravano essere state scattate negli anni Settanta o giù di lì. Secondo il vecchio volantino, che si trovava dall'altro lato, quello era il punto d'incontro principale per gli amanti delle roulotte e dei camper.

«Un luogo dove giovani coppie e pensionati possono godere dell'ampia area boschiva e del magnifico lago, un'oasi di riposo e tranquillità nel periodo delle vacanze.»

Mentre leggevo, mi guardai attorno cercando di concretizzare ciò che il volantino pubblicizzava.

Oasi? Forse sì… tranquillità? Di sicuro, visto che non ci sta nemmeno un'anima viva. Questo posto è perfetto per me e la mia solitudine.

Intorno a me, tutto era coperto da boschi di pini e aceri, come se con il passare degli anni la natura intendesse pian piano rivendicare ancora una volta ciò che le era appartenuto. La stradina ghiaiata, che avevo percorso per una decina di minuti dopo aver lasciato la stazione dei treni, finiva con quel cancello mezzo arrugginito. Da lì in poi, vedevo solo due dozzine di case mobili e roulotte, alcune molto ben curate, altre un po' meno, allineate lungo la strada come vecchie signore pronte per andare alla messa domenicale. In effetti, a prima vista tutto sembrava rustico e caratteristico, il genere di posto in cui gli anziani avrebbero potuto parcheggiare il loro camper o roulotte per l'estate. Tuttavia, a un'occhiata più attenta, ogni parvenza di fascino si interrompeva bruscamente.

Poteva andare peggio, Noah… ricordi la panchina della stazione dove hai dormito l'altra sera? Almeno questo luogo è solitario e fa proprio al caso tuo.

Se da un lato ero sollevato perché non avrei più fatto preoccupare nessuno della mia famiglia con i miei problemi, dall'altro una parte di me sentiva già la mancanza degli Engel e della routine che avevo stabilito alla villa. Purtroppo anche quella doveva mutare, insieme alla mia vita o, almeno, a tutto ciò che ne restava.

Altri minuti mi scivolarono tra le dita senza che potessi fare altro. Il sole spuntò oltre le nuvole grigie e mi godetti un po' del tepore della giornata invernale mentre provavo a ricordare se, nel tragitto, Vincent mi avesse riferito di aver o meno avvertito il vecchio Finn, il proprietario del campeggio, dicendogli che sarei passato per vedere la roulotte che aveva libera. Teddy, l'orso buono, mi era venuto a prendere al mattino presto e mi aveva dato un passaggio fino alla stazione, ma non era potuto restare oltre, perché doveva tornare al lavoro. Era curioso ma, mentre guardavo quel ragazzo dal viso tranquillo, l'anima gentile nascosta sotto il cappellino di lana, mi ero sentito un po' invidioso; Vincent Teddy Bear possedeva molti meno averi rispetto a me, ma aveva la sua routine, la sua casa mobile e in più la mia famiglia, che sarebbe stata pronta ad aiutarlo in qualsiasi momento. Io, invece, non possedevo nulla di tutto ciò, i miei unici beni erano nel borsone appeso alla mia spalla che, tra l'altro, continuava a darmi un fastidio tremendo. Con la punta degli stivali spostai la neve e poi lasciai cadere la chitarra e il borsone senza curarmi di come la custodia rimbalzò in malo modo finendo per metà sul cumulo fangoso che avevo creato.

Provai a rammentare ancora ciò che Bear mi aveva detto sul proprietario del campeggio mentre mi dava un passaggio, forse aveva persino parlato di un orario preciso e un incontro o di qualcosa di simile, ma non ero riuscito a prestare molta attenzione a ciò che diceva. La mia mente era satura di tutt'altro: ogni volta che chiudevo gli occhi, vedevo, anzi sentivo, il modo in cui la signora Garcia mi aveva accarezzato il viso con gli occhi colmi di lacrime, prima di essere avvolto da un abbraccio stretto di mio padre. Avevo apprezzato quel breve contatto umano, in grado di ricordarmi che non tutti al mondo mi odiavano. Ma erano le parole di mamma M. e la sua espressione fin troppo seria che non riuscivo a scrollarmi di dosso.

«Devi connetterti di nuovo con le persone, Noah, con i tuoi coetanei, i tuoi amici, la tua famiglia. Non puoi chiuderti in te stesso. Si tratta di vivere, tesoro… in questo mondo. Sei un sopravvissuto, Noah…» mi accarezzò piano il viso, una lacrima le scese sulla guancia, «quindi vivi, figlio mio, vivi.»

Quando pronunciò l'ultima parola, che sembrava procurarle tanto dolore, ero sicuro che volesse dirmi di più. Il suo viso si era contorto per l'emozione e avevo potuto notare come avesse faticato a recuperare quell'aria di professionalità che generalmente portava.

Ero d'accordo con lei? Forse, ma come potevo ignorare la complicità di aver posto fine alla vita di una persona che amavo? Che consiglio effettivo lei o il dottor Fustermann avrebbero potuto darmi? Che dovevo vivere un giorno alla volta, fare un passo alla volta? Rassicurarmi dicendo che le cose sarebbero migliorate, che il tempo avrebbe guarito le mie ferite? Qualsiasi frase di circostanza che mi ero sentito dire, aveva lo stesso suono stanco dei battiti del mio cuore, quell'oggetto rotto ormai impossibile da aggiustare.

Sapevo che una buona parte di quel discorso le veniva spontaneo perché era molto preoccupata per me, non solo come psicologa, ma soprattutto come mia madre. Ero consapevole che stavo facendo fatica a reintegrarmi nella vita, perciò avevo cercato addirittura di fare un sorriso sincero solo per lei, per rassicurarla che tutto sarebbe andato bene, ma non potevo mentire a me stesso. Il senso di colpa mi stava divorando vivo e, come sapevo fin troppo bene, non esisteva una via di fuga o di ritorno. Quello era uno dei principali problemi quando si prendeva una decisione importante che fosse giusta o sbagliata: non esisteva nessun modo per tornare indietro. La responsabilità di essere stato alla guida di quella dannata mattina poteva sembrare per molti un misfatto del destino che, nel mio caso, aveva cambiato in modo drastico la mia intera esistenza.

Come sempre, sembrava che Marion non avesse creduto alle mie rassicurazioni, ma allo stesso tempo sapeva che non avrebbe potuto opporsi, che malgrado le sue preoccupazioni e la voglia di proteggermi avrebbe dovuto lasciarmi lo spazio che le stavo chiedendo per elaborare il lutto, che era l'ennesimo problema che si aggiungeva a tutti gli altri che mi stavo portando dietro da mesi.

I raggi del sole che mi stavano scaldando la pelle e di cui avevo tanto bisogno, scomparvero dietro a grosse nuvole grigie e il freddo tornò, infilandosi sotto il parka e spargendosi inarrestabile sulla mia pelle. Rabbrividii prima di sbattere le palpebre un po' sconcertato e guardarmi attorno, non per godermi il paesaggio o qualcosa del genere. Negli ultimi giorni avevo avuto spesso quella sensazione. All'improvviso mi sentivo perso, mi ritrovavo in un luogo che non riconoscevo, non ricordavo come ci ero arrivato e non avevo la minima idea di come tornare indietro.

Tutto intorno a me taceva e altri nuovi piccoli fiocchi di neve iniziarono a posarsi silenziosi sul manto innevato. Sarebbe stato uno spettacolo degno di un ricordo, magari di una foto, se non mi fossi sentito così addolorato. Senza pensarci diedi la schiena al cancello e nascondendomi come meglio potevo infilai la mano nella tasca del parka per estrarre quella che era diventata la mia unica consolazione, la mia pace e la mia dannazione: la fiaschetta. La stappai e bevvi un lungo sorso, poi un altro in fretta, prima che arrivasse qualcuno. Ormai non avvertivo nemmeno più il bruciore dell'alcol quando scendeva nella gola, eppure nelle ultime settimane mi sentivo sempre più di merda, anche se continuavo a bere come una spugna.

Avevo appena messo una mentina in bocca quando udii il rumore di una macchina. Guardai verso destra e subito dopo una curva, apparve un vecchio camioncino rosso che veniva piano verso di me slittando sulla strada innevata. Mi spostai da un lato, senza dimenticare di infilare più a fondo la fiaschetta nella tasca e, quando si avvicinò abbastanza, notai che a guidarlo era un signore anziano, i capelli quasi del tutto bianchi, gli occhiali storti in parte nascosti da un berretto di lana che gli copriva il viso minuto. Fece la curva fermandosi davanti al cancello e notai una grossa ammaccatura sulla sua portiera. Abbassò piano il finestrino mentre girava una manovella e con l'altra mano premeva un pulsante di un telecomando, che sembrava un mattone con più anni di lui, facendo aprire il cancello che iniziò a scorrere tremolando sui binari e sparendo in mezzo alla fila di siepi.

«Signor Engel» mi disse a mo' di saluto, la voce sorprendentemente forte per uno della sua età.

«Esatto» aggiunsi un sorriso convincente notando che mi squadrava in modo piuttosto chiaro, probabilmente preoccupato dal fatto che potessi essere una specie di malvivente.

«Venga dentro.» Poiché non mi invitò a salire in macchina con lui e non aggiunse altro, presi il borsone e la chitarra e lo seguii a piedi lungo una strada fatiscente e piena di buche ricoperte di fango che schizzavano a ogni passaggio del veicolo.

Nonostante la maggior parte delle roulotte fosse tenuta abbastanza bene, alcune avevano segni piuttosto grandi di ruggine o di sporcizia che macchiavano la vernice ingiallita. A quanto pareva il tempo e le circostanze avevano la capacità di erodere anche i luoghi più in voga, e il *Melodie Pfeifen* non era riuscito a sfuggire alla sua inevitabile caduta in disgrazia.

Una ventina di metri dopo, il mezzo ridusse la velocità. Non lo persi mai di vista, se non per un attimo quando il mio sguardo fu attirato dalla dozzina di pini e aceri che circondavano una casa mobile ben tenuta, gettandola in un'ombra perenne. Foglie cadute, ormai del colore del sangue secco, ricoprivano il cortile e la neve che era stata spalata e accumulata come piccole collinette ai lati del vialetto. Qualcuno di più intraprendente aveva costruito dei gradini e una terrazza davanti alla porta d'ingresso, ma gli anni, le intemperie e la noncuranza avevano sbiancato il legno fino a farlo diventare del colore di un vecchio osso, erodendo ogni parvenza di bellezza.

Il signor Finn parcheggiò il pick-up di traverso, incurante di aver occupato metà della strada e poi scese aprendo lo sportello posteriore. Scorsi subito parecchie scatole di legno che contenevano file ordinate di tronchetti come quelli usati per ardere nel camino. Appena lo vidi prendere la prima, mi affrettai a posare il borsone e la custodia sulla veranda davanti alla casa e ad aiutarlo come potevo a causa di quel maledetto tutore, che stavo iniziando a odiare. Per una decina di minuti lavorammo in silenzio, impilando le scatole accanto alla porta. Anche se era piuttosto anziano e sembrava zoppicare leggermente da una gamba, mi resi subito conto di quanto il signor Finn fosse piuttosto robusto per la sua età.

Appena finimmo il lavoro, mi disse di aspettarlo vicino alla macchina perché doveva prendere la chiave della roulotte. Vincent mi aveva già anticipato che era abbastanza riservato, così mi misi da parte e feci ciò che mi chiese.

Alcuni istanti dopo, lo stavo seguendo lungo una trincea ricavata tra la neve per raggiungere la fine del campeggio, in direzione di quello che immaginai fosse il lago. Camminammo per un paio di minuti abbondanti mentre mi parlava dell'unica roulotte che aveva a disposizione.

«Il vecchio Manson è morto due estati fa. Era vedovo e i suoi figli non hanno ancora deciso cosa vogliono fare della casa, perciò quando gli ho detto che forse qualcuno era interessato ad affittarla, non hanno avuto nulla da obiettare.» Alzò una spalla magra, prima di continuare: «Inoltre, dopo la morte del padre non è mai venuto nessuno. L'ultima volta che ho visto quei ragazzi avevano circa diciotto anni.» Finì la frase con una risata secca che terminò in un colpo di tosse. Continuai a camminare al suo fianco, mentre mi parlava dei prezzi e delle condizioni.

«Non voglio avere problemi» lasciò la frase in sospeso mentre si fermava costringendomi a fare lo stesso. Mi squadrò ancora un'altra volta dalla testa ai piedi, gli occhi piccoli che si soffermavano sul buco che avevo nel colletto del parka, da cui usciva un po' dell'imbottitura, proprio come aveva fatto quando era arrivato in macchina. «Vincent è un bravo ragazzo e mi ha garantito che lo sei anche tu.»

Annuii soltanto e tirai un respiro di sollievo quando, sembrando soddisfatto, spostò lo sguardo altrove. Riprese a muoversi lungo la trincea, così lo seguii per un altro paio di minuti durante i quali parlò dei "bei tempi andati" con voce un po' più animata, prima di fermarsi vicino a una bicicletta arrugginita che giaceva sul terreno umido accanto a una roulotte bianco-grigiastra che un giorno doveva essere stata bella. Era chiaro che il suo periodo di splendore fosse finito da tempo. La prima cosa che notai fu una finestra di plexiglas rotta sul lato destro, che qualcuno aveva provato a coprire in malo modo con un pannello di legno. Sulla porta d'entrata una zanzariera pendeva sbilenca poiché era appesa a un solo cardine e vicino era stato installato un vecchio bidone della spazzatura in metallo. Il resto sembrava in ordine e mi voltai verso il signor Finn aspettando per salire i due gradini che mi avrebbero portato dentro la mia nuova dimora. Lo trovai che mi osservava, forse mi ero perso qualcosa. «Potrebbe ripetere?» Gli chiesi speranzoso.

«Ho chiesto se va bene per te.» Con lo sguardo diffidente alzò un po' il naso e potevo giurare che stesse annusando l'aria come avrebbe fatto un segugio. Prima che potesse sentire l'odore di alcol, risposi in fretta. «Sì sì, andrà benissimo.»

Spostai la tracolla della chitarra sulla spalla sperando che capisse l'allusione e poi feci un segno con la mano in modo da invitarlo con cortesia a farsi avanti. Appena entrammo, si fermò un attimo per abbassare il riscaldamento dicendo che l'aveva acceso quella mattina. L'interno della roulotte era caldo e soffocante e odorava vagamente di pesce. Un divano imbottito di un orribile colore marrone, coperto da un afghano logoro, separava il piccolo soggiorno dalla zona pranzo ancora più striminzita. Un ventilatore da pavimento e una vecchia canna da pesca ornavano uno degli angoli vicino a un corridoio stretto e buio. Accanto a esso, sotto una finestra coperta da tende giallo canarino, c'era un mobiletto con un vecchio televisore, di quelli ancora con il tubo catodico. Era acceso, sintonizzato su un vecchio cartone animato di Bugs Bunny, con il volume basso, come se il signor Finn l'avesse lasciato apposta per farmi vedere che funzionava. Dal punto in cui mi trovavo, accanto alla porta, riuscivo a vedere alla mia sinistra un cucinotto poco illuminato, con i piani vuoti eccetto per alcuni volantini di cibo d'asporto e un lavandino da cui gocciolava piano acqua dal rubinetto. Seguendo le sue istruzioni, posai il borsone e la custodia per terra, mi tolsi gli stivali ed entrai seguendolo lungo il corridoio quasi inesistente. Mi fece vedere un bagno, deve fui sicuro che avrei dovuto fare un po' di contorsionismo per fare una doccia, e poi una stanza dove un letto, non matrimoniale, ma che comunque era più spazioso di quello di villa Engel, occupava quasi tutta la stanza, insieme a un comodino usurato e a un armadio. Per aprire la sua anta si doveva chiudere la porta o non sarei riuscito a vedere all'interno. Provai a non dare peso all'orribile trapunta color caramello mentre davo un'occhiata al resto dell'ambiente. In fin dei conti avevo già dormito in posti meno accoglienti se non peggiori.

«Ho già chiesto i soldi a Peter, uno dei figli di Mason, per sistemare la finestra.» Indicò verso il pezzo di legno che copriva parte dell'intelaiatura.

«Non si preoccupi, signor Finn, va benissimo così.»

Dopo avergli dato i contanti per pagare il primo mese in anticipo, come aveva chiesto a Vincent, mi fece annotare il suo numero di telefono, da usare solo in caso di emergenza. Mi diede altre informazioni su come funzionava il riscaldamento a gas e alcuni altri dettagli, dopodiché mi strinse la mano e, una decina di minuti più tardi, mi ritrovai da solo nella mia nuova casa.

Dopo aver sistemato i miei vestiti nell'armadio, per buona parte della giornata restai a camminare nell'esiguo spazio aprendo e chiudendo le ante dei mobili, guardando i piatti spaiati e il mini frigo vuoto, cercando qualcosa che potesse distrarmi, ma non trovai nulla. Almeno niente che facesse al caso mio. Dentro al mobiletto sotto la televisione, c'erano tre vecchi tomi, uno dei quali era "Ventimila leghe sotto i mari", ma non avevo voglia di leggere. Mangiai un panino che avevo comprato alla stazione, prima di buttarmi sul divano marrone, lasciando penzolare i piedi dal bracciolo mentre guardavo i cartoni animati che lasciarono posto a delle lezioni di cucina e in seguito al canale di televendita. Il posto era una bettola, così come mi sentivo dentro.

Provai a essere ancora un po' ottimista, il giorno seguente avrei cercato un lavoro, perché non ci voleva un genio per capire che il mio conto in banca avrebbe avuto bisogno di essere rifornito molto presto. Dopodiché, ci fu un altro momento di sollievo quando mi ricordai che nei prossimi giorni avevo un'altra seduta con il dottor Fustermann e che lui di sicuro avrebbe saputo come aiutarmi.

Se c'è qualcuno che può farmi tornare sui binari giusti è quell'uomo.

Ore più tardi, Vincent passò a vedere se stessi bene e portò con sé una pizza, che mi disse essere un regalo di benvenuto. Lo ringraziai anche perché stavo morendo di fame e la divorai senza alzarmi dal divano mentre mi raccontava la sua giornata. Dopo avermi fatto vedere dove abitava e domandato per ben tre volte se stessi davvero bene, tirai fuori la storia del lavoro che mi portò a un'altra ventina di minuti di conversazione forzata. La sua compagnia mi piaceva, ma avevo bisogno di stare da solo, volevo soltanto essere lasciato in pace. Per fortuna se ne andò dicendo che doveva ancora passare l'aspirapolvere a casa sua. Ci accordammo per vederci nel fine settimana, così lo avrei aggiornato sulle ultime novità. Sembrava molto gentile, ma sarebbe stato meglio per lui non affezionarsi troppo al buco nero che ero diventato.

Mentre lo salutavo, un tuono rimbombò in cielo come il ringhio lungo e basso di un cane infuriato. Il vento si alzò quel tanto che bastò per far volteggiare i piccoli cumuli di neve vicino alla scalinata, le cui superfici scintillanti contrastavano nettamente con il cielo nero. Lo stesso colore che sentivo dentro l'anima.

Appena chiuse la porta alle sue spalle, tornai alla mia posizione preferita sdraiato sul divano a rimuginare. La mia mente viaggiò di nuovo su argomenti a cui non volevo pensare: a quanto mi mancasse la mia famiglia, i miei amici, a Matthieu, ovunque fosse la sua anima in quel momento. Ripensai all'incontro avuto con Max e Nils, a tutti quei mesi, a ciò che era rimasto della mia vita, al futuro incerto che mi attendeva. Non avendo altro da fare e nulla che mi distraesse, ripercorsi nei più svariati modi nella mia testa quella maledetta mattina, le cose che Matt avrebbe potuto fare in maniera diversa, ciò che avrei potuto gestire in modo differente. L'addio che avrei potuto dargli se me lo avessero permesso...

Avevo una paura folle di addormentarmi senza essere ubriaco, perché ero sicuro che sarei stato perseguitato dagli incubi, ma la fiaschetta, appoggiata sulla mia pancia, era quasi vuota e non mi avrebbe dato la consolazione che cercavo con tanto affanno. Non c'era abbastanza alcol per farlo. Non c'era abbastanza alcol in tutto il mondo per lavare il sangue di Matt dalle mie mani. Uscire per andare al bar più vicino era fuori questione, visto che la nevicata si era intensificata trasformandosi in una vera e propria bufera.

Mi misi seduto a fissare il televisore, provando a capire le regole dello strano programma a premi su cui si era sintonizzato. Mi risvegliai due volte quando la testa cadde in avanti, ormai pronto ad appisolarmi. Stavo per alzarmi e lavare il viso ma, prima che me ne rendessi conto, mi ritrovai all'improvviso seduto in posizione eretta... e al volante di un'auto.

Ero piuttosto confuso e iniziai subito ad avere paura, anche se la giornata attorno a me era stupenda. Non guidavo più, non dal giorno dell'incidente. Allora perché ero al volante? E di chi era l'auto se non ne possedevo una?

Sentii la mano destra stringersi sul cambio e il cuore ebbe un'impennata dolorosa, mentre i primi raggi del sole apparivano all'orizzonte, facendomi a malapena distinguere le strisce gialle sull'asfalto. Sapevo cosa sarebbe successo a breve, ma non riuscivo lo stesso a distogliere lo sguardo dalla strada e il respiro cominciò a diventare affannato mentre mi preparavo ad alzare il piede dall'acceleratore, l'altro già pronto a frenare. Volevo fermarmi, dovevo farlo.

«Amico, non lo farei se fossi in te.»

Girai la testa di scatto verso destra e sussultai quando vidi chi era seduto accanto a me. «Matt?»

Come risposta storse le labbra e mi sorrise in quel modo sornione e sentii l'intero corpo rilassarsi all'istante. Dal mio petto uscì un sospiro così sollevato che lui ridacchiò. Era solo un sogno. Avrei dovuto capirlo subito, ma di solito ero perseguitato dagli incubi. Mi resi conto all'improvviso che la mia presa sul volante, quello della Mercedes decappottabile, si era allentata. Non dovevo avere paura, così inspirai profondamente e cercai di calmarmi, tornando a fare attenzione alla strada e concentrandomi di nuovo sulle linee gialle che correvano sull'asfalto.

«Che cosa stiamo facendo qui? Io non guido più da mesi, Matt.»

Cercai di sollevare di nuovo il piede dall'acceleratore per rallentare l'auto affinché si fermasse, ma invece mi ritrovai a spingerlo ancora di più, correndo come un forsennato.

Matt fischiettava allegro accanto a me, il vento che gli scompigliava i capelli, ridacchiando come se fosse tutto normale, così lo guardai in fretta. Non volevo distrarmi. «Sì, lo so, ormai sembri mia nonna al volante.» Il divertimento nella sua voce fece ammorbidire il suo viso per un momento prima che diventasse di nuovo serio. «È per questo che sono qui. Starò con te, Noah» mi mise una mano sul braccio e diede una strizzatina, inclinando la testa a destra, quasi con condiscendenza. «Sono con te, *bro*. Sempre…»

Deglutii e tornai a concentrarmi sulla strada, desiderando con tutto me stesso di poter controllare il sogno, volevo cambiare le impostazioni come avrei fatto con un videogioco, rallentare quella maledetta auto… fermarla perché il destino vinceva sempre e da qualche parte nell'inconscio sapevo come sarebbe finita. Come sempre: un ultimo attimo di infinita felicità prima del terrificante…

Spostai tutta la mia attenzione sul fatto che volevo schiacciare il freno e addirittura urlai felice quando sentii il piede sollevarsi dall'acceleratore.

«Hai visto? Hai visto, Matt?» Mi voltai verso di lui estasiato, ma il mio grande amico scosse la testa da una parte all'altra con tristezza, puntando il dito contro il mio piede, prima di agitare l'indice in aria, come se stesse negando il mio desiderio. Aggrottai le sopracciglia in preda alla confusione, provando a non dar retta alla frustrazione quando sentii che il piede sul freno si alzava e quello sull'acceleratore affondava.

Matt, con il viso sempre più triste, mi fissò. «Non puoi frenare, Noah. So che lo vorresti, ma non puoi. È così che hai perso il controllo la prima volta» scosse di nuovo la testa sconsolato. «Non hai imparato nulla da Fast and Furious?»

Mi rilassai di nuovo quando percepii che stava scherzando e riuscii addirittura a ridacchiare, un suono davvero strano alle mie stesse orecchie. «Giusto. Quasi dimenticavo la tua teoria secondo cui tutte le lezioni di guida possono essere fatte con i videogiochi.»

Sorrise spensierato accanto a me e mi girai a guardare la sua espressione felice, dimenticando per un istante l'orrore di dover guidare e di ciò che sarebbe accaduto poco dopo.

«Proprio così» tese la mano con le dita aperte e poi iniziò ad abbassarle mentre elencava i diversi videogiochi che tanto amava. «Need for Speed, Gran Turismo… resto sempre della ferma convinzione che tutti possano imparare a guidare bene se trascorressero oltre sei ore davanti a un videogioco, prendiamo ad esempio il mio preferito… Super Mario.»

Sentii le mie sopracciglia aggrottarsi di nuovo. «Cosa c'è da imparare sulla guida con l'infaticabile eroe del regno dei funghi?»

Aprì gli occhi, con un luccichio che corrispondeva al suo sorriso diabolico. «Oh... Bowser, il re dei Koopa, vuole sempre rapire la principessa Peach, perciò uno deve dare il massimo per salvare la pupa.»

Mi misi a ridere di cuore e scossi la testa. Matt storse le labbra verso di me mentre stavo ancora ridendo delle sue scemenze. «A proposito di darsi da fare, che cosa sta succedendo, Noah?»

La sua voce fin troppo seria mi fece togliere una mano dal volante e girarmi ancora di più, in modo che il mio corpo fosse rivolto quasi del tutto verso di lui. «Cosa intendi dire, Matt?»

Alzò un sopracciglio verso di me. «Beh, credo che tu lo sappia. Una piccola fiaschetta sempre con te, troppo alcol all'improvviso, notti passate sulle panchine, un burrone… ti ricordano qualcosa?»

Strinsi gli occhi tornando con l'attenzione alle curve sempre più strette che si snodavano una dietro l'altra. Sentii l'ansia montare di nuovo, implacabile come un tornado. «Non voglio parlare di questo.» Non provai nemmeno a nascondere l'irritazione nella voce.

Sospirò piano. «Non dovresti farlo, *bro*. Non puoi andare avanti così... non finirà bene, e lo sai.»

Scossi la testa in modo ostinato. «Perché non posso? È la mia vita... la mia testa.» Il mio tono stava diventando sempre più irritato, ma non potevo evitarlo.

Matthieu sostenne il mio sguardo. «Perché è stupido, Noah. Ti farai solo del male. Tutto questo è stupido. Dovresti lasciarmi andare, non incolparti sempre di più.»

Appoggiai la testa indietro, una mano sul petto, l'altra sul volante. «Sai una cosa? La mia vita fa proprio schifo!» Usando il palmo mi massaggiai all'altezza del cuore. «E quello stronzo di tuo fratello e di Nils non rendono le cose più facili. Se non riesco ad avere anche solo un momento di pace e di conforto, allora lo otterrò nel modo in cui riesco!»

Il volto di Matt si abbassò di scatto, mentre si guardava il grembo. «Prenderei a calci in culo Max se solo potessi farlo» mormorò. Alzando la testa, portò il suo sguardo intenso sul mio. «Ma questo non cambia il fatto che non dovresti nasconderti dietro l'alcol.» Scosse bruscamente la testa mentre lo guardavo furente. «Non puoi continuare a ignorare la vita, incolparti al posto mio. Sono morto, Noah. Lasciami andare!»

Una rabbia improvvisa e inspiegabile mi attraversò come un fulmine. Non mi importava più nulla di quella splendida giornata o del mio amico seduto accanto a me per la prima volta dopo tutti quei mesi. «Non ti ho portato io qui, Matt. Se non vuoi vedermi, allora vattene!»

Appena la frase mi uscì dalle labbra, me ne pentii subito, perché mi era piaciuto davvero tanto stare con lui. Sentii la tensione tra di noi aumentare e volli rimangiarmi le parole, ma Matt si allontanò verso il suo sedile in silenzio, mordendosi il labbro per trattenere il suo temperamento.

Per un istante restammo in silenzio e mi trovai in bilico desiderando che il sogno finisse, ma allo stesso tempo non volevo dire addio al mio caro amico. Il mio dibattito mentale durò poco, fino al momento in cui, con la coda dell'occhio, notai il cipiglio sparire dal suo viso che impallidì prima di voltarsi piano verso di me. Con voce dolce disse: «Ehi, Noah, mi dispiace.»

«Dispiace anche a me, Matt, non avrei dovuto dirlo.»

Scosse piano la testa e indicò il parabrezza. Ebbi un sussulto, ricordando ciò che stava per accadere. Mi trovavo in un incubo, mentre guidavo lungo quella strada in California. Voltai la testa di scatto, seguita a ruota dal corpo, e afferrai con forza il volante con entrambe le mani, cercando di concentrarmi sulla guida. Fu solo una frazione di secondo, un battito di ciglia e lui era già in piedi sul sedile, la musica a tutto volume alla radio e riuscivo a scorgere la curva inquietante e allo stesso tempo familiare sulla strada.

La voce di Matt risuonò raccapricciante al mio fianco. «Mi dispiace, *bro*, sta per arrivare la parte che non ti piacerà.»

Noah

9
Isolamento

Strinsi il volante con tutta la forza che avevo nella mano sinistra mentre mi chinavo sul sedile per afferrare Matt con la destra. Le mie dita si aggrapparono ai suoi jeans, all'altezza del polpaccio e fu in quel momento che sentii l'urto. L'auto iniziò a girare, fuori controllo, così, agendo d'istinto, schiacciai ancora il freno. Udii un fracasso tremendo e dei pezzi di vetro vennero sparati ovunque, tagliandomi le braccia e il viso mentre, disperato, cercavo ancora di aggrapparmi a Matt. Solo per un istante riuscii a sfiorare il tessuto ruvido dei suoi pantaloni, fino a quando lo sentii strapparsi dalle dita. Strizzai gli occhi, ma non li chiusi, dovevo vedere ciò che avevo causato. Il mio cuore, non ancora convinto del terrore, aveva bisogno di attaccarsi a quella realtà per non cedere. Venni sbalzato con forza da una parte all'altra dell'abitacolo e, in contemporanea, davanti a me apparvero delle luci brillanti quando l'airbag esplose colpendomi il viso come un pugno gigantesco, facendomi sbattere la testa con forza all'indietro. Sentii un urlo, forse il mio, mentre il metallo scricchiolava, l'auto si capovolse ancora e ancora e non capii se fossi sotto o sopra.

Altri terrificanti secondi trascorsero senza che potessi fare molto e, quando tutto si fermò, mi ritrovai a testa in giù, il sangue che scorreva sulla fronte e sulle guance, era così denso che riuscivo a malapena a vedere le zolle di fango che avevano sostituito il cielo. Sbattei le palpebre parecchie volte provando a orientarmi, ma tutto ciò che vidi furono rocce, terra, sporcizia e vetri dappertutto. Il collo mi faceva un male tremendo, mi sembrava di non riuscire a coordinare i movimenti con i pensieri, e ogni respiro mi procurava fitte di dolore al petto che poi si sparsero per tutto il corpo. Voltai piano la testa, prima a sinistra e poi a destra e, con la visione periferica, notai una luce sfocata che sembrava lampeggiare in continuazione, ma del mio amico nessun segno.

«Matt...» tossicchiai, sentendo il gusto del sangue scendere nella gola.

Lottando contro l'airbag mezzo sgonfio, mi guardai intorno finché trovai la fibbia della cintura di sicurezza, ma non riuscii a schiacciare il pulsante. Inoltre, doveva esserci qualcosa di sbagliato nei miei occhi perché quando guardai la mano destra, mi accorsi che era due volte più grande del solito e la pelle era diventata viola e blu. Al posto del palmo vedevo solo una poltiglia simile alla carne macinata da dove penzolavano le dita e colava del sangue denso e scarlatto che sgorgava impregnando il prato. Faceva più male di quanto il cervello riuscisse a concepire, ma il dolore non era importante. La sola cosa che contava era trovare il mio amico. Girai il busto di lato e, usando la mano sinistra, premetti il pulsante riuscendo finalmente ad allentare la cintura sul petto. Pochi secondi dopo, caddi a terra con tutto il mio peso, emettendo un altro lamento quando la testa sbatté contro la colonna antiribaltamento dell'auto. Tossicchiai ancora un po' di sangue mentre, con fatica, mi giravo su un fianco e mi mettevo a carponi, sbattendo le palpebre mezzo accecato a causa di una nuova fitta che fece risuonare il cranio come una campana. Strisciando fuori dall'auto, mi accorsi con orrore che eravamo finiti contro un albero che molto probabilmente aveva frenato la nostra folle corsa. Matt non era da nessuna parte. Dov'era finito? Forse era riuscito a cercare aiuto? Perché quello stupido aveva slacciato la cintura di sicurezza? Perché si era messo in piedi sul sedile?

La macchina era finita in un fossato profondo ed era difficile scorgere qualcos'altro se non i pezzi di ferraglia tra gli alberi che circondavano l'area. A qualche metro sopra di me, vidi i pali della luce che si trovavano sui bordi della strada e potei soltanto ringraziare Dio che non fossimo finiti dall'altra parte dove si trovava il burrone. Con la mano sinistra feci leva su un tronco, riuscendo a mettermi in piedi e iniziai a muovermi trascinandomi mezzo piegato su me stesso, il braccio destro che, inerme, penzolava accanto al corpo. Barcollai e inciampai sui vetri rotti e sul metallo scricchiolante, grugnendo per il dolore che mi colpiva impietoso a ogni respiro che facevo.

«Matt...» ansimai ingobbito, mentre continuavo ad avanzare, inciampando sui miei stessi piedi. Da qualche parte dentro di me speravo che si trattasse di un incubo, ma il dolore sembrava così reale, la realtà così pressante che rendeva quasi impossibile non soccombere. Feci qualche passo prima di cadere in ginocchio su un cumulo di ghiaia.

«Matt...» La mia voce non era altro che un rantolo, quasi priva di suono, ma usando le poche forze che avevo mi rimisi in piedi e continuai a trascinarmi tra gli alberi. Feci soltanto pochi passi prima che le gambe cedessero e mi accasciai di nuovo.

Dannazione, era tutta colpa mia.

Tastai i jeans cercando il cellulare per chiamare i soccorsi, ma non lo trovai. Tutto il mio corpo tremò mentre cercavo di ricordare cosa fosse accaduto. Avevo urtato la barriera di sicurezza e poi la macchina si era ribaltata, prima di colpire un albero o forse prima aveva sbattuto e poi si era ribaltata.

«Cazzo…» facevo sempre più fatica a respirare, ogni volta che sbattevo le palpebre si facevano più pesanti mentre mi rotolavo sulla schiena e fissavo il cielo indaco. Stavo per cedere alla stanchezza quando lo udii.

«Noah…»

Sapevo che era soltanto un sussurro nella mia testa, ma non era importante perché la sua debole voce mi diede la speranza e la forza che mi servivano.

Forse fu perché ero ancora bloccato nell'incubo, o forse fu ciò che accadde davvero ma stava di fatto che, in qualche modo, senza sapere come, riuscii a rimettermi in piedi. Barcollai verso il punto in cui mi sembrava di aver udito provenire il flebile richiamo, anche se ogni passo mi stava stremando e le tempie sembravano in procinto di spaccarsi in due. Ma niente di tutto ciò aveva importanza: il dolore, le ferite, come mi sentivo dentro o fuori. Avevo solo bisogno di raggiungere il mio amico.

Mentre inciampavo sulle radici di un albero che sporgevano dal terreno e finivo di nuovo sull'erba, udii di nuovo la sua voce sempre più debole che mi cercava.

Seguii il suono andando a tentoni, posando la mano maciullata per terra, ignorando le fitte di dolore e rallentai solo quando la sagoma del suo corpo diventò visibile e, improvvisamente, tutto ciò che desiderai fu sdraiarmi e lasciarmi morire accanto a lui, perché dentro di me sapevo che sarebbe stato quello il suo destino.

Provai ad aprire gli occhi, a uscire dall'incubo, ma le immagini divorarono la mia volontà di svegliarmi, ogni pensiero veniva consumato, raso al suolo, riportandomi a quegli ultimi momenti che avevano cambiato per sempre la mia vita.

«Noah» sussurrò il mio grande amico e, anche se i suoi occhi erano aperti, vedevo la vita spegnersi a ogni respiro tremulo che il suo corpo compiva a fatica. «Noah…»

Le lacrime mi sgorgavano dagli occhi mentre sollevavo con cura la sua testa da terra e la posavo sulle mie ginocchia. Il sangue mi inzuppò immediatamente i jeans e potevo vederlo allargarsi anche su di lui e sul terreno sotto di noi.

I suoi occhi erano vitrei ed ero sicuro che non riuscisse a vedermi. «Va tutto bene, *bro*…» Respinsi le lacrime, sapendo che dovevo trovare la forza, ciò che dovevo fare era respirare per lui, vivere per lui, impedirgli di andarsene. «Non permetterò che ti accada nulla. Te lo prometto.»

Scosse la testa piano da una parte all'altra mentre i suoi respiri si facevano sempre più affannosi e con una debole mano si aggrappava al mio braccio. «Promettimelo.»

«Certo» gli risposi, premendo la punta delle dita sul suo polso. Sentii il suo battito farsi sempre più debole e sapevo di stargli mentendo. E lo sapeva anche lui. Il sangue gli sgorgava dal corpo, piccoli fiotti uscivano dalle sue labbra ogni volta che respirava e il suo tronco aveva un'angolazione innaturale, come se la schiena si fosse spaccata a metà.

Continuai a parlargli, accarezzandogli i capelli, provando a infondere vita nel suo corpo. La parte ingenua di me credeva che, se qualcuno fosse arrivato presto in nostro soccorso, tutto sarebbe andato bene; avrebbero potuto curarlo, riparare le sue ossa rotte, rimetterlo in sesto e cancellare per sempre tutta quella maledetta giornata.

Mi concentrai sul ritmo irregolare del suo respiro, sapendo che si stava affievolendo, ma pregando Dio che potesse resistere. Magari, se fossi riuscito a concentrarmi abbastanza, se mi fossi sforzato più di quanto avessi fatto con mia madre, avrebbe continuato a respirare. A vivere.

«*Bro*» la sua voce era così debole che non riuscii più a trattenere le lacrime calde che iniziarono a scendere sulle guance. Mi voltai per asciugarle prima che potesse vederle. «Scusa se mi sono messo in piedi sul sedile.»

Cominciai a piangere, tutto il corpo tremava mentre se ne stava andando. «Non è colpa tua» riuscii a sussurrare. «Avrei dovuto diminuire la velocità, accostare la macchina. Mi dispiace tanto, cazzo. Ti prometto che sistemerò le cose. In qualche modo… te lo prometto.» Ripetei, ancora e ancora, finché la testa non cominciò a dolere come se qualcuno ci stesse scavando dentro con un martello pneumatico.

«Sei il migliore, *bro*.» Cercò di sorridere, ma la piega delle sue labbra all'insù sembrava in qualche modo sbagliata in mezzo a tutto quel sangue.

«No, tu lo sei -» Mi interruppe quando sbatté le palpebre, una… due, tre volte sempre più piano. Fu l'ultima cosa che gli dissi prima che il suo petto si alzasse in un altro lungo straziante sospiro.

«Coraggio, fratello» implorai tra i singhiozzi disperati. Dio, sentivo la sua vita, ancora calda sotto la mia pelle, che mi inondava il cuore, rallentare sempre di più. «Ti prego, ti prego, resta con me. Continua a respirare, Matt.»

Soffocai il suo nome che mi bruciava la gola mentre le lacrime mi inondavano gli occhi. «Ti prego, ti scongiuro, non lasciarmi… non andartene.» Mi sforzai di trovare le parole attraverso l'abbondanza di emozioni che affioravano. Rimpianto. Disperazione. Paura. Rimorso. Dolore.

Accogliendo la sensazione di morte che mi avvolgeva, mi sdraiai accanto a lui, pronto a riceverla a braccia aperte, sapendo che, se fossi sopravvissuto, non mi sarebbero rimaste altro che angoscia, colpa e solitudine.

Fissai il cielo per quella che mi sembrò un'eternità, soffocando le mie stesse lacrime mentre stringevo la sua mano ormai sempre più fredda. Mi concentrai sui raggi del sole che filtravano tra gli alberi, desiderando toccarli finché non iniziarono a spegnersi, uno dopo l'altro, così come volevo che lo facessero anche i miei battiti cardiaci. Pian piano il cielo si oscurò, insieme a tutto ciò che mi circondava, finché non riuscii a scorgere più niente e i pensieri diventarono sempre più leggeri. La consapevolezza di aver rovinato il nostro futuro non aveva più importanza, perché stavamo lasciando quel mondo insieme.

Liberi…

Sentii il respiro diventare più flebile, il terreno sotto di me si ammorbidì e mi sembrò di muovermi... affondare... o forse ero pronto a volare…

Nulla aveva più importanza. Volevo solo continuare a sentirmi in quel modo, perché non sarei più stato prigioniero di tutto quel dolore. L'agonia era sparita… e con lei anche il mio senso di colpa.

Libero… come il vento.

«Noah, svegliati, *bro…*» sentii qualcuno sussurrare proprio accanto a me, ma non riuscii a vedere chi fosse. Cercai di aprire gli occhi, ma mi sembrava che fossero già aperti, eppure scorgevo solo il buio e gli orribili ricordi che mi bruciavano le iridi.

Mi rimisi a sedere, massaggiando il collo che sembrava rotto, mentre facevo profondi respiri e mi asciugavo le guance con la manica della maglietta. Quel gesto non mi era sconosciuto e appena mi tornarono in mente le prime memorie, mi sembrò di avere qualcosa che assomigliava terribilmente a un buco nero nello stomaco e sentii la bile salire a velocità vertiginosa. Mi alzai in fretta, cercando di orientarmi nel buio prima di vomitare, ma la testa girò, pestai qualcosa che mi fece scivolare in avanti e finii per inciampare su qualcos'altro che cadde per terra procurando un fracasso tremendo.

«Cazzo!» Sembrava che fossi appena uscito da un frullatore, tutto intorno a me girava e non riuscivo nemmeno a capire dove fossi finito. Per fortuna trovai una parete e a tentoni individuai un interruttore.

Una luce flebile illuminò l'ambiente e girai su me stesso, come una trottola a cui mancava l'equilibrio, guardando il patetico cubicolo che era diventata la mia casa, le scatole di pizza ovunque, la canna da pesca e il ventilatore che erano finiti per terra, cercando di ricordare come fossi arrivato in quel posto, ma il percorso che mi aveva portato a quel preciso momento ormai non era altro che un ricordo sbiadito. Tutto ciò che vedevo quando chiudevo gli occhi era il sorriso di Matthieu, udivo la sua risata nella mia testa mentre chiacchieravamo in macchina. Sentii il cuore accelerare i battiti, chiusi gli occhi e fu come se lui fosse lì, accanto a me.

«Oh... Bowser, il re dei Koopa, vuole sempre rapire la principessa Peach, perciò uno deve dare il massimo per salvare la pupa...»

Avrei dato qualsiasi cosa per vedere di nuovo quel luccichio nei suoi occhi, il suo sorriso diabolico. Il mio cuore ebbe un sussulto prima di aprire le palpebre e di scontrarmi con la dura realtà. Fu come se mi stessi lanciando da un aereo in caduta libera. Il Matt del sogno disse qualcos'altro, ma mi coprii le orecchie con le mani e, sentendo la schiena scivolare per terra, mi rannicchiai su me stesso finché la sua voce non svanì.

Avrei voluto sparire con lei, invece la bile ritornò con ancora più forza e mi dovetti precipitare in bagno respirando frettolosamente prima di lanciarmi per terra davanti al water. Dopo aver rimesso fino allo sfinimento, ansimante appoggiai la testa sul braccio sopra la tavoletta fredda e con l'altra mano mi strinsi lo stomaco massaggiandolo, cercando di alleviare il dolore. Chiusi gli occhi e aspettai finché il respiro e il corpo si calmarono.

Avevo sempre dato la stessa risposta a ogni persona che mi domandasse cosa accadde quella fatidica mattina: i miei ricordi erano vaghi, confusi e, per quanto possibile, avrei voluto soltanto dimenticare l'accaduto. Quelli erano stati i momenti più orribili della mia vita e non volevo riviverli. Quella frase di rito, di solito, bastava per allontanare chiunque fosse dotato di un po' di buon senso, ma la verità era che ricordavo ogni dettaglio, anche se pregavo in continuazione di poterli dimenticare. Mi perseguitavano quando ero sveglio, ma non era nulla in confronto all'inferno che vivevo quando mi addormentavo, soprattutto se non ero del tutto ubriaco.

Tuttavia, il dolore, le urla e le grida di tortura che avevo emesso quella mattina continuavano a risuonare nella mia testa. Non sapevo nemmeno per quanto tempo avessi urlato o pregato, mentre il nostro sangue si mescolava, tremando violentemente e guardando la vita spegnersi sotto i miei occhi... attendendo che quel mantello nero come la notte più oscura mi rubasse gli ultimi respiri.

Perché qualcuno continuava a punirmi in quel modo? Non sarebbe bastato esaudire il mio desiderio, prendere la mia vita e farla finita?

Ogni volta che ripensavo a quei momenti credevo di aver vissuto con l'aspettativa crescente che la morte prendesse anche me, non che qualcuno arrivasse a salvarmi. Quando Matt aveva smesso di muoversi, ero rimasto lì stremato ad aspettare, pregando di avere qualche lesione interna e dissanguarmi, per poter raggiungere il mio amico, ovunque fosse andato. Era stato così che i soccorritori mi avevano trovato mentre aspettavo l'oblio totale, anche se una parte di me sapeva che Matt era ormai lontano, irraggiungibile, risucchiato in un luogo in cui non lo potevo raggiungere. Quella consapevolezza mi stava uccidendo giorno dopo giorno.

Era come se mi trovassi in bilico sull'orlo dell'ignoto, in attesa, senza avere il coraggio di compiere quel passo, chiedendomi se sarei riuscito a risalire o se mi sarei sfracellato nella caduta. Forse era ciò che stavo cercando di fare negli ultimi mesi, aspettavo di cadere perché non avevo la più pallida idea di cosa avrei dovuto fare della mia vita senza i miei amici. Anche la mia amata musica se n'era andata, avevo perso l'ispirazione, non riuscivo più a suonare, tantomeno cantare e, forse, tutto ciò che stavo vivendo era la disperazione di capire qualcosa, perché mi ero del tutto smarrito e non sapevo più come ritrovare la mia strada. Ero come un marinaio naufragato chissà dove, assetato e senza cibo, che bramava l'eterno riposo.

Assistere a una tragedia di quella portata segnava l'anima di una persona con una cicatrice profonda e indelebile. La mia lesione non era un piccolo segno che si sarebbe schiarito con il tempo; era lunga, grottesca, frastagliata e non sarebbe mai più andata via. Era il tipo di sfregio che ti rovinava e l'aspetto peggiore era che me l'ero procurata da solo, quando avevo fatto schiantare quella maledetta macchina e ucciso il mio amico.

Sospirai, passandomi una mano sul viso, mentre mi alzavo. C'erano tante domande che mi ronzavano come api infuriate nella testa.

Come sono arrivato fin qui? In questo posto? In questo preciso momento? In questa vita di merda?

Non c'erano risposte per me e la stanza rimase in silenzio, nessuno sbucò fuori per aiutarmi, solo la polvere svolazzò nell'aria confermando la mia solitudine. Forse, mi sarei dovuto buttare da quel dirupo quando ne avevo avuto l'opportunità. Porre fine alla mia vita, invece di stare lì a sprecare spazio e respiri. Dire addio e potermi finalmente lasciare alle spalle i pensieri, i ricordi e l'odio per me stesso. Ma era come se ci fosse qualcosa che mi trattenesse, come se stessi aspettando che accadesse altro, anche se non avevo la minima idea di cosa fosse. Quella era la storia della mia vita negli ultimi mesi: era come se fosse stata messa in pausa. Il bravo ragazzo di un tempo, che amava scrivere canzoni e suonare con la sua band, che gioiva insieme alla sua famiglia, che sorrideva sempre, che si offriva come volontario per insegnare musica ai ragazzi dell'orfanotrofio, non si era più ripreso dopo l'incidente. Non mi era rimasto più niente, non c'era più niente di buono nel mio cuore.

Ero diventato una persona orribile, un perdente, un ubriaco, il vagabondo Noah. Esistevo e basta, con la costante sensazione di essere perso, di trovarmi alla deriva, intorpidito.

Ogni giorno continuavo ad annegare sempre di più: nel dolore, nell'alcol, nella mia stessa vita.

Con passi pesanti mi allontanai dal water, verso la porta, trascinando il corpo, come ero solito fare, verso il futuro, anche se restavo ancorato al passato.

I primi giorni trascorsero senza molti intoppi e la mia vita cadde in una specie di routine dolorosamente lunga e inutile a cui, pian piano, mi stavo abituando. Una parte di me avrebbe voluto non farlo, ma un'altra parte, quella predominante, sapeva di meritarsi ciò che avevo: niente.

La prima settimana riuscii a trovare un lavoretto, se potevo chiamarlo tale. Accanto alla stazione, il signor Karl aveva un negozio dove riparava tutto ciò che andava a motore e che faceva da garage per le motociclette che, a causa del freddo, non venivano utilizzate dai proprietari. Il mio lavoro era spalare la neve che si era accumulata durante la notte davanti al cancello e poi fare qualsiasi cosa di cui ci fosse bisogno: piccole commissioni, spostare le moto quando dovevano essere riparate, rispondere al telefono se lui usciva e così via. Poiché non avevo un diploma di specializzazione, venivo pagato con un misero stipendio da apprendista, ma almeno avevo un piatto caldo per pranzo, visto che la moglie di Karl lavorava nella piccola tavola calda che si trovava accanto alla stazione. Una volta finito il mio turno, che durava mezza giornata, mi recavo da lei che mi dava gli avanzi della mattinata. Peccato solo che, nel tragitto verso il campeggio, passavo davanti a ben tre bar e nei giorni in cui non avevo il dottor Fustermann, ci finivo sempre dentro, attirato come una falena dalla luce.

Il problema più grande che avevo scoperto con l'alcol era che, a differenza delle droghe, dove dovevi cercare uno spacciatore e stare attento a non farti beccare, di luoghi in cui trovare da bere ne era pieno il mondo. La dipendenza era confortante, pacifica e serena, come una coperta calda pronta ad accogliermi in quelle fredde giornate. Mi faceva sentire potente, come se avessi il controllo dell'intero universo, ma si trattava solo di una maschera, proprio quella che stavo scegliendo di indossare. Ogni volta che la posavo sul mio viso, la dipendenza continuava a crescere nutrendosi del mio dolore, come in un circolo vizioso.

Già dalla seconda settimana della mia nuova vita avevo compreso che da ubriaco, non potevo usare l'entrata principale del campeggio, visto che il vecchio Finn era spesso in giro a controllare che le roulotte e le case mobili fossero a posto, spalando la neve o facendo i suoi lavoretti. Non ci misi molto a trovare una piccola scorciatoia che passava in mezzo al bosco e finiva in un varco tra due siepi che delimitavano la proprietà, proprio dietro alla mia roulotte.

Alcune sere, inoltre, Vincent aveva preso l'abitudine di venirmi a trovare, ma ero stato abbastanza furbo da chiedergli di avvertirmi prima di farlo, usando la scusa della stanchezza e che dovevo andare a letto presto. Poiché lavoravamo entrambi anche di sabato, la maggior parte delle volte ci vedevamo soltanto alla sera e di domenica il grande orso non c'era mai. Sospettavo che avesse trovato una ragazza, ma non eravamo così in confidenza da parlare di questioni private e non intendevo nemmeno raggiungere quel livello, considerando che le mie amicizie finivano in due modi: con la morte o con le persone che scappavano a gambe levate il più lontano possibile.

La scusa del lavoro funzionava benissimo anche con la mia famiglia, tuttavia provavo sempre a chiamare mamma M. nei giorni in cui avevo in programma qualche controllo medico, gli stessi in cui, per ovvie ragioni, dovevo per forza restare sobrio, almeno fino al mio ritorno a casa. Anche con il terapista riuscii a stabilire una sorta di routine, con le nostre passeggiate, le sue domande generali su come andassero le cose e le mie risposte convincenti ed evasive che tutto stesse pian piano migliorando. Mentire era un'arte che si imparava, ed ero un allievo piuttosto volenteroso.

Stranamente, l'unica via di fuga dai miei pensieri inquietanti e depressivi diventarono proprio i miei strani incubi. Il più delle volte, iniziavano con sogni piacevoli sui miei amici e il fatto strano era che mi sentivo come se fossi sempre più in grado di poterli controllare. Insieme a loro rivivevo non solo le nostre avventure, ma riuscivo addirittura a crearne altre ancora più belle, piene di meraviglie e sorprese. Nel momento in cui il sogno cambiava e mi ritrovavo alla guida della Mercedes, la mia mente sembrava registrare all'istante che stavo per entrare nell'incubo e riuscivo quasi sempre a svegliarmi prima di dover assistere ancora una volta all'orrore di quella mattina.

Iniziai quindi a vivere ogni momento libero provando ad addormentarmi... ed era allora che l'alcol entrava in gioco. Ero passato dalla solita birra al whisky o alla vodka perché avevano un effetto più immediato, ma costavano molto di più. Poiché il mio stipendio non riusciva a coprire nemmeno una settimana di bevute nei bar, presi presto l'abitudine di acquistare le bottiglie nel supermercato e portarle a casa di nascosto.

Purtroppo Vincent, anche se non era invadente, si proponeva sempre di darmi una mano e quando veniva a trovarmi, soprattutto quando mangiavamo insieme, era solito aprire i mobili in cucina per prendere le stoviglie, così decisi di nascondere le mie bottiglie nello spazio tra la roulotte e il terreno, in mezzo a un sacco di cianfrusaglie che il vecchio proprietario aveva abbandonato.

Il mese di dicembre arrivò senza grandi clamori, con piogge leggere che si alternavano alle folte nevicate e alle giornate monocromatiche come la mia vita. Ci furono alcuni cambiamenti nella mia routine, come il restauro di un nuovo mezzo di trasporto: la bicicletta arrugginita che avevo trovato abbandonata davanti alla roulotte, alla quale presto si aggiunse una vecchia scatola di plastica, adagiata sul portapacchi, molto pratica per trasportare le bottiglie. L'altro cambiamento fu riuscire a sbarazzarmi del tutore, che vendetti a un tizio ubriaco in un bar, in cambio di due shot. Non sapevo nemmeno se a lui servisse quel cazzo di aggeggio e non mi interessava scoprirlo. Con il tutore se ne andarono anche le stupide visite dall'ortopedico, che cancellai senza remore. Perché avrei dovuto sottopormi a un'altra operazione? A quale scopo? Le mie dita sarebbero rimaste per sempre storte e inutilizzabili, un eterno ricordo della mia colpa e di quella giornata maledetta.

Le festività arrivarono e con loro un dilemma: mamma M. voleva che trascorressi il Natale da loro, ma sapevo che sarebbero andati a lavorare come volontari in uno degli orfanotrofi che aiutavano spesso. Negli anni precedenti mi ero sempre unito a loro più che volentieri, tuttavia quell'anno ciò di cui avevo bisogno era un'intera giornata con i miei più cari amici e i miei sogni. Vincent mi offrì la scusa perfetta quando mi invitò ad andare con lui in una comunità religiosa, la stessa in cui era solito recarsi per fare qualche lavoretto e passare quasi tutte le domeniche. Gli dissi che non ero mai stato molto legato ai culti e lo ero diventato ancora meno dopo ciò che mi accadde. Tuttavia, il suo invito mi offrì la scusa perfetta: a mamma M. dissi che sarei andato con Vincent e a lui, invece, mentii dicendo che sarei stato dai miei genitori.

Il mio piano funzionò alla perfezione e, seduto davanti alle mie bottiglie, trascorsi un bellissimo giorno di Natale completamente ubriaco a giocare a basketball con Matt, Max e Nils davanti alla casa dei gemelli perché era ciò che desideravo, la sola cosa di cui avevo bisogno. Succedeva sempre alla stessa maniera: dopo aver bevuto davvero tanto, il mio corpo cedeva al sonno e mi abbandonavo all'incoscienza. Fluttuavo in un regno nebuloso, senza sapere bene dove, quando o addirittura cosa fossi.

Nulla aveva più importanza, solo stare con i miei amici…

Lo stesso scenario si ripeté la notte di Capodanno e in ogni momento libero dei primi mesi del nuovo anno. Sogni meravigliosi, in cui ero con i miei *bro* ed eravamo di nuovo felici, uniti come i fratelli d'anima che eravamo stati. In alcuni ero riuscito addirittura a immaginare mia madre che veniva al pub di Connor, a Stein am Rhein, per cantare insieme a noi come "corista". Con l'aiuto dell'alcol, passavo intere domeniche o pomeriggi che spesso si trasformavano in serate, ore e ore in cui stavo davvero bene, come non mi sentivo da molto tempo. Tutto era leggero, perfetto e senza peso. I brutti ricordi della mia infanzia e del recente passato svanivano, e con loro il peso della colpa che mi gravava sulle spalle quando ero sveglio. Qualcosa di meraviglioso prendeva il sopravvento appena chiudevo gli occhi e mi lasciavo trasportare da quel vento leggero e piacevole. Non mi trovavo più nell'oscurità che mi stritolava l'anima e il cuore quando avevo gli occhi aperti, invece venivo travolto dalla luce e sentivo di poter fare qualsiasi cosa: vivere, ridere, amare e sognare. Tutto quello che non potevo più fare da sveglio.

Una vocina, che dentro di me diventava sempre più debole, mi ricordava che avrei potuto fermarmi, ma dopo? Cosa ne sarebbe stato di me? Il passato mi avrebbe schiacciato. No, ciò che volevo era il torpore... il modo in cui portava via tutto, anche se per un breve periodo.

Smettere di ricordare.

Dimenticare… persino me stesso. Soprattutto me stesso.

Mentre le settimane passavano, l'alcol diventava parte integrante della mia pelle, nel sangue, nel cuore, nei pensieri e, infine, nei miei sogni.

Era diventato la mia vita e mi possedeva. Ogni volta che scendeva per la gola, tutte le porte della testa si chiudevano e ogni sbaglio, ogni colpa che avevo, ogni macchia di sangue sulle mie mani scompariva dietro il loro legno massiccio.

10
In fondo al pozzo

L'inverno, con estrema lentezza, iniziò a trasformarsi in primavera e la mia vita proseguì senza grossi cambiamenti. I sogni diventarono sempre più reali, ancora più nitidi, ed ebbero il potere di offuscare la realtà sbiadita e piatta che mi perseguitava durante le ore di veglia.

Con il signor Karl e il suo garage ci furono alcuni problemi, spesso si lamentava dei miei ritardi e del mio malumore, ma cosa potevo fare: la mia vita faceva schifo e tutto ciò che desideravo quando suonava la sveglia al mattino era continuare a dormire per sempre.

Quel giorno, quando mi chiamò per l'ennesima volta nel suo piccolo ufficio in fondo al corridoio, non diedi ulteriore peso alla cosa. Mi sarei preso un'altra lavata di capo, durante la quale avrei chiesto scusa, gli avrei promesso che mi sarei impegnato di più, cosa che avevo provato a fare davvero, ma con scarso successo, e poi le cose si sarebbero sistemate.

«Voleva vedermi?» Gli chiesi appena ebbi il permesso di entrare, sperando di essermi sbagliato, ma dalla sua espressione risentita sapevo già la risposta. *Perfetto… il modo esatto in cui mi piace iniziare la giornata. Un'altra ramanzina dal signor "limone".*

Per qualche momento restai lì in piedi, le mani infilate nella tasca della tuta, aspettando mentre si toglieva il berretto di lana e si grattava la testa pelata come se non sapesse bene da dove cominciare.

«Sai perché ti ho offerto questo lavoro, Noah?»

Scossi la testa mentre appoggiavo la spalla allo stipite della porta mettendomi comodo. Se voleva chiacchierare, a me andava benissimo, almeno non avrei dovuto spingere fuori quelle cazzo di motociclette che erano state messe in vendita con l'arrivo della primavera. Quei pezzi di ferraglia pesavano un quintale e dovevo fare quella merda di lavoro ogni giorno, le stesse mansioni all'infinito.

«L'ho fatto solo perché Vincent è mio nipote, essendo figlio della mia defunta sorella e lui mi aveva detto che ti serviva un sostentamento.»

Mentre continuava a blaterare, pensai a come fosse possibile che non sapessi quasi nulla della vita del ragazzo che era diventato il mio unico amico, o forse avrei potuto dire che si era imposto a forza come tale. Era incredibile come si potesse passare accanto alle persone ogni singolo giorno della propria vita senza mai conoscere davvero la loro storia.

Dov'ero stato negli ultimi mesi dato che non mi ero quasi reso conto della sua presenza? Avrei dovuto essergli grato per avermi trovato un lavoro? Forse arrabbiato, considerando che si trattava di un impiego di merda? Insomma, tutto quello aveva davvero importanza? Piegai la testa da una parte e provai a concentrarmi su ciò che Karl stava dicendo a proposito di responsabilità e dovere.

«... non ti ho nemmeno affidato i compiti più pesanti... le tue dita...»

Odiavo quando qualcuno parlava della mia mano perciò, prima di perdere le staffe, cosa piuttosto normale in quelle ultime settimane, mi guardai attorno provando a distrarmi.

Ottimo, vediamo un po' che cosa c'è di interessante in questo bel posticino...

Era davvero difficile impegnarmi quando tutto ciò che avevo davanti era una scrivania di metallo, uno schedario arrugginito su cui si trovava una caffettiera sgangherata, due sedie di plastica di colore verde pappagallo e un albero di ficus mezzo morto nell'angolo. Per qualche momento fissai una foglia secca staccarsi da un ramo e cadere per terra.

La vedi, Noah, quella fogliolina tutta contorta? Sei come lei...

«... il signor Mandelson si è lamentato del tuo... abbiamo avuto...» La voce di Karl fece una breve apparizione, ma poiché stava parlando sempre dello stesso argomento, la allontanai subito. Finalmente, i miei occhi si staccarono dalle foglie che si trovavano per terra e si fermarono sul poster degli anni settanta alle sue spalle che mostrava una ragazza mezza nuda.

Il vecchio Karl stava ancora blaterando con quella sua voce noiosa. «... malavoglia... non fai nemmeno metà...»

Cazzo, da quanto tempo non vado a letto con una donna?

«... responsabilità... mancanza di buona volontà.»

Sbadigliai vistosamente per vedere se si decideva a concludere la predica. Cazzo, era dai tempi dell'orfanotrofio che non ascoltavo un discorso così seccante.

Quasi quasi, se continua con questa litania, gli chiedo di fare una pausa e faccio un salto al bar. Mi prendo due o tre shottini e poi ritorno per continuare ad ascoltare la sua infinita ramanzina.

«... non hai bisogno di venire nemmeno domani.»

Il cervello impiegò qualche secondo per registrare le sue ultime parole. *Cosa?!* Svegliandomi mi raddrizzai come se avessi preso una scossa, mentre ciò che aveva appena detto si imprimeva nella mia mente. Sbattei le palpebre, una, due, tre volte... di sicuro avevo capito male. «Scusi, potrebbe ripetere?»

Il vecchio Karl ci mise un attimo per rispondere perché stava già prendendo una busta dal cassetto della scrivania. Mi fece segno di avvicinarmi mentre me la porgeva.

«Questo è ciò che ti spetta, Noah. Sono i contributi per questi mesi di lavoro. Poiché sei uno stagista non ho bisogno di darti un preavviso di licenziamento.»

Sentii il calore avvampare e salire su per il collo quando scossi la testa, doveva per forza esserci un errore. Mi stava mandando via. Sul serio?! E chi l'avrebbe aiutato? Di certo non il ragazzino smilzo che avevo intravisto quella mattina quando ero arrivato. Ignorando il mio dibattito mentale, continuò a parlare mentre si alzava e si avvicinava mettendomi la busta nella mano, visto che non ero ancora riuscito a fare un misero passo.

«Ti ringrazio ancora una volta, perché sono certo che non hai ascoltato nemmeno la metà di quanto ti ho appena detto, ma ti auguro comunque una bella vita, ragazzo.»

«Ma... ma...» Boccheggiai come un pesce fuori dall'acqua mentre mi dava due pacche sulla spalla e poi, con il palmo della mano rivolto verso l'alto, indicava la porta in fondo al corridoio, quella che conduceva all'uscita.

La mia incredulità durò soltanto qualche secondo prima che la rabbia prendesse il sopravvento. Lo sentii fare un profondo respiro, come se intendesse aggiungere qualcos'altro, ma non gliene diedi il tempo. Uscii dal garage come una furia, pestando duro senza nemmeno salutarlo, non prima di aver lanciato un'occhiataccia al ragazzino che mi aveva rubato il lavoro. Come si erano permessi di trattarmi così?

Mi sentivo davvero offeso, pensai, mentre mi infilavo la busta marrone nella tasca della tuta e salivo sulla mia vecchia bicicletta.

Sono sicuro che quel piccoletto non durerà tre giorni, e il vecchio Karl verrà da me per implorarmi di tornare...

Infuriato iniziai a pedalare in direzione del campeggio. *Vedrà quando ne parleremo. Gli chiederò addirittura un aumento. Esatto, farò proprio così!*

Passai davanti al primo bar, quello accanto alla stazione e, per un momento, fui tentato di fermarmi per un bicchiere, ma lasciai subito perdere. L'unica volta in cui avevo provato a usare la maledetta bicicletta da ubriaco, ero quasi finito dentro il lago. Anzi, c'ero proprio finito dentro, ma per mia fortuna era congelato.

Maledicendo l'universo, il ragazzino e il vecchio Karl, passai davanti al secondo bar, dove vidi un cartello dove cercavano un assistente per la cucina.

Forse mi fermo…

Quel pensiero mi accompagnò per il tempo di quattro pedalate.

Ma no, lo faccio domani. Tanto il cartello resterà lì fino a lunedì. E se non ci sarà più, poco male. Di lavori di merda se ne trovano ovunque. No, no, ho deciso, oggi mi prenderò un giorno di pausa, me lo sono meritato dopo tutto questo stress!

Con quelle riflessioni in testa, ancora infuriato per ciò che era capitato con Karl e la sua stramaledetta catapecchia, passai davanti al terzo bar e presi la strada sterrata che mi avrebbe portato al campeggio. Per evitare di dover rispondere a qualche domanda sgradevole del vecchio Finn, mi infilai tra le due siepi imboccando la scorciatoia. Una decina di minuti dopo appoggiai la bicicletta dietro alla roulotte e, fermandomi di nascosto all'angolo, sbirciai per vedere se ci fosse qualcuno in giro.

In quei mesi dell'anno stavano arrivando i primi proprietari, alcuni per lavorare alle roulotte e alle case mobili, altri che iniziavano a preparare i giardini e gli orti in vista della bella stagione primaverile. Per fortuna in giro non c'era anima viva, ma in fondo non era importante perché nessuno sembrava far caso al barbone solitario che viveva nella roulotte abbandonata.

Quando percepii che la zona era libera, feci una piccola corsa per entrare in casa. In mente avevo una sola idea: un bellissimo pomeriggio di oblio in compagnia dei miei amici e qualche drink.

Il tempo di accomodarmi sul letto accanto alla bottiglia di *Absolut* e una quarantina di minuti dopo ebbe inizio un nuovo viaggio…

Il mondo sembrò solidificarsi intorno a me ed ebbi la netta sensazione che una brezza mi sfiorasse la guancia, seguita dal suono della ghiaia che scricchiolava sotto le mie scarpe da ginnastica. Da lontano, arrivarono le note di una canzone ed ero quasi sicuro fosse una delle nostre. Ero consapevole che si trattava di un sogno, ma riuscivo addirittura a sentire l'odore dell'aria fresca e pulita e udivo il rumore di un trattore in lontananza. Sorrisi come un ebete quando capii dove mi trovavo.

Mi voltai e alle mie spalle c'era una villetta a due piani, con un grande vialetto rettangolare pavimentato e un canestro da basket ben visibile appeso sopra il garage. Sul marciapiede, accanto a cespugli fioriti di ortensie, era parcheggiata un'Audi nera lucida. I suoi cerchioni cromati rilucevano, era la tipica auto che amavano i ragazzi, in particolare i due che vivevano in quella villa. Uno di loro era Max, il mio migliore amico fin dalle medie.

Per qualche istante restai lì a guardare la casa, rivivendo ogni ricordo, ogni momento meraviglioso che avevo vissuto tra quelle mura, ma poi d'istinto alzai lo sguardo, proprio mentre una palla da basket si dirigeva verso di me. La presi al volo mentre la mia testa scattava verso il punto da cui era arrivata e ritrovai Matt di fronte a me, che rideva. Risi anch'io e, nel frattempo, tutto sornione la feci rimbalzare un paio di volte. Quando si accovacciò per difendere il canestro alle sue spalle feci lo stesso, spostando la palla da una mano all'altra. Le mie dita sane si aggrapparono con facilità e destrezza alla gomma arancione.

«Ehi, *bro*, è bello vederti.» Lo salutai sollevando il mento.

Si spostò da un piede all'altro, osservando con attenzione ogni mio movimento. «Sì, beh, certe volte mi annoio a morte, così ho pensato di farti una sorpresa.»

Ridacchiai della sua battuta mentre lo immaginavo aggirarsi in un luogo etereo, aspettando che lo chiamassi nei miei sogni. Una parte di me sapeva che le cose non funzionavano in quel modo, che non era più una persona reale che mi avrebbe aspettato, ma mi alleggeriva il cuore pensare a lui senza collegarlo al dolore e alla colpa, immaginare la sua vita, anzi la nostra vita, piena e completa, anche se ero stato io a farlo finire in quel luogo tetro.

Mi regalò uno dei suoi sorrisetti diabolici quando mi spostai all'improvviso con la palla, ma all'ultimo riuscii a girargli intorno, nonostante fosse pronto per eseguire la sua mossa scattando verso di me. Mi sollevai pronto a fare un canestro, ma si sporse come un fulmine e me la strappò di mano, girandosi per poi tirarla verso il cerchio prima ancora che mi accorgessi che era sparita.

«Ehi, così non vale.» Lo rimproverai mentre la palla passava attraverso la rete del canestro e lui alzava un pugno in aria, esibendosi in un urlo e poi in un ridicolo balletto di vittoria.

«Il sogno è tuo, *bro*» mi rispose con una risatina strafottente, mentre recuperava la palla che stava rimbalzando verso il giardino che circondava la casa.

«Fai ancora schifo a basket, Noah» continuò a ridere mentre si abbassava per raccoglierla. «Potresti fare molto meglio, essere un pro, volare come Michael Jordan, che ne so… Cazzo, questo è il tuo sogno oppure no?!»

Sbuffai arrabbiato mentre prendevo il suo posto, accovacciandomi davanti al canestro. «Beh, non volevo barare» mormorai imbronciato.

Il controllo che aveva sulla palla era spettacolare, anche mentre mi guardava con attenzione. «Non è quello che stai facendo a te stesso?»

Punto sul vivo, mi raddrizzai alla fine del suo commento e il furbetto ne approfittò per oltrepassarmi e segnare un altro canestro. Rise mentre raccoglieva la palla e la lanciava verso di me, ancora fermo nello stesso punto. La presi e lo fulminai con uno sguardo. «Ti ho già detto che non voglio parlare della mia vita.»

Ormai stava diventando un'abitudine. Ogni volta che eravamo insieme, dopo qualche minuto iniziava a rivolgermi frecciatine del genere.

Dribblai la palla e cambiai posto con lui. Si accovacciò, pronto ad affrontarmi, così cercai subito di fare una finta per aggirarlo. Non funzionò. Anticipando la mia mossa, si abbassò riuscendo a prendere la palla prima che potessi fare il passo successivo. Abilmente si girò in aria rovesciandola nel canestro. Spettacolo! Avrei voluto fargli un'ovazione, ma non se la meritava.

La raccolsi ancora più arrabbiato mentre rideva di nuovo. «A quanto pare non imparerai mai, Noah.»

Il doppio senso delle sue parole e l'espressione da sapientone mi irritarono ancora di più e, senza nemmeno pensarci, gli lanciai addosso la palla con forza.

Fece un grugnito quando la prese. «Ehi!» Mormorò mezzo offeso.

Mi misi sotto il canestro con le braccia aperte. «Che cazzo vuoi, Matt? Ho avuto una giornata di merda, vengo da te per passare alcune ore di svago e tu pensi bene di farmi una ramanzina come se fossi mia madre. Ma che cazzo!»

Come risposta, fece rimbalzare pigramente la palla mentre mi fissava. Alla fine sospirò e scrollò le spalle. «Penso solo che ciò che stai facendo, il tuo atteggiamento, sia davvero stupido. Tutto qua.»

Incrociai le braccia al petto indietreggiando fino ad appoggiarmi all'Audi, aspettando che proseguisse. Sospirò di nuovo e tenne la palla sotto il braccio. «Stai affondando sempre di più, Noah. Possibile che non te ne renda conto?»

Lo fulminai con lo sguardo, mentre sentivo l'irritazione salire un po' di più già al livello rosso. Perché doveva sempre arrivare allo stesso punto?

«Grazie per il chiarimento.» Mantenni un tono piatto, per nulla divertito. Ci squadrammo per qualche secondo, nessuno dei due aveva intenzione di arrendersi. Alla fine, alzando il mento, aggiunsi: «Perché dovrebbe importarmi? Come dici sempre tu, stiamo parlando della mia vita. Perché farne un dramma?»

Mi guardò incredulo, come se gli avessi appena detto la cosa più assurda che avesse mai sentito. «Perché si tratta appunto della tua vita, Noah. Non stiamo parlando di dove andare in vacanza, di dove suonare questa sera, ma di che cazzo stai facendo con quello che, a tutti gli effetti, è un dono. Lo stai gettando via, Noah. Non hai nessun diritto di farlo. Te lo sto dicendo io che sono ormai un cadavere, *bro*.»

Mi sentii sbiancare per la dura scelta delle sue parole. «Non parlare così.»

Un lato del suo labbro si contorse in un sorriso triste mentre si portava una mano al petto. «Perché no? È ciò che sono ormai. Perché non affrontiamo una volta per tutte questo problema?»

Distolsi lo sguardo dai suoi occhi che sembravano scrutarmi dentro, desiderando che lasciasse perdere e si limitasse a venire a trovarmi, a essere il grande amico di cui avevo bisogno. La mia vita reale era già abbastanza difficile, anzi, insopportabile. Non avevo bisogno che quella merda filtrasse anche nei miei sogni. «Non voglio parlarne.» Scossi la testa ostinato, puntando gli occhi sulle mie scarpe da ginnastica.

Sentii che si avvicinava e mi mise una mano sulla spalla. Lo guardai con riluttanza. Il suo sguardo era serio ma anche comprensivo. «Stai voltando le spalle alla vita, Noah. La stai abbandonando, giorno dopo giorno. Stai cercando la morte, *bro*.» Fece un profondo sospiro e un altro sorriso malinconico gli disegnò le labbra. «Non dovresti farlo, Noah, lo sai meglio di me.»

Più tranquillo, mentre prendevo la palla solo per avere qualcosa da fare con le mani, aggiunsi: «Non posso farlo, Matt.» Chiusi la bocca e feci una pausa accettando, infine, ciò che mi stava torturando da mesi. «Non voglio farlo. No, non posso... non posso... perché in questo modo,» feci una pausa provando a raccogliere i pensieri, sempre più confusi, «potrò stare con te e… e… sarà come se non fosse successo nulla di male.» Sapevo che i miei occhi e la mia voce lo stavano supplicando, e non ero sicuro del perché avessi così tanto bisogno del suo sostegno. Forse ero solo stanco di essere punito dalla vita e dal fottuto destino. Ormai niente sembrava bello, nemmeno ciò che avevo vissuto in passato.

Sospirai e lasciai cadere la palla a terra. Rimbalzò solo due volte e poi rotolò via solitaria.

Matt si passò le mani tra i capelli e grugnì irritato, prima di metterle sui fianchi. «Sono successe delle cose brutte e ti capisco, *bro*. Ma non puoi semplicemente desiderarle per te» agitò le braccia mentre girava intorno a sé, indicando irritato la casa e il vialetto. «Tutto questo è solo nella tua testa, non capisci? Io esisto solo nella tua testa!» Mi lanciò un'occhiata tagliente e mi puntò un dito al petto. «Ti sveglierai lo stesso da solo nel tuo letto, o in quel cazzo di divano orribile e scomodo, con il viso bagnato dalle lacrime, desiderando sempre di avere qualcosa di più.»

Feci un passo di lato mettendo distanza tra di noi. Sentii la mascella contrarsi mentre gli rispondevo. «E allora? Che problema c'è a desiderare di più?»

Stava colpendo troppo vicino e la paura cominciò a mescolarsi con l'irritazione.

Il suo volto rimase comprensivo, ma il suo tono tradì il suo crescente temperamento. «È proprio questo il punto, Noah. Sono morto, *bro*. Devi lasciarmi andare. Non puoi desiderare di raggiungermi.» Fece un passo avanti e mi mise le mani sulle spalle, scuotendomi leggermente, come se volesse farmi ragionare. «Dio, non mi ero mai reso conto di quanto tu fossi un fottuto idiota se ti impunti. Finirai per morire perché non riesci a lasciarmi andare, e questo non è giusto nei confronti delle persone che ti amano.»

Mi irrigidii, all'improvviso ero furioso per il fatto che stesse cercando di dirmi come dovevo sentirmi, cosa avrei dovuto fare della mia squallida esistenza. Che se la prendesse con me perché volevo stare con lui, con mia madre, con i miei amici. Cosa c'era di così sbagliato nei miei desideri? Quel ficcanaso non poteva lasciarmi godere della mia fantasia, senza giudicare? Chiusi la bocca e feci una pausa per riprendermi prima di aggiungere: «Perché non possiamo stare insieme nei miei sogni, tutti quanti? Perché devi sempre venire a rompermi le scatole?» Sbuffai come un toro imbestialito.

Feci un altro passo di lato, ma prima che potessi dargli la schiena, le sue mani mi fermarono girandomi verso di lui. Mi sembrava che avesse gli occhi appannati, ma non riuscivo a capirlo, ero mezzo accecato dalla rabbia.

«Perché sono tuo amico. E questo significa che, a volte, devo dirti anche le cose che non vuoi sentire.»

I brutti sentimenti svanirono lasciando posto solo alla tristezza. Sentii la testa affondare in mezzo alle spalle. «Non capisci che, ormai, non c'è niente di facile per me? Non è rimasto nulla. Se ne sono andati tutti quanti. Tuo fratello, Nils, la nostra band. Ho solo bisogno che tu accetti che questo è il modo in cui voglio affrontare le cose... e che tu mi stia ancora vicino» lo fissai implorante. «Ne ho bisogno, Matt. Ho bisogno di te, di voi.»

I suoi occhi si erano decisamente appannati. «Lo so, Noah. E se pensassi che questa sia la strada giusta, non avrei mai detto nulla. Ma continui a sbagliare, ancora e ancora, sempre di più.»

La rabbia che avevo provato poco prima ritornò e, improvvisamente, non volevo più essere lì. Mi allontanai, sentendomi come se fossi a una seduta di terapia, e stessi scappando dal dottor Fustermann, invece che in compagnia di uno dei miei migliori amici. Per quanto avessi provato a ricreare la mia vecchia vita, mi sembrò tutto a un tratto di aver soltanto fallito. Ancora una volta: fallito nella vita e anche nei sogni.

«Ora devo svegliarmi, Matt. Ci vediamo in giro.»

Il suo viso mi supplicò mentre un'altra lacrima gli scendeva sulla guancia. «Aspetta... Noah...»

I miei occhi si aprirono di scatto e mi ritrovai a fissare le crepe sul soffitto della roulotte, mentre il volto sconvolto di Matt svaniva piano. Chiusi le palpebre e sentii le lacrime affiorare, ma le ricacciai indietro e mi misi a sedere sul letto, desiderando che quello stupido sogno svanisse dalla memoria. Solo che conservarli era un'abitudine così radicata in me, che non riuscivo a trattenermi dal voler rivivere ogni dettaglio. La nostra conversazione sarebbe rimasta impressa nel mio animo, che mi piacesse o meno.

Mi guardai intorno cercando la bottiglia, ma dovevo averla finita prima... anche se ricordavo a malapena di averlo fatto.

«Merda» mormorai mentre il mio sguardo finiva su una lattina di birra sul comodino. Mi voltai per prenderla, ma quando la capovolsi mi caddero sulla bocca solo alcune gocce.

«Vaffanculo.» La lanciai con rabbia contro la parete.

Mi lasciai cadere all'indietro sul cuscino, per quella che sembrò un'eternità, assorto nei ricordi, sull'orlo del pianto, mentre il passato mi trafiggeva le viscere e mi faceva sentire come se stessi sanguinando, proprio come era capitato sul ciglio della strada dopo l'incidente.

Una parte di me voleva stare con Matt e mia madre nei sogni e l'altra voleva appartenere al mondo dei vivi. Il problema era che la seconda stava diventando sempre più piccola e debole. Era una costante lotta, giorno dopo giorno, soltanto per riuscire a respirare, mentre il dolore si faceva strada implacabile, infilandosi nelle fessure del fragile muro che avevo eretto per proteggermi, seppellendosi nell'anima e rendendo difficile persino pensare con coerenza. La tristezza era come uno spiffero gelido che si insinuava nel petto, creando una pressione insormontabile man mano che si avvicinava al cuore.

Mi girai su un fianco, tirando le ginocchia al petto, avvolgendole con le braccia e avvicinando la testa. Continuai a fare i fottuti respiri che mi aveva insegnato il dottore per calmarmi, inspirando ed espirando, tuttavia il problema era che in quel momento non volevo far entrare nemmeno una stilla d'aria. Desideravo solo che i miei polmoni smettessero di funzionare, insieme al mio cuore, ai miei pensieri e al senso di colpa, perché non ce la facevo più.

«Cazzo.» Avrei voluto infilare tutto in un cassetto, chiuderlo a chiave da qualche parte nella testa e dimenticare dove l'avevo messa.

Mi guardai attorno, osservai ogni dettaglio di quella desolazione che era diventata la mia vita. Matt aveva dannatamente ragione.

Non voglio più vivere in questo posto, voglio stare con lui e gli altri, nei miei sogni. Non voglio più sentire tutto ciò che è arrivato dopo l'incidente. È tutto perso ormai, voglio andarmene. Voglio fuggire. In realtà, desidero solo poter morire.

Alcune strofe si formarono nella testa e iniziai a raggrupparle, a organizzarle canticchiando piano. Avrei tanto voluto avere un pezzo di carta dove scriverle, come facevo sempre, ma ormai nemmeno quello aveva più importanza. Così feci l'unica cosa che era in mio potere. Le immagini che si formavano in sequenza diedero vita a una specie di sogno e mi rividi seduto, la mia vecchia chitarra in mano, cappellino nero in testa e lasciai volare la mente. Aggiunsi addirittura un paio di occhiali, giusto per dare un tocco di stile e alcuni anelli in quelle dita che non erano più rovinate. A un certo punto, chiusi gli occhi e mi crogiolai nella libertà della mia voce, il piede che seguiva il ritmo della musica, ricordando com'era suonare, quando avevo i miei amici che mi guardavano sorridenti e mi sentivo felice… vivo. Lasciai che il suono mi possedesse, mi prendesse e mi portasse indietro in un luogo da cui non dovevo scappare. Non sapevo nemmeno perché le parole fossero in inglese, nella mia vecchia vita certe volte mi capitava di farlo e, poiché avevano la giusta rima, continuai.

I'm so burned out, my heads a mess,
I'm breaking down, I can't remember what it feels like to be alright,
I need someone to come and fix my brain
I'm so burned out, and I've not slept, in so long now,
I can't remember what it feels like to wake up on the right side of the bed
My head is a shed,
and every morning my waking thought is to check if I feel any better or worse
than I did the day before and usually the answer is the latter case
I'm so burned out...

Sono così esausto, la mia testa è un casino,
Sto crollando, non riesco a ricordare come ci si sente a stare bene,
Ho bisogno di qualcuno che venga da me e mi sistemi il cervello
Sono così esausto e non dormo da tanto tempo,
Non riesco a ricordare come ci si sente a svegliarsi dal lato giusto del letto.
Sono confuso
e ogni mattina il mio pensiero al risveglio è quello di controllare se mi sento
meglio o peggio del giorno prima e di solito la risposta è la seconda.
Sono così esausto...

Molto prima di quanto mi aspettassi, il dolore e la realtà tornarono come un fronte compatto in un'ondata massiccia che mi travolse. Le lacrime iniziarono a scendere e tenni la fronte premuta sulle ginocchia mentre singhiozzavo, implorando che tutto svanisse.

Quello che Matt non riusciva a capire era che, a volte, si doveva scegliere soltanto tra qualcosa di sbagliato e niente di giusto. Nel mio caso, la morte era la scelta meno contorta. Bramavo *quel* silenzio, dove sarei stato finalmente in grado di respirare, dove corpo e mente avrebbero raggiunto quella sorta di armonia in cui nulla aveva importanza, né il passato, né il futuro, tantomeno il presente. Il problema era che l'unica cosa che mi avrebbe portato di nuovo ai miei sogni e forse, alla fine, a ciò che desideravo, era nascosta sotto quella maledetta roulotte.

A mano a mano che i minuti passavano, il bisogno di nutrire il mostro irrazionale e instabile che albergava in me diventò sempre più forte, così mi alzai pronto ad assecondare il suo richiamo. Dopo un'occhiata veloce attraverso la fessura del pannello di legno rotto che copriva la finestra, per assicurarmi che non ci fosse nessuno, uscii dalla stanza barcollando, sudando e tremando come un cane rabbioso.

I ricordi di tutti quelli che avevo perso mi sciamavano intorno come api infuriate, mi circondavano, mi martellavano il cranio facendomi sentire come se stessi per svenire mentre uscivo nell'aria tiepida d'inizio primavera. Matt che moriva sul ciglio della strada, immerso nel suo stesso sangue, io disteso accanto a lui con le mani sporche della sua linfa vitale. Il futuro che non avevo mai avuto con mia madre, lei che si spegneva accanto a me in quel letto, lo sguardo straziato di Max l'ultima volta in cui l'avevo visto in ospedale accanto al fratello che se ne stava andando. La sua voce nella mia testa.

«Una volta eravamo un sacco di cose, Noah... fratelli... migliori amici, una band. Mi hai portato via tutto! Proprio tu!»

Non mi resi nemmeno conto di quanto ubriaco fossi fin quando non mi accovacciai e finii per perdere l'equilibrio, inciampando sui miei piedi e sbattendo la testa sul fianco della roulotte.

«Merda» borbottai mentre le ginocchia si conficcavano nella terra fredda e mi massaggiavo la fronte.

Ignorando il dolore sordo, mi piegai in avanti, voltando il capo, toccando quasi il terreno con l'orecchio, cercando una delle bottiglie che erano lì sotto. Tirai un sospiro di sollievo quando gli occhi si abituarono alla penombra sotto la roulotte e la vidi. Sembrava l'ultima e quello mi fece schizzare di rabbia.

«Cazzo!» Avvicinandomi ancora di più, infilai il braccio sotto la struttura pronto a prenderla.

«Ma che diamine!» Borbottai ancora, arrabbiato, quando le dita sfiorarono la superficie liscia e la fecero cadere all'indietro.

Infilai ancora di più il viso sotto la roulotte allungando il braccio al massimo, ma non riuscivo ad andare oltre perché lo spazio era troppo stretto per passarci anche sotto con la spalla.

«Porca puttana!» Sbraitai quando il mostro dentro di me ruggì la sua sete. Mi alzai e marciai di nuovo dentro come una belva, allontanando con rabbia la zanzariera malandata e dando un calcio alla porta più forte che potevo. Mi guardai attorno frenetico cercando qualcosa che potesse tornarmi utile.

Dai... mi serve un aggeggio per tirare fuori quella cazzo di bottiglia!

Stavo per entrare nella stanza da letto con l'intenzione di prendere uno degli attaccapanni di metallo che si trovavano nel vecchio guardaroba, quando i miei occhi si soffermarono sulla canna da pesca. *Tombola!*

Qualche secondo più tardi, ero di nuovo accovacciato per terra, munito della mia nuova arma. Infilando la canna sotto la roulotte iniziai a spazzolare l'area provando a tirare la bottiglia verso di me.

Stavo salivando ed ero sicuro di avere un sorriso enorme sul viso quando iniziai a vederla rotolare nella mia direzione. Non aspettavo altro che godere del calore di quel liquido riversato nel corpo, nel cuore, nella mente e nell'anima, così potente da zittire all'istante tutti i pensieri di Matt, di mia madre, della delusione che ero diventato.

Avrebbe fatto tacere tutto. Anche me stesso, e non vedevo l'ora che lo facesse, perciò diedi uno strattone alla canna per accelerare quel compito. Fu in quel momento che percepii che si era impigliato anche qualcos'altro e stava venendo fuori insieme alla bottiglia.

Mi mancò il fiato, il mostro si zittì e, per qualche istante, dimenticai addirittura la bottiglia quando vidi un fondello di legno tutto sporco spuntare tra le cianfrusaglie. Mi sedetti in fretta sui talloni, guardandomi intorno per essere sicuro che non ci fosse nessuno a curiosare e, quando ne fui sicuro, mi piegai di nuovo in avanti, tornando con la mia attenzione a ciò che stavo per prendere tra le mani. Il mio cuore accelerò impazzito, come se volesse esplodere, ma in qualche modo diventò più quieto, come tutto ciò che mi circondava.

Avrei dovuto sapere che, così come mia madre, non avrei mai avuto il mio lieto fine, non ero l'eccezione che confermava la regola. Le parole di mamma M. mi risuonarono in testa. *«Lo sai che, prima o poi, dovrai scendere a patti con tutto ciò che ti è accaduto.»*

Ero pronto.

La doppietta da caccia scivolò tra le mie dita, adagiandosi alla perfezione sulla mia mano.

11
Un amico "im"perfetto

La porta della roulotte andò a sbattere contro il fianco arrugginito quando la spinsi con la spalla. Non mi preoccupai nemmeno di chiuderla, invece mi lasciai cadere sul vecchio divano con un tonfo tutt'altro che elegante. Gli occhi erano puntati sul fucile che giaceva tra le mie mani e niente al mondo avrebbe potuto distrarmi da tale bellezza. Non riuscirono a farlo nemmeno i vestiti in parte bagnati e ormai freddi a causa dell'incontro ravvicinato che avevo avuto poco prima con il terreno umido.

Persi la cognizione del tempo mentre appoggiavo quel cimelio sulle cosce e fissavo il manico di legno usurato, la sicura in metallo, l'otturatore e, per finire, il grilletto, l'ultimo elemento che mi sbarrava la strada verso il mio destino. Era come sintonizzarsi sulla parte più oscura di me, da cui non proveniva altro se non la convinzione e la fredda determinazione che tutto sarebbe andato meglio dopo che avessi adoperato quell'arnese per lo scopo per cui era nato: togliere la vita.

«Dottor Fustermann, lei crede che la vita faccia mai degli errori?»

Quasi sorrisi ripensando al modo in cui si era tolto gli occhiali e li aveva puliti con un fazzoletto in tessuto che teneva sempre in tasca. Potevo quasi sentire sulla mia pelle i raggi del sole che filtravano tra gli alberi in quella giornata d'inverno, mentre passeggiavamo nel parco adiacente alla clinica e gli avevo posto quella domanda. La sua risposta, che mi aveva assillato nel subconscio, sbocciò all'improvviso davanti ai miei occhi.

«Credo di sì, Noah. Anche la vita può sbagliarsi. Ci sono persone che vivono e che magari non dovrebbero... e altre ancora che muoiono e che magari non se lo meriterebbero…»

Sapevo che la sua intenzione era di sottolineare l'ultima parte della frase, un chiaro riferimento a Matt e alla tragedia che aveva colpito non soltanto me, ma anche la sua famiglia e tante altre persone che ci volevano bene. Nonostante quella consapevolezza, era il frammento precedente che continuava a tormentarmi. Quelle parole turbinanti, che ora mi sembravano perfettamente sensate se associate a quelle pronunciate da Matthieu quando, nel sogno, aveva affermato che continuavo a sbagliare. Il ritrovamento di quel fucile poneva tutto sotto una luce diversa. C'erano persone che avrebbero dovuto vivere e altre, al contrario, no. Forse era proprio il mio caso e non sarei dovuto sopravvivere all'incidente. Forse il fato avevo commesso un errore ed ero l'unico in grado di porre rimedio a quella situazione.

Mentre la tensione emotiva che si era accumulata negli ultimi mesi ritornava pronta a spezzarmi, un "clic" fece scattare qualcosa nella mia testa. Fu come una rivelazione, un momento di profonda chiarezza. All'improvviso, seppi perché ogni cosa nella mia vita era diventata una tale sfida, perché tutto mi sembrava così difficile.

La vita, Dio, il destino... magari qualcuno aveva commesso un errore. E, forse, era anche il motivo per cui i miei sogni sembravano così reali, perché mi sentivo così attratto da loro. Forse, quelle dannate pasticche inghiottite tanti anni prima che avrebbero dovuto portarmi via insieme a mia madre, avevano fallito solo per condurmi negli Stati Uniti e farmi mettere alla guida di quell'auto.

Volsi l'attenzione al fucile. Se sopravvivere all'incidente era stato un errore, in quell'istante compresi di poterlo correggere. Sarei stato capace finalmente di riunirmi al mio amico, a mia madre e rimediare al malinteso che mi aveva trasformato in un reietto.

Un po' di dolore "mortale" sarebbe stato comunque necessario per accedere al livello successivo, quello etereo e celeste. Tuttavia, qualsiasi sofferenza fisica poteva essere sopportata se paragonata ai mesi di dolore emotivo che mi pesavano sulle spalle come un fardello inimmaginabile. Che cosa potevano mai essere alcuni microsecondi rispetto al cuore strappato e ridotto in migliaia di pezzi che mi batteva, da mesi, nel petto? Quella domanda aveva una sola risposta: niente, assolutamente nulla.

Non mi sarei più dovuto preoccupare di svegliarmi giorno dopo giorno, di cercare un lavoro o di trascinarmi in quell'esistenza del tutto priva di significato.

Accarezzai quasi con riverenza il fucile ancora adagiato sulle gambe. Chiusi gli occhi e provai a immaginare il momento decisivo in cui lo avrei portato sotto il mento e avrei premuto quel fottuto grilletto. L'istante in cui la mia vita sarebbe finita, come l'ultima canzone al termine dello spettacolo, l'ultimo applauso e, infine, l'ultimo respiro prima che il sipario dell'oblio eterno si calasse su di me.

Alzai lo sguardo mentre riflettevo e, attraverso la porta lasciata aperta, mi accorsi che alcuni raggi del sole colpivano il terreno sciogliendo gli ultimi cumuli di neve. Da quanto tempo, ormai, non sentivo più quel calore confortante sulla pelle? Da quanti mesi vivevo in quella sorta di limbo, aspettando che qualcosa cambiasse, in attesa di trovare una soluzione, una via d'uscita?

Davanti ai miei occhi balenarono alcune immagini della mia famiglia: le feste di compleanno, le domeniche d'inverno trascorse guardando qualche film oppure giocando a biliardo con i miei fratelli, le gite fuori porta, gli sguardi amorevoli della signora Garcia, quelli orgogliosi di Andrew, l'unico padre che avessi mai avuto, l'amore incondizionato di mamma M., che mi era rimasta sempre accanto.

Voltandomi di lato, afferrai la bottiglia che avevo lasciato per terra. Non volevo darmi il tempo per riflettere, perché i pensieri mi stavano portando in posti a cui sentivo di non appartenere più. Le mie mani tremarono senza controllo mentre rompevo il sigillo, portavo la bottiglia alle labbra e chiudevo gli occhi, bevendo un sorso, poi un altro.

Il mio posto non è qui…

L'alcol scese in fretta schiantandosi nel mio corpo, saturandolo e risucchiando tutto il buono che c'era in me. La risata senza speranza che mi uscii dalla gola fu un suono aspro nel silenzio assoluto della roulotte. Per la prima volta nella vita, riconobbi di essere solo e spaventato, appeso a una fune troppo sottile, con la disperazione di un uomo che stava per affrontare una caduta fatale. Non sapevo cosa fare. Non sapevo come raggiungere la salvezza. Non ero nemmeno sicuro di volerlo fare...

All'improvviso ogni cosa sembrò fermarsi.

Morii… e venni inghiottito dall'oblio più tetro che avessi mai vissuto.

Tenendo una mano sul fucile e le dita dell'altra ancorate alla bottiglia, lasciai cadere la testa sullo schienale del divano e restai immobile fissando le crepe sul tetto, immaginando che fosse una serata splendida e che, accanto a me, ci fosse una ragazza meravigliosa che mi amava; insieme saremmo andati oltre ogni confine mentre contavamo le stelle e io le trasformavo in una canzone. Purtroppo, però, là fuori non c'era nessuna ad attendermi, lei non esisteva…

Cercai di calmarmi, di liberare la mente e prepararmi a ciò che mi attendeva, cogliendo ogni minimo dettaglio di quelli che sarebbero potuti essere i miei ultimi momenti sulla Terra.

Nonostante tutti i miei sforzi, i ricordi continuarono ad arrivare, a pungermi la mente, come chiodi arrugginiti, piegati e storti. Mi colpivano al petto, ferendomi in maniera tale da non farmi guarire, privando d'aria i polmoni.

«Basta, basta!» Strinsi gli occhi come se potessi cancellare tutto, ma continuai a vedere, a sentire: gli abbracci di mia madre, le risate dei miei fratelli, i profumi della cucina di Villa Engel. Non volevo immaginare quanto dolore gli avrebbe causato la mia morte. Sarebbe stato molto più facile immaginarli ad anni di distanza, quando mi avrebbero già dimenticato. E se la mia assenza fosse stata per loro altrettanto dolorosa quanto lo era stata per me quella di Matt? Forse gli avrebbe causato addirittura un tormento maggiore, perché avrebbero avvertito un ulteriore senso di colpa nei miei confronti. Il loro amore non c'entrava nulla con la mia decisione, erano stati tanti diversi, seppur piccoli, eventi a farmi prendere in considerazione la morte come unica via d'uscita. Mentre continuavo a udire le loro voci, una nuova consapevolezza si fece strada: non volevo ferire le persone che mi amavano. Non volevo che provassero il dolore che stavo provando io. Non volevo che si sentissero responsabili della mia morte, come io mi sentivo per quella del mio amico e di mia madre.

Stavo perdendo il controllo e i pensieri continuavano ad accumularsi nella testa come mattoni… su mattoni… su mattoni, come se stessero costruendo un muro intorno alla mia mente, una fortezza solida e invalicabile.

Tutto ciò che dovevo fare era porre fine a ogni cosa e lasciarmi tutto alle spalle ma, per qualche dannata ragione, una parte della mia mente non voleva assecondare la volontà dell'altra, come se stessero litigando e dovessi rimanere lì, inerme ad aspettare che prendessero una decisione. Le prime lacrime iniziarono a scendere dopo aver bruciato gli occhi, rigando le guance. Le mie dita tremarono mentre sfioravano il fucile, che appariva così freddo e irreale. Niente sembrava più avere senso e sentivo il cuore instabile al pari dei miei pensieri, come se nulla dentro di me riuscisse a connettersi.

Volevo solo togliermi tutto dalla testa: dai primi anni della mia vita, agli ultimi mesi. Il presente che stavo vivendo. Ogni attimo, vero o etereo, in cui avevo sofferto. Volevo che se ne andassero e desideravo andarmene a mia volta. Dalla misera esistenza in cui ero caduto. Volevo tornare indietro nel tempo, quando comporre canzoni e suonare la mia chitarra in un pub bastavano a rendermi felice.

«Voglio solo semplicità…» sussurrai. *Voglio avere una meta nella vita, voglio essere compreso. Voglio amare, voglio… voglio…*

Non sapevo nemmeno io cosa cazzo volessi. I pensieri presero di nuovo ad accumularsi e mi resi conto di un'altra dolorosa rivelazione: ero perso, senza una strada da seguire. La vita mi aveva spezzato e non importava cosa avrei potuto fare, niente avrebbe potuto cambiare quel fatto. Il mio grande amico non sarebbe tornato, non lo avrebbe fatto nemmeno mia madre e, a quanto pareva, nemmeno io avrei fatto ritorno…

Mi guardai le mani, ricordando l'aspetto che avevano quando erano ricoperte dal sangue di Matthieu. La mia mente continuò a correre in modo folle finché rabbia, colpa, dolore, amore… ogni frammento di emozione si riversò dentro di me come se delle schegge di vetro si conficcassero nel petto, ferendomi dall'interno. Sentii gli spasimi direttamente nel cuore che batteva sfrenato, intrappolato nella sua gabbia mentre la ragione cercava di riportare indietro il controllo, ma c'era così tanto caos, tanta sofferenza da non riuscire nemmeno a ragionare. Tutto intorno a me, dentro di me, era diventato un enorme trambusto, instabile, irregolare come il mio polso e il mio respiro.

Quando non riuscii più a sopportare il dolore, aprii la bocca e urlai facendo uscire tutto il marcio che mi rodeva dentro, annaspando alla ricerca della salvezza, ma tutti gli sforzi finirono presto in un mugolio, quello di un animale ferito, braccato e messo all'angolo. Cercai di alzarmi per scappare, ma non riuscii a muovere un solo muscolo. Volevo correre, allontanarmi dai ricordi, ma sarebbe stato inutile, ovunque fossi andato mi avrebbero raggiunto, sempre…

Fissai il fucile, sarebbe stato così facile…

Con mani tremanti iniziai ad alzarlo, sembrava pesare un quintale. Volevo ruotarlo verso di me, guardare dentro la canna, vedere se al suo interno avrei trovato la stessa oscurità che aleggiava nel mio cuore.

«Ehi, Noah… Noah…» una voce cantilenante mi raggiunse da lontano. Per un istante pensai che fosse quella di Matt, anche se il timbro era diverso. Sbattei le palpebre un paio di volte, il fucile ancora alzato a mezz'aria e fu proprio allora che vidi Vincent oltrepassare la porta d'ingresso.

«Ascolta, ti vole-» la sua voce euforica si bloccò, così come i suoi passi a metà strada. Ci guardammo per la durata di un battito di ciglia, prima che registrasse la scena che si presentava davanti a lui. Le sue labbra formarono una "O" che durò soltanto un millisecondo, prima che tutto il suo corpo si irrigidisse occupando quasi tutto il vano d'entrata.

«Ma che…» il suo sguardo saettò dal fucile a me per poi tornare all'arma. «Che cazzo stai facendo, Noah?!»

«Io… io…» Non sapevo nemmeno come finire la frase, così la lasciai morire tra di noi. Il senso di colpa mi travolse, trascinando via con sé la mia forza momentanea.

Il viso di Vincent, proprio di fronte al mio, divenne nebuloso ai bordi, mentre i miei respiri diventavano sempre più veloci.

Il tempo sembrò scorrere in avanti in modo quasi surreale, sbattei le palpebre, lo guardai e mi chiesi se avessi ancora l'aspetto di un suicida, o forse quello di un morto che camminava… come se il mio corpo fosse animato da qualche creatura senza cervello, perché la mia anima era di certo sparita. Gli ultimi mesi erano riusciti a farla a pezzi. Quell'ultimo incontro con Matt nei miei sogni era riuscito a frantumarmi in tasselli ancora più piccoli. Aveva spezzato il mio spirito e mi aveva lasciato in balìa del vento... da solo.

Una piccola parte del mio cervello voleva che Vincent si affrettasse a tornare da dove era venuto per lasciarmi chiudere, una volta per tutte, quella faccenda... mentre l'altra, quella dominante, mi diceva che non aveva più importanza.

Fissai la sua bocca che si apriva e pronunciò il mio nome un altro paio di volte, poi continuò a parlare, ma non riuscivo a sentire le sue parole. Ogni volta che le sillabe uscivano dalle sue labbra, la tensione sul suo volto e nel suo portamento non faceva che aumentare. Rimasi ancora in silenzio mentre avanzava piano, lo sguardo che si spostava da me al fucile che adagiai di nuovo sulle gambe.

«Io… io…» lo fissai implorante, il panico iniziò a farsi sentire nella voce, mentre davanti a me scorrevano le immagini delle persone che avevo perso: Matt, mia madre e persino me stesso.

Iniziai a blaterare. «Senza di lui, senza i miei amici, non sono altro che l'ombra di una persona senza sostanza. E io non voglio più essere un'ombra, capisci?» Gli dissi quelle parole perché sentivo di dovergli una spiegazione, anche se mi rendevo conto che fosse piuttosto sconclusionata.

Un'orribile palla di fuoco prese a sciogliersi nello stomaco ma, a mano a mano che le parole uscivano fuori, quel fuoco in espansione sembrava bruciare via un po' della rabbia e, al contempo, scongelare una parte del dolore che aleggiava intorno al mio cuore. Così continuai a parlare provando a spiegargli le mie motivazioni mentre si avvicinava piano e, quando mi chiese se poteva prendere il fucile, annuii. In quel preciso istante il fuoco prese ad ardere ancora di più, scongelando un altro po' di dolore.

«Ci ho provato davvero, Vincent. Te lo giuro... ma non ce la faccio più. I giorni... sono diventati troppo duri... svegliarsi è diventato troppo difficile… non riesco più ad attenuare il tormento che ho dentro... nemmeno con l'alcol e… e…» Mi infilai le dita tremanti tra i capelli scostandoli dagli occhi, sentii il respiro frantumarsi, ero in procinto di piangere.

Feci una pausa e lo osservai muoversi piano, come se avesse paura che una mossa sbagliata potesse peggiorare la situazione, far scattare la bestia che sembrava intrappolata dentro di me. Approfittò di quel momento per appoggiare il fucile accanto alla porta di entrata e svuotare la bottiglia dentro il lavandino, prima di venire a sedersi accanto a me sul divano. Con la coda dell'occhio l'osservai. Aveva lo sguardo di uno che preferiva essere in qualsiasi parte del mondo piuttosto che seduto accanto a me, in quella maledetta roulotte calda e angusta, a fare a pezzi la vita.

«Per l'amor di Dio, Noah. Perché volevi morire?»

Mi feci indietro per fissarlo, sentivo gli occhi prudere dal male che mi squarciava dentro. «Non si tratta di voler morire. Si tratta di non essere più in grado di vivere.»

Il suo sguardo incontrò il mio e mi sostenne. Mi chiesi se sapesse quanto avevo bisogno di quel piccolo segno in quel momento. «La vita è troppo pesante. Camminare, respirare… come faccio a vivere come una persona normale, quando non riesco nemmeno a trovare un motivo per farlo?»

Davanti a me, la sua figura iniziò a oscillare e il panico cominciò ad afferrarmi. «Non c'è alcun senso.» Il dolore mi assalì, misi la testa tra le mani nascondendomi da lui e lasciai cadere le lacrime. Credevo di avere più tempo, ma il mio domani non sarebbe mai arrivato e sarei rimasto ad annegare da solo nei ricordi di ieri. *Che casino ho combinato…*

Quando alzai lo sguardo, mi accorsi che mi fissava dritto negli occhi e, per un istante, temetti che potesse vedere la follia, l'incoerenza che aveva preso dimora nel mio cuore.

«Mi sembra di vivere in questo buco sai…» quando annuì come se sapesse esattamente di cosa stessi parlando, continuai speranzoso: «questo cazzo di buco buio nel terreno, e tutto ciò che posso fare è fissare le stesse dannate pareti di fango ogni singolo giorno. E non ha senso…» scossi la testa, «ma devo farlo perché non riesco a fare altrimenti.» Inspirai prima di espirare con forza. «Inoltre, ho tutto questo dolore dentro e non riesco a capire come mandarlo via. Non faccio che aspettare che si spenga, ma continua solo a peggiorare e... con esso tutto il resto…» mi fermai un attimo perché facevo fatica a respirare, come se non ci fosse più spazio nella mia gabbia toracica e i polmoni stessero per collassare.

Mi massaggiai il petto, fissando le dita storte, con il cuore che sembrava farsi sempre più piccolo. «Dio, non riesco nemmeno a ricordare l'ultima volta che ho sorriso sul serio, cazzo. Non voglio più stare qui. Ci penso ogni singolo giorno, sai? All'idea che forse succederà qualcosa e non mi sveglierò più e non dovrò affrontare la stessa maledetta routine programmata della mia vita, ma non succede mai e non mi resta che continuare a camminare, del tutto perso. Per tutto il fottuto tempo. Perché?» Lo guardai supplicando. «Non c'è più niente dentro di me.»

«Noah...» la sua voce mi fece fermare, per un istante lo guardai stranito, ero così assorbito dal mio stesso dolore da essermi addirittura dimenticato che fosse seduto accanto a me. Nello sguardo di Vincent non scorsi pietà come mi sarei aspettato, ma solo comprensione. Sospirò pesantemente prima di parlare. «Non posso sapere con esattezza quello che hai passato, Noah, ma comprendo il tuo dolore e ti posso assicurare che non devi per forza affrontare tutto da solo.»

Era una constatazione così ovvia, almeno era ciò che avrebbe pensato il vecchio Noah, quello che aveva amici e una famiglia. La persona che ero diventato faceva davvero fatica a capire ciò che mi stava dicendo, faceva un male cane rendersene conto, ma provai a spiegargli le mie motivazioni. «Non voglio chiedere aiuto, non posso... perché sarebbe come... come se stessi trascinando tutto, anzi tutti intorno a me in questo buco, perché non riesco a superarlo. Non riesco a trovare la voglia di sorridere e di portare avanti la mia vita, fingendo di essere capace di portare questo cazzo di fardello che ho sulle spalle, sapendo che dovrò vivere nello stesso buio, nel maledetto, fottuto, buco per sempre.» Lo guardai. «Mi dispiace, Vincent, ma non sono sicuro di credere alle tue parole.»

Ciò che volevo dirgli, in verità, era che non pensavo di potercela fare. Come se mi avesse letto nel pensiero, aggiunse. «Ce la puoi fare, Noah, ne sono sicuro.»

Mi raccontò della scomparsa prematura di sua madre e poi di sua nonna, riuscivo a percepire il dolore in lui, traspariva dalla sua voce ed era più di quanto avessi mai sentito, ma allo stesso tempo c'era come una sensazione di pace, o forse di rassegnazione per quanto accaduto e mi sembrò che portasse un piccolo barlume di speranza nel mio cuore.

«Se ce l'ho fatta io da solo, Noah, puoi farcela anche tu.» C'era tanta sicurezza nella sua voce, nella presa salda con cui mi stringeva la spalla, nel suo sorriso triste e, al contempo, fiero che affiorava sulle sue labbra. Volevo disperatamente credere alle sue parole, era qualcosa a cui aggrapparmi, ma non ero sicuro che ci sarei riuscito, per quanta forza di volontà avessi, a superare soprattutto il problema dell'alcol.

«Continuo ad avere paura della vita senza i miei amici. Paura di andare avanti, di perdere quel briciolo di controllo che mi è rimasto,» guardai il fucile posato accanto alla porta, la bottiglia vuota sul lavandino, «ma la verità è che dopo l'incidente non ho più avuto il controllo, solo l'illusione di averlo. Continuo a usare l'alcol per coprire tutti gli errori che ho commesso nella vita, per darmi un falso senso di stabilità e per non accettare fino in fondo che Matthieu se n'è andato e che dovrò andare avanti senza di lui, senza Max e Nils.»

All'improvviso, compresi ciò che il dottor Fustermann mi disse un giorno: non ammettere a me stesso i veri problemi che mi tormentavano, mi stava spezzando in frammenti di una persona che una volta era brava, onesta, grata della vita, ma che ora non era altro che schegge sparse dappertutto.

«Non ho la minima idea di quali siano i miei progetti. Chi dovrei essere o in che modo andare avanti. Cazzo, non so nemmeno dove dovrei andare, non ho più nemmeno un lavoro…» mi scappò una risata spezzata, lo specchio perfetto di come mi sentivo.

Quando Vincent si alzò e riempì un bicchiere gigante d'acqua, asciugai altre lacrime che mi erano scese, chiedendomi come fosse possibile che mi trovassi seduto in un posto di cui non rammentavo niente, nemmeno come ci fossi arrivato. Pronto a commettere un atto così ostile e definitivo contro me stesso.

Il grande orso mi mise il bicchiere nella mano e, mentre bevevo piccoli sorsi, continuavo a ripensare a quello che era successo nel sogno e alla consapevolezza che in me si fosse aperto un varco, anche se negli ultimi mesi avevo lottato con forza per tenerlo nascosto. Avevo sempre avuto paura di ciò che accadde quella mattina, perché persi così tanto da non riuscire ad accettarlo, ma la cruda verità era che Matthieu se n'era andato e non sarebbe mai più tornato. Con lui, avevo perso altri due grandissimi amici e anche se sapevo che avremmo potuto essere come fratelli in una grande band, che eravamo perfetti insieme, ero consapevole che, alla fine, non avremmo potuto essere altro che ricordi. Max e Nils mi avevano lasciato per sempre e ciò che avrei dovuto fare sarebbe stato trovare il modo di perdonarmi e di capire quale fosse il mio posto nel mondo. In qualche modo avrei dovuto farcela. Mi guardai intorno domandandomi se volessi ciò che mi circondava, quel falso silenzio, quella continua ricerca senza mai trovare una meta… o se, finalmente, fosse giunta l'ora di concentrarmi per cercare una soluzione.

Per mesi l'alcol aveva fatto la sua parte, come se fosse tutto così facile, come se bastasse un drink per portarsi via ogni cosa. E, forse, per qualche ora era proprio ciò che era successo. E dopo? Quando la nebbia indotta dalla bottiglia iniziava a dissiparsi e la realtà con la coscienza di ciò che era capitato tornavano a farsi avanti, la ricaduta diventava sempre più profonda e la risalita ogni volta più dolorosa, irraggiungibile. Era patetico che fossi arrivato a preferire l'oblio dell'alcol alla vita.

Com'era possibile che avessi imparato ad accontentarmi di così poco?

Con un po' di fatica mi alzai e sotto lo sguardo vigile di Vincent mi trascinai verso il bagno. Accesi la luce e all'inizio mi limitai a fissare il mio riflesso nello specchio. Non c'era nulla da fare, avevo un aspetto terribile. La mia pelle era così pallida e sciupata che sembravo già un cadavere, se non fosse stato per gli occhi iniettati di sangue avrei giurato di essere morto da tempo. I miei capelli chiari erano sporchi e annodati, avevo dei graffi sulla fronte e sul mento provocati nel tentativo di raggiungere la bottiglia sotto la roulotte e un livido giallognolo sulla guancia ispida che mi ricordava un doloroso incontro ravvicinato con un masso dopo una delle cadute mentre ero ubriaco. Era come se mi fossi trasformato in quel mostro che mi stava fissando e solo in quel momento mi accorgessi del cambiamento.

«Vado a farmi una doccia» dissi a me stesso.

«Grazie al cielo» rispose dal soggiorno Vincent, facendomi quasi ridere. Stavo iniziando a togliermi i vestiti quando mi chiamò e il suo viso preoccupato apparve sulla porta.

«Ascolta… non è che per caso proverai che ne so…» i suoi occhi corsero diffidenti per il bagno prima di tornare da me, «a fare una stupidaggine come impiccarti, magari con il tubo dell'acqua?»

Guardai il tubicino sottile a cui si riferiva prima di fissarlo un'altra volta. «No, non preoccuparti,» in qualche modo sentivo la necessità di rassicurarlo, così aggiunsi una smorfia che volevo fosse un sorriso: «Credo che il peggio sia ormai passato.»

«Meno male» borbottò prima di sparire, ma subito dopo il suo viso riapparve. «Noah…» aspettò fino ad avere la mia totale attenzione, «posso stare tranquillo? Nel senso…» lasciò le parole sospese tra di noi.

Poteva stare tranquillo? «Sì» annuii anche se non ero ancora del tutto convinto. Forse l'idea folle di voltare la schiena alla vita se n'era andata, tuttavia restava il problema con l'alcol che non avevo la minima idea di come risolvere.

Scosse la testa e nella sua voce si insinuò una saggezza che non avevo mai riscontrato in una persona della sua età. «Perché devo proprio essere sincero con te.» Senza aspettare una risposta continuò: «Mi considero un tuo amico, Noah, ma non posso assumermi da solo questa responsabilità. Anzi, non voglio. Quindi, ti avverto: se dovessi anche solo avere il sospetto che tu stia pensando di fare un'altra cazzata, o se ti vedrò vicino a una bevanda alcolica, mi farò da parte e avvertirò subito la tua famiglia.» Si piazzò davanti alla porta, ergendosi in tutta la sua stazza. «E non me ne fregherà un cazzo se ti arrabbierai o meno. Fatti un favore e dacci un taglio finché sei ancora in grado di gestirlo.»

Le sue crude parole mi sembrarono più che plausibili, perciò risposi subito. «Sono d'accordo. Prima, però, vorrei che mi facessi un favore. Potresti consegnare il fucile al signor Finn?»

Non ebbi nemmeno il tempo di finire la frase che già annuiva. Un altro pezzetto di ghiaccio si scongelò dal petto quando mi sembrò di scorgere un'espressione d'orgoglio sul suo viso. Senza aspettare altro si voltò, ma prima che potesse andarsene, lo richiamai.

«Vincent?» Il suo viso fin troppo serio tornò da me. «Sai per caso come tagliare i capelli?» La mia domanda sembrò del tutto assurda dopo la conversazione che avevamo appena avuto. Ma a volte l'ordinario era la cosa migliore in un momento di estrema complessità. O, forse, avevo soltanto un disperato bisogno di un amico.

Per qualche istante il grande orso restò fermo a fissarmi come se avessi perso la testa, poi si lasciò sfuggire un piccolo sorrisetto per nulla convincente. «Non ho mai fatto il parrucchiere, ma mia nonna amava ripetere che c'è una prima volta per tutto, giusto? E poi, abbiamo Google, quindi direi che non ci serve altro.»

Se ne andò dopo avermi fatto un'alzatina di sopracciglia e soltanto in quel momento mi resi conto che, forse, per la prima volta avevo udito una delle sue risate. Quella che avrebbe fatto un vero amico.

Mi sentivo come se mi stessi finalmente svegliando da un incubo e riuscivo a vedere come stavano per davvero le cose. Potevo chiudere fuori tutto ciò che volevo, addirittura chi fossi, chiudere tutte le cose che erano accadute con Matthieu, con i miei amici… il bello e il brutto... ma alla fine nulla avrebbe cambiato il fatto che erano capitate. Proprio come quel momento, come ogni respiro dolorante che avevo esalato negli ultimi mesi. Purtroppo le cose succedevano. Certe volte ci perdevamo, cercando di controllare l'inevitabile. Alcune volte ci arrendevamo e facevamo cose che non avevano senso. Cercavamo di rimediare ai nostri errori nel modo più sbagliato possibile. Altre volte perdevamo la strada ma, se lo volevamo davvero, riuscivamo a ritrovarla, scoprendo alla fine che era sempre rimasta lì, in attesa di un nostro nuovo passo.

Il dottor Fustermann mi aveva già parlato di quella sorta di illuminazione, quando i miei occhi si sarebbero aperti e ogni cosa sarebbe diventata più chiara. Non avrei definito ciò che percepii quel giorno come una rivelazione, perché non era tutto nitido o in qualche modo già pronto, ma stavo iniziando a vedere le cose sotto una prospettiva diversa, o forse riuscivo solo a scorgere quella maledetta luce, come se l'oscurità che avevo tenuto dentro di me si stesse pian piano rischiarando.

Forse, si trattava di un tenue inizio, ma era tutto ciò che avrei potuto desiderare dopo aver vissuto tutti quei mesi all'inferno.

Un nuovo inizio dopo la fine. Era arrivato il momento di ritrovare me stesso.

Seconda parte

Le nostre vite sono un insieme di momenti.
Alcuni dolorosi con le ferite di ieri.
Altri speranzosi con le promesse del domani.

12
La fanciulla solitaria

«Lilie, sei sicura di non voler venire a stare qualche giorno da me e Louise? Ti vedo così…»

La voce preoccupata di mio fratello mi fece tornare in me e risposi in fretta al suo sorriso mesto con uno rassicurante. Ero assorta nei miei pensieri da troppi minuti per sperare che non se ne fosse accorto. Non volevo che si preoccupasse, ma Aiden era sempre stato piuttosto protettivo nei miei confronti e mi leggeva dentro con una facilità disarmante. Era più forte di lui, come se non si sentisse soltanto un fratello, ma anche un genitore e, probabilmente, mi sarei sentita allo stesso modo se i ruoli si fossero invertiti.

Ero ancora in fasce quando, tra le sue braccia, fummo abbandonati sulla stradina sterrata che conduceva alla comunità Die Verlassene Kinder, conosciuta nella regione come quella dei bambini abbandonati, dove venimmo accolti come tanti altri figli indesiderati.

Alla soglia del mio ventesimo compleanno ci eravamo confrontati parecchie volte su quell'argomento, ma lui restava sempre e comunque irremovibile: si sentiva responsabile per qualsiasi cosa mi fosse capitata, nonostante ormai fossi cresciuta e prendessi da sola le mie decisioni. Forse, quel modo di fare, era qualcosa che apparteneva a entrambi, perché proprio la settimana precedente, la signora Hilty, la nonna della proprietaria del negozio dove lavoravo nonché mia padrona di casa, mi aveva rimproverata.

«Non dovresti essere immer besorgtes Herz, mia cara Lilie, e preoccuparti di cose sulle quali non hai alcun controllo. Dobbiamo lasciare queste incombenze a Dio, come impone la nostra fede.»

Purtroppo, mio fratello e io eravamo i proprietari di ciò che la nostra comunità avrebbe chiamato un "cuore sempre preoccupato, *immer besorg-*

tes Herz ". Ero cresciuta guardandolo superare a testa alta ogni genere di ostacolo che la vita gli metteva davanti. Nonostante le preoccupazioni e i problemi, ogni giorno si alzava con il sorriso sulle labbra, sempre in attesa di un futuro migliore e si premurava che non mi mancasse nulla. Da lui avevo imparato tanto, soprattutto a non arrendermi davanti alle difficoltà.

Aiden era un grande uomo, il fratello migliore che potessi desiderare.

Lo guardai con tenerezza mentre continuava il suo discorso, come faceva spesso quando veniva a farmi visita, provando a convincermi ad andare a vivere con lui, raccontandomi con entusiasmo le novità sul suo lavoro come pasticciere, sul negozio che aveva venduto e su quello che stava per acquistare. Di solito, poi, mi intratteneva con i suoi aneddoti, anche divertenti, su Villa Lehmann, la casa dove viveva con la sua adorata moglie Louise e quei meravigliosi momenti di svago erano riservati soltanto a noi due. Mentre mangiavo lentamente la mia coppa di gelato alla fragola e gustavo le piccole meringhe che la decoravano, ogni tanto annuivo e facevo anche qualche commento, ma la mia mente, quel sabato pomeriggio, era altrove.

Avrei potuto davvero lasciare la piccola cittadina incastonata nel cuore della foresta nera in cui ero cresciuta e andare a vivere con loro in un'altra città?

Osservai con attenzione la strada principale di Unterkirnach, come gli abitanti del paesino amavano nominarla perché molto presto, con l'arrivo della bella stagione, sarebbe diventata così ricca di movimento da far girare la testa. La studiai in ogni angolo e sentii la nostalgia crescere al centro del petto solo al pensiero di abbandonare quella piccola via pedonale con le sue case caratteristiche a traliccio e le fioriere ricoperte di viole dai mille colori. Tra quegli alberi, quei fiori, che erano il simbolo della primavera nella nostra città, dimorava il mio cuore.

Come accadeva ogni anno, i proprietari dei negozi si stavano preparando ad accogliere i turisti che, molto presto, sarebbero arrivati per l'inizio della primavera. In effetti, sull'altro lato della strada potevo già scorgere il furgone del signor Blau, uno dei pochi a cui era concesso parcheggiare nell'area pedonale. Lui era l'imbianchino "ufficiale" della stagione, a cui era affidato il compito di ritoccare le facciate dei diversi negozi che si affacciavano sulla via. Lo sentivo chiacchierare intensamente con la signora Meyers su quale colore avrebbe preferito per il suo negozio. I due stavano gesticolando, gli sguardi fissi su una scheda piena di sfumature che teneva aperta in mano come un ventaglio, ma potevo scommettere un enorme frullato che sarebbe stato lui a perdere: la facciata del negozio di souvenir sarebbe rimasta gialla come ogni anno.

I tavolini all'esterno della gelateria Millens, dove stavo gustando la mia coppa accanto ad Aiden, erano stati installati all'esatta metà della via e offrivano una visuale perfetta di tutta la strada e delle colline di pini che circondavano la città come soldati sull'attenti pronti a proteggerci. La drogheria Ochsen, invece, segnalava l'inizio del percorso pedonale con le sue belle vetrine in cristallo. Secondo la targa di ottone appesa fuori dalla porta, il negozio apparteneva alla stessa famiglia dal diciassettesimo secolo e il signor Ochsen, che era già salito in cielo con gli angeli, mi aveva confidato che l'intera vetreria era stata portata dai suoi ancestrali con le carrozze direttamente dalla Boemia, nell'attuale Repubblica Ceca.

Accanto alla farmacia, il bar e ristorante italiano "Da Nino", con la sua cucina casalinga, approfittando della bella giornata, aveva già messo all'esterno alcuni tavolini con le tradizionali tovaglie a quadretti e, come centro tavola, degli splendidi vasetti con altre viole. Alla sera, sarebbero anche state accese le candele per una cena romantica. Vedevo già i primi turisti e alcuni abitanti del luogo che si godevano il pomeriggio di sole bevendo un caffè o un cappuccino, mentre chiacchieravano con la signora Matilda o con suo marito che faceva il cameriere. I vari negozi turistici erano ancora chiusi, ma sapevo che all'indomani avrebbero riaperto le loro porte e buona parte della strada sarebbe stata adornata con i soliti appendiabiti e armadietti contenenti cartoline, piccoli oggetti intagliati a mano, diversi giocattoli per bambini, calamite per il frigo, poncho per i giorni di pioggia e tutto ciò di cui un turista avrebbe potuto aver bisogno.

Un po' più distante, sempre dall'altra parte della strada, vedevo "L'emporio degli Hilty" il negozio dove lavoravo e vivevo. Avevamo traslocato in quella strada l'anno precedente e, per qualche istante, guardai con orgoglio l'insegna di legno bianco dipinta a mano più di mezzo secolo prima e le due vetrine che stavamo ancora allestendo, ricordando le parole pronunciate dal ministro Hartstein.

«L'orgoglio del proprio lavoro aggiunge gioia alla propria vita.»

Avevo deciso di esporre la culla e il lettino con l'intaglio tipico tirolese, dovevo ancora aggiungere il cartellino dipinto a mano che ne indicava il prezzo, ma, soprattutto, che assicurava alla clientela che fosse un prodotto di artigianato locale, in quel caso specifico, di una delle comunità religiose che vivevano nella regione. Sorrisi al pensiero che, molto probabilmente, quell'oggetto provenisse dalla comunità del pastore Albert, la stessa dove avevo vissuto fino a due anni prima. Dovevo ancora scegliere con quale *quilt* avrei decorato il lettino ed era uno dei compiti più difficili, considerato che avevamo centinaia di meravigliose trapunte e la scelta era sempre gravosa. La maggior parte dei modelli erano in patchwork, ricamati interamente a mano, seguendo la tradizione tramandata tra le donne che vivevano nelle comunità. Quella era soltanto una delle peculiarità che mi piacevano di più dell'emporio, adoravo anche che la signora Hilty, ormai in pensione, avesse lasciato la gestione del locale a sua nipote Katrina, una delle mie più grandi amiche. Insieme avevamo provato a "modernizzare" un po' il negozio, tuttavia rispettando sempre le tradizioni che lo avevano visto nascere.

Accanto ad antichi armadi contenenti giocattoli in legno e oggetti realizzati dagli artigiani locali, c'erano anche cartoline disegnate a mano, dipinti in acquerello e, addirittura, alcune fotografie che ritraevano paesaggi mozzafiato e gli eventi più importanti della regione, come la festa del solstizio d'estate e quella di San Micklaus, festeggiata poco prima di Natale. Inoltre, avevamo diviso lo spazio per fare posto ad alcune mangiatoie per uccellini che trovavo meravigliose, acchiappasogni, diversi tipi di candele e, per finire, prodotti alimentari come marmellate, sughi di vario genere e miele, tutto fatto a mano e prodotto nella regione.

La proposta di Aiden di trasferirmi da loro a Villa Lehmann era allettante, ma non potevo accettare, quella città era la mia casa. Spostai lo sguardo sulla strada, sentendo il sole scaldarmi le spalle e il cielo limpido sopra di me, concentrandomi solo su me stessa e sul cammino che avevo ancora da percorrere.

«No, preferisco restare qui, appartengo a questo posto, a questa città...»

«Scusami, Lilie, ma non credo di seguirti...» lo sguardo incuriosito di mio fratello mi fece rendere conto che avevo espresso i miei pensieri ad alta voce. Mi accadeva spesso negli ultimi tempi. Mentre lavoravo, mi perdevo tra le più svariate congetture e, prima di rendermi conto di cosa stesse per accadere, mi ritrovavo a parlare tra me e me ad alta voce.

Dopo un lungo sospiro, aggiunse: «Ormai sei adulta, Lilie, e devo rispettare la tua volontà, ma dopo quanto è successo l'altra estate...»

Sentendomi arrossire, abbassai lo sguardo e lisciai la gonna viola chiaro come se avessi trovato una piega indesiderata, mentre lo ringraziavo col pensiero per non aver terminato la frase.

I suoi occhi si velarono prima di sbattere le palpebre e rivolgermi un mezzo sorriso triste, mentre faceva scorrere con lentezza le dita su e giù per la sua tazza di cappuccino. Eravamo sempre stati entrambi molto emotivi.

Sentii gli occhi pizzicare come accadeva sempre quando ricordavo quelle settimane, i mesi successivi, il dolore, la vergogna, la rabbia. Non avevo mai parlato con lui apertamente di quanto accadde, ma solo perché ero sicura che sarei riuscita a cavarmela da sola.

Feci un respiro profondo e lentamente il mondo intorno a me si rimise al proprio posto, sciogliendo il nodo che si era formato all'altezza del cuore. In lontananza, udii i campanacci delle mucche e delle pecore che pascolavano nei campi vicini al lago Titisee. Prati di trifogli, gigli e ranuncoli crescevano nella valle tra le montagne che baciavano il cielo capace di apparire ogni giorno sempre più azzurro. I pini, con le loro foglie verde chiaro, svolazzavano nella brezza e creavano un paesaggio degno del più talentuoso pittore. L'aria profumava di un'estate in procinto di arrivare, di erba appena tagliata e fiori sbocciati in quello che per me rappresentava il paradiso. Alcuni raggi di sole filtravano attraverso l'ombrellone, caldi sul mio viso, ricordandomi che, qualunque cosa fosse accaduta, la vita non avrebbe smesso di proseguire. L'avrebbe fatto sempre.

C'erano alcune cose in cui ero brava e altre, parecchie a dire il vero, in cui dovevo imparare a esserlo. Ma, in fondo, non eravamo tutti fatti così? Come avrebbe detto il pastore Albert, che negli ultimi anni aveva condotto la comunità in cui ero cresciuta: *«Le persone possono commettere degli errori, ma non sono un fallimento fino a quando non iniziano a incolpare gli altri.»*

Secondo lui, le nostre anime erano come un lavoro in corso e lo sarebbero state per tutta la vita. Se fossimo stati abbastanza umili, saremmo riusciti ad andarcene dopo aver lasciato impronte salde e ferme per coloro che ci avevano amato. A prescindere da quello che avevo vissuto, era tutto ciò che desideravo per il mio avvenire: essere un buon esempio, magari una buona madre in futuro, avere un grande giardino in cui poter coltivare le verdure e i fiori come facevo quando vivevo nella comunità. Volevo imparare ad ascoltare il cuore delle persone senza che dovessero pronunciare una sola parola. Volevo vivere il mio primo grande vero amore, perché anche se avevo commesso un errore, dipendeva solo da me far avverare quel sogno. Volevo essere brava e far sbocciare un sorriso genuino sul mio viso ogni giorno, senza dovermi sforzare, perché purtroppo in certi momenti, anche se provavo con tutta me stessa, la mia vita sembrava ancora un po' difficile da gestire. Amavo mio fratello alla follia, era la persona più meravigliosa che avessi mai conosciuto, almeno secondo me, ma il mio posto non era a casa sua, nella sua vita.

Sapevo meglio di chiunque altro di non essere perfetta. Se poteva essere una consolazione, nessuno lo era. Maman Bohn e poi Maman Fender, che curavano i bambini nella comunità, mi avevano ripetuto parecchie volte che avevo la tendenza a infrangere le regole e a spingermi oltre i limiti, anche se lo dicevano spesso alla maggior parte dei bambini e dei ragazzi che avevano cresciuto.

D'altronde, l'aveva fatto anche Aiden quando era andato via appena ragazzino. Il suo coraggio era soltanto una delle caratteristiche che ammiravo tanto in lui. Eravamo parenti, ma anche molto diversi: le sue risposte erano sempre razionali e ponderate, le mie, al contrario, erano spensierate, la sua risata era posata e tranquilla, la mia chiassosa e non molto signorile. Tuttavia, i nostri atteggiamenti erano sempre stati fuori dagli schemi quando si trattava di seguire le regole della nostra comunità. Per quanto mi riguardava, la maggior parte di quelle imposizioni le consideravo un po' troppo rigide.

Non l'avevo mai detto ad anima viva, ma già quando ero una ragazzina c'erano stati momenti in cui fantasticavo sul lasciarmi tutto alle spalle. Aiden l'aveva fatto, ma era stato spinto da un altro motivo, a me invece era mancato il coraggio, anche se in cuor mio avevo sempre saputo che una vita fatta solo di canzoni cantate durante i sermoni non avrebbe mai potuto essere soddisfacente. E che dire dei libri? Cosa poteva esserci di così terribile nell'avere un'istruzione? Come potevano, quegli elementi, impedirti di andare in Paradiso?

Quando ero più piccola, alcuni giorni erano stati così pieni di insoddisfazioni che sognavo di scappare e non tornare mai più, ma erano sempre rimasti pensieri privati, che non avevo mai condiviso con nessuno.

Era come se stessi ancora cercando il mio luogo di appartenenza, quello che per tutta la vita avevo creduto di conoscere, poiché ero stata cresciuta con lo spirito del Gelassenheit. Era una sola parola che racchiudeva la cultura e gli ideali della mia comunità, molto simile a quella degli Bruderhof o degli Amish: credere in Dio, mettere gli altri prima di noi stessi e condurre una vita umile e modesta.

Continuo a seguire questi ideali nel mio cuore ed è questo che conta…

Come a confermare i miei pensieri, alzai il mento e lo guardai negli occhi. Non ci fu bisogno di aggiungere altre parole. Aiden annuì soltanto e l'orgoglio che lessi nel suo sguardo fu l'unica certezza di cui avevo bisogno. Lui capiva meglio di chiunque altro che le situazioni negative non erano per forza permanenti e che, prima o poi, la vita sarebbe migliorata di nuovo.

Anche se si era allontanato dalla comunità da parecchi anni ormai, aveva comunque mantenuto gli stessi valori, come per esempio quello per cui la famiglia doveva essere il centro dell'universo di un patriarca.

Continuai a gustare il gelato mentre Aiden mi raccontava come stavano procedendo gli eterni lavori di ristrutturazione della villa, condividendo con me anche altre novità successe. Una decina di minuti dopo, stavamo ridendo per un suo incontro ravvicinato con un porcospino che aveva preso dimora dentro la serra che avevano in giardino, fino a che la sua voce iniziò a diminuire di intensità fino a sparire in un sussurro. Seguii il suo sguardo, anche se avevo già un'idea di chi lo avesse distratto in quel modo. Louise aveva appena svoltato l'angolo e stava venendo verso di noi con in mano una cesta di vimini da cui spuntavano delle bellissime ortensie. Con il suo vestito all'altezza delle ginocchia e il delicato cappello che le incorniciava il viso e i capelli ramati, sembrava una fanciulla uscita dalle pagine di un romanzo storico. Il suo sorriso si allargò proprio quando la individuammo e, in quel momento, seppi perché mio fratello l'avesse scelta come sua compagna di vita. Era come se il sole avesse scelto di riflettere i suoi raggi solo su di lei, delineandone i lineamenti delicati come se fosse illuminata da un'aura splendente e pura.

A mano a mano che si avvicinava, la ringraziai silenziosamente perché sapevo che, anche se aveva accompagnato Aiden, ci aveva concesso un po' di tempo solo per noi, per fare quella chiacchierata. Appena si avvicinò, mi salutò ancora una volta con un abbraccio, anche se ci eravamo viste poco prima, quando erano arrivati, poi depositò un bacio tra i capelli di mio fratello e ci raccontò del suo nuovo acquisto, mentre posava con delicatezza la cesta per terra. Dopodiché, prese posto al nostro tavolino rotondo, sedendosi tra di noi. Chiacchierammo ancora per qualche istante, prima di richiamare l'attenzione di un cameriere così che potesse ordinare un caffè. Per un'altra decina di minuti rimanemmo tranquilli mentre finivo il mio gelato e lei mi raccontava le ultime novità della clinica in cui lavorava come veterinaria. Come faceva quasi tutte le volte in cui venivano a farmi visita provò anche lei a convincermi.

«Potresti venire a lavorare come mia assistente, Lilie. Sono sicura che ti appassioneresti anche tu al mestiere.»

«Ti ringrazio, Louise, e farò tesoro delle tue parole.» Finendo la frase aggiunsi un sorriso affettuoso, poiché non volevo deluderla e declinare all'istante la sua offerta, per quanto avessi già le idee piuttosto chiare. Amavo gli animali, ma il mio cuore aveva messo le sue radici tra le foreste di pini che mi circondavano. Forse l'unica cosa che mi mancava nella vita era avere un uomo che mi guardasse come mio fratello stava facendo con lei in quel momento. Ero certa che le loro dita sotto il tavolo fossero intrecciate, che lo sguardo appassionato che Aiden aveva era solo per lei, che la sua attenzione e la cura che dispensava erano unicamente per sua moglie. Nella comunità, c'erano parecchi detti che venivano tramandati di generazione in generazione. Uno di questi diceva: *"Du chasch em Maa's Gsicht ahluäge, aber's Härz chasch nit gseh"* che tradotto dal dialetto significava che certe volte potevi guardare il viso di un uomo, ma non potevi vedere il suo cuore. Di sicuro non poteva riferirsi a mio fratello, almeno non quando accanto a lui c'era Louise.

Forse, ero solo un'inguaribile romantica senza speranza però, anche se avevo sofferto per amore, chi non voleva provare quel meraviglioso sentimento sulla propria pelle ancora una volta?

Aiden mi strappò ancora una volta dai miei pensieri quando, dopo essersi schiarito la gola, molto probabilmente per richiamare la mia attenzione, disse: «Sono venuto a farti visita questa settimana perché volevo anche raccontarti di un fatto accaduto a villa Engel.»

La serietà della sua voce e la preoccupazione evidente nei suoi bellissimi lineamenti mi fecero dimenticare il poco gelato rimasto. Posai il cucchiaino accanto alla coppa di vetro e gli dedicai la mia totale attenzione.

«Ti ricordi di Noah, uno dei miei fratelli adottivi che viveva con me a villa Engel?»

E così mi raccontò una nuova storia…

Lilie

13
Ammaliata

Una ventina di minuti più tardi, mentre il cielo si tingeva di colori pastello grazie a un altro splendido tramonto, salutai mio fratello e Louise davanti alla loro macchina. Come di consueto, promisi a entrambi che sarei andata presto a trovarli prima di stringerli in un abbraccio caloroso. Mentre tornavo sui miei passi, verso il mio appartamento che si trovava sopra l'Emporio degli Hilty, il suo nome mi accompagnava, come una melodia che risuonava nell'aria.

Noah Engel…

Quelle due parole avevano un sapore dolceamaro sulle mie labbra. Erano legate a una delle serate più belle della mia vita e che, allo stesso tempo, aveva condotto a uno dei fatti più tristi a cui assistetti. Tutto era iniziato con Katrina, la mia più grande amica, e un invito con il quale scoprii che una donna poteva amare gli angeli alla luce del sole e desiderare di peccare nella sicurezza della notte.

La festa era in pieno svolgimento quando io, Katrina e Christof, un suo amico, arrivammo. Mi guardai intorno a bocca aperta perché non avevo mai visto così tante persone in un solo luogo. Di una cosa, però, ero sicura: se tutti quei veicoli messi insieme non mentivano, ci sarebbe stata fin troppa confusione. Il pascolo dietro il fienile era stato trasformato in un immenso posteggio, dove auto, trattori e carrozze erano state parcheggiate in modo del tutto disorganizzato, come se nessuno avesse tempo da perdere per sistemare con ordine il proprio mezzo.

Stavo affrontando la mia seconda settimana di Rumspringa che, tradotto letteralmente, significa, "correre in giro". In quel periodo, la cui durata poteva variare a seconda della comunità in cui si viveva, gli adolescenti avevano l'opportunità di speri-

mentare la vita in un modo non tradizionale, prima di prendere in considerazione se essere o no battezzati. Inoltre, si doveva decidere se tornare a vivere nella comunità, oppure proseguire il proprio percorso in modo autonomo come aveva fatto Aiden. I nostri costumi restavano comunque profondamente radicati sin dalla giovane età e, stava di fatto che, la maggior parte dei giovani, una volta trascorso quel periodo di prova e di nuove esperienze, scegliesse comunque di unirsi alla chiesa e non lasciare mai più il pastore e il gregge di appartenenza.

Per circa un anno avevamo la libertà di lasciare le mura delle nostre fattorie e visitare una città non troppo distante, venire ospitati da famiglie che avevano scelto di lasciare la comunità, ma che, in un modo o nell'altro, restavano collegate a essa. Era il caso di Katrina e di sua nonna, che mi avevano ospitato sopra il loro emporio, dove si trovavano alcune stanze che venivano affittate ai giovani che affrontavano la Rumspringa. In quel periodo sabbatico potevo smettere di indossare i vestiti tipici della nostra religione e utilizzare gli abiti che usavano gli altri giovani, servirmi della moderna tecnologia come automobili e cellulari e persino bere o festeggiare con gli Ussländer, ossia tutti coloro che non facevano parte della comunità.

Nelle settimane precedenti quando non ero a lavoro nell'emporio, mi ero già avventurata lungo la strada principale della città e mi ero lasciata incantare dalla bellezza del lago Titisee. Poi avevo appreso la notizia e, come tutti gli altri ragazzi della regione, attendevo con ansia quella settimana in cui il comune di Unterkirnach, insieme alle amministrazioni delle cittadine vicine, organizzava alcune serate di intrattenimento, come quella in cui eravamo appena arrivati per festeggiare il solstizio d'estate.

Christof, anche lui nel Rumspringa, parcheggiò il trattore della fattoria dove lavorava dietro a un pick-up nero con gli pneumatici che sembravano più grossi di me e un enorme tubo di scappamento cromato. Katrina, che non era cresciuta nella comunità, ma veniva comunque da una famiglia di Bruderhof, era seduta accanto a lui. Io, invece, ero la più vicina allo sportello e, appena spense il motore, saltai giù veloce come una lepre. Sentivo una sorta di energia nell'aria, ero così eccitata che riuscivo a malapena a respirare ed ero sicura che sarebbe stata una notte memorabile. Tutta la città non parlava d'altro da settimane: gli eventi, i chioschi con i cibi tipici, il luna park, i fuochi d'artificio e, finalmente, la grande serata dedicata ai giovani con gli spettacoli di musica.

«Lilie!»

Mi voltai al suono della voce di Katrina, facendo quasi cadere lo specchio e il lucidalabbra che avevo appena tolto dalla borsetta.

«Basta con i preparativi» i suoi occhi si allargarono. «Wow, quel rossetto ti sta davvero bene.»

Non riuscii a trattenermi e sorrisi. «Mi fa sembrare una ragazza dell'Università.»

«No, un'attrice famosa» aggiunse in fretta.

Entrambe scoppiammo a ridere. Se non altro, Kat sapeva sempre come aiutarmi a distendere i nervi.

«Aspetta, Lil» voltandosi e mettendo una mano sul sedile posteriore, Chris prese due birre da una confezione da sei e ne porse due a Katrina, ma i suoi occhi nocciola rimasero puntati su di me. «Tienila per un brindisi con me dopo.»

Sorridendo, Katrina prese entrambe le lattine e scivolò giù dal sedile con grazia, dimenticandosi persino di ringraziarlo. «Non avresti, per caso, anche una sigaretta, ragazzo Rumspringa?»

Sulle sue labbra si formò un mezzo sorriso sghembo che tanto mi piaceva mentre, dalla tasca della giacca di jeans, tirava fuori il pacchetto, da cui prelevò due sigarette. «Devo incontrarmi con alcuni amici, ci vediamo qui tra due ore.»

«Tre» gli disse Katrina, scuotendo in fretta la chioma bionda e lasciando che lui le accendesse la sigaretta.

Le diedi una gomitata, senza farmi notare da Christof. «Due» sussurrai, poiché avrei voluto vedere i fuochi d'artificio insieme a lui.

Accanto a me Kat sgranò gli occhi mentre si strofinava il fianco. «E va bene, facciamo due e mezzo.»

Chris ci guardò, soffermandosi su di me un po' più a lungo del normale e facendomi arrossire. Per fortuna eravamo in penombra. «Facciamo due ore e mezza. Tanto domani devo alzarmi presto.»

Tirò con forza il freno a mano del vecchio trattore, spense i fari e poi balzò con agilità giù dall'abitacolo. Lo guardammo mentre consegnava una banconota da cinque euro a uno degli addetti che custodivano il parcheggio.

Un po' di tristezza si fece largo nel mio cuore, mentre ci salutava e si allontanava da noi a passo spedito diretto verso un gruppetto di ragazzi posizionati vicino a un falò.

«Sei pensierosa questa sera.»

Mi voltai per osservare la mia amica che si avvicinava dopo aver lanciato il mozzicone per terra pestandolo. «Lui mi piace» le confessai.

«Lo so...» mi rispose con una strizzatina d'occhio, prima che iniziassimo a camminare verso una collinetta dove la maggior parte delle persone si stava dirigendo. «Chris è in gamba e, così come te, sta solo... cercando di trovare la sua strada nel mondo, credo.»

Due ragazzi Ussländer ci passarono accanto con delle lattine di birra in mano. Uno di loro, alto e moro dalla barba incolta e con un berretto scuro, si voltò e, camminando all'indietro, tenendo gli occhi puntati su Kat, emise un fischio di apprezzamento.

Appena furono qualche metro oltre, lei mi guardò e scoppiammo a ridere.

«Är isch wirklich schöön» mi disse con un sussurro. Annuii perché aveva ragione, era proprio carino.

Sentendomi un po' intimidita, guardai i pantaloncini corti di Kat, prima di abbassare lo sguardo sul mio vestito lungo. «Non sono sicura di essermi vestita in modo adatto.»

«Hmmm» la mia amica mi studiò per un momento. «Ti avevo detto di prendere qualcosa di mio.»

Per fortuna, anche se Kat aveva tante qualità, leggere il pensiero non era tra quelle, perché non sarei mai riuscita a indossare qualcosa di così corto. E lei aveva alcuni abiti estivi davvero succinti che teneva nascosti a sua nonna.

Le sue parole successive mi provocarono un certo disagio. «Possiamo ancora rimediare, se lo desideri.»

«Come?» Provai a nascondere la mia apprensione con un sorriso.

«Vieni con me.» Prendendo la mia mano, mi condusse di nuovo vicino al trattore fino a quando non ci fummo nascoste dietro al veicolo, fuori dalla vista della folla. «Dammi il tuo halstuch» mi disse, riferendosi allo scialle che avevo appuntato sul vestito.

«Non vedo come possa essere d'aiuto» le sussurrai accigliata.

Per tutta risposta mi tese la mano. «Fidati di me.»

La conoscevo da sole due settimane, tuttavia era l'unica amica che avevo, perciò sollevai il pezzo di stoffa triangolare sopra la testa e glielo porsi, anche se titubante.

Kat si voltò e lo infilò dentro il trattore. «Nel frattempo, tira su le maniche del vestito piegandole fino ai gomiti.» Mentre facevo ciò che mi aveva chiesto, lei fece un giro intorno alle grosse ruote del mezzo e tornò con una piccola scatola che sembrava una di quelle usate per gli attrezzi. «Qui, forse, troveremo qualcosa che fa al caso nostro.»

La guardai appoggiarla per terra, accovacciarsi e poi trafficare fino a tirare fuori una vecchia forbice di metallo, come quella che usavamo per cucire i quilt.

«Cosa intendi fare?» Le chiesi un po' preoccupata quando si avvicinò con l'arnese in mano. Le mie gambe, come se avessero vita propria, fecero un passo indietro.

«Andrà benissimo, vedrai» si inginocchiò davanti a me e si mise a lavorare sull'orlo. «Adesso stai ferma o rischio di tagliarti la gamba.»

Eravamo coperte dalla penombra perciò, temendo che le sue parole potessero avverarsi, chiusi gli occhi con forza mentre la udivo tagliuzzare il tessuto. Non sapevo se essere eccitata o terrorizzata. L'unica cosa certa era che avevo appena rovinato uno dei pochi vestiti carini che avevo.

Passarono altri angoscianti minuti, ognuno terrificante e confuso, fino a quando la sentii esclamare: «Pronto.»

Aprii piano gli occhi e abbassai lo sguardo sul vestito, leggermente scioccata dalla vista delle mie gambe pallide che sembravano spuntare fuori dalla gonna come due stecchetti. Il mio sguardo stupito le strappò una risata, ma tutto ciò che riuscii a pronunciare fu: «Oh mein Gott… mio Dio…»

Alzai gli occhi per ritrovarla già in piedi, le mani in vita mentre annuiva e mi guardava con ammirazione. «Ahh, aspetta...» in fretta si sfilò la cintura rossa dai passanti del pantaloncino e poi si avvicinò per avvolgerla intorno alla mia vita. «Oh, guarda che tocco di classe. Il rosso sta benissimo con l'azzurro del tuo vestito. Vedi?»

Provai a sorridere, ma tutto ciò che riuscii a fare fu notare i pezzi del vestito sparsi per terra. Non volevo offenderla, così ingoiai il groppo che mi si era formato in gola e sussurrai: «Mi sento un po' ridicola.»

Katrina non si lasciò scoraggiare dal mio tono mesto. «Hai delle gambe fantastiche, per essere una ragazza così magra. Sarà merito di tutto quel lavoro alla comunità. Aspetta...» sorridendo si tolse i sandali abbelliti con dei piccoli tacchi. Le avevo già detto che erano il paio più bello che avessi mai visto. «Facciamo a cambio. Le mie scarpe andranno benissimo con il tuo vestito e invece le tue, che sono da ginnastica, sono perfette per i miei jeans.»

Mi tolsi le semplici scarpe di tela bianca, che avevo portato con me dalla comunità, poi infilai i piedi nei sandali. Quando abbassai lo sguardo per la seconda volta sui miei vestiti, sorrisi. «Wow,» gli occhi fissi sullo smalto rosa chiaro che aveva insistito per farmi mettere.

«Te l'avevo detto.» Katrina si avvicinò stringendomi in un abbraccio. La consideravo ormai come una sorella più grande, perciò ricambiai il suo gesto con affetto.

«Le mie ginocchia sono brutte» puntualizzai, mentre lei rimetteva a posto la scatola di attrezzi.

«Sei bellissima, sciocchina. Con questi capelli biondo rossicci e gli occhi chiari avrai un successo assicurato» ribadì consegnandomi una delle due lattine che aveva posato sul cofano. Mi passai le mani tra le ciocche che mi cadevano libere sulla schiena. Non mi ero ancora abituata a lasciarli sciolti, senza indossare il Kapp, il copricapo chiaro che le donne erano solite portare in comunità.

Kat richiamò la mia attenzione. «Adesso facciamo un brindisi.»

Alzammo le nostre birre come se fossero dei calici. «Alle amicizie e alle notti del solstizio d'estate.»

Prima che potessimo ufficializzare il brindisi toccando le nostre lattine, la sua mano si fermò a mezz'aria.

«Cosa?» La guardai incuriosita.

«Possiamo anche esprimere un desiderio. Oggi è una serata speciale e la foresta accoglierà le nostre richieste.»

Restammo in silenzio per qualche istante, ognuna persa tra i propri pensieri. Katrina finì prima di me e aspettò pazientemente che anch'io fossi pronta. Dopo aver ufficializzato il brindisi, bevvi il più velocemente possibile, poiché il gusto amaro proprio non mi piaceva e tutto ciò che riuscii a fare fu soffocare per ben due volte. Kat, poi, prese le nostre lattine, prima ancora che la mia fosse del tutto vuota, e le infilò in una grande busta nera che fungeva da pattumiera.

«Andiamo, la festa ci aspetta...» ridendo, lasciai che mi prendesse la mano mentre aggiungeva: «Dobbiamo approfittarne e abbiamo troppo poco tempo a disposizione.»

Mano nella mano, passammo davanti a un banchetto dove due ragazze, che conoscevo e che appartenevano a un'altra comunità, avevano allestito un tavolo drappeggiato da una tovaglia bianca e blu. Il cartello scritto a mano diceva che vendevano panini e crepes. Il mio stomaco brontolò sentendo l'odore del cioccolato, ma non avevamo tempo per fermarci. A qualche metro di distanza, due ragazzi sistemavano dei fusti di metallo su un tavolo da picnic carico di tovaglioli e bicchieri di plastica, con un cartello che recitava: «Bicchiere di birra a un euro.» Proprio lì accanto, un ragazzo che avevo già visto al sermone domenicale della settimana precedente, stava vendendo delle sigarette.

C'erano tante altre persone, in coppia, altri single, alcuni che giravano in gruppetti e, più mi guardavo intorno, più venivo colpita e distratta da tanti stimoli che mi arrivavano da tutte le direzioni. I generatori rimbombavano in lontananza facendo brillare le luci di una dozzina di tende e camioncini che vendevano bevande e diversi tipi di cibo dall'aspetto buonissimo. C'era anche il frastuono delle voci, il tintinnio di mille risate e ancora bancarelle che vendevano vestiti, accessori e sandali meravigliosi. Avrei voluto fermarmi per osservarli meglio, ma Katrina si precipitò, trascinandomi con sé, verso un altro tavolo dove vendevano birra. «Ne prendiamo due, per favore!» Disse con voce trafelata per l'eccitazione.

Lo sguardo dell'uomo si spostò tra noi prima di accigliarsi. «Quanti anni avete?»

Aprii la bocca per rispondere, ma Katrina mi anticipò e una bugia le uscì liscia dalle labbra come se le dicesse tutti i giorni. «Siamo maggiorenni.» Era una mezza verità, visto che almeno lei lo era.

Come risposta le sopracciglia dell'uomo si incurvarono e i suoi occhi si strinsero, ma prese due bicchieri di plastica e li riempì lo stesso.

Katrina me ne passò uno bello pieno e poi alzò il suo. «Questa volta facciamo un brindisi come si deve» disse. «Alla nostra prima festa insieme. La prima di tante...» finì la frase con un occhiolino.

Sentendomi molto adulta e sofisticata, toccai il mio bicchiere contro il suo. «E alle buone amiche.»

Ci guardammo negli occhi prima di bere. Per quel secondo brindisi decisi di andare piano e arrivai a bere solo metà del mio bicchiere. Katrina, invece, finì il suo tutto d'un fiato, poi si leccò le labbra per togliere la schiuma e posò il bicchiere sul tavolo della bancarella, prima di prendermi di nuovo per mano. «Andiamo verso la zona concerti, penso che le band inizieranno a suonare tra poco. Le amo e credo che alcune siano super famose.»

Anch'io amavo la musica, soprattutto quella che ascoltavano i giovani Ussländer, perciò la seguii volentieri, un sorriso enorme sulle labbra e il cuore che batteva sempre più agitato nel petto, come un colibrì curioso in procinto di spiccare il volo. Più ci avvicinavamo al palco, più l'area diventata affollata. Mentre camminavamo, incrociammo addirittura un vecchio pick-up con il portellone abbassato. Accanto, seduto su una sedia da giardino, c'era un uomo barbuto che indossava un paio di bretelle sopra una maglietta bianca e occhiali da sole anche se era buio. Il cartello accanto a lui recitava: «Shottini a due euro.»

Gli occhi di Katrina si allargarono a quella vista. Squittendo di piacere, si avvicinò e mi sussurrò con fare cospiratorio. «Prendiamone due.»

«Ma non ho nemmeno finito la mia birra» protestai.

La guardai sgomenta mentre mi prendeva il bicchiere dalla mano, alzava il coperchio di una grossa pattumiera in metallo e lo lanciava dentro. «Problema risolto.» Si voltò, pulendosi le mani l'una nell'altra, e sorridendo soddisfatta. Prima che potessi protestare posò quattro monete da un euro sul portellone della macchina.

Con una certa fatica, a causa della pancia prominente, l'uomo si alzò dalla sedia e riempì due bicchieri di plastica trasparente con uno strano liquido marrone proveniente da una bottiglia senza etichetta. «Mi è rimasto solo lo Jägermeister.»

«Andrà benissimo» rispose la mia amica, mentre lo guardavo versare. Appena ebbe i due bicchieri in mano, Kat gli diede le spalle allontanandosi di qualche passo e alzando il suo verso di me, disse: «Zum Wohl!»

I nostri bicchieri si toccarono e poi bevemmo. Poiché il liquore non era molto, lo bevvi in un solo sorso imitandola. L'alcol mi bruciò fino allo stomaco.

«Inere Drinke schmeckt wie Fuur!» Dissi tossicchiando. «Questo drink sa di fuoco!»

Come risposta Katrina gettò la testa all'indietro e rise. «Ne prendiamo un altro, dai!»

Prima che potessi dirle che non sarebbe stata una buona idea, era già tornata al pick-up con altre monete in mano. Non mi restò che seguirla.

«Meglio andarci piano con questi» ci avvertì il signore.

Ignorandolo, Kat mi passò uno dei due bicchieri.

Osservai il liquido marrone. «Non ne sono tanto sicura…»

«È l'ultimo» mi assicurò la mia amica prima di fare un altro brindisi. «Ai ragazzi più belli che troveremo.»

L'unico che mi passò per la mente fu Christof e pensai a quanto avrei voluto assistere ai fuochi d'artificio con lui e magari ricevere un bacio a fine serata quando ci avesse accompagnato a casa. Era il ragazzo più bello che avessi mai visto, con i suoi boccoli scuri e gli occhi dolci come il miele. Il bruciore alla gola inghiottì ogni pensiero con un calore tale da farmi lacrimare gli occhi. Con quel secondo bicchierino, il fuoco si propagò fino al ventre e la testa cominciò a girare piano.

Non mi ero nemmeno resa conto che la musica fosse già iniziata quando Kat attirò la mia attenzione, guidandomi verso il palco attraverso la folla che si era formata. Intorno a me, le persone ballavano e sentivo ogni cosa pulsare come se fosse un essere vivente che respirava. Potevo percepire il ritmo, la vibrazione e soprattutto la voce del cantante fino alle ossa. Sembrava risuonare dentro di me mentre i colori intorno diventavano più brillanti. Mi chiesi come mai bere alcolici fosse contro le regole della comunità. Come poteva una cosa che ti faceva sentire così bene ed era in grado di trasformare il mondo intorno a te in una tale meraviglia, essere così negativa? Come ad esempio i libri o la musica. Non importava come ti sentissi, c'era sempre una canzone in grado di esprimere il tuo stato d'animo. Tutte quelle regole della comunità, l'Ordnung, erano così rigide…

Le persone intorno a noi ballavano, ridevano e si divertivano. Mi toccai le labbra con la punta delle dita perché sembravano formicolare e notai che stavo sorridendo. Kat mi diede una gomitata e mi sussurrò qualcosa all'orecchio che non riuscii a capire, tuttavia percepii che mi stava mostrando qualcosa che si trovava alla mia sinistra. Mi voltai e vidi una ragazza Ussländer che indossava soltanto una gonna di jeans striminzita e un reggiseno. In mano aveva una bottiglia di birra e stava strofinando il bacino contro un ragazzo della comunità con cui ero andata a scuola. La vista delle loro effusioni pubbliche mi imbarazzò, ma non riuscivo lo stesso a distogliere lo sguardo. Per fortuna erano così avvinghiati, persi nel loro mondo, da non notare i miei sguardi. Restai lì ferma, imbambolata a osservarli fino a quando ricevetti un'altra gomitata dalla mia amica, che poi alzò le mani sopra la testa e iniziò a ballare. I suoi capelli biondi chiari svolazzavano mentre ondeggiava al ritmo della musica. Iniziai a imitarla e, qualche istante dopo, eravamo entrambe perse in quel momento indimenticabile con il sole che tramontava all'orizzonte. Per ben due volte mi trovai separata da lei a causa della folla, ma riuscii sempre a ritrovarla. Una volta ballai con una ragazza con i capelli rosa e gli occhi che a malapena si aprivano. Ma aveva un bel sorriso e rideva come se fosse la persona più felice al mondo e pensai di non essermi mai divertita tanto in tutta la vita.

Quando la prima band finì lo spettacolo ci fu un'ovazione alla quale partecipammo entusiaste, urlando e saltellando in modo euforico come gli altri. La ragazza dai capelli rosa se ne andò dopo avermi regalato un caloroso abbraccio e altre persone arrivarono al suo posto, ma restammo insieme mentre il presentatore appariva di nuovo sul palco.

«Buonasera e benvenuti al raduno del solstizio d'estate della città di Unterkirnach.»

Le sue ultime parole scomparvero, sovrastate da un'altra ovazione. Guardai Kat saltellare accanto a me, le mani attorno alla bocca mentre urlava, le guance arrossate e pensai che non l'avevo mai vista così felice, così bella e piena di vita. Eravamo entrambe senza fiato e ridevamo così tanto da non riuscire a parlare, ed ero sicura di sentirmi esattamente come lei.

Il presentatore aspettò che le urla finissero prima di continuare. «Poiché siete così entusiasti e partecipi… diamo un caloroso benvenuto alla band più attesa della serata.»

Ci fu un attimo di silenzio, soltanto un battito di cuore e poi tutte le persone iniziarono a urlare allo stesso tempo. Era come se nell'aria ci fosse qualcosa di magico e, quando il chitarrista, un ragazzo dai boccoli castani apparve suonando le prime note della canzone, pensai di non essermi mai sentita così bene, così viva in tutta la mia esistenza. Dopo di lui arrivarono altri due componenti della band, uno che si sedette dietro una batteria e uno con un basso appeso alla tracolla. Come in un trucco magico, la musica prese vita. Guardai affascinata i tre ragazzi così belli e giovani, il sorriso sulle loro labbra mentre suonavano con tanta passione.

Imitando Kat iniziai a saltellare di nuovo sul posto urlando ed ero sicura che uno dei membri della band ci avesse notate e avesse addirittura sorriso dal palco, mentre le sue dita si muovevano abili sulle corde della chitarra.

Tuttavia, la postazione davanti al microfono era ancora vuota e quel particolare non fece che aumentare la mia curiosità. La canzone prese sempre più forma, la batteria divenne più forte e, anche se non sapevo ballare, il ritmo mi faceva sentire in perfetta sintonia con il mio corpo, desideroso di muoversi ancora. Chiusi gli occhi, alzai le braccia al cielo e buttai indietro la testa. In qualche modo il mio corpo conosceva quelle note, anche se non le avevo mai sentite prima. Quando guardai di nuovo il palco, notai che il chitarrista si era avvicinato al bordo e ci stava guardando dall'alto. Gli feci un saluto timido con la mano che lui ricambiò con un meraviglioso sorriso, e in quell'istante mi sentii la ragazza più bella e desiderata del mondo.

«Vorrei che questa serata non finisse mai!» Gridai alla mia amica.

Il chitarrista tornò alla sua postazione poi il suono di un'altra chitarra si aggiunse alla sua. Pochi secondi dopo, il cantante apparve sul palco, salendo da una scaletta laterale, le dita che pizzicavano le corde dello strumento, il mento abbassato mentre si dirigeva piano verso il microfono, un ciuffo di capelli castano chiari che gli nascondevano in parte il viso. Nel momento in cui arrivò davanti al microfono alzò lo sguardo e, per un istante, un battito folle del cuore impazzito, pensai che sarei svenuta proprio davanti a lui. Era come se il sole, mentre finiva la sua discesa, avesse scelto di irradiare solo lui con i suoi ultimi raggi. Era il ragazzo più bello che avessi mai visto. I suoi occhi azzurri brillarono maliziosi mentre mollava la chitarra che ondeggiò leggiadra davanti a lui e, muovendosi a ritmo della musica, prendeva il microfono con entrambe le mani. Come se stesse accarezzando un'amante, due dita scivolarono su e giù per la lunga asta prima di avvicinarsi al microfono, le sue labbra lo sfiorarono e con voce morbida e inebriante, che scese sulla mia pelle come una languida carezza, disse:

«Buonasera Unterkirnach. Loro sono Matt, Max e Nils.» A mano a mano che presentava la band, ogni componente suonava una piccola introduzione con il proprio strumento per farsi riconoscere. Ogni nome era seguito dalle ovazioni del pubblico e forse Kat aveva ragione: erano proprio famosi, considerando che sembrava che tutti li conoscessero. Il cantante aveva un sorriso meraviglioso sulle labbra mentre la sua testa seguiva il ritmo e continuava le presentazioni. Alla fine, dopo un crescendo, tutti gli

assoli cessarono allo stesso tempo e dopo una pausa che durò solo un secondo parlò di nuovo. «Grazie per essere venuti qui questa sera. Senza tutti voi, la nostra musica non esisterebbe. Io mi chiamo Noah e noi siamo i Bad News. La nostra prima canzone si chiama Angel.»

La musica riprese in una volta sola, lui iniziò a cantare, gli occhi chiusi, come se stesse sentendo le strofe sulla sua pelle, un pezzo triste, che parlava di desiderio e dolore, ogni nota era espressa sul suo viso e potevo sentire i brividi sulle mie braccia, come se le sue emozioni si riversassero direttamente su di me, facendomi riempire gli occhi di lacrime.

On a rainy night, out of the blue
You appeared and my world felt new
Reviving me, bringing back to life
In this moment, let's banish strife
Living in the now, forever together
Fear fades away, it couldn't be better
Once gave up on forever, it's true, but now I'd give up heaven for you

In una notte di pioggia, all'improvviso
Sei apparsa e il mio mondo è sembrato nuovo
Mi hai fatto rinascere, mi hai riportato alla vita
In questo momento, bandiamo il conflitto
Vivendo nell'adesso, per sempre insieme
La paura svanisce, non potrebbe essere migliore
Una volta ho rinunciato all'eternità, è vero, ma ora rinuncerei al paradiso per te

Katrina mi disse qualcosa, ma la udii a malapena sopra l'impeto selvaggio del sangue che mi scorreva nelle vene. Il mio cuore batteva così forte che mi girava la testa. Era come se sentissi il calore della voce del cantante sulla mia pelle con una forza tale da riuscire a malapena a respirare. Ogni tanto sorrideva, come un angelo caduto dal cielo, potevo giurare che tenesse tutto il pubblico nel palmo delle mani. Tutti erano protesi in avanti, me compresa e dovevo stringere le ginocchia per non far tremare le gambe. Strimpellò ancora, canticchiando leggermente, le note emesse dalle due chitarre sfumarono, lasciando che fossero solo il basso e la batteria a dare il ritmo, mentre lui cantava il ritornello che, sapevo con certezza, provenisse direttamente dal suo cuore.

Angel, oh angel, you're my bliss
In your arms, I find eternal bliss
My angel babe, forever true
With every beat, my heart calls for you

Angelo, oh angelo, sei la mia benedizione
Tra le tue braccia, trovo la beatitudine eterna
Il mio angelo, per sempre vera
A ogni battito, il mio cuore ti chiama

La melodia soave e accattivante usciva dalla sua gola e, in un crescendo di emozioni e battito d'ali, volava fino al centro del pubblico, su ognuno di noi.

Enamored by the little things we share
Counting your freckles, each one so rare
Share a secret, a bond we keep
In this moment, let's dive in deep
Living this perfect moment, just us two
You and I, our love forever true
Oh, you're my angel, babe
My guiding light, my saving grace

Incantato dalle piccole cose che condividiamo
Contando le tue lentiggini, ognuna così rara
Condividiamo un segreto, un legame che manteniamo
In questo momento, immergiamoci in profondità
Viviamo questo momento perfetto, solo noi due
Tu e io, il nostro amore per sempre vero
Oh, sei il mio angelo, piccola,
la mia luce guida, la mia salvezza

Non saprei dire per quanto tempo ballammo o quanto a lungo suonassero. Non riuscivo a percepire nulla intorno a me, mi sentivo completamente rapita dalla loro musica. Persino quando Christof si avvicinò ballando accanto a noi e si mise alle mie spalle cingendomi il bacino e la mia testa toccò il suo petto, il mio cuore era altrove: perso tra la voce di quel ragazzo e le note della loro canzone.

Angel, oh angel, you're my bliss
In your arms, I find eternal bliss
My angel babe, forever true
With every beat, my heart calls for you...

Angelo, oh angelo, sei la mia benedizione
Tra le tue braccia, trovo la beatitudine eterna
Il mio angelo, per sempre vera
Con ogni battito, il mio cuore ti chiama...

14
L'inizio del domani

«So che ti suonerà come una domanda stupida, Vincent, ma sei sicuro di sapere dove stiamo andando?»

Senza distogliere gli occhi dalla strada, che si snodava come un serpente in mezzo al bosco, mi rispose emettendo uno dei suoi soliti sbuffi contrariati e in seguito borbottò soltanto un: «Sicurissimo.»

Ogni nuova curva mostrava un paesaggio sempre più fitto di alberi, ricco di quei profumi freschi che solo madre natura poteva regalare, in grado di inebriare i sensi, e di penombre che avevano il potere di risanarmi nel profondo.

Guardai di sbieco il guidatore, ancora indeciso se considerarlo un grandissimo amico o provare a strozzarlo una volta per tutte. Dopo l'orribile momento in cui mi aveva visto con il fucile stretto tra le mani, l'anima persa nel buco nero in cui ero rimasto intrappolato, avevamo parlato a lungo e, alla fine, lo avevo pregato di non rivelare nulla alla mia famiglia. In cambio di quella concessione, mi fece promettere di farmi aiutare da lui e di seguirlo nel luogo in cui intendeva portarmi. Aveva pronunciato quelle parole con tanta serietà e mi sentivo così solo e perso che accettai subito le sue condizioni, dopotutto non avevo altra scelta. Passando più tempo insieme, scoprii qualcosa che non mi sarei mai aspettato: Vincent Teddy Bear non era affatto ciò che sembrava. Nascosto sotto quel viso bonario, quel sorriso aperto che regalava volentieri e la voce pacata, c'era un vero dittatore, un generale che sarebbe stato capace di condurre un intero esercito, nel senso letterale della parola. Come primo provvedimento del suo "mandato", senza sentire ragioni, mi aveva ordinato di prendere le mie cose e di trasferirmi nella seconda stanza di casa sua, lo stanzino della roulotte. Gesto che avevo immensamente apprezzato, poiché non mi fidavo di me stesso e l'unica soluzione ai miei problemi sembrava provenire da uno dei bar vicini alla stazione.

Avrei dovuto immaginare che, molto presto, quello sarebbe diventato l'ultimo dei miei pensieri. Ogni singolo giorno venivo strappato dal letto quasi all'alba, visto che ero stato promosso, senza nemmeno saperlo, al ruolo di suo primo e unico assistente. Come se non bastasse, quel ragazzo aveva una memoria impressionante e, facendo sempre leva sul nostro accordo verbale, quando non aveva bisogno dei miei servigi, si incaricava di trovare qualcuno che ne avesse. Alla fine, in quegli ultimi giorni avevo fatto di tutto: oltre alle normali consegne in cui lo aiutavo di solito, avevo lavorato come manovale nella costruzione delle nuove stufe nell'azienda sperimentale di Andrew, avevo aiutato un elettricista con il passaggio dei cavi, perché il suo assistente era in malattia, e poi Aiden aveva avuto bisogno di una mano con le macchine che stava spostando da una pasticceria all'altra. Mi ero ritrovato, così, a lavorare insieme a Teddy, Sven, Yke, Levi e altri fratelli a smontare, spostare e rimontare impastatrici e altri macchinari per due pomeriggi di seguito fino a tarda serata. In un paio di occasioni mi destai di soprassalto nel furgone circondato dall'oscurità, perché mi ero addormentato mentre ritornavamo al campeggio. Entrambe le volte, svegliandomi del tutto disorientato, mi ero accorto di avere un post-it attaccato sulla fronte dove c'era scritto di avvertirlo appena fossi entrato nella roulotte. Vincent Teddy Bear non scherzava quando mi aveva detto che non avrebbe riferito nulla ai miei genitori, eppure sempre con quei modi pacati e la voce tranquilla mi aveva assicurato che se avessi fatto un solo piccolo, minuscolo passo falso, avrebbe trovato il modo di avvertire il dottor Fustermann e poi mi avrebbe spedito in un Rehab, un centro di recupero, con un biglietto di sola andata.

Le sensazioni che il corpo mi mandava, i tremori delle mani, i picchi di calore e poi le ondate di freddo, non mi aiutavano di certo a mantenere la parola data. Avevo spesso la bocca secca per il forte desiderio di bere un goccio quando i terribili pensieri e la colpa tornavano, ma avevo fatto tutto ciò che era in mio potere per rigare dritto senza mai lamentarmi. Prima o poi le cose sarebbero migliorate, la tempesta si sarebbe spostata altrove…

Continuavo a ripetermi quelle parole come un mantra, eppure non era stato facile. Ero consapevole di essere solo all'inizio di una lunga strada, tortuosa e piena di salite che sembravano senza fine, ma mi sentivo fortunato perché, anche quando il mondo attorno a me diventava davvero oscuro, potevo contare sul mio nuovo amico.

Sorridevo spesso immaginando Vincent come un faro intento a illuminare una barchetta che, lenta, arrivava in piena notte in un mare immenso verso la sua salvezza.

Inoltre, stavo imparando ad apprezzare sempre di più la compagnia di quel ragazzo dal sorriso facile, dalla volontà ferrea e dall'educazione che sembrava provenire da altri tempi. Come c'era da aspettarsi, in quell'ultima settimana, ci eravamo avvicinati molto ed era incredibile perché spesso il grande orso non si aspettava alcuna forma di comunicazione da parte mia. Era come se potesse vedere la mia parte più vera, il mio nucleo tormentato, dove i fantasmi e le parti più oscure rimanevano vulnerabili. Avevamo entrambi i nostri momenti di silenzio che potevano allungarsi per ore oppure, certi giorni, lui parlava e io tacevo, il che sembrava andargli benissimo. Era come se in quei particolari istanti avesse solo bisogno di qualcuno che gli stesse accanto e ascoltasse ciò che aveva da dire. E così, diverse volte, mi ritrovavo a pensare a quale fosse la sua storia, quella vera, alle difficoltà che avesse dovuto affrontare per arrivare fin lì. Eravamo come due pezzi di uno strano puzzle che, anche se fatti in modo diverso, si incastravano lo stesso e, alla fine di un altro giorno, se non mi addormentavo seduto per la stanchezza e mangiavamo insieme, era come se la vita non mi stesse crollando addosso e riuscissi a sentirmi meno solo. Lentamente, iniziai a riempire i miei silenzi con delle parole che, il più delle volte, erano soltanto chiacchiere senza importanza, ma a ogni nuova frase sembrava che la voce uscisse con più facilità quando mi era vicino. I pensieri sembravano diventare più profondi e, alla fine di quella prima settimana trascorsa insieme, quando mi fermai a fare un bilancio, non mi rimase che domandarmi: come aveva fatto quel ragazzo a mettere un freno alla mia follia? Con la sua quiete, i sorrisi gentili, le giuste parole dette nei momenti peggiori o soltanto con la sua presenza, come in quell'istante. Vincent Teddy Bear era mio amico... forse l'unico che avevo e la verità di quella constatazione risuonava in ogni parte di me. Eravamo molto diversi per carattere e interessi, eppure il nostro legame era più profondo di qualsiasi diversità. Quella era soltanto un'altra consapevolezza nata dalla nostra amicizia.

«Perché rispondi spesso sbuffando quando ti pongo delle domande? Non penso che la signora Amandine sarebbe fiera di te» gli dissi per scuoterlo un po', menzionando sua nonna, solo per punzecchiarlo.

Come risposta, si tolse il cappellino da basket che aveva preso il posto di quello di lana, lo poggiò sulla coscia, si sistemò i capelli passandosi le dita tra i boccoli scuri e poi lo rimise. Gli occhi sempre puntati sulla strada mentre diminuiva la velocità preparandosi a superare un'altra curva.

«Perché, invece, non mi poni una domanda degna della mia attenzione?»

Fu il mio turno di sbuffare provando a non ridere. Alzai le spalle e le mani enfatizzando la mia esasperazione. «Okay, proverò, oh grande Vincent, il sapiente.» Feci un mezzo inchino che risultò un po' buffo, visto che la cintura di sicurezza mi bloccava i movimenti. «Bene, ecco un vero quesito. Quanto tempo pensi che occorra per superare la morte di qualcuno? Una persona che ti è stata davvero cara, intendo.» Sentendo le mie emozioni spingere per venire a galla, guardai fuori dal finestrino deglutendo a fatica. «Sai, quella sensazione di schifo che ti stringe implacabile il petto e non ti permette di respirare. Hai presente cosa intendo?»

Nell'abitacolo calò il silenzio e per un istante quasi mi pentii di aver dato fiato a quei cupi pensieri. Mi voltai nel momento in cui il suo sguardo si fece serio e ci impiegò qualche istante per rispondere. «Finalmente una domanda interessante» buttò fuori con un sorriso triste prima di tornare di nuovo serio. «È curioso, perché è qualcosa a cui ho pensato spesso negli anni. Credo che con il tempo si impari a convivere con l'assenza, che intanto diventa una sorta di conforto perché i nostri cari rimangono sempre con noi, anche se non sono più presenti fisicamente.»

Pensai a quanto mi fossero mancati i sogni in quell'ultima settimana, alla disperata voglia che avevo di rivedere i miei amici. Forse era a causa della stanchezza, ma avevo la sensazione che quando cadevo sul lettino della cameretta di Vincent, mi addormentavo prima ancora che la testa toccasse il cuscino e dormivo come se mi trovassi in uno stato comatoso. In effetti, al mattino avevo bisogno di almeno un paio di minuti con il grande orso che mi scuoteva e brontolava prima che riuscissi soltanto ad aprire gli occhi.

Stavo ancora riflettendo sulle sue parole, quando riprese a parlare: «È curioso, sai… ciò che sento non è più lo stesso dolore schiacciante che provavo all'inizio, quel tipo di sentimento che ti sommerge e ti fa venire voglia di piangere nei posti più inadatti e di arrabbiarti irrazionalmente con tutti gli idioti che trovi sulla tua strada perché sono ancora vivi quando la persona che ami non c'è più. Credo che sia qualcosa che, con il tempo, ti costringe ad adattarti alla nuova condizione. Diventa più *facile*» aggiunse con cautela prima di chiedermi. «Hai presente quella sorta di conforto di cui ti parlavo prima?»

Annuii pensieroso.

«Presto, quando penserai al passato, ricorderai i momenti belli e non ti farà più così tanto male pensare a loro.» Finì la frase con un'alzata di spalle, mentre diminuiva la velocità in vista di una rotatoria che segnalava l'ingresso di una città.

Ingoiai il nodo che avevo in gola e, alla fine, tutto ciò che riuscii a dire fu: «Non è giusto, però.»

Il suo sguardo amichevole si posò in fretta su di me prima di tornare sulla strada. «Non ricominciamo con questa storia» contornò quelle parole con un altro dei suoi sbuffi. «Non hai ancora imparato che l'equità non entra in gioco quando si tratta della vita reale?»

Non gli risposi, come sempre, aveva ragione. Forse era persino al corrente di ciò che mi passava per la testa perché aggiunse altro, e non mi sarei mai stancato di stupirmi di come la saggezza non avesse età. Vincent Teddy Bear ne era un vero esempio. «Non possiamo cambiare il passato, Noah, ma possiamo di sicuro plasmare il nostro futuro. Certi momenti possono essere davvero spaventosi, altri strazianti come il calvario stesso, ma dobbiamo tenere duro, combattere, perseverare e alla fine, vincere. Dobbiamo vivere. Lo dobbiamo a chi non c'è più.»

Restammo immersi nei nostri pensieri per diversi minuti, mentre ricordavo mille giorni felici e amicizie che avrei voluto potessero trascendere anche la morte. Non riuscivo ancora a sorridere, come aveva detto Vincent, ma non mi sarei lasciato scoraggiare. Anche perché l'alternativa di una vita in solitudine, contando solo una bottiglia come unica compagnia, era troppo straziante da contemplare.

No, non voglio tornare a essere così triste, da sprofondare di nuovo in quel freddo torpore. Voglio vivere…

Continuai a ripetere quella frase e, pian piano, le emozioni oscure si rintanarono nel loro nascondiglio.

«Unterkirnach» lessi alcuni momenti dopo quando i fanali del furgone illuminarono un cartello stradale appeso sopra una fila di vasetti pieni di fiori colorati.

Meno di una decina di minuti dopo eravamo già arrivati alla fine della minuscola città che ancora dormiva e dopo un paio di chilometri nella strada statale, Vincent mise la freccia e svoltò a destra in una stradina stretta contornata da pini maestosi. Sorvolai sul fatto che avesse appena superato un cartello dove c'era scritto "proprietà privata - vietato l'accesso", perché era uno di quei sentieri che qualcuno doveva conoscere bene per notarlo in tutta quell'oscurità. A quella supposizione, associai il fatto che non avevamo acceso il navigatore, quindi intuii che il mio amico sapesse con esattezza dove stessimo andando. Mi stavo appuntando una nota mentale per scoprirne di più appena ne avessi avuto l'opportunità, anche perché mi aveva fatto indossare il mio miglior paio di jeans e la polo nera per poi fare una scampagnata, quando la sua voce interruppe i miei pensieri.

«Ho dovuto fare un cambio di piani, purtroppo non faremo in tempo ad andare in città prima dell'incontro con il pastore Hartstein.»

Chi?!

Aprii la bocca, pronto a chiedergli ulteriori informazioni perché di sicuro non avevo capito bene.

Non è possibile, oppure lo è?

Magari quella specie di vacanza aveva a che fare con le sparizioni di Vincent la domenica e la comunità che frequentava.

Questo giustificherebbe il nostro abbigliamento "domenicale"...

Per tutta la settimana lo avevo visto di buon umore e avevo pensato fosse per via delle imminenti vacanze.

Però, cazzo… se questa è la sua idea di ferie. In che situazione mi sono cacciato?

Guardai alle mie spalle verso il vano del furgone dove giacevano i nostri borsoni e le bici. La sera prima l'avevo visto caricare anche buona parte delle sue amate valigette di ferramenta, ma non avevo dato molto peso alla cosa perché sembrava portarle ovunque. Sorrisi da solo quando mi ricordai che l'avevo addirittura preso in giro più di una volta dicendo che ci teneva così tanto da usarne una come cuscino e l'altra come peluche da abbracciare durante la notte. Poiché il grande orso aveva iniziato a fischiettare con allegria, decisi di cogliere l'attimo.

Carpe Diem, Noah…

«Perdona la domanda, ma perché tutta questa fretta?» Indicai l'orologio sul cruscotto. «Sono solo le sette. E poi, cosa c'entra un pastore, non dovevamo andare in vacanza?»

«Appunto» rispose con quel suo sorrisetto ambiguo, mentre riprendeva a fischiettare e a guidare a velocità sostenuta considerata la ridotta larghezza della strada. In effetti, il furgone ci passava a malapena e potevo sentire i rami degli alberi strusciare sul tetto e sulla portiera. Continuai a guardarmi intorno con curiosità aspettando di vedere spuntare una chiesa di montagna, magari con una baita accanto o una congregazione con una specie di agriturismo o qualcosa del genere, ma dopo un paio di curve a gomito, la salita finì quasi a una collina e gli alberi iniziarono a diradarsi, rivelando un magnifico paesaggio.

«Wow…» fu tutto ciò che riuscii a dire mentre il mio amico parcheggiava il furgone in una piccola area di sosta. Scendemmo proprio quando i primi raggi del sole varcarono la linea dell'orizzonte e mi fermai un istante per guardare la magnificenza di quel luogo. Sembrava una cartolina: davanti a noi, a fondovalle, sorgeva un lago, con le acque più cristalline che avessi mai visto. A una trentina di metri, sull'altra sponda, scorsi un vecchio mulino in pietra, l'elica che si stagliava nell'alba girando pigra con lo stesso venticello che mi scompigliava i capelli.

Mentre guardavo meravigliato il paesaggio, Vincent aveva già aperto il portellone e, con gesti esperti, stava lavorando sui legacci che fissavano la prima bici sulla parete laterale del furgone. Mi avvicinai per prenderla.

«Quando mi avevi parlato di una vacanza avevo pensato a qualcosa che coinvolgesse un'isola greca, un paio di belle ragazze, e magari qualche birra.»

Da dentro il furgone le sue mani si fermarono mentre slegava la bici costringendomi a guardarlo. Il Vincent accessibile e amichevole era sparito. Aveva lasciato il posto al severo dittatore che mi fissava nel modo che si potrebbe usare con un cucciolo indisciplinato che aveva appena rosicchiato un paio di scarpe.

«Okay, okay, stavo scherzando» aggiunsi alzando subito le mani in segno di resa, dato il suo sguardo minaccioso. «Lasciamo perdere le birre, però possiamo tenere tutto il resto?»

Ignorando le mie sopracciglia alzate, che ero sicuro fossero piuttosto convincenti, finì di slegare la bici in silenzio e me la passò. Nel giro di qualche minuto aveva fatto lo stesso anche con l'altra, poi aveva scaricato anche un carrellino che agganciò alla sua bici dove vi mise qualche cassetta degli attrezzi, il suo borsone e la custodia che conteneva la mia chitarra.

Ignorando la stretta al petto mentre la osservavo, dissi: «Non ho ancora capito perché hai insistito tanto per portarla.» Gli feci notare mentre sistemava tutto con la sua solita cura maniacale e poi li fissava con due cavi elastici per tenere le cose al loro posto.

«Lo capirai quando sarà il momento.» Sorrise e i suoi occhi brillarono come quelli di un topo che aveva appena rubato del formaggio senza essere beccato.

Quella sorta di messaggio premonitore non mi portò alcun conforto. Sospirando, mi appoggiai al portellone mentre mi passavo una mano sul viso provando a non fargli vedere il mio disappunto. Attorno a noi, gli uccellini chiacchieravano come bambini intenti in un gioco chiassoso.

Vincent, dopo aver chiuso il furgone, salì sulla sua bici e iniziò a muoversi verso una catena che penzolava bloccando il sentiero. Con destrezza, senza nemmeno scendere, l'aggirò e, poco dopo, senza guardarsi indietro sparì dietro una curva.

Alla fine, soffocando uno sbadiglio, non mi restò che prendere il mio borsone, metterlo sulle spalle, salire sulla mia bici e seguirlo.

Appena oltrepassata la catena, ricevetti il benvenuto da antichi pini, aceri e olmi che costeggiavano il sentiero e, con i loro tronchi massicci, oscuravano la vista. Sulla pelle sentivo quel benessere che proveniva dall'aria fresca di prima mattina e mi ritrovai a inspirare profondamente mentre un leggero sorriso sorgeva sulle mie labbra. Era come se ci fosse qualcosa di magico in quel luogo che invitava alla contemplazione. Lo raggiunsi dopo la seconda curva e continuammo a pedalare in mezzo a quella foresta tanto antica quanto la vita, che con i suoi alberi trasformava il giorno in crepuscolo.

«A chi appartiene questa terra?» La domanda sorse spontanea ricordando il cartello di proprietà privata che avevamo sorpassato lungo la strada e, poi, la catena. Anche se Vincent sembrava sapere esattamente dove stesse andando, l'ultima cosa che volevo era trovarmi di fronte a un contadino irato, magari con un fucile in mano, perché avevamo invaso la sua proprietà.

Il mio amico diminuì appena la velocità, così da essere al mio fianco e, puntando con il mento verso il lago, che ogni tanto intravedevo attraverso i rami degli alberi, spiegò: «L'intera area appartiene alla comunità dei Bruderhof, la stessa da cui proviene Aiden. Fa parte della riserva naturale della Foresta Nera e il Comune li lascia vivere qui perché la comunità è più antica della formazione delle città.» Si allontanò appena per deviare una pozzanghera e poi continuò: «Ci sono alcune famiglie che vivono in mezzo alla foresta, seguendo delle tradizioni per lo più religiose, alcune risalgono addirittura al diciottesimo secolo.»

Mentre mi raccontava che alcune case non avevano elettricità, veicoli a motore e nulla che riguardasse il mondo moderno, provai a ricordare ciò che sapevo sul mio fratello adottivo. Purtroppo non era molto, poiché Aiden non era mai stata una persona loquace, soprattutto quando l'argomento riguardava il suo passato.

«Prima che questo sentiero venisse aperto, per arrivare alla strada statale, quella che abbiamo percorso poco fa, si dovevano fare più o meno tre ore con il calesse in mezzo alla foresta. Il nuovo vescovo ha fatto richiesta per avere un collegamento più veloce con la civiltà… in caso di bisogno.»

La strada iniziò a scendere, per fortuna con una leggera inclinazione, fummo costretti a deviare alcune pozzanghere e, nel frattempo, osservavo il fitto sottobosco che formava un muro apparentemente impenetrabile su entrambi i lati della strada, come quelli di una vasta regione selvaggia. Attorno a noi l'aria era umida e, nelle pause che Vincent faceva con il racconto, ogni cosa cadeva in un silenzio quasi surreale, di quelli così tranquilli da riuscire a sentire il ronzio degli insetti oltre il rumore delle ruote delle bici.

La discesa finì e iniziammo a costeggiare il lago, con le sue acque così cristalline da sembrare che il cielo vi si potesse rispecchiare. Da qualche parte, in lontananza, un falco emise un lamento acuto, mentre il grande orso proseguiva con il suo racconto. «Li ho conosciuti proprio attraverso Aiden perché stavo cercando un lavoro extra da fare mentre ero in ferie,» fece una pausa prima di aggiungere, «sai, con i conti da pagare e tutto… così ho iniziato a venire qui ogni anno e poi ho conosciuto una ragazza e…» lasciò la frase in sospeso e le punte delle sue orecchie diventarono rosse.

Mi avvicinai e sussurrai con fare cospiratorio. «Davvero? Hai trovato una fata in mezzo al bosco? Sei sicuro che non sia una strega tipo quella di Hansel e Gretel, che ti attirerà nella sua casetta di biscotti e-»

«Noah… sta' zitto.» Fece una smorfia, come se la sua tolleranza avesse raggiunto il limite, prima di borbottare: «Quando arriveremo lì, vedrai le ragazze della comunità e mi dirai se ho ragione oppure no.»

Iniziò a raccontarmi dei vestiti pudici che indossavano e di come fossero caste ed educate come le donne di altri tempi, ma più parlava e meno riuscivo a immaginare una ragazza del genere. Avevo visto la sorellina di Aiden, credevo si chiamasse Lilie, forse una volta appena era arrivato a stare da noi. Ricordavo una bambina timida, capelli chiari e occhi grandi, che indossava un vestito che sembrava troppo lungo e troppo grande per il suo corpo minuto. L'avevo rivista di sfuggita in alcune foto del matrimonio di Aiden, al quale non ero riuscito a partecipare perché ero in tournée con la band.

Al ricordo di quanti eventi e momenti della mia famiglia avevo perduto per colpa del bastardo di mio padre e di Geist, il finto manager della nostra band, mi veniva una voglia matta di prendere a pugni qualcosa, anzi quei due.

Per fortuna, c'era quel paesaggio stupendo a distrarmi, perciò mi concentrai su quella meraviglia della natura, godendomi la bella giornata che stava iniziando.

Continuammo a costeggiare il lago, che sembrava sempre più cristallino a mano a mano che il sole sorgeva, poi passammo davanti al mulino e, in seguito, sopra un ponticello che ospitava una piccola diga.

Vincent continuò a parlarmi delle usanze della comunità, aggiungendo che erano i discendenti europei degli Amish, immigrati negli Stati Uniti agli inizi del diciannovesimo secolo scappando da una sorta di persecuzione. Mentre parlava di guerra e di religione e del fatto che erano una comunità molto unita, con una base costruita sul culto, sul duro lavoro e sulla famiglia, provai a scavare nei ricordi per vedere se fossi a conoscenza di altre informazioni. Mi vennero in mente alcuni concerti che avevo fatto con la band da quelle parti, magari avevo già visto i ragazzi della comunità in giro, ma purtroppo dovetti allontanare subito quel pensiero. Ogni ricordo legato ai *Bad News* era come infilare un ago in una ferita che sanguinava ancora.

Mentre facevo le mie elucubrazioni, ci immettemmo in un'altra strada appena più larga circondata da ambo i lati da un campo coltivato con del granoturco. Oltre, c'era soltanto la foresta che si chiudeva come un muro di vegetazione alto una trentina di metri, sembrava di essere prigionieri in un labirinto, misterioso e bellissimo. Ero ancora perso tra me e me, provando a immaginare come sarebbe stato crescere in un luogo del genere quando la voce di Vincent mi riportò indietro.

«... non è vero?»

«Cosa?» Lo guardai mentre scalavo la marcia visto che eravamo di nuovo in un'area piana.

«Ho pensato che sarebbe stato bello portarti qui in vacanza con me.»

«Dove?» Mi guardai attorno nel campo spoglio. Molto probabilmente mi ero del tutto estraniato dalla nostra conversazione.

Vincent non mi ascoltava più, stava canticchiando una canzone in una lingua di cui riconobbi pochissime parole e, prima che potessi chiedergli quale diamine di dialetto elfico stesse usando, il viottolo che stavamo seguendo fece una leggera curva a sinistra e, sulla linea dell'orizzonte, apparvero prima due capanni e poi, tra loro, una fattoria bianca con le assi di legno. A mano a mano che ci avvicinavamo notai diverse carrozze e cavalli legati a una recinzione che separava il cortile da un pollaio e da un recinto che aveva tutta l'aria di essere la protezione di un orto. In mezzo allo sterrato, notai un enorme castagno e poco più distante un grosso ciliegio che stava già dando i suoi primi frutti. Oltre, un grande fienile, un silo per il grano e un altro mulino a vento si stagliavano nel cielo indaco.

Accanto a me, Vincent smontò dalla bicicletta e iniziò a spingerla verso la casa mentre salutava alcune persone che si affrettavano a entrare nel capanno senza perdere tempo. Lo seguii con la testa bassa, evitando alcuni sguardi curiosi, tuttavia sempre cauti e mai invadenti e provai a mia volta a fare lo stesso. Era alquanto difficile visto che sembrava di aver appena viaggiato nel tempo. Accanto alla casa principale c'erano una trentina di persone che stavano entrando in modo ordinato nel capanno. Quasi tutti gli uomini indossavano pantaloni blu, una camicia bianca e delle bretelle. La maggior parte di loro portava un cappello di paglia o nero simile a quello di un mago, però più basso. Tanti avevano una barba lunga che, se ben ricordavo da un racconto di Aiden, significava che erano sposati. Ripensai alla mia barba, per fortuna almeno su quel dettaglio non ero del tutto fuori posto. Le donne, invece, raggruppate insieme, indossavano dei vestiti lunghi che coprivano anche le braccia e avevano una sorta di copricapo, nella maggior parte chiaro, a nascondere i capelli. I bambini erano l'esatta imitazione degli adulti e, mentre attraversavamo il cortile, sbattei le palpebre un paio di volte ma ciò che vedevo restava immutato.

Poiché la nostra direzione era opposta a quella degli altri, lo feci notare a Vincent, che annuì soltanto prima di dire: «Si stanno preparando per il sermone che inizierà tra poco. Oggi è domenica, il giorno in cui tutta la congregazione si riunisce per il culto e poi per festeggiare il giorno libero. Noi dobbiamo prima annunciare il nostro arrivo al pastore Hartstein.»

Senza aggiungere altro, posò la bicicletta al muro della casa e, dopo aver pulito i piedi su uno zerbino, salì quattro gradini, poi bussò a una porta laterale e aspettò. Dall'interno udii la voce di una donna dargli il permesso e così entrò. Lo seguii facendo attenzione a imitare ogni suo movimento. Una volta dentro, mi ritrovai in un'ampia cucina che, per certi versi, mi ricordò quella di villa Engel. La vernice bianca, in alcuni punti ormai sbiadita, e le vecchie finestre sembravano raccontare una storia di estati implacabili e inverni troppo freddi che la casa aveva coraggiosamente affrontato.

Mentre mi toglievo il cappello come aveva appena fatto Vincent, sentii nell'aria un delizioso odore di cibo. Mi guardai intorno incuriosito e mi soffermai, forse un po' troppo, sul vecchio frigorifero, un modello che sembrava provenire da un museo, se ricordavo bene dai racconti di Aiden, e che funzionava a cherosene. Il grande orso salutò una signora anziana che si trovava davanti a un piano cottura in ghisa. Accanto a lei, accatastata per terra, vedevo una pila di tronchetti di legno.

«*Guten Morgen*, Maman Fender.» Il mio amico le diede il buongiorno e l'anziana si voltò. Dopo aver pulito le mani su uno strofinaccio candido come il suo grembiule, lo salutò con un sorriso. Vincent mi presentò e mentre la signora mi stringeva la mano con una presa davvero salda per il suo aspetto fragile, lui ne approfittò per chiederle del pastore.

«Lo troverai nel suo ufficio, sta dando gli ultimi ritocchi al sermone.»

Vincent, che sembrava essere del tutto a suo agio, la ringraziò e poi mi invitò a seguirlo per un corridoio, entrando in quella che, date le dimensioni, immaginai fosse la casa padronale.

Uno strano senso di nostalgia mi riempì il cuore pensando che Aiden fosse cresciuto tra quelle pareti e quella constatazione mi portò anche una sensazione di conforto che mi riempì il cuore di gioia. Non conoscevo nessuno che sarebbe stato in grado di diventare una persona più buona di lui.

Ancora perso tra quei pensieri, seguii Vincent attraverso uno stretto passaggio che aveva un pavimento di legno scuro tirato a lucido. Oltrepassammo un paio di porte chiuse e prima di arrivare nell'ampio soggiorno che vedevo in lontananza, il grande orso si fermò e bussò. Dopo aver ricevuto un altro permesso, aprì la porta e lo seguii, ritrovandomi in quello che sembrava un piccolo studio. Dietro al tavolo di legno scuro, era seduto un anziano dai capelli ormai bianchi, intento a scrivere qualcosa su un vecchio taccuino di cuoio. Il suo sguardo si posò su Vincent e le rughe sul suo viso si allentarono quando sorrise benevolo.

«Guten Morgen, Herr Vincent.»

«Vescovo.» Il mio amico chinò la testa in segno di rispetto. Lo imitai immediatamente, mentre l'anziano spingeva indietro la vecchia sedia di legno e si alzava venendo verso di noi, lasciando la penna vicina al cappello nero che era posato sul tavolo.

Mi aspettavo di vederlo con una specie di tunica, magari come quelle usate dai preti, invece indossava una semplice camicia bianca e bretelle che tenevano un paio di pantaloni neri. Si avvicinò con passo sicuro e, dopo aver salutato Vincent, non potei fare a meno di notare come il suo sguardo fosse di un penetrante colore verde. Il piccolo uomo mi arrivava a malapena al petto, ma la sua persona emanava un'aura di potenza e forza incontrastata. Il suo viso sembrava aver vissuto mille vite, resistito alle intemperie in egual misura, senza mai perdere il suo brio, la sua lucentezza.

«Willkomme, Herr Engel. Benvenuto nella nostra comunità.» Le sue dita strizzarono appena le mie, il palmo asciutto e aspro di qualcuno che aveva lavorato sodo per tutta la vita. I suoi occhi sembrarono scavarmi l'anima e fu difficile mantenere quello sguardo ferreo, ma non cedetti.

«Vescovo Hartstein.»

«Mi può chiamare pastore Hartstein, Herr Engel.» Lasciandomi la mano, il suo sguardo indagatore mi osservò dalla testa ai piedi e intanto domandava a Vincent. «È sicuro che riuscirà ad aiutarci? Mi sembra un po' troppo smilzo.»

Le sue parole non portavano offesa, erano soltanto una constatazione, ma lo stesso raddrizzai la schiena pronto a difendermi. Tuttavia, Vincent mi anticipò. «Non si preoccupi, signore, Noah è un lavoratore volenteroso.»

Ci fu un momento di silenzio come se il pastore stesse lasciando che quelle parole si posassero tra di noi, prima di aggiungere: «Ottimo, domani dobbiamo riprendere i lavori nel fienile della famiglia Kenn. Vedremo subito di che pasta è fatto questo ragazzo.» Si tirò indietro, studiando l'effetto che le sue parole avevano su di me. Sembrando soddisfatto, fece un sorriso benevolo prima di dire: «Comunque, Dio sarà lì per darci la forza per ogni collina che dobbiamo scalare, in questo caso una scala, non è vero Herr Engel?» Finì la frase con una risata corposa e una pacca sulla spalla che mi mandò di un passo in avanti: «Adesso vi lascio perché mi stanno aspettando per il sermone.»

Vincent si fece da parte a testa china, io lo imitai, mentre lo ringraziavo a bassa voce per l'opportunità. Il pastore prese le sue cose da sopra il tavolo e prima di varcare la soglia della porta si voltò, lo sguardo rivolto al mio amico.

«Portalo a mangiare qualcosa. Vediamo se riusciamo a fargli prendere un po' di peso entro domani. Ho paura che se lo mettessimo sul tetto di quel fienile finirebbe per essere portato via dal vento.»

Appena il pastore ci superò, prima che Vincent potesse seguirlo, lo guardai per bene ed ero sicuro che potesse leggere le parole contenute nel mio silenzio. *Che cazzo di vacanze sono mai queste?*

15
La bambola senza viso

La signora Garcia amava ripetere che al mondo non esistesse niente che non potesse essere curato con un buon piatto di cibo fatto in casa. Osservai Vincent, seduto dall'altra parte del lungo tavolo della cucina, mentre mi inclinavo all'indietro per capire se nella mia pancia ci fosse posto per un'altra prelibatezza. I miei occhi, infatti, puntavano deliziati delle bellissime frittelle di mela, adagiate accanto a delle fette di pane fresco che non avevo ancora assaggiato. Forse era proprio da loro che proveniva quel delizioso profumino di cannella e zucchero che aleggiava nell'aria come un irresistibile corteggiamento.

Il grande orso, che aveva già svuotato metà del suo piatto, pieno il doppio del mio, mi guardò mentre prendeva la tazza di caffè che aveva di fronte e ne beveva un lungo sorso.

«Dovresti mangiare di più, approfittare della seconda colazione davvero golosa che ci stanno offrendo. Sai, come gli Hobbit.» Scoppiò in una delle sue risate prima di aggiungere con un occhiolino: «Dammi retta, ne avrai bisogno.»

Avrei voluto avere soltanto la metà del suo buon umore, invece ricordai le parole del pastore riguardo ai lavori sul tetto del fienile. Guardai le cicatrici frastagliate sul mio palmo, poi le tre dita che a malapena riuscivo a piegare. «Hai parlato con il pastore della mia mano?»

Aspettai ancora perché stava masticando un boccone di pane, poi mi dedicò finalmente la sua attenzione. «Sì, certo.»

«E quindi?» Lo spronai, perché era ovvio che non sarei stato in grado di portare a termine determinate mansioni. Per quanta buona volontà avessi, la mia mano sinistra era spesso inutile, soprattutto per quanto riguardava la forza o la presa di un oggetto. Ancora una volta maledissi il mio cazzo di destino.

«Mi ha chiesto solo se hai ancora tutte le dita. L'agricoltura può essere una professione pericolosa. Gli incidenti sono all'ordine del giorno, questo è uno dei motivi per cui il pastore Hartstein ha chiesto al comune la stradina che abbiamo percorso.» Mi fissò un momento, poi guardò il suo piatto, infilando la forchetta in un pezzo di frittata che portò alla bocca.

«Certo che ho tutte le dita» risposi piccato.

«È proprio ciò che gli ho risposto» replicò tranquillo appena finì di ingoiare. Il mio cuore si agitò nel petto quando i suoi occhi mi sondarono. La sua espressione rimase seria e imperscrutabile. «Mia nonna diceva sempre che se vuoi che qualcuno stia fuori dai guai,» alzò le sopracciglia lasciando che l'allusione prendesse posto tra di noi, «allora devi dargli un lavoro» concluse con un'alzata di spalle come se la conversazione fosse finita lì.

Provando vergogna per lo sfogo di emozioni, abbassai lo sguardo. «Non trovi che sia un po' patetico che non abbia nessuna specializzazione, nessuna esperienza lavorativa? Non una sola cazzo di cosa da scrivere sul mio curriculum?»

Vincent restò sovrappensiero per un momento, mentre giocava con un pezzetto di carota che gli era sfuggito dalla frittata. «Qui non si tratta del tuo curriculum. Sto parlando di tutto il resto, soprattutto del tuo futuro. Sei un ragazzo in gamba, Noah,» fece una pausa prima di aggiungere con una risatina: «almeno quando sei di buon umore» puntualizzò puntandomi la forchetta contro prima di proseguire. «Sei una persona compassionevole, hai forza di volontà, sei anche testardo come un mulo, una qualità che non va sottostimata. Pensi che ti avrei portato qui se non credessi nelle tue potenzialità?» Senza aspettare una risposta mise dell'altro cibo in bocca.

Sentii formarsi il familiare groppo alla gola, quello che occludeva ogni cosa, ogni speranza, non solo l'aria che tentava di arrivare disperata ai polmoni. Le parole che aveva appena pronunciato, la sincerità, la fiducia nel suo sguardo, ogni complimento mi erano sembrati come dei dardi che mi trafiggevano il cuore. Le sue parole erano mitigate dalla consapevolezza che lui riuscisse a vedere il meglio di me. Io, invece, vedevo in lui il coraggio di un ragazzo amorevole che si preoccupava, che era disposto a credere, a dare un'opportunità a qualcuno che conosceva a malapena. Incontrare Vincent aveva arricchito la mia vita in modi che non avrei mai creduto possibili. Se ero sulla strada giusta per diventare una persona migliore era soltanto grazie a lui. Se continuavo a impegnarmi sempre di più era perché non potevo sopportare il pensiero di deluderlo. Nella mia nuova vita, che sembrava avara di amicizie e di fiducia, avevo trovato un pozzo colmo di entrambi in quel ragazzo. Mi era diventato amico in uno dei momenti più bui della mia vita e non avrei mai potuto deluderlo.

«Grazie.» Lo fissai per un attimo, prima di volgere la mia attenzione verso il cortile che vedevo oltre la finestra aperta sopra i lavandini. Ero stupito dalla stima che riponeva in me. Come aveva potuto credere che sarei riuscito a rialzarmi quando non ci credevo nemmeno io? Sentii gli occhi pizzicare e le lacrime che minacciavano di traboccare.

«Non ringraziarmi ancora. Aspetta...»

Il divertimento nella sua voce era inconfondibile e non mi restò che ridere della sua battuta, anche se il mio sorriso vacillò ancora a causa dell'emozione che mi affiorava sulla pelle.

L'ambiente diventò subito leggero e per un'altra decina di minuti mangiammo con calma chiacchierando, mentre mi raccontava dei lavori che svolgeva per la comunità quando era in vacanza.

«La paga è piuttosto buona, inoltre ci sono i pasti, che sono una prelibatezza, e un luogo per dormire già inclusi nel prezzo.»

Dall'abbondanza di cibo che vedevo sul tavolo, dovevo convenire con lui che la mia situazione, se paragonata al campeggio del vecchio Finn e agli avanzi della tavola calda, era migliorata parecchio.

Un'altra volta, il grande orso, come se mi leggesse nel pensiero, mentre si alzava e iniziava a lavare il suo piatto, disse: «Non devi nemmeno ringraziarmi ancora...» aggiunse con una delle sue risate.

Mi alzai bevendo il resto del mio caffè prima di prendere le stoviglie e raggiungerlo.

«Grazie, oh grande orso» aggiunsi con un vocina mielosa, ma cercando lo stesso di riversare tutta la mia gratitudine e l'affetto che sentivo per lui.

Come risposta, mi guadagnai una schizzata di acqua e sapone che mi fece sorridere. Mi misi accanto a lui, visto che c'erano due lavandini e, per un folle istante, dopo aver risciacquato il mio piatto, mi guardai intorno cercando la lavastoviglie, per poi ricordare che non avevano nemmeno energia elettrica.

Come fanno a vivere in questo modo?

Ero davvero curioso di scoprire come fosse stare tra quelle persone che sembravano vivere soltanto per il lavoro, la famiglia e la comunità.

«Cosa facciamo adesso?» Gli chiesi dopo aver finito di asciugare le stoviglie e metterle in ordine nella vecchia credenza. Dal silenzio, sembravamo essere gli unici rimasti nella casa.

Vincent spostò l'attenzione al suo orologio. «Il sermone finirà tra meno di un'ora. Andiamo al fienile, voglio mostrarti qualcosa.»

A differenza di lui, io, a quel punto, avrei dato qualsiasi cosa per un posto tranquillo dove fare un riposino. Dopo tutto quel cibo e la sveglia che mi aveva buttato giù dal letto prima ancora che facesse giorno, mi sentivo come se avessi del sale sulle palpebre e ogni volta che le sbattevo mi pregassero di restare chiuse. Azzardai e gli proposi la mia idea perché, cazzo, a quel punto, avrei persino accettato una panchina nascosta da qualche parte o un po' di fieno dove sprofondare come se fosse stato un morbido e profumato giaciglio, ma purtroppo il mio amico non sembrava condividere la mia bellissima soluzione.

Iniziò a scuotere la testa prima ancora che finissi di parlare. «Avremo tempo per dormire. Forza, grande Noah, una bellissima giornata ci attende e, come ti ho accennato prima, voglio farti vedere, anzi ascoltare qualcosa.»

Anch'io vorrei vedere qualcosa... un bel letto.

I suoi occhi brillarono maliziosi mentre, senza aspettare risposta, andò verso la porta della cucina, la stessa che avevamo varcato prima.

Si prospettava una bellissima giornata primaverile e un paio di minuti dopo entrammo nel fienile da un ingresso laterale posto in fondo. Mentre i miei occhi si abituavano alla penombra, percepii che ci trovavamo in una piccola stalla. Potevo udire la voce del pastore Hartstein provenire dalla mia destra mentre parlava dell'importanza dei legami familiari e della congregazione. Attraversammo la stalla e seguii Vincent attraverso un corridoio mentre provavo a capire cosa stesse dicendo il pastore. Riuscivo a intendere quasi tutto, ma ogni tanto usava delle frasi in un dialetto che non avevo mai sentito.

Mi avvicinai al mio amico che camminava davanti a me e gli chiesi: «Da dove proviene il dialetto che utilizza il pastore?»

«È un misto tra il tedesco svizzero e un'altra lingua molto più antica. In alcuni luoghi è conosciuto come il tedesco della Pennsylvania.»

Stavo per chiedergli se riuscisse a capire qualcosa, quando mi zittì mettendosi un dito davanti alle labbra. «Parliamone dopo.»

Si fermò davanti a una grossa porta scorrevole di legno che aprì con cautela, facendomi cenno di seguirlo. Appena la superammo, finimmo in fondo al fienile, vicino ad alcune pilette di fieno quadrate poste con ordine vicino alla parete.

Come catapultato da un'altezza improponibile, mi ritrovai in una sorta di chiesa improvvisata. I miei occhi saettavano ovunque nel tentativo di cogliere ogni particolare: dalle file di panche di legno, in cui le persone sedevano, al corridoio al centro che le divideva. Gli uomini erano seduti sul lato sinistro mentre le donne e i bambini erano sul lato destro. In fondo, vedevo il pastore in piedi sopra un piccolo palco posto dietro una cattedra. Il suo cappello si trovava sul tavolino accanto a un libro nero molto più alto della Bibbia.

A destra, vicino alla parete di legno, scorsi un enorme tavolo, dove erano adagiate con cura diverse ceste e teglie contenenti del cibo. L'intero ambiente era illuminato da lunghe lampade infilate direttamente nei barilotti di gas, lasciando l'intera area perimetrale, e il punto in cui ci trovavamo, completamente avvolti dalle ombre. Il silenzio veniva riempito dalla voce piacevole del pastore.

«Oh Signore, Dio onnipotente e Padre celeste, tu che conosci e riconosci il cuore e le mancanze dei tuoi fedeli, ti chiedo di aiutarmi e confortarmi durante la mia grande sofferenza. Perdona i miei peccati e le mancanze che ho commesso contro di te con parole o atti, azioni od omissioni, consapevolmente o inconsapevolmente.»

Parecchi minuti passarono e, accanto a me, Vincent sembrava essere del tutto assorto dalle parole del pastore. Per me invece era quasi impossibile combattere la stanchezza, che a mano a mano diventava sempre più pesante. Non potevamo muoverci più di tanto senza attirare l'attenzione dell'uomo che si trovava proprio davanti a noi, dall'altra parte delle panche, perciò mi appoggiai alla pila di fieno alle mie spalle, cercando una posizione comoda.

Cazzo, sono stanco morto…

Sentii gli occhi chiudersi per qualche momento di troppo. *Non dormire, Noah!*

Mi strofinai il viso con stizza rimproverandomi, prima di incrociare le braccia davanti al petto, ma era una battaglia davvero difficile. Dopo un vistoso sbadiglio con cui mi guadagnai un'occhiataccia di rimprovero dal mio amico e da qualche signora seduta nelle ultime file, che molto probabilmente avevano udito il rumore, la voce del pastore si fermò e il silenzio calò nel fienile. Da sopra il palco, fece un movimento ampio che abbracciò tutti i presenti.

I miei occhi stavano iniziando a chiudersi, me ne accorsi quando la testa penzolò in avanti, mentre la mente si abbandonava a quel temporaneo stato di pace, e poi…

Le note di un pianoforte riempirono il silenzio, non con una semplice melodia, ma con la passione e la riverenza con cui lo strumento doveva essere suonato.

Aprii gli occhi di scatto quando, alcuni istanti dopo, una voce femminile iniziò a cantare. Sbattei le palpebre, desiderando con tutto me stesso che fosse un sogno, un magnifico sogno, anche se diverso da tutti gli altri che mi avevano accompagnato negli ultimi tempi. Scossi la testa mentre mi guardavo intorno fino ad avere la certezza di essere sveglio e di ritrovarmi all'interno del fienile. L'odore di paglia e delle teglie di cibo mi riempirono i sensi insieme a quella voce... che sembrava fosse stata scelta da Dio in persona. Non conoscevo quella canzone, non riuscivo nemmeno a capire la metà delle parole, ma era bellissima, struggente e triste, sembrava quasi scorrere dentro di me, convergendo dalle braccia e dalle gambe verso l'interno finché ogni parte della mia anima venne toccata. Era come se quella melodia avesse il potere di affondare nel mio cuore. Mi concentrai sulla musica piuttosto che ascoltarla. Sentivo la vibrazione della sua voce, le parole, il ritmo. Percepivo l'emozione e potevo quasi vedere le sue mani che devote accarezzavano i tasti, sollecitando l'armonia, con tutta la grazia di un esperto pianista.

Fino a quel momento non mi ero reso conto di quanto la musica mi fosse mancata, di come la mia anima sembrasse patire l'assenza di quel nutrimento fondamentale.

Avvolto dall'angoscia che mi scavava un buco nel petto, mi voltai verso Vincent. Dovevo assolutamente chiedergli una cosa.

«Chi sta cantan-»

Mi interruppi da solo, chiudendo la bocca di scatto all'udire un "shhh" arrabbiato provenire da poco distante. Mi voltai per scorgere una signora anziana piccolina con lo sguardo stizzito, il dito magro che sembrava un artiglio premuto sulle labbra.

Il bastardo del mio amico non trattenne una risatina che coprì in fretta con un colpo di tosse. «Dopo» sussurrò con un accenno di sorriso negli occhi che non si trovava però da nessuna parte sulla sua bocca.

La voce meravigliosa continuò a cantare. Mi misi in punta di piedi provando a vedere da dove provenisse, ma forse era nel soppalco che vedevo sopra il pastore e la cantante rimaneva così nascosta alla mia curiosità cocente.

Come un bambino capriccioso alzai gli occhi al cielo. «Maledizione!» Imprecai con un sussurro perché dovevo assolutamente scoprire a chi appartenesse quel suono etereo. Mi guardai di nuovo attorno, con l'intenzione di cercare la scala che mi avrebbe portato lassù, ma non c'era modo di fare un passo senza che il pastore o il grande orso se ne accorgessero. Potevo anche aggiungere la nonnetta che ogni tanto mi lanciava qualche occhiata di traverso, solo per essere sicura che avessi recepito il messaggio.

Stavo valutando se nascondermi tra le pile quadrate di fieno che avevo alle spalle e poi provare a salirci sopra, quando la musica finì.

Il silenzio cadde nel fienile. Provai un orribile senso di perdita e mi sentii avvolgere da una tristezza infinita.

Il pastore proseguì con il sermone ma ormai la mia testa era altrove, senza offesa per lui, ma non riuscivo a udire nessuna parola che stava pronunciando. Ci furono altre canzoni, altri strumenti suonati con più o meno precisione, altre voci, alcune altrettanto belle, ma nessuna era lei. Non avevo alcuna idea di quanto potesse durare un incontro del genere e mi stupì perché, dopo aver intonato l'ultima preghiera, l'intera congregazione si alzò componendo una fila ordinata per salutare il pastore. Rimanemmo in disparte e fu incredibile osservare come quel piccolo signore avesse un sorriso o una parola gentile per ognuno. Restammo per ultimi, mettendoci da parte per non disturbare alcune donne che stavano prendendo le teglie per portarle fuori e, quando finalmente ci avvicinammo a lui, dopo aver stretto la mano di Vincent, che lo ringraziò, prese la mia e la tenne qualche istante in più prima di lasciarla andare mentre diceva: «Benvenuto nella nostra comunità, signor Noah.»

«La ringrazio, pastore Hartstein.»

«Fin quando resterà da noi, non lasceremo che nulla la disturbi, non lasceremo che nulla la spaventi. Si ricordi, signor Noah, tutto passa, tranne Dio. Abbia fede, questo dovrebbe essere sufficiente.»

Avrei tanto voluto credere alle sue parole, avere soltanto un briciolo della sua forza, la potevo percepire provenire da dentro di lui come un'oasi di benessere. Dopo un'altra pacca sulla spalla ci invitò a unirci agli altri.

Aiutammo gli uomini a spostare le panche e i tavoli sotto il castagno e il ciliegio. Le donne e i bambini portarono il cibo e le brocche d'acqua, persino le persone più anziane trovavano un modo per rendersi utili. Era incredibile vedere come tutti lavorassero insieme. Anche se non facevamo ufficialmente parte della comunità, venivamo accolti ovunque con un sorriso e un cenno della testa. Mi ritrovai poi a mangiare al tavolo degli uomini seduto accanto a Vincent e a un signore che scoprì appartenere a un'altra comunità, situata a una ventina di chilometri di distanza. Mentre mangiavamo una casseruola di pollo, condivise con noi qualche suo pensiero.

«Il giorno del culto è molto importante per le comunità. È un momento di riflessione e attesa, ma è anche un giorno riservato al riposo e alla socializzazione con amici, familiari e vicini. A eccezione della cura degli animali della fattoria, che non possono restare senza, tutte le altre faccende domestiche vengono messe da parte. È bello ritrovarsi ogni due domeniche, e la casa del pastore Hartstein si trova a metà strada per tutti noi.» Fece un ampio gesto con le braccia includendo tutti i presenti. I bambini che avevano già finito di mangiare potevano giocare e ne scorsi alcuni correre dietro a un vecchio pallone.

Poco distante, alcune ragazze erano sedute in cerchio con un altro gruppetto di bambini e stavano cantando. Mi alzai con la scusa di riempire la brocca d'acqua perché volevo passare lì vicino e scoprire se riuscivo a riconoscere la ragazza che avevo udito cantare.

Purtroppo c'erano troppe voci che si accavallavano una sopra l'altra e, quando arrivai in cucina, mi sentii un po' frustrato. Stavo riempiendo la seconda brocca quando Maman Fender, la signora che avevo visto appena arrivato, entrò portando una bambina piccolina in braccio.

«Shh, shh, piccola Calla, non piangere, non è successo nulla.»

«*Es tut mir weh*... mi fa male...» piagnucolò la bimba, la manina chiusa che puliva le lacrime che le scendevano sulle guance.

Mi feci da parte quando si avvicinò perché pensai che avrebbe posato la bambina sul bancone accanto al lavandino. In quel momento notai che il suo vestitino era alzato e aveva un ginocchio sbucciato.

«Posso aiutare?» Non avevo nessuna esperienza con i bambini, se non in quelle poche ore vissute come volontario a Natale all'orfanotrofio, ma quella piccolina era di una tenerezza disarmante. Ovviamente non mi aspettavo che la signora volesse che la prendessi in braccio. Quando iniziò a venire verso di me per passarmi la piccola, feci un passo indietro e la guardai a bocca aperta mentre scuotevo la testa e, per confermare le mie intenzioni, anche le mani.

«No... io non intendevo, beh... questo...» arrossendo, distolsi lo sguardo, ma non prima di aver colto occhi verdi come un bosco millenario, rivolgersi a me con una certa curiosità e più parlavo più balbettavo. «*Ic- ich vays naett*,» provai in dialetto dicendo che non avevo la minima idea di cosa avrei dovuto fare. Sentii le gambe tremare, come diamine potevo essere così impacciato? Mi ero esibito davanti a oltre cinquantamila persone, ma non ero capace di prendere una bambina tra le braccia?

«*Herr* Engel... *Du kansht vann du vitt.* Può, se lo vuole...» Nella sua voce c'era una nota di ammonimento, ma i suoi occhi si addolcirono. Deglutii e mantenni il contatto visivo con lei, sentendo la serenità pervadermi.

Posso farcela.

Feci un profondo respiro che volevo tanto fosse incoraggiante, ma prima che potessi farne un altro, Maman Fender mise la bambina tra le mie braccia. «Solo per qualche istante. Calla non la morderà, non è vero, piccina?»

La bambina scosse la testa mentre tirava su con il nasino che sembrava sparire tra le guanciotte rosee. Senza una scusa convincente, mi ritrovai a ingoiare la paura mentre l'accoglievo. Non sapevo nemmeno come prendere la piccola, ma forse c'era qualcosa di istintivo dentro di me, perché le mie braccia la avvolsero, le sue gambine si adagiarono sulla mia vita e posò la testolina piena di riccioli castani rossicci sul mio petto, succhiando il pollice che si era messa in bocca.

Maman Fender si voltò intenta ad aprire la credenza per prendere una scatola che somigliava a quelle dove la signora Garcia riponeva i fili per il cucito. L'aprì e iniziò a frugare dentro, nel frattempo feci del mio meglio per distrarre la bambina.

«Ti chiami Calla? Che bel nome.»

Come risposta annuì soltanto tirando su con il naso, senza muoversi dal mio petto. La sensazione di calore trasmessa dal suo corpicino era incredibile. Notai che in mano aveva una bambola di pezza e, mentre la signora iniziava a curare la sua ferita, continuai la nostra conversazione.

«*Vi hayst dei dolly?* Come si chiama la tua bambola?»

La sua voce era solo un sussurro, il pollice ancora in bocca. «*Hyazinthe.*»

«Le hai dato il nome di un fiore?»

«Come il suo, non è vero, Calla?» Aggiunse la Maman mentre le passava il disinfettante sulla ferita.

Le labbra della piccolina tremarono, ma era talmente coraggiosa che non si lamentò nemmeno con un flebile sussurro. Iniziai a cullarla ondeggiando piano e, prima di rendermene conto, stavo già mormorando una melodia. Non era proprio una canzone, ma bastò per farmi scordare dove mi trovassi, chi fossi e per quei pochi secondi vissi solo nella musica. Il suono usciva dalle mie labbra come se fosse stato lì per tutto il tempo in attesa soltanto di poter riaffiorare. A un certo punto, la piccola alzò lo sguardo e mi fissò con quella innocenza che soltanto i bambini possedevano. Le sorrisi mentre continuavo a canticchiare, e nulla sembrava avere più importanza, perché c'era un piccolo essere umano a guardarmi, non solo come se valessi, ma come se fossi la persona più speciale al mondo. Il mio cuore, quell'organo che si era ormai atrofizzato nel petto, quel muscolo che aveva dimenticato come funzionare, che non si preoccupava più di battere… lo sentii… di nuovo… per la prima volta dopo tanto tempo.

Sto bene… Ingoiai il groppo che si era formato in gola.

Maman Fender finì di curarla, rimise la scatola dentro la credenza e poi si voltò verso di me, aspettando che le passassi quella piccola dolcezza.

«Posso tenerla ancora qualche minuto?» Le chiesi, provando senza molto successo a nascondere l'emozione nella voce.

Annuì mentre posava il dito sulle labbra per farmi sapere che la piccola si fosse assopita. Le rughe attorno ai suoi occhi si incresparono quando sussurrò, gli occhi fissi sulla bambina. «Vede come la nostra esistenza è un dono, signor Engel. Le cose più care della nostra vita sono per lo più a portata di mano.»

Non potevo essere più che d'accordo con lei. *Quale onore tenere una piccola addormentata tra le braccia…*

«Venga con me, la mettiamo a letto» sussurrò mentre senza far rumore prendeva la bambola che stava per scivolarle dalla mano. Avvolsi la piccina nella mia stretta e poi la seguii ancora canticchiando a bassa voce. Appena arrivammo in soggiorno, dopo essere passati davanti a un camino grosso quasi quanto me, salimmo un'ampia scalinata finendo su un atrio a semicerchio, dove vedevo alcune porte e tra loro un lungo corridoio. La signora andò spedita verso la prima porta a destra e la aprì. Nella stanza c'erano soltanto quattro lettini bassi e una lunga cassapanca appoggiata alla parete. Una leggera brezza scuoteva due sottili tende giallo chiaro attraverso la finestra semi aperta.

Maman Fender spostò la trapunta colorata del primo lettino prima di farsi da parte. Adagiai la piccola che si voltò subito di lato dormendo tranquilla. Con delicatezza la coprii mentre la signora le sistemava la bambola accanto.

Una sensazione davvero strana mi prese alla sprovvista quando notai che la bambola non aveva un viso. Per qualche secondo restai fermo a guardare costernato i capelli di lana che incorniciano un ovale senza occhi, naso o bocca, del tutto vuoto.

«Venga, signor Noah.»

Sentendo un tocco leggero sulla spalla, scossi la testa e guardai dietro di me. «Sì, eccomi… arrivo.» La seguii lasciando la piccola dormire tranquilla.

Quando arrivai al primo gradino della scala, la curiosità ebbe la meglio e le porsi la domanda che mi stava attanagliando.

«Maman Fender, perché la bambola di Calla non ha un volto?»

Scendendo piano con la mano appoggiata al corrimano, l'anziana sorrise come se si aspettasse proprio quel genere di domanda.

«Ci sono opinioni diverse sull'origine di questa usanza. Alcuni credono che sia il secondo comandamento della Bibbia: non ti farai un'immagine scolpita. I più anziani, coloro che seguono ancora il vecchio *Ordnung*, credono che se ci si fa fotografare o dipingere, si muoia.» Le scappò un sospiro rassegnato prima di continuare: «La maggior parte delle comunità, invece, crede semplicemente che le fotografie siano vane manifestazioni di orgoglio, che vanno contro i nostri valori fondamentali.»

A quanto pareva avevo ancora tanto da imparare sulle loro usanze. Arrivammo insieme in cucina, ripresi la mia brocca d'acqua e tornai in cortile per incontrare Vincent.

La giornata proseguì tranquilla, ma senza che riuscissi a scoprire nulla della misteriosa ragazza dalla voce incantevole. Quella sera, quando mi addormentai, feci un sogno…

Mi trovavo in una delle stanze della vecchia casa padronale e fu una melodia a svegliarmi. Fuori era buio, così mi alzai dal letto, prendendo dal comodino il cero che stava ancora bruciando e scesi le scale seguendo la musica. Lei non aveva cantato una sola nota, ma dalla passione proveniente dal pianoforte, sapevo che non poteva essere nessun altro che la ragazza misteriosa. Arrivai in soggiorno, senza sapere cosa mi aspettassi di vedere, ma nulla di ciò che avrei potuto immaginare mi preparò a ciò che scorsi.

Una ragazza con indosso una lunga camicia da notte bianca era seduta al pianoforte al centro del salone. I raggi della luna filtravano dalle ampie finestre e le fiamme del camino si riflettevano sui suoi capelli lunghi e chiari. La sua testa era chinata e non riuscivo a vederne il viso. Era completamente concentrata sulla musica e non si accorse della mia presenza. Era come se fosse stata scelta da Dio in persona per dare vita a quelle note, come se le scorressero dentro, come se fossero il suo sangue o l'aria che respirava, come se dovesse suonare per vivere.

Mi appoggiai alla porta e osservai le sue mani percorrere esperte i tasti, sollecitando la musica, con tutta la grazia di una pianista di talento. All'inizio non riconobbi la canzone, ma poi iniziai a udire la somiglianza.

On a rainy night, out of the blue, you appeared and my world felt new
Reviving me, bringing back to life
In this moment, let's banish strife

Living in the now, forever together
Fear fades away, it couldn't be better
Once gave up on forever, it's true, but now I'd give up heaven for you
Angel, oh angel, you're my bliss
In your arms, I find eternal bliss

My angel babe, forever true
With every beat, my heart calls for you
Enamored by the little things we share, counting your freckles, each one so rare
Share a secret, a bond we keep, in this moment, let's dive in deep
Living this perfect moment, just us two, you and I, our love forever true
Oh, you're my angel, babe, my guiding light, my saving grace
Angel, oh angel, you're my bliss
In your arms, I find eternal bliss
My angel babe, forever true
With every beat, my heart calls for you...

La mia canzone… non poteva essere più adatta a quel luogo, alla sua voce delicata ma incisiva. Era giusto riverire ciò che ci circondava, la quiete silenziosa di una notte, la folle passione di chi aveva quasi perduto tutto.

Chiusi gli occhi per un momento, incapace di impedirmi di immaginare come sarebbe stato se le sue mani avessero adorato il mio corpo allo stesso modo che riservava a quei tasti. Quel sogno sarebbe stato solo un preliminare, perché se lei mi avesse toccato in quel modo, rivendicando il mio corpo e la mia anima come suoi, nulla avrebbe più potuto separarci. Mi eccitai a dismisura immaginando le sue dita percorrere la mia pelle, suonando ogni nota del mio cuore, le labbra che formicolavano per il desiderio di un suo bacio.

Percepii il mio respiro diventare sempre più affannoso, la mia lingua che schizzava fuori, leccando le labbra, ero pronto per accoglierla.

Fu soltanto allora che mi accorsi che la musica si era fermata, e quando la guardai si voltò piano verso di me, ma tutto ciò che scorsi fu il vuoto, come la bambola senza viso della piccola Calla.

Lilie

16
Sguardi tempestosi

«*Oh, mein Gott*… Oh Dio… ascolto questo genere di dicerie da quando ero una bambina e aiutavo mia nonna nel negozio.»

Sorrisi udendo Katrina bisbigliare in modo drammatico, mentre sistemava con cura la teiera accanto alle tazze di porcellana che erano già sul vassoio. Nel frattempo, indossai il guantone da forno e aprii lo sportello per togliere la teglia calda. Un delizioso profumino di vaniglia e cioccolato si diffuse nell'aria mentre la posavo con attenzione sul vecchio piano cottura.

Chiunque avesse pensato che avere a che fare con cinque signore di una certa età, piuttosto avanzata, fosse una passeggiata, era soltanto perché non conosceva *quelle* signore che si riunivano tre volte alla settimana per cucire e ricamare.

Dalla sala accanto udii la voce austera della signora Semmelli dire: «Avete sentito che il ragazzo *Ussländer* sta cercando Lilie?»

La signora Aman, pensai che fosse lei dal tono di voce dolce, provò a dire che si trovasse nella comunità per dare una mano, ma fu interrotta quando l'altra intervenne in un modo piuttosto sgarbato: «No, non intendo il signor Vincent, quel ragazzone grassottello con i boccoli castani, intendo l'altro che è venuto ad aiutare per la stagione, il suo amico, quello che sembra un senzatetto.» Fece un rumore con la lingua come se fosse disgustata e poi aggiunse: «Secondo me è solo un *druvel-machah.* Ha addirittura un… come si chiama? Uno di quei tatuaggi sulla mano.»

Accanto a me Katrina storse il naso sentendo il modo spregevole con cui la signora Semmelli l'aveva chiamato barbone e piantagrane. Ero d'accordo con la mia amica, non avevo mai incontrato un'anima simile a quella della signora Semmelli, che emetteva giudizi su tutti e tutto come faceva con le preghiere: ogni mattina e ogni sera.

Mi avevano già informato che Noah aveva domandato in giro chi fosse la ragazza che suonava il pianoforte durante i sermoni, ma provai lo stesso a ignorare il fatto che, ogni volta che pensavo a lui, il mio cuore sembrava saltare un battito. Erano trascorse due settimane dal suo arrivo e l'avevo visto soltanto una volta, di sfuggita tra l'altro, il giorno precedente, perché gli incontri nella comunità si tenevano ogni quindici giorni. Poiché ormai vivevo sopra il negozio e non più da loro, andavo a trovarli solo la domenica quando il pastore Hartstein teneva il sermone.

Il giorno prima, appena avevo finito di suonare l'ultima canzone, prima di scendere, credendo di essere nascosta tra le ombre del soppalco, l'avevo cercato tra la folla. Non sarebbe stato difficile individuarlo visto che, così come Vincent, non poteva prendere posto insieme alla congregazione per ascoltare le parole del nostro ministro. Il mio piano di passare inosservata sarebbe stato perfetto se il suo sguardo non fosse stato puntato come un falco nel punto in cui mi trovavo. I nostri occhi si incontrarono e, per un breve momento, credetti di perdere l'equilibrio e finire per terra. Per fortuna la buona e sana ragione aveva fatto capolino ed ero riuscita a nascondermi di nuovo.

«Lilie, vieni o no?»

Scossi la testa con decisione sentendomi chiamare in causa da Katrina. «Scusami, arrivo subito.»

Mentre prendevamo le leccornie da offrire alle anziane nell'altra stanza, udii la signora Tramonts parlare: «Secondo te, potrebbe essere un buon partito per la nostra Lilie?»

Sentii le labbra stirarsi in un sorriso. Il problema era che stava diventando sorda, perciò i suoi sussurri erano piuttosto alti.

«Attente alle parole poco adatte alla nostra giovane età, signore. Stiamo arrivando con il tè.»

La battuta di Kat mi strappò una risatina. La signora Semmelli non arrossì nemmeno mentre borbottava: «*Sie lauschet guet, aber g'schpürät schlächt.*»

«Lo so, lo so, signora Semmelli,» le rispose Katrina con pazienza, «me lo ripete da quando ero piccola che ascolto bene, ma obbedisco male.»

«*Ganz Genau*… Esatto!» Annuì l'anziana convinta che le sue parole fossero sagge, guardandola attraverso le lenti bifocali appollaiate sul naso e sorridendo in un modo che mi ricordava un serpente, poco prima di affondare le zanne nella sua preda.

Uno dei maggiori problemi della comunità, a mio parere, erano proprio quel tipo di pettegolezzi. Nella maggior parte dei casi erano soltanto commenti innocui scambiati tra le donne più anziane, ma alcune di loro, come nel caso della signora che stava lavorando al *quilt* proprio davanti a me, erano più invadenti di quanto avrebbero dovuto essere. A ogni modo, ero cresciuta tra di loro e sapevo benissimo come dovevo comportarmi: con umiltà, tenendo la testa bassa e poi sarebbe toccato a me valutare se seguire o meno ciò che dicevano. Sorridere era un'ottima strategia per evitare che le persone facessero troppe domande, a cui non intendevo rispondere visto che le detestavo quasi quanto le occhiatacce e le dicerie. Sguardi, come quello che mi stava rivolgendo, e i sussurri alle spalle erano tra i peggiori di tutti.

Seduta accanto a lei, la signora Tramonts, che era sempre molto più discreta, sorrise soltanto mentre scuoteva la testa ma tenne comunque gli occhi fissi sulla copertina da neonato che stava finendo.

La signora Semmelli, invece, non sembrava avere nessuna intenzione di lasciar cadere il discorso e mi fissò per un intero minuto prima di continuare a parlare. «L'ho sentito io stessa l'altro giorno mentre domandava di te al nipote della signora Baumgarten. Non credo che il suo sia un atteggiamento adatto.»

«Ah, sì?» Risposi rimanendo sul vago, mentre posavo sul tavolo del cucito il vassoio con i biscottini che avevo appena preparato. Poi, feci un sorriso alla signora Fritzpack, che mi aveva rivolto uno sguardo d'intesa prima di guardare il soffitto, come se stesse invocando pazienza da qualcuno lassù, poi mormorò affranta: «*Do kumma druvvel.*» Arrivano i problemi.

«Prendiamo o no questo tè? È scortese far aspettare gli anziani, Lilie» disse la signora Semmelli, battendo le nocche sul tavolo di quercia.

È scortese anche essere pettegole, signora Semmelli…

Con la coda dell'occhio, notai che la signora Aman, che doveva avere quasi una novantina d'anni, lasciò l'ago con cui stava ricamando e si aggiustò l'apparecchio acustico.

«Io, invece, gli ho fatto uno scherzo.» Mi fece un occhiolino da dietro la montatura spessa.

Scossi la testa con un sorriso che mi solleticava le labbra, guardandola con tenerezza. Tra le anziane che frequentavano il negozio per le sessioni di ricamo era la mia preferita. La vedevo come una nonna e, anche se aveva tanti nipotini, mi aveva sempre trattata come se fossi parte integrante della sua famiglia.

Famiglia…

Ero cresciuta in quella comunità e persino il nome mi era stato dato dal ministro che mi aveva accolto quando io e Aiden eravamo stati abbandonati. Non sapevo chi fossero i miei genitori, da dove provenissi o quale fosse il mio passato, ma non aveva importanza perché avevo quelle signore e le Maman che mi avevano cresciuto. Erano loro la mia famiglia, il centro dell'universo per la nostra congregazione. Stare senza di loro era come andare alla deriva in un mondo che non ero stata preparata a gestire.

Dall'altra parte del tavolo la signora Semmelli si raddrizzò come se si sentisse offesa. «Mi scusi, signora Aman, ma non credo che il suo atteggiamento sia produttivo.» Le sue parole di rimprovero non fecero che ampliare il sorriso sulle labbra dell'anziana. Era come una monella che si divertiva con la disapprovazione altrui.

«Che scherzo gli ha fatto, signora Gerde?» Le chiese incuriosita Katrina mentre iniziava a versare il tè.

«Mi ha chiesto se conoscevo la ragazza che canta e io gli ho risposto che mi piacevano le piante. Poi gli ho parlato anche dell'acquasanta.» Si coprì la bocca con un fazolettino ricamato che teneva tra le dita artritiche appena in tempo per nascondere una risatina, e le sue guance si tinsero di rosso. «Sono sempre stata brava con le rime.»

«Non penso che lui sia adatto alla nostra Lilie» disse all'improvviso la signora Kaufmann come se stessero per decidere se dovessi sposarmi o meno, e peggio ancora, con chi. Guardai Katrina mentre posavo le tazze davanti alle signore e la mia amica mi rispose con un'occhiata divertita. Lei era salva, aveva già un fidanzato. Marc era un bravo ragazzo della comunità che la stava corteggiando dall'autunno precedente ed ero sicura che si sarebbero sposati molto presto. Io, invece…

Sto andando bene… me lo ripetevo sempre, più e più volte. *Ho smarrito per un po' la strada, ma sono di nuovo su quella giusta.* Un giorno sarebbe stato vero. Un giorno sarei stata nuovamente me stessa. Integra, senza alcun pezzo mancante del cuore.

Dell'anima…

Cercando di ignorare il singhiozzo che mi riempiva la gola, spostai l'attenzione alla signora Kaufmann che proseguì dopo aver posato con cura alcuni biscottini nell'angolo del suo piatto. «Lui potrebbe essere anche un bravo ragazzo, ma non appartiene alla comunità, è un *Ussländer.*» Puntualizzò come se quella frase spiegasse tutto.

Accanto a lei, la signora Semmelli rispose spedita, come se stesse aspettando l'opportunità per sputare fuori quel pensiero che le rodeva dentro. «Se è per questo, non ne fa parte nemmeno lei.» I nostri sguardi si incrociarono prima che aggiungesse con un sorriso tanto dolce quanto falso: «Non più.»

E pensare che un giorno, non molto tempo prima, la consideravo come una madre.

La sua frecciatina sembrò arrivare dritta al cuore e scavarmi dentro come un martello pneumatico avrebbe fatto con un marciapiede inerme, quando sentii una stilettata di dolore proprio al centro del petto. Il mio comportamento non aveva importanza. Se avessi continuato a indossare o meno il loro abbigliamento, a seguire le loro usanze, anche se avessi confessato ancora una volta i miei peccati al ministro Hartstein e lui, in nome di Dio, mi avesse perdonata, nulla sarebbe cambiato. Ormai la signora Semmelli mi disapprovava, e non perdeva mai l'occasione di dimostrarlo apertamente. Purtroppo, non potevo nemmeno darle torto, poiché, almeno secondo il suo giudizio, ero stata l'artefice dell'allontanamento dalla fede del suo tanto amato nipote e avevo contribuito a trasformarlo in un miscredente.

Come sempre, la signora Aman intervenne in mio favore con un sorriso affettuoso e alcuni colpetti sul braccio. «Non darti pena, Lilie. Non tutti sono sensibili al tuo fascino.» Poi si voltò verso l'amica. «E tu, Henrietta, non hai bisogno di essere così sgarbata.» I suoi occhi chiari, ormai velati da una piccola patina simile a una foschia, sorrisero prima che le sue labbra seguissero il gesto. «Non dobbiamo preoccuparci per Lilie. Sappiamo tutti che, per ogni cosa nella nostra vita, c'è la stagione giusta e un tempo adatto per ogni scopo del Signore.»

Katrina, già sapendo come avrebbero finito la storia, e sapendo quanto la signora Semmelli potesse essere malvagia nei miei confronti, si voltò verso di me. «Lilie, non vorresti approfittare del tempo ancora libero per finire di allestire la nuova vetrina?» Spostò la sua attenzione al vecchio orologio sopra il mobiletto dove le signore posavano le ceste da cucito. «Abbiamo ancora una ventina di minuti prima dell'apertura del pomeriggio.»

«Mi sembra un'ottima idea.» Risposi in fretta quando mi diede una gomitata in un gesto apparentemente innocente, prima di volgere l'attenzione alle signore. «Pensate anche voi che l'idea che abbiamo avuto per il nuovo allestimento sia bella?» Batté le mani attirando l'attenzione di tutte. «Penso che la trapunta finita di ricamare dalla signora Wesser sarebbe perfetta se l'appoggiassimo sul comò intagliato dal signor Fimmellang. Non siete d'accordo?»

Le signore iniziarono subito a esprimere il loro parere e l'unica che restò in silenzio a fissarmi fu la signora Semmelli. Prima che potesse dire altro, chiesi permesso e, senza aspettare risposta, mi voltai uscendo dalla stanza mentre ringraziavo Katrina con il pensiero. Sorrisi riflettendo che c'era qualcosa di straordinario nei migliori amici. Erano sempre un solido promemoria del fatto che non saremmo mai stati veramente soli.

Andai in cucina per lavare la teglia e sistemare alcune cose e, una decina di minuti dopo, mi ritrovai inginocchiata dentro la vetrina intenta a spostare verso il centro un trenino di legno con i diversi vagoni, dove avevo adagiato un tappeto ovale dai colori vivaci e ricamato a mano. Pochi istanti dopo Katrina apparve per prendere la trapunta che le signore avevano scelto di mettere in esposizione.

«Forse, abbiamo un problema...» ragionò.

La guardai mentre tirava una delle trapunte da un braccio di metallo fissato alla parete. «Hanno scelto un modello da coppia, è tanto lunga quanto larga, perciò devi piegarla e magari appoggiarla in parte sul comò e spostare il restante dietro il mobile.» Guardò la vetrina prima di darmi tutta la sua attenzione. «Ma c'è così poco spazio per muoversi. Non so se ce la farai. Mi dispiace non poterti aiutare, non è abbastanza ampio per noi due.»

«Non preoccuparti. Lo faccio senza problemi» aggiunsi subito perché quel lavoro e Katrina mi piacevano davvero tanto. In un certo senso, essere lì tra quegli oggetti, creati perlopiù dalle persone della comunità, mi ricordava che potevo essere stata abbandonata da alcuni, ma non ero sola.

Mi voltai per prenderla dalle sue mani e, per qualche momento, restai a guardare i piccoli ricami color pastello che abbellivano il tessuto. Accarezzai quasi con riverenza i fiori delicati. «È un lavoro davvero bello.»

Katrina annuì mentre si allontanava. «Sono d'accordo con te. Alla fine hanno scelto la trapunta della signora Semmelli. Lei è una *quilter* eccezionale. Peccato che sia anche una vera pettegola.» Il suo sguardo si addolcì prima di proseguire. «Non so cosa sia accaduto tra te e suo nipote, ma se un giorno vorrai parlarne... potrai contare su di me...»

Lasciò la frase in sospeso e la ringraziai con un solo gesto del capo per non aver insistito. Avrei voluto dirle che il mio silenzio non era qualcosa di personale nei suoi confronti, ma che parlare di ciò che mi era successo equivaleva a farlo diventare reale ancora una volta. Finché lo avessi tenuto per me, avrei potuto fingere che fosse capitato a qualcun altro e non alla piccola Lilie che ero stata un giorno. La ragazza ingenua che credeva ci fosse del buono in tutti.

«Ho saputo che Christof tornerà in città il prossimo weekend. Sembra che ci sia il fine settimana prolungato all'Università o qualcosa del genere.»

«Lo so» le risposi con un mormorio sommesso prima di voltarle le spalle e concentrarmi sul mio compito, posando la trapunta con cura in modo che non coprisse gli intagli del mobile che, tra l'altro, erano bellissimi.

Concentrati su questo ora, Lil. E, intanto, respira…

Katrina tornò dalle signore e mi costrinsi a perdermi in quel piccolo mondo sicuro composto da decori, colori e amore per le piccole cose.

Ero completamente assorbita dal lavoro e stavo canticchiando una canzone, come facevo sempre, lasciando che la melodia scorresse come un torrente vivace dentro di me, concentrandomi nel vivere la musica, l'emozione, il ritmo, quando qualcosa attirò la mia attenzione. Alzai lo sguardo e fu allora che lo vidi, dall'altra parte della strada pedonale. Stava camminando accanto a Vincent, entrambi avevano tra le braccia uno scatolone e riconobbi subito il marchio del negozio di ferramenta che si trovava alla fine della strada. Mi sedetti sui talloni per guardarli, discutevano animatamente, mentre camminavano senza fretta. A un tratto, Vincent gettò la testa all'indietro e rise di gusto, Noah, al contrario, sorrise in un modo molto più discreto, solo una fugace torsione della bocca che, tuttavia, non raggiunse i suoi occhi. Quando Aiden mi aveva riferito che sarebbe venuto a lavorare nella comunità, mi aveva accennato anche a un incidente in cui era rimasto coinvolto, ma non era sceso nei dettagli. Comprendendo le sue intenzioni, avevo deciso di non cercare ulteriori informazioni perché, così come lui, ero contraria a curiosare nella vita degli altri. Inoltre, conoscevo così bene il carattere di mio fratello da sapere che non mi avrebbe mai rivelato i particolari di una storia che non lo riguardava, perciò non gli avevo domandato niente, ero soltanto rimasta sollevata quando mi aveva rassicurato che Noah stava bene. Avevo comunque percepito una calma forzata, quasi tesa, nelle sue parole e forse Aiden non era stato del tutto sincero, perché quel ragazzo che stava camminando come se portasse tutto il peso del mondo sulle spalle era molto diverso da come lo ricordavo.

Le immagini di quella sera erano sempre chiarissime nei miei ricordi e ciò che vedevo di diverso in Noah Engel non era solo l'aspetto fisico, con i suoi capelli lunghi che sembravano essere stati tagliuzzati da una forbice non affilata, la barba incolta che copriva parte del viso cesellato o il fatto che avesse perso parecchio peso, poiché i pantaloni blu e la camicia bianca che indossavano gli uomini della comunità sembravano penzolare dal suo corpo magro, sostenuti solo dalle bretelle. Era come se fossero scomparse parecchie parti di quel ragazzo spensierato che ancora riuscivo a intravedere quando chiudevo gli occhi e pensavo a lui. Era soprattutto il suo sguardo a sembrarmi molto diverso dal giovane pieno di vita che ricordavo. I suoi occhi riflettevano tanta sofferenza, una tristezza sconfinata, come se un'ombra oscurasse per tutto il tempo buona parte della sua anima, la stessa che sembrava essere appassita come un fiore lontano dalla luce del sole.

Möge Gott ihn behüten… chiusi gli occhi per un breve istante e mormorai: «Che Dio lo protegga…»

Ero così rapita da quei pensieri mentre lo fissavo, da rimanere stordita quando sembrò percepire il mio sguardo perché si girò nella mia direzione e poi rallentò fino a fermarsi del tutto tra la gente che passava. Nel frattempo, il suo amico continuò a camminare, parlando e guardando dritto davanti a sé, del tutto ignaro di cosa stesse accadendo.

Tutto attorno a me parve svanire e rimase solo il suo sguardo triste, i suoi occhi chiari che mi fissavano con serietà. Trattenni il respiro perché, per un attimo, fu come se il mio cuore stesse per smettere di pulsare. Afferrai con forza la trapunta, come se intendessi ancorarmi al presente, poiché sembrava che stessi per svenire. Ero inspiegabilmente nervosa mentre provavo a ricordare a me stessa che si trattava di un ragazzo cresciuto con mio fratello, quindi uno di famiglia.

Per un istante, che sembrò durare all'infinito, restò fermo e ci guardammo. Ero consapevole di ogni respiro veloce che usciva dalle mie labbra e, per un millesimo di secondo, fui contenta di essere in parte nascosta dall'ombra della vetrina, perché sentii le guance scaldarsi sotto il peso del suo sguardo instancabile.

Poi, iniziò ad avvicinarsi camminando con sicurezza, gli occhi fissi nei miei, prima di fermarsi bruscamente, lasciando che fosse solo il vetro a dividerci. Forse stava per dirmi qualcosa perché le sue labbra si aprirono, piegò appena la testa di lato, aggrottando le sopracciglia chiare. Aspettai, sentendo il corpo tendersi verso di lui, sognando disperatamente di udire la sua voce e, allo stesso tempo, non volendo che qualcosa cambiasse quel momento, il *nostro* momento, desiderando di aver indossato dei vestiti normali, anziché quelli che usavano le donne della comunità, di non avere i capelli raccolti in una crocchia bassa dentro il *Kapp*. Avrei voluto conoscere la frase giusta da rivolgergli semmai avesse deciso di parlarmi. Insomma, tutto ciò che volevo era comportarmi come una ragazza normale.

Il suo amico tornò sui suoi passi e gli arrivò accanto gesticolando con le mani e parlando tutto animato, provando a richiamarlo, ma lui lo ignorò, l'attenzione rivolta completamente su di me. Senza sapere bene come comportarmi, alzai la mano in un timido saluto.

È possibile che sappia chi sono? Che mi riconosca? Che Aiden gli abbia parlato di me?

Provai a scavare nella mente per ricordare le volte in cui ci eravamo visti, ma erano state pochissime e, per lo più, degli incontri sporadici. Ero andata a trovare Aiden alla villa in un paio di occasioni dopo che era uscito dalla comunità, ma ero ancora una bambina. Mentre crescevo, era sempre stato mio fratello a venire da me. Poi l'avevo visto suonare quella fatidica notte al festival del solstizio d'estate quando ero all'inizio del mio *Rumspringa* e poi, l'ultima volta in cui ero stata a villa Blumen in occasione del matrimonio di Aiden, non ero riuscita a vederlo perché lui non era presente. Mi ricordai che una piccola parte di me si era rattristata per la sua assenza, quel ricordo mi riempì di un'aspettativa mai provata prima, come se da lì a poco dovesse accadere qualcosa di stupendo o inaspettato. Non avevo mai osato sperare, nemmeno in un milione di anni, di poterlo rivedere.

E adesso è qui, di fronte a me e, per Dio, non riesco a smettere di fissarlo perché non ho mai visto un uomo guardarmi in questo modo. Che sta succedendo?

Come se riuscisse a leggermi il pensiero si tirò indietro, studiando l'effetto che i suoi occhi avevano su di me. Non riuscivo a nascondere il rossore che mi riscaldò di nuovo il viso, i respiri sempre più profondi che mi sollevavano il petto. Le ciglia che abbassai nel tentativo inutile di sottrarmi a lui.

Riesce a vedere ogni cosa, ne sono certa.

Quello che non poteva vedere, che ero ancora in grado di nascondere, era il modo in cui il mio cuore pulsava furioso nel petto, come se ogni secondo di quell'attesa accelerasse sempre di più i miei battiti.

Prima che potessi pensare a cosa avrei fatto, schivò il suo amico che gli stava ancora parlando e dopo due passi svelti aprì la porta entrando nel negozio.

Il campanellino con le ali d'angelo sopra la porta segnalò il suo arrivo, liberandomi dallo stato di trance in cui ero caduta.

Ebbi a malapena il tempo di uscire dalla vetrina, alzarmi e sistemare la gonna del vestito che mi fu davanti.

Il suo sguardo serio si intrecciò al mio, costringendomi quasi ad alienarmi data l'intensità di quegli occhi azzurri tempestosi. Avevo sempre pensato che gli occhi di quel colore fossero accompagnati da una sensazione di calore e accoglienza, ma i suoi non erano così. Almeno non in quell'istante. Erano intensi, proprio come la sua postura tesa e riservata allo stesso tempo. Attorno alle sue iridi c'era un blu intenso, ma le screziature si intrecciavano tra loro, aggiungendo al suo sguardo un aspetto avvolgente. I suoi occhi assomigliavano alle nuvole in cielo prima dell'arrivo di un temporale.

Eppure, non riuscivo a pensare a un significato diverso per il colore di quelle iridi. Noah Engel stava per portarmi all'inferno, lo stesso posto da cui, per un intero anno, avevo cercato di scappare.

I Bad News erano stati gli ultimi a salire sul palco quella sera e avevano appena finito l'esibizione. Rimasi sbalordita da come la folla, invece di disperdersi, sembrasse addirittura essere aumentata. Non avevo mai visto così tante persone in un solo posto. Forse eravamo addirittura un migliaio. La gente continuava ad arrivare in auto, con i finestrini abbassati e le radio che sembravano competere tra loro per chi producesse il rumore più assordante. Alcuni ragazzi stavano arrivando con i trattori o i calessi, alcuni persino troppo giovani per partecipare a festeggiamenti del genere. La maggior parte dei partecipanti era Ussländer, ma riconoscevo qua e là anche alcuni appartenenti alla comunità, quasi tutti nel loro Rumspringa, come lo ero io, e avevano abbandonato i vestiti tradizionali per dei semplici jeans e magliette.

Era la cosa più eccitante che avessi mai vissuto in tutta la vita. Ancora di più perché, molto presto, avrei incontrato Christof. Mi aveva chiesto di vederci al vecchio fienile alle dieci e mezzo, quando avrebbe finito di trattare alcuni affari con i suoi amici. Almeno era ciò che mi aveva detto mentre ballavamo insieme al concerto. Speravo che mi baciasse di nuovo perché il solo pensiero sembrava farmi camminare sulle nuvole, rubandomi il fiato. Forse, colpevole di quelle sensazioni era anche l'alcol, ma in quel momento non era importante scoprirlo. Tutto ciò che contava era che la vita era meravigliosa e forse, entro la fine della serata, Christof mi avrebbe chiesto di diventare la sua ragazza.

Ero così presa da quei meravigliosi pensieri che non vidi due ragazzi che portavano una scatola piena di bottiglie di birra, finché quasi non mi scontrai con loro. Per fortuna Katrina li vide arrivare prima di me.

«Attenta, dolce sciocchina!» Mi avvertì la mia amica all'ultimo momento, tirandomi da parte. Riuscii a spostarmi appena in tempo e quasi finii per terra. Entrambe scoppiammo a ridere. Uno dei ragazzi si voltò e, senza distogliere lo sguardo, mi sorrise mentre ci superava. «Ehi, bambolina, attenta a dove vai» disse con un sorriso che mostrava una fila di meravigliosi denti bianchi.

Non sapevo il perché, forse a causa dell'alcol, ma il suo gesto mi ricordò un cavallo e senza nemmeno rendermene conto iniziai a ridacchiare.

L'altro ragazzo che era con lui prese due birre dalla scatola, le stappò con un gesto teatrale e poi si avvicinò di corsa e me le porse. «Divertitevi e pensate a noi, signore!» Mi fece un occhiolino prima di raggiungere l'amico. Senza sapere nemmeno il perché guardai Katrina e scoppiai a ridere. «Perché ha dato le birre a me se stava parlando con te?»

«Ma cosa dici, ti stava mangiando con gli occhi» sospirò sognante. «Sei tu quella bella stasera.»

«Non essere sciocca.» Le lanciai un'occhiata che conteneva un briciolo di tristezza visto quanto la mia amica fosse seria. Credevo da sempre che la bellezza provenisse da dentro una persona, non dall'aspetto esteriore. Spesso, però, la gente non la pensava come me e avevo sentito i nomi crudeli con cui gli altri si rivolgevano a lei: "cicciotta" ed "esclusa"...

«Sei bellissima, Kat, e chiunque dica il contrario è un saublöd» cercai di consolarla, usando il dialetto per indicare chi era terribilmente stupido.

Come risposta, la mia amica abbassò lo sguardo sui suoi seni prosperosi, che erano racchiusi in un reggiseno davvero stretto sotto la maglietta. «Queste sono carine, però.»

Non volendo che l'argomento rovinasse la bellissima serata che stavamo vivendo, le diedi una leggera gomitata e, quando si voltò, la colsi di sorpresa con un abbraccio. «Un uccellino mi ha detto che Marc Rauber ti inviterà a fare una passeggiata la prossima settimana dopo il sermone.»

Il ragazzo in questione aveva qualche anno in più di noi, era bello e gentile e lavorava in una delle fattorie che produceva mobili tipici della comunità vicino a Unterkirnach. Non ero sicura se ciò che le stavo dicendo fosse del tutto vero, ma quella era una delle piccole bugie bianche che Maman Fender mi aveva insegnato che potevano essere dette per proteggere i sentimenti altrui.

«Vedremo» rispose Kat con un sorriso, ma non sembrava convinta. «Come farai a trovare Christof tra tutta questa gente?»

Felice di essere riuscita a cambiare argomento, risposi senza esitare. «Prima, il suo amico mi ha detto di incontrarlo in quel fienile, verso le dieci.» Indicai un grosso capannone appartato dal resto della festa.

«Meno male che ci ha detto di avere fretta perché domani deve alzarsi presto per lavorare.» Mi diede una gomitata scherzosa prima di alzare la sua bottiglia di birra.

«Allora, facciamo un brindisi e poi ti accompagno.»

Come sempre Kat aveva le idee migliori, così facemmo tintinnare le bottiglie tra loro. «A una serata divertente e memorabile» le dissi.

«E a un bellissimo ragazzo tutto per me!» Esclamò Katrina.

«E birra per tutti!» Urlò un ragazzo che, in quel momento, stava passando accanto a noi insieme ad altri amici. Dopo essere scoppiate in un'altra risata rovesciammo le teste e bevemmo.

La birra mi stava facendo tremare le mani quando, un po' prima delle nove e mezzo, salutai Katrina ed entrai nell'interno buio del vecchio fienile. La maggior parte delle persone stava andando via, visto che il giorno seguente sarebbe stato un lunedì e, per un istante, quando guardai l'oscurità davanti a me, mi preoccupai. Per fortuna durò il tempo di fare un pensiero veloce e mi calmai poco dopo, Christof non sarebbe stato così sbadato da andare via e lasciarmi da sola. Il problema era che forse ero un po' troppo in anticipo, ma non mi importava. Qualche minuto da sola avrebbe dato ai miei nervi l'occasione di calmarsi.

L'attesa pulsava dentro di me, a tempo perfetto con il ritmo della musica che proveniva da lontano. Ero così emozionata di poter vedere di nuovo Christof che quasi non riuscivo a respirare. Mi venne in mente la volta in cui Maman Fender mi aveva detto che, a volte, le cose tra un ragazzo e una ragazza potevano diventare all'improvviso troppo belle ed era a quel punto che una brava fanciulla avrebbe dovuto tirarsi indietro. Il problema era che non ero tanto sicura se volessi o meno allontanarmi da una qualunque situazione che coinvolgesse Christof. Lo conoscevo da sempre, l'avevo visto crescere e ciò che provavo nel profondo del cuore era che quella sarebbe stata la notte più bella della mia vita. Pensavo, addirittura, di esserne innamorata…

Accendendo la piccola torcia elettrica che avevo preso dal negozio, feci scorrere il fascio di luce prima a destra e poi a sinistra, illuminando l'interno del capanno. Era polveroso e umido, con il pavimento di terra battuta, delle stalle abbandonate da tempo e un soppalco di legno che sembrava aver visto giorni migliori. Ero sicura di essere l'unica lì dentro, ma, per sicurezza, puntai la luce verso la parte posteriore, prima di illuminare di nuovo tutta l'area. L'unica cosa che trovai fuori dal normale fu una grossa trave che si era staccata dal tetto, inclinandosi verso il basso, fino a formare un angolo precario.

Appena fuori dal capanno, anche se da lontano, la musica sembrava lo stesso pulsare di energia. Sentivo il baccano vibrare fino alle ossa e il tutto era scandito dalle grida occasionali di alcuni ragazzi chiassosi o dai guaiti di qualche ragazza che aveva bevuto troppo.

Un rumore improvviso proveniente dal retro del fienile mi fece fare un balzo. Con un sussulto del cuore, feci scattare la mano puntando la torcia a sinistra. All'interno del cono di luce volarono piccoli granelli di polvere. C'era una porta nascosta sul retro, magari più piccola, quindi non visibile? Il suono sinistro che avevo percepito, forse, era il cigolio di un cardine arrugginito?

«Christof…» risi di me stessa quando notai che il fascio di luce stava tremando. Il palmo della mano era bagnato sulla torcia; riuscivo a sentire il sibilo dei miei respiri, e percepire il ticchettio del cuore contro le costole. Per un istante pensai di bere un sorso

della birra che avevo ancora nell'altra mano, sperando che l'alcol mi calmasse, ma lasciai subito perdere e con passi insicuri mi diressi verso il retro del fienile.

«Christof… sei tu?»

Dopo una quindicina di passi venni avvolta dall'oscurità e mi ritrovai davanti un ampio corridoio dove intravidi altre stalle per il bestiame su entrambi i lati. Oltre, potevo vedere soltanto il lato posteriore del fienile, le enormi travi e il rivestimento in legno quasi del tutto marcio.

Scavalcando una tavola caduta, mi inoltrai nel corridoio, sbirciando oltre le cime degli sportelli aperti, mentre passavo davanti a vani pieni di cianfrusaglie. Diverse ragnatele si erano accumulate negli angoli insieme a balle di fieno che sembravano marce. Disseminati ovunque vedevo i più svariati pezzi di attrezzature agricole, alcuni bidoni grossi arrugginiti e cordame appeso un po' ovunque. Quell'immagine tetra mi fece chiedere per quale motivo avesse scelto proprio quel luogo per incontrarlo. Rabbrividii.

«Christof? C'è qualcuno?» Domandai all'oscurità che mi avvolgeva.

Ormai ero arrivata a metà del corridoio e stavo per ritornare sui miei passi, quando il fascio di luce individuò una porta aperta sul retro del fienile. Era entrato qualcuno? Christof mi stava facendo uno scherzo, uno di quelli che amava fare fin da quando eravamo bambini? Magari insieme a Katrina?

«Guardate che se state cercando di spaventarmi, non sta funzionando!» A smentire la spavalderia fu il tremore nella voce, l'inquietudine che premeva come dita gelide sulla nuca. «Christof! Vieni fuori, non è divertente!»

Un altro suono alle mie spalle mi fece girare. Spostai in fretta il fascio di luce a sinistra, il cuore che sembrava voler uscire dal petto e correre lontano. Qualcuno aveva acceso una luce, forse una lampada a gas. Un'ombra tremolava dentro uno dei box.

Prima che potessi soltanto registrare ciò che stava accadendo, il colpo mi arrivò sulla sommità dell'orecchio destro con una forza impressionante. La bottiglia di birra schizzò via dalla mano nello stesso momento in cui il dolore mi attraversava il cuoio capelluto come un fulmine, stordendomi. Mi ritrovai in ginocchio, la torcia che rotolava lontano, la mano premuta con forza sulla testa, mentre la scuotevo tentando di schiarirla. Ci fu un movimento fulmineo sopra di me e alzai lo sguardo, poi le mani per proteggermi.

Per salvarmi la vita.

Purtroppo, quella notte non si concluse con un dolce bacio o in modo divertente come credevo, ma di una cosa ero certa: non sarei mai riuscita a dimenticarla, come un marchio nero indelebile sulla mia pelle e sulla mia anima. Terribile e incancellabile.

17
Il dolore ha un volto

Non riuscivo mai a smettere di stupirmi di come, a volte, tutte le mie migliori intenzioni sembrassero andare a braccetto con le decisioni peggiori. Soprattutto in quei momenti istintivi, impossibili da combattere, perché inevitabili. E la conferma di quella teoria fu quando Vincent, ancora fermo accanto a me come se avesse visto un fantasma, diede voce ai miei pensieri con un sussurro angosciato. «Cosa diamine sta succedendo con questa ragazza?»

Pochi minuti prima, quando l'avevo vista nella vetrina del negozio, qualcosa nel profondo mi aveva suggerito di continuare a camminare, di sottrarmi al suo sguardo, di non fermarmi. Dannazione, mi mancava solo infatuarmi di una ragazza della comunità per complicarmi di più la vita. Dovevo darmi una svegliata, anzi una scrollata e andarmene di lì il prima possibile.

Ma il suo sguardo…

Nelle due settimane precedenti, Vincent mi aveva fatto alcuni sermoni che avrebbero reso invidioso il pastore Hartstein. Forse sarebbe stato meglio chiamarle con il loro nome, ossia vere e proprie ramanzine, iniziate quando gli avevo chiesto se conoscesse la ragazza che cantava durante gli incontri della domenica.

Tutto era cominciato proprio il giorno in cui eravamo arrivati alla comunità…

Mi guardai intorno per l'ennesima volta, spaesato e confuso come un cucciolo che aveva appena perso il suo osso preferito, sperando in un qualche intervento divino che mi aiutasse a conoscere la ragazza. Ormai era diventata un enigma che intendevo risolvere a tutti i costi. Il pranzo era finito da un bel po' ed eravamo ancora seduti alla fine di un lungo tavolo circondati solo da uomini. Le donne si erano ritirate molto prima, già indaffarate con i propri lavori e i ragazzi più giovani erano andati a giocare al lago insieme ai bambini. Per un lungo momento li invidiai con tutto me stesso: la vita spensierata, i pomeriggi in compagnia degli amici, l'innocenza che si perdeva anno dopo anno per sopravvivere, quando si era fortunati, agli ostacoli che la vita ti poneva davanti.

Inutile dire che, per quanto mi riguardava, mi stavo annoiando a morte ad ascoltare le spiegazioni di uno degli anziani sul lavoro che avremmo dovuto fare. Il problema era che lui iniziava il discorso e quando qualcuno interveniva per porgli una domanda, dopo aver risposto, non ricordava più cosa aveva detto e ricominciava tutto da capo.

Appoggiai i gomiti sul tavolo e la testa tra le mani perché rischiavo seriamente di addormentarmi e cadere dalla panca.

«Dobbiamo mettere le tegole partendo dal basso. Avevo pensato a due uomini sulla scala, due per terra e altri tre sul…»

Mi stavo proprio domandando se usare o meno la scusa di dover andare in bagno e poi non tornare, ma gli occhi di Vincent si posavano di tanto in tanto su di me e, per Dio, era possibile che riuscisse a leggermi nel pensiero?

La voce del signor Rubeus iniziò a sparire in sottofondo. «È importante trasportare le tegole sulle scale…»

Bla, bla, bla… la sua voce monotona mi faceva venire un sonno pazzesco. Un altro anziano, con la barba brizzolata che gli arrivava a metà pancia, lo fermò per fargli una domanda e avrei voluto implorarlo di stare zitto, ma lo sguardo che Vincent mi rivolse mi fece cambiare idea. Insomma, quella chiacchierata era ancora peggio del sermone del mattino, una noia mortale, perciò quando finalmente il vecchio Rubeus fece una pausa per bere un po' di caffè, sapevo che avrebbe iniziato da capo, così ne approfittai per chiedere qualche informazione su un argomento che mi interessava tantissimo. Iniziai con molta nonchalance.

«Che splendida la voce della fanciulla che ha cantato questa mattina…»

Sette occhi, perché il signor Naus ne aveva uno solo, si voltarono nella mia direzione prima che calasse un silenzio che descrivere come sgradevole sarebbe stato un eufemismo. Per fortuna solo coloro che erano più vicini avevano sentito le mie parole, ma Rubeus aveva addirittura la bocca ancora aperta, la tazza a metà strada. Poiché nessuno di loro aveva un'espressione che avrei potuto considerare ostile, continuai con un bel sorriso, che avrebbe fatto invidia a un principe azzurro, mentre prendevo un pezzo di torta che una delle signore aveva posato poco prima sul tavolo.

«Insomma, lei è davvero brava…» mi voltai verso il mio amico, aspettando che mi venisse in soccorso. «Ehi Vin, come hai detto che si chiama?»

Aggiunsi un'espressione pensierosa che considerai davvero convincente e lasciai la domanda, che avrebbe dovuto sembrare del tutto innocua e senza un secondo fine, posarsi delicatamente tra di noi. In fin dei conti, ero stato anch'io un musicista, perciò era del tutto normale che fossi interessato alla sua voce melodiosa e al trasporto con cui aveva suonato quel pianoforte. Provai a spiegarlo ma, purtroppo, le mie parole piuttosto che posarsi come una piuma delicata, sembrarono piombare come un mattone sopra al tavolo.

Non riuscivo a capire perché continuassero a guardarmi con quelle espressioni esterrefatte. Non avevo chiesto il suo numero di telefono, o a qualcuno di presentarmela, ma purtroppo come accadeva spesso quando si trattava del sottoscritto, nel momento in cui le parole uscirono dalle mie labbra, me ne pentii all'istante. Peccato che non potessi rimangiarmi ogni dannata sillaba.

«Cosa ho detto di sbagliato?» Chiesi senza nascondere la mia sorpresa agli uomini, prima di guardare il mio amico che mi era seduto accanto. Non avrei mai scordato come i suoi occhi si fossero sgranati e come, dopo aver chiesto scusa a tutti i presenti, mi avesse quasi trascinato via dalla panca, come se avessi appena detto che il diavolo era arrivato a bordo di un calesse per unirsi a noi.

Appena fummo lontani da orecchie indiscrete, emise un grugnito senza senso che mi ricordò lo stridio di un treno merci e poi partì all'attacco. «Per la miseria, Noah! Le ragazze della comunità non si toccano. Anzi, ti dirò di più, non si guardano nemmeno! Hai presente un cartello grosso, no, facciamo gigantesco, dove c'è scritto "Alt, verboten"? Ficcati questo concetto in testa, Noah, loro sono proibite.»

Da quel pomeriggio non aveva più smesso di assillarmi con le sue paranoie e le cose si erano aggravate nei giorni successivi perché aveva scoperto che avevo fatto un paio di domande innocue in giro proprio su quella ragazza. In mia difesa, avrei potuto aggiungere che era impossibile capire che quelle signore anziane, con il viso sereno e i sorrisi che emanavano solo bontà, potessero essere così pettegole, come avrei potuto anche solo immaginarlo? Perché erano le uniche a cui avevo posto qualche domanda, e l'avevo fatto credendo di potermi fidare. Peggio per me…

Un'altra decisione sbagliata, che gran bel colpo, Noah!

Dopodiché le cose erano soltanto peggiorate. Ero sicuro che le nonne pettegole si fossero accordate con Vincent, il traditore, e con il pastore Hartstein, perché nessuna di loro mi aveva dato una risposta utile o, per quanto potesse contare, almeno coerente, come quella dolce vecchina che si era messa a parlare di acquasanta. Gli uomini, invece, mi avevano fatto lavorare così tanto da non avere la forza di mettere insieme una frase coerente a fine giornata. Tutto ciò che riuscivo a fare era alzare la forchetta per mangiare e potevo giurare che il solo atto di masticare fosse fin troppo pesante, poiché non c'era un solo muscolo del corpo che non mi facesse male. Se pensavo che lavorare con il grande orso buono o aiutare i miei fratelli come avevo fatto prima di arrivare in comunità fosse faticoso, mi ero sbagliato. Anzi, era ormai ufficiale: mi ero sbagliato di grosso!

La routine era sempre la stessa: svegliarsi prima dell'alba, lavorare fino allo sfinimento, fare tre pasti al giorno mangiando come dei profughi affamati, infilarsi sotto la doccia per poi cadere in un sonno così profondo da fare invidia ai morti. La stanchezza che mi piombava addosso era così massacrante che non riuscivo nemmeno a tornare in città, nel Bed & Breakfast che la comunità ci aveva messo a disposizione. Durante tutte quelle notti avevo dormito ovunque ci fosse un posto libero in cui mi potessi coricare: dentro una carrozza, in un fienile, sotto il castagno e, la peggiore di tutte, in una delle stalle, dove mi ero destato con una sveglia alquanto "indiscreta", ovvero una mucca che mi leccava il piede.

Tuttavia, la cosa più incredibile nel corso di quelle due settimane era che non avevo pensato nemmeno una volta all'alcol. Forse per merito della stanchezza, ma preferivo pensare ciò che ripeteva sempre il pastore Hartstein:

«L'uomo che rema la barca difficilmente ha il tempo di farla dondolare, signor Engel.»

Era incredibile vedere la comunità muoversi come un fronte unito, un unico esercito in grado di compiere grandi cose. Le donne, perlopiù, si occupavano della cura dell'orto, della casa e dei bambini, mentre gli uomini, invece, del lavoro nei campi, la ricostruzione o il restauro delle fattorie, dei campanili, dei mulini, degli steccati per gli animali. Non c'era fine alla lista di ciò che si doveva portare a termine e nemmeno alla loro forza di volontà. Lavoravano cantando, fieri di svolgere le proprie mansioni e, in più di un'occasione, mi ero ritrovato a canticchiare alcune parole in dialetto. Era come se, pian pianino, la vita dentro di me stesse sbocciando di nuovo come i fiori selvatici che vedevo nei campi e nel fitto bosco che circondava quei posti paradisiaci.

Il tempo che sembrava trascinarsi all'infinito mentre ero in quella roulotte, a un tratto, aveva deciso di scorrere sempre più velocemente. Insieme ai ragazzi e agli uomini della comunità avevo rifatto tutto il tetto del capanno del signor Amos, poi avevamo ricostruito lo steccato della recinzione di una delle fattorie a una trentina di chilometri dalla comunità. Senza contare l'aiuto quotidiano con gli animali e la piantagione. Nessuno possedeva un trattore o l'energia elettrica, quindi l'aratro veniva spinto con l'aiuto dei cavalli o delle mucche. Giorno dopo giorno, iniziai a notare che le dita della mano destra, quella che avevo quasi perso a causa dell'incidente, stavano lentamente riprendendo il movimento, la forza. Quel particolare, unito agli elogi che provenivano dagli anziani quando facevo qualcosa di giusto, o il semplice modo in cui mi salutavano, alzando il cappello di paglia come se fossero onorati di vedermi, non faceva che incentivarmi a continuare per quella strada. Vincent mi aveva detto che, prima o poi, avrei dovuto fare pace con Dio, e forse aveva ragione, perché mansione dopo mansione era come se il fardello che avevo portato sulle spalle tanto a lungo si fosse alleggerito di qualche grammo. L'aria pura della foresta, il lavoro manuale e le nuove amicizie erano come un toccasana per la mia mente e il mio corpo.

Eppure, non riuscivo a togliermi dalla testa la voce di quella ragazza in un momento che mi aveva scombussolato così tanto da farmi provare quasi una vertigine, quando l'avevo vista di sfuggita nel soppalco. Ero con Vincent nei nostri soliti posti in fondo al capanno e il pastore Hartstein stava parlando dell'importanza della famiglia. Il suo discorso mi aveva fatto ricordare che dovevo trovare un modo per chiamare mamma M., per farle sapere che mi stavo riprendendo. Quando il pastore aveva finito il sermone, il silenzio era calato e poi le note del piano avevano iniziato a vibrare nell'aria, avvolgendomi un'altra volta in quella sensazione meravigliosa. Un brivido di pura felicità mi era sceso lungo la schiena, ed era come se la ragazza misteriosa stesse cantando solo per me. Per godere appieno di quel momento mi ero appoggiato alla pila di fieno che si trovava alle mie spalle, avevo chiuso gli occhi e mi ero lasciato trasportare dalla magnificenza della musica. Non erano le parole, perché lei cantava in quel dialetto di cui capivo ancora poco, erano il modo, l'intensità, la passione che trasparivano dalla sua voce. Era ricca e risonante e, nota dopo nota, sembrava radicarsi sempre di più nella mia anima. Il silenzio era la conferma che non ero l'unico a essere ammaliato dal suo canto. Quando finì la sua esibizione, un'immensa tristezza aveva invaso ogni parte di me, aprii gli occhi per guardare verso il soppalco e fu allora che la vidi per la prima volta. Fu solo un momento fugace, quasi come un sogno, ma ero sicuro di aver già visto quello sguardo da qualche parte. Non avrei mai dimenticato il modo in cui mi aveva fissato. Non era lussuria. Conoscevo bene quell'espressione. Mi guardava... con soggezione.

Un battito di cuore, leggero come le ali di un colibrì curioso, dopodiché, era sparita tra le ombre.

Il sermone era finito, l'intera comunità si era ritrovata per festeggiare un'altra settimana giunta al termine e avevo provato a cercarla ovunque tra le persone, anche se sapevo che sarebbe stato davvero difficile individuarla, poiché avevo intravisto soltanto il suo viso e il *Kapp* azzurro chiaro che le avvolgeva i capelli.

L'avevo addirittura sognata un'altra volta: stava sempre suonando il piano, ma riuscivo a vedere il viso delicato che mi ricordava quello delle antiche bambole di porcellana, le guance rosee, le labbra a forma di cuore. Era stato uno dei sogni più belli fatti negli ultimi mesi.

Poi, come per miracolo, il giorno successivo, i nostri sguardi si erano cercati un'altra volta e l'avevo vista mentre sistemava la vetrina di quel negozio.

Finalmente l'avevo proprio davanti, soltanto che non era in quella maniera che avevo pensato di presentarmi, perché ero quasi certo di sapere chi fosse. Entrai nel negozio nel momento in cui, appena uscita dall'area di allestimento, si era messa in piedi e stava lisciando le pieghe del lungo vestito rosa pallido che indossava. I nostri sguardi si incontrarono ed ebbi la sensazione di vederla bloccata, un bocciolo di un fiore, calmo e quieto dopo una tempesta, ma poi impallidì, le mani le caddero lungo il corpo, mentre continuava a guardare nella mia direzione, ma senza incontrare più i miei occhi. A un tratto la sua espressione si fece assente, come se si fosse persa dentro se stessa, le sue pupille dilatate, la bocca aperta come se cercasse di respirare ma qualcosa le impedisse di farlo, fino a che il suo petto stretto dentro al corpetto iniziò ad alzarsi e abbassarsi sempre più in fretta. In quel momento capii, l'avrei riconosciuto ovunque: il dolore, puro nella sua forma peggiore, lo stesso che aveva corroso il mio cuore in tutti quei mesi. Fu come se qualcosa dentro di me affondasse, come un sasso gettato in uno stagno che cadeva di peso su un fondale sabbioso.

Desiderai prendere la sua mano tra le mie, portarle un qualsiasi tipo di conforto, invece non riuscii a muovermi perché qualcosa mi trattenne. Tutto ciò che riuscii a fare fu chiederle in un sussurro strozzato: «Lilie, ti senti bene?»

Come se venisse portata indietro da un incubo, scosse la testa con decisione mentre faceva un passo indietro, allontanandosi, mettendo distanza tra di noi. Le sue labbra si separarono e prese una boccata d'aria, come se per tutto quel tempo avesse smesso di respirare. I suoi occhi verdi e solenni si ingrandirono e fu come se qualcosa dentro di me morisse, perché lei sembrava terrorizzata dalla mia presenza. Per un breve istante dubitai addirittura che fosse lei, che mi fossi sbagliato e l'avessi confusa con qualcun'altra.

«Lilie, sei tu?» Riprovai con un tono più dolce, non volevo allarmarla perché, diamine, ero sicuro che fosse lei. «Sono io, Noah Eng-»

Avrei voluto darle ulteriori informazioni, dicendole che avevo vissuto con suo fratello, che mi ricordavo di lei quando era ancora bambina, che anche se indossavo i vestiti di lavoro della comunità, i pantaloni blu, la camicia bianca, le bretelle e il classico cappello di paglia, ero sempre io. Purtroppo, però, tutte le parole morirono prima che potessi proferirle, poiché la sua reazione quando udì il mio nome mi lasciò esterrefatto. Come se si trovasse di fronte a un fantasma, incrociò le mani all'altezza del petto e fece un passo indietro, poi un altro ancora fino a quando la sua schiena si scontrò con uno scaffale pieno di piccoli oggetti di legno intagliato che finirono per terra procurando un fracasso tremendo.

In automatico, io e Vincent, lasciammo le scatole sopra un mobile e ci abbassammo per raccogliere i vari oggetti dal pavimento di legno scuro. La guardai dal basso mentre deglutiva e chinava la testa, fissandomi in un modo in cui non mi era mai successo prima. La mia bocca si asciugò mentre le prime strofe si formavano nella mia mente.

Occhi in cui potrei annegare, ma
Non importa quanto sei vicina
Sei sempre troppo lontana
E voglio...
Soltanto voglio...
Assaporare il tuo paradiso
E ti darò in pasto i miei peccati
Noi siamo di più. Lo siamo sempre stati
Saresti capace di rinunciare alla tua purezza
Per annegare nella mia oscurità?
Forse sarò il tuo peggior errore
Ma tu, cara mia, sarai il mio peccato colmo d'amore...

Nel frattempo, con la coda dell'occhio notai una porta che dava sul retro aprirsi e uscirne una ragazza di fretta, la preoccupazione evidente nei suoi lineamenti. «Lilie, va tutto bene? *Was der schinner is letz?* Cos'è successo?»

Lei sussultò e si affrettò a mettere un po' di spazio tra di noi e così, senza preavviso, le strofe furono strappate dal mio cuore e svanirono nell'aria.

«È stata colpa mia...» risposi in automatico mentre continuavo a raccogliere i piccoli oggetti sparsi per terra.

Lo sguardo di Lilie si spostò prima verso di me e poi in fretta verso l'altra ragazza nello stesso istante in cui iniziava a balbettare, le nocche che diventarono bianche mentre si stringeva sempre più forte le mani davanti a sé. «No, no… non è suc- successo nulla…» disse in preda al panico, prima di appoggiarsi su un comò in vendita dietro di lei, come se avesse bisogno di qualcosa che la sostenesse.

Ancora sbalordito dalla sua reazione, mi alzai posando gli oggetti che avevo in mano sopra un mobiletto intagliato che si trovava alla mia destra. Nel frattempo, alle spalle della ragazza, entrarono nella stanza altre cinque donne che guardavano incuriosite verso di noi provando a capire cosa fosse accaduto. Riconobbi subito due delle signore con cui avevo parlato, le stesse a cui avevo chiesto se la conoscevano.

«Buon pomeriggio, Katrina» intervenne subito Vincent con voce affabile. «Non è accaduto nulla di grave. Credo che abbiamo soltanto spaventato Lilie.»

La guardò mortificato mentre domandava scusa e non mi restò che imitarlo, anche se non riuscivo a capire come mai avesse reagito in quel modo.

Passato quel primo trambusto, tre delle signore tornarono verso la porta sul retro, mentre le altre due si avvicinarono e riconobbi subito quella che mi aveva chiamato *Ussländer* dal modo spregevole in cui mi guardava. Nel momento in cui anche lei mi vide bene, sgranò gli occhi e strinse la mascella, e un suono, che avrei definito di puro disgusto, uscì dalle sue labbra.

Aprii la bocca proprio per chiederle perché mi fissasse in quel modo, ma Vincent mi anticipò.

«Stavamo andando via.»

Mi lanciò uno sguardo eloquente che ricambiai a bocca aperta, prima di riprendermi. «Cosa?» Abbassai la voce per mantenere il nostro scambio privato, ma prima che potessi aggiungere altro, mi ritrovai con la mia scatola tra le braccia. In un batter d'occhio, prese anche la sua, fece alle signore un piccolo inchino e ancora prima che potessi capire cosa stesse per fare mi ritrovai a essere spinto in malo modo fuori dal negozio.

Appena diedi la schiena alle donne, il mio amico mi ammonì con le labbra strette e un cipiglio minaccioso gli apparve in mezzo alla fronte. «Ne parliamo dopo, adesso andiamocene.»

Mi voltai per guardare di nuovo Lilie prima di varcare la porta, ma era già circondata dalle donne. Vedevo soltanto il suo capo chino, il viso nascosto tra le mani.

Fuori dal negozio, la vita continuava. Le persone passeggiavano, si fermavano davanti alle vetrine, godendosi la bella giornata. La strada, libera dalle auto, era in parte occupata da bambini gioiosi, mentre i genitori sorseggiavano un caffè e leggevano i giornali sotto l'ombra degli ombrelloni dei bar.

Invece per me ogni battito del cuore sembrava essere rimasto in quell'emporio. Appena riprendemmo a camminare, mi voltai verso Vincent. «Sapevi fin dall'inizio chi fosse.»

«Certo che lo sapevo» mi rispose seccato mentre aumentava il passo, come se volesse farmi intendere che l'argomento era chiuso.

«Vincent.» In due passi gli fui accanto quando non rispose subito.

Fece uno dei suoi soliti sbuffi. «Possiamo parlare dopo» continuò con un tono evasivo, «dobbiamo ancora portare il resto della roba in ferramenta o il signor Rauber ci farà lavorare fino a tarda sera.»

Scossi la testa ostinato. «Non cambiare argomento. Perché non mi hai detto che era lei?»

«Chi?» Il cretino ebbe l'audacia di guardarsi attorno.

«Non ci provare!» Fu il mio turno di perdere la pazienza. Se pensava che avrei lasciato cadere l'argomento, si sbagliava di grosso. «Vincent, fermati.» Inclinai la testa e catturai il suo sguardo. Pronunciai il suo nome con fermezza, facendogli capire che volevo la sua totale attenzione.

Dopo un altro sbuffo teatrale, deviò una coppia di anziani che aveva deciso di fermarsi proprio in quel momento per scattare una foto con il lago in lontananza come sfondo, prima di bloccarsi a metà strada e guardarmi serio.

«Ascolta, Noah…» pronunciò il mio nome come se fosse mio padre e fossi un adolescente irascibile. «Ti ho già parlato delle ragazze della comunità.»

«Lei non è una ragazza qualunque» risposi in fretta, ma mi batté sul tempo. «Proprio per questo. Io non so cosa le sia accaduto, non lo sa nemmeno Aiden che è suo fratello. Le persone che vivono nella comunità sono soggette alle stesse debolezze e fragilità di chi vive all'esterno.»

«Allora lo hai avvertito anche tu?»

Spostò lo sguardo verso il lago alle mie spalle prima di fissarmi. La sua mascella era così serrata che faceva fremere il muscolo della guancia. Restai fermo, lasciandogli intendere che non sarei andato via senza una spiegazione. Alla fine sbuffò esasperato. «Cosa avrei dovuto avvertire?»

«Il suo dolore.» Quelle tre parole ebbero il potere di zittirlo. Ci fissammo per un momento, prima che spostasse l'attenzione sulle sue scarpe da ginnastica. Infine sussurrò. «Sì, l'ho avvertito anch'io.»

I nostri sguardi si incrociarono di nuovo e tutto il trionfo che avevo appena provato per la sua ammissione sembrò evaporare sotto i raggi del sole che mi scaldavano la pelle. «Questo non significa, però, che possiamo fare qualcosa per lei.»

Non volevo che le sue parole sfrecciassero come un dardo dritto al mio petto e trovassero un bersaglio nel cuore, ma fu ciò che accadde. Lilie sembrava il tipo di ragazza da cui molti si sarebbero lasciati coinvolgere volentieri: triste, vulnerabile, determinata.

E quegli occhioni verdi…

Riprendemmo a camminare e il silenzio che ci era sempre stato amico, tutto a un tratto, divenne pesante. Nel profondo delle piccole parti della mia anima che resistevano all'oscurità, sapevo che aveva ragione. Sarebbe stato saggio mantenere le distanze da lei, soprattutto perché non ero in grado nemmeno di badare a me stesso. Ero quasi sicuro che fossi l'ultima persona sulla faccia della terra in grado di aiutarla, ma d'altronde era come se i nostri dolori si fossero riconosciuti. Forse le persone che subivano traumi erano in grado di attrarsi come i poli magnetici di una calamita. Che cosa poteva mai esserle accaduto? Qual era la sua storia? Era cresciuta in un ambiente protetto, l'unica famiglia che aveva era Aiden, il quale era felicemente sposato con Louise e godeva di un'ottima salute.

«Forse ha bisogno di aiuto, Vin.»

«Non credo» rispose ancora una volta in modo evasivo. Molto probabilmente notò il mio sguardo contrariato perché aggiunse in fretta: «Ha l'intera comunità e Aiden a sua disposizione.»

Spostai la scatola che avevo tra le braccia per liberare una mano che poi appoggiai al suo avambraccio. Quando si fermò e mi prestò la sua totale attenzione, lo guardai seriamente. «Quando ci siamo conosciuti avevo tutta la mia numerosa famiglia accanto, pronta a sostenermi, e ti posso assicurare che non mi sono mai sentito così solo. Forse possiamo aiutarla, Vincent.»

Un'alzata di spalle fu tutto ciò che mi diede, ma la sua "non" risposta accese lo stesso un piccolo barlume di speranza. Per la prima volta, dopo tutti quei mesi, il mio cuore sembrò essere pizzicato come le corde di una chitarra, facendomi provare una piccola emozione che non sapevo cosa fosse.

Tutto ciò di cui avevo bisogno era un piano ben congegnato.

18
I veri amici

Durante il viaggio di ritorno rimasi perlopiù in silenzio, nonostante Vincent provasse in tutti i modi a farmi dimenticare quanto era capitato poco prima all'emporio.

Come se fosse possibile…

L'espressione di Lilie era rimasta impressa nelle mie iridi in modo incancellabile.

«Allora, come ti stavo dicendo prima… dunque, quando avevo circa diciassette anni, avevo una cotta pazzesca per questa ragazza, e la sua famiglia aveva una roulotte, nel campeggio del signor Finn.»

Perse un paio di minuti a spiegarmi il luogo esatto e gli risposi con un mormorio svogliato che somigliava a un "sì, sì ho capito dove intendi".

«Dunque, lei veniva ogni estate e, alla fine, sono riuscito a conquistarla, pensa, riuscimmo a stare benone per un mese intero…» il suo sguardo si fece sognante mentre parcheggiava il furgone e scendevamo per prendere il materiale e spostare tutto sulle bici. «Perciò, avevo dato per scontato che l'anno successivo, quando fosse tornata per le vacanze, avremmo continuato la nostra storia d'amore.»

Fece una pausa e, nel frattempo, finì di sistemare le scatole nel carrello legato alla sua bici. «E sai cosa è successo?»

Non volevo prestare attenzione a ciò che mi stava dicendo, ma lui aveva un modo così interessante di raccontare le cose che era impossibile non farlo. Dopo una delle sue pause teatrali, in cui appoggiò le mani sui fianchi e ruotò gli occhi come una vera e propria diva, mi ritrovai con un sorriso sulle labbra a chiedergli: «Quindi cos'è capitato, oh grande Vincent?»

Le sue guance si tinsero di rosso. «Amico mio…» aggiunse un'altra pausa, «lei non ricordava nemmeno chi fossi. Non puoi capire la mia delusione.» Azzardò un'occhiata verso di me mentre chiudeva il furgone e montavamo sulle nostre due ruote. «In una scala da uno a dieci, secondo te, quanto sono stato patetico?»

Strinsi le labbra con forza e mi limitai a scuotere la testa, non ero sicuro per quanto tempo sarei riuscito a trattenermi.

Iniziò a pedalare e lo seguì con l'intenzione di lasciar perdere la nostra conversazione. Purtroppo non era del mio stesso parere e, dopo aver superato la catena che delimitava la proprietà privata, mi chiese: «Allora, secondo te?»

Sentii le mie sopracciglia scattare all'insù. «Davvero lo vuoi sapere?»

Mi lanciò una delle sue occhiatacce prima che entrambi scoppiassimo in una risata contagiosa. Ormai non potevo perdere la possibilità di punzecchiarlo: «Non voglio deluderti, oh magnanimo guru dell'amore, ma evidentemente stavi facendo qualcosa di sbagliato se ti ha dimenticato così in fretta.»

A quella risposta sterzò verso di me buttandomi quasi a terra, mentre borbottava come il nonnetto che era. «Stai zitto tu.»

Le sue guance diventarono scarlatte e scoppiai in un'altra risata. Per qualche minuto continuammo tranquilli a seguire la strada sterrata, un po' chiacchierando e un po' osservando il meraviglioso paesaggio che ci circondava. C'era qualcosa di pacifico, quasi paradisiaco, nel pedalare in una foresta come quella, così approfittai per fare qualche respiro profondo godendo del silenzio, rotto soltanto dal rumore delle nostre ruote e dal canto degli uccellini. Sorrisi tutto contento quando iniziai a imitarli con alcuni fischietti e, poco dopo, dal bel mezzo dei pini, alcuni piccoli amici piumosi mi risposero. Era strano, ma il mio cuore, grazie a quel dolce cinguettio, si calmò suonando a un ritmo quieto e felice, come una meravigliosa melodia. La visione di quel luogo mi ricordò l'amore che Matt nutriva per la natura, ma la cosa incredibile fu che pensare a lui non mi procurò la fitta di dolore che di solito accompagnava quei ricordi. Invece fui in grado di rivivere alcuni momenti di quando eravamo ragazzi, in gita con la scuola o a fare delle passeggiate durante le vacanze. Mi ricordai anche della conversazione avuta con Vincent la prima volta che ci eravamo recati alla comunità. Forse il grande orso che pedalava tranquillo accanto a me aveva ragione e, con il passare del tempo, il mio cuore stava iniziando a guarire, a trovare conforto nei ricordi, ma soprattutto a battere come una volta, senza farmi soffrire.

Appena finimmo la discesa, iniziammo a costeggiare il lago in direzione della diga, poiché avevamo ancora un bel po' di chilometri davanti a noi e il grande orso sembrava di buon umore, approfittai per porgli una domanda che mi stava mangiando vivo.

Diedi una piccola accelerata per mettermi accanto a lui. «Vin…»
«Sì?» Mi guardò di sottecchi, già fin troppo serio.
«Continui a dirmi che devo stare lontano dalle ragazze della comunità, però tu ne stai frequentando una.» Volevo aggiungere che non era proprio l'esempio perfetto da cui prendere spunto, non perché non fosse una brava persona, ma solo perché, come me, non era *uno di loro*.
Tuttavia, prima che potessi dare voce ai miei pensieri, prese la parola. «Devi capire che le cose nella comunità funzionano in modo diverso da come viviamo noi.»
Come se intendesse cambiare argomento, prese la borraccia che aveva sul tubo della bici e bevve un lungo sorso d'acqua.
«Sì, questo l'ho notato pure io» aggiunsi dopo un momento, con l'intenzione di incentivarlo a continuare il discorso, considerando che la sua espressione non sembrava molto volenterosa.
Ancora nulla, così riprovai. «E, quindi…»
Sbuffò contrariato. «Cavolo, avevo scordato quanto sai essere insistente.»
Sorrisi tutto felice, come se avessi appena ricevuto un elogio. *Ancora non hai visto niente, grande orso…*
«Okay, okay… come ti dicevo prima, ci sono tanti altri dettagli che, forse, non hai saputo cogliere. Ad esempio, di solito le ragazze non frequentano i loro coetanei fuori dalla comunità, oppure sono pochissime coloro che si sposano con gli *Ussländer* come noi, perché questo significherebbe dover uscire dalla cerchia in cui vivono.» Fece una pausa e poi aggiunse con un tono di voce fin troppo serio: «I casi sono due: o sono loro a uscire oppure siamo noi a dover entrare. Quindi, ti do lo stesso consiglio che mi è stato dato dal pastore Hartstein quando gli ho chiesto se potevo corteggiare Rose.»
Provai a mantenere un'espressione neutra, visto che si era finalmente deciso a parlare. Tuttavia, per quanto provassi a prestargli attenzione, le domande continuavano ad accumularsi nella mia testa come i tronchi di un falò scoppiettante. *Perché diamine ha dovuto chiedere il permesso al pastore per… come ha detto… corteggiarla? Chi cazzo usa ancora parole del genere? Vabbè, lasciamo perdere… non è questo che voglio da Lilie, non ho intenzione di corteggiarla. Diamine, sono cresciuto con suo fratello e questo fa di lei una sorta di sorella… cazzo! Che accidenti voglio da Lilie?*
«… e poi devi prima pensarci seriamente a…»
Continuai a pedalare accanto a lui in silenzio per radunare i miei pensieri, e molto presto la sua voce sparì in sottofondo.

Innanzitutto, vorrei soltanto sapere perché mi ha rivolto quello sguardo, e poi… scusa, come posso sapere che cosa voglio da lei se non la conosco nemmeno?

Provai a ricordare com'era stato con le altre ragazze che avevo frequentato mentre ero ancora con la band, e poi ricordai le donne che avevo conosciuto nei bar, ma la verità era che non sapevo nulla su come approcciarmi a una ragazza, la mia esperienza in quel campo era davvero limitata. Di solito, quando ero con la band erano loro a cercarmi e poi, con le donne che avevo incontrato nei locali, ero sempre stato troppo ubriaco per rammentare addirittura cosa avessi fatto.

«Ehi, sognatore, mi stai ascoltando?»

«Certo» risposi in automatico e lui annuì soddisfatto.

«Dunque, ti stavo dicendo che se sei interessato a una delle ragazze della comunità, innanzitutto devi prima sapere con esattezza cosa vuoi, perché una relazione con una di loro non va mai presa alla leggera. È lo stesso caso di Rose, che come Lilie è stata abbandonata da piccola. Quindi, devi prima di tutto parlare con il pastore, che fa le veci del padre. Ma devo avvertirti, amico mio, le cose devono essere fatte a regola d'arte. Sono mesi che sto vedendo Rose, che la sto corteggiando, Noah. Cazzo, a malapena si è lasciata baciare.»

Per quanto volessi tirare fuori tutto il mio arsenale per iniziare una discussione, era innegabile che le sue parole avessero, purtroppo, un senso. Se non avessi vissuto quelle settimane immerso nella loro realtà non gli avrei creduto, ma ero un osservatore abbastanza attento da notare il loro comportamento. Le cosiddette regole della nostra società, quella del ventunesimo secolo, non avevano quasi valore per loro. Avevano il proprio codice di condotta, il cosiddetto "*Ordnung*" che veniva tramandato e seguito di generazione in generazione. Il pastore Hartstein era addirittura considerato da alcuni troppo liberale e non osavo immaginare cosa potesse significare quell'affermazione, considerando come ponderava ogni decisione con il pugno di ferro. Tuttavia, quella consapevolezza per quanto l'avessi vissuta sulla mia pelle, non cambiava ciò che avevo intravisto nello sguardo della sorella di Aiden. Se lei era così protetta, così ascoltata, come mai i suoi occhi mi erano sembrati terrorizzati?

«Cosa vuoi davvero da Lilie, Noah?»

La sua domanda mi colse alla sprovvista e dovetti meditare su come rispondergli nel modo più onesto possibile. Cosa potevo dirgli? Non avevo mai vissuto una situazione simile per poter prendere una decisione. Eravamo quasi arrivati alla diga che delimitava la proprietà, quando riuscii a districare almeno una parte dei miei pensieri ingarbugliati. «Volevo solo parlare con lei, Vincent. Non lo so… forse posso aiutarla.»

«Sono certo che le tue intenzioni siano lodevoli, Noah, ma non sono sicuro che sia una buona idea.» Mi diede un'occhiata prima di deviare con abilità una pozzanghera.

Provai a imitare il suo gesto sterzando il manubrio, mentre gli domandavo: «Per quale motivo? Posso tranquillamente parlare con lei dopo il sermone di domenica prossima. È la sorella di Aiden e se le è successo qualcosa...»

Non riuscii a finire la frase perché Vincent intervenne. «Il prossimo sermone sarà tra due settimane,» ricordandomi quel fastidioso dettaglio. La vita era davvero curiosa: se qualche mese prima qualcuno mi avesse detto che avrei atteso con ansia un sermone in una comunità religiosa, gli avrei riso in faccia. Eppure...

«Potrei, allora, vederla prima. Voglio solo sapere se sta bene. Aveva uno sguardo...» Continuai a rimuginare sulla domanda che il grande orso mi aveva posto. *"Cosa vuoi davvero da Lilie, Noah?"*

Voglio esserle amico, perché sembra avere un disperato bisogno di qualcuno che la ascolti... e che lo faccia sul serio...

Vincent mi strappò da quelle strane congetture quando aggiunse: «Vedi, Lilie non vive più nella comunità.»

Quella sì che era un'informazione interessante, eppure non aveva alcuna logica. «In che senso? L'ho vista ieri, stava cantando e suonando il piano durante il sermone. Com'è possibile?»

«Come ti ho detto prima, non so bene cosa le sia accaduto, perché appunto non mi riguarda» le sue sopracciglia si aggrottarono, «ma so che l'ha lasciata per il suo periodo di Rumspringa e non è ancora rientrata.»

Non conoscevo ancora abbastanza bene i dettagli e le regole riguardanti l'argomento perciò gli domandai: «E questo non è normale?»

«Sì e no...» rispose pensieroso, mentre aggirava un masso della misura di una ruota. «Dopo questo periodo sabbatico si può scegliere se tornare nella comunità o se restare tra gli *Ussländer*. Però Rose, che è cresciuta insieme a Lilie, è già rientrata, e mi ha raccontato che la sua amica continua a seguire le loro abitudini, ma non vive più con loro. È come se si trovasse in bilico tra queste due realtà.»

Quell'informazione non fece che accrescere la mia curiosità. Cosa poteva essere accaduto a Lilie? Ma soprattutto, che ruolo avevo in tutta quella faccenda? Perché di una cosa ero sicuro, forse l'unica in quella storia: Lilie non aveva guardato Vincent nello stesso modo in cui aveva fatto con me. Ricordare il suo sguardo doloroso, così terrorizzato e ansioso, mi fece rivoltare lo stomaco.

Sono sicuro che posso aiutarla, posso cambiare qualcosa.

Il silenzio scese di nuovo tra noi, per tutto il resto del tragitto fino alla fattoria. Avrei voluto condividere con Vincent i miei pensieri e dubbi, ma non lo feci. Mi serviva una boccata d'aria fresca, possibilmente da solo, una tregua per riordinare le mie idee che sembravano svolazzare in aria come api impazzite.

Non riuscivo a smettere di pensare che tutti meritavano almeno un amico a cui poter confidare i propri segreti e le proprie paure così come aveva fatto Vincent con me. Una persona in grado di guardarti negli occhi e dire senza esitazione: *«ti voglio bene, sappi che sei perfetto, incluse le cicatrici che la vita ti ha lasciato e tutto il bagaglio che porti con te.»*

Non era giusto però, il modo in cui la vita sceglieva chi poteva ricevere tutto ciò che desiderava e chi, invece, prendeva poco o nulla. Lilie mi sembrava meritare molto più di certe persone che sembravano non avere nessuna utilità nel mondo. Nei suoi occhi c'era una tale tristezza, un tale dolore, e tutto ciò che volevo fare era avvolgerla tra le mie braccia e farle sapere che non importava cosa le fosse capitato, giorni migliori sarebbero comunque arrivati. Volevo che lei sapesse che sarebbe sempre stata abbastanza per coloro che l'amavano, per la sua comunità, ma soprattutto per se stessa.

Dopo due giorni di lavoro intenso presso la fattoria del signor Fielmann, in cui sistemammo tre box per i cavalli e assistemmo alla nascita di un puledro che lasciò sia me che Vincent con gli occhi pieni di lacrime per l'emozione, la settimana proseguì con il rifacimento di una parte dell'intonaco del vecchio mulino. Come sempre, le varie mansioni procedevano a rilento a causa dell'assenza di energia elettrica e quindi senza che potessimo adoperare utensili come trapani, seghetti e simili. Mentre imparavo come costruire una parete che fosse dritta e rimanesse in piedi, a preparare e applicare lo stucco, appresi anche nuove canzoni, usanze e conobbi altri ragazzi e uomini facenti parte della comunità. Era incredibile come potesse essere gratificante lavorare duramente per dieci ore se avevi i giusti colleghi e potevi persino finire la giornata contento di respirare l'aria fresca della foresta e bearti degli ultimi raggi di sole che scaldavano la pelle. Dopo tutti quei mesi trascorsi a essere l'ombra di me stesso, stavo pian piano tornando a essere il vecchio Noah, il ragazzo che ero un tempo. Che sensazione gratificante…

Il fine settimana arrivò e, quando Vincent mi avvertì che il sabato saremmo dovuti andare in città per comprare alcuni utensili che sarebbero serviti per il prossimo lavoro, provai a nascondere l'euforia che mi invase con una delle mie solite espressioni neutre.

«Se ti comporti bene, prima di tornare alla comunità ti compro un gelato» specificò il grande orso mentre parcheggiavamo le bici e salivamo sul furgone.

Lo fissai per una decina di secondi, indeciso se raccontargli o meno l'idea che mi era balenata in testa come un fulmine a ciel sereno. Alla fine lasciai perdere perché di solito, in casi del genere, le sorprese erano delle grandi alleate. Invece, approfittai per prenderlo in giro mentre rispondevo con un ghigno. «Va bene, mamma.»

Come risposta, mi presi uno scappellotto che mi fece bruciare il collo fin quando parcheggiò il furgone vicino alla stazione centrale di Unterkirnach.

Dopo aver pagato il posteggio, lo accompagnai in silenzio mentre si lamentava di un martello di gomma.

«Ti rendi conto che l'abbiamo usato due volte e il manico si è rotto a metà?»

«Mhmmm, è vero» risposi senza porre ulteriore attenzione a quanto diceva. Arrivammo all'incrocio e mantenni gli occhi fissi in direzione dell'emporio, quasi a metà della strada. Quella vetrina era una calamita per i miei nervi tesi. Accanto a me, Vincent continuò a lamentarsi.

«Se il signor Saul non lo sostituisce...»

Dai semaforo, cambia colore, così possiamo passare!

Appena la luce diventò gialla lo spronai. «Dai, Vin muoviti.»

«È ancora verde. Noah, ma che...»

Non lo stavo più ascoltando, avevo un piano in mente e nessuno mi avrebbe dissuaso. Il negozio di ferramenta distava una trentina di metri dall'emporio e, appena entrammo, nel momento in cui Vincent si diresse verso il bancone, gli dissi: «Prendo un paio di chiodi.»

«E a cosa ti servono?» Mi chiese senza voltarsi, gli occhi già puntati sul commesso che stava finendo di servire un altro cliente.

«Non lo so, me li ha chiesti il signor Fielmann.»

«Va bene.» Mi spronò con la mano senza prestarmi ulteriore attenzione, proprio ciò di cui avevo bisogno.

Mi infilai così nella corsia delle viti e aspettai qualche istante fin quando non fui sicuro che si fosse dimenticato di me. Dopodiché, passai per il corridoio opposto a dove si trovava e, in poco meno di due minuti, ero già fuori dal negozio.

Quando ero stato la prima volta con lui in città, la settimana precedente, avevo notato un Bed & Breakfast quasi alla fine della strada in cui eravamo. Passai davanti all'emporio e fu davvero difficile non cercarla attraverso la vetrina. Tuttavia, sapevo di non avere molto tempo a disposizione, sarei tornato da lei più tardi con più tranquillità. In quel momento mi serviva altro: un posto dove passare la notte.

Accelerai il passo, deviando i turisti che passeggiavano tranquillamente godendosi il sabato pomeriggio e impiegai altri due minuti per arrivare davanti al piccolo albergo a conduzione familiare.

La targa in ottone che penzolava sulla porta mi diceva che il *Die Goldenen Ochsen*, le "Oche d'oro", esisteva dal diciannovesimo secolo.

Appena varcai la massiccia porta di legno ed entrai nel vecchio casolare in pietra, dopo aver percorso un piccolo corridoio, mi ritrovai davanti a un bancone di legno, dove accanto al cartello con scritto "accettazione" c'era un piattino di porcellana con un campanellino dorato sopra. Aspettai ancora qualche secondo per vedere se appariva qualcuno ma, poiché non avevo tempo a disposizione, lo presi. Prima ancora che potessi suonarlo però, una porta appena dietro il bancone si aprì e apparve una signora molto anziana.

«Buongiorno» mi salutò con un sorriso mentre si aggiustava la delicata montatura dorata sul naso.

Mi tolsi il cappello di paglia mentre la salutavo. «*Guder Nummidaag*, buon pomeriggio a lei, signora.» Iniziai impostando il mio miglior accento locale. «Se possibile, mi servirebbe una stanza per questa notte.»

Lei si voltò a destra verso un armadietto dove c'erano una decina di gancetti in ottone. Erano tutti vuoti a eccezione di uno, dove penzolava una vecchia chiave.

«Purtroppo non abbiamo posto, caro. Magari puoi provare alla *Gast Hüüse*...»

No, no, NO! Non avevo tempo per cercare altrove.

Iniziai a scuotere la testa. «Ma... la prego» la guardai implorante, «mi servirebbe soltanto per oggi.»

I suoi occhi si spostarono verso l'unica chiave appesa nel pannello e, prima che potesse dire qualcosa, l'anticipai: «Va bene qualsiasi stanza.»

Forse fu il tono disperato nella mia voce o forse fu il fatto che stessi già prendendo il portafoglio dalla tasca posteriore, alla fine disse: «Abbiamo soltanto un-»

«Va benissimo» sputai fuori in un unico sospiro angosciato.

«È solo che-»

«Non importa» conclusi per lei con un sorriso glorioso, già prendendo i soldi.

Meno di una decina di minuti dopo, percorrevo di corsa la strada con la chiave della mia stanza in tasca ed entravo di nuovo nel negozio di ferramenta. Appena chiusi la porta, udii la voce di Vincent.

«No, no signor Saul, l'abbiamo usato soltanto con le travi di legno. Il problema è che questo martello fa davvero schifo.»

«Vin ha ragione, signor Saul...» annuii con un'espressione convincente mentre mi avvicinavo al mio amico con nonchalance.

Vincent si voltò e mi fissò con attenzione. «Dov'eri finito?»

Lo guardai come se non capissi la domanda. «Come sarebbe dov'ero finito? Sono stato qui tutto il tempo.»

Per fortuna il signor Saul senza volerlo venne in mio aiuto quando continuò la discussione chiamando un'altra volta Vincent in causa. Passai un'altra decina di minuti aspettando che decidessero il destino del benedetto martello e, finalmente, lasciammo il negozio. Appena fummo di nuovo in strada, dopo aver fatto due passi, il grande orso si voltò verso di me.

«Dove sono i chiodi?»

Lo guardai a bocca aperta. «Come?»

«I chiodi del signor Fielmann.»

Ohh cazzo i chiodi! «Non fa niente, li prenderemo più tardi.»

Le sue sopracciglia si aggrottarono e, prima che potesse tirare le somme di quanto accaduto, gli diedi una pacca sulla spalla. «Allora, quel gelato che mi avevi promesso?»

Una trentina di minuti dopo, lo accompagnai fino al furgone e aspettai paziente che aprisse lo sportello, salisse e lo chiudesse. Invece che imitarlo, con la coda dell'occhio, lo osservai mentre mi fissava passare davanti al furgone fino a fermarmi davanti al suo finestrino. Poiché non lo aprì, bussai.

Accese il motore e qualche secondo dopo il finestrino iniziò a scendere.

«Ci vediamo domani sera, Vin.»

Il grande orso restò in silenzio e girò la testa, come se alzare gli occhi non fosse sufficiente a trasmettere la sua irritazione. «Che cazzo stai dicendo, Noah. Sali e andiamo via o arriveremo di notte alla comunità.»

«Non vengo con te, oggi rimango qui.»

Come risposta la sua espressione si bloccò e mi guardò come se stessi parlando una lingua sconosciuta. Poi sospirò piano mentre guardava la fila di alberi che delimitava il parcheggio della vecchia stazione dei treni.

In quelle ultime settimane la sua presenza era stata una costante nella mia vita e sarei stato un bugiardo se avessi detto che non mi facesse male vederlo preoccupato per me, ma restava il fatto che, prima o poi, avrei dovuto riprendere a camminare con le mie gambe. Appoggiai la mano al suo avambraccio e premetti piano per richiamare la sua attenzione. «Non ti preoccupare, Vin. Voglio solo parlare con Lilie, sapere se sta bene.»

Si voltò piano verso di me e il silenzio riempì l'abitacolo. Attraverso il suo sguardo serio riuscivo quasi a sentire i nostri pensieri, come voci statiche che si muovevano tra di noi.

«Non farò nessuna stupidaggine, te lo prometto» lo rassicurai.

«Dove passerai la notte?» Domandò pizzicandosi il ponte del naso mentre un'espressione sconfitta lo investiva in pieno.

Infilai la mano nella tasca dei pantaloni blu e tolsi la vecchia chiave che dondolai tra di noi. «Ho già trovato un posto in un Bed & Breakfast.»

Come risposta si inclinò verso il sedile del passeggero e aprì lo scompartimento portaoggetti mentre diceva: «Allora era lì che sei andato quando sei sparito dal ferramenta.»

Poiché la sua non era una domanda, bensì una constatazione, non gli risposi. Dopo un sospiro rassegnato prese il mio cellulare.

«Ho un'idea,» mi passò il telefono e il power bank con un cavetto che prese dal vano tra i sedili, «ti aspetterò qui per mezz'ora, se… un attimo Noah, fammi finire» puntualizzò perché stavo già scuotendo la testa. Senza attendere una risposta proseguì, il tono di voce appena più alto: «Ti aspetterò qui, che tu lo voglia oppure no. Vai all'emporio, parla con Lilie e invitala a fare qualcosa domani, che ne so, a prendere un gelato, a fare una passeggiata in città, qualcosa del genere.»

«Perché?» Gli chiesi ostinato. «Perché non posso farlo oggi?»

Mi guardò lasciando trasparire la sua irritazione, le sopracciglia strette in un arco a formare un'espressione che mi avvertiva di non proseguire per quella strada poiché non mi avrebbe portato a nulla di buono. «Perché sono passate le cinque e, come ti ho detto prima, sempre che tu mi abbia ascoltato» sbottò in una risatina più amara che divertente, «con le ragazze della comunità bisogna comportarsi in un certo modo. Adesso vai perché mi stai facendo perdere tempo e non voglio tornare a casa per quella stradina sterrata in bicicletta di notte.»

Non me lo sarei fatto ripetere due volte. Mi voltai e mi stavo già allontanando quando mi ricordai di una cosa. Tornai sui miei passi, Vin stava già leggendo quello che sembrava un manuale.

«Ehi...» mi avvicinai al finestrino nel momento in cui alzò lo sguardo incuriosito.

«Come mai sei ancora qui?»

Lo fissai per un momento. Le persone che credevano in te quando nemmeno tu riuscivi a farlo erano quelle da tenere strette, da chiamare veri amici.

«Volevo solo ringraziarti. Sei il migliore degli amici Vincent.»

Mi rispose con una scrollata di spalle come se non fosse un problema, ma un leggero rossore gli attraversò le guance. «Nemmeno tu sei così male, sai.» Sbottò infine. «Adesso vai perché hai già sprecato un paio di minuti e non intendo rimanere qui oltre il tempo stabilito, quindi sbrigati Casanova. Se dovrò venire a prenderti ti farò fare una figuraccia.»

Dopodiché, con un gesto della mano mi mandò via come se fossi un bambino fastidioso mentre tornava al suo manuale.

Stavo ancora ridacchiando della sua espressione quando presi il sottopassaggio accanto alla stazione. Lo percorsi per un paio di minuti immerso nell'andirivieni dei turisti che stavano tornando a casa dopo una bella giornata trascorsa nella Foresta Nera. Nel momento in cui notai che i piccoli negozietti di souvenir iniziavano ad abbassare le saracinesche, aumentai il passo, gli occhi fissi sull'orologio della stazione.

Sono quasi le cinque e mezza...

Non appena la consapevolezza mi invase, diversi scenari iniziarono a passarmi davanti agli occhi e nessuno di loro prevedeva un lieto fine per la mia serata.

Col cazzo che ho programmato tutto soltanto per arrivare fin lì e trovare l'emporio chiuso!

Continuai a muovermi più veloce che potei in mezzo a tutte quelle persone quando tutto ciò che volevo era spiccare una corsa e volare da lei. L'ansia mi faceva sentire come un treno che sferragliava su binari sgangherati, diretto verso un burrone senza ponte.

Mi avvicinai alla fine del sottopassaggio, in cui il numero di persone iniziò a diminuire e potei aumentare il passo. Stavo passando di corsa davanti alla scala che portava al primo binario quando, con la coda dell'occhio, notai l'orlo di un vestito rosa che svolazzava quasi alla fine della scalinata.

Mi fermai di colpo, rischiando di andare a sbattere contro un gruppo di ragazzi che controllavano il tabellone delle partenze. Ignorai del tutto gli sguardi scocciati e le parolacce che ricevetti quando chiesi scusa. Avrei tanto voluto fargli un dito medio, ma avevo molto altro di cui occuparmi, in più vestito com'ero, con l'abbigliamento della comunità, sarebbe stato un gesto davvero strano.

Tornai sui miei passi e presi la scalinata facendo i gradini due alla volta, chiedendo scusa e deviando come meglio potevo le persone.

Quando sbucai sulla passerella mi fermai e rimasi con il cuore che batteva all'impazzata, fissando gli sportelli aperti del treno appena giunto, cercando la ragazza con il vestito rosa tra le persone che entravano e uscivano.

Impiegai un paio di secondi per individuarla a una ventina di metri dal punto in cui mi trovavo. Sentii il cuore saltare un battito quando la riconobbi. Il battito successivo, invece, non lo fece, perché mi sprofondò nel petto.

Lilie veniva avvolta dalle braccia di un ragazzo che era appena sceso dal treno.

Lilie

19
Qualcuno su cui contare

Katrina mi aveva avvisato che con l'arrivo dei primi turisti le giornate sarebbero passate in un batter d'occhio. Quando chiusi la porta del negozio, non appena vidi uscire l'ultimo cliente, complice anche la giornata soleggiata, feci un lungo sospiro di stanchezza e gratitudine mentre giravo il cartello che informava della chiusura dell'attività. Ormai tutto ciò che volevo era sedermi all'ombra del salice nel piccolo giardinetto che avevamo nel retro, con la radio accesa e un bicchiere enorme di spremuta di limone con foglioline di menta. Mi leccai le labbra secche solo al pensiero della condensa che scendeva sul bicchiere della bibita dissetante.

Mhmm che delizia, potrei aggiungere anche uno dei miei romanzi…

Era bello sapere che, anche quando il cuore soffriva, c'era qualcosa di prezioso nel leggere una storia d'amore. Le pagine mi ricordavano la speranza e mi davano la forza di non arrendermi perché, in qualche modo, forse un giorno sarei stata di nuovo bene.

Appoggiai la schiena al pannello di vetro della porta e trassi un profondo respiro. Lo sguardo cadde sul mio scaffale preferito, su cui, nel penultimo ripiano, erano allineate delle piccole sfere di neve, ma non quelle che si vedevano nei negozi di souvenir. Erano realizzate dal signor Markus, un abile falegname, tra i più anziani della comunità. L'interno era ricavato dagli alberi della foresta e interamente intagliato dalle sue abili dita, seguendo una tradizione tramandata per secoli di padre in figlio. Una piccola foresta, sempre con animali diversi, prendeva vita dentro a ogni sfera, e il colore marrone del legno creava un contrasto incredibile con i fiocchi di neve e i brillantini che turbinavano all'interno del vetro quando veniva scossa.

Insieme agli orologi a cucù erano le mie decorazioni preferite e, a volte, le agitavo restando a guardare rapita come i fiocchi scendevano pacifici verso il fondo. Ogni volta che le osservavo mi ricordavano che se avessi avuto la forza, la grinta di aspettare, anche la mia vita, prima o poi, si sarebbe calmata e forse un giorno sarei tornata quella di un tempo.

Essere solo me stessa, sentirmi di nuovo felice, è tutto ciò che desidero…

«Sei stanca?» La voce di Katrina mi arrivò da lontano e, per qualche istante, sbattei le palpebre per ancorarmi alla realtà. Poi mi voltai verso la mia grande amica che stava sistemando i giocattoli nell'angolo bimbi che avevamo creato. «Non ne hai idea…»

«Allora che ne dici se lasciamo tutto così com'è e andiamo a prepararci qualcosa di delizioso per cena?» Posò il resto dei vagoni di un trenino che aveva in mano accanto a una bambola di pezza e poi si alzò lisciando il grembiule di tulle azzurro che abbelliva il suo vestito. «Quel panino al volo che ho mangiato a pranzo mi ha lasciato soltanto più affamata.»

Alle sue parole il mio stomaco brontolò e stavo per dirle che la sua idea era eccellente, quando il mio sguardo si posò sul vecchio orologio a cucù posizionato dietro al bancone della cassa.

«Oh, *mein Gott,* sono già le cinque passate!» Mi staccai dalla porta come se avessi preso una scossa, il cuore che sembrava voler saltare via dal petto. «Me ne ero dimenticata! Devo andare, Christof è in arrivo con il treno delle cinque e ventotto.»

Mi affrettai correndo nel negozio, agitando le braccia come una forsennata, verso la porta sul retro che conduceva alla mia camera.

«Aspetta, ti aiuto…» la risata spensierata di Katrina mi seguì mentre alzavo la parte davanti della lunga gonna, preparandomi a salire la scalinata stretta facendo i gradini due a due.

«Non è un caso se mia madre dice sempre che una donna può correre più veloce con la gonna alzata che un uomo con i pantaloni abbassati.»

Non ebbi nemmeno il tempo di ridere alla sua battuta. «Oh, mio Dio, aiutami, Kat. Sono così in ritardo. Oh, no... oh, no…»

Uno dei vantaggi di avere pochissimi vestiti era che non avevo l'imbarazzo della scelta. Avrei potuto optare per uno dei due paia di jeans che avevo, ma sapevo quanto Christof tenesse alle nostre radici, perciò puntai direttamente ai vestiti e alle sottovesti.

In meno di cinque minuti mi buttai sotto la doccia e fui così rapida che forse le gocce non riuscirono nemmeno a entrare in contatto con la mia pelle e, quando emersi, la mia amica era pronta a passarmi i capi di abbigliamento in modo che potessi indossarli senza perdere tempo. Mi pettinai adagio i capelli facendo una crocchia bassa in modo da poter posare senza problemi il *Kapp*.

«Le scarpe. Dove sono le mie scarpe?» Guardai frenetica nel piccolo bagno soltanto per trovarle sotto il lavandino.

«Aspetta» disse Katrina, gesticolando in modo animato mentre usciva di fretta lasciandomi sola.

«Non ho più tempo» la ammonii senza distogliere lo sguardo dai laccetti che chiudevano le ballerine.

Appena fui pronta, tornai in fretta nella stanza dove presi la borsetta ricamata che mi aveva regalato la signora Aman il Natale precedente. Per fortuna i miei documenti e gli spiccioli erano già dentro.

Incontrai Katrina che veniva dalla porta sul retro quando stavo per uscire. In mano aveva un piccolo bocciolo di rosa che si stava ancora aprendo.

«Aspetta… aspetta…»

Spostai il peso da un piede all'altro. «Non posso, Kat, arriverò in ritardo.»

«Perché tutta questa fretta? Sono sicura che Christof ti aspetterebbe in eterno» ridacchiò come la monella che era mentre spariva oltre la porta che conduceva alla sala dedicata al cucito.

Incuriosita, tornai sui miei passi e la ritrovai che frugava dentro a una delle ceste. «Dov'è quel benedetto ago più largo?» Mormorò più che altro a se stessa.

Stavo per dirle di lasciar perdere, ma la conoscevo bene ed ero sicura che se fossi andata via, me la sarei ritrovata a corrermi dietro lungo la strada che portava alla stazione. Così mi appoggiai allo stipite provando a tenere a bada il mio nervosismo e la guardai mentre infilava un lungo filo di lana rosso e, con la sua solita maestria, iniziava a creare un fiocco.

«Non starai pensando di…» il sorriso crebbe da solo sulle mie labbra mentre annuiva senza guardarmi, gli occhi fissi sul lavoro.

Un paio di minuti dopo il piccolo fiocco era adagiato insieme al bocciolo alla base del mio *Kapp*.

Mi prese il viso con entrambe le mani e mi baciò la guancia per ben due volte. «Adesso puoi andare a prenderlo. Salutalo da parte mia e di Marc.» L'abbracciai stretta e poi scappai via. Quasi saltai i gradini che mi dividevano dalla strada, con un affanno sempre crescente nel petto e, quando posai gli occhi sulla bici adagiata alla parete della casa, mi ricordai che la gomma posteriore era bucata. Mi presi una nota mentale di portarla a riparare in settimana.

Mentre camminavo veloce verso la stazione, ogni tanto toccavo il piccolo regalo di Katrina. Quel fiocco, che non era approvato dall'*Ordnung*, era un simbolo dell'individualità di una ragazza, un segno di indipendenza, nonché un modo per distinguersi dagli altri.

Una piccola ribelle, questa sono io...

Appena arrivai in stazione, non persi tempo a controllare il tabellone degli arrivi, perché Chris arrivava sempre allo stesso binario. Mentre camminavo veloce in mezzo ai turisti, per un momento pensai che forse anche sua nonna fosse lì ad aspettarlo, ma ero quasi certa che le avesse chiesto di non farlo. Tutto ciò che non volevo, almeno in quel momento, erano le parole acide che la signora Semmelli sembrava coltivare per tutta la settimana solo per me.

Nell'istante in cui arrivai, tirai un respiro di sollievo quando mi accorsi che il treno si era appena fermato, e che nessuno era ancora sceso. Il tempo di fare due respiri e le porte scorrevoli si aprirono. Mi alzai in punta di piedi e iniziai a cercarlo tra le persone che scendevano, ma come succedeva sempre fu lui a trovarmi per primo.

«Ciao, Lil.»

Il mio cuore sembrò scoppiare dalla gioia quando mi apparve davanti sorridente, i capelli castani nascosti dal cappellino verde con il simbolo dell'Università, gli occhi nocciola vivaci e un enorme sorriso che sembrava avvolgermi come le sue braccia nel modo che solo lui sapeva fare. Quando sorrideva in quella maniera sembrava quasi che i nostri fantasmi non fossero mai esistiti.

«Ciao, Chris» dissi con il viso nascosto nel suo petto, godendo della sensazione di familiarità, della fiducia che avevo in lui. Mi concentrai sul momento, proprio come facevo quando suonavo il pianoforte. Christof mi confidò subito di aver sentito la mia mancanza, poi si lasciò sfuggire una risatina e qualcosa sul fiocco che abbelliva il mio *Kapp*, ma le sue parole non erano importanti. Sentivo solo la vibrazione, il ritmo della sua voce, il fatto che riuscisse sempre a calmarmi. Come aveva fatto spesso in quell'ultimo periodo. Tralasciai tutto il resto focalizzandomi solo sulla sua emozione, perché concentrarmi sulle sensazioni di qualcun altro era sempre un'ottima idea.

I secondi passarono, uno dopo l'altro, mentre restavo persa in quelle sensazioni coerenti di riconoscenza e gratitudine, le stesse che provavo ogni volta che ero in sua presenza. Ma poi, qualcosa dentro di me sembrò sentire un richiamo, come se qualcuno desiderasse la mia totale attenzione. Con la testa ancora posata al petto di Christof, aprii gli occhi e fu in quell'istante che lo vidi, fermo alla fine della scalinata, lo sguardo che sembrava fisso sul mio, anche attraverso le persone che passavano tra di noi. Poco meno di una decina di metri ci separavano e avrei tanto voluto affermare che nulla distinguesse Noah Engel dagli altri, ma non era affatto così. Ero incantata dalla sua postura fiera, dal fatto che i suoi capelli sembrassero brillare come le spighe di grano sotto il sole estivo, che il suo viso apparisse molto più sano dopo quelle settimane di lavoro nella comunità, che le sue spalle sembravano più larghe e il passo più ampio, mentre iniziava a muoversi verso di me. Lo guardai ancora, senza riuscire a capire, come fosse possibile che tutto di lui venisse circondato da colori vivaci, come un'aura mistica, mentre gli altri sembravano essere in piatte tonalità di grigio.

Nel momento in cui il suo sguardo trovò il mio, sentii una connessione impossibile da sciogliere, come se non avessi una via di fuga. Iridi come una tempesta estiva mi bruciarono dentro, eravamo legati e lo dimostrava apertamente a ogni passo, perché non distoglieva gli occhi dai miei, quasi come se mi sfidasse a farlo per prima. Era vestito con l'abbigliamento tipico della comunità e non mi sfuggì l'ironia della situazione visto che Christof, nato e cresciuto con le nostre usanze, indossava jeans scuri, stivali neri e sulle dita portava sempre degli anelli, come se fosse il cantante di una band, mentre Noah, con le sue bretelle e il cappello di paglia sembrava un romantico senza tempo, come il protagonista di uno dei romanzi storici che amavo tanto leggere. Tuttavia, il ragazzo che avevo visto cantare quella sera al festival era scomparso e ogni aspetto in lui gridava di essere ormai diventato un uomo. Lo percepivo dal modo in cui si poneva con gli altri senza rendersene conto, dalla sua capacità di osservare in poco tempo ciò che lo circondava per poi fissarmi con occhi ipnotizzanti.

Ormai, meno di quattro metri ci separavano. Allontanai la testa dal petto di Chris e lo aspettai. Ero sicura che stesse venendo da me. Tante parole non dette passarono tra di noi attraverso quell'unico, folgorante, sguardo.

Tre metri…

Due…

Uno…

Venni quasi sopraffatta dal bisogno di toccarlo, le gambe mi tremavano, ma in qualche modo restai dritta. Forse il mio cuore sarebbe esploso nel petto, ma nessuno dall'esterno si sarebbe accorto di niente.

L'angolo della bocca si inclinò appena quando Christof, riconoscendo l'abbigliamento, lo salutò in dialetto, ma i suoi occhi rimasero per tutto il tempo puntati nei miei. Aspettai provando un desiderio assurdo di sentirlo pronunciare il mio nome, lottando contro l'inevitabile richiamo. Ma non arrivò mai. Come se nulla fosse, mi passò accanto, sussultai quando le nostre spalle quasi si sfiorarono e poi…

Girai la testa osservando la sua schiena ondeggiare, i fianchi stretti, il passo fiero e risoluto.

Un altro metro…

Due…

Tre…

Noah Engel. Il suo nome mi sfuggì dalle labbra come un refolo di vento. Infine, sparì tra la folla. Restai a bocca aperta, le parole che sembravano vorticare come impazzite dentro di me.

Ma… ma…

Se ne andò in un batter d'occhio, eppure continuai a sentire il cuore palpitare come se fosse stato tenuto in una gabbia stretta.

«… vuoi fare di bello oggi?»

La voce di Christof mi riportò indietro come se mi avesse preso per le spalle e dato una bella scrollata. Aprii la bocca per rispondere e solo in quel momento mi resi conto di non aver nemmeno respirato.

Tirai una boccata d'aria che lasciai uscire piano prima di sussurrare: «Come, scusa?»

«Ti senti bene, Lil? Sei così pallida» prese la mia mano tra le sue e mi condusse verso una panca. «Vuoi sederti un attimo?»

«No, non ti preoccupare, sto bene.» Non seppi nemmeno come riuscii a mantenere un tono di voce convincente o a sorridere, ma qualche istante dopo lo stavo trascinando verso una scalinata, dalla parte opposta in cui era sparito Noah. Mentre camminavamo uno di fianco all'altra, lo intrattenni con qualche aneddoto divertente o curioso sui turisti, parlando dell'inizio della stagione e della quantità di gente che era entrata nel negozio. In effetti, la stazione era ancora affollata come a confermare le mie parole e, molto presto, Christof si lasciò andare ai racconti della facoltà di medicina che stava frequentando a Freiburg, ai progetti di vacanza per l'estate ormai sempre più vicina e alla sua vita, che sembrava scorrere come un fiume in piena.

«Per il prossimo semestre, mi sono anche iscritto al club degli scacchisti e a quello dei vogatori. Sai quanto mi piace giocare a scacchi.»

«Quasi tanto quanto pagaiare.» Gli diedi una spallata scherzosa e un attimo dopo stavamo già ridendo delle marachelle che avevamo fatto al lago nelle estati in cui eravamo ancora bambini. Una parte della mia mente gioì con le sue parole e con il nostro incontro, l'altra, invece, era ancora persa in un paio di occhi azzurri tempestosi e nel modo in cui mi avevano guardato.

Prendemmo un gelato e poi iniziammo a passeggiare nel centro pedonale mentre lo gustavamo. La compagnia di Chris era sempre stata piacevole. Passare del tempo con lui era come stare con qualcuno che vedeva solo il bello di te, cicatrici incluse, anche quando tu riuscivi solo a vedere gli errori passati, presenti e, molto probabilmente, anche futuri.

La zona pedonale finì, così decidemmo di inoltrarci nell'area del lungo lago costeggiato dalla foresta dove un sottile strato di nebbia aleggiava nelle zone più basse. Il canto dei primi grilli crepuscolari si mescolava alla cacofonia di rane provenienti dalle canne che spuntavano sui bordi del lago. Quante volte, crescendo, mi ero sdraiata sul letto di notte con la finestra aperta e avevo ascoltato quegli stessi suoni? Quante volte mi ero chiesta come fosse il mondo oltre i confini della comunità? Sentii i ricordi belli e brutti spingere contro il cancello della memoria. Ma non lo aprii, decisi di rimanere lontano da quelle sbarre taglienti.

Accanto a me, Chris emise un sospiro soddisfatto mentre si puliva le dita sul tovagliolino di carta prima di buttarlo in uno dei cestini presenti nel fitto sentiero tappezzato di pini, abeti, castagni e salici.

«Dimentico sempre quanto sia bella la nostra città.»

I suoi occhi fissavano un punto lontano e sapevo che erano diretti al piccolo mulino e alla diga che si trovavano a una ventina di chilometri, praticamente invisibili e protetti dietro la foresta sul lato est. Oltre la diga, la cintura verde fitta di alberi che circondava tutta la proprietà avrebbe lasciato posto al campo di grano, a quello di fieno con l'erba medica utile in inverno per nutrire gli animali e a quello di soia che, potevo scommettere, Noah e Vincent avevano aiutato a preparare per la semina nelle settimane precedenti.

Il mio sguardo seguì quello del mio grande amico e, ogni volta che le mie palpebre si chiudevano, davanti a me vedevo lo specchio d'acqua in cui nuotavamo da piccoli durante i mesi estivi. Lo stesso in cui avevamo pattinato sul ghiaccio in inverno.

Continuammo a camminare, costeggiando il lago, immersi in un'atmosfera così silenziosa che riuscivo a sentire le api ronzare intorno ai fiori. Quell'area era abbastanza isolata e l'unica cosa che impediva l'affollamento dei turisti era che il comune non avesse disposto la segnaletica per arrivare al sentiero boscoso. Non che me ne lamentassi, quel posto rimaneva così un piccolo angolo di Paradiso solo per chi conosceva ogni meraviglia della città.

Accanto a me, udivo ogni tanto Chris scacciare le poche zanzare che riusciva a trovare e sorrisi.

«A quanto pare loro non si sono dimenticate di te» lo presi in giro, ricordando quanto gli insetti lo amassero.

«Che ci posso fare? Ho sempre avuto il sangue dolce» i suoi occhi si stropicciarono un po' agli angoli mentre sorrideva. Mi intristii al pensiero che fossi stata una delle principali responsabili di quelle rughe, insieme alla morte prematura di suo padre e alle responsabilità che sembravano gravare su di lui come dei macigni, facendolo sembrare molto più maturo dei suoi ventidue anni.

Passammo davanti a una vecchia carrozza ferma all'ombra di un magnifico castagno da quando avevo memoria e dopo una decina di minuti, in cui i nostri piedi sembravano camminare da soli e le nostre teste rivangare solo vecchi ricordi, Chris mi invitò a prendere posto su una panchina sotto un salice piangente che sembrava proteggerci con la sua chioma. Restammo in silenzio per qualche istante, ognuno perso tra i propri pensieri e gli unici suoni provenivano dal cinguettio dei passeri e dal richiamo occasionale di un falco. Davanti a noi il lago era una distesa tranquilla e trasparente, due ceppi spuntavano dal bordo dell'acqua che ondeggiava piano nella brezza leggera. Per qualche momento, quel pomeriggio di primavera, mi sarei permessa di ricordare come ci si sentisse a non essere soli. In quei pochi attimi di pace la mia mente avrebbe vagato come una barchetta tra le acque tranquille e avrei smesso di incolparmi.

Persi la nozione del tempo e mi accorsi di non essere sola quando lui si voltò dandomi la sua completa attenzione. «Come hai passato queste ultime settimane, Lilie?» Il modo in cui i suoi occhi scrutarono i miei rese ovvio che si stava riferendo a tutto ciò che avevamo vissuto.

La risposta di rito era sempre la stessa, soprattutto per lui. Un sorriso che speravo raggiungesse anche gli occhi, visto che non sarei mai riuscita a ingannare il cuore, mi alleggerì il viso. Come sempre, sapevo di mentirgli e che, nel farlo, avrei ingannato anche me stessa. Continuavo a ripetere che tutto andava bene, che il peggio fosse ormai passato. Ma non era vero. Non proprio. Spesso sentivo la pelle troppo tesa, come se indossassi un maglione di due taglie più piccolo. Come se stessi per soffocare. Cercai di non farci caso, ma il petto cominciava a farmi male e il respiro sembrava sempre più affannato. Una mano calda mi toccò la guancia, girandomi con cura il viso. Guardai il volto calmo di Chris che annuiva in modo incoraggiante mentre mi accarezzava le guance rosee.

«Non hai bisogno di mentire. Sono io, Lilie.»

Era proprio quello il motivo. «Non è ques-» chiusi la bocca quando sentii la voce incrinarsi. Mi voltai in fretta. Non riuscivo nemmeno a guardarlo negli occhi, lui che tra tutte le persone che meritavano la mia fiducia e il mio rispetto era in cima alla lista. Un orribile nodo mi salì in gola, ma deglutii e lo buttai giù a forza. Cosa potevo rispondergli, se a malapena sapevo come mi sentivo?

Per fortuna fu lui a venire in mio soccorso, tendendomi una mano come aveva sempre fatto.

«Lo so che gli ultimi mesi sono stati difficili e sei stata troppo dura con te stessa. Non fingerò di sapere cosa stai passando, perché le nostre strade, anche se corrono parallele, sono comunque diverse e affrontiamo le nostre battaglie in modo distinto. Ma voglio dirti questo. Non sei sola, Lilie…» fece una pausa che finì con un respiro tremulo. «Stavo pensando che, forse, potremmo essere in grado di far funzionare le cose» rischiò di darmi un'occhiata veloce, «sai, tra di noi. Quella sera al festival…»

Le ultime parole uscirono troppo in fretta, si schiarì la gola prima di continuare e potevo quasi essere sicura che il suo cuore battesse forte quanto il mio, con la stessa intensità. «Siamo stati bene, vero? Insomma prima…» si aprì il primo bottone del colletto della polo come se non riuscisse a respirare. «Ho cercato all'Università e hanno questi dormitori per giovani coppie, potresti trovare un lavoro e io potrei vedere se riesco a farmi dare più ore al caffè.» Per tutto il tempo mantenne un tono fermo, ma c'era qualcosa nella sua voce, una piccola sfumatura che le mie orecchie attente avevano percepito dal primo battito. Era come se stesse cercando di convincere soprattutto se stesso. E non era un comportamento da Christof, il ragazzo con cui ero cresciuta, che aveva sempre la risposta pronta e sapeva con esattezza cosa avrebbe voluto fare della sua vita. Quel tono di voce era di un ragazzo fragile, incerto e udirlo mi spezzava il cuore perché, anche senza volerlo, ero stata io a metterlo in quella situazione.

Quella era soltanto una delle sfaccettature crudeli del destino. Sentivo che qualcosa stava cambiando dentro di me. Non ero ancora sicura se fosse buona o meno, perché quelle sensazioni mi erano del tutto sconosciute e non erano state pianificate. Gli ultimi mesi erano stati allo stesso tempo sorprendenti e terrificanti e, spesso, avevo paura perché mi sembrava di precipitare da un burrone e non avevo idea di quando avrei toccato il fondo. O se lo avrei mai fatto.

Dopo la sera in cui la mia esistenza era stata stravolta, Christof era rimasto sempre al mio fianco come una costante, mi aveva tenuta stretta, aveva lottato contro ogni mio senso di colpa, facendomi resistere, spronandomi a non mollare. Eravamo come una squadra, come avevamo fatto per tutto quel tempo e come stavamo facendo anche in quel momento. Parlavamo, ci coccolavamo e ci tenevamo stretti l'uno all'altra per tenere insieme i nostri pezzi rotti.

Ci guardammo con la coda dell'occhio prima di tirare entrambi un lungo respiro, mentre fissavamo il sole che iniziava la sua discesa. La fine di un altro giorno, di un'altra battaglia. Quando eravamo insieme, il dolore faceva un po' meno male, il passato non era così difficile da accettare e non mi sentivo tanto sola.

Pian piano, come la brezza che mi sfiorava il viso, le sue nocche fecero lo stesso alle mie dita posate sul grembo come una carezza morbida, un tocco consapevole, una promessa. E, dal nulla, il ragazzo che avevo sempre ammirato per la sua forza e coraggio era tornato a splendere accanto a me e, quando i nostri sguardi si incontrarono, nella profondità dei suoi occhi riconobbi il primo luccichio di un fragile sentimento che non meritavo.

«Ce la faremo, Lil, vedrai. In un modo o nell'altro, ci riusciremo. Lo sai che *Wenn mer gnueg Einfachheit investiert, findet mer, was sonsti verlore gange wär.*»

Eravamo entrambi cresciuti con quel detto e sì, anch'io un giorno avevo creduto con veemenza che quando ci si impegnava abbastanza, si trovava ciò che altrimenti sarebbe potuto andar perso. Annuii, ma non dissi nulla. Ormai l'unico detto che mi era rimasto era: *suppongo che, prima o poi, le cose miglioreranno. Come potrebbero mai peggiorare?*

C'era così tanta sicurezza nella sua voce e avrei voluto aggrapparmi a lui come avevo fatto negli ultimi mesi, ma sapevo che non sarebbe stato giusto nei suoi confronti.

Non potevo prendere una decisione del genere a cuor leggero perché avrebbe influenzato il resto delle nostre vite. Come potevo essere così sicura? Perché fare ciò che si riteneva giusto non avrebbe mai dovuto ferire qualcuno a cui si voleva bene. Ed era proprio quello che sarebbe accaduto con Chris perché lui avrebbe lasciato andare gran parte della sua felicità per farmi raggiungere la mia e non potevo permetterglielo.

Ripensai alle parole pronunciate da Katrina, mentre mi stavo preparando per incontrarlo.

«Sono sicura che Christof ti aspetterebbe in eterno...»

Sì, lui lo farebbe, ma non per il motivo che crede lei.

«Troveremo una soluzione, Lil» mi ripeté, mentre posavo la testa sulla sua spalla e mi lasciava un bacio sul *Kapp*. «Qualunque cosa accadrà, sono sicuro che la potremo sistemare.» Era la prima volta che il mio grande amico mi mentiva. Fece scivolare la sua mano nella mia e trattenni appena in tempo un brivido. Le sue dita sembravano di ghiaccio.

Non mi voltai verso di lui, ero troppo impegnata a combattere le lacrime, ma sentii le sue dita intrecciarsi alle mie. Rimanemmo mano nella mano, proprio come avevamo fatto negli ultimi mesi, mentre aspettavo di essere salvata, incerta sul mio destino e terrorizzata da ciò che mi avrebbe riservato il futuro dopo che gli avessi confessato la mia decisione.

Alla fine alzai la testa e lo guardai. Aveva un'espressione triste che, di sicuro, rispecchiava la mia, come se avesse un presentimento su ciò a cui stavamo andando incontro. Non avrei mai voluto che tutto quello accadesse a me, a lui, le emozioni che si agitavano nel mio petto come a volermi soffocare, ma non avevo più voce in capitolo.

L'avevo avuta, però, quella maledetta sera, se soltanto avessi ascoltato ciò che mi urlava il cuore, se soltanto fossi tornata sui miei passi e non mi fossi addentrata in quel capanno. Se… se… se…

Il pastore Hartstein era convinto che la mia fosse stata una decisione in cui il confine tra giusto e sbagliato era stato offuscato dalle circostanze. Secondo lui, non avevo avuto tempo per pensare alle conseguenze o per prevedere che la situazione sarebbe degenerata. E anche se il mio intelletto mi diceva di soppesare le sue parole, restava il fatto che non avrei più potuto tornare sui miei passi, rivangare il passato. Le immagini erano chiare nella mia testa e i ricordi di quei momenti erano sempre in agguato, pronti a farmi a pezzi. Era davvero troppo difficile.

Quella fu la sera in cui scoprii che le persone potevano essere capaci di una crudeltà estrema. In quegli istanti imparai cosa volesse dire odiare, non solo un altro essere umano, ma anche me stessa. Soprattutto me stessa.

Tuttavia, anche se ero ancora molto lontana dal perdonarmi, potevo almeno fare qualcosa per il meraviglioso ragazzo che mi era seduto accanto: mi sarei aggrappata alle parole che il vescovo Hartstein aveva pronunciato nell'ultimo sermone.

«Se non puoi avere il meglio di tutto, fai il meglio di tutto ciò che hai.»

20
L'angelo affranto

Mi allontanai in fretta dalla stazione, i piedi si muovevano senza una meta, il cuore sembrava pronto a schizzare via dal petto. Era quasi come se stessi scappando dal diavolo e, in un certo senso, lo stavo facendo davvero perché luoghi di quel tipo mi ricordavano quanto fosse facile cadere di nuovo in disgrazia. Ignorai tutto, abbassai lo sguardo e mi concentrai solo sulle scarpe di tela blu, che mi avevano fornito alla comunità, mettendo un piede davanti all'altro, contando i respiri e mantenendo le gambe ferme.

Continua a camminare, Noah… non fermarti, non guardarti intorno, non pensare a lei.

Non sapevo nemmeno che nome dare ai sentimenti che provavo per Lilie. Vederla tra le braccia di quel ragazzo, un *Ussländer* qualunque, proprio come lo ero io, fu uno shock. Tutto ciò che mi aveva detto Vincent, e a cui mi sarei attenuto, crollò a terra come un castello di carte. Non saprei dire come fossi riuscito a muovermi e passarle accanto ostentando indifferenza. Dentro di me, una vocina davvero fastidiosa continuava a sfottermi.

Come diamine avresti voluto sentirti? Lei non ti deve nessuna spiegazione, non ti conosce nemmeno. Il tuo status di Rockstar fallita per lei non significa niente, non sa nemmeno chi sei o quanta merda hai fatto nella vita.

Pensai a quanto sarebbe stato facile annientare quella stupida parlantina se solo mi fossi lasciato andare e mi fossi diretto in uno dei tanti bar che erano nei paraggi.

Hai ancora una mezz'ora di tempo, giusto? Quanti shot riusciresti a bere?

Sentii la gola secca, come un superstite nel deserto, eppure continuai a camminare, un passo davanti all'altro, più deciso, sempre più cosciente di ciò che volevo per il mio futuro, marciando come un soldato in missione, allontanandomi sempre di più dalla stazione e avvicinandomi alla salvezza. Ero così concentrato su ciò che dovevo fare che dopo alcuni minuti mi ritrovai senza accorgermene davanti al Bed & Breakfast, così decisi di restituire la chiave alla simpatica signora.

«Se può interessarti, per la prossima settimana ho ancora due stanze libere» mi informò, mentre prendeva la chiave dalle mie mani e la rimetteva nel quadro alle sue spalle.

Dopo essermi assicurato di non doverle pagare niente, la ringraziai ancora una volta per l'offerta. «Non ce ne sarà bisogno, ma la ringrazio lo stesso.»

Le augurai una bella serata, indossai il mio cappello e uscii quando gli ultimi raggi del sole iniziarono a scomparire dietro il bosco. Mi concessi un istante per radunare i pensieri e, nel frattempo, mi lasciai ammaliare da quella visione mentre mi sedevo su una panchina quasi davanti al vecchio casolare. Accanto a me, l'acqua gorgogliava da una fontana dove alcuni gnomi di pietra sembravano giocare gioiosi. In mezzo a essa, c'era un grosso vaso pieno di gerani e rimasi a guardare un uccellino che svolazzava con dei rametti nel becco, intento a costruire il suo nido. L'aria era ancora tiepida e una leggera brezza mi scompigliava i capelli. Chiusi gli occhi per un istante e ripassai nella mente quel pomeriggio,

Se non altro, avevo appreso qualcosa di importante: Lilie non aveva assolutamente bisogno di me o della mia amicizia. Nel miglior stile Noah Engel, avevo di sicuro interpretato in un modo del tutto errato i segnali che mi aveva mandato.

Tuttavia, l'espressione con cui mi aveva fissato mentre camminavo verso di lei… non era terrorizzata come la prima volta in cui ci eravamo visti, non era stato nemmeno uno sguardo fugace come quello del sermone.

Come avrei potuto definire il modo in cui mi ha guardato poco fa? Di sicuro era in soggezione, ma sembrava anche stupita, ne sono certo!

Sentii il mio petto gonfiarsi di un'emozione a cui non sapevo ancora dare un nome, ma non era importante in quel momento.

Forse, c'era anche un pizzico di felicità nei suoi occhi verdi come un bosco al mattino, non credo, però, che fosse impressionata dal mio abbigliamento, considerando che è identico a tutti i ragazzi con cui è cresciuta. Cazzo, perché non ho indossato qualcos'altro?

Argh, perché sto ancora pensando a lei? Cosa diavolo c'è di sbagliato in me? Non ho già stabilito che non ha bisogno della mia amicizia o dei miei bei vestiti? Ma che cazzo mi passa per la testa! Anzi, perché questa ragazza ha un tale effetto su di me?

Nel momento in cui aprii gli occhi e tornai alla realtà, dalle mie labbra uscì un sospiro rassegnato. Da qualche parte lì vicino, udii un cellulare squillare e quel suono mi ricordò che non tutto era perduto e potevo ancora approfittare di quei minuti che mi rimanevano per farmi stare bene. Tolsi il cellulare dalla tasca, lo collegai alla power bank e, ignorando le centinaia di messaggi che Geist mi aveva lasciato su WhatsApp, i Social e tutto il resto del mondo, puntai con sicurezza al numero di mio padre. Andrew rispose al terzo squillo.

«Noah?»

Mi bastò udire l'emozione nella sua voce per alleggerire il peso che sentivo nel petto. Sulle mie labbra si formò un enorme sorriso mentre allungavo le gambe e mi mettevo comodo sulla panca.

«Ciao, papà. Come state?»

«Ciao, figliolo, che bello sentirti. A casa stiamo tutti bene. Hai chiamato nel momento giusto. Oggi è il compleanno di Yke e stavamo proprio per iniziare a mangiare la grigliata che lui, Levi e Nathan hanno quasi bruciato. Aspetta…»

Sentii un coro di risate e mi sembrò di udire la voce di Nathan mentre si difendeva, sempre stoico. Qualcuno mise in modalità videochiamata e vidi tutta la famiglia riunita a mangiare al lungo tavolo sul retro di villa Engel. Ricevetti un coro di saluti e le loro voci euforiche unite a quella visione mi riscaldarono il cuore in un modo che non avrei mai creduto possibile. Alla fine, mi ritrovai a parlare per un paio di minuti con ogni fratello presente alla festa, anche quelli più piccoli che conoscevo a malapena. Quando toccò ad Aiden, dopo aver sanato la sua curiosità su quelle ultime settimane e tutto quello che avevo fatto e imparato presso la comunità, ero pronto a salutarlo e a chiedergli di passarmi la mamma o la signora Garcia. Invece, il mio cervello sembrò essere dotato di vita propria perché tutto a un tratto mi ritrovai a blaterare come un adolescente impacciato.

«Ho visto Lilie in città oggi.»

«Ah, sì? Sei passato all'emporio?»

Resta sul vago, Noah… «No, l'ho vista di sfuggita in stazione. Era con un ragazzo» sbottai, maledicendomi subito dopo. *Alla faccia del restare sul vago!*

Aiden iniziò a descrivere il ragazzo e non mi restò che confermare svogliato. «Sì, sì credo che fosse lui.»

«Allora non devi preoccuparti. È Christof…»

Mi morsi la lingua per non continuare a blaterare in quel modo insensato. *Stai zitto, Noah, cambia argomento.* In fin dei conti ciò che faceva

Lilie non doveva interessarmi, tantomeno chi frequentava e cosa facesse della propria vita. Purtroppo Aiden era sempre stato molto perspicace ed era davvero difficile che qualcosa gli sfuggisse. Notando il mio silenzio, aggiunse: «Purtroppo Lilie ha dovuto affrontare alcuni momenti difficili negli ultimi mesi» fece un profondo respiro e riuscii a percepire il suo dolore anche a chilometri di distanza. «E ne sono davvero dispiaciuto perché è ancora così giovane. La sua vita è appena iniziata…» non terminò la frase e dopo una breve pausa aggiunse: «So che Chris le è stato molto vicino. Lei stessa me l'ha confermato. Perché ti importa tanto?»

«Nessun motivo in particolare» buttai lì un po' troppo in fretta, ancora cercando di essere vago.

«Noah…» mi ammonì e, prima che potessi zittire i miei pensieri, ancora una volta sbottai. «Li ho visti abbracciati. Te ne rendi conto?» Gli domandai con un tono di voce oltraggiato che stupì persino me. Non felice, quel cretino del mio cervello continuò mettendomi in bocca altre parole senza il mio consenso: «Non lo so, ma a guardarli, mi sembrava di aver interrotto un momento privato, di aver visto qualcosa che non avrei dovuto vedere.»

Stai zitto, Noah! Mi sarei dato uno schiaffo, se solo non fossi stato in una videochiamata in mezzo alla città, soprattutto quando Aiden rispose: «Che cosa non avresti dovuto vedere, Noah, se erano in mezzo alla stazione?» Le sue sopracciglia scure si aggottarono, come se fosse davvero stupito. Lo ero anche io, ma a causa della mia stupidità. Aiden, del tutto ignaro dei miei reali pensieri, continuò: «E quale sarebbe il problema? Sono amici.»

Uno strano silenzio scese tra di noi e potevo quasi vedere le rotelle del suo cervello che facevano il collegamento. «Noah… sei per caso geloso?»

«Chi, io?» Puntai l'indice verso il petto. «Perché mai dovrei sentire qualcosa del genere?»

La semplicità nella risposta di Aiden mi sconvolse e dovetti afferrare il telefono con forza perché mi cadde quasi per terra quando disse: «Perché, in un certo senso, lei è come se fosse tua sorella.»

Per fortuna la nostra chiacchierata fu interrotta quando Yke gli rubò l'apparecchio e iniziò a sfottermi girando la telecamera e facendo vedere la griglia con tutte le prelibatezze che erano in procinto di mangiare. Dopodiché, il cellulare passò ancora una volta di mano in mano per tutta la famiglia fino ad arrivare per un ultimo saluto ad Andrew, a cui stavo per chiedere di passarmi la mamma e la signora Garcia, quando mi anticipò. «Ho una buona notizia da darti, figliolo.» Tenendo il cellulare in mano, iniziò a spostarsi verso il suo studio e, dopo qualche istante, lo vidi accostare la porta alle sue spalle.

«La famiglia Le Blanc ha deciso di ritirare le accuse contro di te.»

Non sapevo di preciso cosa farmene di quella affermazione, ma il suo sguardo era così fiducioso che mi accese una piccola fiammella di speranza nel cuore. Per qualche momento ci guardammo soltanto, potevo sentire quanto fosse felice per me e, non avrei potuto chiedere a Dio un padre migliore. Ci accorgemmo allo stesso tempo che i miei occhi si stavano riempiendo di lacrime e, dopo essersi schiarito la voce, disse: «Aspetta, figliolo, ti faccio parlare con la mamma e con la signora Garcia. L'ultima volta che le ho viste stavano combinando qualcosa in cucina.» Finì la frase con una risata tremula mentre apriva la porta e usciva.

Quando le due donne si accorsero che ero io, non potei fare a meno di notare come i loro sguardi diventavano sempre più lucidi, specialmente quando raccontai come stessero andando le cose. Era incredibile come un semplice cambio di "aria", come avrebbe detto il grande orso, potesse modificare la vita. Quasi non riconobbi l'allegria nella mia voce mentre dicevo: «La comunità è una figata...» narrai a cuor leggero dei lavori che avevo fatto, del cameratismo, dell'emozione legata alla nascita del piccolo puledro che avevamo chiamato Thor e, per finire, parlai della mia preferita in assoluto.

«E poi c'è questa piccolina, avrà circa quattro anni, nessuno lo sa con precisione perché è stata abbandonata. Si chiama Calla, ha queste guanciotte rosa e i capelli rossicci ed è sempre pronta a seguirmi dappertutto. Quando mi vede è così felice e... e... ho cantato per lei...» mi mancarono le parole per descrivere l'emozione che provavo quando quella bambina mi sorrideva. Feci una pausa perché le parole successive sembravano essersi incastrate in gola. Dopo un lungo respiro sussurrai: «La verità è che sto bene, sto davvero bene...»

«Questa è la cosa bella della vita...» aggiunse pensierosa la mamma con la signora Garcia che annuiva accanto a lei mentre si asciugava gli occhi sul grembiule, «non è mai troppo tardi per cambiarla.» Il sorriso di Marion sembrò illuminare il piccolo schermo. «Vedi, tesoro, è come una canzone alla radio.»

La guardai per un attimo, provando ad anticipare i suoi pensieri, ma con Marion era impossibile, lei era davvero impareggiabile. Notando il mio sguardo un po' stupito, un po' incuriosito, aggiunse: «Quando ascolti una canzone che non ti piace, cosa fai? Cambi stazione. Puoi fare lo stesso con la tua vita, Noah. Solo tu puoi decidere quando, nel momento in cui inizi a circondarti di cose che ti fanno sentire bene con te stesso. Fortunatamente, credo che tu abbia già iniziato a farlo. A cambiare intendo…»

Marion era davvero una persona meravigliosa. «Non hai bisogno di aggiungere altro, tesoro» mi disse piegando leggermente di lato la testa, «lo vedo nei tuoi occhi. Hai già cambiato la tua "stazione"» mimò le virgolette con la mano libera, «e siamo davvero orgogliose di te.»

La fissai stupito, sorridendo fin dentro l'anima, prima di chiudere gli occhi udendo la loro risata felice. Magari stavo addirittura per galleggiare in aria, come un palloncino a una festa di compleanno. Certo, ero consapevole che i miracoli non esistessero, che il percorso di guarigione fosse ancora molto lungo, che non avrei potuto nascondermi per sempre nella comunità o dietro le spalle di Vincent, ma mi bastava sapere che in caso di ricaduta, nei dossi che avrei incontrato lungo la strada, avrei potuto chiudere gli occhi e mi sarebbe bastato ricordare loro: gli sguardi orgogliosi, le parole e l'amore, lo stesso che stavo ricevendo in quel momento. Erano sentimenti del genere che dovevo tenere per sempre vicino al cuore.

Parlammo ancora per diversi minuti, mentre mi alzavo e mi dirigevo al parcheggio per trovare il mio grande amico.

Prima di chiudere la chiamata, la mamma mi chiese di fare un saluto a Vincent.

«Lo farò, anche se penso che lo vedrai presto, perché ormai il suo mese di ferie sta per finire e dovrà rientrare.»

Dall'altro capo della linea la risata di mia madre mi arrivò come una fresca brezzolina in quella serata tiepida. «Chi ti ha detto che Vincent aveva soltanto un mese di ferie? Lui?»

Le mie sopracciglia si aggrottarono. «No, non mi ha detto niente. In effetti, l'ho dato per scontato, considerato che lavora con papà.»

«Caro… Vincent può prendere tutto il tempo che desidera, visto che è con te.»

La guardai per un lungo momento prima di chiudere la bocca di scatto. «Cosa? Come?» Insistei per avere maggiori dettagli, ma restò irremovibile lasciando che giungessi da solo alla conclusione.

Solo allora mi resi conto che, probabilmente, per tutto quel tempo, dietro alla proposta di Vincent c'erano sempre stati i miei genitori, ma anche Aiden. Quella constatazione non fece che accrescere l'amore che provavo nei loro confronti.

Mentre camminavo verso il furgone, mi fermai per farle vedere il lago e la piccola cittadina incastonata nella foresta. Ci salutammo con la promessa che li avrei richiamati appena possibile, visto che l'unico telefono disponibile nella comunità era un vecchio modello con il filo nella casa del pastore e veniva utilizzato solo per le emergenze.

Passando davanti all'emporio dove lavorava Lilie, sentii la mia felicità smorzarsi e fu come se una piccola parte del mio cuore si fosse stretto, facendomi sentire vulnerabile. Per qualche strana ragione, ricordarla in quella stazione mi riempii di… sentimenti. E poi, vederla abbracciata a quel ragazzo e il modo con cui l'aveva baciata sul lato della testa mi riempii di… e vedere come lui afferrava la sua mano mi riempii di…

Di cosa? Ficcati in testa, Noah, Lilie non ha bisogno della tua amicizia, delle tue battute o qualunque cazzo di cosa tu stia pensando di offrirle.

Una decina di minuti dopo, ero di nuovo dentro il furgone con Vincent che mi sfotteva perché gli avevo raccontato di Lilie e del ragazzo. Aveva avuto persino l'audacia di dirmi che avevo lo sguardo di un cane bastonato.

«Non so davvero cosa mi sia successo. Tutto ciò che so è che da quando l'ho sentita cantare e suonare il piano quel giorno nel capanno, ho desiderato conoscerla. Non avevo la minima idea che si trattasse di Lilie.» Tralasciai apposta il nostro scambio di sguardi nell'emporio, anche perché non ero più tanto certo di ciò che avevo scorto nei suoi occhi. Invece, provai a spiegare al mio amico i pensieri che sembravano più ingarbugliati di una matassa a lungo dimenticata in un cesto in soffitta. «Ecco perché sono venuto un'altra volta in città questa settimana, volevo vederla, poiché non riesco mai a farlo dopo la funzione. Qualcosa in quella ragazza mi fa pensare di poter essere migliore, non so se sono riuscito a spiegarmi.»

Dopo il mio imbarazzante sfogo, non mi restò che storcere il naso perché dalla sua espressione era abbastanza chiaro che non ero riuscito a farlo, proprio per niente. «Non lo so nemmeno io. Il punto è che non mi sento così da molto tempo. E sento di doverle qualcosa.»

Forse è meglio se rimango in silenzio…

«Come ti senti di preciso, Noah?»

«Non lo so, cazzo» mi tolsi il cappello e mi passai la mano tra le ciocche in modo furioso. «È la mia sorellastra» puntualizzai. Non mancai di notare il cipiglio che si formò sulle sopracciglia di Vincent mentre mi fissava in fretta prima di tornare con l'attenzione alla strada.

«E allora? Questo non significa che non possiamo provare qualcosa per qualcuno anche quando non dovremmo.»

Le sue parole schiette mi zittirono. Lo guardai in cagnesco. *Certo che non sei d'aiuto… davvero, avrei dovuto rimanere in silenzio.*

Forse, anche lui aveva percepito la gelosia nella mia voce, ma non ero affatto d'accordo con lui, soprattutto quando se ne venne fuori con una delle sue frasi che mi stupivano sempre.

«Noah, non hai ancora imparato che condividere il viaggio con un amico, in qualsiasi momento della vita, è un privilegio.»

Lui non aveva idea di quanto quella frase fosse vera.

La settimana proseguì tranquilla ma il venerdì pomeriggio un acquazzone colpì l'intera regione. Secondo il pastore Hartstein, che guardava il cielo con occhi sempre più apprensivi, in poco tempo sarebbe scesa la stessa quantità di acqua di un intero mese. Tutta la comunità venne messa in allerta, spostando gli animali nel fienile e coprendo con dei teli le verdure più delicate.

Il temporale continuò a peggiorare con fulmini che squarciavano il cielo a distanza sempre più ravvicinata. Come risultato, venni svegliato in piena notte da Vincent che borbottava apprensivo qualcosa sul fatto che dovevamo partire. Altri dieci giorni passarono prima che potessimo ritornare alla comunità. Non avevo mai visto nulla di simile e mentre lavoravamo, lottando giorno e notte contro quello che sembrava essere l'inizio del diluvio universale, non potevo far altro che restare un testimone inerte davanti alla forza incontrastata della natura. Bagnati fino alle ossa, infatti, aiutavamo gli altri a spostare in fretta e furia intere mandrie di mucche, cavalli, pecore e altri animali da diversi capanni che si trovavano troppo vicino ai fiumi, i cui gli argini rischiavano di rompersi a causa del maltempo.

Ci furono alcuni momenti davvero critici in cui rischiammo di perdere annegati gli animali. Un pomeriggio, per salvare uno degli agnellini del vecchio Sam, un piccolino appena nato che si era allontanato dalla madre, mi buttai in acqua e, insieme a Vincent che correva parallelo a me sul ciglio del fiume, eseguimmo un salvataggio degno di un film d'azione. Inutile dire che quando finalmente tornammo alla comunità la domenica successiva, il pastore Hartstein citò davanti a tutti il nostro salvataggio, chiamandoci una coppia di *"druvvel-machah"*, piantagrane fortunati e coraggiosi. Per tutto il tempo in cui parlò mantenne un tono di voce serio e su quel piccolo podio sembrava essere addirittura cresciuto, ma fu impossibile non notare il luccichio di orgoglio che intravidi nel suo sguardo.

Quando arrivò il momento della musica e Lilie iniziò a suonare e a cantare, sapevo che avrei dovuto trovare una distrazione. Provai, eccome se provai…

Iniziai contando le travi del tetto, ma fui costretto a lasciar perdere perché ogni secondo i miei occhi si spostavano verso il soppalco nell'esatto punto dove l'avevo vista l'ultima volta e, di conseguenza, perdevo il conto.

Coraggio, la musica finirà presto, trova qualcos'altro con cui distrarti.

In seguito passai a contare le persone che erano sedute, ma c'era troppa gente e così, prima ancora che potessi trovare un altro sotterfugio, mi ritrovai ad allontanarmi in maniera calcolata, passo dopo passo da Vincent che aveva trovato un libricino nero che conteneva i canti e stava seguendo la musica.

La voce di Lilie, il modo in cui cantava, mi procurava un desiderio assurdo di starle vicino. No, forse non era proprio un bisogno o un desiderio, era più che altro un'attrazione inconscia, un richiamo, qualcosa dentro di me che mi spronava disperatamente a rispondere, a seguirla verso quel luogo, ormai dimenticato, dove anch'io vivevo con la musica nel cuore. Era impossibile resistere e così, un paio di minuti più tardi, in silenzio, avevo varcato la porta scorrevole e stavo percorrendo il corridoio accanto alle stalle, aprendo ogni porta e ogni sportello nella speranza di trovare la scala che mi avrebbe condotto al soppalco.

La fortuna era dalla mia parte perché la terza porta che aprii si rivelò un corridoio angusto, in parte in ombra dove in fondo scorsi dei gradini di legno. Salii provando a fare il minimo rumore, ma quando arrivai alla fine della scala, respiravo a fatica e con il fiatone come se avessi corso una maratona. Mantenendomi nascosto dietro la parete di legno, rischiai una sbirciata dentro e la vidi al pianoforte: teneva gli occhi chiusi e, mentre suonava, sentiva ogni vibrazione dello strumento, ogni singola sfumatura era visibile sul suo bellissimo viso e riversata nella melodia mentre si faceva strada attraverso il brano. Mi spostai di lato, appoggiandomi allo stipite della porta che era ancora più in ombra e restai a guardarla come ipnotizzato. La sua performance era fenomenale, ogni nota era misurata e suonata con una precisione ed emozione tali da farmi venire i brividi. La musica scorreva senza sforzo attraverso di lei, come se provenisse direttamente dalla sua anima. Era persa in quel meraviglioso mondo, il suo corpo ondeggiava delicato con le note e il sorriso che ogni tanto sfiorava le sue labbra l'avrebbe fatta desiderare a qualsiasi uomo. Poterla osservare era una visione che mi toglieva il fiato. La verità era che se avessi potuto stare lì fermo in silenzio ad ascoltare la sua voce per il resto della mia vita, sarei stato felice.

La canzone finì, ma lei non aprì gli occhi e non si mosse.

Sotto di noi il pastore Hartstein riprese il sermone: «Signore, ti chiedo di trasformare le nostre debolezze in forza, il dolore in gioia, la sofferenza in compassione e in conforto per gli altri. In modo tale da confidare sempre nella tua bontà e sperare nella tua fedeltà, anche in mezzo alle nostre sofferenze. Fa' che la tua assenza sia piena di pazienza e di gioia mentre attendiamo il tuo richiamo. Che sia…»

La sua voce proseguì, ero certo lo stesse facendo, ma non lo stavo più ascoltando. Tutta la mia attenzione era rivolta a lei, prima ai suoi occhi che si aprirono pur rimanendo fissi in un punto davanti a sé, poi al suo corpo che si irrigidì sullo sgabello, come se avesse percepito la mia presenza.

Quello, era il momento in cui me ne sarei dovuto andare, un solo secondo prima che si voltasse e mi trovasse fermo a guardarla. Chiusi gli occhi; la natura proibita del nostro incontro era qualcosa che aveva infestato i miei sogni dal giorno in cui l'avevo sentita cantare per la prima volta, da quando le nostre vite si erano intrecciate.

Vai, Noah, vai via e lasciala finché sei in tempo… non hai nulla da offrirle.

Ormai era troppo tardi. Alzandosi si voltò e i nostri sguardi si incontrarono. Aveva un libro tra le mani, sembrava una partitura. Restammo fermi, fissandoci e sentivo che eravamo entrambi spaesati, come se fossimo del tutto fuori posto.

Fuori luogo… fuori vita…

In qualche modo, mi sentii come un intruso, un guardone colto in flagrante. *È fottutamente squisita…* una piccola voce ruggì nella mia testa, ma la zittii subito. Avevo sperato di coinvolgerla in qualche conversazione per conoscerla, magari scoprire maggiori dettagli sul motivo per cui mi guardava in quel modo, era chiaro che la stessi mettendo a disagio. Mi sentii come se mi trovassi sulle sabbie mobili ed era qualcosa che non avevo mai sperimentato prima. Alla fine, senza sapere nemmeno come iniziare un discorso, mormorai una sola parola: «Scusa.»

Fu così difficile sostenere il suo sguardo, sembrava così spezzato ma, allo stesso tempo, ogni parte sfregiata della sua anima mi attirava inesorabile verso di lei.

Mi si annodò lo stomaco quando feci un passo indietro, nello stesso istante in cui si portava il libro al petto, come se volesse celare l'urlo che le stava nascendo dentro o, peggio ancora, come se intendesse usarlo al pari di un'arma.

Sotto di noi, un'altra musica iniziò e l'intera congregazione si mise a cantare. Mi tolsi il cappello in modo da farmi riconoscere e, per qualche istante, rimanemmo solo a guardarci, poi senza sapere come mi ritrovai a camminare, lei posò il libro sul piano e fece lo stesso.

Nella testa sentivo il silenzio avvolto da milioni di pensieri che sembravano urlare tutti in contemporanea. Avrei voluto chiederle scusa, magari chiedere il suo perdono, anche se non avevo la minima idea dell'errore che avessi commesso, ma volevo farlo solo per alleggerire un po' del peso che sembrava portare sulle spalle. Camminò verso di me come se avesse il buio attorno, un mantello oscuro in bilico sulla schiena pronto a inghiottirla.

Avrei voluto dirle quanto fosse bello rivederla, che avevo parlato con Aiden poche ore prima, che mi dispiaceva per il modo in cui ci eravamo incontrati all'emporio, alla stazione, ma le parole sembravano essersi incastrate nella gola che si chiudeva a ogni respiro. Vedevo la paura e il dolore che vivevano dentro di lei. Li sentivo anch'io, al punto da percepire la sofferenza che le strisciava accanto mentre mi veniva incontro.

Il soppalco era illuminato da un lucernario aperto nell'angolo della stanza e da una lampada a olio posata sopra il pianoforte, che era dall'altra parte rispetto a dove mi trovassi. A mano a mano che si avvicinava i contorni del suo viso venivano oscurati.

Tutto divenne più denso.

Tutto divenne ombra.

Tutto divenne nero.

Eppure lei rimase l'unica fonte di luce in quell'oscurità.

Senza rendermene conto, alcuni versi iniziarono a formarsi nella mente.

Lei è ogni desiderio
Attira il mio sguardo ovunque sia
Ma non importa quanto è vicina,
È sempre troppo lontana
Lo sento sulla mia pelle

Il mio petto si strinse e, quando fummo a meno di un metro di distanza, le parole sembrarono dissiparsi nell'aria che appariva sempre più densa attorno a noi.

Infine, mi porse la mano e tutto ciò che riuscii a sussurrare fu: «Ciao, Lilie.»

«Noah...» La sua voce era fragile come un pezzo di cristallo e il dolore si intensificò nel mio petto. Era così assorta a guardarmi da non accorgersi di quanto la stessi osservando da vicino. Sentivo i brevi respiri che esalava, il tocco delle sue dita tremanti mentre le posava sulla mia mano, una strana assenza quando le aveva tolte. Sentivo la sua anima, il suo corpo piccolo vicino al mio, il profumo di lavanda e fiori che tingevano di colori vivaci le ombre intorno a lei.

Lilie era di una bellezza particolare, che non richiedeva sforzi. Non aveva un filo di trucco, i suoi capelli castani chiari erano nascosti sotto il *Kapp* e indossava una camicia bianca che la copriva quasi fino agli avambracci sotto un vestito giallo chiaro con un'ampia gonna. Eppure, riuscii a vedere la sua bellezza nascosta in ogni dettaglio: avrei potuto dire che i suoi occhi erano soltanto verdi, ma non sarebbe stato vero. Le sue iridi nascondevano diversi strati, come le sfumature di un bosco, che si toccavano e si confondevano, creando lo sguardo più intenso che avessi mai osato fissare. Avrei potuto dire che le sue mani fossero piccole, ma non era solo quello, avevo visto la delicatezza delle sue dita affusolate in ogni movimento quando aveva suonato e poi nello spostare con la mano libera dietro l'orecchio una ciocca di capelli che le era sfuggita dal *Kapp*. Avrei potuto dire che il suo vestito fosse semplice, ma era impossibile non notare il corpetto dove erano ricamati piccoli fiori colorati che sembrava fatto apposta per contenere i suoi seni. Spostai lo sguardo per fissare le sue labbra piene nel momento in cui le nostre mani si separavano facendomi sentire la distanza tra di noi, anche se eravamo ancora vicini.

Canta per me, Lilie, salvami...

Il silenzio calò un'altra volta nel capanno e, un momento dopo, il pastore Hartstein riprese a parlare. La sua voce sembrò scuotere Lilie che, facendo un passo indietro, disse più che altro in un mormorio a se stessa. «Devo andare, il sermone sta per finire.»

Appena concluse la frase si voltò e iniziò a spostarsi verso il piano. Avrei voluto chiederle perché non restava per pranzo insieme agli altri della comunità, ma la risposta a quella domanda non mi riguardava. Invece, mi misi il cappello in testa, infilai le mani in tasca e restai in silenzio, osservandola prendere una borsa di tela che si trovava per terra accanto allo sgabello. Se non mi fossi mosso, l'avrei persa un'altra volta.

Se ne andrà, pensa, Noah... pensa! Che diamine dovrei dire? Come potrei convincerla a restare? Ho questo diritto? Anzi, che diamine vorrei fare a riguardo?

Avevo soltanto domande e nessuna risposta quando si trattava di quella ragazza, perciò mi lasciai guidare dall'unico organo di cui avrei potuto, forse, ancora fidarmi: il cuore.

«Ti accompagno» le dissi mentre mi mettevo da parte per farla passare. Non rispose subito, si limitò a uno sguardo che avrei tanto voluto dire fosse allegro, ma più che altro sembrava sbalordito, prima di annuire e regalarmi un piccolo sorriso teso che, in qualche modo, riuscì a riempirmi di felicità. Era quel genere di sguardo in grado di far male al petto, e anche se volevi spostare gli occhi altrove allo scopo di prendere fiato, preferivi resistere per saperne di più invece che preoccuparti di una cosa così semplice come respirare.

«Va bene…» disse infine con un sussurro, poco più di un respiro.

Solo due parole che bevvi come acqua, come nutrimento, come una piccola pianta che si crogiolava nel muschio primaverile quasi dimenticato dopo un lungo inverno.

Annuii per confermare la serietà delle mie intenzioni mentre mi aggiustavo il cappello, sapendo che stavo scegliendo in libera e spontanea volontà di mettermi a camminare su una corda davvero tesa, sopra un abisso di cui non vedevo la fine, cosciente che tutto quello che potessi fare sarebbe stato incrociare le dita, pregando di riuscire ad attraversarlo ma, soprattutto, che ci fosse un reale motivo dall'altra parte per cui farlo. Così, con un vulcano al posto del cuore, mi incamminai con lei al mio fianco.

Lilie

21
Noah Engel

Nell'istante in cui ci fermammo, poco prima di varcare la porta sul retro, il pastore Hartstein aveva appena finito l'ultima benedizione e stava salutando la comunità, regalando a ognuno dei presenti un sorriso e una stretta di mano.

«Mi daresti solo un minuto? Avverto Vincent che ti accompagnerò.»

Le parole di Noah mi fecero sussultare, avrei voluto rispondergli che non era necessario, che conoscevo quei sentieri come il palmo della mia mano, ma sapevo anche riconoscere un uomo risoluto quando l'avevo davanti. Sarebbe stato inutile andare da sola perché ero sicura mi avrebbe seguito.

Forse, vuole soltanto assicurarsi che stia bene.

Anche se non lo credevo possibile, una piccola parte della mia coscienza mi ricordò che Aiden avrebbe potuto raccontargli qualcosa su di me.

Potrebbe avergli chiesto di tenermi d'occhio, per fargli sapere se sto bene. Insomma, al di là di questa cosa, comportati come fai sempre. Ricorda, Lilie, la parola d'ordine è fingere. Sorridi con educazione, chiacchiera con compostezza e lascia che ti accompagni fino alla bicicletta. Dopodiché, lo ringrazierai con un sorriso di circostanza, lo tranquillizzerai con qualche parola adatta e poi proseguirai per la tua strada. In breve, lo lascerai andare.

Ottimo, è un'idea eccellente!

Un'espressione fiduciosa iniziò a formarsi, ma si dissolse quando presi il respiro successivo. Strinsi le labbra nel momento in cui iniziarono a tremare.

Tieni duro…

Avevo lavorato davvero sodo per ricucire il mio cuore dopo che si era aperto e per quasi un anno ero riuscita a illudere tutti, dalle Maman a mio fratello, persino Christof che era la persona più attenta che conoscevo.

Farlo anche con Noah Engel sarà un gioco da ragazzi.

Ignorai la stretta al petto con cui arrivò quella constatazione. La vecchia Lilie non avrebbe mai fatto una cosa simile, ma lei se ne era andata dopo quella tragica notte. La verità era che Noah non doveva in nessun modo sentirsi colpevole per ciò che mi era successo, eppure sembrava così, in ogni suo gesto, in ogni sua parola.

Ciò che dovevo fare era tranquillizzarlo e, appena ne avessi avuto la possibilità, trovare una spiegazione plausibile per il modo in cui l'avevo guardato quel giorno all'emporio o, peggio ancora, solo pochi istanti prima. *Gli dirò che mi ha colta alla sprovvista, tutto qui. Penso che sia una scusa perfetta!*

Grazie a quelle riflessioni, mi ritrovai ad aspettarlo molto più tranquilla. Meno di una decina di minuti dopo, Noah ritornò e aveva con sé un sacchetto di tela. Appena mi arrivò davanti lo aprì e mi diede un panino e una mela.

«Maman Fender mi ha sentito parlare con Vincent e me li ha dati per il viaggio di ritorno.» Mentre infilavo il panino e la frutta dentro la borsa, senza perdere tempo, iniziò a guardarsi attorno. «Da quale parte dobbiamo andare?»

Stavo per dire che potevo proseguire da sola, ma alla fine decisi di acconsentire dopo l'occhiata decisa che mi rivolse e gli indicai la strada che costeggiava la foresta. Senza aggiungere altro, prese a camminare accanto al campo di grano verso il bosco e non mi restò altro da fare che seguirlo. Era davvero bravo a iniziare una conversazione, l'esatto opposto di com'ero io, almeno della "nuova me". La vecchia Lilie avrebbe adocchiato di nascosto, quasi in adorazione, quel ragazzo alto, con i suoi capelli biondi e gli occhi chiari. Avrebbe trovato un modo di stargli accanto e gli avrebbe parlato con facilità, anche se era piuttosto timida. Ma non lo sarebbe stata con lui, perché l'avrebbe visto al di là della fama sapendo di potersi fidare, poiché era cresciuto insieme a suo fratello. Per la nuova me, invece, le cose andavano di male in peggio, mentre lui chiacchierava animato come avrebbe fatto con una nonna nella sala da cucito o con qualcun altro dopo il sermone. Nonostante cercassi di stare calma, faticavo addirittura a raccogliere i miei stessi pensieri perché, senza volerlo, la sua voce che mi scorreva dentro come lava, stava sabotando il mio piano. Perciò mi costrinsi a rimanere in silenzio e, ogni tanto, annuivo o aggiungevo un monosillabo alla fine delle sue frasi, sperando non si accorgesse del mio disagio o, peggio, della mia assenza di partecipazione.

«Che bella giornata… oggi fa abbastanza caldo, non credi? Il sermone, poi, è stato interessante, non è vero? Ma quanto cucinano le donne della comunità, mai visto così tanto cibo…»

Sembrava riuscisse a tirare fuori un argomento dietro l'altro, senza fatica, come avrebbe fatto il mago con i conigli dal suo cappello, almeno era ciò che avevo letto una volta in un libro.

Finalmente, quando non riuscivo quasi più a trovare nessuna risposta coerente che mi permettesse di non parlare, arrivammo vicino al pino dove avevo lasciato la bicicletta, quindi era ora di salutarlo.

«Grazie ancora per avermi accompagnato, Noah» lo congedai un po' sulla difensiva. Senza aspettare una risposta, appoggiai la borsa di tela sul cestello di paglia appeso davanti alla bici e mi preparai a salire in sella, ma subito mi ricordai un dettaglio.

Salutalo come si deve. Almeno una briciola di educazione dovresti averla accumulata negli anni, Lilie! Scusa, ma perché sei così nervosa?

Con un sorriso un po' titubante mi voltai verso di lui. «Perdonami, sono stata sgarbata,» tesi la mano aspettando che la prendesse.

Invece, mi guadagnai uno sguardo confuso, mentre si toglieva il cappello e si passava la mano sulla testa, portando indietro qualche ciocca che gli era caduta sugli occhi prima di indossarlo di nuovo.

«Ehm» iniziò un po' impacciato. Senza mostrargli il mio imbarazzo, abbassai la mano accanto al corpo e gli risposi con un sorriso che ero sicura sembrasse più che altro una smorfia, soprattutto quando disse: «Intendevo dire che ti accompagnerò fino a casa, Lilie. Abiti sopra l'emporio, giusto?»

«Non ti preoccupare, conosco questa foresta come le mie tasche» cambiai discorso in fretta, aggiungendo una delle frasi che avevo pensato prima. La sua espressione gioviale morì sul suo bel viso e mi sentii un po' in colpa. Tuttavia, quella sensazione durò soltanto uno o due battiti di cuore, perché una cosa la sapevo con certezza: Noah Engel sarebbe stato molto meglio senza la mia amicizia. Dovevo solo fargli capire che non sarei stata una buona compagnia nemmeno per me stessa, figurarsi per chi sembrava sopravvissuto a un uragano e poi al diluvio universale.

Intanto pensavo a come salutarlo senza sembrare scortese, ma era davvero difficile riflettere, soprattutto quando ero così consapevole di ogni respiro che faceva mentre mi fissava. Incapace di fermarmi, mi aggiustai i capelli che mi erano sfuggiti dal *Kapp* e guardai alla mia sinistra prima di puntare gli occhi verso il fienile che vedevo in lontananza. Quella che speravo sarebbe stata la mia salvezza. «Perché non ti unisci a loro?» Sentii le labbra incurvarsi in un sorriso nervoso quando gli feci notare le persone indaffarate che entravano e uscivano, le panche che venivano spostate, i bambini che si rincorrevano, le tovaglie a quadretti che venivano alzate in aria prima di essere depositate sui tavoli.

Volse la testa e, per qualche momento, restò in silenzio a guardare tutto quel trambusto benevolo. Il suo volto si rattristò, così cogliendo l'attimo ne approfittai per parlare ancora. «Vedi, i tuoi amici ti stanno aspettando,» decisi di aumentare la sua voglia e così nominai alcuni piatti che sapevo sarebbero stati presenti per la festa.

«... e poi ci sono i dessert. Sono sicura che la torta "Foresta Nera" della signora Almack ti piacerebb-» la mia voce divenne stridula persino alle mie stesse orecchie.

I suoi occhi si spostarono verso di me e la frase rimase sospesa a metà. «Lilie...» mi zittì con una sola parola e, per Dio, avrei potuto chiudere gli occhi e ascoltare la sua voce sussurrare il mio nome proprio in quel modo per tutti i giorni della mia vita.

«Insomma...» iniziai dopo essermi schiarita la voce, «pensavo solo che potrebbe piacerti restare con loro.» Il suo sguardo restò fisso sul mio, facendomi innervosire ancora di più.

«Ero solo curiosa...» Aggiunsi con un'alzata di spalle.

«Su quali cibi mi piacciano? O sulle cose che amo in generale?»

Fu soltanto un batter d'occhio, giusto il tempo per assimilare le sue parole. Sentii l'intero viso andare a fuoco e fui costretta a guardare altrove in fretta. Perché diamine mi complicava la vita in quel modo?

Emisi un suono esasperato. «No... cioè...» mormorai. «Intendevo se non avresti voluto... in questa bella gior- giornata» iniziai a balbettare, ma non mi stava nemmeno più ascoltando. «*Verbohrt!* Testardo come un mulo!» Sussurrai infine, a voce non così bassa.

Come risposta ridacchiò mentre si infilava le mani in tasca e iniziava a camminare verso il sentiero che lo avrebbe condotto in città. Fece una manciata di passi e poi, senza aspettarmi o voltarsi per vedere se l'avrei seguito, aggiunse: «Ti accompagnerò a casa così potrai scoprire tutto ciò che desideri su di me.» Soltanto allora si voltò per essere sicuro che lo stessi guardando e mi beccò a osservarlo a bocca aperta. Con un sorrisetto, buttò fuori quasi come un'unica parola: «E così potrai anche raccontarmi qualcosa su di te.»

Iniziò a fischiettare, riprese le sue falcate e non mi restò che seguirlo mentre montavo sulla bicicletta. Cosa avrei potuto raccontargli di me stessa? Forse avrei dovuto inventare qualcosa, non sarei mai riuscita a parlare di me, non perché fossi timida o introversa, ma solo perché non ero più tanto sicura di cosa mi piacesse, tanto meno cosa volessi fare della mia vita.

All'inizio restammo in silenzio, lui fischiettando e certe volte canticchiando, mentre camminava e osservava il fitto bosco che ci circondava. Pedalavo piano accanto a lui provando a non bearmi della sua voce che, anche se bassa, aveva un tono rauco e dolce che sembrava penetrare sotto la mia pelle, un timbro caldo che mi faceva sentire bene. Non eravamo così vicini, non ci stavamo nemmeno toccando, ma potevo quasi sentire il mio cuore sussultare soltanto all'idea di una cosa del genere.

Passati quei primi minuti, iniziai a prestare sempre più attenzione a ciò che canticchiava perché sembrava stesse componendo una canzone. E fu qualcosa di meraviglioso, così tanto che più di una volta mi ritrovai a mordermi le labbra per resistere alla tentazione di chiedergli di alzare la voce, ero curiosissima di sapere se quel motivetto esistesse già, poiché sembrava che parlasse di una ragazza. Ogni tanto riuscivo a mettere insieme una o due parole come: "sulla mia pelle" o "nel tuo sorriso" o, ancora, un ritornello che sembrava dire "ogni tocco e ogni bacio".

Purtroppo, dopo quasi una decina di minuti in cui a tenergli compagnia aveva avuto solo il cinguettio degli uccelli e le foglie che scricchiolavano sotto le sue scarpe, fu chiaro che non ne poteva più. Sorrisi dispiaciuta mentre lo guardavo con la coda dell'occhio smettere di canticchiare. Per me la sua musica era una dolce compagnia, per lui il mio silenzio, invece, sembrava una tortura.

«Allora, cosa volevi chiedermi?» Mi lanciò un'occhiata veloce prima di spostare lo sguardo altrove. Non volevo che si sentisse in imbarazzo a causa di una mia mancata risposta, così frugai in fretta nel cervello cercando un argomento che gli permettesse di raccontarmi qualcosa. Sulla comunità, su ciò che faceva, su di lui, non era importante, mi bastava solo che non parlassimo di me. Per fortuna, mi ricordai di una parte del discorso che avevo ascoltato quella mattina.

«Dunque...» iniziai sperando che la voce sembrasse più sicura di quanto in realtà mi sentivo, «siete tu e Vincent la coppia di *"druvvel-machah"* a cui il pastore Hartstein si è riferito questa mattina?»

Le sue spalle sembrarono rilassarsi e addirittura sorrise, un gesto che gli illuminò il viso. E anche il mio cuore.

«Sì, stava parlando di noi due, i suoi piantagrane preferiti.» Iniziò a raccontare del salvataggio del piccolo agnello e, anche se era chiaro che non voleva contraddire ciò che aveva detto il pastore, sentivo la gioia nella sua voce mentre mi riferiva la sua versione dei fatti.

«Se avessi visto quanto belava quel piccolino quando è caduto in acqua,» mi rivolse uno sguardo affranto, gesticolando animato, «non potevo lasciarlo lì. Ho scambiato una sola occhiata con Vincent che, per fortuna, stava lavorando accanto a me per sistemare lo steccato e non ci abbiamo pensato due volte.» Fece un sospiro un po' tremulo prima di proseguire. «Soltanto dopo, quando gli altri uomini sono venuti in nostro soccorso e mi hanno tirato fuori dall'acqua, ho visto quanto il fiume si fosse ingrossato e poi tutti quei tronchi che venivano portati via dalla corrente.» Fece una pausa e quando lo guardai era come se fosse tornato a quel preciso attimo. «Forse, solo in quel momento mi sono fermato a chiedermi: wow, Noah, che cosa hai fatto?» Mi guardò e riuscii a scorgere quanto ancora fosse scosso ma, al contempo, orgoglioso. «Soltanto allora mi sono reso conto che sarei potuto annegare insieme a quel povero animale. Tuttavia, nessuno merita di morire da solo.»

La sua voce assunse un'intonazione così cupa quando pronunciò le ultime parole, che sentii un brivido scendere giù per la schiena. Il suo sguardo sembrò offuscarsi e restò in silenzio per un lungo istante come se si fosse perso tra i suoi ricordi.

Poi si fermò in mezzo al sentiero, costringendomi a fare lo stesso. «Possiamo fare una cosa, Lilie?» Un'altra volta, sussurrò il mio nome in quel modo e mi ritrovai ad annuire senza pensare nemmeno a cosa mi avrebbe proposto.

«Non voglio pensare allo sguardo che mi hai rivolto all'emporio, alle cose che, magari, vorresti dirmi o al passato in generale...» al posto delle parole, uscì un sussurro pieno di angoscia, «possiamo cominciare tutto da capo?» C'era una tale afflizione celata nei suoi occhi, una supplica nella sua voce che fu impossibile resistere. Mi ritrovai a guardarlo con un sorriso triste che ero sicura rispecchiasse il suo e mi riscossi appena in tempo. «Certo, Noah» mormorai quasi affranta.

«Allora, aspetta...» si voltò in direzione del bosco e si allontanò facendo una corsetta.

«Ma dove stai andando?» Gli chiesi sempre più confusa, mentre spariva dietro un maestoso pino.

«Noah?» Lo chiamai.

«Arrivo...»

Alcuni momenti dopo sbucò dagli alberi, qualche metro più avanti e prese a camminare verso di me, fischiettando con le mani in tasca, concentrandosi sul panorama che lo circondava. Poi, si fermò all'improvviso, come se mi avesse appena vista e iniziò ad avvicinarsi con un sorriso che, ne ero sicura, mi avrebbe fatto venire un infarto, prima o poi. Si fermò soltanto quando fui a meno di due passi di distanza, prima di chinarsi e togliersi il cappello. «Buonasera, *Fraulein* Lilie,» si raddrizzò come se ci fossimo incontrati lì per puro caso, ma poi le sue sopracciglia chiare si arcuarono, «scusa, qual è il tuo cognome?»

Trattenendo una risata per colpa della sua espressione buffa, risposi: «May, come il mese di maggio in tedesco, ma con la "y" alla fine.»

«Molto bene, riproviamo» si mise di nuovo il cappello soltanto per toglierlo un attimo dopo. «Molto piacere, signorina Lilie May con la "y". Mi permetta di presentarmi» aggiunse mentre si rimetteva il cappello e prendeva la mia mano. «Mi chiamo Noah Engel, salvatore di agnellini scappati, costruttore di pareti dritte, esperto nel cambio di tegole, mangiatore di frittelle di mele a colazione, ecc… ecc… ecc…»

Il sorriso scomparve dalle sue labbra e i suoi occhi restarono fissi nei miei. Le sue labbra mi toccarono il dorso della mano.

«Lilie…»

Sussultai. *Oh mein Gott…*

«Posso avere l'onore di accompagnarti a casa?» Abbassò lentamente la mano, ma la tenne ancora nella mia per qualche secondo. I suoi occhi non lasciarono i miei nemmeno quando rimase in attesa della mia risposta.

Stare lì, accanto a lui, mi fece ricordare quella volta, quando ero piccola, in cui avevo guardato dentro un pozzo. Ero rimasta incantata a osservare la luce sparire lasciando posto all'oscurità sempre più fitta, quasi trattenendo il respiro, perché volevo scoprire cosa ci fosse sul fondo. La mia pazienza fu premiata poiché, a mano a mano che il sole seguiva il suo tragitto, degli spiragli di luce si erano spostati fino a illuminare tutta la parte più oscura.

Noah Engel esisteva davvero? O era il mio cuore malinconico e nero come quel pozzo ad averlo sognato perché desiderava solo un po' di calore?

Era chiaro che il suo fosse uno scherzo e avrei tanto voluto stare al gioco, ma ero più impegnata a non svenire. Ero sicura che la vecchia Lilie gli sarebbe piaciuta tanto, la ragazza che amava chiacchierare, che sentiva troppo, che si fidava degli altri. Mi era sempre piaciuto paragonarmi a una piccola onda, come quelle che si abbattevano sulle sponde del lago quando il vento lo faceva increspare, quelle che lo disturbavano anche nei giorni in cui avrebbe voluto restare quieto. Era incredibile come, accanto a lui, vedevo alcuni piccoli spiragli di quella ragazza che lottavano per mostrarsi un'altra volta.

Chissà se un giorno…

Forse era perché sapevo fosse cresciuto con Aiden e quindi potevo fidarmi di lui o magari volevo stargli accanto per spiegargli che la prima volta in cui l'avevo visto mi aveva riportato alla mente un momento della mia vita che avevo cercato di dimenticare per quasi un anno.

Ciò che voglio dirgli è che non deve preoccuparsi per me perché è stato soltanto quello, un momento che, come tutti gli altri, prima o poi, passerà.

Alla fine scesi dalla bicicletta e riprendemmo la strada, camminando l'uno accanto all'altra. Noah mi chiese alcune cose, più che altro su come fosse stato crescere nella comunità e così anch'io gli domandai come fosse la vita tra gli *Usslãnder*. Era facile parlare con lui, anche perché sembrava sempre scegliere argomenti facili da trattare come la differenza tra le nostre usanze o altri temi che non coinvolgessero in modo più approfondito le nostre vite.

«Una delle cose che mi piacciono di più del pastore Hartstein sono le sue frasi.»

Lo guardai provando a capire cosa intendesse dire e così, senza che avessi bisogno di chiedere nulla, mi venne in aiuto. «Sai quella specie di proverbi che usa spesso, non solo durante i sermoni ma anche nella vita quotidiana.»

Sorrisi perché capivo esattamente ciò che mi voleva dire. «Alcuni possono vedere una fine senza speranza, ma come credenti ci rallegriamo di una speranza senza fine.»

«Esatto» puntualizzò prima di aggiungere in fretta un'altra frase, come se l'avesse avuta per tutto il tempo in mente. «Una cosa che puoi imparare guardando l'orologio è che passa il tempo tenendo le lancette occupate.» Scoppiò in una risatina adorabile, prima di aggiungere: «Questa l'ha usata con me» il suo bel viso arrossì appena, «sai… nei primi giorni in cui sono arrivato, non ero molto felice di essere svegliato all'alba.»

Anch'io certe volte ero una dormigliona, così sorrisi prima di parlare. «La mia preferita da sempre è: Non chiedete al Signore di guidare i vostri passi se non siete disposti a muovere i vostri piedi.»

«Semplicemente perfetta» aggiunse, facendomi ridacchiare e lui mi seguì. Da quell'argomento passammo a un altro e poi a un altro ancora. In qualche modo, mentre camminavamo in quel bosco che sembrava magico, le nostre parole e anche le risate si fusero in un unico suono e, quando arrivarono i momenti di silenzio, non furono più pesanti come prima, era come se stessimo ancora conversando ma senza parole. Silenziosamente ad alta voce.

Insieme continuammo a chiacchierare fino a quando superammo la catena che segnalava la fine della strada. A ogni passo che facevamo verso il parcheggio, i piedi di Noah sembravano trascinarsi sempre di più e notando il suo disagio, proposi con un sorriso forzato: «Ti ringrazio per avermi accompagnato, ma da qui in poi posso proseguire da sola.»

Non mi rispose subito. Si era fermato, sembrava essere andato alla deriva per un momento, in qualche luogo lontano, e mi domandai se fosse nello stesso posto in cui andavo spesso anch'io. Come a confermare le mie supposizioni, il suo sguardo si fece sempre più sofferente mentre spostava l'attenzione da me al furgone che vedevo a una decina di metri da dove ci eravamo fermati. «Io… ecco, io» si schiarì la gola, «vorrei poterti accompagnare con il furgone, ma…» fece una pausa con un sospiro sofferente mentre si grattava la nuca, guardando ovunque tranne che nella mia direzione. Alla fine sbottò mentre scuoteva la testa. «Mi dispiace.»

Avrei voluto dirgli che se aveva dimenticato le chiavi non era un problema, che ero abituata a camminare e a pedalare. Invece, mi ritrovai sempre più attratta dalla sua tenerezza, che sembrava toccarmi in profondità, così mi lasciai andare, soltanto un piccolo spiraglio di luce che fendeva l'oscurità. Tirai appena i bordi del vestito e feci un inchino che avrebbe reso fiera Maman Fender. «Sarebbe un onore essere accompagnata ancora da te, Noah Engel, il grande costruttore di pareti dritte, mangiatore di frittelle a colazione, ecc… ecc… ecc…»

Siccome mi guardava ancora indeciso se ridere o sembrare confuso, gli feci un occhiolino, invitandolo a seguirmi con un gesto della mano. «Andiamo, ti mostro una scorciatoia che, in un batter d'occhio, ci porterà in città. E poi, dobbiamo ancora mangiare, ho paura che non resterai in piedi ancora per molto.»

«Cosa?!» Raddrizzò la schiena, le mani all'altezza del petto, i pollici infilati nelle bretelle come se si sentisse davvero offeso. Non gli lasciai nemmeno il tempo di rispondere. «Non sapevi che una donna può correre più in fretta con il vestito alzato che un uomo con i pantaloni abbassati?»

La sua risata si aggiunse ancora una volta alla mia e così riprendemmo la nostra strada, conversando del più e del meno senza notare il paesaggio dettagliato e quasi perfetto che circondava il lago in cui avevo trascorso molti dei miei pomeriggi con Christof. Ci sedemmo su una panchina per mangiare e, in quel tranquillo silenzio che ci accompagnava, ebbi l'impressione che fossimo le uniche due persone rimaste nel mondo.

Il tempo sembrò scorrere sempre più in fretta e, in men che non si dica, percorremmo la strada pedonale ormai deserta, poiché la giornata era quasi giunta alla fine, poi passammo davanti all'emporio in direzione del retro del negozio.

Noah, da vero gentiluomo, aprì il cancelletto per farmi passare con la bici. Lo ringraziai con un cenno della testa, poi proseguimmo per il giardinetto e, dopo aver appoggiato la mia fidata due ruote al muro, salii il primo gradino che mi avrebbe portato al portico e mi voltai.

«Ti ringrazio, Noah, per avermi accompagnata a casa.»

Gli tesi la mano e, soltanto in quel momento, mi accorsi che eravamo quasi alla stessa altezza. Noah abbassò lo sguardo e, quando mi fissò, venni catapultata a quel giorno in cui lavoravo nella vetrina, ma ciò che sentii non fu paura. Due iridi blu tendenti al grigio si bloccarono nelle mie, stabilendo una connessione calda e intima. Non ero sicura di cosa stessi scorgendo nel suo sguardo, ma mi sembrava troppo profondo da comprendere, come provare a spiegare l'impossibile, come vedere la luce di una stella e sapere che aveva miliardi di anni. Poi, sentii la stessa scarica di quando mi aveva baciato la mano che si riversava dentro di me, ma mi parve che si fosse come decuplicata. Sollevò la mano e la avvolse sulla mia, stringendo le sue dita nel mio palmo, mentre i nostri sguardi restavano agganciati in una stretta potente e invisibile.

I suoi occhi sembrarono abbattere ogni mia difesa quando, con le nostre mani ancora unite, mi chiese con un tono davvero dolce, quasi timido: «Vorresti concedermi l'onore di diventare mia amica, Lilie May? Mi renderesti davvero felice.»

Mi sentii rispondere: «Perché vorresti farlo, Noah Engel?» *Perché vorresti essere mio amico dopo il modo in cui ti ho guardato quel giorno? Non abbiamo nulla in comune, i nostri mondi sono così diversi, e poi sei solo di passaggio, te ne andrai tra qualche giorno o settimana e io resterò qui, ancorata alla mia vita, al mio dolore, da sola, persa…*

Non era possibile che mio fratello gli avesse accennato qualcosa anche perché Aiden, così come tutti gli altri, non sapeva quasi niente di ciò che mi accadde quella sera. L'unico a cui dovevo una spiegazione era il ragazzo fermo davanti a me, che mi chiedeva una cosa semplice come la mia amicizia e lo faceva come se stesse per ricevere in dono il mio più grande tesoro.

Piegò leggermente la testa di lato, forse intento a cercare di leggere i miei pensieri. Il bel sorriso di prima lasciò posto a un viso troppo serio per la sua giovane età. Il silenzio scese tra di noi, colmo di comprensione e pazienza. Era come se dicesse: *«I nostri cuori si capiscono, Lilie May. E anch'io mi sento solo.»*

In qualche modo il suo sguardo era caldo e freddo allo stesso tempo, lo stesso tipo di sensazione che il sole appena sorto avrebbe portato nella foresta durante una mattina d'inverno o di quando suonavo il pianoforte e riuscivo a fuggire dalla realtà per qualche istante. Sentire le dita sfiorare i tasti era il solo modo in cui riuscivo a trovare calore, finché Noah non mi guardò. Era la stessa sensazione che avevo sentito mentre ero in quella vetrina, prima ancora che i ricordi facessero capolino, portandomi verso quella fatidica notte di un anno prima.

Quel ragazzo così gentile non aveva nessuna idea di cosa mi fosse capitato, ma era come se riuscisse a vedermi davvero, la vera me, colei che ero stata un tempo e lei, da parte sua, non desiderava altro che rinascere dal suo sguardo. Noah Engel mi osservava come se meritassi di essere viva, di poter sperimentare sulla pelle la vera felicità. Lui aveva un modo di muoversi, di comportarsi e di esprimersi come se fosse del tutto inconsapevole dell'effetto che aveva su una povera ragazza ancora ventenne. Lo fissai in silenzio, con l'indecisione che mi spingeva in due diverse direzioni. Una parte di me urlava di cogliere al volo l'opportunità di scappare, di fingere, cosa in cui ero diventata piuttosto brava. Ma l'altra parte, molto più istintiva, desiderava soltanto qualcuno che...

Capendo la mia riluttanza, dopo averci depositato un piccolo bacio, lasciò la mia mano e continuò con un tono allegro, come se gli ultimi secondi non fossero mai esistiti. «Ho imparato questa frase stando insieme a Vincent e potrei scommettere che provenga dal pastore Hartstein.» Fece un sorrisetto scaltro prima di proseguire. «Voglio essere tuo amico, Lilie May, perché condividere il mio viaggio con te, in qualsiasi istante della mia vita, sarebbe un privilegio.»

Sentii il respiro bloccarsi nel petto. Non c'era niente di più che avrei potuto avere o volere da lui, se non quei momenti alla fine di una meravigliosa giornata in cui sentivo il cuore battere, il respiro corto e la felicità che accompagnava un solo nome.

Un amico… Noah Engel non aveva idea di quanto fosse perfetto il suo tempismo. Il significato delle sue parole mi sedusse all'istante, facendo in modo che le mie gambe tremassero come se avessero una mente propria fatta di gelatina alla fragola.

Quel pomeriggio era stato meraviglioso, tranquillo ed eccitante e, dal momento in cui mi aveva accompagnata fino al gradino di casa mia, un milione di farfalle erano uscite dai loro bozzoli e avevano svolazzato in tutto il mio corpo, dai capelli fino alle dita dei piedi.

In mezza giornata, Noah Engel aveva fatto capolino nella mia vita, stravolgendola. L'emozione premette forte sul petto, rendendomi difficile addirittura respirare.

Non ho bisogno di respirare adesso. L'ho fatto per tutta la vita.

Non ebbi nemmeno il tempo di reagire o di dire qualcosa, perché mi persi dentro me stessa quando sentii la sua guancia toccare la mia. Le sue braccia mi circondarono la vita, all'inizio in modo incerto, attento e delicato, ma poi la sua presa divenne più sicura, attirandomi vicino, forse molto più di quanto intendesse fare. Sentii il suo respiro solleticarmi la tempia, scaldarmi la pelle. La sua mano destra risalì lungo la spina dorsale in un modo che non avrei mai scordato e, infine, udii le parole uscire dalla sua bocca come se non riuscisse più a trattenerle. Solo una frase, cinque parole che cambiarono ogni cosa.

«Vorrei poterti rivedere, Lilie May.»

22
Lilie May

Sarebbe davvero un privilegio, Lilie…

Non avevo mai sentito niente di simile. Erano mesi che non avevo la minima ispirazione. Niente, zero, *nichts* ma, in quelle ultime ore, mi ero ritrovato con la testa, anzi tutto il corpo avvolto da note musicali, strofe e ritornelli.

Era iniziato tutto con il ritmo, un battito, dei colpi in sequenza perfetta, capaci di far vibrare la mia cassa toracica. Appena l'avevo convinta a farsi accompagnare, una gigantesca bolla di sapone, brillante e dai colori dell'arcobaleno, si era librata nel mio petto. A ogni passo che facevo verso il bosco con lei accanto, senza averne l'intenzione o il controllo, le mie labbra si erano unite leggermente e avevo iniziato a fischiettare. Fu come se la melodia fosse già dentro di me, in attesa soltanto che arrivasse il momento giusto per risalire a galla. Quando le prime emozioni avevano iniziato a vibrare, la bolla si era ingrandita fino a inglobarmi, facendomi vedere il mondo attraverso nuovi colori.

Lo vedo nel tuo sorriso,
Noi siamo di più, lo siamo sempre stati.
Pensa a tutto ciò che ci siamo persi,
Ogni tocco e ogni bacio, insieme abbiamo insistito.
Resistiamo, resistere, perché?

Mi sentivo galleggiare, i piedi non volevano più toccare terra mentre strofe su strofe si formavano nella mia mente. Per un breve istante, mi ero quasi lasciato prendere dalla disperazione perché non avevo un misero pezzo di carta, una penna o una maledetta matita, niente con cui poter imprimere per sempre quegli istanti. Una nuova canzone stava prendendo vita. Quanto poteva essere straordinario quell'evento? Il vecchio Noah avrebbe subito detto che non era niente di speciale, in fin dei conti, nella vita precedente, quando ero ispirato, in poche ore riuscivo ad annotare ogni melodia che invadeva la mia mente su fogli di carta, tovaglioli, addirittura braccia e gambe, persino non mie. Non era raro che i miei fratelli tornassero a casa, dopo i nostri pomeriggi insieme, con qualche strofa scritta addosso e poi, quando ero cresciuto, quella sorte era toccata ai *Bad News*. Il vecchio me, di sicuro, avrebbe pensato che le rime potevano essere migliorate, che il ritmo che stavo fischiettando mentre camminavo accanto a quella simpatica e dolce ragazza era troppo lento, troppo allegro o qualcosa del genere. Non avrei di sicuro perso occasione per dire a me stesso che avrei potuto fare di meglio, che quella canzone era nata come le altre, ma quanto più ripetevo quei versi e la melodia, mentre fischiettavo, arrivava alle orecchie e mi attraversava, più riuscivo a sentirla fino alle ossa, fin dentro l'anima. Lo sapevo e basta. Così come ero certo che quel particolare istante avrebbe cambiato la mia vita di trecentosessanta gradi ancora una volta. Ero sicuro che non sarei mai più stato in grado di ricordare la mia esistenza senza quel ritmo, quei versi, quegli accordi e quando la canzone sarebbe stata pronta, perché mi sarei assicurato di scriverla fino alla fine, in ogni occasione in cui l'avrei ascoltata sarebbe stata ancora più bella, ancora più intensa. Con gli occhi chiusi, le labbra dischiuse, l'avrei ascoltata più e più volte fino a quando non si fosse radicata in me, diventando quel flusso che mi faceva provare di nuovo l'ebbrezza di essere vivo. Avrei tenuto quella canzone vicino al cuore fino alla fine dei miei giorni.

Ero così perso tra quei memorabili pensieri quasi da dimenticare la ragazza che mi camminava accanto in silenzio, la stessa che mi aveva rivolto quello sguardo che, spesso veniva a farmi visita come un ospite indesiderato, perseguitandomi negli istanti tra la veglia e il sonno. Era quello il momento giusto per chiederle di svelare un segreto che ero sicuro appartenesse anche a me. Era innegabile perché quel giorno avevo sentito la nostra connessione: così come in una canzone, la sintonia tra due persone nasceva quando si avevano le stesse note nell'anima.

Belle o dolenti…

Eppure, come se niente fosse, continuammo a camminare nella foresta dove sembravamo essere i soli a esistere. Mentre il tempo scorreva, continuai a ripetermi che dovevo soltanto trovare il momento più adatto per intavolare una conversazione che portasse dove volevo, alle risposte che pretendevo ascoltare, ma tutto ciò che riuscii a fare fu notare quanto la sua schiena fosse dritta mentre pedalava, come le sue labbra faticassero ad aprirsi quando cercava di rispondermi. Perché avrei dovuto farle ricordare ciò che la faceva schiantare al suolo? Che la faceva soffrire? Io che per primo volevo dimenticare il mio passato… avrei dovuto capirla, non indurla ad andare verso il baratro da cui tentava di scappare.

Era così tesa che iniziare un argomento simile era fuori discussione, così optai per qualcosa di leggero.

Una domanda innocua, uno scherzo, un inchino avevano dato inizio a tutto…

Mentre ci addentravamo nel territorio neutrale fatto di frasi di circostanza e conversazioni leggere, mi sentii rilassare sempre di più. Era come se fossimo nascosti entrambi dietro a una barricata invalicabile e stessimo provando a comunicare con estrema cautela. Ognuno aveva i propri segreti, lo potevo percepire dalle sue occhiate fugaci e non avevo dubbi che lei avvertisse lo stesso di me. Forse i nostri dolori si erano riconosciuti e attraverso il silenzio e i messaggi espressi dai nostri corpi si erano avvicinati diventando compagni. Attraverso le parole serie di Aiden, avevo intuito le fosse capitato qualcosa di brutto e potevo scommettere che valeva lo stesso per lei, nel caso gli avesse chiesto qualcosa su di me. Era come se avessimo stabilito tacitamente che nessuno dei due fosse interessato a esplorare quel territorio, quella parte di noi avvolta solo dall'oscurità. Per un attimo avevamo sfiorato quella possibilità quando, per puro caso, mentre le raccontavo la storia del salvataggio dell'agnello, avevo menzionato, senza farlo apposta, qualcosa a proposito della morte che mi aveva riportato nel passato. Mi ero ritrovato davanti a una porta che stava per aprirsi, ma ero tornato sui miei passi e l'avevo chiusa in fretta e furia. Ero sicuro che anche lei avesse sentito quanto fossimo vicini a spalancare quell'uscio e mi fosse grata, per il momento, di avere fermato all'istante ogni tentativo di farlo. Quando le proposi di iniziare da capo, infatti, aveva subito esaudito il mio desiderio.

Eppure, a ogni passo, a ogni parola, mi piaceva sempre di più la compagnia di quella ragazza, anzi a dire la verità mi era piaciuta fin da subito, soprattutto dopo che mi aveva paragonato a un mulo. Le sue parole mi avevano ricordato la signora Garcia, che spesso usava termini simili con noi ragazzi e di riflesso mi aveva portato a mamma M.

«C'è ancora molto davanti a te, Noah. Sii paziente con la vita, dalle una chance. Non sopravvalutare mai la pazienza, tesoro. È una virtù, non un difetto.»

Ed era ciò che avevo fatto, dando una possibilità a me, a Lilie e alla vita. Avevamo parlato delle nostre usanze e ciò che mi incantava in lei era che fosse del tutto diversa dal fratello. Mentre Aiden era ponderato con le parole, Lilie, una volta messa a proprio agio, era come un piccolo fuoco d'artificio pronto per essere acceso e lasciato libero di volare fino in cielo. L'unica cosa che mi rattristava era di non essere riuscito ad ascoltare la sua risata, aveva soltanto ridacchiato, ma era un suono morbido e musicale e, ogni volta, mi ero ritrovato a fare lo stesso, a voler sentire quel suono argentino ancora... e ancora. In quei momenti, il suo viso si illuminava come la giornata attorno a noi.

C'era stato anche un altro istante difficile quando eravamo arrivati al furgone, ma aveva saputo gestirlo con una naturalezza che mi aveva lasciato spiazzato e, allo stesso tempo, davvero grato. Un'altra volta, il suo silenzio aveva parlato per lei. *«Ti capisco, Noah, ti sento e ti accetto per quello che sei.»*

Lilie May era una deliziosa brezza estiva dopo la mia bufera di distruzione.

Come capitava sempre quando ci si trovava bene, la nostra giornata era volata come trasportata dalle ali di alcuni uccelli giocosi che si rincorrevano sopra le fronde degli alberi e troppo presto mi ritrovai con lei, a pochi passi da me, davanti alla porta nel retro dell'emporio. Finalmente, ero riuscito a convincerla a diventare mia amica, ma non sembrava abbastanza. Avrei voluto invitarla a fare altro: andare al cinema, a cena, a giocare a bowling, a prendere un gelato ma sapevo che sarebbe stato impossibile per i più svariati motivi. Noah Engel aveva smesso di guidare, non aveva portato con sé il portafoglio, non indossava i vestiti adatti, era come sempre fuori posto, fuori contesto, ancora una volta fuori vita.

Mentre la osservavo appoggiare la bicicletta al muro, non riuscivo a smettere di pensare. *Cazzo, ho faticato così tanto per metterla a proprio agio, per avere la sua amicizia e devo già salutarla. Non è giusto!*

A mio discapito, potevo dire che non avevo mai dovuto impegnarmi così tanto in vita mia per fare una proposta del genere. *Lilie May, vorresti essere mia amica?*

E quando hai mai fatto qualcosa del genere, cretino?

«Vorrei rivederti, Lilie May.» Sapevo che fosse un pensiero assurdo, ma sentivo di volerle stare accanto a ogni costo.

Sono solo un po' protettivo. Tutto qua...

Volevo credere che fosse perché la conoscevo da quando era piccola, magrolina e timida, perché suo fratello mi aveva chiesto di prendermi cura di lei, poiché sapevo che quel piccolo fuoco d'artificio era come un agnellino in un mondo pieno di lupi. Ma se volevo essere schietto e onesto, almeno con me stesso, dovevo ammettere che quella dura punta di protezione era soltanto una scusa che aveva più che altro a che fare con il modo in cui quel vestito azzurro, con quel corpetto stretto, modellava le sue curve a cui anche un santo avrebbe fatto fatica a resistere.

Di sicuro, non ho mai dichiarato di essere religioso.

In effetti, se ci pensavo un attimo, di solito, quando una ragazza mi guardava come stava facendo Lilie, mi sarei già avventato su di lei, andando persino a sbattere contro la porta che stava aprendo in quel momento e l'avrei spinta verso la prima superficie piatta che fossi riuscito a trovare perdendo per un po' la cognizione del tempo.

Mi correggo… con lei, di sicuro per un bel po' di tempo.

Ma la dura verità era che, a parte quei momenti in cui ero ubriaco e di cui mi ricordavo poco o nulla, avevo perso il conto dall'ultima volta in cui ero stato con una donna. Purtroppo, tutte quelle immagini, posizioni e rumori con cui il mio cervello mi stava torturando non si sarebbero mai avverate, nonostante la stessi stringendo tra le braccia. Era un calore che non meritavo più di sentire. Cercai di scacciarlo, di allontanarlo, ma il senso di colpa continuava comunque a farlo tornare.

Merda! Con delicatezza, mi staccai da lei e mi spostai in modo da nascondere la reazione naturale del mio corpo.

Il suo sguardo tenero mi accarezzò il viso e pregai che non riuscisse a leggermi dentro. Era come se cercasse di trovare le risposte nei miei occhi, come se potesse raggiungerle attraverso la nostra vicinanza. Ero sicuro che ne sarebbe stata in grado.

Vorrei rivederti, Lilie May, ancora e ancora…

Quelle parole continuarono a risuonarmi dentro come la più dolce melodia, mentre percorrevo la strada per tornare alla comunità.

Altre due settimane trascorsero con quella strana calma frenetica che stavo iniziando ad associare alla mia nuova vita. E dovevo dirlo, mi piaceva sempre di più. C'era così tanto da fare che avevo a malapena il tempo per respirare, ma era una bella sensazione, come quella pienezza che si avvertiva dopo aver mangiato un buon pasto. Inoltre, potevo avere le mani impegnate, ma riuscivo comunque a trovare tempo per riflettere e, anche in quel caso, sempre più spesso mi ero ritrovato ad avere la mente invasa da pensieri che mi portavano da lei e anche a una buona scusa per andare in città. Sapevo di non doverla disturbare mentre era al lavoro, ma quello non mi impediva di fare una scappatella all'emporio come un normale cliente, mentre Vincent era impegnato altrove. Iniziai acquistando alcune cartoline che spedii alla famiglia e anche ai ragazzi, all'indirizzo di villa Engel. Poi, toccò ai souvenir, come gli scacciaspiriti che acquistai per mamma M., la signor Garcia e la piccola Fee, una delle poche ragazze che abitava con i miei genitori. In seguito, dovetti scegliere qualcosa anche per i miei fratelli, mi sembrava doveroso, così optai per un flauto di legno per Nathan. Era uno scherzo perché ero sicuro che non sapesse nemmeno a cosa servisse. Sven, invece, ricevette un portachiavi con una piccola bambolina che ero sicuro avrebbe regalato a Tess, la sua ragazza. Aiden fu l'unico a cui seppi subito cosa regalare: un barattolo stracolmo di erbe aromatiche tipiche della regione che avrebbe potuto usare nelle sue ricette. Anche per Yke non fu difficile trovare un trenino di legno, perché già da piccolo era appassionato di quei veicoli. Acquistai anche una bambola di pezza per la piccola Calla, ne scelsi una dove una parte dei capelli rossicci, proprio come i suoi, si vedevano appena, nonostante fossero nascosti dal *Kapp*. La bambolina aveva anche un piccolo fiocco ricamato alla base del copricapo e quando Lilie me ne spiegò il significato seppi con certezza che quella bambola doveva appartenere alla piccola *druvvel-machah,* la mia piantagrane preferita.

Non era facile girare per il negozio scegliendo i regali e far finta di non guardare Lilie, o di non fare attenzione al profumo di candele e di lavanda che mi ricordava in continuazione l'unico giorno in cui l'avevo stretta tra le braccia. Avendo sempre in mente le parole di Vincent sulle usanze della comunità mi ero tenuto a una certa distanza che chiunque avrebbe considerato rispettosa, anche perché ogni volta che scambiavamo più di tre parole che non fossero riferite ai prodotti in esposizione, c'era sempre qualcuno, anzi qualcuna, che sembrava apparire come per magia. Era incredibile quante signore frequentassero la sala da cucito in fondo al negozio e, alla faccia della schiettezza e del ficcanasare, nonostante mi avessero riferito che parecchie di loro non ci sentissero più tanto bene, arrivavano sempre al momento giusto per interromperci.

Certo, come no… ci sentono eccome!

La cosa curiosa era che quando a una persona non era permesso toccare qualcuno che avrebbe voluto anche solo sfiorare, si imparava a notare ogni singolo dettaglio che la riguardava. Quando Lilie sorrideva per davvero, le fossette che aveva agli angoli delle sue labbra rosee si approfondivano. L'avevo vista compiere quel gesto adorabile una sola volta, quando una coppia di turisti aveva acquistato uno dei *quilt* in esposizione. Avevano elogiato il ricamo della trapunta e Lilie gli aveva confessato che erano state le sue mani a creare i disegni. Alla fine la coppia era andata via ed ero rimasto estasiato a osservare la sua felicità. Mentre alcune donne avrebbero avuto una reazione del genere davanti a un anello di brillanti, Lilie dava valore alle piccole cose della vita. Quelle che contavano sul serio.

Purtroppo, l'avevo vista anche provare disagio e il suo viso si abbassava come se volesse nascondere i propri sentimenti al resto del mondo. Di solito quei momenti riguardavano il sottoscritto e una delle nonnette, per essere precisi la signora Semmelli, che sembrava avere l'udito affinato come quello di un elefante. Potevo scommettere che le sue orecchie, nascoste sotto il *Kapp*, fossero della stessa misura di quelle del suddetto animale. Le avrei chiesto volentieri se avesse qualche problema con il sottoscritto, perché era chiaro mi detestasse; tuttavia, ogni volta in cui mi aveva guardato storto o mi aveva chiamato *Ussländer* in modo spregevole, mi ero morso la lingua pur di non inveire, ma solo per rispetto nei confronti di Lilie.

Avevo anche scoperto che la piccola May si mordicchiava il labbro inferiore quando provava a trattenere un sorriso, quindi mi ero preso una nota mentale di prestare molta attenzione per assicurarmi che lo facesse spesso. Quelle occasioni coinvolgevano di solito il grande orso che, dopo le commissioni, veniva a recuperarmi all'emporio. Inutile dire che era sempre arrabbiato con me, ma cosa avrei potuto fare? Era molto facile distrarsi con Lilie e perdere la cognizione del tempo. Inoltre, ero una frana per quanto riguardava l'essere furtivo quando la osservavo attraverso gli scaffali, ero abbastanza sicuro che mi avesse beccato una mezza dozzina di volte mentre lo facevo.

Una sola volta ero riuscito a tentarla. Era stato un giovedì di una mattina particolarmente bella. Vincent mi aveva fatto scendere all'inizio della strada pedonale perché doveva fare un'altra delle sue commissioni.

«Mi raccomando, Noah, niente giretti fortuiti. Prendi le due scatole di bulloni e gli oggetti che sono nella lista e tra una ventina di minuti ci vediamo nel parcheggio comunale, quello vicino alla stazione. Abbiamo altro da fare…»

Come sempre, avevo provato a fare ciò che mi diceva, ma quando ero passato davanti all'emporio e l'avevo vista nella vetrina, i miei piani erano andati a monte. Poiché non mi aveva notato, ero corso a comprare due coppette di gelato. Ero tornato da lei in gran fretta e mi ero subito messo in mostra con il mio regalo tra le mani. Era così concentrata nel suo lavoro che ero stato costretto a fare avanti e indietro per ben tre volte, facendo ridere una coppia di anziani seduta in un caffè dall'altro lato della strada. Faceva caldo e il suo gelato iniziò a sciogliersi, così fui costretto a fermarmi come uno stoccafisso davanti la vetrina. Aspettai e fui premiato quando il suo sguardo si alzò e i nostri occhi si incontrarono. Per confermare le mie lodevoli intenzioni aggiunsi la mia migliore espressione da cucciolo abbandonato mentre le mostravo il mio dono. Quella fu la prima volta che la vidi ridere e l'unica cosa che mi venne in mente guardandola alzarsi e venire fuori con un sorriso timido era che avrei potuto davvero scrivere una canzone con quel suono, per quel sorriso, per lei.

Finalmente arrivò una domenica di libertà e, anche se mi piacevano i sermoni del pastore Hartstein, fui davvero felice che quel giorno la comunità non si sarebbe riunita. Come sempre trovai mamma orsa, come avevo iniziato a chiamare Vincent, che gironzolava intorno a me affranto mentre salivo sulla bici.

«Sei sicuro di sapere cosa stai facendo, Noah?»

Era la terza volta che rispondevo a quella domanda da quando me l'ero ritrovato davanti al tavolo della colazione, perciò annuii senza parlare, provando a tranquillizzarlo con un sorriso sincero. Ero sgattaiolato dal letto prima dell'alba, nella speranza di riuscire a scappare dalle sue raccomandazioni, con cui avrei potuto riempire un papiro lungo quanto me. Avevo addirittura lasciato accanto al suo cuscino un biglietto, dove gli spiegavo che avrei portato Lilie a fare una passeggiata e sarei tornato alla sera. Il problema era che condividevamo la stessa stanza improvvisata nella stalla perciò il mio piano era andato a monte. Inutile dire che l'avevo ritrovato nella cucina di Maman Fender ancora in pigiama con i capelli schiacciati su un solo lato della testa, mentre ingoiavo una tazza di caffè cercando di non bruciarmi la lingua e, nel frattempo, sorridevo come un babbeo immaginando la sorpresa sul bel viso di Lilie quando avesse scoperto dove avevo intenzione di portarla.

«Vin...» iniziai per l'ennesima volta, «rilassati. È solo una passeggiata in treno, un'uscita tra amici.»

Il suo sguardo si assottigliò e negli occhi aveva quella luce che mi diceva non fosse d'accordo, che la mia non fosse una risposta intelligente da dare.

«Se è così, perché non hai invitato anche me e Rose?»

Bingo! «Perché...» *voglio stare da solo con lei...* «perché voglio lasciarti da solo con la tua ragazza,» aggiunsi facendo un occhiolino e sperando di convincerlo.

Aprì la bocca per controbattere a tono, ma lo anticipai mentre lavavo la tazza e la mettevo a posto. «Devo andare, Vin. Mi aspetta un lungo viaggio fino all'emporio e non possiamo arrivare in ritardo. Lo sai quant'è difficile prenotare i posti in quel treno.» Senza aspettare la sua risposta presi le mie cose e mi diressi verso la bicicletta con lui alle calcagna che emetteva degli sbuffi di esasperazione uno dietro l'altro.

Nel momento in cui arrivai sotto la tettoia dove lasciavamo le nostre due ruote, continuò il discorso. «Fai attenzione, Noah… le cose cambiano» borbottò grattandosi la testa. Il suo tono avrebbe dovuto farmi arrabbiare, ma piuttosto mi fece spaventare.

«Lo dici come se fosse una brutta cosa» gli risposi, mentre infilavo la sacca nel cestello e salivo in sella.

«No, lo dico come se fosse un fatto ovvio.»

Ignorai il suo commento e iniziai a pedalare, lo sguardo fisso sulla foresta. La sua voce mi arrivò alle spalle, come un'eco che si perdeva dentro di me. «Spero che tu sappia cosa stai facendo.»

Certo che lo so. Insomma, almeno credo…

Era già metà mattina quando parcheggiai la bicicletta sotto la tettoia della stazione, raccolsi in fretta le mie cose e pochi minuti dopo trovai Lilie ad aspettarmi dove ci eravamo accordati. Lei non mi aveva ancora visto, era seduta su una panca e intorno a noi c'era il solito tran tran che avevo imparato a conoscere, ma ciò che mi fece arrestare sui miei passi fu il suono dolce che usciva dalle sue labbra. Era ignara non solo di me che la fissavo da qualche metro di distanza, ma anche del mondo, di tutte le cose che guidavano la vita in quella domenica di primavera. Era persa nel suo momento, in se stessa, e io in lei, nei suoi capelli biondi lucenti nascosti sotto il *Kapp*, nel suo magnifico vestito e nella sua voce limpida. Si era rifugiata in una dimensione che non avevo mai visto, in cui non ero mai stato, navigava in un mare di tranquillità e non volevo fare altro che unirmi a lei. La gente continuava a passarmi accanto, frenetica, ma non riuscivo a muovermi dal punto in cui mi trovavo sulla piattaforma e fu come vederla per la prima volta, anzi ero sicuro di non averla mai vista più bella. Il suo vestito era quello azzurro chiaro, il *Kapp* quello rosa e aveva una cesta di paglia appoggiata sul grembo. Il quadro che mi si dipinse davanti agli occhi fu quello di una fanciulla proveniente da un altro secolo e, per qualche istante, fui davvero grato a Dio, lo stesso che avevo maledetto solo qualche mese prima, perché sapevo che se avessi scelto la scorciatoia invece di fare la scelta giusta, non sarei stato lì. A osservare quella meravigliosa creatura intenta a canticchiare seduta sulla panchina della stazione.

In quella domenica di sole, non avrei voluto altro. Dimenticai il mio passato, ignorai il mio futuro e mi concentrai con tutte le mie forze, muovendo gli ultimi passi che mi avrebbero ancorato al presente, alla piccola Lilie May.

In quelle ultime settimane avevo vinto la sofferenza e le difficoltà, iniziato un nuovo percorso ed ero pronto per accogliere ogni nuova opportunità che mi sarebbe capitata davanti.

Appena mi vide, posò la cesta accanto a sé e si alzò. I suoi occhi verdi brillavano mentre si spostavano da me al grande orologio appeso al centro del tabellone delle partenze. Il suo viso era accaldato, le guance rosee creavano un meraviglioso contrasto con la pelle chiara. «Pensavo che non saresti più arrivato.»

Ma era il sorriso che aveva tra le labbra a renderla così meravigliosa. Se fossi stato un pittore avrei immortalato quella scena. Poiché ero un cantante, alcune parole iniziarono a formarsi nella mente, ma dovetti accantonarle, perché quella stupenda fanciulla meritava tutta la mia attenzione.

Appoggiai la borsa di tela accanto a me e mi tolsi il cappello di paglia che portai all'altezza del petto. Con la mano libera, presi la sua e me la portai alle labbra. Come sempre, baciai la sua pelle profumata tenendo gli occhi fissi nei suoi. Non potevo perdere quell'attimo… quello in cui il suo respiro si sarebbe fermato, le sue pupille si sarebbero dilatate e le sue labbra si sarebbero aperte come un fiore che sbocciava in primavera.

Un paio di persone si fermarono addirittura per scattare qualche foto. Le ignorai, non c'era altro che lei per me in quei momenti. Erano miei, nostri… come un'istantanea scattata dal cuore, che sarebbe rimasta per sempre nei miei ricordi.

Accanto a noi, la lunga locomotiva rossa e nera con le sue carrozze verdi emise il primo fischio e, poco dopo, parte della nuvola di vapore avvolse la piattaforma. L'epico *Dreiseenbahn* stava per compiere un altro viaggio nella Foresta Nera.

«Buongiorno, Lilie May.» Mi raddrizzai mentre le lasciavo andare la mano.

La gente iniziò ad affrettarsi passandoci accanto, verso il capostazione che indossava una divisa pomposa con tanto di paletta e fischietto. I sorrisi dei passeggeri erano entusiasti, le macchine fotografiche appese al collo, le braccia tese con i biglietti già in mano.

«Buongiorno, Noah Engel.» Chinò la testa di lato e una ciocca di capelli chiari le sfuggì dal *Kapp*. Senza pensarci, mi avvicinai e la spostai dietro l'orecchio. Poi mi ritrovai a far scorrere di nuovo le dita tra i fili setosi prima di portare il palmo della mano a toccare la sua guancia, inebriato di sentire il calore che si diffondeva tra la nostra pelle. Ancora insoddisfatto, con il pollice iniziai ad accarezzarle la guancia. Le sue labbra si aprirono come se volesse dire qualcosa, invece ne uscì un respiro affannoso mentre i suoi occhi scorrevano sul mio viso. I miei fecero lo stesso posandosi sul suo, cogliendo ogni dettaglio, dal delicato ponte del suo naso alla piccola lentiggine proprio accanto all'occhio sinistro, prima di concentrarsi sul modo in cui il suo labbro superiore formava un perfetto doppio arco di un cuore sulle sue labbra.

Il treno fischiò ancora, il controllore continuò a raccogliere i biglietti, gli ultimi passeggeri arrivavano correndo e noi eravamo persi nel nostro piccolo mondo.

Cercando di calmare i miei respiri, ma sorridendo dolcemente, continuai a fissarla, mentre lei faceva lo stesso. Una piccola, forse grande parte di me... voleva baciarla, trovare conforto in quelle labbra, così come lo trovavo nella sua voce, nel suo sorriso... nei suoi occhi... nella sua presenza.

Una tranquillità ormai familiare si riversò su di me mentre mi perdevo nelle profondità dei suoi occhi verdi. Uno sguardo simile passò sul suo bel viso e volli rimanere in quel luogo, nel nostro luogo, per l'eternità. Inconsciamente, mi ritrovai a sporgermi in avanti. Mi leccai le labbra, volevo assaggiarla, sentivo la necessità di farlo...

In lontananza, arrivò una voce, ero sicuro che fosse del capostazione. «Signore e signorina, salite a bordo?»

«Noah... faremo tardi» emise il sussurro più dolce che avessi mai udito, pochi istanti prima che potessi sfiorarla. Riportato alla realtà, lasciai cadere la mano, sentendo già la mancanza della sua pelle e mi tirai indietro. «Giusto» abbassai lo sguardo e poi la osservai da sotto le ciglia. Si stava mordicchiando il labbro. «Scusa» mormorai prendendo la sua mano e le nostre cose.

Era ora di partire, ci attendeva un viaggio meraviglioso.

12

Lilie

23
I piccoli ricordi

Quando la mano di Noah avvolse la mia come se fosse un fiore delicato e mi condusse verso il capostazione già posizionato vicino al treno, lo ringraziai col pensiero. Se avesse continuato ad accarezzarmi e guardarmi in quel modo le mie gambe non avrebbero retto. Nei meravigliosi attimi in cui venni stretta dalle sue braccia, la mia mente smise di ricordarmi quanto fossi sola. In quel silenzio, trovai il conforto di cui avevo bisogno. In quei pochi istanti ero pronta a perdermi… in lui.

Mi ricordai le parole che la signora Aman mi disse, quando la mia vita era stata appena inghiottita dall'oscurità. *«La felicità la trovi nelle piccole cose che ci circondano, Lilie. È alla portata di tutti. Devi solo aprire le braccia e accoglierla.»*

A quei tempi avevo pensato che non l'avrei mai più sentita, che la felicità fosse per le altre persone… per quelle degne. Non per me.

Invece, in quella domenica di sole mi trovavo su un treno ad ascoltare tutto ciò che quell'indescrivibile ragazzo che mi era seduto accanto, mi stava raccontando con tanto entusiasmo. Se non era felicità, non avrei saputo dire cosa fosse. La sua voce era così raggiante che mi ritrovai a sorridere.

«Okay… il viaggio non è lungo, ma vorrei sottolineare che alcuni esperti dicono che questo è tra i tragitti ferroviari più belli di tutta la Foresta Nera. E anche il veicolo non scherza.»

Guardai gli interni del bellissimo treno d'epoca, mi persi a osservare la sua carrozza nera e verde fiammante, i seggiolini in legno e i dettagli in ottone. L'intera atmosfera sembrava invitare i passeggeri a godersi un viaggio nel passato.

Accanto a me, Noah continuò a parlare: «Passeremo vicino ai tre laghi che danno il nome alla ferrovia: il *Titisee*, dove si trova la nostra comunità, il *Windgfällweiher*, dove c'è stata l'esondazione l'altra settimana e lo *Schluchsee*, la nostra stazione di arrivo.» Fece una pausa prima di aggiungere con un sorriso cospiratorio. «Ovviamente, passeremo anche in mezzo ai boschi di faggi, abeti e pini.» Gli sfuggì una risatina mentre mi mostrava con un gesto ampio della mano la massa verde che si stendeva a perdita d'occhio oltre i finestrini su entrambi i lati. Il nostro era aperto, così come quello di altri passeggeri e, per qualche momento, chiusi gli occhi lasciandomi inebriare solo dall'odore di legno, di boschi, di vita, lo stesso che mi aveva accompagnato per tutta la mia esistenza. Quando spostai l'attenzione su Noah, il suo sguardo era rivolto all'esterno e il suo petto si gonfiò prima di sospirare. «Vuoi sapere una cosa?» Si voltò verso di me e i suoi occhi azzurri brillarono di felicità. «Questa foresta è magica, Lilie. Mi ha letteralmente salvato la vita.»

Ero sicura che il resto del viaggio sarebbe stato riempito da un gioco di sguardi tra di noi, nel mio caso per ricordarmi che Noah Engel esisteva per davvero, ed era seduto lì, accanto a me. Qualche minuto dopo, la nostra conversazione fu interrotta da una simpatica signora che passò con un carrello pieno di leccornie. Noah acquistò un pacchetto di caramelle alla menta e per me presi una barretta di cioccolato fondente, il mio preferito. Ci fu una piccola discussione su chi dovesse pagare, ma alla fine decisi di lasciar perdere quando la signora, dopo avergli consegnato il resto, mi disse: «Cara, il tuo ragazzo è soltanto un gentiluomo. Se questo gesto lo rende felice, accontentalo.»

«Sì… mhmm… grazie…» sentii il mio viso andare a fuoco e lo abbassai in fretta per nascondere la mia reazione. Noah ridacchiò soltanto mentre mi dava una piccola spallata scherzosa e rispondeva. «Esatto, Lilie May, lascia essere cortese il tuo ragazzo.»

Alzai gli occhi nel momento in cui le rivolgeva un occhiolino ed ero sicura che anche lei arrossì mentre ci salutava e poi spingeva il carrello verso il prossimo cliente. Appena rimanemmo soli, la risata di Noah fece aumentare il mio sorriso e i nostri sguardi si intrecciarono per un battito potente di cuore, colmo di emozioni che non ero sicura di essere in grado di gestire.

Come sempre, Noah riportò la conversazione su argomenti innocui e rimasi ad ascoltarlo mentre mangiavo il mio cioccolato.

«Ho sentito che ci sarà un *Chilbi*, sai una sorta di luna park a *Schluchsee*. Potremmo anche fare un'altra tappa per vedere la stazione…»

Continuai ad annuire perché tutte le proposte mi sembravano bellissime, tuttavia ciò che mi affascinava davvero era il modo in cui si esprimeva, come era cambiato da quel ragazzo che avevo visto dalla vetrina dell'emporio, lo stesso che sembrava portare il peso del mondo sulle spalle. Ogni volta che incontravo Noah Engel sembrava diverso. Sempre bello, solo più sognante, ma forse... più felice?

«... l'ingresso al museo è incluso nel prezzo del biglietto del treno» continuò a elencare le cose che gli sarebbero piaciute fare insieme a me e, poiché sembrava del tutto ignaro del modo in cui lo stavo osservando, non persi nessuna occasione di guardarlo assorta nei miei pensieri.

Forse è per questo che sembra così diverso. Stava sorridendo in un modo in cui non l'avevo mai visto fare. «Il tuo sorriso è radioso» le parole mi sfuggirono di bocca, e non mi restò che far uscire i miei pensieri dalla testa.

«Sul serio?» Come a conferma della mia ipotesi, la smorfia più bella che avessi mai visto gli illuminò persino gli occhi.

Sentivo il viso iniziare a scaldarsi così, per guadagnare tempo, mi misi a piegare con cura il pacchettino con il resto della mia barretta. «È così...» confermai le mie parole mentre lo mettevo nella borsa di tela che era ai miei piedi. Nel frattempo provai con scarso successo a far finta che non fossi scossa dalla sua presenza, dal modo in cui mi guardava con quegli occhi indaco che sembravano capaci di sciogliermi come il cioccolato che avevo appena messo da parte.

«Allora devo essere proprio in buona compagnia.»

Oh, Noah. Non farmi arrossire ancora di più.

Impiegai qualche secondo per riprendere a respirare in un modo che sembrasse normale ma, nel momento in cui mi raddrizzai, sentii le sue dita sfiorarmi il viso, mentre mi scostava una ciocca di capelli. Il movimento mi spiazzò, il respiro mancò un'altra volta e restai lì ferma a guardarlo. Il suo sguardo si spostò in fretta dai miei capelli agli occhi e poi alla bocca, dove si soffermò.

Forse avevo del cioccolato sulle labbra?

Sì, dev'essere così. Oh Dio, che imbarazzo. Me le leccai, cercando di arrivare agli angoli.

«Cosa c'è?» Gli chiesi già pronta a pulirmi con la mano. «Ho del cioccolato...»

Scosse la testa. «No, non è questo,» un tono rauco gli tinse la voce, facendomi rabbrividire.

«Allora dimmi a cosa stavi pensando.»

Scosse la testa con maggiore energia in una netta contraddizione con le sue parole. «Va bene. Però ricordati che te la sei cercata...» fece una pausa e mi accorsi di sporgermi verso di lui poiché dovevo assolutamente sentire cosa mi avrebbe detto. «Stavo pensando che mi piace vedere l'effetto che ho su di te.»

Non aveva nemmeno finito la frase che sentii un calore intenso salire a una velocità vertiginosa. «Come… cosa? Cosa vuoi dire?»

«Beh, tanto per cominciare, le tue guance.» Sfiorò la mia pelle con una nocca. «Arrossisci in modo adorabile.»

«Non è vero» risposi, provando a incidere una nota di convinzione in ogni parola.

«Sì, va bene.» Iniziò a ridacchiare e sapevo che le mie guance gli stavano dando ragione, diventando sempre più color porpora. Le coprii con le mani.

Non contento, continuò: «E il tuo respiro cambia. Diventa più affannoso.»

Come se avesse appena impartito un ordine al mio corpo, sentii il respiro bloccarsi in gola.

«E poi…» chiusi gli occhi quando si avvicinò in modo che ogni parola detta mi arrivasse dritta all'orecchio. «È come se non sapessi cosa fare con le mani. Ti tocchi la gola. Le stringi sul grembo. Guardati… sei tutta agitata.»

Mi voltai verso di lui ostentando la mia miglior finta espressione arrabbiata, pronta a difendere la mia dignità. Non somigliavo di certo alle eroine dei miei libri, che si scioglievano come neve al sole davanti al meraviglioso protagonista maschile.

Piccolo dettaglio… e che protagonista.

Noah stava ancora ridendo quando qualcosa attirò la sua attenzione. Seguii il suo sguardo verso la parte anteriore della carrozza e vidi entrare un signore con una vecchia chitarra di legno in mano. La sua pelle era segnata da rughe profonde ma, anche se le sue dita erano raggrinzite, si muovevano con grazia sulle corde. Una dolce melodia riempì l'ambiente e il mormorio dei passeggeri lasciò posto al silenzio. Nel suo sguardo malinconico intravedevo un'anima solitaria, forse addolorata, ma il suo capo che oscillava a tempo con la canzone emanava un'inequivocabile gioia. La musica, per lui, era conforto, un'amica fedele nei momenti difficili, proprio come lo era stata per me. Per qualche istante, lo guardai affascinata mentre si muoveva piano, cantando e suonando, avvicinandosi alla fine della carrozza, dove eravamo seduti.

Purtroppo, la mia distrazione durò soltanto pochi secondi, perché con la coda dell'occhio notai che qualcosa non andava in Noah. Mi voltai verso di lui e lo ritrovai seduto rigido, il viso pallido e gli occhi che saettavano tra il signore e la porta alle nostre spalle come se, da un momento all'altro, intendesse andarsene di corsa in quella direzione.

L'uomo, del tutto ignaro della situazione, continuò a camminare tra i passeggeri, suonando e, ogni tanto, fermandosi a canticchiare tra le persone.

«Noah, ti senti bene?» Posai la mano sulla sua spalla e sentii il calore penetrare nella mia pelle attraverso il tessuto di cotone della sua camicia. Tuttavia non mi rispose, restò immobile, come se a dividerci ci fosse un intero burrone, come quello che stavamo superando in quel momento.

«Ehi...» forse fu il tono delicato della mia voce a richiamarlo indietro dal luogo in cui si era smarrito.

Scosse piano la testa e si voltò verso di me. «Scusami, cos'hai detto?» Boccheggiò cercando di farmi un sorriso, ma senza riuscirci.

«Ti ho domandato se stessi bene. Ti ho visto... sai...» non sapevo nemmeno come esprimermi, perciò indicai il signore con la chitarra che si trovava a metà carrozza.

Mi fece un mezzo sorriso tremulo, ci stava provando con tutto se stesso, ma dopo un profondo sospiro sbottò: «No, non sto bene.» Mi fissò seriamente e rispose con la voce appena più alta di un sussurro. «Non riesco più ad ascoltare una chitarra suonare. Mi procura così tanto dolore...» Dopodiché, alzò entrambe le mani e le posò vicino alle orecchie, per un istante pensai le volesse tappare. Ci fissammo, in completo silenzio, ma dicendoci così tanto. Per la prima volta era come se mi stesse mostrando il vero Noah, il suo dolore, la sua verità. Riuscivo a scorgere nei suoi occhi l'isolamento, la sofferenza che, forse, non era mai riuscito a condividere con nessuno. Ed era identica alla mia. Vedevo anche il tormento rinchiuso nella sua anima, lo stesso che anch'io provavo a nascondere dietro a sorrisi e bugie.

«È così difficile anche per te?»

All'inizio mi guardò come se non avesse capito la domanda, ma poi annuì piano mentre continuavo, cosciente di essere a un passo dal perdermi dentro me stessa. «A volte, hai come l'impressione di annegare e, anche se sai che non sta succedendo davvero, ti sembra di essere di nuovo lì...» La mia voce era appena più alta di un sussurro e anche se la mia non era una domanda ma una constatazione, rispose lo stesso.

«Sì, è proprio così. È difficile descrivere quello che succede nella mia testa.»

Lo so... è tutto così reale. Le voci. I flash. La paura. Fissai le mie mani e potevo quasi vedere quanto avessero tremato, il sangue che scorreva tra le dita.

Quello della mia innocenza violata…

Soppressi appena in tempo un brivido. «Sembra così vero, ma per quanto tu possa cercare di descriverlo a chi non ha mai subìto un trauma, non riuscirà a capirlo.» Alzai il viso lasciando che i nostri sguardi si incontrassero, che il nostro dolore si riconoscesse. «So cosa significa sentirsi intrappolati nei ricordi. So come ci si sente, il terrore che ti scorre dentro come se stesse accadendo senza sosta, ogni secondo di ogni giorno.»

Noah mi guardò stupito, prima di chiedermi: «È così anche per te?»

Abbassai la testa. «Ognuno affronta i traumi in modo diverso. Quello che ti è accaduto deve essere stato davvero difficile e capisco la tua paura, il tuo dolore. Ti senti tradito. La sola cosa che ti resta è la tua vita e sai che non potrai più riaverla, che non sarà mai più come prima…»

Abbassò la testa, pizzicandosi il ponte del naso e notai una lacrima scendere sulla sua guancia.

Venni sopraffatta dal bisogno di toccarlo. «Ci arriverai, Noah. Sono certa che ritroverai la tua strada.» Ingoiando il mio orgoglio, raggiunsi la sua mano destra preparandomi a essere respinta quando sfiorai le sue dita con le mie e iniziai a canticchiare. Ci fu un leggero sussulto, una piccola contrazione, ma lui non si tirò indietro e non fuggì dalle mie carezze. Non indietreggiò, invece scelse di restare accanto a me.

Il signore ci passò accanto nel momento in cui incrociava le nostre dita. Continuai a cantare sottovoce, solo per il suo cuore, invitandolo a perdersi nella canzone. Voltò la testa e fu come se il suo sguardo si legasse al mio, per qualche istante restammo ancorati alla nostra musica. Poco dopo, il musicista varcò la porta dietro di noi, la mia voce si spense e nel treno scese il silenzio.

Accanto a me Noah tirò un respiro di sollievo, le sue spalle si rilassarono, così chiusi gli occhi e mi concentrai sulle sensazioni che stavo provando. Era così bello tenere di nuovo la mano di qualcuno. Con il pollice lo accarezzai lungo il dorso e quando toccai la cicatrice lo sentii irrigidirsi. La sua pelle era ruvida e morbida allo stesso tempo, sorrisi alla sensazione di sentirla scivolare sotto la mia. Speravo di non dargli fastidio, ma poiché non si lamentò né allontanò la mano, continuai a stringerla e ad accarezzarla…

«Puoi parlare con me» gli dissi all'improvviso mentre lo guardavo di nuovo, «se lo desideri…»

Sentii le sue dita stringere le mie e lasciai che la conversazione si spegnesse. Cercando di distrarre la mia mente dal silenzio che esprimeva il suo rifiuto, mi concentrai sugli avvallamenti e le curve della sua mano, mentre il mio pollice si allungava per sentirne di più.

«Perdonami, Lilie, ma parlarne è davvero difficile» sussurrò dopo alcuni istanti, «è troppo.»

Lo so… lo capisco…

Finì la frase con un sospiro straziante prima di voltare il viso dall'altra parte, ma non si ritrasse. Considerando quel semplice gesto come una grande vittoria, continuai a sfiorare con il pollice il dorso della sua mano, scivolando sulle ossa lunghe ed eleganti e sulle nocche lisce. Poi mi spostai appena, in modo da poter passare il pollice sul palmo, sentendo i bordi simili a colline che scendevano fino alla valle al centro esatto dove la cicatrice saettava verso le dita.

«Sai come sono fatti i piccoli ricordi?»

La sua voce era così bassa oltre il rumore del treno che dovetti avvicinarmi per udirlo, le nostre teste quasi si toccarono. Non ebbi tempo di rispondere e continuò: «Ti arrivano addosso dal niente, di soppiatto, solo per farti un maledetto sgambetto» sussurrò come un'anima abbandonata a se stessa. Il suo tono così dolce esprimeva una leggera punta di innocenza, come se avesse appena permesso al bambino che viveva in lui di uscire allo scoperto. Mi allontanai quanto bastava per guardarlo e lo trovai che fissava dritto davanti a sé, ma i suoi occhi erano vacui, come se fossero privi di vita, in uno sguardo tormentato.

Inspirai a fondo lottando per non perdermi insieme a lui mentre proseguiva con un sussurro straziato. «A volte, penso che i piccoli ricordi siano ancora peggiori di quelli grandi. Posso sopportare di ricordare il suo compleanno, gli spettacoli o che non potrò mai più trascorrere un Natale insieme a lui, ma ricordare le piccole cose…»

La sua voce tremò, insieme al corpo. Non stava più parlando con me, era in quel mondo fatto di piccoli ricordi crudeli e, anche se non sapevo nemmeno con esattezza a cosa si riferisse, in qualche modo riuscivamo a esserci l'uno per l'altra. La solitudine, il dolore e la colpa spesso si riconoscevano. In quell'istante, per la prima volta, cominciai a percepire l'anima che si nascondeva nel suo corpo. Fui testimone della sua sofferenza mentre ascoltava stoico senza scappare l'uomo con la chitarra e percepivo il desiderio enorme di coprirsi le orecchie, come aveva guardato la porta alle sue spalle sperando di poter fuggire.

Le sue labbra si chiusero quando finì la frase ma il suo petto continuò ad alzarsi e abbassarsi con forza. Si girò verso di me, con gli occhi arrossati e i pensieri che sembravano ancora galleggiare intorno a lui. Si schiarì la gola. «Questo è il problema con la vita, i piccoli ricordi.» Abbassò lo sguardo e staccando le nostre mani iniziò a giocherellare con un filo che si stava staccando dal polsino della camicia.

Spostai le mani sul grembo e tamburellai le dita sul ginocchio, lottando per non tornare in quel capanno, anche se alcuni sprazzi di quanto accadde dopo il colpo alla testa erano frammentari. A ogni modo, non mi sarebbero serviti, mi bastavano quegli ancorati all'anima per farmi sentire impotente, una vittima innocente che per mesi aveva avuto un intenso bisogno di spegnere tutto. Anche se stessa.

Senza sapere cosa stessi facendo, feci scivolare la mano sul sedile di legno cercando la sua. Avevo bisogno di sentire di nuovo la sua presenza. Il contatto iniziale lo fece trasalire e mi aspettai quasi che si tirasse indietro, di nuovo, invece rimase immobile, così avvolsi le dita intorno al suo polso, poi scesi premendole contro le sue, incrociandole. Appoggiò la testa all'indietro contro il sedile, il suo respiro accelerò, prima di tornare a un ritmo regolare e costante. Questa sensazione mi tranquillizzò, perché desideravo che capisse che non stavo cercando di renderlo felice o di dirgli che sarebbe andato tutto bene, volevo solo fargli sapere che condividevo le sue stesse emozioni, che i cuori danneggiati come lo erano i nostri potevano continuare a battere anche dopo essersi distrutti.

Una tenerezza dolorosa mi riempì l'anima. Rimasi seduta, senza muovermi, inalando il suo dolore, provando a soffiare una nuova speranza in lui. Forse fu quella vicinanza, o le parole che non riuscivamo a pronunciare, ma dopo alcuni minuti la sua voce ruppe il silenzio monotono del treno.

«È stata Marion a consigliarmi di parlare con qualcuno e, soprattutto, di combattere. Secondo lei, se non l'avessi fatto, il dolore che mi porto dentro mi avrebbe solo fatto più male. È stata la prima a confermarmi che le cicatrici sarebbero rimaste ma che, col tempo, la mente le avrebbe fatte sbiadire e così, come è successo alla mia mano, parte del dolore sarebbe diminuito fino a svanire del tutto.»

«La vita non è aspettare che le tempeste passino, Noah. È imparare a camminare sotto la pioggia.»

Mi guardò con un sorriso triste. «Una delle frasi del pastore Hartstein?»

«Sempre lui.» Annuii con un sorriso mesto come il suo.

«La mia famiglia, Vincent, tutte le persone intorno a me hanno continuato a ripetere che è stato solo un incidente, che non è stata colpa mia.» Per un istante mi fissò e basta, come se non avesse più parole, ma poi continuò a raccontarmi ciò che accadde quella mattina. In diversi momenti, davanti alla sua sofferenza, sentii gli occhi riempirsi di lacrime e dovetti sforzarmi per tenere a bada le emozioni. Persi la nozione del tempo mentre annegavo accanto a lui in quella triste storia.

«Solo un incidente…» lasciò la frase in sospeso, «sembra un'affermazione così scontata. Sì, suppongo che in un'analisi cruda dei fatti, sia abbastanza plausibile, un incidente che sarebbe potuto accadere a chiunque quella mattina. Gli incidenti capitano… non è vero?»

Riuscii a malapena ad annuire data l'enormità del suo supplizio. Quando incontrai il suo sguardo, fece del suo meglio per nascondere i propri sentimenti, ma potevo vedere il tormento che, ancora fresco, incideva la sua mente, massacrando il cuore. Mi avvicinai a lui e lo accarezzai. «Non è stata colpa tua, Noah.»

Abbassò lo sguardo, come se non riuscisse a sostenere il mio. «Si è trattato di una disattenzione, un'imprudenza. Credevo che fossimo invincibili e non ho pensato a quanto la sua vita fosse preziosa…» guardava in avanti, ma mi accorsi che i suoi occhi erano pieni di lacrime. «Sono stato uno stupido.»

Gli strinsi la spalla con delicatezza. Un sorriso triste mi sfiorò le labbra. «Questa è la definizione di "incidente", non credi?»

«Ti ringrazio, Lilie, ma le tue parole non mi fanno sentire meno responsabile. Tutto ciò che conta è che sia capitato a me e questo cambia le cose. Un mio caro amico è morto, mentre io stavo guidando l'auto. È tutto ciò che importa, almeno per quanto mi riguarda. Anche se le persone continuano a ripetermi queste frasi convincenti è irrilevante. Ubriaco o sobrio cosa cambia? Questi dettagli non sono importanti... lui è morto. Farei qualsiasi cosa per dimenticare quel giorno. Ricordo le nostre risate, ricordo di aver perso il controllo, di aver sbattuto contro il muretto di protezione e la macchina che si cappottava. Ricordo le mie urla e poi... il silenzio... il sangue. Tanto sangue. Come faccio a dimenticarlo? Come posso farlo? Nulla potrà mai cambiare questa realtà.» Trasse un profondo respiro mentre guardava di nuovo il tetto del treno. «Fidati di me, Lilie. È meglio che tu non sappia la metà delle cose che mi sono passate per la testa negli ultimi mesi. Questa è la mia verità.» Sottolineò le ultime parole, come se stesse assaporando la propria agonia.

«Vorrei che potessi vedere in te stesso ciò che vedo io ogni volta che ti guardo.»

Il suo sguardo tornò da me. *Resta con me, Noah…*

«Cosa vedi, Lilie May?»

«Vedo un uomo che combatte. Scorgo la tua forza, il tuo coraggio. Qualcuno che quando ama lo fa senza trattenersi. Qualcuno che cerca il futuro, non il passato. Quando ti guardo, Noah, vedo infinite possibilità. Sei intelligente, hai così tanto talento.»

Fece una smorfia e scossi la testa. «Sai anche tu che ho ragione. Ho sentito, l'altro giorno, il pastore Hartstein dire che sei in grado di fare qualsiasi cosa. Riesci a portare a termine tutto ciò che ti prefiggi. Ha detto che il tuo lavoro manuale è preciso e molto curato.»

Sentii una lacrima spuntare sotto la palpebra e cercai di nasconderla, ma mi sfuggii insieme alle parole. «Ammiro molto la tua forza, Noah. Sei un vincitore.»

«Forza?» Mi fissò smarrito. «Pensavo che la forza fosse radicata nella lotta, nella vittoria. Non ho vinto nulla, Lilie. Ho solo perso, sto ancora disperatamente provando a sopravvivere al destino che, fino a qualche mese fa, sembrava determinato ad annientarmi. Adesso che sono nella comunità, mi sento come se io e lui avessimo stabilito una specie di tregua… Forte io…» Scosse desolato la testa. Alzò lo sguardo e nei suoi occhi tempestosi vidi brillare una scintilla di vita. I miei battiti cardiaci accelerarono perché era come se mi implorasse di aggrapparmi a lui, di tenerlo stretto.

«La vera forza non consiste nel superare la lotta, Noah, bensì nel modo in cui si combatte. Non è la battaglia in sé, ma come affrontiamo la vita e, forse, va bene così, non essere più la stessa persona che pensavamo di voler diventare. Forse, va bene accettarci per come siamo ora.»

Fu impossibile non ripensare ai miei peggiori momenti, vissuti in quegli ultimi mesi e paragonare la nostra sofferenza. Solo pochi istanti in cui le mie labbra assaporavano le sue paure e respiravo il suo dolore. «Non si tratta soltanto di sopravvivere. Si tratta di elaborare una perdita devastante, lo strazio, il dolore, e continuare a lottare, senza mai arrendersi, ricordando solo che desideri superare quel traguardo e arrivare dall'altra parte. Per continuare a vivere, per tornare a essere felice e imparare di nuovo ad amare.»

«Io non so amare, Lilie, e non credo di volerlo fare. Voglio dire, perché qualcuno dovrebbe farlo? Perché dovremmo amare quando c'è la possibilità di vivere ciò che è accaduto a Matt?» Mi guardò con occhi sempre più seri. «Non capisco cosa possa esserci di sbagliato negli esseri umani. Intendo dire, è bello amare ed essere felici.» Il suo corpo tremò di indignazione, le parole che uscivano in fretta dalle sue labbra erano dolorose, crude, acerbe. «Ma quando quel tappeto ti viene strappato da sotto i piedi, si porta via tutte quelle sensazioni meravigliose. E il tuo cuore? Si spezza senza esitare. Si frantuma in un milione di pezzi, lasciandoti perso, intorpidito, e tutto a un tratto, tutto il buon senso che avevi sparisce così.» Schioccò le dita. «Non importa… alla fin fine, il dolore è il prezzo da pagare per arrivare all'amore. Non esiste l'uno senza l'altro.»

Mi voltai per osservarlo. «Non parlare così, Noah. Una vita senza amore è come un anno senza estate. Le nostre vite sono una somma di momenti. Alcuni dolorosi e pieni di ferite, quelle di ieri. Altri ricchi di speranza e con tante promesse, quelle del domani.» Venni invasa da una profonda tristezza. «Ho superato molti traguardi nella mia vita, momenti che mi hanno cambiato, sfidato. Altri che mi hanno spaventato, piegato e quasi inghiottito, ma ciò che so è che dobbiamo continuare a vivere, fino a quando ci sarà concesso.»

Ci fu un altro istante di silenzio e sperai con tutto il cuore che le mie parole, così piccole e semplici, potessero comunque portargli un po' di conforto, poiché provenivano da un punto della mia anima che era difficile raggiungere persino per me stessa.

«Mi mancano i miei genitori, i miei fratelli, la signora Garcia… la mia famiglia. Dopo la morte di Matthieu, sono scappato da tutti loro perché volevano darmi conforto e non pensavo di meritarmi il loro aiuto o il loro affetto.»

«Forse, potresti chiamarli e dirglielo» suggerii.

«Non lo so…» sussurrò. «Non sono ancora sicuro di meritare il loro amore.»

Non hai idea di quanto meriti di essere amato, Noah Engel… «Presto, però» aggiunsi con un sorriso che sperai raggiungesse anche il suo cuore.

«Sì. Forse presto.» Almeno la sua voce era un po' più animata e mi bastò quello. Cominciai ad allontanarmi quando sentii le sue labbra contro la mia guancia, leggere come una piuma. Un solletico, un sussurro, un bacio fugace.

«Mi fai venire voglia di tornare a vivere, Lilie May. Di guarire ed essere di nuovo felice…» Il tono della sua voce portò con sé una silenziosa supplica.

Mi voltai verso di lui. *Lui desidera guarire…*

Quel gesto sembrò risvegliarlo e si avvicinò, finché i nostri corpi non si toccarono. Sussultai quando inclinò la testa di lato e, buon Dio, allineò le nostre bocche. «Se avrò bisogno del tuo aiuto, io... te lo chiederò. Va bene?»

«Sì.» Fu l'unica parola che riuscii a pronunciare perché l'aria sembrò essere sparita dai polmoni. Poi si girò e mi baciò di nuovo la guancia. La sensazione delle sue labbra sulla mia pelle, il suo respiro caldo bloccò ogni pensiero, paralizzandomi sul posto.

«Bene,» mi restituì un piccolo sorriso prima di sentire il suo pollice viaggiare lungo la valle della mano, dirigendosi verso il polso, dove si fermò. Restai a guardare incantata mentre mi accarezzava.

«Lilie May?»

«Sì?» Risposi sognante.

«Il tuo cuore batte così forte.» Alzai gli occhi e il suo sorriso mi riportò alla realtà come se un fulmine mi avesse attraversato. In fretta, spostai l'attenzione altrove e strinsi le ginocchia per non far tremare le gambe. A quanto pareva lui non aveva ancora finito.

«Il ragazzo con cui eri l'altro giorno in stazione…» mi chiese, spiazzandomi completamente. Mi girai verso di lui provando a nascondere il mio stupore, ma di sicuro lo notò perché aggiunse a mo' di scusa. «Me lo stavo solo domandando. Sei una brava ragazza. Voglio dire… cioè, quello che voglio dire è… insomma, tu e lui?» A ogni parola lo vedevo arrossire sempre di più.

«Io e lui cosa?» Gli chiesi un po' sulla difensiva.

Si grattò la nuca in un modo adorabile. «Non mi stai rendendo la vita facile…» sbuffò contrariato prima di alzare la mano sul mio viso, con il pollice mi sfiorò lo zigomo, facendomi appoggiare la guancia sul suo palmo. Eravamo così vicini che le nostre labbra quasi si toccavano. Sentivo i suoi respiri caldi sfiorare la mia pelle, la mia anima.

«Volevo sapere se esci con qualcuno.»

Mi raddrizzai portando entrambe le mani al cuore, perché ero sicura che sarei svenuta lì, sul pavimento di legno levigato e tirato a lucido di quel bellissimo treno. Com'era possibile che quando ero con lui, potevo provare tristezza e felicità allo stesso tempo ed essere comunque soddisfatta di quella sensazione? Mi chiesi: e se lo sapesse? Se sapesse quanto mi faceva girare la testa quel sorriso sbarazzino? Ma poi dimenticai tutto, quando la sentii arrivare. La gioia… che nasceva come un bocciolo in qualche angolo del mio cuore a lungo trascurato che cresceva a ogni secondo del viaggio, accanto a quel meraviglioso ragazzo. Prima che me ne accorgessi, una risata si liberò dal mio petto e si allargò intorno a noi.

Anche se eravamo entrambi seduti, stavo volando. Quella grande gioia mi spingeva in avanti, sempre più in alto, fino a toccare il cielo!

24
La musica perfetta

Vivo… non c'era nessun'altra parola in grado di descrivere fino in fondo ciò che provavo quando ero con Lilie. Com'era possibile che riuscisse a calmarmi con una canzone, con un tocco delle dita, con uno sguardo pieno d'amore, con qualche frase gentile? Mi bastava guardarla per sentire la serenità pervadermi, il respiro diventare regolare e il dolore nel petto opprimermi meno, mentre una fiducia che credevo di aver perso mi invadeva la mente, facendomi rendere conto del reale valore di sole due parole.

Posso farcela.

Chiunque altro mi avesse invitato a confidarmi, avrebbe ricevuto un sorriso finto e una bugia, ma a lei non avrei potuto mentire. C'era qualcosa nella sua espressione, nel linguaggio del suo corpo, che mi rendeva impossibile negarle qualcosa. Con lei non era un problema farsi vedere distrutti, essere se stessi. Far cadere la maschera e mostrarle il vero Noah.

Ero passato dal flirtare, al ridere, alla disperazione, allo sfogo e, infine, a un'inevitabile condanna in modo disarmante. Quando le avevo raccontato di Matthieu, avevo percepito fin da subito il dubbio nei suoi occhi e quello mi aveva terrorizzato. Forse, stava giudicando il mio carattere sulla base di tutto ciò che aveva sentito? Ero sicuro che Aiden credesse in me, ma altri potevano averle riferito una versione diversa della storia, che nemmeno io conoscevo? Diamine, lei stessa aveva un cellulare. Era un vecchio modello, certo, ma ero quasi certo chc avesse internet. Non l'avevano tutti ormai? Magari, stava decidendo proprio in quel momento se fossi responsabile del crimine di cui gli altri, incluso me stesso, mi avevano già condannato. Mi ero preparato come meglio potevo al dolore che le sue parole di rimprovero avrebbero causato e, invece, mentre il suo discorso le usciva finalmente dalle labbra, la mia salvezza arrivò tramite una sola frase.

«Ammiro molto la tua forza…»

Fu la prima volta in vita mia in cui sentii che i miei fardelli non erano tutti miei e, mentre i battiti del cuore rallentavano fino a normalizzarsi, una parte di me iniziò sul serio a crederle. Nonostante la benevola sensazione che sembrava impadronirsi di me a ogni respiro, più le raccontavo della mia vita e più ero sicuro che anche la dolce ragazza seduta accanto a me in quel treno portasse sulle spalle un pesante fardello. E potevo dire che Lilie May, così esile e delicata come un bocciolo di fiore, trasportava il suo carico con un coraggio maggiore del mio.

Era impressionante come i nostri dolori sembrassero essere in sintonia, come se si attirassero e, dopo un po', senza sapere di preciso cosa avesse scatenato quel movimento, la mia mano destra si diresse verso il centro del sedile, con il palmo rivolto verso l'alto e la sua mi venne incontro, incastrandosi in modo perfetto con la mia. In silenzio unimmo le nostre mani, legando in modo indissolubile le nostre sofferenze.

Il viaggio proseguì e avrei voluto chiederle molto altro, ad esempio qualcosa in più sul ragazzo che avevo visto con lei in stazione, poiché non mi aveva davvero risposto prima, ma se c'era una cosa che avevo imparato negli ultimi mesi, era l'importanza del rispettare il silenzio del prossimo. Mi persi per qualche momento nella quiete che aveva creato, forse addirittura ricercato, mentre valutavo le mie possibilità, perché la verità era che avrei voluto porle un'infinità di domande.

In effetti, non avrei nemmeno dovuto tirare in ballo quel ragazzino della stazione. A che cazzo stavo pensando quando le ho chiesto se usciva con qualcuno? Non dovrei essere interessato a lei. No, in effetti non lo sono. Che diamine, suo fratello è mio fratello, e questo fa di lei mia…

Lasciamo perdere! Comunque, il ragazzo della stazione era un marmocchio, con quell'aria da sbruffone, quel cappellino dell'Università in testa, solo per fare colpo. Tutti quegli anelli nelle dita bah, non che ci stessi facendo caso, però il modo in cui l'aveva abbracciata, anzi direi palpeggiata…

No, non Lilie May, non si sarebbe lasciata palpare. Il problema è lui, esatto! Conosco i tipi così… ecco perché sono in pensiero.

Annuii soddisfatto del mio ragionamento e mi guadagnai uno sguardo incuriosito a cui risposi con un sorriso innocente. *Dunque, dov'eravamo rimasti… Ah sì, potrei invece iniziare chiedendole il motivo di quello sguardo nell'emporio… no, assolutamente no, non ho ancora tutta questa confidenza con lei. Oppure, potrei informarmi sul suo Rumpspring-*

«Come mai sei così silenzioso?»

Sussultai per la sua interruzione. La domanda mi colse del tutto alla sprovvista. In automatico il cervello iniziò a elaborare le più svariate scuse, ma prima che potesse scegliere quella più adatta, sbottai: «È a causa di quel ragazzo della stazione se non vivi più nella comunità, Lilie?»

Dopo un lieve sospiro, ritrasse piano la mano dalla mia abbassando lo sguardo con grazia. Sulle sue guance notai un leggero pallore che cercava di nascondere dietro a un mesto sorriso. Incrociai le mani davanti a me, desiderando ardentemente sfiorarla, ma capii che dovevo rispettare il suo bisogno di spazio.

Sei un cretino, Noah. Complimenti! Adesso vedi di sistemare il casino che hai combinato.

«Ti chiedo scusa...» iniziai, maledicendo come sempre il mio pessimo tempismo, «non ho il diritto di chiedertelo.» Odiavo come, a volte, apparissi impacciato, non sapendo nemmeno come comunicare con lei.

Il vuoto nell'aria si abbassò tra di noi come la falce di un boia, ma per fortuna mi venne incontro con un altro sospiro che finì con un "no" appena mormorato. I nostri sguardi si incontrarono e mi strinse la mano con fare rassicurante. «Non preoccuparti, Noah. Non mi hai chiesto nulla di che. È solo...»

Strinse le labbra e il silenzio tornò ancora una volta addensandosi e vorticando intorno ai nostri cuori. Provai a convincermi che non fosse opprimente, bensì caldo e confortante. Come la piccola e delicata mano che stringeva la mia. Tuttavia, continuavo a trattenere il respiro in attesa di una risposta.

Infine, sospirò un'altra volta ed ero sicuro di non aver mai fatto sospirare così tanto una ragazza in così poco tempo. Il problema era che non erano quei suoni strozzati a far sentire un ragazzo orgoglioso delle sue capacità, bensì erano quel genere di respiri che mi facevano chiedere cosa diavolo avessi in mente quando le avevo fatto quella stupida domanda.

«Sono stata sottoposta al *Bann*.» L'ombra di un sorriso le illuminò il viso quando lo abbassò verso le mani.

Avevo già udito quella parola mormorata nella comunità, come se fosse qualcosa di peccaminoso, impossibile da associare alla ragazza seduta accanto a me. «*Bann*?»

«È un'usanza, più che altro una punizione, per coloro che hanno trasgredito le regole.»

Sentii le sopracciglia scattare in alto. «Tu hai fatto qualcosa di sbagliato?» Non riuscii a nascondere il mio stupore.

Le scappò una risata, ma era un suono così triste. «Sì, Noah. Ho pagato e continuo a pagare le conseguenze di un mio errore. Quindi sì, si può dire che ho sbagliato.» Spostò lo sguardo verso il finestrino e mormorò più che altro a se stessa. «L'*Ordnung* è abbastanza severo in certi casi. Ad esempio, non posso vivere più nella comunità, posso però assistere ai sermoni, cantare, ma non sedermi a tavola con gli altri.»

Non riuscivo a immaginare come qualcuno avrebbe potuto farle una cosa del genere e fu difficile nascondere l'indignazione nella mia voce. «È stato il pastore Hartstein a importi questa cazz-?» Mi coprii la bocca per tenere a freno la parolaccia che stava per uscire. «Scusa… questa punizione?»

Il suo sorriso era triste quando alzò il viso e mi fissò. «No, Noah. Questo genere di decisione spetta ai consiglieri, gli uomini più anziani, come il marito della signora Semmelli, ad esempio.»

Mi ricordai la nonneta che sembrava detestarmi, ma prima che potessi chiederle ulteriori delucidazioni, riprese a parlare. «Loro ritengono che aiuti a preservare l'integrità della comunità e a proteggere i membri fedeli dalle "pecore nere" che potrebbero rompere l'armonia e allontanare gli altri dal loro impegno.»

Per qualche istante la guardai a bocca aperta. «Pecora nera, tu?»

Il suo sguardo si abbassò di nuovo e iniziò a trafficare con un piccolo filo giallo che le usciva dal ricamo alla base del corpetto. «È una lunga storia…»

Lilie si preparò per quello che immaginai sarebbe stato un altro lungo sospiro, ma il grande *Dreiseenbahn* venne in suo soccorso. Dagli antichi altoparlanti ottonati, posizionati agli angoli della carrozza, arrivò un messaggio del capotreno che ci avvertì che, nel giro di pochi minuti, saremmo arrivati a destinazione. Attorno a noi i passeggeri iniziarono ad alzarsi per prendere le proprie cose. Feci lo stesso e afferrai la nostra cesta di picnic insieme alle borse che avevo messo nella cappelliera sopra di noi. Lilie aveva ragione, era una lunga storia e avrei potuto ascoltarla quando sarebbe stata pronta.

In verità, avrei voluto solo poterle dire una frase, ma la tenni per me, perché, ancora una volta, non mi sembrava il momento adatto. Inoltre, lei aveva tanti differenti sguardi, quando era concentrata, quando intendeva farmi ridere, e ciò che scorgevo in quell'istante mi faceva intuire quanto si sentisse triste. Era impossibile non perdere il filo del discorso mentre mi lasciavo ipnotizzare da quelle bellissime iridi chiare. Mi lasciai trasportare indietro nel tempo pensando alla prima volta in cui l'avevo vista in quel soppalco, e quello era stato senz'ombra di dubbio il suo sguardo più bello, poiché avevo sentito il desiderio potente di non voler mai distogliere gli occhi da lei.

Sappi che sei perfetta, Lilie May, incluse le cicatrici che la vita ti ha lasciato e tutto il bagaglio che porti con te.

La giornata di sole era mite ma perfetta e insieme esplorammo ogni angolo della cittadina, mescolandoci con gli altri passanti. Intorno a noi, gruppi di turisti si accalcavano sul marciapiede e le coppie si fermavano davanti alle vetrine dei negozi per ammirare la merce esposta o sfogliare i menù dei ristoranti. Ci fermammo per guardare un sassofonista solitario suonare all'imbocco di un vicolo, le cui note fluttuavano come poesia nell'aria umida che portava con sé l'odore terroso della foresta.

Tutto affascinava Lilie: le persone, le antiche case a traliccio con i vasi di gerani rossi, il fiume, le viuzze storiche piene di negozi, le nuvole in cielo che per quanto magnifiche non erano di certo alla sua altezza.

Dopo un pranzo composto da panini, frutti di bosco e una fetta di torta al cioccolato, sul ciglio del lago all'ombra di un castano, stavo già pensando di spostare le cose un po' più in là, pronto per fare un riposino, ma Lilie aveva altri piani.

«Muoviti, pigrone, il *Chilbi* ci sta aspettando.»

Guardai sconsolato il *quilt* che avevamo usato come tovaglia mentre già immaginavo noi due sdraiati l'uno accanto all'altra. «Ma… ma…» provai con la mia ormai collaudata espressione da cucciolo abbandonato, ma il piccolo fuoco d'artificio non volle sentire ragioni.

«No!» Con un'energia degna di un generale militare iniziò a smontare tutto, tirando verso di sé il *quilt* e facendo in modo che mi spostassi.

Con un finto broncio, mi lasciai trascinare verso il luna park. Mentre costeggiavamo il lago, scorgemmo la bancarella di una famiglia che frequentava la comunità e, dopo averli salutati, si offrirono di tenere le nostre cose. Accettammo volentieri e, solo qualche minuto più tardi, Lilie si diresse senza fermarsi, o farmi prendere fiato, verso la ruota panoramica che confinava con l'acqua. I suoi occhi brillarono luminosi quando arrivammo in cima e non avrei voluto essere in nessun altro posto se non lì accanto a lei. Insieme, divorammo persino un bastone di zucchero filato enorme e non riuscivo a toglierle gli occhi di dosso mentre soddisfatta si leccava le dita. Per il mondo, eravamo solo due ragazzi della comunità che si godevano un pomeriggio di sole. Per me, invece, significava molto di più. Rappresentava ogni appuntamento che non avevo mai avuto, ogni momento che avrei voluto custodire per sempre con gelosia nel cuore, tutto compreso in una meravigliosa giornata di sole e una splendida giovane donna che era l'innocenza e il peccato racchiusi in un unico intrigante e proibito pacchetto.

Mentre camminavamo per scegliere la prossima attrazione, Lilie con gli occhi incollati a un volantino, che aveva preso alla stazione, disse: «Questa sera ci saranno i fuochi d'artificio. Peccato non poter restare...»

La sua espressione triste mi fece venire un'idea riguardante lo spettacolo pirotecnico, ma non le accennai nulla perché prima volevo essere sicuro di poterla accontentare.

Il pomeriggio sembrò volare tra la casa degli specchi dove ridemmo a crepapelle e la Vecchia Villa dell'orrore, in cui l'avevo tenuta stretta mentre si nascondeva con il viso nell'incavo del mio collo. Ovviamente, non potevo perdere l'opportunità di prenderla in giro, così mi guadagnai anche qualche schiaffetto che ricevetti senza lasciare che intaccasse il mio ego maschile.

Era pomeriggio inoltrato e, dopo aver recuperato le nostre cose, stavamo andando verso la stazione quando ci imbattemmo nel musicista del treno sul lungolago. Stava ancora suonando la chitarra, ma nessuno sembrava molto interessato alla sua performance. La custodia dello strumento era aperta davanti a lui e dentro c'erano soltanto poche monete, il che mi fece venire in mente un'idea.

Lilie, notandolo, si fermò, lo sguardo apprensivo che saettava da me a lui. «Vuoi fare il giro e passare dall'altra parte?»

La tentazione era davvero grande e stavo quasi per voltarmi, ma poi mi ricordai una frase di mamma M.

«Non voltare le spalle alla vita, Noah...»

Mi ritrovai ad avvicinarmi sempre di più all'uomo, gli occhi fissi sul suo strumento con le dita che sembravano formicolare. Il mio cuore batteva nel petto come un piccolo tamburo che desiderava così tanto suonare una canzone da fare male.

Voglio solo provarci.

«Cosa vuoi fare, Noah?» La voce di Lilie sembrò provenire da lontano e mi udii rispondere: «Solo una canzone e poi ce ne andremo.»

Aspettai fino a quando il signore finì il pezzo, ma prima che potesse iniziarne un altro mi avvicinai. «Ehi, amico» feci un gesto verso la sua chitarra. «Potrei suonarla?»

«La mia chitarra?» La sua espressione incredula si spostò da me a Lilie e poi ritornò su di me.

«Mi bastano solo pochi minuti» aggiunsi un'alzata di spalle. «Puoi anche restare vicino a me per assicurarti che non me ne vada.» Indicai una delle panchine di legno che costeggiavano il lago.

Scosse la testa mentre faceva un passo in avanti e guardava la custodia. «Mi dispiace, ma devo portare soldi alla famiglia.»

«Se preferisci, la posso affittare.» Presi il portafoglio che avevo comprato all'emporio, durante una delle tante visite a Lilie, dove avevo iniziato a mettere i frutti del mio lavoro alla comunità, davanti al suo sguardo stupefatto.

«Parli sul serio, ragazzo?» I suoi occhi spalancati passarono dal mio viso al portafoglio un paio di volte.

Prima che potesse cambiare idea, gli diedi una banconota da cinquanta euro. Era quasi un'intera giornata di lavoro, ma ne valeva la pena. Con la coda dell'occhio, notai Lilie che si era messa in disparte a guardare e a sorridere, con le braccia conserte davanti al grembo.

La chitarra finì nelle mie mani prima ancora che avessi messo via il portafoglio. Me la porse, con un sorriso enorme sul volto.

Mi infilai la tracolla sulla spalla e, per un momento, che a me sembrò durare un'eternità, chiusi gli occhi godendo di quella meravigliosa sensazione. Nella mente cercavo le parole che volevo cantare per immortalare quel nuovo Noah, sperando di non sbagliare, considerando che l'unica persona che avrei voluto le ascoltasse era proprio lì davanti a me.

Pizzicai qualche corda per vedere quanto fosse accordata, quanto sarebbe stato difficile per le dita della mano destra, ma mi resi conto molto presto che dovevo farlo. Dovevo vincere anche quella battaglia.

Così iniziai, strimpellando gli accordi familiari.

Tell me something, girl
Are you happy in this modern world?
Or do you need more?
Is there something else you're searchin' for?

«Dimmi una cosa, ragazza… Sei felice in questo mondo moderno?… O ti serve di più?… C'è qualcos'altro che stai cercando?»

Cantai il resto della prima e della seconda strofa e poi le feci un cenno con la testa, incoraggiandola a unirsi a me nella terza parte. Con mia grande sorpresa, si avvicinò e si alzò sulle punte dei piedi fino a sussurrarmi all'orecchio, facendomi sbagliare di brutto gli accordi successivi.

«Quella che hai cantato è la parte di Lady Gaga. Dovresti cantare l'altra, quella di Bradley Cooper.»

Mi tirai indietro per osservarla con attenzione, perché forse esisteva solo nei miei sogni. «E va bene...» Continuai a suonare qualche nota alzando gli occhi al cielo con un sorrisetto. «Fammi indovinare. Vuoi cantare la parte di Lady Gaga?» Mi guadagnai un sorriso raggiante e un piccolo bacio sulla guancia che mi fece sbagliare gli accordi ancora una volta.

Così ricominciammo e le nostre voci si sovrapposero nel ritornello, il suo tono inebriante che si radicava nella mia anima. «In the sha-ha, sha-ha-llow... We're far from the shallow now.» Una piccola folla si radunò intorno a noi e alcune banconote finirono nella custodia della chitarra. Una coppia iniziò addirittura a ballare, facendomi subito sorridere.

Forse non era la canzone più adatta per quel pomeriggio di sole, perché parlava di tristezza e sofferenza, ma era perfetta per noi proprio per quel motivo. C'era qualcosa nelle strofe, nell'ingenua forza di volontà, nel desiderio di cambiamento, nella speranza di una nuova esistenza come quella che stavamo cantando.

Ci fu una pausa e pensai che non mi avrebbe seguito, ma poi alzò il tono della voce e, come sempre, mi catturò e assistetti in prima persona al momento in cui il resto del mondo cessò di esistere per lei. Quando prese confidenza, i suoi occhi si chiusero, le sue labbra a petali di rosa si aprirono, tutto in lei prese vita e ciò che avevamo intorno scomparve anche per me.

Tell me something, boy
Aren't you tired tryin' to fill that void?
Or do you need more?
Ain't it hard keepin' it so hardcore?

«Dimmi una cosa, ragazzo... Non sei stanco di cercare di riempire quel vuoto?... O ti serve di più?... Non è difficile resistere così tenacemente?»

I nostri sguardi non si lasciarono mai e, prima che me ne accorgessi, i sorrisi svanirono. Oltre a noi non c'era nessuno su quel lungolago, o forse era il semplice fatto che ci lasciammo coinvolgere dalla musica e l'uno dall'altra, o il fatto che la serata sembrasse irreale, come se appartenesse alle pagine di un libro. Il tramonto ci apparteneva e, per la prima volta, stavo davvero dedicando una canzone a una ragazza. Miracolosamente, dopo tutto quello che avevo fatto per distruggermi, la vita mi metteva davanti un'altra possibilità, un nuovo futuro. Continuammo a cantare e ripensai a quando ero in quella roulotte, con il fucile in mano a fissare le crepe sul tetto, sicuro che non avrei mai ricevuto una seconda possibilità, che accanto a me non ci sarebbe mai stata una fanciulla così delicata intenta a osservarmi con uno sguardo stupendo mentre trasformavo la felicità in una canzone.

Lei esiste…

Quelle note, quegli istanti, erano qualcosa di sacro, puro e innocente. Il ritornello arrivò un'altra volta e le nostre voci si intrecciarono con maggiore forza, si mescolarono prima di separarsi, si fusero, si innalzarono fino a quando non fu troppo. Una lacrima solitaria scese sul viso di Lilie e sapevo che era il modo in cui le nostre anime si erano incontrate e riconosciute, così come la gioia e il dolore. Per un istante mi dispiacque che la mia famiglia non fosse con noi a vivere quel bellissimo momento. Le mie dita sulla chitarra, la musica che sembrava fluire da dentro di me, da noi. Ciò che provavo era immenso perché mi sentivo vivo, perché ero lì, in quel parco a suonare e cantare con quella meravigliosa creatura accanto a me.

A suonare per lei…

Non c'era mai stato un barlume così bello e assoluto in quei mesi in cui mi ero dimenticato come si facesse a vivere. Lei era il primo raggio di luce in una vita che, per quasi un anno, era stata circondata solo da un buio pesto fatto di disperazione. L'unica persona in grado di tirarmi fuori da quel buco profondo e oscuro in cui mi ero smarrito.

La canzone finì e subito ne intonai un'altra, le dita che non volevano fermarsi, si muovevano sempre più agili sulle corde della vecchia chitarra, che rispondeva a ogni tocco come se avesse un nascondiglio segreto in cui conservava quei bellissimi suoni solo per noi due. Stava nascendo la musica che avevo creato quando ero con lei nel bosco. La canzone che avrei tenuto vicino al cuore per sempre.

Lo vedo nel tuo sorriso
Noi siamo di più, lo siamo sempre stati
Pensa a tutto ciò che ci siamo persi
Ogni tocco e ogni bacio, insieme abbiamo insistito
Resistiamo, resistere, perché?

Erano solo parole, ma il loro effetto su di me era altrettanto forte. Trattenni il respiro e chiusi gli occhi, lasciando che fossero le mie mani ad accompagnare le strofe. Mi persi nel ritmo e mi lasciai trasportare in un altro mondo mentre rivedevo le parole nella mia testa e le sussurravo. Se non avessi saputo con certezza di essere vivo, avrei giurato di essere morto per un attimo e di aver lasciato il mio corpo in pace.

Non importa quanto sei vicina, sei sempre troppo lontana
I miei occhi sono attratti ovunque tu sia, mi hai arricchito
Non voglio ignorare, voglio di più
Non fingerò o resisterò, il desiderio è infinito

La mia voce crebbe, e mi sentii inchiodato dalle mie stesse parole, intrappolato nelle strofe. Più le ascoltavo e più ne ero convinto.

C'è un sentimento che non possiamo negare
Le nostre anime si cercano, vogliono danzare
Le parole sussurrate, i nostri cuori in rima
Questa storia d'amore, autentica e vera
Non può esser finzione, ma eterna primavera

L'ultimo verso lo feci in parte cantato e in parte mormorato, perché ormai lo sapevo: ero quasi del tutto pazzo di quella ragazza.

Sono stanco del modo in cui entrambi fingiamo,
Stanco di volere sempre e non cedere mai.
Non è una sorpresa, i tuoi sospiri sconfitti,
Non sei stanca delle bugie?
Pensa a tutto ciò che ci siamo persi.
Ogni tocco e ogni bacio, insieme abbiamo insistito.
Resistiamo, resistere, perché?

Appena la canzone si dissolse nel silenzio, il musicista, che si era seduto sulla panchina che gli avevo indicato, si avvicinò applaudendo e guardando felice la custodia della chitarra. «Wow, grazie mille…»

Nel frattempo, la piccola folla che si era radunata, dopo aver applaudito entusiasta, iniziò a disperdersi.

Purtroppo, il nostro tempo stava per finire, dovevamo andare verso la stazione o avremmo perso il treno, però prima c'era ancora qualcosa che volevo fare. Mentre mi toglievo la chitarra dalle spalle e la consegnavo al proprietario, gli feci anche la mia richiesta. Tanti pensieri mi passavano per la testa, in lunghe sequenze che non coincidevano, si ripetevano anche in un ordine diverso e, all'improvviso, per un attimo fugace e irreversibile, fui tremendamente felice che il mio cuore avesse deciso di continuare a battere. Le prime note della canzone dei Rolling Stones iniziarono, mi voltai verso la mia bellissima accompagnatrice e le porsi la mano.

«Balla con me, Lilie May.»

Feci un passo avanti, chiudendo fuori il futuro, ma anche il passato. Non esistevano più in quel momento. Tutto ciò che avevo davanti a me era quella splendida ragazza con il suo vestito azzurro e il *Kapp* rosa chiaro. Non avrei voluto nient'altro. Le cinsi le braccia e la feci avvicinare a me, posando la mano alla base della sua schiena, chiudendo gli occhi mentre con solo il suono della mia voce accarezzavo la sua pelle.

With no lovin' in our souls
And no money in our coats
You can't say we're satisfied
Angie, Angie
You can't say we never tried
Angie, you're beautiful
But ain't it time we say goodbye
Angie, I still love you
Remember all those nights we cried
All the dreams were held so close
Seemed to all go up in smoke
Let me whisper in your ear
Angie, Angie
Ain't good to be alive...

Senza amore nelle nostre anime
E senza soldi nei nostri cappotti
Non si può dire che siamo soddisfatti
Angie, Angie
Non puoi dire che non ci abbiamo mai provato
Angie, sei bellissima
Ma non è ora di dirsi addio?
Angie, ti amo ancora
Ricorda tutte quelle notti in cui abbiamo pianto
Tutti i sogni sono stati tenuti così vicini
Sembravano andare tutti in fumo
Lascia che ti sussurri all'orecchio
Angie, Angie
Non è bello essere vivi...

Si appoggiò a me e ondeggiammo insieme mentre la musica ci avvolgeva. Avrei voluto poter tenere gli occhi chiusi per sempre, perché così non sarebbe stato necessario tornare alla realtà. Non cercai di baciarla o altro. Mi limitai a stringerla e a lasciare che i nostri corpi restassero legati, desiderando di conoscerla e capirla più di quanto non avessi mai fatto con nessun'altra donna. Per un istante, ebbi di nuovo qualcosa a cui aggrapparmi, una ragione per continuare a respirare, a vivere.

In sottofondo, l'uomo stava ancora interpretando la malinconica melodia resa celebre da Mick Jagger.

Lei chiuse gli occhi e un sorriso timido le arricciò le labbra. «Noah...» pronunciò il mio nome con voce tremante.

«Sì?» Serrai le palpebre, soltanto per un breve istante perché non volevo perdere nulla di ciò che stavamo vivendo.

«Il mio cuore sta di nuovo battendo forte.»

«Forse è giusto così, sai? A volte i cuori devono battere in questo modo per ricordarci che siamo vivi, che ci meritiamo un'altra possibilità.»

Per amare...

Le mie mani tremarono nelle sue e le sue nelle mie. La connessione che condividevamo andava ben oltre qualsiasi cosa avessi mai sperimentato con un altro essere umano. Volevo perdermi e ritrovarmi in lei all'infinito.

Appena aprii gli occhi, i suoi si posarono sulla mia bocca, facendomi bloccare il respiro in gola.

«Ti prego, non guardarmi così,» distolsi lo sguardo, scacciando via i pensieri lussuriosi.

Emise il gemito più strozzato che avessi mai sentito, come se fosse terrorizzata e piena di desiderio allo stesso tempo. «Così come?» La sua voce era appena udibile.

«Lo sai. Come se tu mi volessi.»

Lei arrossì abbassando appena la testa. «Mi dispiace» sussurrò.

Mi voltai e quando mi guardò di nuovo appoggiai la fronte contro la sua. Presi un profondo respiro e tenendo a bada la tentazione che sembrava consumare ogni fibra del mio corpo, sussurrai a pochi centimetri dalle sue labbra. «Lilie May, sei la mia canzone preferita.»

Il viaggio di ritorno finì troppo in fretta. Sapevo che Lilie era stanca e ne ebbi la conferma quando appoggiò la testa sulla mia spalla e si assopì.

Quale onore tenere una piccola addormentata tra le braccia…

L'avvolsi stretta e la cullai, proteggendola dal mondo esterno, beandomi del profumo di lavanda e di altri fiori, lo stesso che avevo sognato troppe volte in quelle ultime settimane. L'unica cosa che sapevo era che volevo passare tutto il tempo possibile con lei. Addormentarmi e svegliarmi dopo averla sognata per trovarla accanto a me. Volevo insegnarle a suonare la chitarra solo per poterla avvolgere ancora tra le mie braccia e toccare le sue dita. Volevo regalarle cose meravigliose perché sapevo che non me le avrebbe mai chieste. Volevo stringerla per farle capire che i battiti dei nostri cuori, un giorno, sarebbero stati sincronizzati.

Continuai a cullarla mentre ricordavo una delle mie preghiere preferite imparate nella comunità, lasciandomi avvolgere da un senso di pace assoluto, che da molto tempo non sentivo.

In deine Hände befehle ich meinen Geist - spiritum meum, meum, meum…

Nelle tue mani affido il mio spirito - il mio spirito, mio, mio…

Lilie

25
Tornando a casa

«Lilie… siamo arrivati.»

Sentii una carezza simile a una piuma sul mio *Kapp*, poi delle dita che scorrevano delicate sul viso. Sorrisi beata, desideravo restare per sempre assopita in quel meraviglioso momento tra la veglia e il sonno, in quel posto dove il domani non arrivava mai e il passato non esisteva. Avevo fatto un sogno bellissimo, peccato che non riuscissi a ricordare tutti i dettagli. Ero al luna park, di sera, quando le stelle facevano capolino, mi trovavo in una gondola della ruota panoramica e osservavo meravigliata il lago e la foresta che si estendevano sotto di me a perdita d'occhio. C'era qualcuno con me, ma non ero sicura chi fosse.

Strizzai gli occhi provando a rivivere quell'attimo, ad aggrapparmi alla nebbia che voleva portarsi via quelle belle sensazioni. Eravamo noi due, uno accanto all'altra e la sua bocca si faceva sempre più vicina… oh Dio mi avrebbe baciato e non c'era altro che desiderassi di più in quel momento.

«Sì…» sussurrai. *Sì, baciami per favore, baciami…*

«Ehi pigrona, dobbiamo sbrigarci.»

Iniziai a riprendere coscienza, ascoltando il rumore delle voci che mi vorticavano intorno, poi strinsi gli occhi con forza perché non volevo svegliarmi. La persona che mi era accanto mi diede un bacio sulla fronte e per un solo istante mi infastidì perché volevo tornare dal ragazzo del sogno.

«No, Chris…» provai ad allontanarlo con la mano, chi altri avrebbe potuto svegliarmi nel bel mezzo di una meravigliosa fantasia? Lui era l'unico ragazzo a cui era consentito di prendermi tra le braccia, l'unico con cui riuscivo a sentirmi a mio agio.

Allora perché si è irrigidito così? Oh Dio… forse ho parlato di qualcosa che non dovevo nel sonno? Oppure, ho pronunciato il nome di Noah…

Mi raddrizzai, aprendo gli occhi. Intorno a me c'era il solito trambusto dei passeggeri che si mettevano in fila per scendere dal treno. Il mio sguardo, dopo aver sorvolato veloce su di loro, si posò su un paio di occhi chiari davvero seri che mi stavano fissando.

Ups…

Noah sembrava teso come la corda di un violino. Portai la mano alla bocca come se avessi ancora il potere di cancellare ciò che avevo detto poco prima. Mi stupii come un cuore potesse andare in frantumi in un luogo così affollato e il suono non venisse udito da una sola persona.

«Lilie…» iniziò.

«Scusa…» parlammo in contemporanea mentre mi alzavo trafelata, forse per nascondere il fatto che sentivo il viso, ma anche parte del collo, andare a fuoco. «Non dovremmo scendere?»

La sua mascella era così tesa che, per un istante, ebbi paura che gli si potesse rompere qualche dente. Senza aggiungere una parola annuì soltanto mentre si alzava all'improvviso, facendomi fare un passo indietro. Per fortuna la maggior parte delle persone era già scesa e così riuscii a mettere un po' di distanza tra di noi. Non per me, bensì per lui.

In silenzio, presi la mia sacca e mi feci da parte. Nel frattempo, con un movimento agile, Noah aveva afferrato le sue cose e la cesta da picnic che si trovava nello scompartimento sopra di noi.

Scendemmo avvolti da un silenzio tombale che mi rattristò sempre di più, soprattutto mentre passavamo davanti alla panchina su cui mi ero seduta quella mattina. Il ragazzo che camminava accanto a me non era lo stesso che mi aveva colto di sorpresa mentre canticchiavo e mi sentii in colpa, perché ero stata io la causa del suo cambiamento, della tensione che scorreva come lava tra noi due.

«Noah…» appoggiai la mano sul suo avambraccio, provando a bloccarlo.

Diminuì appena il passo, ma non si fermò. Rimase stoico, guardando davanti a sé. «Non devi darmi nessuna spiegazione.» Avrei voluto pensare che la sua risposta fosse stata sgarbata a causa del tono che aveva usato, ma non era così. Potevo sentire il dolore inciso in ogni parola che usciva dalle sue labbra.

Decisi quindi di lasciarlo stare, almeno per il momento. Mi serviva un attimo di tempo per radunare i pensieri e provare a capire come uscire da quel pasticcio in cui mi ero cacciata da sola.

I minuti continuarono a passare mentre camminavamo per le vie della città avvolti da un silenzio che mi risuonava dentro sempre di più come un urlo pieno di angoscia. Lui mi restò sempre accanto, lo sguardo vigile e premuroso che ogni tanto si voltava nella mia direzione, tuttavia era come se non mi vedesse nemmeno. La sua mente era altrove e le sue labbra, tirate in un'unica linea sottile, testimoniavano il suo disagio, insieme alle spalle tese e alle sue falcate sicure.

Ogni mio tentativo di alleggerire la tensione con un sorriso o un breve commento sulla giornata appena trascorsa si scontrava contro un muro di mattoni. Molto presto, capii che stava prendendo la strada più corta per portarmi a casa. Non potevo e non volevo salutarlo con quell'astio a divorarci l'anima. Gli dovevo una spiegazione, il problema era che per farlo avrei dovuto rivangare il passato e non ero sicura di essere pronta.

Ho per caso un'altra scelta?

L'amicizia di Noah significava tantissimo per me.

Così tanto? Al punto di dover aprire la porta che per quasi due anni hai tenuto ben serrata?

«Possiamo fare una passeggiata vicino al lago?» Gli proposi con voce timida prima di aggiungere: «Non vorrei ancora tornare a casa.»

«Va bene…» la sua risposta non era arrabbiata, sgarbata o rude, ma non era nemmeno l'amico che avrei tanto voluto avere accanto a me. Volevo indietro il Noah Engel che mi piaceva molto, sul serio. E quella consapevolezza mi rendeva felice e terrorizzata allo stesso tempo.

Mentre costeggiavamo la parte inferiore della città in direzione del sentiero che ci avrebbe portato al lago, lasciai che i pensieri vagassero e, così come il sole che scompariva lasciando il posto alla luna, con il frinire dei grilli e il sibilo del vento tra le foglie degli alberi, venni riportata indietro a quella fatidica notte.

Tutto accadde così in fretta…

L'ombra di una persona apparve all'improvviso nella mia visuale. Riuscii a intravedere parte di una maglietta scura intorno a delle braccia che sembravano due tronchi. Un urlo mi salì in gola, ma non riuscii a liberarlo prima che il dolore esplodesse sulla tempia, lasciandomi stordita.

Inciampai, la torcia mi scivolò dalle dita cadendo per terra. Mi ritrovai in ginocchio, con tutto il lato destro della testa che sembrava voler esplodere e un calore umido che colava lungo il collo.

No. No, no, no, NO! Non è possibile.

Sentii lo stomaco rovesciarsi e dovetti costringermi a respirare per non svenire dalla paura. Mi accorsi di un movimento fulmineo sopra di me, alzai lo sguardo e, un attimo dopo, le mani per proteggermi. Per salvarmi la vita. Mi ritrovai davanti a un ragazzo, forse era uno di quelli che avevo incrociato con Kat, ma poiché eravamo avvolti dalla penombra e mi sentivo così intontita, non riuscii a riconoscerlo. Il panico mi attraversò come una scarica elettrica quando percepii l'intensità nel suo sguardo. La malvagità scintillò sul suo viso quando si avvicinò, permettendomi di scorgere la luce folle nei suoi occhi, il sudore che gli imperlava la fronte mentre mi sovrastava con un coltello nella mano. Cercai di sollevarmi da terra, ma non appena riuscii a mettermi in piedi e ad allontanarmi da lui, mi sentii afferrare da dietro.

«Dove pensi di andare, piccola?»

Urlai, ma tutto ciò che arrivò alle mie orecchie fu un rantolo agghiacciante.

«Perché non andiamo a fare due chiacchiere?» Disse, sollevandomi senza sforzo dal pavimento con un braccio, mentre con l'altra mano premeva il coltello appena sotto il mio mento. «Ho bisogno che tu faccia silenzio mentre parliamo» sussurrò, portandomi attraverso il corridoio verso la fine del capanno, «altrimenti dovrò sgozzare questo bel collo bianco come farei con un agnellino.»

Udii una porta sbattere e un secondo dopo mi sentii mancare il fiato quando mi spinse in avanti facendomi cadere in malo modo contro una pila di fieno. Il cuore mi si bloccò in gola, batteva così forte che pensai di svenire, mentre indietreggiavo in fretta, le mani che scivolavano sul pavimento sporco.

Mi fermai soltanto perché la schiena urtò contro la parete, ma continuai a spostarmi di lato, troppo spaventata per alzarmi, sapendo che non sarei andata lontano, ma sperando lo stesso di riuscire a scappare.

Christof. Ti prego, Chris. Qualcuno mi aiuti…

Sentii che stavo lentamente sprofondando sul pavimento mentre il mio corpo iniziava a cedere. Ero in stato di shock, pensai di stare per svenire, morire… Lo sentivo, no, no, NO!

Non lo avrei fatto, dovevo resistere, restare vigile. Mentre mi mettevo carponi, gettai un'ampia occhiata alla stanza cercando un'arma. Qualsiasi cosa. Perché non avevo dato retta al mio istinto di conservazione, al mio amor proprio, che mi incitava ad andarmene da lì appena entrata?

Oh Lilie, avresti dovuto…

Il terrore e l'adrenalina mi fecero scattare in avanti e mi fiondai su quello che sembrava essere un cacciavite abbandonato nell'angolo, ma lui mi afferrò la caviglia tirandomi indietro.

«Dove vai, bellezza?»

Mi ritrovai a pancia in giù, le gambe ormai nude che cozzavano sul pavimento consunto, mentre continuava a trascinarmi. Cercai di allontanare la sua mano con un calcio che non sortì alcun effetto. Afferrai un mucchio di paglia, le unghie che si conficcavano in tutto ciò che riuscivo ad afferrare, ma la mia forza era troppo poca in con-

fronto alla sua. Ero talmente terrorizzata che non sapevo nemmeno cosa fare per primo: lottare, urlare, scappare, arrendermi.

Mai!

Urlai ancora più forte quando in un solo movimento mi ribaltò sulla schiena e, in un batter d'occhio, mi bloccò le mani con le ginocchia mentre si metteva a cavalcioni sopra di me.

Provai a calciarlo, ma era inutile. Prima che potessi aprire bocca per urlare ancora, si lanciò in avanti, prendendo nel pugno una manciata di capelli e tirandomi bruscamente la testa verso di sé per poi sbatterla contro il pavimento. Una, due volte. Il dolore sembrava lacerare il collo e arrivare fino alla base della schiena.

La sua mano mi bloccò la bocca mentre mi alitava in faccia. «Devo farlo un'altra volta?»

La mia visuale iniziò ad assottigliarsi, per un istante dovetti lottare con tutta me stessa per non perdere coscienza. Scossi la testa in modo frenetico, sentendo altri capelli strapparsi nel suo pugno. Il metallo freddo sulla gola mi intimò di non parlare.

La situazione era così terrificante che riuscivo appena a elaborare ciò che stava accadendo. L'unica cosa di cui ero sicura era che stavo fissando la morte negli occhi. Iniziai a piangere. «Per favore…»

Il suo labbro si arricciò in un ghigno malefico.

Le lacrime mi scendevano dagli occhi e finivano nei capelli, sulle guance, a terra. Per un istante rimase a guardarle, poi si chinò in avanti, avvicinando la sua bocca alla mia tempia e sentii la sua lingua leccarmi. Quando si tirò indietro, il suo sorriso era sparito.

Il peso del suo corpo mi fece tossire la bile insieme alle lacrime.

«Così bella la mia puttanella della comunità» sussurrò.

Mi disse ciò che mi avrebbe fatto, ma più parlava, meno sentivo le sue parole. In qualche modo, il terrore mi stava intorpidendo, permettendomi di estraniarmi. Non sentivo più il mio corpo. Non sentivo più nemmeno la bestia sopra di me.

Lentamente, smisi di percepire qualsiasi cosa, tranne la consapevolezza delle sue mani che mi stavano togliendo le mutande, di lui che mi infilava la lingua in bocca, il rumore dei suoi ansimi mentre mi apriva le gambe. Fui davvero consapevole del dolore quando, con una sola spinta, entrò dentro di me. Risuonò da qualche parte nella mia anima vuota e continuò ancora e ancora fino a quando non sentii altro, smisi di vedere, non udii più nulla. Cominciai a singhiozzare. Il ritmo del mio cuore era così frenetico da diventare una costante nelle orecchie. O forse aveva smesso di battere.

Continuò a violarmi, grugnendo come un maiale. Riuscii a liberare le mani e le spinsi contro le orecchie, i palmi che tremavano. Cercai di coprire il suono della sua voce. Se non lo avessi sentito, forse sarebbe scomparso.

Lui non c'era. Non c'era. Non…

Soffocai le lacrime, soffocai il suo corpo, il mio dolore, la mia vita. Ma lo sapevo, ero cosciente ed era l'ultima cosa che volevo essere in quel momento. Avrei preferito morire.

Non me lo meritavo, ero sicura di non meritarlo. Non era vero?

Così mi concentrai sull'unica cosa che potevo fare: ero solo un corpo, la mia anima era ciò che contava, ed era ancora forte. Stava lottando nel solo modo che conosceva, il tempo necessario a salvarmi.

Heiliger Schutzengel mein, lass mich dir empfohlen sein.
Tag und Nacht, ich bitte dich, beschütz, regier und leite mich.
Hilf mir leben recht und fromm, dass ich zu dir in den Himmel komm.
Schutzengel, mir von Gott gegeben, geleite mich durch's ganze Leben.
Du bist so weise, fromm und rein, o lass mich dir doch ähnlich sein!

Mio santo angelo custode, sii benevolo nei miei confronti.
Giorno e notte, ti prego di proteggermi, governarmi, aiutarmi.
Aiutami a vivere in modo retto e devoto, affinché io possa raggiungerti in Paradiso.
Angelo custode, dono di Dio, accompagnami per tutta la vita.
Sei così saggio, pio e puro, permettimi di somigliarti.

Il suono di una voce lontana mise il mostro a tacere.

«Lilie? Dove sei?»

La speranza mi esplose nel petto. Qualcuno, forse Christof, aveva udito la mia preghiera?

Per favore, salva ciò che è rimasto di me…

«Lilie, per Dio, cosa ti sta succedendo?» Riconobbi subito la voce di Noah, che scacciava il diavolo dai miei pensieri, anche se non l'avevo mai sentito così affranto. Mi aggrappai a lui quando mi accorsi che circondava il mio corpo con una presa sempre più disperata. Inclinò il viso fino a toccare il mio e sentii che le sue spalle cominciavano a tremare.

Strinsi gli occhi con tutta la forza che avevo. Non volevo farlo soffrire, non volevo sentire di nuovo quel dolore, non volevo nemmeno esistere.

«Shh, shh…» la sua voce continuò a cullarmi riportandomi indietro dall'incubo, in quel porto sicuro che erano le sue braccia. La mia mente aveva bisogno di connettersi con il resto di me stessa, di calmare i nervi. Mi accoccolai contro il suo corpo e lui mi strinse al suo cuore.

«Scusami…» balbettai. Ero mortificata. Forse ero caduta troppo in profondità con l'intenzione di non ricordare cosa si provasse a sentire, a soffrire, a spezzarsi, a respirare… a vivere. Gli occhi mi facevano male per le lacrime non versate, ma quel dolore non era niente paragonato a quello che sentivo nella mente dove risuonavano ancora le mie urla. Nella testa mi vedevo ancora lottare per la mia vita e nel cuore sentivo ancora il mostro che si cibava della mia anima.

Noah disse qualcosa ma non riuscii a capirlo, poi mi sentii portare con delicatezza e mi ritrovai seduta su una delle tante panche di legno lungo il percorso.

Davanti a noi, a diversi metri di distanza, si estendeva il lago. L'acqua era increspata dalla leggera brezza e si rifletteva con la luce della luna. Quel luogo mi aveva sempre incantato, era una scena bellissima di giorno, ma di notte riusciva a togliermi il fiato.

Poco lontano dalla panchina scelta da Noah, un lampioncino emanava una soave luce che si rifletteva sul prato e lo trasformava in un nastro argentato. Sentivo la presenza confortante del ragazzo accanto a me, la sua mano che accarezzava la mia.

«Cosa ti è capitato, Lilie? Ti prego, parlami…» la sua voce tremò e potevo vedere quanto incerto fosse su come aiutarmi, mentre la sua mano mi cingeva con delicatezza la spalla. Lacrime calde mi rigavano il viso, la mia mente era sconvolta e mi sentivo come se qualcosa dentro di me fosse in procinto di spezzarsi di nuovo. Le grida si agitavano silenziose nella mia anima, selvagge e dense, come quelle di una creatura che provava un dolore indescrivibile.

Con il passare dei secondi, mi sentii sempre più esausta dei miei sentimenti. Nonostante tutto, abbassai la testa e feci un profondo respiro, lui era l'unica persona che aveva il diritto di sapere cosa mi fosse accaduto, ma rivederlo, e soprattutto stare con lui, aveva riaperto le cicatrici di quella sera e le ferite facevano ancora tanto male.

Altre lacrime scesero sulle mie guance e tutto il corpo tremò mentre iniziavo quel triste racconto. Il mio cuore piangeva, pulsando nel petto in modo irregolare ancora e ancora, mentre quei ricordi sepolti cominciavano a riaffiorare invadendo la mia mente, avvelenando ogni parte di me.

Iniziai dall'arrivo alla festa in compagnia di Katrina e Christof, l'allegria, la felicità, in parte indotta dalla grande quantità di alcol che avevo ingerito. Gli raccontai dello spettacolo e dell'emozione che avevo sentito quando avevo udito lui e la sua band suonare. Quando arrivai alla parte relativa all'incontro con Christof nel capanno, dovetti fermarmi all'improvviso perché riuscivo solo ad aprire la bocca e a far uscire parecchi respiri angosciati, quando la mente venne invasa dai ricordi particolarmente dolorosi. Le parole erano così contorte, così brutte, che mi faceva male addirittura doverle pronunciare.

Per tutto il tempo Noah rimase accanto a me in silenzio, feci della sua forza la mia e raccontai finché la gola non sembrò carta vetrata, le lacrime si asciugarono e non desiderai altro che dimenticare per sempre quei terribili ricordi.

«So che sarebbe potuta andare peggio, ma non ho mai subìto nessun tipo di violenza e non riesco a cancellare dalla mente quelle immagini,» lo guardai mentre annuiva, perché sapeva esattamente come mi sentivo, «questa orribile sensazione di impotenza, di vulnerabilità.» Abbassai la testa, ma Noah con delicatezza appoggiò il dito sotto il mio mento riportando la mia attenzione su di lui.

«Non devi vergognarti, Lilie. Non hai motivo di nasconderti, perché non hai fatto niente di sbagliato.»

«Quella sera avevo bevuto troppo, Noah...» ricordai le parole pronunciate dai consiglieri dell'*Ordnung*.

«Wann'd dich amme schwate Kessel reibscht, waerscht schwatz.» "Se strofini un bollitore nero, diventerai anche tu nero", che in realtà significava che si era influenzati da coloro con cui si passava il proprio tempo.

Quelle parole riportarono alla mente i bicchierini di liquore che avevo bevuto, le bottiglie di birre che avevo ingoiato come se fossero acqua. Chiusi gli occhi e lottai contro la bile che mi saliva in gola all'improvviso. «Quella sera avevo esagerato... troppo.»

La sua voce vibrò di una furia a malapena contenuta. «Indipendentemente da quanto avessi bevuto, quell'uomo non aveva nessun diritto di toccarti... non senza il tuo permesso.»

Il tono si ammorbidì mentre proseguiva. «A volte, possiamo diventare i peggiori nemici di noi stessi. Bisogna imparare a essere perspicaci con i propri pensieri. Dobbiamo essere in grado di decifrare la verità rispetto alle bugie. Altrimenti, diventiamo solo schiavi delle catene che ci mette la nostra mente.»

«Hai ragione...» sussurrai, ma quella consapevolezza non cambiava nulla. «È questo il mio collegamento con Christof. È stato lui a trovarmi, a salvarmi dall'aggressione. Quando è arrivato nel capanno e non mi ha vista, ha urlato forte il mio nome, spaventando così l'uomo che poi è riuscito a scappare.»

Raccontai a Noah che, in seguito, Chris aveva chiamato la polizia che mi aveva interrogata. Avevo fatto del mio meglio per rispondere in modo corretto alle loro domande, ma tutto era capitato troppo in fretta ed ero così traumatizzata che in quei momenti non riuscivo a rammentare quasi nulla. Eppure, sapevo che i ricordi sarebbero tornati a farmi visita e mi avrebbero perseguitata per il resto della vita.

«Sapevo che ogni piccolo dettaglio avrebbe potuto aiutare a trovare quel mostro, ma non riuscivo a tornare indietro. Non riuscivo nemmeno a parlare e la cosa è andata di male in peggio quando hanno dovuto portarmi all'ospedale per fare degli accertamenti.» Lo guardai implorando la sua comprensione. «Non potevo fare una cosa del genere, avrebbero chiamato Aiden o il pastore Hartstein, provavo così tanta vergogna...» mi coprii il viso con le mani. Le parole mi morirono in gola, avvelenate da una miscela tossica di nausea, rabbia e disgusto.

Non avevo mai pensato a me stessa come a una persona debole o indifesa, non avevo mai avuto paura di niente nella vita ma, per la prima volta, mi ritrovai a essere una vittima. Lo sconosciuto non mi aveva violentato solo fisicamente, l'aveva fatto anche in quasi tutti i modi possibili. Aveva abusato della mia giovinezza, infranto la mia innocenza, sfregiato tutta la mia vitalità. Ma alla fine si trattava solo di quello: un mostro che non aveva vinto, perché prima o poi sarei riuscita a ricostruire la mia vita, come stavo facendo con Noah, e sarei tornata ancora più forte.

Per qualche istante restammo avvolti dal silenzio e soltanto quando ritrovai dentro di me un nuovo coraggio, alzai il viso e asciugai alcune lacrime che stavano scendendo.

«Il povero Christof continua a incolparsi, mi ha proposto di andare a vivere con lui a Freiburg dove studia e sono sicura che mi sposerebbe soltanto per riparare a ciò che mi è capitato, ma non posso fargli una cosa simile. Non posso rovinare la sua vita per salvare la mia.»

Accanto a me, Noah abbassò la testa e potevo sentire il dolore fuoriuscire da lui, era lo stesso che traspariva da me. In qualche modo, trovai la forza di continuare, ma solo perché mi sembrava giusto nei suoi confronti.

«È per questo che quando ti ho visto quel giorno all'emporio mi sono spaventata. Anche se in modo del tutto involontario mi hai riportato alla mente quella sera, una delle più belle e, al contempo, più terribili della mia vita.»

Noah mi guardò mortificato. «Mi dispiace, Lilie.» Ricordai allora le parole del pastore Hartstein.

«Le persone possono commettere degli errori, ma non sono un fallimento fino a quando non iniziano a incolpare gli altri.»

«La colpa non è stata di nessuno, se non mia.»

Senza aspettare la mia risposta, si voltò e mi abbracciò. Strinsi le mani sulla sua camicia, mentre scuotevo la testa, non volevo più parlare. Non volevo che cercasse di farmi sentire meglio. Non volevo respirare. Premetti il viso contro il suo petto e ripresi a piangere, mentre mi cullava. Tutto il mio corpo tremava mentre le lacrime cadevano più velocemente di quanto potessi respirare. I singhiozzi si liberarono mentre un'ondata massiccia di colpa e di dolore mi colpiva. La mia anima era in fiamme e ogni centimetro di me ne sentiva il calore. Scossi la testa sempre di più, mi portai le mani sulla bocca e urlai nella mia tristezza. Per la prima volta in quegli ultimi anni, il nodo alla gola non si bloccò. L'emozione non mi soffocò. Le lacrime non bruciarono, anzi si liberarono.

Mi allontanai per guardarlo. Era possibile che sentisse i muri che gli crollavano addosso come accadeva anche a me? Era sempre così brutto e terrificante anche per lui? «Non voglio tornare mai più in quel luogo, parlare di nuovo di quella sera.»

«Non ci tornerai, Lilie. Non ne parleremo più. Tutto ciò che importa è che sia finita e tu sia sopravvissuta. Adesso, *do anna kumma*… vieni qui, lascia che ti stringa forte. Fatti amare, Lilie May. Se solo sapessi cosa fai al mio cuore quando piangi...»

La tristezza struggente nella sua voce mi fece venire voglia di fare qualsiasi cosa per lui, così appoggiai la testa contro il suo petto mentre mi abbracciava, mandando un'onda di calore attraverso il mio corpo. Dopo alcuni momenti, in cui il mio cuore batteva ancora tumultuoso, iniziò a cantare.

Occhi in cui potrei annegare
Ma non importa quanto sei vicina
Sei sempre troppo lontana
E voglio...
Soltanto voglio...
Assaporare il tuo paradiso
E ti darò in pasto i miei peccati
Noi siamo di più. Lo siamo sempre stati
Saresti capace di rinunciare alla tua purezza
Per annegare nella mia oscurità?
Forse sarò il tuo peggior errore
Ma tu, cara mia, sarai il mio peccato colmo d'amore...
Nel labirinto dei tuoi occhi mi perdo

I tuoi sguardi fanno vibrare il mio cuore
Come sotto un incantesimo, mi hai catturato
E nei tuoi baci, ho trovato il mio perdono
Nell'oscurità, il nostro amore risplende
Due anime dannate, unite nel tormento
Mostrami la parte di te che cerchi di tenere sepolta
Mostrami le ombre che ti tolgono il sonno di notte
Mostrami dove fa più male
Lasciami fare l'amore con la tua oscurità
I nostri destini intrecciati come fili dorati
Non importa quanto sia alto il costo
Così, cara mia, immergiamoci nell'abisso
Senza pentirci, senza rimorso
I nostri cuori in fiamme, un fuoco ardente
Il nostro amore proibito, un sogno incandescente

La sua dolce voce mi cullò, ancora e ancora, mentre i pensieri e i battiti cominciavano a rallentare. Ero distrutta, devastata e mi sentivo ancora sola. Certi giorni odiavo me stessa... e quello che avevo fatto, ma finalmente mi sentivo sopraffatta da un improvviso bisogno di abbracciare di nuovo la vita e sfruttare al massimo ogni opportunità. *Come ha fatto?* Come aveva fatto a rallentare la mia follia?

Quando smise di cantare, misi il palmo contro il suo petto e sentii il suo cuore battere contro i miei polpastrelli. Alzai lo sguardo e trovai il suo che, in contemporanea, si abbassava e ci ritrovammo occhi negli occhi. Il modo in cui mi guardava mi faceva sentire come se fossi abbastanza, a prescindere da tutto.

«Mi aiuteresti a dimenticare, Noah Engel?»

«Ti aiuterò per tutta la notte, Lilie May e, se me lo permetterai, continuerò a farlo anche domani e poi dopodomani, ancora e ancora. Sai perché?»

Era incredibile come quelle poche parole potessero significare così tanto. Scossi la testa mentre lo guardavo meravigliata.

«Perché esistono la vita e la morte, ma esistono anche il qui e ora, e se ci concentriamo troppo sul passato o sul futuro, i nostri desideri attuali potrebbero smarrirsi, perdendo così le cose che vogliamo in questo momento, il meglio di tutto: essere qui l'uno con l'altra.»

Mi avvolse nella sua stretta forte e mi fece dimenticare gli orrori subìti con un'altra canzone. Diversi minuti dopo, iniziarono i fuochi d'artificio sull'altra sponda del lago e restammo in silenzio a guardare lo spettacolo. La mia testa appoggiata alla sua spalla. I nostri volti illuminati dai colori radiosi mentre quella magia prendeva vita sopra di noi.

«Dovresti esprimere un desiderio, mia dolce Lilie» disse con voce intrisa di malinconia.

Allontanai la testa dall'incavo del suo collo per guardare i suoi occhi che in qualche modo erano giocosi e seri allo stesso tempo. «Ma i desideri non si devono esprimere solo con le stelle cadenti?»

Aggrottò le sopracciglia come se fosse profondamente pensieroso, ma un piccolo sorriso triste nacque sulle sue labbra. «I desideri sono tuoi, Lilie, li puoi esprimere come, quando e dove vuoi.»

Lo guardai stupita, perché aveva ragione. «È vero...»

«Lo so.»

Strinsi gli occhi e pensai a ciò che volevo di più in quell'istante. Dimenticare, una nuova esistenza, un nuovo futuro... ma poi mi resi conto di una cosa.

Aprii gli occhi e lo ritrovai a osservarmi. «Noah...» sussurrai mentre qualche lacrima mi sfuggiva ancora. «Potresti aiutarmi a esaudire il mio desiderio?» La mia voce tremò mentre cercavo di controllarla.

«Qualsiasi cosa che possa servire a farti sorridere di nuovo. Chiedi e lo farò.»

«Potresti...» mi strinsi il labbro tra i denti radunando tutto il coraggio mentre altre lacrime scorrevano sulle guance. «Potresti baciarmi?»

Non riuscivo a ricordare una sola volta, in tutta la mia vita, in cui mi fossi sentita così bella. Mi stava guardando con devozione, come se fossi un privilegio. E quando si chinò in avanti e prese il mio viso tra le mani, separai le labbra e aspettai trattenendo il respiro, perché non avevo mai desiderato così tanto qualcosa come in quel momento.

Sussurrai il suo nome e lasciai che possedesse il mio e, quando sentii le sue labbra assaggiarmi, fui a pochi istanti dal perdermi in lui. Non mi ero nemmeno accorta che stessi di nuovo piangendo, finché non sentii i suoi pollici accarezzarmi le guance, asciugandole. Eravamo più vicini, le mie mani si aggrapparono a lui, le sue mi tiravano ancora. Le nostre labbra si separarono e respirammo l'uno contro l'altra. Quando i suoi occhi si chiusero, i miei li seguirono e restammo in silenzio insieme. Non ero certa di chi si fosse cercato per primo, non ci stavamo baciando, ma solo tenendo le nostre labbra premute delicatamente, sostenendoci a vicenda, aiutandoci a uscire dalle nostre oscurità.

Un'esitazione sembrò colpirlo perché si allontanò il necessario per parlare. Le sue mani avvolsero il mio viso e la sua fronte toccò la mia.

«Alcuni mesi dopo la morte di Matthieu ho pensato di suicidarmi» sussurrò, le sue parole crude e senza fronzoli. «Per mesi ho pensato di non essere degno di vivere. Ho pregato ogni notte, chiedendo a Dio di aiutarmi a sistemare i miei pezzi rotti, ma poi mi sono reso conto che mi aveva abbandonato. Tutto ciò che esisteva nella mia vita era sparito: amici, famiglia, respiri, battiti del cuore, ogni cosa. Ero rimasto solo io con le mani sporche di sangue…»

Fece un sospiro che straziò il mio cuore, prima di continuare. «Poi è arrivato l'alcol. La prima volta che mi sono ubriacato, mi sono sentito insensibile e ho scoperto in fretta che era molto meglio di sentire l'agonia, la solitudine e il senso di colpa. Così ho continuato a bere, cercando l'oblio e, dopo un po', è diventato parte della mia vita, un'abitudine. E un giorno mentre ero ubriaco ho trovato un fucile sotto la roulotte malmessa in cui vivevo…»

Oh, Noah…

«Ricordo di aver pensato a che diamine stessi facendo ancora in questo mondo, perché il mio cuore aveva smesso di battere quando avevano spento le macchine che tenevano in vita Matt. Sapevo di essere morto anch'io e, in qualche modo malato, andava bene così. L'alcol mi aveva aiutato a diventare indifferente, perché ero convinto di non meritare che qualcun altro si avvicinasse a me. Ho allontanato i miei genitori, i miei fratelli, perché volevo così tanto essere morto, perché sentivo che sarebbe stato meglio, più facile per tutti. Mi ero convinto che quella fosse la vita a cui appartenevo, in un luogo in cui non dovevo ammettere che esistevo. Era ciò che volevo, ciò di cui avevo bisogno, perché non meritavo nient'altro.»

Il suo corpo tremava incontrollato mentre si aggrappava a me con forza. «Sono stato io a ucciderlo, Lilie... con le mie stesse mani.»

Una lacrima gli sfuggì mentre gli accarezzavo le guance. «No, non sono state le tue mani... è stato un incidente, Noah.»

Eravamo due anime perse che si aggrappavano all'unica cosa che poteva ancora tenerci uniti: la presenza dell'altro. Lo sostenni, rifiutandomi di lasciarlo andare mentre le sue dita stringevano i miei fianchi e appoggiava il viso sulla mia guancia. Le sue lacrime calde si mescolarono alle mie e piangemmo insieme. Piangemmo per il dolore nelle nostre vite, per la fine, ma anche per gli inizi e, soprattutto, per gli ultimi respiri e per i primi, quelli che non avevamo ancora avuto l'opportunità di emettere.

«E poi, quando ho pensato che tutto fosse davvero perduto, non lo so, qualcuno ha messo Vincent sulla mia strada e, infine, sei arrivata tu e ho iniziato a ricordare cosa si prova a desiderare di essere vivi.»

Le sue labbra si posarono di nuovo sulle mie e i battiti del mio cuore accelerarono. La sua voce mi dava i brividi. «Lilie May…»

«Sì?»

«Mhmm... tu hai...» balbettò allontanandosi appena, ma tenendo gli occhi puntati sulla mia bocca. La sua voce tremò e sentii le sue paure forti e chiare, ma da qualche parte c'era nascosto anche un piccolo barlume di speranza. Volevo aggrapparmi a esso il più a lungo possibile. Volevo sentire, vedere, toccare con la mia anima, quella fiducia che teneva nascosta in profondità.

Parlò a bassa voce, così piano che quasi non riuscii a sentirlo. «Hai reso tutto più semplice.» La sua mano trovò la mia schiena e mi portò a cavalcioni su di lui.

Avvolsi le gambe intorno alla sua vita, i miei fianchi si inarcarono verso di lui, i nostri corpi si avvicinarono sempre di più. «Noah Engel?» sussurrai il suo nome per intero beandomi del meraviglioso suono che usciva quando pronunciavo quelle sillabe. «Cosa vorresti dire con più semplice?»

Fece scorrere le dita sul mio collo mentre chiudevo gli occhi e parlò con dolcezza alla mia anima. «Essere vivo… con te la vita è molto più semplice… e anche molto più bella.»

Il nostro secondo bacio non fu affatto come il primo. Quando la sua bocca trovò la mia, piansi. Percepivo quanto fosse triste quando mi baciava e quello mi rendeva sofferente. Sentii le sue lacrime mischiarsi alle mie mentre le nostre labbra premevano forte l'una contro l'altra. Stavamo facendo del nostro meglio per vivere insieme lontani dall'oscurità. Eravamo così distrutti, così provati dalla vita che avevamo vissuto, ma in quel momento ci stavamo baciando con i nostri pezzi, con la paura, la rabbia e il dolore, tutto ciò che era parte di me divenne parte di lui. Ci stavamo baciando con tutto ciò che ci era rimasto. Le sue dita si avvolsero intorno alla mia schiena e mi tirò più vicino, spingendo più forte le sue labbra contro le mie e, per la prima volta dopo tanto tempo, la sentii.

Felicità…

Potevo provarla di nuovo? *Mi è permesso di essere felice?*

Sì!

E fu in quel momento che tutto cambiò e iniziammo a baciarci con la speranza, con l'affetto, come se stessimo componendo un nuovo brano.

La canzone delle anime perdute, perché a volte le opere d'arte più belle venivano create dai cuori più bui.

Stendemmo il *quilt* nella vecchia carrozza sotto il castagno, ci sdraiammo vicini e guardammo le stelle sorgere nel cielo. Fu allora che capimmo. Sapevamo di essere piccoli, minuscoli granelli di sabbia nel grande universo. La maggior parte del mondo non avrebbe mai conosciuto il nostro dolore. Sapevamo che la vita poteva essere strappata via in un attimo, lasciandoci soli con la morte e la solitudine. Ma in un altro momento, uno come quello che stavamo vivendo, l'amore poteva guarire, regalandoci vita e speranza. Ciò che stavamo costruendo mi rendeva piena di fiducia per tutti i domani che dovevamo ancora vivere.

Spesso l'esistenza non aveva senso ed era tutt'altro che giusta. Pendeva a favore di alcuni, mentre altri lottavano ogni giorno per riuscire solo ad arrivare alla fine della giornata. Il mondo era spesso brutto e doloroso, pieno di odio, tristezza e disperazione. Ma Noah? Lui dava un senso a tutto, era un raggio di sole dopo la fine di un temporale.

Chiusi gli occhi e sospirai felice quando mi baciò il naso, le labbra e, infine, il collo, facendo scoppiare piccoli fuochi d'artificio su ogni superficie di pelle che toccava.

«Cosa vorresti fare della tua vita, Lilie?»

Negli ultimi mesi avevo riflettuto spesso su quella domanda. *Cosa volevo fare? Cosa avrei potuto fare?* Pensai al giardino che avrei voluto coltivare, alla brava madre che avrei voluto essere, ma tutto ciò non aveva nessun valore senza…

Intrecciai le nostre mani.

«Voglio solo essere felice, Noah.»

Prima che il sonno si impadronisse di me, sentii il suo braccio cingermi, tirandomi verso di lui, fino a quando ci trovammo abbracciati. La sua bocca incontrò la mia, i brividi si scatenarono mentre mi sussurrava la buonanotte e mi accoccolai di più a lui. Stringendomi. Rendendomi felice. Amandomi.

Mi abbandonai a quelle meravigliose carezze e mi sentii liberare con una sensazione di beatitudine, incapace di ricordare l'ultima volta in cui mi ero sentita così viva. Noah Engel era di gran lunga la parte migliore di me.

Ich grüße dich, mein Schutzengel, mein treuer Freund und Gefährte, und bitte dich: Lenke meine Schritte immer auf den Weg des Himmels, und befreie mich von allem Bösen. Amen

Ti saluto, mio angelo custode, mio fedele amico e compagno e ti chiedo: guida i miei passi sempre sulla via del cielo, e liberami da ogni male. Amen

26
Fratello d'anima

"Senza musica, la vita sarebbe un errore."
Friedrich Nietzsche

Qualche mese dopo...

Trattenendo il respiro, provai a chiudere il bottone dei pantaloni. «Che diamine!» Esclamai arrabbiato. «Come ho fatto a indossare questa roba così scomoda per tutta la vita?»

Seduto sul mio letto, Vincent sbottò con una risatina senza spostare l'attenzione dal foglio che stava leggendo. Con entrambe le mani provai a lisciare, o meglio ad ammorbidire, il tessuto sulle gambe ma, paragonati a quelli di cotone che ero solito indossare nella comunità, i jeans erano davvero fastidiosi.

«Te l'avevo detto che la tua vita sarebbe cambiata, non ricordi?» Fece un'altra risatina prima di aggiungere: «E direi che lo hanno fatto anche le tue misure.»

Alzai gli occhi al cielo. «Dio, dammi la pazienza!»

«Andiamo, Noah. Cosa ti ho detto prima? Non devi chiamarmi Dio. Vostra Maestà, il grande Teddy, va benissimo.»

Le sue parole gli fecero guadagnare una cuscinata in testa ed ero già pronto per il bis, quando alzò le mani in segno di resa. «Va bene, va bene, stavo scherzando,» sorrise in parte offeso e in parte divertito mentre si passava veloce la mano sui boccoli che, ne ero sicuro, aveva impiegato ore a pettinare.

Finalmente riuscii a chiudere il bottone così, senza perdere tempo, indossai la cintura e la polo nera. Mi guardai nel lungo specchio appoggiato in un angolo della mia stanza. Eh sì, ormai la signora Gartenrei, la proprietaria del Bed & Breakfast *Die Goldenen Ochsen,* aveva accettato di affittarmi una delle sue camere con un contratto a tempo indeterminato. Durante il fine settimana alloggiavo spesso da lei in modo da poter stare più vicino alla mia ragazza.

La mia Lilie…

Soltanto pensarla mi faceva provare una sensazione così ammaliante da non trovare le parole adatte per descriverla.

Privilegio, devozione. Forse è amore? Non lo sapevo e, almeno per il momento, non avevo intenzione di dare un nome a ciò che mi riempiva il petto al punto tale da farmi mancare l'aria quando pensavo a lei. Il testimone di quello che provavo nel profondo era proprio lo specchio davanti a me. Era come se tutto ciò che mi illuminava dentro, si irradiasse attraverso la mia espressione: la luce nei miei occhi, che credevo fosse morta, si era solo affievolita in attesa di incontrarla per poi ritornare a splendere più forte di prima. Mi sentivo davvero bene, ero… felice.

Per me, quella parola aveva diversi significati: la famiglia, l'amico seduto accanto a me, il lavoro nella comunità, la musica e lei… soprattutto lei.

Certo, non tutti i giorni erano facili. C'erano ancora alcuni momenti difficili, quando mi sentivo sopraffatto e cominciavo a desiderare la solitudine depressiva che avevo sperimentato per buona parte dell'anno precedente. Tuttavia, succedeva sempre più di rado, perché sapevo cosa avrei voluto nella vita, volevo la felicità, la speranza… volevo sentirmi vivo. Mi consideravo davvero fortunato per essere riuscito a risalire da quel pozzo. Non era stato semplice ed ero consapevole che non tutti erano in grado di farcela, alcuni sceglievano di restare nel buio, in perenne attesa, altri lo abbandonavano in cerca della morte, io invece ero riuscito a tornare alla luce. Gran parte del mio recupero lo dovevo all'incredibile orso buono che, pian piano, si era intrufolato nella mia vita, ma anche ad altri che, con metodi più o meno invadenti, si erano fatti strada nel mio cuore e mi avevano aiutato a uscire dall'oscurità.

Ero davvero contento di trovarmi lì quella sera, poiché, per una decina di giorni, avevo lavorato con il pastore e gli altri uomini in una fattoria della regione. Tanti, troppi giorni senza vedere il mio piccolo fuoco d'artificio, senza la sua vicinanza, il suo fascino, la sua anima pura che si diffondeva in me, mi fece sentire come se una parte del mio cuore si fosse appassito. Mi domandavo spesso come avessi fatto a sopravvivere per tutti quegli anni senza la mia Lilie May.

Non era solo il mio corpo a non poterne fare a meno. Mi mancava ogni parte di lei, in egual misura: la sua risata, i suoi baci, così come i silenzi che riempivano certe parole che non volevamo mai dire ad alta voce. Amavo vedere le mie emozioni riflesse nelle sue iridi verde bosco ogni volta che mi guardava. Non poteva nasconderlo, e scorgere quelle sensazioni nel suo sguardo era inebriante.

Pensai a tutto ciò che avevamo affrontato per poter stare insieme. Ero con lei quando aveva parlato a Christof, avevo stretto la sua mano con tutta la gratitudine di cui ero capace perché era stato lui a salvarla quell'orribile sera ed ero rimasto sorpreso quando, salutandomi, mi aveva confessato di essere felice per noi.

«Lilie non mi ha mai guardato come fa con te. Prenditi cura di lei, Noah Engel, è una ragazza meravigliosa...»

Durante quell'incontro mi ero anche assicurato che parlasse con sua nonna, spiegandole la situazione. La signora Semmelli non si era ammorbidita nei miei confronti, ma non era importante, mi bastava che tenesse per sé le sue remore nei confronti di Lilie.

Mentre mi sistemavo i capelli, ripensai a quanto fosse stato difficile parlare con il pastore Hartstein per chiedergli il permesso di corteggiarla. Era curioso e, anche se per tutto il tempo aveva avuto un sorriso affabile, quel piccolo uomo era riuscito comunque a mettermi in soggezione. Ma non era forse in quel modo che agivano tutti i padri?

«Sa qual è il segreto per rendere felice una donna, Herr Engel?»

«No, signore.» Scossi la testa mentre abbassavo lo sguardo in segno di rispetto per le sue parole, per lui.

«È piuttosto semplice. Basta apprezzarla, rispettarla e amarla per quello che lei è. Ricordi che le cose più care della nostra vita, come l'amore ad esempio, sono sempre a portata di mano. Ed è proprio per questo che dobbiamo imparare ad apprezzare le tempeste perché ci fanno ricordare che, prima o poi, il sole tornerà a risplendere. E con esso la pace e l'amore...»

Ripensai alla meravigliosa ragazza che mi stava aspettando, a quanto desiderassi renderla felice. E quando non sarei riuscito a trovare le parole per dirle che il mondo era meno luminoso se lei non mi era vicina, la musica lo avrebbe fatto al mio posto.

«Ehi, Noah... cosa sono questi...»

La voce di Vincent mi riportò al presente e, dallo specchio, lo vidi chinarsi e raccogliere alcuni fogli che spuntavano da sotto il letto. Strinse gli occhi provando a decifrare le strofe che a malapena ricordavo di aver appuntato nei miei momenti di ispirazione. «Li hai scritti tutti tu?»

Il suo sguardo un po' sbalordito vagò per la stanza, dall'antica scrivania di legno, al comodino accanto al letto, dove erano disseminati altri piccoli appunti.

«Devo dire che trovo questa tua abitudine un po' inquietante.» La sua voce aveva una finta serietà e un sorriso gli si dipinse sulle labbra, mentre mollava i fogli per sollevare un tovagliolo e metterlo contro la luce proveniente dalla finestra in modo da leggere le strofe che avevo scarabocchiato. Speravo solo che non gli venisse in mente di aprire il cassetto sotto la scrivania, dove avrebbe trovato un altro centinaio di annotazioni tra scontrini, fazzoletti e pezzi di carta, tutti testimoni della mia guarigione.

«Wow, questa roba è bella...» i suoi occhi si spostarono fino a raggiungermi. «Non ricordo di aver visto queste note l'ultima volta che sono venuto a trovarti. Quanto tempo hai impiegato per scriverle? Una settimana? Un mese?»

Mi grattai la nuca un po' impacciato per il suo complimento, ma restando comunque sul vago. «Qualcosa del genere.»

Spostai con cura la custodia della chitarra verso di lui e mi sedetti sul bordo per mettermi le scarpe. Dovevo affrettarmi, perché quella sera avevo un appuntamento davvero importante. Era qualcosa che mi ero prefissato di fare in quella data, in quel giorno così speciale.

«Hai già avvertito le ragazze che andremo a prenderle noi, giusto?» Gli chiesi mentre legavo l'ultimo laccio, poi mi fermai all'improvviso con i fili ancora a mezz'aria e lo fissai. «Aiden? Gli hai parlato di oggi? Sai che voglio parlargli riguardo a Lilie.»

Volevo rendere la mia relazione ufficiale e, anche se avevo chiesto il permesso al pastore Hartstein, mi sembrava corretto farlo anche con mio fratello.

Da brava diva qual era, ruotò gli occhi prima di rispondere e alzarsi per posare i fogli in modo ordinato sulla scrivania. «Capisco che tu sia nervoso, Noah, ma è la terza volta che ti rispondo di sì. A entrambe le domande. Ehi...» si avvicinò stringendomi la spalla. «Rilassati, amico mio. Sono sicuro che Aiden approverà il vostro legame e poi, tornare a suonare davanti a un pubblico penso che sia, più o meno, come andare in bicicletta, non si dimentica mai.»

Sorrisi ricordando la prima volta in cui riuscii a suonare a memoria una canzone per intero. Erano stati i minuti migliori della mia misera vita da bambino, la prima delle tante volte in cui cantare mi aveva trasportato in un posto migliore. In quei momenti riuscivo a dimenticare dove mi trovassi, persino chi fossi, esistevo solo nella musica.

Mi bastò quel pensiero per sentire tutto il corpo rilassarsi. Mi voltai verso il grande orso. «Vin…»

«Sì?» Alzò gli occhi dal polsino che stava chiudendo.

«So di avertelo già detto un migliaio di volte ma… grazie.»

Dopo uno dei suoi soliti sbuffi teatrali, prima di rendermi conto di cosa stava per fare, venni trascinato in un abbraccio da vero orso che restituii con affetto. Fu in quel momento che mi accorsi che aveva addirittura indossato una camicia per l'occasione, perciò non potevo perdere l'opportunità di prenderlo in giro.

Mentre mi allontanavo, feci un fischio basso. «Non dirmi che questa camicia immacolata l'hai messa apposta per me!» Aggiunsi un'alzatina di sopracciglia, per sfotterlo.

Mi guadagnai un ceffone scherzoso sulla testa mentre borbottava un "ti piacerebbe" e poi aggiungeva qualcosa su Rose, il suo amore. Stavo per proseguire la mia presa in giro quando, tenendo gli occhi fissi sul suo orologio, mi ricordò che non avevo tempo da perdere. «Adesso dobbiamo andare, Casanova. Muoviamoci o faremo tardi. Dobbiamo ancora andare a prendere le ragazze all'emporio.»

Senza perdere altro altri minuti preziosi, mi voltai per afferrare la custodia della chitarra e lo seguii. Ci attendeva una serata davvero speciale.

Il pub che si trovava nel centro di Unterkirnach era molto più piccolo di quanto mi aspettassi, il che lo rendeva perfetto. Avevamo già lasciato le ragazze all'entrata principale e, quando il manager aprì la porta sul retro e gli fui presentato, il mio cuore, già agitato, iniziò a sbattere contro il petto come un forsennato. Sentivo gli organi così attorcigliati che temetti avrei potuto dar di stomaco da un momento all'altro.

«Vin…» iniziai mentre lo seguivo per il corridoio angusto verso il dietro le quinte del palco.

«Sì?» Non si voltò nemmeno.

«Non credo di farcela…» sussurrai a bassa voce in modo che il manager, a pochi passi davanti a lui, non mi sentisse. Avrei voluto aggiungere che quella era stata una pessima idea, ma non potevo farlo perché sapevo che lui e Lilie ce l'avevano messa tutta per organizzare l'evento. Si fermò all'improvviso e andai quasi a sbattere contro la sua schiena. Si voltò posando entrambe le mani sulle mie spalle, gli occhi fissi nei miei.

«Noah...» fece una pausa per avere la mia completa attenzione, il suo sguardo amichevole si posò su di me, «se c'è qualcuno che può farcela, sei tu. Fidati.»

C'era così tanta convinzione nella sua voce che mi ritrovai ad annuire.

Mi diede una piccola scossa e sorrise. «Bravo, è questo lo spirito giusto.»

Prima che potessi aggiungere qualcosa, si voltò e riprese a camminare.

Afferrai con maggiore forza la custodia e lo seguii, sapevo che aveva ragione, come sempre. Cominciai a fare alcuni respiri più profondi che speravo mi evitassero di andare in iperventilazione. Dovevo farlo, perché tutto quel trambusto, le emozioni che percepivo così vivide nel petto, erano fondamentali per la mia guarigione. Quella sera stavo per chiudere un capitolo davvero buio della mia vita che mi aveva accompagnato per un anno intero. Ma, come in ogni storia che si rispetti, quello stesso capitolo corrispondeva anche all'inizio di un libro completamente nuovo in cui, forse, i miracoli non erano poi così improbabili.

Davanti a Vin, il manager si voltò per chiederci di attendere, poco prima di sparire dietro una porta che, dal trambusto, scommettevo portasse in cucina. Appena fui sicuro che non potesse più sentirmi, mi avvicinai in fretta al grande orso che aveva tranquillamente appoggiato la schiena al muro e stava infilando una mano in tasca, quasi di certo per prendere il telefonino.

«Vin... So che ho ancora molto lavoro da fare per poter suonare come facevo prima, ma credo che stasera andrà tutto bene. Ho scelto alcune canzoni poco impegnative e... e...» stavo blaterando come un bambino. Per fortuna, il mio amico mi venne incontro posando ancora una volta la mano sulla mia spalla e vidi la sicurezza nei suoi occhi, la stessa con cui mi stava parlando.

«Sono più che certo che andrà tutto bene, Noah. Hai notato la reazione del manager quando ti ha visto? La gente vuole solo che tu torni. Per non parlare della tua famiglia. Non intendo il tuo ritorno alla musica, intendo proprio tornare da loro. Vogliono solo che tu stia bene» mi fissò con occhi seri. «Dovresti chiamarli più spesso, andare a casa loro una domenica. Gli Engel sentono la tua mancanza.»

«Lo farò.» Annuii perché aveva ragione, ma poi ricordai un pensiero che mi stava rendendo molto nervoso. «Sono un po' preoccupato per la reazione dei ragazzi della band o dei fan, sai per tutto quello che avevano detto di me.» Per un istante, abbassai la testa e guardai le mie sneakers ricordando i momenti con Max e Nils all'ospedale, i post e i commenti sui social, la cattiveria delle persone. «E se la performance di questa sera dovesse finire online?»

Le sopracciglia gli scattarono in alto e la sua bocca si aprì leggermente tradendo un istante di sorpresa. «Noah, andiamo. Credimi quando ti dico che non sarai mai felice se continuerai a vivere la tua vita basandoti sulle opinioni altrui. Chiunque ti conosca e ti veda davvero, sa che queste voci non possono essere vere. E comunque, per ogni commento negativo nei tuoi confronti, ce ne sono migliaia positivi che desiderano solo la tua ripresa. Fidati di me. Forse dovresti leggerli, piuttosto che restare a fare supposizioni.»

Il suo sorriso mi tranquillizzò. «Grazie, *bro*» mi pulii le mani sudate sui jeans, «credo che quando sarò sul palco mi sentirò di nuovo a mio agio.»

«Visto che siamo in argomento, hai già parlato con Max e Nils a proposito della proposta che ti hanno fatto? Sai, per il ritorno dei *Bad News*.»

Le sue parole mi ricordarono l'incontro che avevo avuto con i ragazzi. Loro volevano riprendere a suonare, a esibirsi nei concerti e quant'altro, ma la mia vita, in quell'ultimo anno era cambiata così tanto che non mi vedevo più in quel mondo, nel *loro* mondo.

«L'ultima notizia che ho avuto è che hanno trovato un altro chitarrista e che stavano facendo le audizioni per un nuovo cantante.»

«Noah…»

Alzai lo sguardo, i nostri occhi si incontrarono. I suoi sorridevano.

«Matthieu sarebbe orgoglioso di te.»

«Dai, Vin…» la mia voce si affievolì mentre mi si chiudeva la gola. Tutto il viso del mio amico si illuminò quando annuì. Sì, aveva ragione. Matt sarebbe stato entusiasta di sapere che fossi sopravvissuto a quell'anno, al tormento, ai sussurri e al dolore, anche se spesso era stato autoinflitto. Sarebbe stato felice del fatto che stavo andando avanti con la mia vita, che avevo un futuro meraviglioso che mi attendeva, con una donna straordinaria accanto a me e, anche se desideravo con ogni cellula del mio corpo che lui fosse sopravvissuto, ero comunque orgoglioso. Di averlo conosciuto, di averlo amato e di sapere che il sentimento fosse reciproco. Ero sicuro che entrambi saremmo stati felici di avere avuto quel tipo di amicizia, un legame che solo pochi riuscivano a sperimentare fino in fondo. Avrei tenuto Matthieu Le Blanc nel mio cuore... per sempre.

Il manager tornò e riprendemmo a camminare, mentre un sorriso che partiva dal cuore si insinuava sulle mie labbra e lasciavo che la mia stessa accettazione mi invadesse. Che cosa mi aveva detto una volta il dottor Fustermann?

«Non riuscirai mai ad accettare il perdono degli altri fino a quando non sarai disposto a perdonare te stesso, Noah.»

Sentii il sorriso aumentare mentre mi lasciavo crogiolare da quella bellissima sensazione: il perdono.

Udii qualcuno bussare alla porta e poi una voce familiare parlare: «Noah… tocca a te.»

Vincent, alzando e abbassando le sopracciglia, si sollevò dal piccolo sgabello nell'istante in cui il viso di Connor, il proprietario del bar di Stein am Rhein, apparve al di là dell'uscio ormai aperto.

«Mi hanno detto che questa sera si esibirà un giovane talento e non potevo perdere l'opportunità di incontrarlo.» Il suo sorriso era immenso mentre lo guardavo a bocca aperta avvicinarsi. Prima che potessi dire qualcosa, mi ritrovai stretto in un abbraccio che restituii con enorme affetto, provando a contenere l'emozione. «Che bello rivederti, figliolo.»

Accanto a me, Vincent non riusciva a nascondere la propria allegria, stava quasi saltellando sul posto. «Ti avevo detto che avevamo preparato alcune sorprese per te.»

«No che non me l'avevi detto.» Lo guardai stupefatto, mentre Connor si allontanava.

«Ah, no? Peccato. Forse, me ne sono dimenticato.» Finì la frase con un sorriso sghembo e un occhiolino.

Gli avrei tirato uno scappellotto degno di quel nome se non fossi stato così frastornato. Dopo aver chiacchierato per alcuni minuti, il manager del pub venne a chiamarmi. Salutai Vincent che sarebbe tornato dalle ragazze e, prima di uscire insieme a Connor, mi accovacciai e aprii la custodia della chitarra. La superficie perlata del battipenna, accanto ai potenziometri, brillò sotto la luce come piccole stelle.

Trassi un profondo respiro. «Ce la puoi fare, Noah» sussurrai a me stesso, lasciando che quella meravigliosa sensazione colma di nostalgia mi invadesse, mentre la prendevo tra le mani. Una volta dritto, mi voltai verso l'uomo e annuii convinto. Ero pronto per iniziare la serata.

Mentre seguivo il manager attraverso il corridoio angusto che portava al palco, i secondi sembrarono volare e provai a non dare peso alla malinconia che si abbatté su di me quando realizzai che non avrei trovato nessuno della mia famiglia ad aspettarmi nel backstage per regalarmi, come loro solito, un abbraccio pieno di energia.

Non fa niente… in verità questa serata non riguarda me. Sono soltanto il portavoce del suo tributo.

Il manager mi chiese di aspettare un attimo prima di varcare la spessa tenda di velluto rosso scuro che delimitava il palco. Pochi istanti dopo udii la sua voce salutare il pubblico e poi ringraziarlo.

Chiusi gli occhi, provando a non lasciarmi sopraffare dal nervosismo.

Ce la puoi fare, Noah… ce la puoi fa-

«… Noah Engel.»

Appena pronunciò il mio nome si elevò un coro di applausi e fischi. Dovevo spostare la tenda ed entrare, come mi aveva istruito il manager, ma i miei piedi sembravano ancorati al pavimento.

Vai, Noah… ce la puoi fare.

Sollevai una mano fino al petto, appoggiandola sul cuore. Con un respiro profondo, mi immersi in quella nuova realtà, assaporando l'energia attorno a me, permettendomi di sciogliere le catene dalle caviglie. Chiusi gli occhi e immaginai che i ragazzi stessero suonando l'intro della prima canzone mentre mi aspettavano dall'altro lato del sipario, come facevamo sempre. Mossi il primo passo, Max avrebbe mantenuto il ritmo con il suo basso usandolo come sottofondo insieme alla batteria di Nils…

Il secondo passo fu più leggero immaginando il sorriso che Matt avrebbe avuto mentre intonava qualche nota o magari si esibiva in uno dei suoi falsetti. I passi successivi li feci senza nemmeno percepire l'ambiente intorno a me e, quando spostai la tenda, udii il silenzio scendere nella stanza.

Potevo sentire la potenza di tutti gli occhi puntati su di me e alzai il mento, deciso a farcela. L'applauso iniziò leggero, o forse era solo sovrastato dal rimbombo del mio cuore, ma quando arrivai al centro del palco lo sentii, forte e chiaro. Un sorriso si insinuò all'angolo del labbro mentre mi avvicinavo allo sgabello lasciando che anche la mia stessa accettazione mi avvolgesse. Sentii l'odore caratteristico di quel luogo, era molto diverso dai bar che avevo frequentato nei miei momenti peggiori. Lì si respirava l'aria dell'allegria, del cameratismo, delle serate passate insieme agli amici, dei brindisi alla vita. Se la gioia avesse potuto aver un sentore, sarebbe stato quello di un Pub, anzi, di quel Pub. Il mio sorriso si allargò mentre mi lasciavo crogiolare da quel profumo unico.

Afferrai con decisione la tracolla della chitarra e la aggiustai sulla spalla, poi mi sedetti. Non riuscivo a vedere il pubblico perché le luci erano troppo forti, ma potevo sentire la loro vibrazione, percepire l'attesa. Per un istante pensai di chiedere di abbassarle, ma subito lasciai perdere, in fin dei conti quella serata non era per me.

Combattendo un improvviso nodo allo stomaco, misi alla mia altezza l'asta del microfono. Il leggero brusio lasciò posto al silenzio. Mi schiarii la gola e iniziai il discorso che avevo pensato in occasione di quella serata.

«Buonasera a tutti. Il mio nome è Noah Engel» feci una pausa e le mie guance divennero un po' rosse quando mi resi conto che il manager mi aveva presentato prima. «So che siete venuti per divertirvi e vi ringrazio di cuore... ma non posso iniziare la nostra serata prima di ricordare... le tre persone che avrebbero dovuto essere qui con me questa sera.»

Da qualche parte nella stanza silenziosa, pensai di aver udito Vincent sospirare. Accanto a lui, immaginai Rose e Lilie, con un meraviglioso sorriso, in febbricitante attesa.

Il mio piccolo fuoco d'artificio…

Mi bastò l'immagine dei suoi capelli chiari, che le scendevano come una cascata d'oro sulla schiena, e il suo sguardo amorevole a darmi il coraggio che mi serviva per proseguire.

«Nils Schär, Maximilian Le Blanc e suo fratello gemello Matthieu.» La mia voce si incrinò al pronunciare il nome di Matt.

Tieni duro, Noah…

Abbassai lo sguardo. «La nostra band si chiamava *Bad News*, ma forse questo lo sapete già. Matthieu è morto un anno fa e desidero fare un tributo alla sua memoria. Chiedo a tutti di fare un momento di silenzio per una vita che è andata perduta. Lui non è più tra noi…» i miei occhi si spostarono sulle persone, anche se non riuscivo a vederle, «ma non verrà mai dimenticato.»

Abbassai la testa e sentii il fruscio di diversi corpi che facevano lo stesso. Una quiete densa permeò la stanza e tutto ciò a cui riuscii a pensare fu a quel fatidico giorno e poi a quando lo vidi per l'ultima volta in quel letto d'ospedale. Cercai di concentrarmi sui momenti belli che avevamo trascorso: le nostre avventure, le risate, le prove prima degli spettacoli. Avevamo vissuto una vita fantastica, fino alla fine, tutti e quattro e quella consapevolezza mi portò almeno una sensazione di pace.

Quando i miei ricordi lasciarono spazio alla realtà, sollevai la testa. «So che sono state fatte molte illazioni su di me, e su ciò che accadde quella mattina negli Stati Uniti, e so di non aver fatto molto per smentire queste dicerie…» abbassai gli occhi, mentre attraverso il microfono la mia voce si spegneva e nella stanza calava di nuovo il silenzio più totale.

Dopo un profondo respiro, ripresi a parlare. «Forse, fu proprio un silenzio come questo a contribuire a far sembrare vere le voci» guardai di nuovo davanti a me. «Spero che tutti voi possiate capire che... che ho attraversato un brutto periodo.»

Immaginai Lilie rivolgermi un altro caloroso sorriso e così iniziai a parlare come quando ero da solo con lei, senza più preoccuparmi di chi mi stesse guardando, sentendo solo il bisogno di liberare quel peso dalle spalle.

«Ricordo tutto dell'incidente.» Scossi mestamente la testa, mentre pensavo allo sguardo amorevole della mia ragazza, insieme a quello di mia madre, della signora Garcia e di mio padre. La voce sembrò raschiarmi la gola. «Ho sempre ricordato tutto.» Sentii un strano ronzio nell'aria, come se le persone stessero assorbendo le mie parole. Chiusi gli occhi e sospirai, desiderando che i miei amici fossero lì accanto a me, che tutti coloro che amavo fossero su quel palco, pronti a godere di una splendida serata. Purtroppo, il mio desiderio non poteva cambiare le cose e quella era la mia triste realtà, qualcosa che volevo condividere quella sera. «Matt aveva bevuto parecchio, ma ho deciso lo stesso di prendere la macchina perché gli avevo promesso che avremmo fatto un giro aspettando l'alba.» Alzai lo sguardo verso il mio pubblico.

«L'incidente non è stato causato dal fatto che fossi... ubriaco o drogato» chiusi gli occhi. «A un certo punto del viaggio, mentre stavamo tornando al nostro hotel, Matt si è tolto la cintura e si è alzato sul sedile…» Feci una pausa, sentendo fino in fondo la fitta di dolore che mi colpiva ogni volta in cui rivivevo quei momenti. Riaprii gli occhi e immaginai Andrew, mio padre, tra il pubblico. Mi concentrai sull'amore che sentivo provenire da lui e, con voce molto più pacata, proseguii. «Ho commesso un errore. Stavo guidando troppo veloce e tutto ciò che volevo era che si rimettesse seduto… così mi sono aggrappato a lui e la mano con cui stringevo il volante non fu sufficiente a tenerci sulla carreggiata, e senza volerlo ho sterzato. Ho perso il controllo dell'auto proprio mentre eravamo in una curva. Non ho potuto fare niente per rallentare e abbiamo urtato il muretto di protezione... l'auto si è capovolta e siamo finiti fuori strada in un fossato.» Tenevo gli occhi fissi in avanti, sul posto dove immaginavo che sarebbero stati i miei genitori, Lilie e tutte le persone che mi amavano mentre le prime lacrime scendevano sulle guance. La mia voce si incrinò quando ripresi. «Ho commesso un errore... e lui è morto per questo motivo.»

Trassi un profondo respiro. «La nostra band, i *Bad News*, era composta dai miei migliori amici e loro mi mancano ogni giorno. Matt avrebbe dovuto essere qui, insieme agli altri, a suonare con me.»

Sentii il mio cuore stringersi mentre deglutivo. «Darei qualsiasi cosa per poter tornare a quella mattina di un anno fa e cambiare tutto quello che è accaduto. Sarei partito prima, avrei guidato con più attenzione, o non sarei affatto andato» sospirai, sapendo che, ancora una volta, i miei desideri non si sarebbero mai avverati. «So che non posso tornare indietro nel tempo e cambiare gli eventi, ma darei qualsiasi cosa, la mia vita stessa, per riavere i miei amici... i nostri amici.»

Feci una pausa riflettendo sulle parole successive, ma erano inevitabili, così come ciò che era capitato.

«Ho pensato parecchie volte di unirmi a lui. Credevo che la vita di tutti sarebbe stata migliore se fossi morto anch'io. E volevo morire. Ho cercato di farlo, di… raggiungerlo.»

La mia voce si spense sulle ultime parole. Cercai il coraggio dentro di me e continuai. «Volevo soltanto rendere la vita di tutti più facile. Volevo che la mia tortura avesse una fine.» Scossi la testa mentre udii qualcuno nel pubblico iniziare a singhiozzare sommessamente. Con un filo di voce aggiunsi: «Ma non posso cambiare il passato e dovrò convivere con quello che ho fatto fino al mio ultimo respiro.» Alzai il mento. «E lo farò.»

Asciugai una lacrima che mi era sfuggita e tornai a perlustrare la stanza. «Se qualcuno decidesse di credere ancora alle bugie o di odiarmi, non vi biasimerei.» Mi raddrizzai sullo sgabello. «Ma non mi unirò più a chi è deciso a odiarmi. Ho commesso un errore, un dannato errore che sarebbe potuto capitare a chiunque.»

Abbassai lo sguardo e scossi leggermente la testa. «Ho pagato la mia penitenza, e ora… ho deciso che andrò avanti con la mia vita. Ora farò ciò che Matthieu avrebbe desiderato che facessi.» Alzai di nuovo lo sguardo e immaginai il viso raggiante del mio amico che mi guardava ovunque fosse. «Ora vivrò.»

Impugnai la chitarra e suonai i primi accordi mentre spostavo la mia attenzione verso il tetto della stanza.

«Questa canzone è dedicata a te, Matt, mio fratello d'anima.»

In quell'istante le luci che fino a poco prima mi avevano offuscato la vista, iniziarono ad abbassarsi e quando intonai la prima strofa e rivolsi gli occhi al pubblico, pensavo che mi sarei soffermato sulle persone che conoscevo, magari con un sorriso triste di benvenuto, e poi su quelle che non conoscevo.

E fu allora che li vidi, tutti quanti: mio padre che metteva una mano di conforto sulle spalle di mia madre e la tirava a sé baciandole i capelli. I miei fratelli, alcuni con il viso bagnato e sconvolto come quello mamma M., altri che annuivano in segno di orgoglio e solidarietà.

Il mio sguardo si spostò da loro e continuò a vagare fino a fermarsi in quello di Nils e in seguito in quello di Max. Mi stavano fissando con gli occhi spalancati e le bocche aperte. Ignorai la fitta di emozione che mi trafisse il cuore, distolsi lo sguardo dal volto sconvolto dei ragazzi e dal dolore di mia madre, inspirai a fondo mentre creavo un ritornello in modo da continuare a suonare i primi accordi e tornai a osservare la stanza fino a fermarmi su Vincent, l'artefice di quella bellissima sorpresa che, insieme a Rose, mi osservavano pieni di orgoglio. A loro dedicai un sorriso tremulo, ma vittorioso, prima di spostarmi, cercandola. Quando incontrai Lilie, i suoi occhi erano umidi come i miei, mentre con le mani appoggiate all'altezza del cuore annuiva, incoraggiandomi e amandomi come solo lei sapeva fare.

Con un filo di voce iniziai a cantare.

Ultima alba insieme è l'ultimo ricordo
Ma ogni alba mi ricorderà la tua risata
Per un breve momento
Mi lascio inebriare dall'odore dell'oceano
Quando siamo sul palco
La musica è diversa senza te
La musica sei tu
Dai, resisti,
Fratello d'anima
Vivi nella nostra musica
Dai, resisti, fratello d'anima
Vivi nella stessa storia
La tua anima colorata
È volata via
E con la tua ho perso anche la mia
La tua scintilla si è spenta
Ma quella stella, ora
Brillerà per sempre
Oh, oh, na, na, na, na

Caro lettore, cara lettrice, un'altra storia della famiglia Engel è ormai finita e, come sempre, un pezzetto del mio cuore è rimasto tra queste pagine. Non potevo, comunque sia, salutarti prima di lasciarti con l'acquolina in bocca per il prossimo libro della serie Swiss Angels, "Amore, un gioco pericoloso" (titolo provvisorio) che uscirà nell'inverno del 2024.
Tuttavia, mentre stavo scrivendo i primi paragrafi di questo nuovo libro era come se Noah e Lilie fossero ancora seduti accanto a me, sussurrandomi di aver lasciato la loro storia incompleta, dicendomi che non avrei potuto scrivere un intero libro dedicato a Yke Engel, senza aver creato almeno una scena che fosse soltanto per loro due, per consacrare uno dei sentimenti più belli che guida le nostre vite: l'amore.
Quindi, ecco a te, mio caro lettore, mia cara lettrice, un ultimo capitolo per salutare questa meravigliosa e travagliata coppia.
Ti auguro una bella lettura e spero che questo libro ti abbia procurato le stesse emozioni che ha donato a me.
Dopo questo ultimo capitolo troverai i miei ringraziamenti e, in seguito, come promesso, il primo capitolo di "Amore, un gioco pericoloso".

Un affettuoso saluto.

Io, te e l'amore

Il camino della piccola baita ardeva dando vita a un caldo bagliore che si propagava nell'aria con la stessa magia della mattina di Natale. Il fuoco crepitava allegramente in mezzo ai tronchi, il suo dolce scoppiettio era come una melodia che cullava i nostri cuori, insieme alle fiamme che danzavano in un'armonia di colori caldi. Appena fuori dalla finestra, piccoli fiocchi di neve cadevano leggeri rendendo l'atmosfera ancora più magica e romantica, regalando una spettacolare scenografia che sembrava uscita da un sogno idilliaco.

Mi congratulai con me stesso per l'idea di quella vacanza di Capodanno, poiché il nostro piccolo angolo di paradiso, incastonato tra maestose montagne e alberi secolari della Foresta Nera, sembrava essere uscito da una fiaba.

Il suo fascino si manifestava in ogni dettaglio: dai tronchi scuri e robusti che componevano le pareti, ai piccoli fiori invernali che si intrecciavano sulla balconata creando una sensazione di connessione con la natura circostante. Avevo percepito quell'incantevole intimità già da quando eravamo arrivati in mattinata. Ad attenderci sotto una tettoia di rampicanti nascosti in parte dalla neve, c'erano un piccolo tavolo e due sedie di legno ricoperte da plaid morbidissimi che invitavano gli ospiti a sedersi e a godere della maestosità della natura con una sensazione di calore e accoglienza che accarezzava l'anima.

Le sorprese ci avevano stupito anche all'interno, poiché la baita era arredata non soltanto con cura, ma soprattutto per immortalare l'amore. Mobili di legno massiccio si fondevano armoniosamente a cuscini colorati, creando un'area semplice, ma allo stesso tempo confortevole. Una piccola tavola per due era posta strategicamente vicino alla finestra, offrendo una vista mozzafiato che mi fece immaginare le cene romantiche a lume di candela che avremmo fatto in quelle vacanze.

Per alcuni minuti lasciai che lo sguardo si perdesse in ogni dettaglio di quel posto meraviglioso per poi spostarsi all'esterno dove, attraverso la finestra, vedevo la bellezza senza tempo della foresta circostante. Lasciai vagare lo sguardo tra gli alberi in parte ricoperti dalla neve, ma poi, come se venissi attratto da una forza maggiore, il mio sguardo si spostò su di lei.

Lilie era rilassata sul divano, avvolta in una coperta, mentre leggeva uno dei suoi romanzi. Per parecchi istanti restai soltanto a guardarla e a ringraziare Dio che avesse messo quella stupefacente creatura nella mia vita. La verità era che Lilie May era la mia pace. Fin dal primo giorno, quando stavo ancora combattendo la più brutta delle guerre, era sempre stata la mia quiete. Ero l'uragano e lei, in qualche modo, l'occhio del ciclone e con quel piccolo angelo avevo imparato che, in amore, non si trattava di riparare i cuori spezzati, bensì di amare i pezzi rotti così com'erano.

Ogni tanto la vedevo mormorare alcune parole che si confondevano con la musica di sottofondo che riempiva la stanza di una dolce melodia.

Finii di sistemare i tronchi che ci sarebbero serviti per scaldare la baita alla sera e, consapevole dei suoi occhi che ogni tanto mi seguivano da sopra le pagine, passando sopra un soffice tappeto morbido che mi solleticava la pelle e rendeva ogni passo un abbraccio caldo e piacevole, mi sedetti alla fine del divano portando i suoi piedi sul mio grembo.

«Cosa stai leggendo?» Iniziai ad accarezzare le sue dita delicate.

Mi regalò uno dei suoi sospiri emozionati che mi fecero sorridere.

«Ho trovato nella biblioteca comunale questo piccolo tesoro,» lo chiuse facendomi vedere la copertina, dove era immortalato un arbusto con fiori gialli talmente belli che sembravano di seta. Un orletto rosso rubino decorava il centro di ogni fiore, come se la mano di Dio stesso l'avesse dipinto.

«Il libro racconta la storia della leggenda dei fiori del calicanto. È il mio fiore preferito.»

«Tu sei, invece, la mia ragazza preferita» risposi, facendola sorridere. Chiusi gli occhi scivolando sul divano quando iniziò a leggere.

«Molto tempo fa, in un gelido e nevoso inverno, un pettirosso trovò riparo tra i rami del calicanto. Il cielo si commosse e per ringraziarlo fece cadere sull'arbusto una pioggia di stelle profumate…»

Come sempre la sua voce mi arrivò dritta al cuore e mi ritrovai a chiederle: «Canta per me, Lilie May…»

Ancora con gli occhi chiusi, perso in quel piccolo momento perfetto, udii la sua voce intonare con un'armonia perfetta le prime note.

On a rainy night, out of the blue, you appeared and my world felt new
Reviving me, bringing back to life
In this moment, let's banish strife
Living in the now, forever together
Fear fades away, it couldn't be better
Once gave up on forever, it's true, but now I'd give up heaven for you
Angel, oh angel, you're my bliss
In your arms, I find eternal bliss
My angel babe, forever true
With every beat, my heart calls for you
Enamoured by the little things we share, counting your freckles, each one so rare
Share a secret, a bond we keep, in this moment, let's dive in deep
Living this perfect moment, just us two, you and I, our love forever true

Quando le avevo chiesto di cantare per me, non avrei mai immaginato che avrebbe scelto la mia canzone. L'avevo scritta ancora prima di conoscerla, ma era come se ogni nota, ogni verso fosse predestinato a lei. Eppure, eccola lì, concentrata sulla triste e solenne melodia, donando a ogni parola una nuova anima e significato, come se i miei versi avessero trovato una dimora speciale nella sua voce. Ogni volta che cantava, non riuscivo a trattenere l'emozione che sentivo, era come se si stesse aprendo a me in un modo completamente nuovo e intimo, una connessione che sembrava crescere di intensità ogni secondo.

Aprii gli occhi per ritrovare il suo sguardo travolgente che mi catturò come se la mia anima fosse in balìa delle sue emozioni. Le note si susseguirono con grazia, mi persi nel loro flusso, lasciando che la musica ci avvolgesse in una danza magica e profonda, una forma di comunicazione che trascendeva le parole.

Posando con delicatezza i suoi piedi per terra, mi avvicinai piano a lei, desideroso di condividere quel momento così speciale. Mi lasciai inebriare dalla sua voce, una dolce carezza che riempì il mio cuore, e mi sentii come se stessimo ballando in armonia con l'universo. Seguii la sua voce nel ritornello, i nostri sguardi che si intrecciavano, e sentii un legame forte che ci univa, come se fosse destinato da sempre a essere in quel modo.

Eravamo destinati a stare insieme.

Oh, you're my angel, babe, my guiding light, my saving grace,
Angel, oh angel, you're my delight,
In your embrace, eternal stars ignite.
My angel babe, forever true,
With every beat, my heart calls for you...

Quando terminammo la canzone, un silenzio carico di significato ci avvolse. Con delicatezza la portai sul mio grembo, le sue gambe che avvolgevano le mie, mentre saliva a cavalcioni. Lanciai un lungo sguardo al collo aggraziato, alla gola pallida che implorava le mie labbra. Lasciai che gli occhi scendessero fino ai piedi nudi sotto la lunga gonna di cotone sottile, delicati come le sue mani e la magia del momento sembrò durare un'eternità mentre sentivo la mia anima venire pervasa da una gioia indescrivibile. Senza bisogno di parole, mi avvicinai ancora di più, prendendo delicatamente il suo viso tra le mani e donandole un piccolo bacio tenero e appassionato. Una volta avevo sentito dire che un bravo musicista era colui che riversava il proprio cuore nella musica. Con Lilie era molto di più. A ogni parola lei donava anche la sua anima.

«Sei straordinaria» sussurrai, guardandola negli occhi con un misto di ammirazione e desiderio. «La tua voce ha il potere di toccarmi nel profondo, di farmi sentire davvero vivo.»

Il mio piccolo fuoco d'artificio ricambiò il sorriso con uno sguardo appassionato, accarezzando il mio viso con un affetto sincero. «Grazie, Noah. La musica è sempre stata una parte speciale di me, ma cantare per te, questa sera, è stato unico. Se c'è qualcosa che amo quanto il suono della musica, sono le parole che accompagnano le canzoni. Ho scelto apposta la tua perché volevo mostrarti una parte di me che prima non conoscevi.»

Annuii, avvicinandoci ancora di più. «E mi piace scoprire ogni aspetto di te, Lilie. Queste vacanze,» mi guardai attorno, «questo luogo è magico, ma tu, Lilie May, sei, di gran lunga, la mia più bella canzone.»

Le sorrisi con tenerezza mentre accarezzavo i capelli che le cadevano sulla schiena. «Inoltre, sei anche il mio personale e incantevole fuoco d'artificio.»

In risposta alla mia affermazione storse il suo adorabile nasino, per poi abbracciarmi stretto. I nostri cuori battevano ormai all'unisono in perfetta empatia. La musica di sottofondo, una melodia senza parole, continuò a riempire il nostro intimo rifugio, e il fuoco del camino riscaldava il nostro amore con ardore e passione. In quel momento, non desideravo altro che stare con lei, immergermi in quell'adorazione profonda e genuina che sentivamo l'uno per l'altra.

«Fai l'amore con me, Noah...»

Tirai un profondo respiro, avevamo già parlato di quell'argomento e sarei stato un bugiardo se non avessi ammesso che non avevo fatto altro che pensare alla nostra prima volta. Tuttavia, sapevo che la decisione spettava a lei e, quando il nostro momento sarebbe arrivato, mi avrebbe donato non solo il suo corpo, ma anche il bene più prezioso: il suo amore.

Da parte mia non potevo fare altro. A ogni tocco, mi innamoravo sempre di più del suo spirito. A ogni bacio assaporavo una parte della sua anima e ne volevo di più.

Lilie May era la mia musica. E senza di lei la vita non aveva i giusti accordi.

Le mie mani corsero intorno alla sua vita, immaginando di slegare ogni laccio del suo corpetto, baciare ogni centimetro del suo corpo, le mie dita grandi e scure contro la sua pelle diafana. Nella mente vidi la mano scivolare sulla sua coscia, sotto l'orlo della gonna e divenni subito consapevole della morbidezza vellutata della sua pelle, del calore che emanava verso di me. Fantasticai sul movimento del palmo che scivolava sulla carne setosa, le dita che toccavano luoghi morbidi e segreti. A ogni battito di ciglia, immaginavo di affondare in quel calore umido, il modo in cui lei mi avrebbe guardato, eppure... mi ero promesso che mi sarei comportato bene, anche se mi fossi dovuto fare una doccia fredda a ogni ora.

Scossi piano la testa pregando di riuscire ad allontanare quei pensieri lussuriosi. «Sei sicura, Lilie? Possia-» mi schiarii la gola, perché le parole sembravano lottare contro di me per venire fuori, «possiamo aspettare se vuoi.»

Sapevo che, indipendentemente da ciò che desiderava il mio corpo, l'avrei aspettata per sempre.

Le sue piccole mani mi circondarono il viso. «Io sono pronta, Noah. Ti voglio così tanto...»

Un sospiro tremulo uscì dalle mie labbra quando spostandosi in avanti si strusciò contro di me. «Per favore, Lilie May, non stai rendendo la mia vita facile.»

Lei rispose ai miei lamenti con un sorriso da puro diavoletto, la sua adorabile fossetta che sorrideva anche a me. «Oh, Noah. Non ho intenzione di cambiare nulla che renda il tuo sguardo così.» Sospirando, abbassai il viso verso il suo e le diedi un bacio morbido, riempiendolo con ogni grammo di amore che provavo per lei perché il mio cuore... il mio cuore credeva in un tipo di amore tranquillo e semplice. Proprio come il nostro. Un tipo di sentimento che era stato creato prima che il tempo esistesse, più grande di qualsiasi limite che il mondo ci poneva. Era un tipo di amore che non aveva limiti di età, non aveva confini culturali e si vedeva solo nell'anima di due persone. Con Lilie May non avevo scelta.

Amala sempre… sussurrò il mio cuore,
Amala incondizionatamente… implorò il mio cuore.
Amala per tutta la vita… mi insegnò il cuore,
Amala in ogni momento… un dono di valore.
Un amore puro, senza fine né limite,
Nelle onde dell'anima, un raggio di luce splendente.
In ogni battito, un desiderio ardente,
Nelle notti stellate, la promessa sussurrata,
Tra le mani intrecciate, la speranza raccolta.
Con ogni alba, un nuovo giorno celebrato,
Un amore vibrante, mai disperato.
Amala sempre, un richiamo costante,
Un legame eterno, in ogni istante.
Nelle lacrime e nel sorriso, il sentiero tracciato,
Il mio cuore innamorato.

«Io sono tuo» sussurrai tra le sue labbra, facendo poi scorrere dei baci sul suo collo. «E tu sei mia» e sapevo che entrambi potevamo sentire la promessa che pesava su quelle parole.

«Io sono tua e tu sei mio» mi rispose e sentii il suo sorriso sulle mie labbra.

«Posso raccontarti un segreto?» sussurrai.

«Un segreto?» Si tirò indietro, l'espressione intrigata. I suoi occhi sondarono i miei, alla ricerca di qualcosa che speravo con tutto il cuore potesse vedere.

«Lo è solo per te» il mio cuore diventò più leggero, galleggiando nel petto. «Io ti sposerò, Lilie May» sussurrai tra un bacio e l'altro, sentendo il bisogno di esprimere a voce ciò che provavo. «Perché ti amo.»

Il suo sospiro fece eco al mio, le labbra morbide e piene d'amore. Le sue piccole mani si avvicinarono al mio viso, una si fermò sulla guancia, l'altra si aggrovigliò nei miei capelli. Chiusi gli occhi quando il movimento avvicinò quel suo corpo sinuoso al mio e i suoi seni premettero contro il mio petto, facendomi sfuggire un gemito. Sotto le sue mani, il mio cuore batteva vibrante, forte e vivo.

«Allora amami, Noah» sussurrò.

Prima che riuscissi ad aprire di nuovo gli occhi, sentii le sue labbra sfiorare le mie in un invito. Leggero come una piuma, come la brezza all'inizio della primavera o la sensazione di sfiorare un petalo setoso tra le dita. Ogni bacio che mi dava non era solo un atto d'amore, quella meravigliosa sensazione di intimità, un desiderio feroce o una carezza sulle labbra; lei affondava nella mia anima e la riparava consolidando l'emozione, la fiducia e il legame del nostro amore.

I suoi capelli iniziarono a circondarci, come se intendessero chiudere un sipario, avvolgendoci con il profumo di miele e di fiori, mentre lei si chinava ulteriormente, approfondendo il bacio. Le mie labbra si aprirono d'istinto e la sua lingua si insinuò delicatamente all'interno. Un invito sufficiente a strapparmi un gemito dal fondo della gola. Lasciandomi trasportare dall'impulso, la mia lingua accarezzò la sua mentre le mie mani si aggrappavano alle curve del suo corpo, desiderose di esplorare. Le sue mani trovarono il mio collo e la presa si fece sempre più disperata con il passare dei secondi. Il suo bacino era a filo con il mio e sicuramente sentì l'effetto che stava avendo su di me.

Continuai provando a controllarmi, data la sua unica esperienza traumatica con il sesso, non volevo in nessun modo affrettarla, ma non potei fare a meno di bearmi con i piccolo gemiti che emetteva, con il modo in cui diventava sempre più deliberata, più audace, con le sue attenzioni.

Quando mi spostai all'indietro per prendere aria, mi lasciò a malapena respirare, tirandomi ancora una volta, le nostre bocche si scontravano con feroce passione, il mio corpo già in fiamme. Spostai una mano verso la sua schiena e scivolai lungo la spina dorsale, arrivando alla nuca e aggrovigliandola nei suoi capelli. Il bacio si approfondì ancora mentre Lilie stringeva il colletto della mia camicia, i nostri toraci si fusero. Altri squittii, altri sussurri, altre spinte, altri gemiti.

Ancora, ancora, per favore ancora…

Con delicatezza mi sfiorò il labbro inferiore tra i denti e i miei fianchi sobbalzarono, in cerca di attrito.

«Aspetta…» ansimò sulle mie labbra prima di tirarsi indietro. Con gesti esperti iniziò a slegare il corpetto. Rimasi incantato a vedere la stoffa cedere e svelare la camicetta bianca leggermente trasparente e quella vista bastò da sola a risvegliare tutta la frustrazione provata, facendomi gemere. Ritornò a baciarmi, non più così audace ma con una delicatezza sconvolgente. Con la punta delle dita le alzai la gonna accarezzandola in ogni parte, l'intera lunghezza del palmo che bruciava in ogni lembo di pelle che toccava.

Dopo alcuni momenti di quella squisita tortura avvolsi le mani intorno alle sue gambe e mi alzai portandola con me a letto e poi approfondendo il bacio.

Lilie May sarebbe sempre stata la mia ragazza della comunità. Che preparava i migliori biscotti che avessi mai assaggiato. Che mi faceva desiderare di essere il miglior uomo possibile. Solo per lei.

E così, nella serata magica di Capodanno nella Foresta Nera, con la neve che cadeva leggera fuori dalla finestra, ci donammo l'uno all'altra con passione e tenerezza, creando un legame che andava oltre il tempo e lo spazio.

Come in una canzone, le mie dita scoprirono i suoni che lei mi donava. Il suo corpo si concesse a me, come avrebbero fatto le corde della mia chitarra. Così come la musica, che era stata la mia prima coperta di protezione da tutte le paure reali che esistevano, Lilie May mi capiva. Insieme percorremmo la strada della più meravigliosa evasione e ci perdemmo nel momento, dimenticando tutto ciò che ci circondava, glorificando il nostro amore.

L'avrei amata per sempre… come mi aveva sussurrato il cuore,
L'avrei amata incondizionatamente… come mi aveva implorato il mio cuore.
Per tutta la vita…
In ogni momento…
In ogni battito,
In ogni alba,
Un legame eterno, in ogni istante.

Insieme, senza nessuna barriera, niente tra i nostri corpi e nulla tra le nostre anime, ci avventurammo in un futuro incerto, ma ricco di speranza e di un amore che ero sicuro avrebbe continuato a crescere, rendendo ogni istante unico, prezioso ed eterno.

Come la nostra canzone.

Caro/a lettore / lettrice:
Spero che sarai felice nello scoprire che c'è molto altro da leggere nelle prossime pagine (ad esempio, il primo capitolo del prossimo libro di questa serie). Il tuo tempo è prezioso e ti sarei davvero grata se potessi spendere qualche minuto leggendo questo breve messaggio.

Sono da sempre una lettrice appassionata, eppure non ho mai realizzato il mio valore fino a quando non mi sono seduta "dall'altra parte" per scrivere un libro.
Quello che ti vorrei cortesemente chiedere è: se questo manoscritto ti è piaciuto, per favore tieni i miei titoli in considerazione per un regalo, oppure lascia una recensione su Amazon o sui social. Magari non ti piace scrivere, ma ti posso assicurare che basteranno anche poche parole per aiutare a far conoscere il mio lavoro ad altri amanti della lettura, proprio come te.
Resto della convinzione che, per ogni recensione che lascerai per i miei libri, ti cresceranno un altro paio d'ali d'angelo. Quelle apparse come sfondo sono proprio per te.

Merci Carmen Weiz Author

Note e ringraziamenti

Caro lettore, cara lettrice,

eccomi a scrivere dei nuovi ringraziamenti, dato che un altro libro della serie *Swiss Angels* è ormai finito. Un'altra storia, due protagonisti che saluto con gli occhi ancora brillanti di lacrime non versate. Ogni volta che saluto uno dei ragazzi di questa famiglia mi succede questo, non posso evitarlo.

Per chi non lo sapesse, per scrivere di queste vite mi sono ispirata a un articolo che avevo letto anni fa, dove si parlava di un progetto pilota del governo svizzero nato per reintegrare nella società ragazzi e ragazze provenienti da orfanotrofi e situazioni svantaggiate con l'aiuto di alcune famiglie previamente selezionate per ospitarli e sostenerli, dando l'aiuto ma soprattutto l'affetto di cui loro avevano bisogno.

Nascevano così gli Engel, che in tedesco significa angeli, questa meravigliosa famiglia sempre pronta ad accogliere e sostenere i propri figli.

Per la storia di Noah e il suo amore per la musica, insieme a Giulia Stefanini, la mia capo editor, abbiamo pensato a un autentico progetto pilota. Dalla fine del 2022, per cinque mesi abbiamo portato avanti insieme agli insegnanti della scuola media Binotti di San Lorenzo al Campo, nella regione delle Marche, un'idea che ha coinvolto le due classi terze medie che hanno letto alcuni capitoli del libro in anteprima, dando vita ai loro pareri, emozioni e riflessioni tramite temi, presentazioni e addirittura alcune strofe. Infatti, alcuni pensieri di Noah sono stati scritti dagli allievi stessi, così come la canzone "Fratello d'anima" che è stata creata insieme al loro insegnante di musica, il professore Samuele Faini.

Volevo ringraziare di cuore tutti gli insegnanti, e soprattutto Giulia, che mi hanno supportato e aiutato in questo progetto.

Per quanto riguarda il personaggio di Lilie, invece, volevo approfondire come fosse vivere e crescere in una comunità religiosa. Questo, senza dimenticarci che lei era già apparsa in questa serie, ancora piccolina, nel primo libro, "La mia anima da custodire" insieme a suo fratello Aiden, il protagonista. Mi sono basata quindi, di nuovo, sulle comunità Bruderhof che sono sparse in tutto il mondo e su quelle Amish che vivono soprattutto in America. Per trattare un argomento così delicato mi sono anche documentata su alcuni testi e libri, che lascio di seguito in caso siano di interesse per qualcuno.

Deitsh books - D. Müller
Pennsylvania German Phrases - D. Martin

The Project Gutenberg of Der Bruderhof - Heinrich Sohnrey
Simply Amish: An Essential Guide - Donald B. Kraybill

Per quanto riguarda il dialetto parlato nella comunità, per dare più veridicità alla storia, ho usato alcune espressioni in tedesco antico e altre in tedesco svizzero. L'ubicazione della storia nella Foresta Nera è stata scelta appositamente per il suo fascino misterioso. Io stessa abito a pochi chilometri dal confine tedesco e spesso mi trovo a passeggiare in mezzo ai meravigliosi boschi descritti da Noah e Lilie quando cerco l'ispirazione per le mie nuove storie. Non posso però affermare con certezza se esistano o meno comunità religiose sparse per la regione, visto che la Foresta Nera si estende per oltre 13.500 km² e confina con la Svizzera e la Francia, tra le pendici delle Alpi svizzere e le rive orientali del Reno. Proprio sulle sponde di questo meraviglioso fiume sorge la città di Stein Am Rhein, a mio avviso una delle più belle della parte orientale del paese, che ho scelto come ubicazione di Villa Engel.

Comunque, resto sempre del parere che l'aspetto creativo della scrittura di un romanzo sia solo una parte di ciò che serve per la pubblicazione di un libro. Devo ringraziare molti professionisti con cui collaboro per aver portato a termine questo nuovo progetto. Inizio con il mio team di editor e correttrici di bozza che mi hanno accompagnato in questo viaggio.

Giulia Stefanini, che ha lavorato come editor ortografico e finale e Catia Raneri come editor di contenuto. Ragazze, un altro gran bel lavoro di squadra. È un onore per me avervi nel mio team. Grazie ancora per le ore piccole e i capitoli extra. Sono venuti davvero belli, no?

Roberta Luprano, Federica Sampaolesi, Martina Giachino e Noemi Renna che hanno letto e riletto quasi 145000 parole, cercando le sviste e dando gli ultimi ritocchi nella storia. Vi ringrazio di cuore, miei piccoli falchetti. Siete state stupende.

A tutta la mia famiglia, per la pazienza e l'aiuto con i dettagli tecnici di questo manoscritto. Vi voglio un mondo di bene. Qui apro una parentesi per un ringraziamento alla mia piccola "ciurma" a quattro zampe, sempre pronta ad ascoltare e, forse, sono gli unici che realmente capiscono i miei sproloqui, balbettii e nevrosi sul libro nel bel mezzo della notte.

Non posso dimenticare la grande maga del Photoshop che mi ha creato un'altra bellissima copertina. Valentina Modica, ormai sono 15 libri e continui sempre a sorprendermi. Sei la migliore.

Per la copertina ho scelto Jordan Rabjohn, un giovane cantante inglese dopo aver ascoltato la sua canzone "Burned out". Nel momento in cui ho visto la sua performance sapevo che sarebbe stato lui a personificare Noah Engel. Grazie Jordan, è stato un piacere collaborare con te. Sotto ti lascio il codice QR per ascoltare la canzone che Noah (con la voce di Jordan) canta in questo libro, nel decimo capitolo.

A tutte le Bookblogger, Bookstagrammer e Booktoker che ogni giorno leggono i miei libri e lasciano un parere sui propri canali social. Non mi stancherò mai di ringraziarvi, il vostro lavoro è fondamentale per un autore.

A Ely, Respiro di libri Blog, che è la coordinatrice della Quest Community, il mio braccio destro per tutto ciò che riguarda i miei eventi nel mondo dei social. Grandissima Ely, sei impareggiabile!

Per ultimo, e non per ordine di importanza, un grazie di cuore a te, mio lettore, mia lettrice per avermi dato quest'opportunità e aver scelto una delle mie storie per accompagnare le tue giornate. Sotto troverai il codice QR del mio sito ufficiale dove potrai vedere i miei altri lavori, leggere le sinossi, guardare i booktrailer e trovare i link d'acquisto. I libri in formato digitale sono disponibili con esclusività Amazon (gratuiti con Kindle unlimited) e in formato cartaceo in tutte le librerie in Italia.

Nei prossimi mesi i miei altri libri raggiungeranno la grande distribuzione e questo grazie alla partnership con BookFrame, che ringrazio ancora per l'opportunità.

Se vorrai contattarmi per parlare di uno dei miei libri, ne sarei felicissima. Ti lascio sotto tutti i miei contatti.

www.carmen-weiz.com

Le immagini usate in questo libro sono state acquistate, poche sono tratte da internet, ma se il loro uso violasse i diritti d'autore, lo si comunichi all'autrice che provvederà alla loro immediata rimozione.

E adesso, come promesso in precedenza, ecco il nuovo capitolo del mio prossimo libro. Ti auguro una bella lettura. Un caro saluto.

Amore... un gioco pericoloso

Prologo

"È molto meglio essere infelici da soli
che essere infelici con qualcuno."
Marilyn Monroe

Tornai in me molto piano, come se la mia mente avesse dovuto oltrepassare una fitta nebbia a tentoni, con una lentezza esasperante. La prima cosa di cui mi resi conto fu del piccolo essere spietato che aveva preso dimora nella mia testa e che si stava divertendo a pungolare il cervello con un punteruolo.

Lasciami in pace, brutto bastardo, vattene!

La seconda cosa di cui divenni consapevole fu che i suoi colpi, in qualche modo, mi stavano facendo venire la nausea. Perciò, se quell'imbecille non avesse smesso di picchiettare all'istante, prima o poi avrei dato di stomaco sulle mie meravigliose lenzuola di seta.

Non esiste perché, se lo farò, dovrò pulire tutto io, considerato che abito da solo. Inoltre, la signora Frtzschein che mi aiuta con la pulizia non se lo merita...

Un gemito mi sfuggii mentre rotolavo su un fianco e, tra uno sbuffo e l'altro, mi resi conto molto presto di non essere sul mio delizioso materasso. Non ero nemmeno al calduccio dentro al bozzolo creato con la trapunta, dove ero solito affondare il viso tra le pile di cuscini che abbellivano il mio letto.

In effetti, lo spazio sotto di me era troppo morbido, quasi al punto da essere scomodo e per lo più stretto, poiché sentivo le ginocchia sbattere contro qualcosa. Ero sicuro che se mi fossi azzardato a girarmi ancora una volta, sarei finito per terra, molto probabilmente mi sarei spiaccicato sul parquet di legno del soggiorno. Vagamente, cercando di emergere da quella dannata nebbia, mi chiesi come fossi finito sul mio fidato divano, mentre dal profondo del cervello mi arrivava un avvertimento alla velocità della luce.

«Torna a dormire, Yke, dammi retta, non vuoi svegliarti.»

Esatto, voglio solo tornare a dormire. È possibile farlo, piccolo bastardo con il punteruolo?

Un brivido scelse proprio quel momento per scendere lungo la schiena facendomi stringere gli occhi con forza. Iniziai a tastare alla cieca intorno a me alla ricerca di qualcosa con cui coprirmi. Purtroppo, oltre a uno dei miei amati cuscini che si trovava già tra le mie braccia, l'unica cosa utile che recuperai fu il cappuccio della felpa che si era arrotolato attorno al collo e che, in un modo o nell'altro, stava per strozzarmi. Senza pensarci alzai la testa, forse un po' troppo alla svelta e trasalii quando il dolore mi attraversò dalla fronte all'occipite, prima di scendere per il collo.

Il piccolo bastardo nel cervello, con il suo maledetto punteruolo, rise tutto contento, mentre mi trafiggeva più forte e più velocemente. Spostai le mani al capo e lo strinsi.

Basta, sto morendo…

Sentii la bocca riempirsi di bile, ma poiché ero un uomo che sapeva con esattezza cosa voleva, ossia non dover pulire, con uno sforzo tremendo la inghiottii. Non c'era nulla da fare: pavimento duro o meno, piccolo sadico nella testa o no, freddo o caldo, niente mi avrebbe fatto aprire gli occhi e svegliarmi per davvero. Era ufficiale, avrei dato retta al mio cervello, anche se mi sarebbe costato andare in guerra contro il resto del mondo, incluso me stesso.

Per mettere in atto il mio piano, allontanai le braccia dalla testa e, in contemporanea, tirai le gambe verso di me per scaldarmi. Poi piano, con molta cautela, proprio perché il maniaco con il punteruolo sembrava avermi concesso una tregua, riuscii a tirare il cappuccio sopra la testa. Le mie dita strusciarono sui capelli che sembravano chiedere disperatamente di essere lavati, senza parlare della barba che mi pungeva la pelle. Chissà da quanto tempo non mi rasavo… Avevo perso la cognizione del tempo, in verità da parecchio.

Appena realizzai quel pensiero, la voce della coscienza, che di solito aveva un suono carezzevole e dolce, proprio come quello di Marion, mia madre adottiva, decise di intervenire.

«Tesoro… forse sarebbe il caso che ti alzassi e andassi a fare una doccia. Rimettiti in sesto e, perché no, affronta la realtà.»

Appena conclusi quella riflessione che non sembrava essere del tutto sbagliata, il cervello, che negli ultimi tempi era sempre di pessimo umore, a tal punto da mandare il piccolo sadico a farmi una visita, urlò oltraggiato. *«No, assolutamente no! Resta dove sei, Yke, hai addosso la tua vecchia tuta, il tuo cuscino, sei sul tuo amato divano. Rimani comodo e torna a dormire. Dammi retta, non vuoi ricordare sul serio cos'hai combinato.»*

Poiché il suo tono era parecchio minaccioso e il suggerimento mi sembrava abbastanza ragionevole, decisi di accontentarlo. Anche perché ciò che mi proponeva era molto più semplice rispetto a quanto la voce della coscienza mi suggeriva. Con estrema prudenza mi voltai dall'altro lato, pronto a seguire i suoi ordini. Quel movimento, però, portò con sé un tanfo di sudore e di corpo non lavato che mi fece storcere il naso.

«Vedi cosa intendevo, caro… sul serio dovresti dar retta a me, alzarti e fare una doccia.»

Per un istante, lasciai che cervello e coscienza restassero a litigare tra loro come avrebbero fatto due comari in una qualsiasi fila, mentre provavo di nuovo ad assopirmi.

A ogni modo, la coscienza aveva ragione: quello non ero io, cioè non del tutto. Nella vita reale, il dottor Yke Engel era sempre tirato a lucido: viso rasato, ogni volta con un piacevole odore di dopobarba, capelli castani tagliati a regola d'arte in uno stile professionale, ma comunque sbarazzino. Il sottoscritto, che di mestiere faceva il veterinario, si vestiva costantemente con cura per i suoi piccoli pazienti: camice verde chiaro immacolato, pantaloni da sartoria, scarpe italiane tirate a lucido, camicia chiara lavata e stirata in lavanderia.

Tirai un sospiro di pura soddisfazione ricordando la bella, perfetta vita che conducevo ed ero già pronto per lasciarmi andare tra le braccia di Morfeo, quando udii un rumore che somigliava a un plic, plic, plic sempre più forte.

Cosa diamine è? Assomiglia di più a uno scroscio…

No, lascia perdere. Non stai sentendo nulla.

Plic, plic, plic…

Non è niente, non è -

Purtroppo uno dei miei difetti era la curiosità, in più chi sarebbe riuscito a dormire con un rumore del genere? Con estrema lentezza aprii un solo occhio e sbirciai dal mio bozzolo. Sorvolai le lattine di bibite gassate sparse per terra, qualche scatola di pizza sopra il tavolino mentre storcevo il naso disgustato perché di solito il mio appartamento era in ordine e ben curato. Potevo essere uno scapolo di venticinque anni, ma la pulizia della mia tana era sacra.

Il rumore continuò sempre più insistente e molto presto lo sguardo fu attratto dalla sua fonte, ossia tra le tende mezze tirate che oscuravano l'ambiente. Attraverso la porta del balcone notai il cielo plumbeo, le raffiche di vento che portavano via le gocce prima ancora che potessero toccare il pavimento. Per un istante non seppi nemmeno se fosse l'alba o il tramonto.

Un temporale…

La mia mente era ancora piuttosto annebbiata, ma alcuni ricordi iniziarono lo stesso a formarsi.

Eravamo rimasti abbracciati così a lungo da sentire le sue lacrime penetrare il tessuto di cotone della mia camicia, mentre depositavo una raffica di baci sui suoi capelli. L'unica cosa che fui in grado di fare fu di portare al cuore ogni sensazione, il momento che stavamo vivendo, il suo profumo, la sua dolcezza. Quando ci staccammo, presi il suo viso tra le mani, lisciando le sue bellissime ciocche, implorando in silenzio il suo sguardo, fino a quando i nostri occhi si incontrarono e sentii quel legame, il nostro legame.

Avrei voluto poter pronunciare le parole giuste per tutti quei momenti vissuti insieme, ma era come se mille martelli mi battessero sul petto mentre cercavo di aggrapparmi alla realtà, provando a tenere a bada le mie emozioni, sempre troppo contrastanti. Non riuscivo nemmeno a ragionare.

«Joyce» sbottai troppo bruscamente, interrompendola a metà frase.

Mi fissò. «Cosa?»

«Dacci un taglio.»

«Non capisco cosa vuoi dire.»

«Non siamo estranei, dannazione. Smettiamola di comportarci come tali.»

Come risposta sbatté soltanto le palpebre e mi ritrovai a chiedermi perché diavolo non avesse detto ciò che era venuta a dire, in modo da farla finita una volta per tutte. Potevo farcela. Avevo passato le ultime settimane a prepararmi, anzi, mi ero preparato fin dall'inizio. Ma non avrei mai potuto immaginare che un uomo potesse premunirsi per un tale evento: vedersi strappare il cuore dal petto.

La perdita consumava.

Il vuoto era opprimente.

La tristezza eterna.

Io e lei, la discussione, i suoi occhi nocciola pieni di lacrime che scendevano sul suo bel viso, come le gocce che vedevo appena fuori dalla finestra. Il modo affranto con cui avevo urlato il suo nome che era andato a sbattere contro la sua schiena mentre si voltava e se ne andava. Io che la rincorrevo disperato sotto il temporale. Provai a convincermi che si trattasse solo di un sogno, magari qualche film che avevo visto di cui le scene drammatiche mi erano rimaste in testa.

No... quello non ero io e quella non era nemmeno lei.

Strinsi gli occhi e lottai con tutte le mie forze per aggrapparmi alla ragione, per assorbirla così da superare la tristezza schiacciante che mi opprimeva il petto. Ma era un'illusione e per quanto ci provassi non riuscivo ad afferrarla, mentre i ricordi continuavano a bombardarmi. Sentivo un disperato bisogno di vincere, ma nel profondo sapevo di aver perso tutto, con la stessa certezza di un marinaio che doveva guardare inerme la sua nave affondare.

«Lei ha scelto lui... al posto tuo. Mara mara meo...» mi canzonò il bastardo con un punteruolo, scegliendo proprio quell'istante per riprendere a torturarmi con una sola infilzata che mi fece lacrimare gli occhi.

No, no, NO! Cosa cazzo stai dicendo! Il male che sento al petto, gli occhi che lacrimano... è solo perché sono malato. Ficcatelo in testa, piccolo bastardo. Non c'è altro!

Per fortuna il corpo mi venne in aiuto. Provai a deglutire e la gola mi confermò i sospetti. Sembrava che la saliva si fosse trasformata in fuoco liquido.

Vedi, ho ragione! Non riesco a deglutire, ho il naso tappato, sono quasi sicuro di avere la febbre, insomma ho tutti i sintomi... sono malato. Punto!

Ecco perché mi ero rintanato nel mio appartamento negli ultimi giorni. Solo per quel motivo. Dopo aver avvertito la clinica, avevo messo il cellulare in modalità aerea così nessuno avrebbe potuto disturbarmi e mi ero alzato dal divano solo per fare i miei bisogni o per aprire il freezer e prendere il prossimo pasto.

La vocina della coscienza apparve un'altra volta e di solito l'amavo alla follia, devo dire che andavamo piuttosto d'accordo, ma in quel momento avrei voluto soltanto che se ne andasse in vacanza. *«No, caro, purtroppo se apri gli occhi vedrai tutte le confezioni aperte di cioccolato. Sono proprio lì, accanto al tuo mega schermo, e lo sai che quando ci sentiamo giù di morale, come quando hai una delusione, tipo quelle in amore, il nostro cervello reagisce, chiedendo al corpo la serotonina. Il modo più semplice e veloce per ottenerla è mangiare dolci. Devo, però, aggiungere che forse hai esagerato, per questo motivo provi tutta questa nausea.»*

«No, non si tratta di questo» borbottai prima di accoccolarmi ancora di più contro me stesso, chiudendomi come se fossi un riccio, tagliando tutto fuori, anche le mie ginocchia che erano ormai a penzoloni fuori dal divano.

Sono solo malato, tutto qua…

Abbracciai il mio prezioso cuscino lasciandomi avvolgere dal piacevole odore di ammorbidente. Quel profumo mi ricordò casa. Quando ero solo un bambino e stavo male, rimanevo a letto e mia madre arrivava indossando quel meraviglioso accappatoio di seta sgargiante con in mano la zuppa fatta da lei su un vassoio. Prima di andarsene, mi baciava la fronte per vedere se bruciava ancora per la febbre. Quei ricordi fecero aumentare l'umidità nei miei occhi, così spinsi il viso sul cuscino e inspirai profondamente.

Oltre l'odore di pulito, c'era un leggero sentore di profumo: dolce, ma non al punto da essere stucchevole, fresco come una serata al chiaro di luna, misterioso come le stelle che punteggiavano il cielo.

C'era qualcosa di avvolgente in quell'aroma, una miscela delicata che mi faceva desiderare i sogni che mi avrebbero permesso di perdermi in un luogo incantato, che mi ricordava lei.

«Joyce…» Il suo nome mi sfuggì dalle labbra, come i petali di una rosa che si disperdevano nel vento, un sussurro segreto, proprio come lo eravamo stati noi, portando con sé il balsamo di tanti, troppi ricordi. Ogni lettera del suo nome danzava sulle mie labbra come una promessa di amore eterno, un incantesimo che mi legava a lei in un abbraccio invisibile ma potente.

Era incredibile come si potessero evocare tante emozioni con così poco, come quel leggero profumo che, associato a lei, mi trasportava in un mondo fatto di momenti condivisi e attimi rubati. Insieme a Joyce, ogni essenza aveva una storia da raccontare, ed ero stato felice di ascoltarla e perdermi in quella dolce fragranza che era diventata la sua firma, il suo segno distintivo nel mio cuore.

Che cazzo, sto blaterando come un poeta! No, sul serio, questo non sono io, sto delirando, non esiste un'altra spiegazione logica…

Ero così perso tra le mie elucubrazioni che impiegai alcuni secondi per assimilare ciò che mi stava proponendo la coscienza.

«Vedi, tesoro, ti ricordi quando prendevi spudoratamente in giro i tuoi fratelli? Ecco, ti avevo detto di lasciarli stare perché prima o poi il destino ci avrebbe messo lo zampino e sarebbe toccato anche a te.»

«Cosa! Ma che diamine stai dicendo? Che mi sono innamorato? Stai scherzando, vero?» Sbottai ad alta voce e il piccolo bastardo con il punteruolo fece una nuova apparizione, ricordandomi chi dirigeva lo spettacolo.

Ahia! Okay, okay, ho capito. Adesso smettila!

Quindi, come avevo pensato, innanzitutto ero malato e poi quello non ero davvero io. Yke Engel era un uomo che portava avanti la sua vita come il dottore che era: una persona ragionevole, guidata da fatti concreti e verificabili. Ogni decisione che prendevo era il risultato di un'analisi approfondita, basata su prove scientifiche. Ovviamente la ragione era sempre accompagnata da una profonda empatia, poiché non mancavo di tenere conto delle esigenze e dei sentimenti dei miei piccoli pazienti.

Una piccola parte di me, dovevo ammetterlo, restava ancora legata alle mie radici latine e insisteva nel farmi portare avanti la vita come un brano di salsa: vivendo e affrontando le sfide con un sorriso sulle labbra e il coraggio di lasciarmi andare, di seguire quel ritmo ammaliante con i passi del cuore. La salsa mi ricordava che l'intera esistenza era un'opportunità per ballare accanto ai battiti della passione senza impegni, lasciandomi portare oltre i confini del quotidiano, verso avventure senza fine. E quello significava che Yke Engel era un uomo che non aveva impegni con le donne, era uno scapolo DOC.

«Facciamo una cosa…» mi propose la coscienza con una vocina morbida.

«Cos'hai in mente?» Le domandai sospettoso.

«Facciamo finta che io sia un'amica venuta per farti visita. Vedi la tua amata chaise longue? Quella di cui ti vanti sempre quando sei insieme ai tuoi amici testosteroni, dicendo che dà il tocco di classe al tuo appartamento, insieme a tutto questo acciaio e cuoio. Ecco, immaginami graziosamente sdraiata proprio davanti a te…» lasciò la frase in sospeso per un attimo, prima di proseguire: «non scuotere la testa in questo modo come se fossi un bambino capriccioso. Sei un uomo, Yke. Sono sicura che puoi farcela.»

«Mhmm…» allungai al massimo il suono provando a guadagnare alcuni secondi, perché ero sicuro che mi stesse tendendo una trappola. Come sempre, era impossibile resistere e mi ritrovai a immaginare i primi dettagli. Che cosa potevo fare? La mia creatività era stata istigata e, ehi, ero pur sempre un uomo.

Cazzo, di sicuro voglio una bionda perché è l'esatto opposto di Joy… no, lasciamo subito perdere, non voglio soffermarmi su questi dettagli. Magari scelgo una rossa. Miseriaccia, sono indeciso tra Marilyn Monroe, Rita Hayworth e… cazzo, a questo punto mi accontento anche di Ariel, la sirenetta…

L'immagine iniziò a consolidarsi nella mente e potevo già sognarla, anzi la vedevo proprio davanti a me, mentre indossava un tubino nero che le avrebbe esaltato le curve, pigramente sdraiata con in mano una sigaretta infilata in un bocchino, usato spesso dalle dive negli anni cinquanta. Impiegai solo qualche secondo, ma poi sbottai. «Okay, aspetta, ho deciso, prendo Marilyn.»

«Bravissimo, ottima scelta. Adesso, cosa ne dici di raccontarmi gli ultimi mesi, in modo da poter fare un'analisi dettagliata di tutto ciò che è accaduto? E mi raccomando, non risparmiarmi i dettagli succosi…»

La stanchezza iniziò a farsi sentire e chiusi gli occhi con uno strano sorriso di pura felicità che mi incorniciava le labbra. Era chiaro che la mia diva mi stesse mettendo davanti a una sfida ed era altrettanto ovvio che sapesse che non mi tiravo mai indietro di fronte a niente.

Molto presto mi ritrovai a dire: «Allora, vuoi sul serio sentire la mia storia strappalacrime? Va bene! Ma ricorda, sei stata tu a chiederlo.»

Trassi un profondo respiro mentre mi asciugavo una lacrima, probabilmente causata dal raffreddore che si era aggiunto al mal di gola, mentre ricordavo il suo nome che sarebbe rimasto impresso come un tatuaggio nel mio cuore, per sempre.

Joyce…

«Tutto ebbe inizio qualche mese fa…»

Libri dell'autrice

Serie Swiss Stories

- La ragazza nel bosco
- Mistificami
- Audace
- Il confine dell'amore (Spin off #1)
- Il confine del perdono (Spin off #2)

Serie Swiss Legends

- Unique
- La bellezza del male
- La voce dell'innocenza
- Adrenalina
- Anomyma
- Ricordami di me (Spin off #1)
- Spin off #2 - primavera 2024

Serie Swiss Angels

- La mia anima da custodire
- In nome dell'amore
- Twice - Doppio gioco
- Bad News
- Amore: un gioco pericoloso (titolo provvisorio) - inverno 2024

www.carmen-weiz.com